suhrkamp taschenbuch 5012

Kommissär Reitmeyer ist aus dem Krieg zurückgekehrt, versucht die dort erlittenen Traumata vor seiner Umgebung zu verbergen und dämpft aufkommende Panikattacken mit Geigenspiel. Dabei hat die Polizei alle Hände voll zu tun: Nahrungsmangel und Geldentwertung haben dazu geführt, dass die Stadt von einer regelrechten »Diebstahlseuche« heimgesucht wird und Schieber und Schleichhändler dicke Geschäfte machen. Da wird die junge Cilly Ortlieb, Kleindarstellerin in schlüpfrigen Produktionen des Münchner Filmkonzerns Emelka, tot im Keller einer Gastwirtschaft gefunden. Was zunächst wie ein Unfall aussieht, entpuppt sich als Mord mit einer großen Menge Morphium. Schon bald nimmt der Fall ungeahnte Ausmaße an.

Angelika Felenda hat Geschichte und Germanistik studiert und arbeitet als literarische Übersetzerin und Autorin in München.

Zuletzt erschienen: *Der eiserne Sommer* (st 4713) und *Herbststurm* (st 4923).

Angelika Felenda

WINTER-GEWITTER

Reitmeyers zweiter Fall

Kriminalroman

Suhrkamp

Erste Auflage 2019
suhrkamp taschenbuch 5012

Umschlagfoto: Archive Photos / Getty Images
Umschlaggestaltung:
Designbüro Lübbeke, Naumann, Thoben, Köln
Druck und Bindung: CPI – Ebner & Spiegel, Ulm
Printed in Germany
ISBN 978-3-518-47012-1

WINTER-
GEWITTER

»... denn alles, was sich an Qual und Grauen begeben hat auf den Richtplätzen, in den Folterstuben, den Tollhäusern, den Operationssälen, unter den Brückenbögen im Nachherbst: alles das ist von einer zähen Unvergänglichkeit, alles das besteht auf sich und hängt, eifersüchtig auf alles Seiende, an einer schrecklichen Wirklichkeit.«

Rainer Maria Rilke,
Die Aufzeichnungen des Malte Laurids Brigge

PROLOG

Sie stand oben an der Treppe des Lokals und ließ den Blick über das brodelnde Treiben schweifen. War sie zu spät? An einem der Tische saß Cilly nicht, auch in dem hüpfenden Gewimmel auf der Tanzfläche war sie nicht auszumachen. Gerti hielt sich am Geländer fest, um nicht zu stolpern, als hinter ihr ein Pulk neuer Gäste zur Tür hereindrängte. Aber es nützte nichts. Sie wurde nach unten mitgerissen, mitten hinein ins Gewühl der hektisch Tanzenden, bis sie endlich eine Lücke fand und sich mit rudernden Armen zur Bar zurückkämpfte. Dort zwängte sie sich zwischen zwei Typen, schnaufte einmal tief durch und bestellte ein Mineralwasser. Der Blonde zu ihrer Linken ließ taxierend den Blick über sie gleiten, bevor er an ihren Schuhen hängenblieb. Dass ihre Satinpumps in dem Regenguss gelitten hatten, ließ sich nicht verbergen. Sie zuckte die Achseln. »Scheißwetter«, sagte sie und griff nach dem Glas, das ihr der Kellner hingestellt hatte.

»Vielleicht was Schärferes?«, schlug ihr Nebenmann vor. »Zum Aufwärmen.«

Sie musterte ihn kurz. Smoking, Schleife und ein überdimensioniertes Einstecktuch, roter Kummerbund, glänzende Lackstiefeletten. Nicht ganz comme il faut, aber die anderen Herrn, deren Aufzug dem dress code des Gentleman entsprach, wirkten auch nicht seriöser. Wie überall in den Bars und Lokalen, in denen es kein Dünnbier und Essen ohne Lebensmittelkarten gab. Sie nippte an ihrem Wasser.

Ihr Nebenmann deutete auf die Bühne, wo zu der laut hämmernden Musik ein paar Mädchen in kurzen Fransenkleidern wild zuckend die Gliedmaßen schwangen. »Den Shimmy hab ich schon besser getanzt gesehen«, sagte er und nahm einen Schluck aus seinem bauchigen Schwenker. »In Berlin.«

»Was Sie nicht sagen.«

Er schenkte ihr ein blasiertes Lächeln und winkte dem Barmann. »Cognac für die Dame.«

Sie schüttelte den Kopf. »Ich bleib nicht lang. Ich warte bloß auf eine Freundin.«

Eine Freundin würde ihn nicht stören, meinte er großzügig. Man könne sich auch zu dritt prima amüsieren.

Von rechts drückte die Gästeschar und schob sie dem gewitzten Weltmann noch dichter an den Leib. Er raunte ihr etwas ins Ohr, was sie in dem Lärm nicht verstand. Aber das war auch nicht nötig. Seine Miene war beredt genug. Genauso wie seine Hand, die ihren Rücken südlich der Taille hinabwanderte. Mit einem Ruck fuhr sie zurück. Aus dem Schwenker schwappte braune Flüssigkeit auf sein Jackett.

»Blöde Schnalle«, stieß er hervor und wischte sich ab.

Sie entfernte sich ein paar Schritte. Was hatte sie erwartet? Sie war ohne Begleitung gekommen, also war sie ein Flittchen. Aber an seiner Einschätzung hätte sich vermutlich auch nichts geändert, wenn sie in Begleitung gekommen wäre. Das Boccaccio war kein Ort, wohin man Debütantinnen ausführte. Oder die Gattin.

Sie sah sich um. An einem der Tische hob ein Herr die Hand und deutete auf den freien Stuhl neben sich. Sie zögerte. Doch an einem Tisch fiel es wahrscheinlich leichter, Abstand zu wahren. Sie nickte, ging hinüber und nahm Platz. Ihr Gastgeber, ein junger Mann in tadelloser Abendgarderobe und exakt gescheiteltem Haar, hob eilfertig eine Flasche Champagner aus dem Kühler, füllte zwei Gläser und prostete ihr zu. Sie trank einen Schluck. Beim Blick auf die Kristallschale mit der Gänseleber spürte sie ein heftiges Ziehen in der Magengegend, kam aber der Aufforderung, sich zu bedienen, nicht nach. Selbst Hunger rechtfertigte nicht, mit Schleichhändlern, Schiebern und Kriegsgewinnlern zu tafeln, hätte ihr Vater gesagt. Sie ließ sich dann doch zu einem Scheibchen Weißbrot bewegen. Und auch der Butter, die goldglänzend auf einem kleinen

Eisbett ruhte, vermochte sie nicht zu widerstehen. Ihr Gastgeber schien ihre Qualen zu genießen.

»So greifen Sie doch zu«, sagte er und bestrich diverse Schnittchen. »Nur immer zu. Der Dollar steigt. Wir lassen uns fallen. Warum sollten wir stabiler sein als unsere Währung?«

Sie kaute stumm.

Mit einem Mal gingen die Deckenkandelaber aus, nur ein paar Wandlampen brannten noch. Der Raum lag in dämmrigem Halbdunkel. Ein Moment der Stille. Dann setzte ein Schlagzeug ein, gefolgt vom spitzen Klang einer Klarinette und dem heiseren Gurgeln eines Saxophons. Auf der Bühne erschien ein Paar. Der Mann, die Augen schwarz umrandet und bis auf eine Art Lendenschurz nackt, wurde von seiner knienden Partnerin liebkost, die sich zu den verzehrenden Klängen der Bläser an seinem Schenkel hinaufschraubte. Ihr Kostüm war nicht wesentlich substantieller als das seine.

»Wie tröstlich«, flüsterte ihr Gastgeber. »Jetzt gibt es auch in München Tänze des Lasters und des Grauens. Das Reich vereint sich!«

Sie nickte abwesend. Wo Cilly nur blieb? Sie hatte doch fest versprochen, bis spätestens eins zu kommen. Es war schließlich dringend. Die Pension konnte sie nicht mehr bezahlen. Und ihr Versuch, ein günstigeres Zimmer zu finden, war heute Nachmittag erneut gescheitert, nachdem sie als Beruf »Doktorandin der Soziologie« angegeben hatte. Mit »Sozis« wolle sie nichts zu tun haben, meinte die Vermieterin. »So ein G'schwerl kommt bei mir nicht ins Haus.«

Sie warf einen Blick auf ihren Gastgeber, der gebannt die Darbietung verfolgte. Sie selbst war mehr vom Tun der Kellner in Bann geschlagen. Denn wie es schien, fanden die tatsächlichen Ausschweifungen weniger auf der Bühne als auf den Tellern statt, wenn beim Lüpfen silberner Hauben wahre Ungeheuerlichkeiten enthüllt wurden. Die schwarz Befrackten zeigten auch keinerlei Scheu, dies mit der schamlosesten Offenheit anzukündigen: »Einmal Kalbsbäckchen«, hörte sie. »Der Rehschlegel und die Perlhuhnbrust.«

Ihr schwindelte ein bisschen.

Ein Ober trat an ihren Tisch, nahm die Flasche aus dem Kühler und sah ihren Gastgeber fragend an. Der nickte, ohne den Blick von der *Show* zu wenden. Dann beugte sich der Ober zu ihr hinunter und sagte flüsternd, dass oben an der Treppe jemand auf sie warte. Sie drehte sich um. Unter den Leuten, die dort standen, war keine Cilly zu entdecken. Als sie den Ober fragen wollte, von wem die Nachricht stammte, war der schon mit der leeren Flasche abgezogen. Sie stand auf, schlängelte sich durch die Tischreihen und durch das Gedränge die Treppe hinauf.

»Hier«, rief jemand und winkte ihr von der Garderobe aus zu. Eine junge Frau, die sie nicht kannte. »Sie sind doch die Gerti Blumfeld. Ham Sie die Cilly gesehen?«, fragte sie gehetzt. Und auf ihr Kopfschütteln: »Das gibt's doch nicht. Ich such sie schon den ganzen Abend.«

»Woher kennen Sie mich?«, fragte Gerti.

»Ich hab Sie mit der Cilly im Monachia oder im Kolosseum gesehen, ich weiß nicht mehr genau.« Sie sah sich nervös um. »Aber ist ja egal. Ich muss ihr unbedingt was geben.«

Gerti musterte die junge Frau. Blasses Gesicht, dunkelrot geschminkte Lippen. Unter dem halb geöffneten Mantel ein kurzes rotes Hängerkleidchen. »Die Cilly ist nicht da. Ich warte auch auf sie.«

Die Frau zog Gerti am Arm in eine dämmrige Ecke. »Verstehen Sie, ich hab da was.« Sie schlug den Mantel zurück und deutete auf eine Mappe, die sie an sich gedrückt hielt. »Die hat mir die Cilly heut gegeben, und ich muss sie ihr wiederbringen.«

»Ja, ich weiß nicht, dann nehmen Sie sie halt mit heim und geben sie ihr morgen.«

»Das geht nicht«, erwiderte die Frau und blickte ängstlich

zur Tür, wo gerade zwei junge Männer hereinkamen. »Ich kann sie nicht behalten.«

»Was ist da drin? Geld?«

»Nein, nein, kein Geld. Bloß Papiere, bloß so Papiere.« Wieder blickte sie zu den beiden jungen Männern hinüber, die sich an der Garderobe zu schaffen machten. »Aber trotzdem …«

»Dann schauen wir halt nach, was das für Papiere sind.«

»Aber nicht hier«, erwiderte die Frau erschrocken und deutete auf die Toilettentür. »Das machen Sie da drin.« Sie reichte Gerti die Mappe.

Im Innern der Toilette zog Gerti ein paar mit Schreibmaschine beschriebene Blätter heraus und hielt sie ins Licht. Ein Vertrag. Über eine Verpachtung. Einige Seiten mit Namenslisten. Die Unterlagen eines Geschäftsmanns? Was wollte Cilly damit? Und woher stammte die Mappe überhaupt? Wahrscheinlich »gefunden«, wie Cilly und ihr Kreis es nannten, wenn ihnen ein Glücksfall etwas in die Hände spülte. Falls die Frau annahm, sie würde die Mappe übernehmen und aufbewahren, hatte sie sich getäuscht.

Sie solle aufpassen, hatte erst neulich Sepp, der Rechtsanwalt, gesagt. Es sei ja gut und schön, wenn sie ihre Studie über arbeitende Frauen auch in gewisse Grenzbereiche ausweite, aber sie solle sich von den Kleinkriminellen fernhalten. Das seien nicht die Schlimmsten, hatte sie erwidert. Die wirklichen Sauereien würden doch von den sogenannten »Großen« gemacht. Genau deswegen warne er sie ja auch. Die Bereiche der Großen würden sich oft mit denen der Kleinen überschneiden. Und dann könnte es gefährlich werden.

Sie überlegte einen Moment. Die Frau sollte die Mappe am besten dorthin zurückbringen, wo sie »gefunden« worden war. Und zwar auf dem schnellsten Weg.

Vorsichtig öffnete sie die Tür und sah hinaus. Die Frau stand nicht mehr in der Ecke. Auch im Vorraum nicht. Gerti ging zur Treppe und ließ den Blick übers Lokal schweifen. Die junge Frau war verschwunden.

1

Es war eines der Häuser am Fuß des Nockherbergs, das man wahrscheinlich abgerissen hätte, wenn der Krieg nicht dazwischengekommen wäre. Schief und krumm, auf einer Seite leicht abgesackt, klammerte es sich auf der anderen ans Nachbargebäude, um nicht im feuchtmodrigen Morast entlang des Auer Mühlbachs zu versinken. An den Ecken und Laibungen bröckelte der Putz, der Lack an den Fensterrahmen war abgesplittert, die Fassade zeigte noch Spuren eines früheren Anstrichs, ein schimmliges Grün, das sich im Grau der restlichen Fläche kränklich ausnahm.

Und so roch es auch, als Reitmeyer in den Hauseingang trat und die Stufen zu der Kellerwohnung hinunterstieg. Während er den düsteren Gang entlangging, wurde vor ihm eine Tür aufgerissen und eine Frau mit einem Kübel in der Hand trat heraus.

»Ich möcht zum Herrn Maikranz«, sagte er und hielt seine Polizeimarke hoch. »Ich bin hier doch richtig?«

Die Frau sah ihn mit leerem Blick an und nickte. Dann schlug sie den Türflügel zurück und machte eine Geste, dass er eintreten solle.

Auf der Schwelle zögerte Reitmeyer einen Moment, nicht nur wegen des Geruchs, sondern wegen der drangvollen Enge in dem länglichen Raum, wo zwischen Bettstatten und Kommoden, zwischen Tisch und Herd und ein paar Stühlen, die von Kindern besetzt waren, kein Platz für einen Besucher zu sein schien.

»Kommen S' nur rein, Herr Kommissär«, hörte er eine Stimme aus einem der Betten. »Das ist aber schön, dass Sie nach mir schauen.« Ein Kopf mit einer dicken Bandage, die auch das rechte Auge bedeckte, tauchte auf.

»Herr Maikranz«, sagte Reitmeyer und bahnte sich den

Weg durch das Gerümpel aus Möbeln und Hausrat. »Wie geht's Ihnen jetzt?«

Der Mann rappelte sich schwerfällig hoch und schüttelte ihm die Hand. »Schon besser. Aber ob ich mein Augenlicht behalt, steht noch nicht fest, hat der Doktor im Krankenhaus gesagt. Wir hoffen halt das Beste.«

Da die Kinder ihn nur schweigend anstarrten und keine Anstalten machten, einen der Stühle zu räumen, überlegte Reitmeyer, ob er sich auf die Bettkante setzen sollte. Frau Maikranz, die auch wieder eingetreten war, scheuchte eines der Mädchen hoch und wischte schnell mit einem Lappen über den Hocker, bevor sie Reitmeyer bat, Platz zu nehmen. Dann stellte sie sich ans Fußende des Bettes. »Ham S' die Saubande schon erwischt, die meinen Mann so zugerichtet hat?«, fragte sie.

»Deswegen bin ich da.« Reitmeyer zog ein Foto aus der Innentasche seines Mantels. »Das wollt ich Ihnen zeigen. Ob Sie den Mann erkennen?«

Maikranz hielt das Foto in das spärliche Licht, das durch das Kellerfenster einfiel, und studierte das Bild eingehend. »Ich glaub schon«, sagte er nach einer Weile. »Es war zwar schon spät, aber vom Schaufenster war genügend Licht. Das hab ich Ihnen ja schon gesagt. Die Kerle sind aus dem Pelzgeschäft rausgestürmt und zu ihrem Wagen gerannt. Der Letzte hat mir einen Schwinger versetzt, dass ich mit dem Kopf gegen den Mauervorsprung gestürzt bin. Aber sein Gesicht hab ich genau gesehen. Das vergess ich mein Lebtag nicht mehr.« Er gab das Foto zurück. »Das ist der Kerl.« Er ließ sich auf das Kissen sinken. »Wie sind Sie auf den gekommen?«

»Im Rahmen von Ermittlungen. Aber bislang konnten wir ihm nichts nachweisen.«

»Aufhängen sollt' man das Gesindel«, sagte Frau Maikranz. »Einen anständigen Menschen halb totschlagen, der bis spät in der Nacht in der Küche arbeiten muss. Und wenn er jetzt noch sein Aug' verliert ...« Sie folgte Reitmeyers Blick auf die Ziegelsteine, die unter die Füße der Möbelstücke geschoben waren. »Das ist wegen dem Wasser«, sagte sie. »Wenn's stark regnet, drückt's von unten oft rein.«

»Einmal sind meine Schuh davong'schwommen«, sagte ein kleiner Bub stolz, bevor seine ältere Schwester ihn anstieß und er wieder schwieg.

Reitmeyer stand auf. »Ich hab's leider eilig, Herr Maikranz. Ich muss gleich weiter. Aber ich meld mich wieder, wenn sich was Neues ergibt.« Er schüttelte ihm die Hand. »Und weiterhin gute Besserung.«

Frau Maikranz öffnete ihm die Tür. »Jetzt sperren S' den Lump doch ein?«

»Ich tu mein Bestes, Frau Maikranz. Das versprech ich Ihnen.«

Wie gehetzt lief Reitmeyer den Gang entlang und mit ein paar Sätzen die Treppe hinauf. Erst vor dem Haus wagte er, wieder tief durchzuatmen. Der faulig modrige Geruch in der Kellerwohnung, der Mief aus altem Bettzeug, Windeln und aufgewärmtem Kohl hatte ihm fast die Luft abgeschnürt. Am liebsten hätte er sich geschüttelt wie ein Hund nach einem Regenguss. So mussten diese Leute leben. Es war menschenunwürdig. Aber sie waren nicht die Einzigen. Es herrschte verheerende Wohnungsnot.

Als er über die Ludwigsbrücke fuhr, kam von Westen eine dunkle Wolkenwand auf ihn zu, in der Ferne grollte Donner, und über der Isar zuckten Blitze. Ein Wintergewitter. Das war selten. Er trat in die Pedale, um noch vor Ausbruch des Unwetters die Ettstraße zu erreichen. Doch es fielen bereits die ersten Tropfen, und als er im Hof sein Fahrrad abstellte, goss es so heftig, dass er gerade noch den Eingang erreichte, bevor er völlig durchweicht war.

Im Treppenhaus wischte er sich die Nässe vom Mantel und hastete die Stufen hinauf. Um fünf hatte er die Vernehmung angesetzt. Jetzt würde er den Kerl drankriegen. Diesmal würde er ihn festnageln.

Als er die Tür zum Vernehmungsraum öffnete, war noch niemand da. Er sah auf die Uhr. Fünf vor fünf. Aber die angeforderte Akte über die Militärlaufbahn von Willy Bauer lag auf dem Tisch. Er blätterte sie kurz durch. Mit sechzehn hatte sich Bauer freiwillig gemeldet, mehrere Auszeichnungen für Tapferkeit erhalten, und 1918, im letzten Kriegsjahr, war er zum Leutnant befördert worden.

Reitmeyer zuckte zusammen, als draußen ein Blitz aufflackerte, gefolgt von einem Donnerschlag, der das Gebäude in seinen Grundfesten zu erschüttern schien. Er stand auf und ging zum Fenster. Heftiger Regen prasselte gegen die Scheiben, der Baum gegenüber bog sich unter den peitschenden Böen. Reitmeyer rieb sich den Nacken. Der Typus Bauer war ihm bekannt: Verwegener Frontkämpfer, EK II. Dekoriertes Kanonenfutter. Ohne die verheerenden Verluste gerade unter Leutnants hätte er eine solche Karriere nie gemacht. Von den Offizieren mit regulärer Laufbahn, die auf ihrem Standesdünkel beharrten, wurden solche Leute allerdings nicht für voll genommen.

Wieder ertönte ein Donnerschlag, und in den prasselnden Regen mischten sich Hagelkörner, die wie Kugeln ins Blech der äußeren Fensterbank einschlugen. Als er sich abwandte, sah er den Tisch im Augenwinkel: Papiere, Flaschen, Becher, der graue Kasten des Feldtelefons, ein paar Revolver – das übliche Durcheinander, alles beleuchtet von einer einzigen Kerze, die in einem See aus geschmolzenem Talg auf der Tischplatte klebte.

Er blieb ruhig. Das plötzlich wiederkehrende Bild von seinem Unterstand brachte ihn nicht mehr aus der Fassung. Es ließ sich wegblinzeln. Wenn ihn jedoch ganze Salven von Erinnerungsbildern bedrängten, wie Filme gleichsam, war es anders. Immer noch.

Im selben Moment ging die Tür auf. Zwei Wachleute schoben den Delinquenten herein, führten ihn zu dem Stuhl am Vernehmungstisch und drückten ihn auf den Sitz. Bauer ließ alles mit hochmütig verächtlicher Miene über sich ergehen.

»Sie warten draußen«, sagte Reitmeyer zu den Wachleuten.

Bauer lehnte sich zurück, rutschte an die vordere Sitzkante und streckte die Beine von sich, als lümmelte er auf einem Kneipenstuhl. Reitmeyer ließ sich nicht provozieren. Er nahm die Akte und blätterte darin herum.

»Sie waren also Offizier?«, fragte er nach einer Weile und blickte über die Akte hinweg auf das blasse Bürschchen, das in der grauen Jacke und der fleckigen Hose eher wie ein Hoteldiener aussah. Keines nobleren Etablissements allerdings. Auch in den ungeprägten, fast kindlichen Zügen seines Gesichts erinnerte nichts an die Attribute, die man mit einem leitenden Militär in Verbindung brachte.

Bauer setzte sich auf. »Ich war *Front*offizier«, spuckte er aus.

Reitmeyer nickte. Natürlich wollte er sich von den Stabsoffizieren absetzen, die von Leuten wie seinesgleichen als Drückeberger in der Etappe angesehen wurden.

»Und nach dem Krieg?«

»Freikorpskämpfer.«

»Aha.« Reitmeyer lehnte sich zurück. »Und nachdem die Freikorps in Preußen aufgelöst wurden?«

»Bin ich zurück nach Bayern gekommen. Und hab mich bei der Reichswehr beworben. Im Moment bin ich noch bei der Einwohnerwehr.«

Die Hoffnung, in die Reichswehr übernommen zu werden, konnte er sich abschminken. Die »echten« Offiziere der ehemals kaiserlichen Armee teilten die wenigen Stellen unter sich auf. Das wusste er sicher selbst. »Und bei der Einwohnerwehr haben Sie eine feste Stelle? Ich meine, ein Einkommen, von dem Sie leben können?«

»Ach, darauf wollen Sie hinaus?«, erwiderte Bauer mit einem hochmütigen Lächeln. »Wenn ich Ihrer Meinung nach nicht genügend verdiene, liegt es auf der Hand, dass ich ein Einbrecher bin?«

»Vielleicht nicht ganz abwegig. Sie haben keine Ausbildung, nichts gelernt, außer mit der Waffe zu kämpfen, können in keinen bürgerlichen Beruf zurückkehren …«

»Und deshalb wollen Sie mir einen Einbruch anhängen?«, schrie Bauer und sprang auf. »Mich zu einem Verbrecher abstempeln, während die wirklichen Verbrecher, die mit ihrem Defätismus und ihren Streiks die Heimatfront zersetzt haben, frei herumlaufen oder auf Regierungsbänken sitzen!« Er lief rot an, und einen Moment lang sah es aus, als wollte er sich auf sein Gegenüber stürzen.

»Wenn Sie nicht sofort wieder Platz nehmen, lasse ich Sie in verschärften Arrest nehmen«, sagte Reitmeyer ruhig.

Bauer lachte krächzend und setzte sich wieder. »Arrest? Bei Wasser und Brot?«, fragte er spöttisch. »In den Schützengräben hat es oft nicht einmal das gegeben.«

»Herr Bauer«, begann Reitmeyer nach einer Weile betont sachlich wieder. »Bezüglich des Einbruchs in der Neuhauserstraße haben sich neue Erkenntnisse ergeben.«

»Die können mich nicht betreffen.«

»Vielleicht aber doch. Wir haben die Aussage eines Zeugen, der Sie eindeutig beim Verlassen des Pelzgeschäfts erkannt hat. Bevor Sie ihn so brutal niederschlugen, dass er möglicherweise auf einem Auge die Sehkraft einbüßt.«

Bauer machte eine wegwerfende Handbewegung und erwiderte ungerührt Reitmeyers Blick. »Wie ich Ihnen schon letztes Mal gesagt habe, hab ich den Abend mit meinen Freunden verbracht und die Nacht bei meiner Verlobten. Der muss sich also getäuscht haben.« Und nach einer Pause fügte er mit einem verschlagenen Ausdruck hinzu: »Was sich spätestens bei einer Verhandlung herausstellen wird …«

»Soll das eine Drohung sein?«, fuhr Reitmeyer auf. »Der Zeuge wird sich von Ihren ›Kameraden‹ nicht einschüchtern lassen.«

»Wie kommen Sie darauf, Herr Kommissär? Wozu hätte ich so was nötig? Ich habe ein lupenreines Alibi.«

Die Unschuldsmiene und der verlogene Tonfall weckten bei Reitmeyer kurz den Drang, auszuholen und dem Kerl eins überzuziehen. Aber er beherrschte sich. Dennoch kam er hier im Moment nicht weiter. Er klappte die Akte zu. »Ich werde Ihre Aussagen überprüfen«, sagte er und erhob sich. »So lange bleiben Sie in Haft.«

Bauer schenkte ihm ein verächtliches Grinsen, als die Wachleute ihn abführten.

Reitmeyer sah ihm nach. Der fühlt sich vollkommen sicher, dachte er. Weil er sich absolut darauf verlassen kann, dass seine Freunde von der Einwohnerwehr für ihn aussagen werden. Und wenn die beschwören, dass sie den Abend gemeinsam verbracht haben, muss der Zeuge sich getäuscht haben. Darauf würde der Anwalt dieser Halunken pochen. Bei dem Gedanken an Maikranz gab es Reitmeyer einen Stich. Diese »Verlobte« würde er in der Sitte überprüfen lassen, dachte er auf dem Weg in sein Büro. Vielleicht ließ sich das Alibi dieses Kerls an der Stelle aufweichen. Vielleicht war sie schon öfter in dieser Funktion aufgetreten.

»Und?«, fragte Steiger, nachdem er mit schnellem Schritt das Büro durchquert und die Aktenbündel auf den Schreibtisch geworfen hatte. »Was rausgekommen bei der Vernehmung?«

»Ach!« Reitmeyer winkte verärgert ab. »Die feinen Freunde geben dem Kerl ein Alibi. Und wenn alle zusammenhalten, werd ich ihn laufen lassen müssen. Dabei bin ich mir absolut sicher …«

»Und die Spurensicherung? Hat die keine Fingerabdrücke?«

»Ha.« Reitmeyer lachte auf. »So blöd sind die Einbrecher heut nicht mehr. Die ziehen doch alle Handschuhe an.«

»Das kommt vom Kino.«

»Was?«

Steiger zog eine Zeitschrift zu sich heran, die aufgeschlagen auf seinem Schreibtisch lag. »Das steht in dem Artikel, den mir der Oberinspektor gegeben hat. Die wichtigen Stellen hat er rot angestrichen.«

»Ja, das ist eine seiner Lieblingsbeschäftigungen.«

Steiger fuhr mit dem Finger eine Spalte entlang. »Pass auf! Jetzt erfährst du, warum wir so viel Arbeit haben. ›Nicht nur die sogenannten Liebesfilme richten ungeheure sittliche Verheerungen an …‹«

»Ah, bitte«, unterbrach ihn Reitmeyer, »erspar mir das Geseiere von diesen Moralaposteln.«

»Nein, nein, wart doch, jetzt kommt's! ›Noch verderblicher in ihrer Konsequenz sind womöglich die Darstellungen der Detektiv- und Kriminalfilme, die unweigerlich zur Schule des Verbrechertums werden müssen.‹« Er hob den Zeigefinger. »›Die immer zahlreichere Verletzung der Gesetze ist unbedingt auf die Wirkung des Kinobesuchs zurückzuführen!‹«

»Ja, sehr erhellend«, sagte Reitmeyer. »Letzte Woche hat er uns noch erklärt, dass der Verfall der Sitten eine Folge von Linksradikalismus und Revolution sei.«

»Und mir hat er erklärt, dass alles besser wird mit der neuen bayerischen Regierung. Vor allem mit unserem neuen Polizeipräsidenten«, erwiderte Steiger und zog seine Wolljacke enger um sich.

»Ja, linksradikal ist der nicht.« Reitmeyer ging zum Fenster hinüber. »Eher im Gegenteil.«

Der Regen war schwächer geworden. Das trübe Licht der Straßenlaternen spiegelte sich im nassen Pflaster, und Windstöße trieben altes Laub und Papierfetzen die Rinnsteine entlang. Fröstelnd knöpfte er sein Jackett zu und legte die Hand auf die Heizung. Sie war kaum lauwarm. Im Polizeipräsidium wurde gespart. Kohle war knapp und teuer. Er drehte sich wieder um. »Machst du bald Schluss?«

Steiger blickte auf und schüttelte den Kopf. »Ich mach den Bericht noch fertig. Und überhaupt«, er zog eine Decke über die Knie, »daheim ist's auch nicht wärmer.«

Reitmeyer ging an seinen Platz zurück. »Ich wart noch auf den Rattler, der soll mir ein Fahrzeugkennzeichen raussuchen. Die Bande hat die Bronzestatuen und Urnen vom Ostfriedhof ja sicher nicht im Rucksack abtransportiert. Jedenfalls hat ein Zeuge einen Lieferwagen gesehen.«

Steiger schnaufte auf. »Darauf hat mich der Oberinspektor heut schon zwei Mal angesprochen. Die ständigen Metallplünderungen auf den Friedhöfen sorgen angeblich für großen Unmut in der Bevölkerung. Aber die Leut' sind genauso sauer«, er zeigte auf den Aktenstapel vor sich, »wenn ihre Türklinken, die Messingstangen von den Treppenläufern oder ganze Eisenzäune verschwinden.«

»Dann sollte der Herr Oberinspektor halt darauf drängen, dass entweder der Kinobesuch verboten oder ein Bataillon neuer Ermittler eingestellt wird. Wie sollen wir denn mit dieser Flut von Anzeigen noch fertigwerden?«

Reitmeyer nahm einen Stift und warf ihn gleich wieder ärgerlich auf die Schreibtischplatte. Es war sinnlos. Eigentumsdelikte hatten tatsächlich massiv zugenommen. Schon während der Revolution und nach der Demobilmachung hatte es einen rapiden Anstieg von einfachem und schwerem Diebstahl gegeben, und der war seitdem nicht mehr abgerissen. Die Vorkriegsmark war bloß noch zwanzig Pfennig wert. Tendenz fallend. So gesehen war die viel beklagte »Diebstahlseuche« vermutlich nichts anderes als eine Flucht in Sachwerte. Die alle antraten. Zumindest die Schlauen. Der Gesetzgeber schaffte es nicht, die Geldstrafen der Geldentwertung anzupassen, also verloren sie ihre abschreckende Wirkung. Die Polizei verfolgte kleine Fische, die in Läden und Kioske einbrachen, Gärtnereien plünderten und alles klauten, was nicht niet- und nagelfest war, um es dann für ein paar Pfennige zu verscherbeln. Während sie an die großen Fische, die ganze Wagenladungen begehrter Güter verschoben und auf dem Schwarzmarkt Millionen machten, nicht herankamen. Weil die geschickter waren. Oder bessere Verbindungen hatten.

Er stand auf. »Wo bloß der Rattler bleibt?« Gerade als er die Tür öffnete, um nachzusehen, kam der Polizeischüler atemlos angelaufen.

»Tut mir leid«, keuchte er und wedelte mit einem Zettel. »Das hat länger gedauert. Weil die Nummer nicht stimmt. Die ist überhaupt nicht vergeben.« Er rang nach Luft.

»Jetzt renn doch nicht immer so. Du weißt doch, dass dir das nicht guttut«, sagte Reitmeyer und sah ihn tadelnd an. Rattler hatte während des Kriegs zwei Gasverletzungen erlitten, und seine Lunge war so stark geschädigt, dass er die letzten Jahre in Lazaretten und Kliniken verbringen musste. »Jetzt verschnauf dich erst einmal!«

Rattler beugte sich nach vorn und stützte die Hände auf die Knie. »Der Zeuge muss sich geirrt haben«, stieß er ächzend hervor.

»Na prima. Jetzt haben wir wieder nichts«, sagte Reitmeyer.

Rattler richtete sich wieder auf. »Vielleicht sollte man sich systematisch auf die Ankaufstellen konzentrieren«, schlug er, immer noch röchelnd, vor.

»Ja, was meinst du denn, was wir machen?«, fragte Steiger und zog eine Brotzeit aus seiner Tasche.

»Ich meine, dass man *gezielte* Ermittlungen vornehmen müsste.«

Steiger wickelte umständlich die Brotzeit aus, was ihm mit einer Hand nur schlecht gelang. Seine Linke, die starre lederne Prothese, war keine Hilfe. Reitmeyers Angebot, ihm beizustehen, wehrte er ab.

»Das nächste Mal kannst du ja in der Au rumrennen und die Altwaren- und Krattlerläden filzen«, sagte er. »Ich hab mir gestern schon den Arsch abgefroren bei dem Deckswetter. Die stellen das gestohlene Zeug ja nicht im Schaufenster aus. ›Gezielte Ermittlungen‹«, fügte er zu Reitmeyer gewandt hinzu. »Jetzt will er uns schon wieder erklären, wie wir unsere Arbeit machen müssen.«

»Ich meine, man müsste vielleicht auf Zuträger und Spitzeldienste zurückgreifen, das hat doch früher auch ...«

»Früher? Im Kaiserreich?«, rief Steiger. »Ist dir schon mal aufgegangen, dass wir ganz andere Verhältnisse haben? Dass Klauen der reinste Volkssport geworden ist? Dass jeder meint, er sei berechtigt, sich was zu ›organisieren‹, wenn er sieht, was für Profite die Schieber und Kriegsgewinnler machen?« Er zerrte gereizt an der Decke, die sich um seine Knie gewickelt hatte. Dann biss er in sein Brot.

»Pfui Teifel!«, fluchte er und spuckte es angewidert in die hohle Hand. »Was ist denn das?« Er klappte die Brothälften auseinander und starrte auf die bräunlich grauen Fladen, bevor er alles neben die Akten schleuderte. »Das soll ein Fleischpflanzl sein?« An seiner Stirn schwoll eine Ader, und die lederne Prothese schlug auf die Tischkante. »Straßendreck mit Sägmehl verrührt ist das.« Scharrend fuhr sein Stuhl zurück. »Das kann doch kein Mensch fressen. Das schmeißt man doch keiner Sau hin!«

Reitmeyer wich einen Schritt zurück, während Rattler ungerührt das Pflanzl inspizierte.

»Wurst und ähnliche Produkte müssen fünf Prozent Fleisch enthalten«, sagte er gelassen. »Ansonsten dürfen Ersatzmittel verwendet werden ... cirka elftausend ...«

»Ersatz, *Ersatz*!«, schrie Steiger. »Den ganzen Krieg durch ham wir Ersatz gefressen! Ersatzeier, Ersatzweizen, Ersatzbutter, in der Marmelad' ist kein Obst mehr drin, der Mist ist bloß mit Rübensaft gefärbt, und der Fleischanteil in dem

Pfanzl …« Er schnappte nach Luft. Reitmeyer und Rattler beobachteten fassungslos, wie der sonst so besonnene und eher wortkarge Steiger völlig außer sich geriet. »Was sind die fünf Prozent? Hund, Katz oder Ratz?«, schrie er. »Was steht in der Verordnung?«

»Das ist nicht genau spezifiziert«, erwiderte Rattler. »Aber Ratte wär' auf jeden Fall besser als Ratten*ersatz*.«

Steiger stierte den Polizeischüler an. »Scheiß verreckter«, stieß er hervor, packte die Brotscheiben mitsamt dem Belag und schmiss alles in den Papierkorb.

Rattler setzte erneut zu einem Kommentar an, klappte den Mund aber wieder zu, als Reitmeyer ihm einen strengen Blick zuwarf.

»Soweit hat's kommen müssen«, sagte jemand von hinten.

Reitmeyer drehte sich um. Brunner, der Polizeiassistent, stand in der Tür.

»Jetzt fressen die Franzosen unser Fleisch. Und mollig warm ham sie's dabei. Mit unseren Kohlen. Aber das Bolschewikengesindel in Berlin hat diesen Schandvertrag ja unterschreiben müssen.«

»Schluss jetzt«, unterbrach ihn Reitmeyer mit erhobener Stimme. »Wir haben einen Haufen Arbeit und …«

»Man wird ja wohl noch sagen dürfen, was wahr ist.« Brunner hob das Kinn und humpelte ein paar Schritte in den Raum. Seine Knieverletzung stammte zwar nicht aus dem Krieg – ein ausschlagendes Pferd hatte ihn bei einer Arbeiterdemonstration 1914 erwischt –, dennoch trat er so auf, als hätte er an der Heimatfront die entscheidenden Schlachten geschlagen. Gegen Sozis und Bolschewiken, gegen »Novemberverbrecher« und »Vaterlandsverräter«, überhaupt gegen das ganze »Schwabingertum«, worunter er alles Revolutionäre und Umstürzlerische subsumierte. Und für den Niedergang in der Nachkriegszeit hatte er die Verantwortlichen ebenfalls ausgemacht. »Wer ist denn schuld an dem ganzen Saustall? Das sind doch die in Berlin …«

»Schluss, hab ich gesagt. In meinem Büro wird nicht politisiert«, rief Reitmeyer. »Herrschaftszeiten! Wenn's nichts Dienstliches zu berichten gibt, dann …«

»Es ist aber dienstlich«, erwiderte Brunner und humpelte näher. »Da hat der Gastwirt vom Roten Adler in der Müllerstraße ang'rufen. Einen Arzt hat er auch schon verständigt. Der ist sich nicht ganz sicher …«

»Und was will der Gastwirt?«

»In seinem Keller liegt eine Frau.«

»Und was geht das uns an?«

»Die ist tot.«

Die Fahrt vom Präsidium in der Ettstraße zum Roten Adler in der Müllerstraße verlief weitgehend schweigend. Abgesehen vom leisen Fluchen des Polizeichauffeurs, der zwar geschickt den Hebel des Wischerblatts bediente, es bei dem Regen aber dennoch nicht vermochte, für genügend Sicht zu sorgen. Entsprechend langsam kamen sie voran.

»Da wären wir zu Fuß ja schneller«, sagte Rattler.

Reitmeyer hob die Hand. »Du kannst gleich aussteigen und zu Fuß nach Haus marschieren.«

Eigentlich hatten sie Rattler gar nicht mitnehmen wollen. Aus Rücksicht auf seine Gesundheit. Er könne sich erkälten bei dem schlechten Wetter, meinte Reitmeyer. Und eine dampfige, verqualmte Kneipe sei auch nicht gut für ihn. Aber Rattler ließ nicht locker. Er sei kein Krüppel. Außerdem sei es schon schlimm genug, dass er wegen Krieg und Krankheit noch immer keinen Abschluss habe und mit Holzschädeln, die beim Lesen mit dem Finger die Zeile entlangfuhren, wieder im Unterricht sitzen müsse, wo er rein gar nichts Neues erfahre. Das hatte Reitmeyer schließlich überzeugt. Für Rattler, der von Beginn seiner Ausbildung an Polizeihandbücher und kriminologische Fachzeitschriften verschlang – und ihnen mit seiner Besserwisserei zuweilen gehörig auf die Nerven ging –, konnte es nur Qualen bedeuten, mit dumpfen, desinteressierten Polizeieleven wieder die Schulbank drücken zu müssen. Er hatte eine Belohnung verdient.

Als sie vor dem Gasthaus hielten und ausstiegen, kam ihnen ein Mann entgegen, der unter dem Vordach gewartet hatte. »Ich bin der Arzt«, sagte er. »Der Hausarzt der Wirtsleute. Man hat mich verständigt, weil man dachte ... ich könnt' noch helfen. Aber leider ...« Er wandte sich ab und deutete auf die hellen, stark beschlagenen Fensterscheiben. »Da drinnen ist ein großer Trubel und ein furchtbares Gedränge. Wir gehen lieber einmal ums Haus. Ich hab den Hintereingang aufsperren lassen.«

Sie folgten ihm über einen dunklen Hof. Er öffnete eine metallene Tür, die in einen spärlich beleuchteten Gang führte, wo es drei Männer ziemlich eilig hatten, Kartons und Kisten in angrenzende Räume zu schleppen.

»Die sind ... aufgeregt«, erklärte der Arzt flüsternd. »Sie verstehen schon«, er machte eine bedauernde Geste. »Wenn Polizei ins Haus kommt ...«

Reitmeyer warf Steiger einen Blick zu. Es lag auf der Hand, dass die Leute Waren wegschafften, die nicht ganz legal erworben waren. »Klar verstehen wir das«, erwiderte er. »Wer will schon Polizei im Haus.«

Der Arzt sah ihn unsicher an. Rattler grinste.

»Da vorn rechts geht's in den Keller. Aber seien Sie vorsichtig, die Treppe ist sehr steil, und unten ist es nicht besonders hell. Ich geh am besten voraus.«

Die Treppe entpuppte sich als eine Art Hühnerleiter mit so schmalen Stufen, dass man sich am Geländer festklammern musste, um nicht kopfüber in die Tiefe zu stürzen. »Das gehört verboten«, brummte Steiger. »Das ist ja gemeingefährlich.«

»Ganz richtig«, meinte der Arzt. »Das ist dem armen Opfer wohl auch zum Verhängnis geworden.«

»Und wo ist das Opfer?«, fragte Reitmeyer, als sie unten angekommen waren.

»Da hinten«, sagte der Arzt und deutete in eine Ecke des dämmrigen Gewölbes. »Die Leute haben die Frau da hingelegt. Weil sie im Weg war, verstehen Sie.«

»Ja sicher«, erwiderte Reitmeyer. »Wenn man Sachen wegräumen muss, ist eine Leiche schnell im Weg.«

»Ich hab mir Licht geben lassen«, sagte der Arzt und griff nach einer Petroleumlampe, deren Flamme er höher drehte. Er machte ein paar Schritte nach rechts und hielt die Lampe hoch.

Sie blickten auf eine junge Frau mit kurz geschnittenem Haar, die ausgestreckt am Boden lag. Sie trug ein schwarzes ärmelloses Kleid und glänzende Seidenstrümpfe, ihre Schuhe, schwarze Lackpumps, standen neben ihr.

»Wissen Sie, wer das ist?«, fragte Reitmeyer den Arzt.

»Nein. Niemand kennt sie hier.«

»Die ist doch sicher nicht in diesem Fähnchen hier angekommen. Irgendwo muss doch ihr Mantel sein. Rattler, geh mal ins Lokal rauf und sieh nach, ob du was finden kannst. Und Steiger, du gehst rauf und kriegst raus, wer die Frau gefunden hat. Und sag dem Wirt, dass ich ihn sprechen will.«

»Vielleicht ist oben auch noch ihre Tasche«, sagte Rattler und stieg die Treppe hinauf.

»Ich hab die Frau untersucht«, sagte der Arzt. »Aber es ist schwierig, verstehen Sie. Wenn man davon ausgeht, dass sie sich das Genick gebrochen hat bei dem Sturz, müssten eigentlich auch die Bänder am Hals gerissen sein, das heißt, der Kopf müsste sozusagen instabil sein.« Er machte mit den Händen eine Bewegung, die ein haltloses Kippen ausdrücken sollte. »Aber das ist nicht der Fall.«

»Also hat sie sich nicht das Genick gebrochen?«

»Das kann ich nicht mit Sicherheit sagen. Der Dens axis kann angebrochen sein, obwohl der Bandapparat noch hält. Das müsste man in der Gerichtsmedizin klären. Mit Sicherheit kann ich nur sagen, dass sie eine Fraktur am Handgelenk hat. Aber die war natürlich nicht tödlich.«

Reitmeyer nahm die Lampe, kniete sich nieder und leuchtete der Toten ins Gesicht. Sie wirkte, als würde sie schlafen, als könnte sie jeden Moment die Lider heben, die rot geschminkten Lippen öffnen und ihn anlächeln. Gleichzeitig hatte er das Gefühl, dass er sie kannte. Sie irgendwo schon einmal gesehen hatte. Vor noch nicht allzu langer Zeit. Aber ihm fiel nicht ein, wo.

»Können Sie zum Todeszeitpunkt etwas sagen?«, fragte Reitmeyer.

Der Arzt zuckte die Achseln. »Tja, ich hab noch keine Anzeichen von Leichenstarre feststellen können. Allzu lang liegt sie noch nicht hier.«

»Hallo«, rief Steiger von oben. »Kommst du rauf? Ich hab den Wirt und seine Leute in der Küche zusammengetrommelt.«

»Wenn Sie mich nicht mehr brauchen«, sagte der Arzt, »würde ich auch gern gehen. Ich hab noch Patientenbesuche.«

Reitmeyer dankte dem Arzt und folgte ihm nach oben.

Aus der Wirtsstube dröhnte laute Akkordeonmusik, begleitet vom grölenden Gesang der Gäste. Ein ziemlich angetrunkener Mann trat in den Gang und taumelte in Richtung Toilette.

»Wir müssen unbedingt die Kellertür absperren«, sagte Reitmeyer. »Sonst liegt das nächste Opfer unten.«

Steiger nickte. »Ich hab mir den Schlüssel schon geben lassen.«

Reitmeyer ging zur Tür mit der Aufschrift KÜCHE. Als er sie öffnete, schlug ihm ein stechend säuerlicher Geruch entgegen, die Gesichter des Mannes und der Frau, die Kraut aus einem Kessel schöpften, waren in dem aufsteigenden Dampf kaum zu erkennen. Eine dritte Person nahm die Teller ab und legte Fleischscheiben mit weißlichem Fettrand darauf. Weiter hinten wuselten zwei Küchenhilfen um eine Anrichte, die etwas Puddingartiges in kleine Schalen gossen.

»Bloß noch einen Moment«, rief der Mann über den Lärm hinweg, der durchs Servierfenster drang. »Ich bin gleich fertig.« Als er Steiger auf die Teller starren sah, hielt er kurz inne. »Zuteilung von der Freibank«, fügte er schnell hinzu.

»Möchten S' auch eine Portion?«, fragte die Frau. Die Wirtin offensichtlich.

Reitmeyer schüttelte den Kopf. »Wir sind nicht zum Essen hergekommen.«

»Ham jetzt alle?«, rief der Mann durch die Luke, wo zwei Hände nach den Tellern griffen.

»Passt«, antwortete eine Stimme.

»Tut mir leid, Herr Kommissär.« Der Mann, ein massiger Zweieinhalbzentner-Hüne, band sich die fettige Schürze ab. »Wir ham heut Abend eine große Gesellschaft. Eine Jubiläumsfeier. Schon länger vorbestellt. Das sieht für Sie jetzt«, er blickte kurz auf den dampfenden Kessel, »vielleicht pietätlos aus, aber es ist halt unser Geschäft, und ich kann meine Gäste nicht warten lassen. Übrigens, Endres mein Name. Ich bin der Wirt hier.« Er schüttelte Reitmeyer die Hand.

»Der Arzt hat mir gesagt, dass die Person im Keller hier niemandem bekannt sei. War sie denn Gast im Lokal?«

»Unser Kellner meint, dass sie so gegen acht hereingekommen ist und an der Theke gestanden hat. Einer von den Gästen hat ihr drei Schnäpse bezahlt. Der Alois, unser Kellner, hat sie dann aber nicht weiter beachtet, weil so viel Arbeit war.«

»Und wie erklären Sie sich, dass sie im Keller gelandet ist?«

»Ja, das ist furchtbar.« Er sah die Wirtin an. »Der Keller ist eigentlich immer verschlossen. Aber unsere Rita«, er deutete auf eine der Küchenhilfen, »muss vergessen haben, wieder abzusperren, nachdem sie was raufgeholt hat. Die junge Frau hat wahrscheinlich die Toilette gesucht. Die ist aber weiter vorn. Und sie soll ja vorher schon angetrunken gewesen sein …«

»Wer sagt das?«

»Unser Kellner.«

»Mit dem würde ich gern reden.«

»Herr Kommissär?« Rattler kam herein und hielt einen Mantel hoch. »Ich hab ihn gefunden. Da ist nichts drin. Und eine Tasche ist nirgends. Und mit dem Gast, der dem Opfer ein paar Schnäpse bezahlt hat, hab ich auch gesprochen. Namen und Adresse hab ich aufgeschrieben.«

»Und?«

»Er sagt, sie sei schon ziemlich angedudelt gewesen. Er hat sich trotzdem breitschlagen lassen, ihr noch was zu bestellen. Wie sie geheißen hat, weiß er nicht. Er hat sie vorher auch noch nie gesehen. Er kann sich nur noch erinnern, dass sie angedeutet hat, sie wartet auf jemand. Und dass sie irgendwie sauer gewesen ist, seiner Meinung nach. Aber dann war sie plötzlich weg, und er hat sich nicht weiter gekümmert, weil Freunde von ihm gekommen sind.«

»Hat sonst noch jemand mit ihr geredet?«

»Ich hab alle Gäste gefragt. Die waren sehr kooperativ. Auch bei der Suche nach dem Mantel. Aber geredet hat sonst keiner mit ihr. Und kennen tut sie auch niemand.«

»Alois«, rief der Wirt durch die Servierluke, »kannst du schnell kommen?«

Kurz darauf erschien ein jüngerer Mann mit erhitztem Gesicht, schnappte sich ein Glas vom Tisch, ließ Wasser einlaufen und stürzte es in einem Zug hinunter. »Ich hab dem jungen Polizisten schon alles gesagt«, erklärte er. »Ich kenn die Frau nicht.«

»War sie denn früher schon einmal hier?«, fragte Reitmeyer.

Der Kellner zuckte die Achseln. »Kann sein. Mit so andere Flitscherln vielleicht. Die kommen manchmal vom Kolosseum rüber. Aber sicher bin ich mir nicht.«

»Wieso ›Flitscherln‹?«

»Ja, vom Konvent der Unbefleckten Jungfrau war die nicht. So wie die ausgesehen und gesoffen hat.«

»Es kann sich nur um einen tragischen Unfall handeln,

Herr Kommissär«, fiel der Wirt dem Kellner ins Wort und funkelte seinen Angestellten an. »Was wir natürlich sehr bedauern.«

»Und Sie haben die Frau gefunden?«, fragte Reitmeyer die Küchenhilfe.

Die drückte sich ein Tuch auf den Mund und schluchzte trocken auf.

»Wie hat sie dagelegen?«

»Ja, so verkrümmt halt ... furchtbar ... Und dann bin ich rauf ...« Sie drückte wieder das Tuch ans Gesicht.

»Und wer hat sie dann in die Ecke gelegt?«

»Der Alois und ich.« Der Wirt trat einen Schritt näher auf Reitmeyer zu. »Verstehen S' schon, Herr Kommissär«, er machte eine kreiselnde Handbewegung, als wollte er die Einsichtsfähigkeit des Kriminalers ankurbeln, »wir ham da unsere Sachen drunten, dann geht's halt nicht ... wenn wir was brauchen ...«

»Unsere Rita macht sich solche Vorwürfe«, unterbrach die Wirtin ihren Gatten, menschliche Anteilnahme simulierend. »So ein Unglück. Wir sind noch immer ganz schockiert.«

Reitmeyer nickte. »Das wär' im Moment alles«, sagte er und machte Steiger und Rattler ein Zeichen, ihm nach draußen zu folgen.

»Wir müssen einen Wagen anfordern, der die Leiche in die Gerichtsmedizin bringt. Hier gibt's doch sicher ein Telefon.«

»Ja, drinnen, an der Theke. Ich ruf gleich an«, sagte Steiger.

»Ich hab eine Skizze von der Baulichkeit gemacht«, sagte Rattler und zückte einen Block. »Die Maße sind zwar nur geschätzt, aber man kann sich einen Eindruck machen.«

Reitmeyer warf einen Blick auf die Zeichnung.

»Und dann hab ich noch den Namen von dem Fotografen aufgeschrieben, der Bilder von der Feier gemacht hat. Er hebt den Film auf, falls wir ihn brauchen.«

»Sehr gute Arbeit«, sagte Reitmeyer und klopfte Rattler auf die Schulter.

»Bis der Wagen kommt, brauchen wir ja nicht zu dritt hier warten«, meinte Steiger. »Also, wenn du vorausgehen möchtest ...«

Rattler nickte heftig. »Sie können ruhig schon gehen, Herr Kommissär. Ich halt mit dem Herrn Steiger die Stellung.«

Reitmeyer sah die beiden an und konnte sich ein Grinsen nicht verkneifen. Sie wollten ihn loswerden, um sich eine Portion Sauerkraut mit Kesselfleisch zu bestellen, das ganz gewiss nicht von der Freibank stammte. Er gönnte es ihnen. »Ja, gut, ich lass euch den Wagen da und nehm die Tram.«

»Es schüttet auch nicht mehr so«, versicherte Rattler, um ihm den Abgang zu erleichtern.

Reitmeyer ging über den Hof und blieb einen Moment unter dem Vordach des Lokals stehen. Der Regen hatte aufgehört, stattdessen trieben jetzt erste Schneeflocken durch die Nacht. Er klappte den Mantelkragen hoch und zog die Handschuhe aus der Tasche. Das blasse Gesicht der Frau tauchte kurz vor ihm auf. Hunger hätte er auch gehabt. Trotzdem wäre ihm irgendwie nicht wohl dabei gewesen, hier etwas zu essen. Er schlüpfte in die Handschuhe. Sicher hatte seine Tante etwas gekocht für ihn. Sie war wieder in Freising bei ihren Verwandten gewesen, wo sie immer ein paar Dinge ergatterte, die man auf Lebensmittelkarte nicht bekommen konnte. Auch nicht hundertprozentig legal. Aber wer konnte schon auf hundertprozentig legale Weise überleben?

Hinter ihm öffnete jemand die Tür, und ein Schwall Akkordeonmusik drang heraus. Eine Männerstimme sang gegen den Lärm an: »*Eine Miezekatze hat se aus Angora mitgebracht*« Johlendes Gelächter. »*Und die hat se, hat se, hat se ... mir gezeigt die ganze Nacht.*«

Reitmeyer trat beiseite, um ein paar Gäste vorbeizulassen. Mit einem Mal sah er es wieder vor sich, wie er vor ein paar Tagen mit Sepp in der Brennnessel gestanden hatte. Der Pianist hatte den Schlager gehämmert, ein paar Leute den Refrain gebrüllt. Eine hübsche, stark geschminkte junge Frau hatte sich zu ihm durchgedrängt.

»Du bist doch Kommissär«, hatte sie gesagt.

»Wer behauptet so was?«

»Du musst mich beschützen.« Sie hatte bereits gelallt.

»Warum?«

»Weil ich Angst hab.«

»Dass dir der Schnaps ausgeht?«, hatte Sepp gefragt.

»Nein, ich mein's ernst.«

»Dann geh zur nächsten Polizeiwache und mach Anzeige.«

Sie hatte geschwankt, sich an Reitmeyer festgehalten und ihn mit aufgerissenen Augen angesehen. Dann hatte jemand von hinten ihren Arm gepackt und sie weggezerrt.

Reitmeyer starrte noch eine Weile in das Schneetreiben und hielt mit einer Hand den Mantelkragen zusammen. Angst war nichts Besonderes, dachte er beim Weggehen. Die gab es im Überfluss. Sie grimassierte aus vielen Gesichtern. Aber diese Frau lag jetzt tatsächlich tot dort unten im Keller.

2

Reitmeyer stürzte den Rest des Kaffees hinunter – wenn man die bittere, mit Zichorie gefärbte Brühe als solchen bezeichnen konnte – und kontrollierte im Garderobenspiegel noch einmal seinen Anzug. Der Schneider hatte recht gehabt, Jackett und Hose sahen wirklich gut aus, nachdem alles aufgetrennt, gewendet und neu zusammengesetzt worden war. Das abgetragen Schäbige war nicht mehr sichtbar, der andere Farbton, ein leicht ins Violett changierendes Blau, stand ihm vielleicht noch besser.

Als er nach seinem Mantel griff, streifte sein Blick noch einmal kurz sein Spiegelbild. Erst jetzt sah er die Spuren einer schlechten Nacht, die Schatten um die Unterlider, die kleinen Kerben um den Mund. Er wandte sich schnell ab. Zuweilen war Schlaf schlimmer als Schlaflosigkeit. Wenn er den Bildern wehrlos ausgeliefert war, die sich im Wachzustand noch wegdrücken ließen. Doch sein Inneres ließ sich nicht wenden wie dieser Vorkriegsanzug.

Rasch schlüpfte er in seinen Mantel, nahm seine Tasche und verließ die Wohnung. Seine Tante war schon fort. Morgen würde es »echten« Kaffee geben, hatte sie versprochen. Wie sie dies anzustellen gedachte, hatte sie nicht verraten, weil sie ihren Neffen als Angehörigen der Ordnungsmacht nicht »in Bredouille« bringen wollte. Aber er wusste natürlich Bescheid. Und profitierte davon, dass seine alte Tante dank der Hamsterfahrten aufs Land zu einer gewieften Schwarzmarkthändlerin geworden war. Sein schlechtes Gewissen wurde allerdings noch viel größer, wenn er daran dachte, dass sie oft stundenlang in der Kälte anstand, um auf Lebensmittelkarte etwas zu bekommen. Und wenn sie endlich an die Reihe kam, war meistens alles aus.

Auf dem Weg zu seinem Rad im Hinterhof spürte er plötzlich ein Ziehen im Oberschenkel, das sich zu einem lärmenden Pochen verstärkte, als er sich auf den Sattel schwang. Er hielt kurz inne und rieb sich die Narbe. Es lag am Wetter. Die alte Schusswunde meldete sich immer, wenn es kalt wurde, vor allem bei feuchter Kälte wie heute. Aber das war nicht das Schlimmste, was er aus den Schützengräben in Frankreich zurückbehalten hatte.

Als er in die Ludwigstraße einbog, riss mit einem Mal der grauwässrige Himmel auf, und grelles Licht stach ihm in die Augen. Er zog die Mütze tiefer ins Gesicht und radelte mit gesenktem Kopf weiter. Möglichst schnell, damit ihm warm wurde und die nagende Pein in seinem Schenkel aufhörte. Mit zusammengebissenen Zähnen konzentrierte er sich nur auf das rhythmische Auf und Ab der Beine und merkte wegen der gebückten Haltung fast zu spät, dass vor dem Haupteingang des Präsidiums zwei Leute standen, denen er – insbesondere so früh am Morgen – nicht begegnen wollte. Zudem näherte sich mit gezogenem Hut und in devoter Haltung Oberinspektor Klotz dem Duo. Reitmeyer machte schnell kehrt und nahm den Eingang in der Löwengrube.

Das Ganze nützte ihm vermutlich nicht viel, dachte er, als er die Treppe hinaufstieg. Auch wenn es ihm gelungen war, die Begegnung mit Pöhner, dem Polizeipräsidenten, und Hofmiller, dem rechtsnationalen Journalisten, zu vermeiden – der Oberinspektor würde ihm ausführlich von dem Treffen berichten. Schon um sich zu brüsten, wie nahe er der höchsten Macht in der Ettstraße stand. Und daran würde sich unweigerlich eine Hymne auf die neue Zeit anschließen, die ihnen nicht nur eine »verantwortungsvolle Regierung«, sondern endlich auch wieder einen Präsidenten beschert hatte, der diesen Namen verdiente. Anstelle von »Zinngießern und Spenglergesellen« und all den »unsäglichen Subjekten«, die durch Umsturz und Revolution in ein Amt gespült worden waren, das sie weder verdienten noch auszufüllen vermochten. Womöglich sprach ihn Klotz auch wegen der Sache vor ein paar Tagen an, als er gewagt hatte, eine Entscheidung ihres Präsidenten zu kritisieren. Als er fragte, welches Rechtsverständnis hier eigentlich herrschte, wenn man statt der Randalierer, die mit Stinkbomben und antisemitischen Parolen eine Aufführung von Schnitzlers *Reigen* gesprengt hatten, die Kammerspiele belangte, die mit der Auswahl ihrer Stücke angeblich die öffentliche Sicherheit gefährdeten.

Er schnaufte einmal tief durch, hastete den Gang entlang und öffnete die Tür zu seinem Büro. Sein Kollege und der Polizeischüler blickten kaum auf, als sie seinen Gruß erwiderten. Dicht nebeneinander saßen sie an Steigers Schreibtisch und betrachteten ein Foto. Rattler hielt eine Lupe darüber. Steiger beugte sich näher.

»Ja, jetzt kann ich's auch lesen«, sagte er.

»Was habt ihr da?«, fragte Reitmeyer.

Rattler richtete sich auf. »Mir ist gestern Nacht was eingefallen.« Ein triumphierender Ausdruck trat auf sein Gesicht. »Ich hab die Frau in dem Keller schon einmal gesehen!«

»Tatsächlich? Wo?«

»In einem Film. In einem Frontkino vielleicht. Ich weiß nicht mehr genau.«

»Und er hat ein Foto gefunden«, sagte Steiger.

»Ich hab die Sammlung meiner Cousine durchstöbert. Die sammelt nämlich Bilder von Filmschauspielern. Und jetzt schauen S' einmal, Herr Kommissär.«

Reitmeyer trat näher und nahm das Foto. Zwei junge Frauen in kurzen Kleidern, besser gesagt, in leichten, fast durchsichtigen Hemdchen, standen hintereinander, jeweils ein Bein neckisch angewinkelt, und lächelten in die Kamera. Eine Art Tanzszene. Und die rechte war unverkennbar das Opfer im Roten Adler – und die Frau, die er in der Brennnessel abgewiesen hatte.

»Die ist Filmschauspielerin? Oder Tänzerin?« Er gab das Bild zurück. »Aber einen Namen haben wir totzdem nicht.«

»Aber da unten, ganz klein, steht ›EMELKA‹«, erklärte Rattler. »Das ist der Name einer Münchner Filmfirma. Da müsste man bloß hingehen und nachfragen.«

»Jedenfalls ginge das sicher schneller, als wenn man ein Foto von der Toten an die Zeitungen gibt«, meinte Steiger.

»Ich hab auch die Adresse von der Firma schon rausgesucht. Die ist in der Sonnenstraße fünfzehn.« Rattler hielt einen Zettel hoch.

»Ja, gut«, sagte Reitmeyer. »Dann frag ich da nach.« Vielleicht hatte er Glück und entging, wenn er sich beeilte, dem Oberinspektor. »Und Steiger, ruf doch mal in der Gerichtsmedizin an, wann wir mit dem Befund rechnen können. Wenn es tatsächlich ein Unfall mit Genickbruch war, dürfte die Feststellung ja nicht allzu lange dauern.«

Er hatte kein Glück. Die Tür ging auf. Klotz trat ein.

Nach einem kurzen Gruß in die Runde machte er Reitmeyer ein Zeichen. »Ich müsste Sie kurz sprechen. In meinem Büro.«

»Ja, sicher, Herr Oberinspektor. Ginge das auch heute Nachmittag? Ich bin eigentlich auf dem Sprung. Es geht um den Todesfall im Roten Adler gestern Abend. Da hat sich ganz plötzlich ein Hinweis ergeben.«

»Was für ein Todesfall?«

Steiger erklärte ihm die Zusammenhänge und zeigte ihm das Foto. »Unglaublich«, murmelte der Oberinspektor. »Und unser Polizeischüler hat diese …« Er suchte nach einem Wort. »Hat diese … Person in einem Film gesehen?« Auf sein Gesicht trat ein Ausdruck, als könnte er den vorzeitigen Tod des Opfers nur als ein Zeichen höherer Gerechtigkeit werten.

»Ah, jetzt fällt's mir wieder ein«, sagte Rattler. »*Am Weibe zerschellt*, so hieß der Film.« Er sah einen Moment an die Decke. »Nein, nein, es war vielleicht doch *Hyänen der Lust* …«

Klotz starrte den Polizeischüler ungläubig an und schüttelte den Kopf. »Derlei Schund sieht unsere Jugend?«, fragte er an Reitmeyer gewandt. »Einen solchen Unrat und Schmutz …«

»Ach, die Titel sind oft viel reißerischer als das, was dann geboten wird«, warf Rattler ein. »So furchtbar schlimm ist das alles gar nicht …«

Steiger stieß ihn an, und nach einem Blick seines Kommissärs brach er ab.

»Reitmeyer, Sie kommen gleich rüber in mein Büro«, sagte Klotz und ging zur Tür.

»Das ist jetzt wirklich ungünstig …« Er sah hilfesuchend zu Steiger hinüber.

»Ich hab den Herrn Kommissär schon bei der Filmfirma angemeldet. Die erwarten ihn«, warf der ein.

Klotz fixierte Steiger mit einem scharfen Blick. Dann riss er die Tür auf und verließ das Büro.

»Sehr umsichtig von dir«, sagte Reitmeyer grinsend. »Hast du denn schon jemanden erreicht?«

»Nein, noch nicht«, erwiderte Steiger glucksend. »Aber ich probier's gleich noch mal.«

Reitmeyer durchquerte die Empfangshalle des ehemaligen Hotels, die heute nicht mehr zum Verweilen in tiefen Samtfauteuils einlud. Für Muße und Genuss schienen die Leute, die eilig zu den Fahrstühlen oder die breite Treppe hinauf strebten, auch keine Zeit zu haben. Nur noch die prächtige Rezeption aus Mahagoni erinnerte an die frühere Nutzung. Statt eines würdigen Portiers stand dort jetzt eine Dame, jung und dezent geschminkt, die ihm erklärte, dass er sich oben im ersten Stock melden solle, die Sekretärin von Herrn Steinbichler würde ihn in Empfang nehmen.

Tatsächlich erwartete ihn die Sekretärin bereits oben an der Treppe, führte ihn einen Gang entlang und öffnete die Tür zu einem Büro. »Herr Steinbichler ist noch in einer Besprechung. Aber nehmen Sie doch kurz Platz.« Sie deutete auf einen Stuhl vor dem imposanten Schreibtisch. »Er ist gleich für Sie da.«

Es war der Fluch der guten Tat. Steiger hatte ihn tatsächlich angemeldet, und jetzt wurde er gleichsam »offiziell« empfangen. All seine Erklärungsversuche, dass er nur eine schlichte Auskunft wünsche und sich der »Herr Produzent« nicht zu bemühen brauche, blieben wirkungslos. Er wusste zwar nicht genau, was die Bezeichnung »Produzent« bedeutete, aber sie klang nach einer höheren Stellung in der Hierarchie des Konzerns – eine Vermutung, die sich angesichts der Größe und Ausstattung des Büros bestätigte: Edle Hölzer, tiefe Ledersessel, ein teurer Teppich. Hier residierte ein Chef.

Reitmeyer setzte sich und ließ den Blick durch den Raum schweifen, bis er an einem großen Filmplakat links von der Tür haften blieb. Eine Maid in altbayerischer Tracht, mit Alpenrosen im Arm, saß unter einem Wegkreuz und blickte zu einem trutzigen Ritter auf, dahinter ein Gebirgspanorama unter dräuendem Himmel. »*Der Ochsenkrieg. Eine Geschichte aus Bayerns früher Zeit.* Nach Ludwig Ganghofer«, verriet die Schrift darunter. Seiner Tante hatte der Film gefallen. Er selbst hatte es nicht so mit dem Heimatdichter, genauso wenig mit den Verfilmungen seiner Romane. Von den eher schlüpfrigen Produktionen, von denen Rattler noch gesprochen hatte, war jedoch nichts zu sehen. Kein Hinweis auf einen *Sumpf der Großstadt,* nirgendwo ein *Weg in den Wahnsinn,* ganz zu schweigen von irgendwelchen *Hyänen der Lust.* Im Gegenteil, hier atmete alles verlässliche Seriosität, hier wirkte alles genauso gediegen und solide wie der mächtige Eichenholzschreibtisch.

Er griff nach einer Zeitschrift, die auf dem Stapel am Rand der Tischplatte lag. Als er sie aufschlagen wollte, ging die Tür auf, und die Sekretärin kam mit einem kleinen Tablett herein.

»Darf ich Ihnen eine Tasse Kaffee anbieten?«, fragte sie. »Bei Herrn Steinbichler dauert's noch einen Moment.« Sie stellte das Tablett ab. »Er führt gerade Verhandlungen mit Herrn aus Amerika, verstehen Sie. Aber er ist gleich fertig, soll ich Ihnen ausrichten.«

»Aus Amerika?«

»Ja, sicher. Wir verkaufen unsere Filme auch nach Übersee.«

Reitmeyer sog den langvermissten Duft von echtem Bohnenkaffee ein und rührte Sahne in die Tasse, kaum dass die Sekretärin draußen war. Dann stürzte er das köstliche Gebräu mit ein paar Schlucken hinunter, atmete tief durch und lehnte sich zurück. Hier schwebte man in einem Luftschiff über der Welt aus Not und Mangel, hier herrschte selbstverständlicher Luxus, hier war man in der Sphäre des Großkapitals, der internationalen Geschäfte.

Nach einer Weile griff er wieder nach der Zeitschrift. Nicht sonderlich interessiert blätterte er darin herum. »Im Gegensatz zum Tier gelüstet es den Menschen nach Abwechslung«, las er auf einer Seite. Man könne sogar sagen, dass »große Unterschiede« die sinnliche Liebe nur umso heftiger entflammen ließen. »Üppige, fremdrassige Frauengestalten peitschen die Lüste des Mannes auf, der dann im Rausch der Sinne vergisst, dass er mit seinem Tun zum Untergang des Volkes beiträgt.«

Er klappte die Zeitschrift wieder zu und griff nach einem anderen Exemplar. Für Nachhilfestunden in »völkischer Rasselehre« fehlte ihm so früh am Morgen noch jeglicher Sinn – was aber auch für alle anderen Tageszeiten galt. Es reichte schon, wenn ihm die Sprüche dieser Fanatiker von Plakatwänden und Aufklebern in der Straßenbahn entgegenplärrten.

Von draußen ertönten schnelle Schritte. Er legte gerade die Zeitschrift auf den Stapel zurück, als im selben Moment die Tür aufging.

Ein jüngerer Mann, den er auf Mitte bis Ende dreißig schätzte, trat ein. In seinem perfekt sitzenden dunklen Anzug, dem blütenweißen Hemd und der dezent gemusterten Krawatte sah er aus wie einer der Herrn, die im Magazin *Gentleman* als Vorbilder propagiert wurden. Und mit seiner drahtig-sportlichen Erscheinung und den markanten Zügen hätte er problemlos in einem der Filme auftreten können, die seine Firma produzierte. Als Typ des eleganten Verführers, des Frauenschwarms.

»Tut mir leid, Herr Kommissär, ich hab Sie warten lassen.« Er machte eine charmant bedauernde Geste und schüttelte Reitmeyer die Hand.

»Ihre Sekretärin hat mich schon informiert. Internationale Geschäfte. Aber ich hätte Ihre Zeit gar nicht in Anspruch nehmen müssen …«

Steinbichler winkte ab und ließ sich hinter seinem Schreibtisch nieder. »Nein, nein, Herr Kommissär, überhaupt kein Problem.« Sein gewinnendes Lächeln entblößte makellose Zahnreihen. »Ich stehe natürlich zu Ihrer Verfügung. Was kann ich für Sie tun?«

Reitmeyer zog das Foto heraus und schob es über den Tisch. »Ich brauche eigentlich nur eine Auskunft. Diese zwei Frauen haben in einer Ihrer Produktionen mitgewirkt. Wir würden gern die Namen der beiden erfahren.«

Steinbichler sah auf das Foto und schüttelte den Kopf. »Die Namen ... Wissen Sie, ich erinnere mich vage, dass ich die beiden schon gesehen habe. Aber wo?« Er blickte an die Decke. »Also wirkliche Schauspielerinnen sind sie nicht. Ich meine, sie hatten keine tragenden Rollen. Vielleicht kleine Nebenrollen, nicht viel mehr als Statistinnen ...«

»Darüber gibt's doch sicher Aufzeichnungen in Ihrer Firma. Könnten Sie veranlassen, dass jemand die Namen für mich heraussucht, möglichst mit einer Adresse?«

»Ja sicher. Das dauert nur einen Moment.« Er warf noch einmal einen Blick auf das Bild, dann stand er auf und verschwand mit dem Foto in der Hand zur Tür hinaus.

Nach ein paar Minuten kam er wieder zurück. »Einer unser Mitarbeiter klärt das für Sie.« Er setzte sich wieder. »Liegt denn gegen die beiden Mädchen irgendetwas vor?«

»Nein, nichts. Aber eine ist leider tot aufgefunden worden. Und wir würden gern die Identität der Frau feststellen.«

»Tot?«, fragte Steinbichler konsterniert. »Ein Unfall?«

»Möglicherweise. Sie wurde leblos im Keller einer Gastwirtschaft gefunden.«

»Im Keller? Einer Gastwirtschaft? Wie kam sie denn da hin?«

»Das ermitteln wir noch.«

»Unglaublich.« Steinbichler schüttelte wieder den Kopf.

»Sie kannten die beiden Frauen also nicht persönlich? Oder eine von ihnen?«

»Herr Kommissär«, erwiderte er nachsichtig, »ich habe andere Aufgaben, als mich um Kleindarstellerinnen zu kümmern. Vielleicht hab ich die beiden in einem Film gesehen, vielleicht bei einer Veranstaltung ... ich weiß nicht mehr. Ich bin hier eher für das Große und Ganze verantwortlich, wenn Sie verstehen, was ich meine. Für Organisation und Finanzen, und für eine Menge rechtlicher Probleme.«

»Sie meinen Zensurbestimmungen?«

Steinbichler lachte kurz auf. »Ja, dafür auch. Und wir würden uns tatsächlich wünschen, dass sich die Herrn Politiker mal auf was einigen könnten. Ich meine reichsweit.«

»Aha?«

Das Thema schien ihn eindeutig mehr zu interessieren als das Schicksal von Kleindarstellerinnen. Er richtete sich auf. »Wie Sie ja wissen, haben wir seit dem Frühjahr ein Reichslichtspielgesetz, das aber in Bayern nicht anerkannt wird. Dafür gibt's eine bayerische Filmprüfstelle. Und kann man sich auf deren Entscheidungen verlassen?« Seine Stimme war zunehmend schärfer geworden. »Nein, kann man nicht! Weil die Münchner Polizeidirektion eine eigene Lokalzensur durchführt. Aber was erzähle ich Ihnen da? Das wissen Sie doch alles selbst.«

»Damit hab ich nichts zu tun. Ich bin bei der Kriminalpolizei.«

»Da können Sie von Glück sagen. Aber der Geschäftsmann braucht Verlässlichkeit für seine Investitionen, verstehen Sie.« Zum Nachdruck trommelte er mit dem Zeigefinger ein paarmal auf den Tisch. »Wenn die Berliner Prüfstelle einen Film fürs ganze Reich zugelassen hat, geht's doch nicht an, dass ihn die Münchner Polizei nach Gutdünken verbietet! Mit schwammigen Begründungen …«

»Dass der Streifen die öffentliche Sicherheit gefährdet?«

Steinbichler stutzte einen Moment. »Sie verstehen also, was ich meine?« Er beugte sich vor und fügte mit gesenkter Stimme hinzu: »Wir überlegen uns tatsächlich, ob wir den Firmensitz nicht nach Berlin verlegen sollen. Wie es bereits eine ganze Reihe ehemals Münchner Firmen getan hat.«

»Das wäre aber ein großer Nachteil für die Münchner Wirtschaft.«

»Herr Kommissär«, erwiderte Steinbichler, jetzt mit dem Ausdruck eines Lehrers, der unvermutet Bestnoten verteilen durfte. »Sie zeigen eindeutig mehr Verstand in Wirtschaftsdingen als unser Münchner Magistrat und unser Innenministerium zusammen.«

Es klopfte, und die Sekretärin kam herein. Sie legte das Foto und einen Zettel vor Reitmeyer auf den Schreibtisch und sagte: »Hier sind die Namen. Die linke heißt Marie Zaumer und die rechte Cäcilie Ortlieb. Adressen der beiden haben wir nicht.«

Steinbichler stand auf, ging um den Schreibtisch herum und sah Reitmeyer über die Schulter. »Und welche von den beiden ist ... verunglückt?«, fragte er.

Reitmeyer deutete auf das rechte Mädchen.

»Tragisch«, murmelte der Produzent. Der Anflug eines Schattens strich über sein Gesicht, als er sich über das Foto beugte. »So jung und so hübsch, und hat so früh ...« Leicht seufzend richtete er sich wieder auf. Die Sekretärin sah ihn verwundert an. Mitfühlende Äußerungen ihres Chefs waren ihr offensichtlich neu. Doch die empathische Stimmung hielt nicht lange an. »Tja dann, Herr Kommissär«, fuhr er in frischem, aufgeräumtem Tonfall fort, »wenn Sie jetzt alles haben, was Sie brauchen, dann darf ich mich verabschieden.« Er schüttelte ihm die Hand. »Ich bin sehr beschäftigt im Moment, verstehen Sie.«

An der Tür blieb er nochmals stehen, drehte sich um und ging wieder zum Schreibtisch zurück. »Ich hab Sie vorhin bei der Lektüre unterbrochen. Nehmen Sie ruhig ein paar von den Heften mit.«

Noch bevor Reitmeyer reagieren, geschweige denn höflich ablehnen konnte, griff er die Hälfte des Stapels, drückte ihm die Zeitschriften in die Hand und war gleich darauf zur Tür hinaus.

»Sie geben uns doch Bescheid, wenn Sie Genaueres wissen«, rief er über die Schulter zurück.

Unten auf der Straße sah sich Reitmeyer nach einem Abfallkübel um. Als er keinen entdeckte, klemmte er die Zeitschriften auf den Gepäckträger. Dann würden sie eben in seinem Büro in den Papierkorb wandern. *Politisch-anthropologische Monatsschrift.* Diese Hetzblätter, die nach Sprache und Tonfall zu schließen vom Deutschvölkischen Schutz- und Trutzbund stammten, von den größten und lautstärksten Schreihälsen im Chor der Rechtsradikalen. War Steinbichler etwa Mitglied bei diesem Verein? Als Produzent einer Firma, die sich keineswegs vorrangig der Pflege »echt-deutschen« Kulturguts verschrieben hatte? Das wäre paradox. Aber vielleicht sicherte man sich in dem Gewerbe nach allen Seiten ab.

Bevor er aufs Rad stieg, sah er noch einmal zur imposanten Fassade des ehemaligen Reichshof-Hotels hinauf, das von der EMELKA in ein Bürohaus umgewandelt worden war. Derlei konnte man inzwischen öfter beobachten. Das Hotelgeschäft ging nicht mehr gut, als Touristenmagnet hatte die Stadt weitgehend ausgedient. Die heutigen Besucher interessierten sich wenig für Sehenswürdigkeiten, sie wollten mit harten Devisen billig Kunst und Antiquitäten kaufen – und den Einwohnern die »letzten Nahrungsmittel wegfressen«, wie die Zeitungen schimpften.

Er schwang sich aufs Rad und fuhr übers Rondell am Karlsplatz. Äußerlich hatte sich kaum etwas verändert, aber vom ehemals »leuchtenden München« war nicht mehr viel übrig. Es hatte beträchtlich an Glanz verloren.

3

Ein leise knarrendes Geräusch, als würde die Klinke heruntergedrückt, dann ein Flüstern: »Hallo, bist du da?«

Gerti schreckte hoch und sah sich benommen um. Es dauerte ein paar Sekunden, bis sie überhaupt begriff, wo sie war, dann warf sie die Decken zurück und sprang aus dem Bett. »Ich komm schon, Cilly«, rief sie. »Regine hat mir den Schlüssel gegeben …« Sie schlüpfte schnell in den Morgenrock, der an der Tür hing, und sperrte auf. »Tut mir leid, ich hätte den Schlüssel abziehen sollen, damit du reinkannst.« Sie machte die Tür auf.

Die schwarze Silhouette einer Katze schoss an ihr vorbei und verschwand die Treppe hinunter. Sonst war niemand zu sehen. Von weiter unten hallten Stimmen und Schritte herauf. Sie trat auf den Absatz und blickte die Treppe hinab. Ein paar Leute gingen früh zur Arbeit. Die Haustür fiel krachend ins Schloss. Irritiert blieb sie einen Moment stehen. Hatte sie halluziniert? Was kein Wunder gewesen wäre nach einer Nacht wie dieser.

Langsam ging sie wieder ins Zimmer zurück und setzte sich aufs Bett. Sie fühlte sich wie zerschlagen. Jedes Mal, wenn sie ein bisschen eingedöst war, weckte die Kälte sie wieder auf. Jedes Mal, wenn sie nicht in starrer Haltung, wie aufgebahrt, liegenblieb, verrutschten die Decken und entblößten Füße oder Schultern. Es war die reinste Tortur.

Sie drehte die Lampe mit dem roten Schirm an, in der Hoffnung, das Licht würde ein wenig Wärme verbreiten. Wo Cilly nur blieb? Stundenlang hatte sie im Boccaccio gewartet und musste sich am Schluss sogar von dem Herrn an ihrem Tisch im Auto heimbringen lassen, weil keine Tram mehr fuhr und das Wetter zu keinem größeren Fußmarsch einlud. Es hatte sie einige Mühe gekostet, sich der Zudringlichkeit des Fahrers zu erwehren und den Wagen wieder zu verlassen, und dann wurde sie auch noch von dem unangenehmen Blick des Gemüsehändlers im Vorderhaus empfangen, der schon vor Morgengrauen seine Waren ablud. Für ihn war sie eine der »Schnallen«, die im Hinterhaus wohnten, ein Flittchen, das heimkam, wenn rechtschaffene Menschen mit der Arbeit begannen. Fast musste sie lachen. Sie bezog die volle Verachtung, aber nicht die Einkünfte, die sie als »leichtes Mädchen« erzielt hätte. Die Zuwendungen ihrer Mutter reichten auch nicht aus, um Leben und Miete zu finanzieren, und allmählich stellte sich die Frage, wie lange sie überhaupt noch durchhalten konnte, wie lange sie es noch ertragen würde, keinen Schritt voranzukommen bei ihrer Suche.

Sie sah zum Fenster hinüber, wo Eisblumen entlang der Scheibenränder wuchsen. Die fedrigen Kristallgebilde funkelten im aufblitzenden Licht, und wenn der Himmel sich wieder zuzog, erinnerten sie an feinste Klöppelspitze, den mattweißen Kragen auf der Satinbluse ihrer Mutter, die sie an Festtagen immer getragen hatte. Als sie noch etwas zu feiern gehabt hatten. Schnell senkte sie den Blick auf die Kommode unterm Fenster, die weder festliche noch wehmütige Gedanken hervorrief: ein Haufen schmutziges Geschirr, teils in, teils neben der Emailleschüssel, ein Gaskocher, braun verkrustet, davor der Rest von einem Hefezopf auf einem Teller. Hausfrauliche Qualitäten waren nicht Cillys Stärke. Aber auch nicht ihr Ziel.

Gerti kroch wieder ins Bett und starrte eine Weile an die Decke. Wahrscheinlich müsste sie am Ende doch die Polizei einschalten, wenn sie mit der Suche nach ihrer Schwester nicht weiterkam. Ein Gedanke, der bei ihrer Mutter regelrechte Panik auslöste. Das dürfe auf gar keinen Fall geschehen. Das würde ihrem Vater das Herz brechen. Weil dann publik würde, mit wem seine Jüngste abgehauen war. Das käme für einen Mann wie Heinrich Blumfeld einem Todesstoß gleich, das würde er bei seiner geschwächten Konstitution nicht überleben. Sie müsse die Schwester unbedingt finden, bevor ihr Vater merkte, dass seine Tochter nicht einen längeren Urlaub bei Verwandten verbrachte.

Sie holte ein paarmal tief Luft.

Am schlimmsten jedoch waren die Ängste ihrer Mutter, dass ihre jüngste Tochter von diesem widerlichen Kerl, der sie »entführt« habe, an Mädchenhändler verkauft worden sei. Von solchen Fällen lese man doch ständig in der Zeitung. Selbst Filme gebe es zu diesem Thema. Auf Gertis Einwand, dass derlei Nachrichten meist frei erfunden und der Fantasie sensationslüsterner Schmierblattschreiber entsprungen seien, meinte ihre Mutter nur, dass selbst an Sensationsgeschichten immer »ein Körnchen« Wahrheit dran sei.

Aber wie auch immer. Sie hatte einfach so gut wie keinen Anhaltspunkt bei ihrer Suche. Zwei Postkarten aus München, die ihre Mutter rechtzeitig abgefangen hatte. Eine zeigte die Frauentürme, die andere den Odeonsplatz. Es gehe ihr gut, schrieb sie. Sie habe eine Anstellung in einem Theater gefunden. Als was, schrieb sie nicht. Da ihre Schwester jedoch über keinerlei Schauspielausbildung verfügte, war sie kaum an einem der größeren Häuser untergekommen. Daher hatte Gerti alle kleineren Bühnen, alle Varietés und Amüsierbetriebe abgeklappert, aber nirgendwo kannte man eine Stephanie Blumfeld. Oder ließ nichts davon verlauten, weil eine Minderjährige ohne Erlaubnis der Eltern gar nicht beschäftigt werden durfte.

Schließlich wusste sie sich keinen Rat mehr, als selbst ins Milieu der billigen Unterhaltungsschuppen einzutauchen, um so vielleicht eine Spur von ihrer Schwester aufzutun. Immer unter dem Vorwand, sie würde ihre Doktorarbeit über die Lage arbeitender Frauen auch in bestimmte »Randbereiche« ausweiten. Bislang hatte sie mit diesem Vorgehen jedoch nicht den geringsten Erfolg.

Sie sah auf das Spinnennetz, in dem sich ein paar Fliegen

verfangen hatten, dann auf das Drahtgestell über dem Ofen, wo neben einem ausgefransten Handtuch eine Reihe vergilbter Lappen hingen. Der passende Schmuck für diesen trostlosen Ort. Dennoch war sie dankbar für das Nachtlager. Vielleicht sollte sie sich erkenntlich zeigen, indem sie hier ein bisschen aufräumte und saubermachte. Zuerst müsste sie allerdings den Ofen in Gang bringen, Holz und Briketts lagen in einem Korb daneben. Und Wasser gab es draußen auf der Etage aus einem Hahn.

Entschlossen warf sie die Bettdecken zurück und stand gerade auf, als es klopfte. »Gerti, bist du noch da?«, rief es von draußen.

Sie schloss den Morgenmantel und öffnete die Tür. Regine, Cillys Nachbarin, ebenfalls noch nicht angekleidet, trat ein.

»Ah«, sagte sie und zog einen großen Schal enger um die ausladende Gestalt, »erfroren bist du also nicht.« Sie setzte sich aufs Bett. »Ich hätt dich gestern schon zu mir reing'lassen, aber …«

»Gar kein Problem, Regine«, erwiderte Gerti. »Ich bin froh, dass du mir den Schlüssel gegeben hast.« Hereinbitten hatte Regine die Freundin gestern Nacht natürlich nicht können, weil sie bereits »Besuch« gehabt hatte.

»Und dann hab ich dich auch noch warten lassen, weil ich gedacht hab, dass wieder dieser Irre bei ihr klopft.«

»Welcher Irre?«, fragte Gerti.

»Ach, so ein narrischer Kerl, von dem sie nix mehr wissen will.«

»Dann hab ich mich vorhin nicht getäuscht, als ich dachte, da will jemand rein?«

»Kann schon sein«, erwiderte Regine desinteressiert. Ihr Blick strich missbilligend über das Chaos auf der Kommode. »Einen Saustall hat die beinander.«, sagte sie kopfschüttelnd. »Und du bist fest mit ihr verabredet gewesen?«

»Ja, sicher, im Boccaccio.« Gerti kniete sich nieder und begann, Asche aus der unteren Ofentür zu schaben. »Sie wollte mir den Schlüssel von einem Zimmer geben, in dem ich ein, zwei Wochen wohnen könnte. Von irgendjemandem, der eine Zeitlang weg ist.«

»Tja, mich wundert's nicht, dass die alles vergisst. So wie die säuft in letzter Zeit. So bringt sie's kaum zum ›Filmstar‹. Da hab ich starke Zweifel.« Regine zerrte eine der Decken vom Bett und legte sie über die Knie. »Eine Kälte is das hier drin.« Sie deutete auf die Emailleschüssel. »Sogar das alte Spülwasser is eing'froren.«

»Jetzt wird's gleich warm«, erwiderte Gerti und schichtete das Anzündholz auf.

»Also ich versteh nicht, warum die in so einer Bruchbude haust? Wenn ich so aussehen tät' wie die Cilly, hätt' ich im Vorderhaus eine Wohnung. Vielleicht sogar in einem anderen Viertel.«

»In Nymphenburg?«

»Ja, warum nicht?« Regine richtete sich auf und warf mit kokettem Schwung den langen Zopf zurück. »Jedenfalls tät' ich mein Geld nicht für sündteure Klamotten rausschmeißen, wo sie für ihre Rollen doch gar nix braucht.« Sie wies auf ein Foto an der Wand, das Cilly neben einer Kollegin zeigte. »Da sieht man's doch. Die ham doch praktisch keinen Faden am Leib.«

»Mir hat sie gesagt, dass sie fürs Vorsprechen gut angezogen sein muss.«

»Vorsprechen«, sagte Regine wegwerfend. »Hat die schon jemals mehr als einen Satz sagen dürfen? Die teuren Fetzen braucht sie für die Bars und Nachtlokale, wo sie den feinen Herrn vom Filmgeschäft zu Diensten sein muss. Und dafür, denkt das dumme Luder, kriegt sie dann Rollen, kommt ganz groß raus und wird die nächste Lya de Putti.«

Gerti zündete das Feuer an und schlüpfte in ein Paar dicke Filzpantinen, die neben dem Ofen standen. »Na ja«, sagte sie.

»So ganz unmöglich wär' das nicht. Es haben ja nicht nur bekannte Theaterschauspielerinnen beim Film Karriere gemacht.«

Regine lachte. »Ja, du vielleicht! Du hättest sicher Aussichten. Die Cilly hat gesagt, dir könnt' sie jederzeit was beschaffen. Mit deiner Figur und deinem Aussehen.«

»Ich hab schon was anderes vor«, erwiderte Gerti und trug den Aschekübel vor die Tür.

»Aber Spaß beiseite«, rief Regine. »Das is doch auch nix. ›Doktorandin‹.«

Gerti kam wieder herein und legte ein paar Scheite nach. Das Thema hatten sie bereits gehabt. Regine hatte inzwischen begriffen, dass es auch außerhalb von Medizin »Doktoren« gab – jedenfalls kannte sie einen Justizrat Dr. Haubenstein, bei dem eine Bekannte putzte –, was allerdings »Soziologie« sein sollte, war immer noch nicht ganz bei ihr angekommen.

»Und ich versteh nicht«, fuhr Regine fort, warum du diese Doktorarbeit dann nicht bei dir daheim in Berlin schreiben kannst? Wo du's doch sicher leichter hättest. Mit der Wohnung und so.«

»Ja, das ist kompliziert, Regine.« Gerti sah eine Weile in das inzwischen prasselnde Feuer, bevor sie die Ofentür wieder schloss. »Die Fakultät in München ist berühmt für ihre empirischen Studien. Da hat zum Beispiel kurz vor dem Krieg eine Frau ihre Doktorarbeit über die Fabrikmädchen in der Au geschrieben. Die hat alles ganz genau untersucht, was die verdienen, wie die leben, was die essen, sogar die Anzahl ihrer Hemden und Unterröcke wurde aufgeführt …«

Und wen interessiert so was?«

»Die Wissenschaft.«

Regine schüttelte den Kopf. An ihrer Miene war deutlich abzulesen, dass sie sich unter »Wissenschaft« etwas anderes vorgestellt hatte, als Unterröcke von Fabrikarbeiterinnen zu zählen. Sie schob die Decken weg und stand schwerfällig auf.

»Also ich mach jetzt einen Tee bei mir. Wenn du willst, komm nachher rüber.«

Gerti sah ihrer Freundin nach und hielt die Hände über die Ofenplatte. Sie musste vorsichtig sein. Und bei einer Version bleiben. Regine glaubte, dass sie ihre Doktorarbeit an der Münchner Uni machte. Sepp hatte Gerti erzählt, ihr Doktorvater sei in Berlin, sie sammle in München bloß Material für ihre Arbeit. Sepp war natürlich ein anderes Kaliber als Regine, ihm würde man nicht weismachen können, er habe sich verhört.

Sie setzte sich aufs Bett und dachte an den Abend in der Brennnessel, wo sie sich kennengelernt hatten. »Dr. Sepp Leitner« hatte auf seiner Visitenkarte gestanden. Er war sofort Feuer und Flamme gewesen und wollte ihr unbedingt helfen. Als ehemaliger Landtagsabgeordneter der SPD, erfahrener Anwalt und Kolumnist bei einer linken Zeitung verfüge er über alle Kontakte, die sie für ihre Studie über »die Lage arbeitender Frauen in München« brauche. Und die leidige Frage der Unterkunft ließe sich ebenfalls klären, weil sie das Gästezimmer in seiner Wohnung haben könne. Sie müsse ja nicht rund um die Uhr das Leben ihrer Studienobjekte teilen. Doch wenn sie Bedenken habe, bei einem Junggesellen einzuziehen, hatte er ironisch hinzugefügt, vielleicht sogar um ihre jungfräuliche Tugend fürchte, dann schwöre er bei seinem bayerischen Anwaltseid, dass er sie nicht zu schänden gedenke. Sie hatten herzlich gelacht.

Die Tür ging wieder auf. »Jetzt wart doch nicht hier, bis der Eiskeller richtig warm ist«, sagte Regine. »Komm solang rüber zu mir.«

»Ich setz vorher bloß noch Wasser auf.«

»Damit unser ›Filmstar‹ ein warmes Fußbad kriegt, wenn die Schlamp'n endlich heimkommt?«

»Ach!« Gerti nahm den Kübel und ließ draußen Wasser einlaufen. Cilly hatte damals in der Brennnessel auch mit am

Tisch gesessen. »Gratuliere«, hatte sie gesagt. »Der Kerl ist total verknallt in dich.«

Sie stellte den Kübel auf den Ofen und legte Briketts aufs Feuer. Sepp war tatsächlich ein sehr einnehmender Mensch. Geistreich, witzig und keineswegs unattraktiv. Dennoch empfand sie nicht mehr für ihn als für einen guten Freund. Er ging natürlich davon aus, ihre Kontakte zu den Frauen aus dem »Milieu« hätten sich im Rahmen ihrer Forschungsarbeit ergeben. In dem Glauben ließ sie ihn auch. Obwohl sie manchmal versucht war, ihn einzuweihen. Ihm zu sagen, dass sie Hinweise hatte, ihre Schwester sei in diesem Umfeld untergetaucht. Dann dachte sie wieder an ihre Mutter, der sie versprochen hatte, niemandem gegenüber ein Wort verlauten zu lassen.

Dabei hätte Sepp ihr sicher helfen können. Seine Ratschläge jedenfalls waren nicht von der Hand zu weisen. Wenn er zum Beispiel meinte, es sei gefährlich, sich ständig in Gesellschaft diverser Damen von zweifelhaftem Ruf herumzutreiben, weil dies ganz leicht dazu führen konnte, dass sie bei einer Razzia mit aufgegriffen wurde. Sie solle sich bei der Sittenpolizei als Doktorandin vorstellen, die sich aus wissenschaftlichem Interesse in diesen Kreisen bewege. Das wollte sie tun. Aber bei Sepp einziehen würde sie nicht, so verführerisch die Aussicht auf eine bequeme Wohnung auch sein mochte. Denn falls Cilly mit ihrer Vermutung recht haben sollte, führten unerwiderte Gefühle nur zu Konflikten. Und sie wollte die Freundschaft zu Sepp nicht aufs Spiel setzen.

Sie sah nochmals nach dem Feuer und schickte sich an, zu Regine hinübergehen, als ihr Blick das Foto an der Wand streifte. Sie trat näher, löste den Reißnagel und hielt das Bild ins Licht. Cilly in Tanzpose. Neben ihr eine andere Tänzerin. Sie trat noch einen Schritt näher ans Fenster. Die Person neben Cilly war die Frau aus dem Boccaccio, die ihr die Mappe gegeben hatte und dann verschwunden war. Gerti überlegte einen Moment. War jemand hinter ihr her gewesen, oder hatte sie das nur befürchtet? Und war es Diebesgut gewesen, von dem sie sich schnell hatte befreien wollen? Das immerhin war ihr gelungen.

Gerti schaute noch eine Weile auf das Foto. Auf die beiden hübschen, lächelnden jungen Frauen. So unbeschwert hatte Cilly in letzter Zeit nicht mehr gewirkt. Irgendetwas bedrückte sie. Gerti würde mit ihr reden, wenn sie zurückkam. Und ihr vor allem diese ominöse Mappe geben. In die Machenschaften der beiden wollte sie sich keinesfalls hineinziehen lassen. Sie hatte selbst Probleme genug.

Sie heftete das Bild wieder an die Wand.

»Jetzt komm doch endlich«, rief es von nebenan.

4

An der Treppe, die in die Gerichtsmedizin führte, zögerte Reitmeyer und blieb wie immer einen Moment stehen. An den Gestank aus süßlicher Fäulnis und stechender Lauge, der von unten heraufdrang, würde er sich nie gewöhnen können. Neuerdings kam es ihm sogar vor, als reagierte er noch empfindlicher darauf als früher. Er lehnte sich an die Wand und schloss die Augen. Die Finger seiner Linken wanderten kurz über das imaginäre Griffbrett seiner Geige, in seinem Kopf spielte die Melodie. Bach. Solosonate a-Moll. Die Konzentration auf das Musikstück, das er seit Wochen übte, half inzwischen sogar besser gegen den Ekel als das mit Kölnisch Wasser getränkte Taschentuch, das er für die Besuche in der grausigen Unterwelt bei sich trug. Aber vor allem dämpfte das »Trockenspielen« die aufsteigende Angst vor einer Panikattacke, wenn die widerlichen Düfte im Seziersaal Geruchserinnerungen an Blut und Verwesung in Gräben und Unterständen heraufbeschworen, denen er sich noch hilfloser ausgeliefert fühlte als den Bildern und »Filmen«, die ihn sonst bedrängten.

Von unten drangen klappernde und klirrende Geräusche an sein Ohr. Unbeirrt von dem Lärm »spielte« er noch ein paar Takte, dann stieß er sich von der Wand ab, stieg entschlossen die Treppe hinunter und öffnete die Tür.

»Ah, Herr Kommissär«, rief Professor Riedl und winkte ihm von dem Becken an der Seitenwand zu, wo er sich die Hände einseifte. »Kommen S' nur rein und nehmen S' Platz.« Er deutete auf einen Stuhl neben dem Spültrog, als bitte er einen Besucher im heimischen Wohnzimmer, es sich gemütlich zu machen. »Wir sind noch nicht ganz fertig mit Ihrem Fall.«

»Und wann …?«

»Ja, sicher heut noch«, unterbrach ihn Riedl und trocknete sich die Hände ab. »Aber eins können wir schon sagen: Diese Frau hat sich mit Sicherheit nicht das Genick gebrochen.«

Reitmeyer blieb etwas unentschlossen stehen und kam Riedls erneuter Aufforderung, Platz zu nehmen, nicht nach. Sein Blick strich kurz über die verhüllten Tische, wo sich unter Tüchern die toten Körper abzeichneten. Aber die Leichen an sich waren nicht Reitmeyers Problem. Eher die meist etwas zu ausführlichen Erklärungen des Mediziners, was er mit ihnen angestellt hatte.

Der Professor legte das Handtuch weg und sah den Kommissär prüfend an. »Ist Ihnen nicht wohl?« Er lachte gutmütig und klopfte sich auf den Kugelbauch unter der Wachsschürze. »Sie ham's nicht so mit meinem Seziersaal, oder?«

»Ähm …«

»Macht nix, macht nix, dann gehen wir eben in mein Büro.«

Reitmeyer beobachtete, wie sich die schwere Gestalt des Professors behände zwischen den Seziertischen hindurchbewegte, und folgte ihm erleichtert in den hinteren Bereich.

In seinem Büro, einem kahlen Raum, der nur mit einem Schreibtisch, einem Schrank und ein paar Sitzgelegenheiten möbliert war, ließ Riedl sich auf einen Stuhl fallen und schnaufte tief durch.

»Das waren ein paar Tage, das kann ich Ihnen versichern«, sagte er seufzend.

»Was war denn los?«

»Ach, wieder Suizide im psychiatrischen Lazarett drüben in der Ridlerstraße. Und wir müssen dann feststellen, ob eine Fremdeinwirkung bestanden hat.« Er strich sich übers Gesicht. »Wissen Sie, mir geht das sehr nah. Junge Männer, die in den Trommelfeuern an der Front schwer geschädigt wurden. Sie leiden unter schlimmsten nervlichen Störungen, haben Angst- und Panikanfälle, werden aber von den Herrn Psychiatern als ›Simulanten‹ eingestuft, weil sie keine äußeren Verletzungen davongetragen haben. Das heißt, zu ihrem Schaden kommt auch noch die Schande. Während des Kriegs wurden sie als Drückeberger bezeichnet, die sich erneuten Einsätzen entziehen wollten. Und von derlei ›Diagnosen‹ sind diese sogenannten Wissenschaftler natürlich nicht mehr abgerückt. Vermutlich, weil man Rentenansprüche befürchtet.«

Reitmeyer schluckte und wich dem Blick des Professors aus.

»Ich hab mich schon 1916 mit einigen dieser ›Fachleute‹ angelegt. Als sie schwer geschockte Männer, die oft nicht mehr gehen und sprechen konnten, als ›schlechtes Menschenmaterial‹ bezeichnet haben, das übriggeblieben sei, nachdem das gute, die tapferen Soldaten, gefallen war.« Er sah eine Weile schweigend vor sich hin. »Wissen Sie, der Prinz Max von Baden war mal drei Tage zu Besuch in Péronne. In dem Lazarett, wo ich mit dem Fräulein Doktor war ...«

»Ja, ich weiß, Caroline hat mir von dort geschrieben.«

Riedl nickte. »Wir waren fünfzehn Kilometer von der Front entfernt. Aber das ständige Artilleriefeuer hat den Prinzen so mitgenommen, dass er sich gleich darauf zur Kur in den Schwarzwald geflüchtet hat. Und zu uns hat er noch gesagt, dass es ihm unbegreiflich sei, wie ein Mensch das auch nur ein paar Stunden aushalten kann.«

»Ist die Caroline, ich meine das Fräulein Dr. von Dohmberg, heute nicht da?«, fragte Reitmeyer, um von dem Thema abzulenken.

»Doch, doch«, sagte Riedl. »Sie ist nur kurz rüber ins Rot-Kreuz-Krankenhaus. Zu ihrer regulären Arbeitsstelle. Bei uns arbeitet sie bloß zeitweise. Aber«, er senkte die Stimme und beugte sich näher vor, »wissen Sie, im Vertrauen gesagt, was früher ihre Neigung war, ist wohl inzwischen eher zur Pflicht geworden.«

Reitmeyer sah ihn fragend an.

»Ich meine die Doppelbelastung. Sie *muss* jetzt arbeiten.« Er blickte zur Tür, als befürchtete er, belauscht zu werden, und senkte die Stimme zum Flüsterton. »Es geht ums Geld, nehme ich an. Ihre Familie ist von der Inflation nicht verschont geblieben. Ihre Anlagen sind bloß noch einen Bruchteil wert, wenn nicht ganz verloren. Und soweit ich herausgehört habe, ist das englische Vermögen von seiten ihrer Mutter entweder eingefroren oder konfisziert worden von den Briten.«

»Konfisziert?«

Riedl winkte ab. »Ich weiß natürlich nichts Genaues, aber so ist es einigen ergangen, die Geld auf englischen Banken hatten. Es wurde für Reparationen beschlagnahmt.«

»Aber ihre Mutter lebt doch in England. Ich meine, sie ist nach dem Krieg nicht zurückgekommen.«

»Aber sie ist deutsche Staatsbürgerin.« Riedl stand auf und band sich die Wachsschürze ab. »Ach, wissen Sie ...« Er legte die Schürze umständlich zusammen. »Ich weiß natürlich nicht wirklich Bescheid, und es geht mich ja auch gar nichts an. Ich will mich keinesfalls in die privaten Angelegenheiten der Dohmbergs einmischen, verstehen Sie? Das Ganze bleibt doch hoffentlich unter uns?«

»Sicher, Herr Professor.«

»Mir tut halt das Fräulein Doktor leid.«

Von draußen näherten sich Schritte. Riedl warf ihm schnell

einen Blick zu, der Reitmeyer vermutlich daran erinnern sollte, nichts von der vorausgegangenen Unterhaltung zu erwähnen.

Die Tür ging auf, und Caroline kam herein. Sie trug einen eleganten grauen Wintermantel und auf dem Kopf eine enganliegende Cloche aus blauem Samt, die ihre Augenfarbe betonte. Zumindest äußerlich wies nichts auf die finanziellen Probleme hin, von denen der Professor gesprochen hatte. Sie wirkte immer noch wie die schöne, reiche Erbin, die allein aus persönlichem Interesse einem Beruf nachging. Jedenfalls weckte sie keinerlei Erinnerung an die verhärmten Frauen, die aus Geldnot arbeiten gehen mussten.

»Ah, Sebastian, du bist schon da?«, sagte sie und streifte die feinen Lederhandschuhe ab, bevor sie ihm die Hand reichte. Dann zog sie den Mantel aus, nahm den Hut vom Kopf und fuhr sich mit einer jungenhaften Geste durchs dunkle Haar. »Dich kriegt man in letzter Zeit ja nur zu Gesicht, wenn du eine Leiche zu uns rüberschickst.«

Reitmeyer räusperte sich und rückte einen Stuhl für sie zurecht. »Ja … stimmt«, sagte er. »Ich bin seit Wochen furchtbar eingespannt. Wir kommen kaum mehr nach mit all den Anzeigen.«

»Die ›Diebstahlseuche‹?«, fragte Riedl. »Ich hab darüber gelesen.«

Reitmeyer nickte. »Wir bräuchten viel mehr Beamte, ich bin praktisch rund um die Uhr im Einsatz.«

Caroline setzte sich. Der Blick, mit dem sie Reitmeyer streifte, ließ vermuten, dass sie ihm kein Wort glaubte.

Riedl nahm die Packung Zigarillos vom Schreibtisch und bot dem Kommissär davon an. Reitmeyer ließ sich Feuer geben und hüllte sich einen Moment in die aufsteigende Rauchwolke. Es lag tatsächlich nicht an Arbeitsüberlastung, weshalb er ihr aus dem Weg gegangen war. Aber er war überzeugt, dass sie bei näherem Kontakt seinen Zustand bemerkt hätte, dass sie enttarnt hätte, wie schlecht es wirklich um ihn stand, welche

Anstrengung es ihn kostete, seinen Alltag zu bewältigen, immer verfolgt von der Angst, eine plötzliche Attacke könnte ihn bezwingen und ihm – und das war eigentlich das Schlimmste – das Gefühl einflößte, kein richtiger Mann mehr zu sein.

»Hast *du* denn die Frau aus dem Roten Adler obduziert?«, fragte er schnell, um weiteren Bemerkungen Carolines zuvorzukommen. »Der Herr Professor meinte, sie sei mit Sicherheit nicht an Genickbruch gestorben.«

Caroline zog eine Akte aus ihrer Tasche. »Deswegen hab ich gerade noch mal mit einem Kollegen und einem Chemiker gesprochen. Nachdem ein Genickbruch nicht in Frage kommt, habe ich den Brustkorb geöffnet. Und ein Lungenödem festgestellt – blutiger Schleim in den Lungenbläschen.«

»Ein Anzeichen für zerebrale Atemlähmung«, erklärte Riedl.

Reitmeyer sah die beiden an. »Und was bedeutet das jetzt?«

»Tja, ich gehe davon aus, dass sie sich eine gehörige Menge Morphium oder Heroin beigebracht hat, was zu einer Atemlähmung führte. Habt ihr denn eine Spritze in ihrer Nähe gefunden?«

»Nein.«

»Ja, dann …« Sie blätterte in der Akte. »Ich hab sie jedenfalls sehr genau untersucht. Und einen Einstich gefunden. Allerdings nicht in der Vene. Deshalb hab ich mich noch mal informiert. Und der Kollege meint, dass Heroin auch tödlich wirken kann, wenn es intramuskulär gespritzt wird. Es muss nur eine ausreichende Menge sein. Etwa zwei Gramm, meint er.«

»Heroin?«, fragte Reitmeyer. »Gibt's das nicht überall als Hustensaft?«

»Ja, schon«, sagte Caroline. »Aber in geringerer Konzentration. Und außerdem kommt der Saft in den Magen. Da müsste jemand schon mehrere Flaschen trinken …«

»Aber wir haben keine Spritze bei ihr gefunden. Das würde ja bedeuten, dass die ihr jemand anderes verabreicht hat?«

»So würde ich das auch sehen«, sagte Caroline. »Dass sie die Spitze noch irgendwie selbst entsorgt haben könnte, halte ich nach Aufnahme einer so hohen Dosis nicht für möglich.«

»Dann wäre es also ... Mord gewesen?«

Caroline blickte zu Riedl hinüber, bevor sie antwortete. »Zu dem Schluss muss man wahrscheinlich kommen.«

Reitmeyer starrte einen Moment zu Boden. Er sah die Szene in der Brennnessel wieder vor sich. »Ich hab Angst«, hatte sie gesagt. Und er hatte sie abgewehrt und ihr geraten, Anzeige zu machen, wenn sie sich bedroht fühle. Ein Brennen stieg in ihm auf und breitete sich wie eine ätzende Flüssigkeit aus. Dasselbe hatte er schon einmal jemandem geraten. Dem Maler Rager damals vor dem Krieg, als der sich hilfesuchend an ihn wandte. Ihn durfte er dann von dem Strick schneiden, an dem er sich erhängt hatte.

»Weißt du denn inzwischen, um wen es sich bei dem Opfer handelt?«, fragte Caroline.

Reitmeyer zog das Foto aus der Tasche und reichte es ihr. »Die rechte von den beiden. Sie heißt Cäcilie Ortlieb und hat im Filmgeschäft gearbeitet.«

»Hübsches Ding«, sagte der Professor. »Eine Cäcilie. Wie meine Mutter. Sie wurde allerdings Cilly genannt, wie in Bayern üblich.«

Caroline gab Reitmeyer das Foto zurück und blätterte wieder in ihrer Akte. »Vielleicht interessiert dich, was wir sonst noch an der Leiche festgestellt haben?«

Reitmeyer blickte auf. Danach hätte er eigentlich fragen müssen. »Ja, sicher, der Hausarzt der Wirtsleute hat von einer Fraktur am Handgelenk gesprochen.«

»Wirklich?« Caroline sah Riedl an. »Ich hab keine feststellen können.«

Riedl winkte ab. »Denken Sie sich nix, Herr Kommissär. Fehldiagnosen und blanker Murks sind unser täglich Brot. Da steckt dem Opfer noch das Messer in der Brust, und der Beschauarzt erkennt auf Herzversagen.« Ein leises glucksendes Lachen ließ seinen Leib erzittern.

Caroline zog eine Augenbraue hoch. Dann deutete sie auf eine Zeichnung in ihrer Akte. »Am Oberarm habe ich ein Hämatom gefunden. Offensichtlich wurde die Frau hier fest gepackt. Ansonsten habe ich keine Verletzungen festgestellt, die auf einen Sturz hinweisen könnten.«

»Das würde heißen«, sagte Reitmeyer, »dass sie weder gestürzt noch gestoßen, sondern mit Gewalt nach unten in den Keller gezerrt wurde?«

»Genauso ist es. Und dass ihr das Heroin nicht in die Vene, sondern in den Muskel gespritzt wurde, passt auch ins Bild. Eine Vene zu finden ist oft nicht leicht, und zudem muss die Person dafür stillhalten. Wenn man davon ausgeht, dass sich die Person gewehrt hat und dass es schnell gehen musste ...«

»Hätte ihr jemand die Spritze auch schon oben verabreichen können?«

Caroline zuckte die Achseln. »Möglich.«

Es klopfte. Der Sektionsdiener steckte den Kopf durch die Tür. »Herr Professor? Könnten Sie kurz kommen?«

Riedl stand auf und schüttelte Reitmeyer die Hand, bevor er hinausging. »Viel Erfolg bei Ihren Ermittlungen, Herr Kommissär. Den Bericht können wir Ihnen noch heute Abend rüberschicken.«

Reitmeyer hatte sich ebenfalls erhoben. »Es reicht, wenn du ihn morgen rüberschickst«, sagte er zu Caroline. »Ich muss jetzt auch los.«

»Ich wollte eigentlich noch was mit dir besprechen.«

Reitmeyer hatte bereits die Klinke in der Hand. »Können wir das ein anderes Mal ...«

»Ja, wann denn?«, fragte Caroline ungehalten. »Wann erreicht man dich denn? Wir wollen eine Gedenkveranstaltung für Lukas abhalten, und du, sein ehemals bester Freund, hast nicht mal fünf Minuten Zeit, um das zu besprechen.«

»Eine Gedenkveranstaltung?« Reitmeyer ließ die Klinke los.

Caroline ging einen Schritt auf ihn zu und legte die Hand auf seinen Arm. »Versteh doch, wir haben ja nicht einmal ein Grab. Er gilt noch immer als vermisst, aber wir alle wissen, was bei den Schlachten an der Somme passiert ist.« Das Emailleblau ihrer Augen schien hinter einem wässrigen Schleier zu verschwimmen. »Also wollen wir eine kleine Feier zu seinem Geburtstag veranstalten, mit ehemaligen Musikerkollegen, auch Fräulein Sondermann, eure frühere Geigenlehrerin, will sich beteiligen, und wir dachten natürlich, dass auch du etwas beitragen würdest.«

»Spielen?«, fragte Reitmeyer. »Also ich weiß nicht. Ich komm ja kaum mehr zum Üben.«

»Du müsstest ja nicht allein auftreten, wenn du nicht willst. Die Schüler von Fräulein Sondermann spielen irgendwas von Mozart, da könntest du ›mitkratzen‹, wie Lukas gesagt hätte.« Ein kleines Lächeln strich über ihr Gesicht.

»Mozart?« Reitmeyer wich etwas zurück. »Mozart klingt immer einfacher, als es ist.«

»Ja dann halt was anderes«, erwiderte Caroline ungeduldig. »Es wird sich doch was finden lassen, das du zu Ehren deines alten Freundes spielen könntest?«

Reitmeyer spürte, wie eine unangenehme Hitze in ihm aufstieg. Vor Publikum spielen? Vor Profi-Musikern und seiner ehemaligen Geigenlehrerin? Auf einer Bühne? Das hätte vor dem Krieg schon ausgereicht, um ihn in Panik zu versetzen. »Ruf mich doch heute Abend an, dann reden wir darüber«, sagte er und riss die Tür auf. »Ich hab's gerade wirklich eilig.«

Noch ehe Caroline etwas erwidern konnte, war er hinaus, hetzte durch Gang und Seziersaal, und nahm zwei Stufen auf einmal zum Ausgang hinauf. Vor seinem Rad blieb er stehen und wischte die feuchten Handflächen an der Hose ab. Absagen war unmöglich, er musste sich eine Ausrede einfallen lassen. Die alte Schusswunde im Oberschenkel begann zu pochen. Eine Krankheit vortäuschen? Fieber? Alles albern. Wirklich plausibel wäre nur der Bruch eines Handgelenks.

Als er hörte, dass die Eingangstür der Gerichtsmedizin aufging, schwang er sich auf den Sattel, weil er befürchtete, Caroline sei ihm nachgerannt. Aber es war nur der Sektionsdiener Mayer, der ihm »Mahlzeit« wünschte, worauf Reitmeyer erleichtert in die Pedale trat und in scharfem Tempo zum Präsidium zurückfuhr. Für eins hatte er sich bei Kommissär Sänger von der Sitte angemeldet. Der wollte überprüfen, ob über die angebliche Verlobte von Willy Bauer eine Akte oder sonstige Hinweise zu ihrem Vorleben existierten.

Vor Sängers Büro blieb er stehen und warf kurz einen Blick auf die Zeitungsausschnitte an der Wand. Es hatte wieder eine Veranstaltung zum Jubiläum oder zur Verabschiedung eines verdienten Kollegen gegeben, die vom Polizeichor »würdig umrahmt« und dank der Soloeinlagen von Kommissär Sänger zu ihrem »künstlerischen Höhepunkt« gebracht worden war. Das war nichts Neues. Der »Sittensänger«, wie man ihn in allen Dienststellen nannte, hatte schon viele derartige Triumphe feiern dürfen.

Reitmeyer klopfte und öffnete die Tür. Der Leiter der Sitte war nicht allein. Fräulein Rübsam, die Fürsorgerin, stand neben ihm am Schreibtisch und betrachtete die Fotos, die er ihr reichte. Die beiden machten einen ungewohnt vertrauten Eindruck, vor allem die sonst so streng und abweisend wirkende Frau erschien seltsam verändert. Auf ihren Wangen lag ein rosiger Schimmer und in ihrer Stimme ein schwärmerischer Ton, als sie seinen Gesang »ergreifend« nannte und fragte, ob sie ein Bild »zur Erinnerung« behalten könne. Sänger zuckte zusammen, als Reitmeyer in die fast intime Situation hereinplatzte, hatte sich aber schnell wieder im Griff. Mit einem

Ruck zog er sein Jackett glatt, womit auch der geschmeichelte Ausdruck von seinem Gesicht verschwand.

»Ah, Herr Kollege, kommen S' nur rein«, sagte er. »Das Fräulein Rübsam und ich haben uns nur die Fotografien angeschaut von der Veranstaltung letzte Woche. Aber wir sind schon fertig«, fügte er schnell hinzu. »Sie will gerade gehen.«

Fräulein Rübsam blickte nochmals auf das Foto in ihrer Hand, dann auf Sänger, und als der nicht reagierte, legte sie es auf den Schreibtisch. »Ja, sicher«, murmelte sie verlegen und ging zur Tür.

»Ich hab die glänzende Kritik gelesen. Sie haben ja wieder alle hingerissen mit ihrem Bariton«, sagte Reitmeyer und wies auf die abziehende Rübsam.

Sänger sah der Frau nach und schüttelte den Kopf. Dann nestelte er an seinem Kragen und winkte ab. Reitmeyer las eine gewisse Herablassung aus seiner Miene. Als wollte er seinem Kollegen bedeuten, dass man sich seine Bewunderer leider nicht aussuchen könne.

»Ja, es war recht gelungen«, erwiderte er kurz angebunden und legte die Fotos in eine Schreibtischschublade. Dann bat er Reitmeyer, Platz zu nehmen, räusperte sich und nahm ein Blatt von einem Stapel.

»Ich bin Ihrer Frage nachgegangen«, begann er mit völlig verändertem Tonfall. »Wir haben keine Akte über diese Maria Zaumgiebl, also die Person, die angeblich die Verlobte dieses Willy Bauer sein soll. Sie ist auch nicht als Prostituierte registriert. Nach Rücksprache mit meinen Leuten hat sich jedoch herausgestellt, dass sie uns nicht gänzlich unbekannt ist. Wir vermuten, dass sie an bestimmten Orten, im Monachia etwa, Freier angeheuert hat. Der Wirt wurde mehrmals verwarnt, solches Verhalten nicht zu dulden, aber wir haben sie nie in flagranti erwischt.«

Reitmeyer wunderte sich noch einen Moment darüber, wie mitleidlos der Sittensänger die arme Rübsam abserviert hatte, dann wischte er den Gedanken beiseite und konzentrierte sich wieder auf den Fall.

»Ich verstehe«, sagte er. »Diese Zaumgiebl ist kein unbeschriebenes Blatt. Aber eigentlich wollte ich in erster Linie wissen, ob sie schon einmal aufgefallen ist, weil sie jemandem ein Alibi gegeben hat oder mit Leuten von der Einwohnerwehr gesehen worden ist?«

»Ha, die *Einwohnerwehr*«, sagte Sänger und lehnte sich zurück. »Passen würde das zu einem Subjekt wie der Zaumgiebl. Da wär' sie in der richtigen Gesellschaft!« Dann beugte er sich über den Schreibtisch und senkte die Stimme. »Ich meine ja nicht unbedingt die Führer der Organisation, verstehen Sie mich nicht falsch. Ich hab auch durchaus Verständnis dafür, dass man die Wehrhaftigkeit unseres Volkes erhalten will.«

»Sie meinen die illegalen Waffenlager?«

»Nein, die mein ich nicht. Das ist ein ganz anderes Thema, wie wir mit den Forderungen der Siegermächte nach Entwaffnung umgehen. Ich spreche von dem Gesindel, das nach dem Kapp-Putsch im März zu uns nach Bayern geströmt ist. Diese Tausende von ehemaligen Freikorpsleuten, diese *Landsknechtsnaturen*, die nix gelernt haben außer Schießen und Marodieren. Die von den Preußen rausgeschmissen worden sind, aber bei uns in der Einwohnerwehr freundliche Aufnahme finden, wo sie aber natürlich nicht genug verdienen. Und dann organisieren sie sich eben anderweitig etwas, mit Diebstahl und Einbruch, mit Zuhälterei und Falschspiel und was weiß ich noch.« Er holte Luft. »Weil ja nicht alle zum Film können.«

»Zum Film?«

»Ach, das fällt mir ein, weil diverse Damen, die wir manchmal aufgreifen, immer behaupten, sie seien beim Film, wenn sie nicht nachweisen können, wovon sie leben.«

»Tatsächlich.«

»Ja, das geben die als Beruf an, um nicht der Prostitution verdächtigt zu werden. ›Schauspielerin‹. Obwohl es sich natürlich allenfalls um Kleindarstellerinnen und Statistinnen handelt. Manche zahlen sogar dafür, um eine kleine Rolle zu kriegen. Das hebt ihren Stellenwert bei den Herrn, die lieber eine Schauspielerin aushalten als eine Nutte.«

»Interessant«, sagte Reitmeyer. »Ich arbeite gerade an einem anderen Fall, wo man davon ausgehen muss, dass eine solche ›Schauspielerin‹ ermordet wurde. Jetzt interessieren wir uns natürlich für das Umfeld dieser Frauen.«

Sänger lehnte sich zurück und sah einen Moment an die Decke. Dann beugte er sich wieder vor und griff nach einer Akte auf dem Schreibtisch. »Aber ich hab da vielleicht was für Sie.« Mit einem überlegenen Lächeln schlug er die Akte auf und blätterte darin herum. »Wir sind da einer Spur nachgegangen. Eine Theatergruppe, die angeblich Filme drehen soll. Und zwar mit einer Reihe von Darstellerinnen, die sonst nur für kleinste Rollen oder als Statistinnen eingesetzt werden.«

»Eine Theatergruppe dreht Filme? Ist so eine Ausrüstung denn nicht sehr teuer?«

»Ganz richtig, Herr Kollege. Deswegen vermuten wir, dass die Ausrüstung heimlich ›ausgeliehen‹ wurde, wenn Sie verstehen, was ich meine. Zumindest arbeitet einer dieser Theaterleute bei einer größeren Produktionsfirma als Kameramann. Wir wissen, dass es solche Fälle in Berlin gegeben hat. Da wurden Kamera und Scheinwerfer über Nacht entwendet und dann wieder zurückgebracht.«

»Haben Sie denn einen dieser Filme gesehen?«

»Natürlich nicht. Wir stützen uns bislang ja nur auf Hinweise. Und diese ›Künstler‹ streiten vehement ab, überhaupt Filme zu drehen. Aber für uns liegt selbstverständlich auf der Hand, um was für Machwerke es sich dabei handeln muss.«

»Sie meinen pornografische?«

»Ja was denn sonst? Womit sonst kann man richtig Geld verdienen? Es muss auf jeden Fall was wirklich Drastisches sein. Mit ein paar Schlüpfrigkeiten ist da nichts zu holen. Das decken schon die großen Firmen ab.«

»Und Sie meinen, diese sogenannten Schauspielerinnen übernehmen darin entsprechende Rollen, weil sie besser dotiert sind als im legalen Filmgeschäft?«

»Davon sind wir überzeugt. Wenn solche Filme bei Herrenabenden oder in bestimmten Clubs gezeigt werden, verlangen die Veranstalter horrende Eintrittspreise. Das alles gab's schon vor dem Krieg. Schon damals wurden pro Person dreißig Mark verlangt.« Sänger klopfte nachdrücklich auf den Tisch. »Das hat ein Facharbeiter im Monat kaum verdient.«

»Und wo finde ich diese Theatergruppe?«

Sänger nahm einen Notizblock und schrieb die Adresse auf. »Vielleicht hilft's Ihnen ja weiter.« Er reichte ihm den Zettel. »Der Sache auf den Grund zu gehen, ist auf jeden Fall nicht verkehrt. Wissen Sie, wo etwas geheim gehalten werden muss und viel Geld im Spiel ist ...«

»... ist auch Erpressung nicht weit?«

»Auch Mord nicht.«

Draußen vor der Tür streifte Reitmeyers Blick noch einmal die Zeitungsausschnitte an der Wand. Vor allem ein Bild stach heraus. Der Sittensänger auf der Bühne, der im Jubel seines Publikums badete. Lampenfieber schien der nicht zu kennen. Oder Ängste. Reitmeyer ging rasch weiter. Der schnelle Gang, das laute Hallen seiner Schritte dämpften das aufkommende Rumoren in seinem Kopf nicht. Was würde er Caroline heute Abend sagen? Wie würde es ihm gelingen, sich der Tortur des öffentlichen Auftritts zu entziehen? An seiner Bürotür angekommen, blieb er kurz stehen und atmete ein paarmal tief durch, bevor er sie entschlossen öffnete. Bis heute Abend war noch Zeit.

»Jetzt hast du gerad den Oberinspektor verpasst«, sagte Steiger, als er eintrat. »Der wollt dich unbedingt sprechen.«

»Zu dem geh ich später rüber. Wir müssen jetzt gleich in

die Wohnung von dieser Cäcilie Ortlieb. Die Gerichtsmedizin hat festgestellt, dass sie nicht an Genickbruch, sondern an einer Überdosis Heroin gestorben ist.«

»An Heroin?«, fragte Steiger verständnislos.

»Ja. Ich erklär dir alles auf der Fahrt. Hat denn der Rattler die Adresse schon rausgesucht?«

Steiger kramte in den Papieren auf seinem Schreibtisch. »Ach, übrigens«, er zog ein paar Schubladen auf und wühlte darin herum, »dieser Kerl von der Einwohnerwehr ist entlassen worden. Deswegen war der Oberinspektor …«

Reitmeyer fuhr herum. »Was? Was heißt ›entlassen‹? Wer hat den Willy Bauer entlassen?«

»Ja, vielleicht sollt' man sagen, dass er ›rausgeholt‹ worden ist. Vom Anwalt der Einwohnerwehr.«

»Von diesem Gadmann?«

Steiger zuckte die Achseln. »Ich weiß nicht, wie der heißt. Jedenfalls hat er behauptet, es besteht kein Haftgrund für seinen Mandanten. Es hat ein einwandfreies Alibi von drei Zeugen. Außerdem hat er einen festen Wohnsitz und eine feste Arbeitsstelle, also besteht keine Fluchtgefahr. Und der Staatsanwalt will auch keinen Antrag auf Untersuchungshaft stellen.«

»Ich hab die Aussagen von diesen Zeugen doch noch gar nicht überprüft!«

»Das kannst du ja noch, meint der Oberinspektor.«

»Ach wirklich? Meint er das?«

»Ja, keine Ahnung. Jedenfalls hat sich dieser Anwalt beschwert, dass ausgerechnet ›vaterländische Kräfte‹ ins Visier genommen werden, wenn's um die Aufklärung von Verbrechen geht.«

Reitmeyer warf seine Tasche auf den Schreibtisch. »Aber ich hab die Aussage von einem Zeugen, der Bauer erkannt hat!«

»Tja, was soll ich sagen?«, erwiderte Steiger und suchte weiter unter seinen Papieren.

Reitmeyer lagen durchaus ein paar Ausdrücke auf der Zunge. Aber er beherrschte sich und ging zum Fenster hinüber. Dieser Anwalt Gadmann war ihm natürlich nicht unbekannt. Der trat seit Längerem auf den Plan, wenn es galt, Verdächtige aus dem rechten Spektrum rauszuhauen. Und dabei stieß er kaum auf Widerstand, dank seiner ausgezeichneten Vernetzung mit »vaterländischen« Kreisen, denen auch der Polizeipräsident, der Staatsanwalt und der Justizminister angehörten. Letztlich war die gesamte neue Regierung nur mit der Unterstützung der Einwohnerwehr ins Amt gekommen. Weil Kahr, der neue Ministerpräsident, versprochen hatte, in Bayern eine »Ordnungszelle« zu errichten, ein »wehrfähiges« Bayern, das Mittel und Wege finden würde, die restriktiven Auflagen der Siegermächte zu umgehen. Wenn sich ein Polizeikommissär hier einmischte, hätte er schlechte Karten. Sehr schlechte.

Reitmeyer schlug mit der flachen Hand aufs Fensterbrett und drehte sich wieder um. »Ich geh mal davon aus«, sagte er, »dass diese ›vaterländischen‹ Zeugen zusammenhalten. Wahrscheinlich reagieren sie auf eine Vorladung erst einmal gar nicht, weil sie für ihren sauberen Verband gerade irgendwo im Einsatz sind.«

»Ah, da ist die Adresse«, sagte Steiger und hielt einen Zettel hoch.

Als Reitmeyer den Zettel nahm, sah er die Zeitschriften, die er in den Papierkorb geworfen hatte, wieder säuberlich aufgeschichtet auf Steigers Schreibtisch liegen.

»Willst du die lesen?«, fragte er seinen Kollegen verwundert und deutete auf den Stapel.

»Wohl kaum«, erwiderte Steiger. »Die hat der Rattler rausgefischt.«

»Seit wann interessiert der sich für diesen rechtsnationalen Mist?«

Steiger zuckte die Achseln. »Du kennst ihn doch, der liest

doch alles, was zwischen zwei Buchdeckeln ist oder nach einer Illustrierten oder Zeitschrift aussieht. Jedenfalls will er die mit heimnehmen.«

»Meinetwegen. Bestell uns jetzt einen Wagen.« Er sah auf die Adresse. »In die Augustenstraße.«

Während Steiger telefonierte, ging die Tür auf und Rattler kam herein. »Ah, Herr Kommissär«, sagte er und deutete auf den Zeitschriftenstapel. »Sie ham doch nichts dagegen, wenn ich die mitnehm?«

»Nein, nein.«

»Beim Sortieren hab ich einen Brief zwischen den Zeitschriften gefunden. Aber nicht an Sie, sondern an einen Ministerialdirektor vom Handelsministerium. Ich weiß nicht, wie der da hingekommen ist. Ich hab ihn auf Ihren Schreibtisch gelegt.«

»Vom Handelsministerium?« Reitmeyer ging zu seinem Platz und nahm das Blatt aus der Ablage. Ein Assessor Dr. Löber wandte sich an einen Ministerialdirektor von Stegner. »Bezugnehmend auf unser letztes Gespräch, möchte ich aus gebotenem Anlass …«

»Der Wagen wartet unten«, sagte Steiger. »Wir können los.«

Reitmeyer legte den Brief zurück. Der musste zwischen die Zeitschriften geraten sein, bevor ihm Steinbichler diese Hetzblätter in die Hand gedrückt hatte. Aber jetzt hatte er keine Zeit, sich damit zu befassen.

5

Es hatte wieder zu nieseln begonnen, und von oben drückte Nebel herunter, der die Türme der Josephskirche in schmutziggraue Schwaden hüllte. In der Luft lag ein scharfer Geruch nach qualmenden Kohlefeuern, und das Licht war so trüb, dass Reitmeyer Mühe hatte, sich auf dem Klingelbrett mit den mehrfach überklebten Zetteln zurechtzufinden. Eine Cäcilie Ortlieb entdeckte er nicht. Er deutete auf das Hoftor ein paar Schritte weiter. »Schauen wir da rein«, sagte er zu seinem Kollegen.

Steiger rüttelte ein paarmal an dem Tor, bevor es knarrend nachgab. Sie durchquerten die dunkle Einfahrt und gelangten in einen Hof, wo eine Frau gerade einen Sack von einem Leiterwagen hievte. Neben ihr stand ein kleiner Bub in einer viel zu großen Jacke und sah die beiden Männer misstrauisch an. Steiger ging rasch zum Hinterhaus und suchte nach einem Klingelschild. Als er keines entdeckte, machte er wieder kehrt.

»Am besten, wir fragen vorn in dem Gemüseladen«, sagte er.

»Sie wohnen doch hier?«, sagte Reitmeyer zu der Frau. »Kennen Sie eine Cäcilie Ortlieb?«

Die Frau sah ihn ängstlich an, zog ihren Schal tiefer ins Gesicht und schüttelte den Kopf.

»Eine junge Frau«, versuchte es Reitmeyer noch mal. »Cilly Ortlieb ...«

Die Frau schüttelte erneut den Kopf, nahm den Sack und schleifte ihn in Richtung Kellertreppe.

»Warten S', ich helf Ihnen«, sagte Reitmeyer und folgte ihr.

Die Frau machte eine scheuchende Bewegung und stieß ein paar Wörter in einer Sprache aus, die Reitmeyer nicht verstand. Der kleine Junge stellte sich schützend vor sie und hob das Kinn.

»Ich will euch doch nix tun«, sagte Reitmeyer begütigend.

Die Frau zerrte ihren Sack weiter, und der Dreikäsehoch sicherte mit ausgebreiteten Armen den Rückzug seiner Mutter, bevor er hinter ihr her die Treppe hinunterrannte.

»Hast du das gesehen?«, fragte Reitmeyer.

»Wer weiß, was in dem Sack drin war«, sagte Steiger grinsend. »Goldbarren?«

»Oder Kohlen«, erwiderte Reitmeyer. »Was aufs Gleiche rauskommt.«

Sie gingen wieder auf die Straße hinaus und blickten auf die verblichene Schrift über dem Laden im Vorderhaus. *Obst und Südfrüchte.* »Schön wär's«, sagte Steiger.

Als Reitmeyer die Ladentür öffnete, schlug ihnen Schimpfen und Geschrei entgegen. Sie blieben stehen.

»Zwei Mark?«, schrie eine Kundin. »Für die paar holzigen Dinger?« Das sei ja schlimmer als im Rübenwinter »anno siebzehn«. Worauf ein Mann in Richtung eines Korbs mit Äpfeln fuchtelte und sagte, dass die wohl auch noch aus dem »siebzehner Jahr« stammten, jedenfalls machten sie ganz den Eindruck. Gleichzeitig warf eine andere Frau ein Bündel Grünzeug auf den Ladentisch, lauthals verkündend, dass sie sich weigere, für das verwelkte »Glump« auch nur einen Pfennig rauszurücken, weil nicht mal ihre Hasen so was fressen würden.

Die Händlerin wischte sich ein paar Strähnen hinters Ohr und erwiderte mit erhobener Stimme, dass sie schon froh sei, wenn ihr Mann in der Großmarkthalle überhaupt etwas ergattere, das ihre Kundschaft bezahlen könne, und wer »Prinzessbohnen und Zuckerschoten« haben möchte, der solle »zum Dallmayr« gehen und mit Dollars zahlen. Dann gäb's auch »feine Möhrchen«.

Reitmeyer und Steiger zögerten, inmitten dieses Gemüseaufstands Erkundigungen einzuziehen, da jetzt auch staatliche Einrichtungen angeprangert wurden. Vor allem Ordnungsmacht und Wuchergerichte, die es weder zuwege brächten, die Preistreiberei zu stoppen, noch die Bauern zu zwingen, genügend Waren in die Stadt zu liefern.

Steiger stieß seinen Kollegen an, als aus der linken hinteren Ecke ein schabendes Geräusch ertönte. Der Deckel einer Bodenluke schlug zurück, ein kahler Kopf erschien, und gleich darauf der halbe Mann, der ächzend eine Kiste auf den Pflasterboden stellte.

Mit ein paar schnellen Schritten war Steiger an der Luke und beugte sich hinab. »Entschuldigen Sie«, sagte er. »Wir bräuchten eine Auskunft.«

Der Mann runzelte die Stirn und sah ihn finster an.

»Kennen Sie eine Cäcilie Ortlieb? Sie soll im Haus hier wohnen?«

»Wer soll das sein?«, fragte der Händler schroff. »Und wer will das wissen?«

Steiger zückte seine Marke. »Es handelt sich um eine junge Frau, eine Schauspielerin ...«

»Ha, *Schauspielerin*«, rief der Gemüsehändler. »Sie meinen eine von den Schnallen im Hinterhaus. Ist aber an der Zeit, dass unsere Polizei mal aufräumt mit dem Gesindel! Und das Gesocks von denen ... Ostjuden können S' auch gleich mitnehmen.« Er kletterte aus dem Verlies, nahm die Kiste und hievte sie auf einen Stapel an der Wand. »Die sollen heim nach Polen, wo's hingehören, und nicht die Wohnungen bei uns belegen. Ausräuchern sollt' man ihn, den ganzen Bau da hinten!« An seiner Stirn schwoll eine Ader. Die Haare seines Schnurrbarts sträubten sich wie bei einem zornigen Kater. »Da sind bloß Nutten, Bolschewiken und Polenjuden drin.«

»Jetzt ist aber Schluss«, rief Reitmeyer. »Wir sind weder zum ›Ausräuchern‹ noch wegen einer Strafsache hier.« Die Keiferei am Ladentisch verstummte einen Augenblick. »Wir wollen wissen, wo Cäcilie Ortlieb wohnt. Und wo wir den Hausmeister finden.«

Der Händler duckte sich ein wenig, als Reitmeyer auf ihn zukam. »Die wohnen alle unterm Dach«, stieß er hervor und wich einen Schritt zurück. »Aber eine Ortlieb kenn ich nicht, ich mein, ich weiß nicht, wie die heißen.«

»Und wo wohnt der Hausmeister?«

»Der ist nicht da«, rief die Gemüsehändlerin. »Der arbeitet tagsüber.«

»Vielen Dank für die freundliche Auskunft«, sagte Reitmeyer sarkastisch und ging mit Steiger zur Tür. Unter den Leuten am Ladentisch erhob sich Gemurmel.

»Und was ist jetzt mit diesen Ostjuden?«, rief ein Mann. »In Berlin kommen die schon in Sammellager.«

Reitmeyer blieb stehen. »Dann rate ich Ihnen, nach Berlin zu ziehen. Bei uns gibt's so was einstweilen nicht.« Er machte Steiger ein Zeichen, vor ihm hinauszugehen, und warf die Tür hinter sich zu.

Draußen setzte Steiger seine Mütze auf. »So geht das jetzt überall«, sagte er. »Was mir die Kollegen von der Schutzpolizei erzählen, was bei den großen Parteiversammlungen passiert …«

Reitmeyer nickte und ging mit schnellem Schritt zum Hoftor zurück. Im Hofbräuhaus und anderen großen Bierhallen, so hörte man, wurden bereits Rufe laut, Kriegsgewinnler und Schleichhändler aufzuhängen. Die ohnehin alle Juden seien. Dagegen war die Forderung nach »Ausweisung« der Ostjuden geradezu harmlos. Aber so einfach war die Sache nicht. Bis jetzt war nämlich vollkommen unklar, wohin man diese Leute überhaupt ausweisen wollte. Das neue Polen war jedenfalls nicht bereit, die aus den ehemals deutschen Gebieten geflohenen Juden wieder bei sich aufzunehmen, weil sie keine polnischen Staatsbürger seien.

»Wenn die Rechten die Ostjuden rausschmeißen wollen, dann müssten wir ihnen zuerst polnische Pässe ausstellen«, sagte Reitmeyer und rüttelte an dem Tor. Steiger sah ihn verständnislos an. Reitmeyer lachte. »Keine Sorge, das schafft nicht mal die bayerische Regierung.«

Steigers Antwort ging in dem Krachen unter, als das klemmende Tor aufsprang. Sie durchquerten den Hof und öffneten die Tür zum Hinterhaus. »Vielleicht hat eine von den Nachbarinnen einen Schlüssel«, sagte Reitmeyer. Es war dunkel im Innern, und da Steiger keinen Schalter fand, schlug er die Tür weit zurück, damit von draußen Tageslicht ins Treppenhaus fiel. Reitmeyer lief bereits die Stufen hinauf. »Pass auf«, rief er nach hinten, »das Geländer ist wacklig.«

Es war still im Haus. Nur weiter oben hörte man Schritte und das Zuschnappen von Schlössern. Im zweiten Stock zerrte jemand ein Kind nach drinnen, während gegenüber die Tür einen Spalt aufging, aber sofort wieder zugedrückt wurde.

Kurz vor dem Dachgeschoss blieb Reitmeyer stehen. Auf dem letzten Absatz stand eine junge Frau und starrte durch die offene Tür in eine Wohnung. Sie trug einen schwarzen Mantel, knetete die Krempe ihres Filzhuts und schien Reitmeyer gar nicht zu bemerken. Er stieg die restlichen Stufen hinauf. Erst als er dicht hinter ihr stand, fuhr sie herum und sah ihn mit aufgerissenen Augen an.

»Wohnen Sie hier?«, fragte Reitmeyer.

Sie drückte eine große Umhängetasche an sich und wich einen Schritt zurück.

»Wir möchten wissen, wo die Wohnung von Cilly Ortlieb ist.«

»Wer sind Sie?«, fragte sie, während ihr Blick zum Treppenhaus schoss, als suchte sie nach einer Fluchtmöglichkeit. Die nun von Steiger, der ebenfalls heraufkam, verbaut war. Sie wich noch einen Schritt zurück.

»Wir sind von der Kriminalpolizei«, sagte Reitmeyer.

»Von der Kriminalpolizei …? Hat jemand Sie gerufen?«, fragte sie entgeistert.

»Nein. Warum?«

Sie deutete auf die offene Wohnungstür.

Reitmeyer drehte sich um und blickte in die Dachkammer. Fast hätte es ihm die Sprache verschlagen. Der Raum sah aus wie nach einem Granatenangriff. Regale waren umgestürzt, Kissen und Matratze aus dem Bett gerissen, überall lagen Kleider und Wäschestücke verstreut, dazwischen Töpfe und Scherben von zerbrochenem Geschirr. Auf einem Haufen Decken lag ein Kunstdruck mit einer Ansicht von Venedig, davor ein Koffer mit aufgeschlitztem Innenfutter.

»Ist das Ihr Zimmer?«, fragte er. Gleichzeitig fiel sein Blick auf ein Foto an der Wand. »Oder das von Cäcilie Ortlieb?«

»Das ist das Zimmer von der Cilly.« Sie trat etwas näher. »Ich hab heute Nacht bloß hier geschlafen.« Sie strich nervös das Haar zurück und trat von einem Fuß auf den anderen. »Eigentlich wollte ich mich mit ihr treffen, aber sie ist nicht gekommen.«

»Wann war das?«

»Ja, gestern Nacht. Dann bin ich hergefahren, und ihre Nachbarin hat mir den Schlüssel gegeben.« Sie ließ den Blick über das Chaos schweifen. »Ich war ein paar Stunden weg, und als ich zurückgekommen bin, war alles«, sie machte eine hilflose Geste, »war alles verwüstet.«

»Können Sie sich ausweisen?«, fragte Reitmeyer und musterte die junge Frau. Sie war ausnehmend hübsch. Braune Augen und glattes blondes Haar, das bis zum Kinn fiel. Der eng geschnittene Mantel betonte ihren schlanken Körper und schien aus gutem Tuch zu sein. Sie wirkte nicht wie jemand, der es nötig hatte, in schäbigen Dachkammern zu hausen.

Sie griff in ihre Tasche und reichte ihm einen Pass.

»Gertraud Blumfeld«, las Reitmeyer. »Aus Berlin?«

»Ich bin hier auf Zimmersuche, verstehen Sie? Aber das ist schwierig.«

»Und was wollen Sie in München?«

»Ich schreibe an meiner Dissertation«, antwortete sie, während ihr Blick wieder über das Durcheinander strich. »In Soziologie. Und will hier … Unterlagen zusammentragen.«

Steiger kickte mit dem Fuß eine Garnspule zurück, die über den Boden rollte. »Dissertation«, murmelte er. »In Soziologie?« Es klang wie »wer's glaubt wird selig«.

»Und woher kennen Sie die Cilly Ortlieb?«, fragte Reitmeyer und reichte ihr den Pass zurück.

»Die hab ich in einem … Lokal kennengelernt.«

»In welchem?«

»Im Monachia, glaub ich.«

»Aha. Nicht gerade ein Studentenlokal?«

Sie reckte den Kopf, und ein hochmütiger Ausdruck trat auf ihr Gesicht, als wäre es unter ihrer Würde, darauf zu antworten.

»Und wo wollten Sie sich mit Cilly Ortlieb treffen?«

»Im Boccaccio.«

»Im Boccaccio«, wiederholte Steiger mit süffisantem Unterton. »Aha.«

»Na ja«, sagte Reitmeyer, »auch nicht gerade ein Treffpunkt für die studentische Jugend. Wie gut kennen Sie Cilly Ortlieb eigentlich?«

Steiger begutachtete inzwischen das Schloss an der Tür. »Aufgebrochen ist hier nicht«, sagte er. »Da muss jemand schon freiwillig aufgemacht haben.«

Gertraud Blumfeld sah ihn irritiert an. »Ich kenne sie nicht besonders gut«, erwiderte sie. »Sie hat mir angeboten, ich könnte hier übernachten, bis ich selbst etwas gefunden habe. Hotels und Pensionen sind unerschwinglich teuer.« Sie klang zunehmend ungeduldig, eine leichte Röte färbte ihre Wangen. »Hören Sie, was wollen Sie eigentlich von mir?«, brauste sie plötzlich auf. »Ich hab wahrscheinlich vergessen abzusperren, als ich wegging.«

»Wann sind Sie weggegangen?«, unterbrach sie Reitmeyer.

»Ich weiß nicht mehr. So gegen zwei? Wollen Sie mir etwa unterstellen, ich hätte mit dieser Sache etwas zu tun?« Ihre Augen blitzten. »Dagegen muss ich mich mit aller Schärfe verwahren! Ich denke jetzt in erster Linie an die arme Cilly. Wenn sie heimkommt und sieht …«

»Sie wird nicht mehr heimkommen. Sie wurde gestern tot im Keller eines Lokals gefunden.«

Gertraud Blumfeld starrte ihn an. Aus ihrem Gesicht

schien alles Blut zu weichen. Wie von einem Schlag getroffen zuckte sie zurück. »Tot?«, sagte sie und hielt sich an der Tür fest. »Wie?«

»Die genauen Umstände ermitteln wir noch. Aber hier hat eindeutig jemand nach etwas gesucht. Können Sie sich vorstellen, wonach?«

Die junge Frau lehnte sich an den Türstock, schloss die Augen und schüttelte den Kopf.

»Wir verstehen, dass das vermutlich ein Schock für Sie ist«, erwiderte Reitmeyer etwas versöhnlicher, während Steiger hinausging und an die Tür nebenan klopfte. Wo niemand öffnete.

»Die Nachbarin, von der Sie den Schlüssel bekommen haben, ist offenbar nicht da. Könnten Sie uns sagen, wie die heißt? Und gegebenenfalls, wo sie arbeitet, Fräulein Blumfeld?«

»Regine«, flüsterte sie wie in Trance. »Sie ist Bedienung. Ich weiß nicht, wo.«

»Regine und weiter?«

Sie holte Luft und schüttelte den Kopf. »Weiß ich nicht.«

Reitmeyer ging auf die junge Frau zu. Sie war leichenblass und schwankte ein wenig, und er befürchtete, sie könnte umkippen.

»Möchten Sie sich setzen?«, fragte er und griff nach einem umgestürzten Stuhl. Sie reagierte nicht. Er zögerte einen Moment. »Ja, dann ... dann gebe ich Ihnen meine Karte«, sagte er. »Unter der Nummer rufen Sie mich morgen an. Dann führen wir die Befragung weiter, wenn Sie sich etwas besser fühlen.«

Steiger räusperte sich vernehmlich.

Sie nickte, nahm die Karte mit zitternder Hand und holte noch einmal stöhnend Luft. Dann wandte sie sich ab, ging zur Treppe und hielt sich am Geländer fest.

»Steiger«, sagte Reitmeyer, »begleite Fräulein Blumfeld runter. Das Geländer ist nicht sicher.«

Steiger verdrehte die Augen und nahm ihren Arm, als würde er sie abführen.

Reitmeyer blickte ihnen nach. Die junge Frau versuchte mehrmals, sich dem Griff ihres Begleiters zu entwinden. Ohne Erfolg. Vielleicht hätte er ihr die Nachricht vom Tod ihrer Freundin doch etwas schonender beibringen sollen. Aber irgendetwas an ihrem Verhalten hatte ihn gereizt. Der hochmütig herablassende Ausdruck vermutlich. Er öffnete den obersten Kragenknopf und ließ den Blick wieder über das Durcheinander schweifen. Er kreiste ein paar Mal mit den Schultern und versuchte, sich zu konzentrieren. Wo ließen sich hier irgendwelche persönlichen Unterlagen finden? Am ehesten in dem Nachttisch, der unter umgestürzten Regalen und einem Kleiderberg begraben lag.

Während er sich einen Weg durch das Gerümpel bahnte, kam Steiger zurück. »Hat sie noch was gesagt?«, fragte er.

»Nein, bloß, dass sie keine Hilfe braucht. Und unten an der Tür ist sie davongerannt.« Steiger schob mit der Schuhspitze ein paar Scherben zur Seite. »Ob die sich noch mal meldet? Ich meine, ob es richtig war, dass du sie so einfach hast laufen lassen? Die hat doch nicht mal einen festen Wohnsitz.«

»Ich hab den Pass gesehen. So völlig untertauchen kann die nicht«, sagte Reitmeyer und stellte ein Regal auf, bevor er den Nachttisch unter den Kleidungsstücken herauszog. »Jetzt will ich erst mal da reinschauen.«

»Und glaubst du das mit der Studentin? Ich meine, wo die verkehrt …«

Reitmeyer stellte die kleine Kommode auf und öffnete die Schublade. »Das wird sich morgen klären, ob sie an einer Universität eingeschrieben ist. Dann sehen wir weiter.« Er kramte in dem Gewirr aus Cremedosen, Parfümflakons und billigem Schmuck und förderte schließlich zwei Zettel zutage. »Zwei Kilo Tafelspitz. Reitmorstraße«, stand auf einem. Und auf dem zweiten »Tischdekoration 17 Uhr«. Er steckte beide ein.

Steiger hatte inzwischen einen Karton durchsucht. »Da sind Fotos und Ansichtskarten drin. Den nehmen wir am besten mit«, sagte er und machte sich daran, den Haufen aus Decken zu durchfilzen.

Reitmeyer legte die Matratze aufs Bett zurück und wühlte sich durch den Berg aus Kleidern, Wäsche und zerbrochenem Geschirr, bevor er einen Hocker nahm und sich setzte. »Was kann hier jemand gesucht haben? Und was hat ihn so wütend gemacht, dass er die ganze Bude verwüstet hat?«

»Vielleicht weil's nicht mehr da war?«

Reitmeyer nickte. »Oder weil er ihr einen Denkzettel verpassen wollte. Oder beides.« Er sah noch eine Weile auf das Chaos. »Ich glaub nicht, dass wir hier noch was finden, was von Bedeutung für uns wär'.« Er stand auf. »Lass uns gehen.«

Vor der Tür blieb Reitmeyer stehen und deutete aufs Schloss. »Wie sollen wir jetzt ... Hast du ein Siegel dabei?«

Steiger zückte triumphierend einen Schlüssel. »Den hab ich dieser Blumfeld noch abgenommen, bevor sie abgehauen ist«, sagte er mit einem überlegenen Lächeln, als er die Tür absperrte. »Ich sag's dir, mit der stimmt was nicht. Ich glaub dieser angeblichen Studentin kein Wort.«

Im Büro legte Reitmeyer die beiden Zettel aus Cillys Schublade auf den Schreibtisch und rief Rattler. »Schau mal her, da hätt' ich eine Knobelarbeit für dich.« Rattlers Gesicht leuchtete auf. »Kriegst du raus, ob die uns was nützen könnten?«

Rattler griff nach den Zetteln, als handelte es sich um Reliquien. »Hat sie die selber geschrieben?«

»Davon gehe ich aus.«

»›Tafelspitz‹«, las Rattler sinnierend. »Das ist Rindfleisch.«

»So weit war ich auch schon, verehrter Sherlock Holmes.«

Steiger öffnete den Karton, den sie mitgenommen hatten. »Vielleicht ist hier auch noch was drin, was der Rattler nach seinen ›streng logischen‹ Richtlinien untersuchen kann«, sagte er spöttisch.

Das Telefon klingelte. Steiger legte den Deckel beiseite, meldete sich und hörte eine Weile zu. »Ja, dann soll sie halt zur nächsten Polizeistation gehen ...«, sagte er. »Wo sind Sie? In der Lilienstraße? Ja, richtig, die wär' am Mariahilfplatz ... Ah so, sie will keine Anzeige machen?« Er verdrehte die Augen. »Haben Sie den Mann denn gesehen ... nein?« Er hörte wieder zu. »Ja, sicher, es geht auch gegen Unbekannt ... aber zuständig sind die Kollegen am Mariahilfplatz ... Ja dann ... Wiederhör'n.« Steiger legte auf. »Immer das Gleiche«, sagte er. »Da lässt sich eine Frau zusammenschlagen, will den Kerl aber nicht anzeigen.«

»Was für eine Frau?«, fragte Reitmeyer.

»Ach, die Vermieterin ruft an, dass ihre Untermieterin übel zugerichtet worden ist, und ob sie eine Anzeige machen kann, auch wenn diese Marie Zaumgiebl das nicht will.«

»Was?«, rief Reitmeyer und spang auf. »Marie Zaumgiebl ist zusammengeschlagen worden? Das ist die angebliche Verlobte von diesem Willy Bauer.«

Steiger sah ihn verdattert an. »Das ... das hab ich ja nicht gewusst ...«

»Wo wohnt diese Vermieterin?«

»In der Lilienstraße.«

»Nummer?«

»Ecke Schweigerstraße.«

»Bestell mir sofort einen Wagen. Jetzt krieg ich diesen Kerl vielleicht doch noch dran.« Er riss seinen Mantel vom Haken. »Wenn ich nicht mehr rechtzeitig zurückkommen sollte, bleibt alles, wie wir's besprochen haben. Du gehst morgen früh als Erstes in die Augustenstraße und befragst die Nachbarinnen von der Cilly Ortlieb. Und den Hausmeister, wenn möglich«, rief er im Hinausgehen.

Reitmeyer schlug mit der Rechten ungeduldig gegen das Seitenfenster. Aber das half auch nicht, schneller voranzukommen. Vor ihnen zuckelten zwei Bierwagen über die Brücke zum Nockherberg hinauf, und aus der Gegenrichtung kam eine Kolonne Militärfahrzeuge mit grölenden Soldaten im Heck.

Der Fahrer machte eine verächtliche Geste in Richtung der Militärs. »Lang ham die nix mehr zu lachen.«

Reitmeyer sah ihn fragend an.

»Das heißt nicht umsonst vorläufige Reichswehr«, erklärte er. »Die meisten werden doch nicht übernommen. Vor allem die ehemaligen Freikorpsler nicht, sagt mein Schwager. Und der kennt sich aus, der ist Feldwebel.«

»Und warum nicht?«

»Die sind nicht fähig, sich in eine Truppe einzugliedern. Hat der General von Seeckt gesagt. Die hören bloß auf ihre eigenen Führer. Die kann man nicht brauchen.«

Reitmeyer sah Willy Bauer vor sich, wie überheblich er sich bei der Vernehmung gezeigt hatte. Als wäre es bloß noch eine Frage der Zeit, bis er reguläres Mitglied der Reichswehr sein würde. Aber vermutlich hatte ihm schon da gedämmert, dass er schlechte Karten hatte. Und jetzt drehte er vollkommen durch.

Endlich ging es weiter, und sie konnten die Bierwagen überholen. »Halten Sie gleich vorn an der Ecke Lilienstraße«, sagte er zum Fahrer.

Reitmeyer sprang aus dem Auto und überlegte, in welchem Eckhaus er es probieren sollte. Er entschied sich fürs rechte. Die Haustür war offen, und er ließ rasch den Blick über die Briefkästen gleiten. In der obersten Reihe, unter »Hofmann«, klebte tatsächlich ein Schild »Zaumgiebl«. Er rannte die Treppe hinauf und klingelte im dritten Stock. Niemand öffnete. Er wartete einen Moment, dann drückte er die Klinke hinunter. Die Tür ging auf. Er blickte in eine kleine Diele, in der eine funzlige Deckenleuchte brannte. »Hallo?«, rief er. Als niemand antwortete, trat er ein. »Hallo?«, rief er noch einmal. Keine Antwort. Die Tür zur Küche stand offen, alle anderen waren geschlossen. Vorsichtig klopfte er an der Nebentür. Nichts rührte sich. Er öffnete sie einen Spalt breit. Ein Schlafzimmer. Dann die nächste Tür. Er blickte auf ein Bett. Das Kissen auf dem Bett war mit Blut beschmiert. Aber niemand zu sehen. Gerade als er sich umdrehte, hörte er schnelle Schritte auf der Treppe und lief zur Wohnungstür.

Eine Frau kam heraufgehetzt. »Was machen Sie da?«, rief sie empört. »Das ist meine Wohnung.«

Reitmeyer zeigte seine Polizeimarke. »Frau Hofmann? Sie haben vorhin bei uns angerufen. Und mein Kollege hat nicht gleich geschaltet.«

Die Frau sah ihn begriffsstutzig an.

»Es geht um Marie Zaumgiebl. Wo ist die eigentlich?«

Die Frau hastete die restlichen Stufen hinauf. »Ja, in ihrem Zimmer«, sagte sie und lief in die Wohnung, wo sie eine Tür aufriss. »Aber ... aber ...« Sie drehte sich zu Reitmeyer um und sah ihn verständnislos an.

»In dem anderen Zimmer ist sie auch nicht.«

Die Frau öffnete trotzdem die Tür. »Das gibt's doch nicht.« Sie blieb einen Moment stehen, dann ging sie in die Küche. Reitmeyer folgte ihr. »Ich war bloß schnell beim Radlwirt zum Telefonieren. Da hab ich vielleicht zehn Minuten warten müssen. Und dann in der Apotheke, weil ich ein Jod kaufen wollt.«

»Und in der Zwischenzeit ist sie verschwunden?«

Die Frau zuckte die Achseln und ließ sich auf einen Stuhl fallen. Eine getigerte Katze strich um ihre Beine. Sie hob die Katze auf den Schoß, und ihre schwieligen Hände fuhren durch das Fell des Tiers. »Ich hab's ihr immer wieder gesagt«, murmelte sie. »Sie soll sich mit dem Kerl nicht mehr einlassen.«

Reitmeyer setzte sich ebenfalls und betrachtete die magere Frau in dem fadenscheinigen Mantel. Sie wirkte verhärmt und ausgelaugt, die Wangen waren eingefallen, die Augenränder rot, wie entzündet, das fahle Haar zu einem Knoten festgezurrt. Die Hungerwinter und die schwere Arbeit hatten sie ausgelaugt.

»Frau Hofmann«, begann Reitmeyer ruhig, »was ist denn eigentlich passiert? Haben Sie den Streit mitbekommen?«

Sie schüttelte den Kopf. »Ich bin so gegen sechs heimkommen. Wissen S', ich bin Spülerin im Hackerbräu. Da hab ich's dann gsehen. Ein Aug war völlig zu, und blau und ganz verschwollen, und ihre Lippe aufgerissen, und alles voller Blut. Deswegen wollt ich auch das Jod holen.«

»Aber ihren Verlobten, den Willy Bauer, haben Sie nicht gesehen? Hat sie denn gesagt, dass er ihr das angetan hat?«

»Die sagt doch nix gegen den Verbrecher. Aber wer soll's denn sonst gewesen sein? Ich hab dem Kerl verboten, dass er noch mal in meine Wohnung kommt. Deswegen hab ich auch bei Ihnen angerufen. Weil ich wissen wollt, was ich da machen kann, dass der sich nicht mehr traut, so einfach herzukommen.«

Reitmeyer dachte an Bauers Anwalt Gadmann. Wie der ihn abschmettern würde. Die Geschädigte machte keine Anzeige, die Vermieterin *vermutete*, dass sein Mandant der Täter war, und andere Zeugen gab es nicht. Auf diese Weise würde er den Kerl nie drankriegen. Seine einzige Chance bestand darin, die Zaumgiebl zu überreden, doch gegen Bauer auszusagen. Aber dafür musste er sie erst einmal finden.

»Haben Sie denn eine Vermutung, wo Ihre Untermieterin hingegangen ist?«

»Ich weiß nicht.«

»Wo arbeitet sie eigentlich?«

»Wenn ich das wüsst. Mal hier, mal da.« Sie beugte sich vor und sah Reitmeyer eindringlich an. »Ich will nix Schlechtes sagen über sie. Sie ist kein übler Mensch, verstehen S' mich nicht falsch. Aber eine geregelte Arbeit hat die nicht. Sie macht oft ›Aushilfe‹, sagt sie, aber ich weiß nicht, wo. Ich weiß bloß von den Spinnereien, die sie im Kopf hat.«

»Was für Spinnereien?«

»Dass sie noch ganz groß rauskommt. Als Schauspielerin. Beim Film. Und das schon bald, hat sie erst kürzlich gesagt.«

»Gibt's dafür nähere Anhaltspunkte? Hat sie schon einmal irgendwo mitgespielt?«

»Ach wo.« Sie tippte mit dem Finger an die Stirn. »Das sind doch lauter Hirngespinste.«

Reitmeyer überlegte. »Gibt es in ihrem Zimmer vielleicht Fotos von ihr? Und hat sie mal ein Lokal erwähnt, wo sie sich mit Freundinnen trifft?«

»Ha, Fotos«, sagte Frau Hofmann. »Die hat ihr der Bauer doch alle abgenommen oder zerrissen, der eifersüchtige Kerl. Schon vor zwei Wochen hab ich gesagt, dass sie den Haderlumpen nicht mehr reinlassen soll.«

»Und ein Lokal?«

Sie zuckte die Achseln. »Im Kolosseum vielleicht. Da trifft sie sich manchmal mit Freundinnen, hat sie gesagt. Eine oder zwei sind auch schon hier gewesen. Mit mir ham die aber nicht geredet. Die *Damen.* Wahrscheinlich«, sie machte eine vage Geste, und ein bitteres Lächeln verzerrte ihren Mund, »wahrscheinlich bin ich ihnen nicht vornehm genug.«

Reitmeyer stand auf. »Sagen Sie, Frau Hofmann, würden Sie mit mir ins Kolosseum fahren? Und mir vielleicht diese Freundinnen zeigen, falls sie da sind?«

Sie setzte die Katze auf den Boden. »Ja, freilich. Jetzt gleich?« Sie wirkte wie neu belebt. »Mit dem Auto?«

Wie sich herausstellte, war Frau Hofmann noch nie in einem Auto gefahren. Die Art und Weise jedoch, wie sie auf die offene Wagentür zuschritt, sich beim Einsteigen noch einmal kurz umdrehte und ein paar Nachbarinnen zuwinkte, erinnerte Reitmeyer an die Abfahrten von Staatsgästen in den Wochenschauen. Auf ihrem Gesicht lag ein Ausdruck tiefer Befriedigung, ein Leuchten sogar, das auch nicht verschwand, als sie von den eher traurigen Ereignissen in ihrem Leben erzählte, von ihrem Mann, der noch im letzten Kriegsjahr gefallen, und ihrem Kind, das an Diphterie gestorben sei. Es war ihr großer Auftritt gewesen, und sie war voller Vorfreude auf die Wiederholung des glorreichen Moments, wenn sie am Kolosseum mit dem Automobil vorfuhren. Eine Vorfreude, die Reitmeyer allerdings dämpfte, als er in einiger Entfernung zum Vergnügungstempel halten ließ, um Frau Hofmann nicht gleich als Polizeiinformantin kenntlich zu machen. Sie solle sich umsehen, erklärte er ihr, am besten oben auf der Empore, wo sich traditionell die »Damen ohne Begleitung« aufhielten. Worauf Frau Hofmann ein überlegenes Lächeln aufsetzte und meinte, dass sie Bescheid wisse. Den »Schnallen« sei von jeher verboten gewesen, unten im Saal auf Freierjagd zu gehen.

Ein paar Minuten nachdem sie ausgestiegen war, ging Reitmeyer langsam auf den Eingang des Varietés zu. Wehmütige Erinnerungen überkamen ihn, als er im Vorraum auf die Plakate früherer Veranstaltungen und durch die offenstehende Tür in den prächtigen Saal blickte. Hier hatte er in seiner Jugend Captain Walls und seine zwölf Riesenkrokodile gesehen und Tilly, die Kunstradfahrerin, in die er als Pennäler schrecklich verliebt gewesen war. Der Vorhang war noch geschlossen, aber die Kapelle spielte bereits, um für den Auftritt eines »Foxtrott tanzenden Jongleurs« Stimmung zu machen. Die Tische waren allerdings nur mäßig besetzt, weil die Leute inzwischen lieber ins Kino gingen.

Beim Gedanken ans Kino überkam ihn ein bedrückendes Gefühl. Im Kolosseum waren die ersten Filme von der Front gezeigt worden. Das zweifelhafte Vergnügen hatte er sich nur einmal angetan, und noch immer stieg Wut in ihm auf, wenn er an die nachgestellten Kampfszenen dachte, mit denen die Heeresleitung die patriotische Widerstandskraft des Volkes aufrütteln wollte. Vom Schmutz und vom Elend sterbender Männer kam darin nichts vor.

Schnell wandte er sich ab, ging auf die andere Seite des Vorraums und betrachtete den neuesten Spielplan. *Die 2 Planks. Komischer Rollschuh-Akt.* »Plank« hätte sich früher kein Künstler genannt, dachte er. Um als Attraktion durchzugehen, brauchte es schon die Brothers Valjean aus Indien, die Sylveros, »Musical Artists« aus Amerika oder gleich »Japanesen«. Aber mit Kriegsausbruch war alles »Ausländische« verpönt, Artisten aus fremden Ländern wurden nicht mehr verpflichtet und einheimische mussten unter ihren deutschen Namen auftreten. Und was die heutigen Nationalpatrioten anbelangte, so fanden sie den angekündigten *Tempel der Venus. Lebende Marmorstatuen, von 6 Frauenschönheiten gestellt*, sicher zu »ungermanisch«.

Er schlenderte zum offenen Eingangsportal zurück. Gegenüber hielt ein Wagen. Zwei junge Männer sprangen heraus, rannten über die Straße und stürmten an ihm vorbei die Treppe zur Empore hinauf. Der Fahrer war ebenfalls ausgestiegen und lehnte sich an die Autotür. Die jungen Burschen in ihren abgeschabten Armeemänteln erinnerten Reitmeyer stark an die Kameraden von Willy Bauer. Ganz abgesehen davon, woher sollten Leute wie sie ein Auto haben, wenn nicht von der Einwohnerwehr? Als er die Straße überquerte und auf den Wagen zuging sah er, dass jemand auf dem Rücksitz saß. Der Fahrer bemerkte ihn, steckte die Zigarette schnell wieder ein, die er hatte anzünden wollen, sprang ins Auto und ließ den Motor an. Reitmeyer spähte durchs Fenster auf den Mann im Fond. Er hatte die Mütze tief ins Gesicht gezogen und den Mantelkragen hochgeklappt. Totzdem glaubte Reitmeyer, ihn zu erkennen.

»Steigen Sie aus«, rief er und klopfte gegen das hintere Fenster. »Steigen Sie sofort aus, Herr Bauer!«

Im selben Moment heulte der Motor auf, der Wagen machte einen Satz, und Reitmeyer konnte gerade noch zurückspringen, als das Auto anfuhr.

Er lief zum Kolosseum zurück. Als er die Treppe zur Empore hinaufrannte, kamen von oben die beiden jungen Männer heruntergestürmt. »Halt«, rief er, »Polizei!« Der erste wischte seinen ausgestreckten Arm beiseite, und der zweite versetzte ihm einen Stoß, dass er zurücktaumelte und ein paar Stufen hinunterstolperte, bevor er sich am Geländer abfangen konnte. Die beiden rannten zur Eingangstür, rempelten grob ein paar Gäste an, die ihnen im Weg waren, und verschwanden.

»Herr Kommissär?«, rief Frau Hofmann vom oberen Absatz der Treppe. »Ham Sie sich was getan?«

Reitmeyer rieb sich den Fußknöchel. »Geht schon wieder«, sagte er, als sie neben ihm angelangt war. »Haben Sie irgendwas erfahren?«

Frau Hofmann schüttelte den Kopf. »Nein, nix. Ich hab die zwei Freundinnen von der Marie gefragt, und die ham sich bei anderen umgehört. Aber die Marie hat seit Tagen niemand mehr gesehen. Sagen sie jedenfalls.«

»Glauben Sie das nicht?«

Sie zuckte die Achseln.

»Und die zwei Männer? Haben die mit jemandem gesprochen?«

Frau Hofmann trat beiseite, um eine junge Frau vorbeizulassen, die von oben herunterkam. »Mit der da«, flüsterte sie.

Reitmeyer folgte der jungen Frau, die eilig zum Eingangsportal stöckelte. »Einen Moment bitte«, rief er. »Ich möcht Sie was fragen.«

Sie blieb stehen und sah ihn misstrauisch an.

»Sie haben mit den beiden jungen Männern gesprochen, die gerade hier rausgelaufen sind.«

Sie schüttelte den Kopf.

Er zückte seine Marke und deutete auf Frau Hofmann. »Man hat Sie dabei gesehen.«

Die junge Frau schlug mit schwungvoller Geste den großen Pelzkragen ihres Mantel hoch, warf Frau Hofmann einen vernichtenden Blick zu und wandte sich ab. Im Weggehen erwiderte sie schnippisch: »Die muss sich verschaut haben.«

6

Reitmeyer ließ sich ins Präsidium bringen, um von dort mit dem Fahrrad nach Hause zu fahren. Frau Hofmann wurde natürlich mit dem Auto in die Lilienstraße zurückgebracht. Sie zeigte sich zwar enttäuscht, weil ohne den Kommissär der Unternehmung das krönende Glanzlicht fehlte, aber darauf konnte Reitmeyer keine Rücksicht nehmen. Er brauchte unbedingt frische Luft. Mit kräftigem Strampeln hoffte er, das Gefühl loszuwerden, ein Eisenband zwänge sich um Stirn und Schläfen. Er war so nahe dran gewesen und hatte dennoch wieder einen Rückschlag einstecken müssen. Was sollte er Maikranz sagen, dem er versprochen hatte, den Täter dingfest zu machen, der ihn so brutal niedergeschlagen hatte? Wie sollte er der Familie erklären, dass es für sie keine Gerechtigkeit gab?

Als er daheim sein Rad in den düsteren Hofschacht schob, wo bei feuchtkaltem Wetter der Nebel nie abzog, sah er in dem spärlichen Licht, das aus den Fenstern fiel, drei Straßensänger, die trotz der vorgerückten Stunde noch versuchten, etwas Geld zu machen. Er kannte die drei. Ein Großvater mit seinen kleinen Enkelinnen. *»Schön ist die Jugend«*, krächzte der Alte und wiegte sich auf seinen Krücken, während die Mädchen inbrünstig kreischten: *»Sie kommt nicht mehr, sie kommt* *nicht mehr …«* Es hörte sich fast an, als frohlockten sie über den Niedergang der Menschheit. Oben ging ab und zu ein Fenster auf, und ein in Zeitungspapier gewickelter Groschen fiel herab. Reitmeyer gab ihnen das Kleingeld aus seiner Börse, bevor er die Treppe hinaufrannte.

Beim Öffnen der Wohnungstür schlugen ihm schwere Kochgerüche entgegen, eine Mischung aus Zwiebeln und Essigessenz, die ihm den Atem stocken ließ. Durchs Fenster der Küchentür fiel gelbliches Licht in den Gang, und neben der Stimme seiner Tante hörte er eine weitere. Wahrscheinlich die der Hausmeisterin, um die seine Tante sich kümmerte, seitdem deren Sohn nicht von der Westfront heimgekehrt war. Ständig erging sich diese Frau in düsteren Ahnungen oder Hoffnungen über das Schicksal des Vermissten. Und von ihm, als einem »Kenner der Verhältnisse«, wollte sie dann immer wissen, ob es nicht möglich sei, dass ihr Sohn vielleicht doch irgendwo in Gefangenschaft saß.

Sein Versuch, unbemerkt in sein Zimmer zu schleichen, scheiterte. Seine Tante riss die Küchentür auf. »Ah, Sebastian«, sagte sie. »Du bist spät dran. Deswegen ham wir schon angefangen. Komm rein.«

»Saures Lüngerl«, rief die Hausmeisterin merkwürdig aufgekratzt.

Er trat ein, und ein Blick auf zwei Flaschen Apfelmost, von denen eine bereits leer war, lieferte den Grund für die ungewohnte Heiterkeit.

»Von meinem Vetter in Huglfing«, sagte die Hausmeisterin.

Reitmeyer setzte sich. Seine Tante schöpfte einen randvollen Teller für ihn aus und packte noch einen Berg Kartoffeln darauf. Die Schlemmerei sei nur möglich, erklärte sie, weil ihr ein ganz besonderer Coup gelungen sei. Butter von den Verwandten aus Freising gegen Kalbslunge und frische Kartoffeln in München. Aber damit war es der Wunder noch nicht genug. Sie nahm eine Blechdose vom Buffet, öffnete mit dramatischem Schwung den Deckel und förderte zwei Bratwürste zutage, von denen sie eine unter der Nase entlangzog wie eine Havanna. »Die gibt's am Sonntag«, verkündete sie trimphierend. »Die sind geräuchert, die halten sich.«

Reitmeyer beugte sich über seinen Teller. Während der aufsteigende Dampf sich über sein Gesicht legte wie eine Maske, überkam ihn Appetitlosigkeit. Er hatte wohl zu oft und zu lange von gefüllten Tellern geträumt, als dass die plötzliche Erfüllung des Wunsches sofort Genuss ausgelöst hätte. Er stocherte eine Weile in der Soße mit den Lungenstücken herum, dann wanderte sein Blick zu der Zeitung am Tischrand und blieb an einem Foto haften.

Die Hausmeisterin folgte seinem Blick und klopfte mit dem Messer auf das Bild. »Furchtbar«, sagte sie, »was der Verlobte von der Sandmayer mit der Frau gemacht hat.«

»Wieso der Verlobte?«, fragte Reitmeyer.

»Ja, Sie müssten das doch wissen. Sie sind doch bei der Polizei.«

»Ich bin mit dem Fall nicht befasst. Den bearbeitet eine andere Abteilung.« Reitmeyer griff nach dem Blatt. Das Foto war bereits mehrmals durch die Presse gegangen. Das Dienstmädchen Maria Sandmayer war erdrosselt worden. Sie saß im Forstenrieder Park gegen einen Baum gelehnt mit einem großen Schild vor der Brust: »Du Schandweib hast verraten dein Vaterland, dich hat gemordet die Schwarze Hand.«

Er hatte über den Fall gelesen. Maria Sandmayer hatte ein geheimes Waffenlager anzeigen wollen und dies ausgerechnet einem Mitglied der Einwohnerwehr mitgeteilt. Es lag auf der Hand, dass es sich um einen Fememord handelte, mit dem die Einwohnerwehr alle »Verräter« einschüchtern wollte, die es wagten, sich ihrer Politik der geheimen Wiederbewaffnung entgegenzustellen. Zwar forderte die Reichsregierung, die die Auflagen des Versailler Vertrags erfüllen musste, die Bürger von zahlreichen Plakaten herab auf, Waffenverstecke zu melden. Doch wenn diese das taten, wurden sie von der bayerischen Regierung als »Verräter von Staatsgeheimnissen« belangt. Oder gleich hingerichtet wie die Sandmayer.

»Und was soll jetzt sein mit dem Verlobten?«, fragte Reitmeyer.

»Ja, da steht's drin«, erwiderte die Nachbarin. »Der Verlobte war ein ganz eifersüchtiger Kerl, der hat sie umgebracht und das Schild bloß als Ablenkung dazugelegt. Damit es *aussieht* wie ein politischer Mord. Verstehen S'?«

»Hat man den Verlobten denn verhaftet?«

Die Hausmeisterin sah ihn irritiert an. »Das ... das weiß ich nicht.« Sie schenkte sich nach. »Aber ich hab mir die Zeitung extra von meinem Schwager geben lassen. Da steht's schwarz auf weiß: Dass es gar kein politischer Mord gewesen sein *kann*, weil die Sandmayer ja ein Dienstmädchen und kein Politiker gewesen ist.«

Reitmeyer blickte auf die Titelseite des Blatts. So viel Scharfsinn war nur vom *Bayerischen Kurier* zu erwarten, der Hauspostille der Bayerischen Volkspartei. Sie stellte seit ein paar Monaten die Regierung und schreckte auch vor den aberwitzigsten Konstruktionen nicht zurück, um die Einwohnerwehr aus der Schusslinie zu bringen.

Seine Tante riss ihm die Zeitung aus der Hand und warf sie auf die Küchenbank. »Das ist doch nix, was man beim Essen anschaut. Jetzt ist mal Schluss mit der ewigen Politik, jetzt wird gegessen.« Sie schenkte ihm ebenfalls Apfelmost ein.

Die Hausmeisterin prostete ihm zu.

»Und bevor ich's vergess«, fügte seine Tante hinzu. »Die Caroline hat angerufen. Sie war verärgert, glaub ich, weil sie dich wieder nicht erreicht hat.«

»Ich ruf sie gleich zurück.«

»Später ist sie nicht mehr da, hat sie gesagt. Sie probiert's morgen noch mal.«

Die Hausmeisterin beugte sich interessiert vor. Der Happen, den sie da aufgeschnappt hatte, schien ihr noch besser zu schmecken als das Lüngerl. »Ah«, sagte sie, »gibt's bald was zu feiern? Stellt uns der Herr Kommissär demnächst seine Zukünftige vor?« Als sie sich abrupt zu seiner Tante umdrehte, ging fast der Schnittlauchtopf auf dem Fenstersims zu Bruch. »Zeit wär's ja«, rief sie. »Ein so fescher Mensch wie der Herr Kommissär.« Ihre Wangen leuchteten vom Alkohol. »Der kann ja nicht ewig bei seiner Tante wohnen bleiben. Der will ja auch mal was Eigenes. Hab ich nicht recht, Frau Reitmeyer?«

»Die Caroline ist eine Jugendfreundin von meinem Sebastian«, antwortete seine Tante ausweichend. »Die sind zusammen in die Schule ...«

»Jugendfreundin?«, rief die Hausmeisterin und zwinkerte Reitmeyer zu. »Ich sag's ja immer, am besten ist's, wenn man sich schon kennt.« Sie tätschelte seine Hand. »Da weiß man, was auf einen zukommt. Da gibt's keine bösen Überraschungen.«

Reitmeyer warf seiner Tante einen düsteren Blick zu, damit sie den Redefluss der Frau stoppte. Doch die war nicht mehr zu halten.

»Und zu bieten hat er ja auch was«, fuhr sie fort, bevor sie ihr Glas hob und mit einem Schluck leerte. »Ein Beamter, hat ein sicheres Auskommen. Mit einer Wohnung ist's halt schwer im Moment, aber da kann die Polizei sicher helfen.« Ihr Glas klirrte gegen die Flaschen, als sie es schwungvoll absetzte.

»Sie liegen da ganz falsch«, begann seine Tante hilflos.

»Wieso?«, fragte die Hausmeisterin. »Sie ham doch selber gesagt, dass Sie froh wären, wenn Ihr Neffe endlich einmal was Festes hätt'. Wo die Sache mit der Krankenschwester damals vor dem Krieg so danebengegangen ist, weil die sich einen anderen genommen hat.«

Reitmeyer schob seinen Stuhl zurück und stand auf. Seine Tante zog den Kopf ein, als sie seinen Blick auffing. »Ich geh jetzt besser«, sagte er und öffnete die Küchentür. »Dann könnt ihr meine Aussichten auf dem Heiratsmarkt ganz ungestört diskutieren.«

»Sebastian, so wart' doch.«

»Lass gut sein, Tante Theres«, wehrte er ab, nahm seinen Mantel vom Haken und verließ die Wohnung.

Auf dem unteren Treppenabsatz kam er sich allerdings bereits lächerlich vor. Er rannte vor einer besoffenen Hausmeisterin davon. Einer ausgewiesenen Tratsche, der damals auch die Sache mit Hildegard natürlich nicht entgangen war. In die Details war sie vermutlich von seiner Tante eingeweiht worden, die ihn unbedingt mit dieser Frau hatte verkuppeln wollen. Dabei hatte er nie im Traum daran gedacht, Hildegard zu heiraten. Ärgerlich fand er damals bloß, dass sie ihn abservierte, bevor er umgekehrt Gelegenheit dazu gehabt hatte. Aber das Ganze war so lange her, dass es ihm wie eine Erinnerung aus einem anderen Leben vorkam. Mit schnellem Schritt ging er die Straße entlang und trat kurzentschlossen in die Wirtschaft an der Ecke.

Nachdem er die Tür geöffnet und den Windfang aus dickem Filz beiseitegeschoben hatte, dröhnten ihm Stimmengewirr und Gesangsfetzen entgegen. Auf der rechten Seite, an zwei zusammengeschobenen Tischen, saß eine Gruppe Frauen, die offensichtlich etwas feierten. Die wenigen Männer an den übrigen Tischen stierten zu ihnen hinüber. Reitmeyer durchquerte das Lokal, setzte sich an den Tresen und bestellte ein Bier.

»Herr Wirt«, rief eine der Feiernden, »bringen S' jetzt endlich den Schnaps?«

Der Wirt beeilte sich, ein Tablett mit Gläsern zu füllen. »Die sind aus der Kartonagenfabrik in der Karlstraß«, erklärte er. »Eine ist heut' Vorarbeiterin geworden. Das feiern's jetzt.«

Reitmeyer nickte und beobachtete die bernsteinfarbenen Lichter, die in seinem Glas tanzten. Caroline sei verärgert gewesen, hatte seine Tante gemeint. Er starrte in das funkelnde

Gewimmel. Wie sollte er ihr begreiflich machen, dass er auf keine Bühne konnte. Welch namenlose Angst er vor einem Panikanfall hatte. Wie neulich Nacht, als er im flackernden Licht der Straßenlaternen am Stachus gestanden und in dem bebenden Schein auf das gestürzte Tier hinabgesehen hatte, auf dieses Zugpferd, das auf dem nassen Pflaster ausgeglitten war und seltsam verrenkt in der Deichsel hing. Er selbst hatte sich gerade noch vor ein Schaufenster gerettet, mit den Händen gegen die Scheibe gestützt, und so getan, als betrachte er die Auslage, während Granaten um ihn herum einschlugen, Schlammfontänen aufspritzten und der Jüngste in ihrer Truppe von einer Kugel getroffen wurde, die ihn rücklings in einen Bombentrichter stürzen ließ. Es war eine der schlimmsten Attacken gewesen, seitdem er aus dem Lazarett entlassen worden war.

»Geben S' dem Herrn an der Theke auch einen Schnaps«, rief eine andere Frau über den Lärm an ihrem Tisch hinweg. »Dass er nicht so allein ist.« Brüllendes Gelächter.

Reitmeyer wandte sich halb um, schüttelte den Kopf und winkte ab.

Der Wirt trug das Tablett nach hinten. Es gab Hochrufe, Gläser klirrten, der Lärmpegel nahm zu. Ein Stuhl scharrte über den Boden. Aus dem Augenwinkel sah Reitmeyer, dass eine der Frauen auf ihn zukam. Sie hatte dichtes braunes Haar mit rötlichen Glanzlichtern, das ihren Kopf wie ein Glorienschein einrahmte, und hielt zwei Schnapsgläser in der Hand. Sie schwankte bereits etwas. »Du musst mit uns anstoßen«, sagte sie und streckte ihm ein Glas entgegen. »Auf ex!«

Reitmeyer zögerte einen Moment. Als ihre Mitstreiterinnen unisono »auf ex« riefen, kam er der Aufforderung lieber nach, als sich mit der angeheiterten Truppe anzulegen. Er stürzte die scharfe Flüssigkeit hinunter und schnappte nach Luft.

Die Frau klopfte ihm auf die Schulter. »Magst dich nicht zu uns setzen?«

»Naa«, sagte Reitmeyer, »ich muss gleich heim.«

»Er muss heim, er muss heim«, erwiderte die Frau in fröhlichem Singsang und schwankte zu ihrem Tisch zurück.

»Ooooh«, tönte es ihr entgegen.

Reitmeyer legte Geld auf den Tresen.

»Die sind Stammgäste, wissen S'«, sagte der Wirt entschuldigend. »Früher waren die in der Munitionsfabrik. Kennen S' die nicht mehr? Die Kanarienvögel?«

Reitmeyer nickte. Er erinnerte sich dunkel an Runden bierseliger Frauen, deren Haut von den Chemikalien beim Zündstoffeinfüllen gelblich verfärbt war.

»Stimmt so«, sagte er, als der Mann ihm rausgeben wollte.

»Die meinen's nicht bös«, fügte der Wirt hinzu. »Die müssen arbeiten wie Männer, wissen S', schon den ganzen Krieg durch. Also dürfen s' auch mal lustig sein, wenn's was zu feiern gibt.«

»Ja, ja, schon recht«, erwiderte Reitmeyer und warf auf dem Weg zur Tür einen Blick zu den Männern hinüber. Noch immer starrten alle stumm auf den Tisch mit den ausgelassenen Arbeiterinnen. Sie hatten keine Übung mehr mit den Frauen, dachte er. Zumindest nicht mit denen, die sich während des Krieges so verändert hatten. Sich in Wirtshäuser setzten, Platz beanspruchten und tranken und lärmten, während der Bereich der Männer immer kleiner geworden, immer mehr geschrumpft zu sein schien.

»Ooooh, jetzt geht er ganz allein heim«, hörte er eine spöttische Stimme, als er die Tür hinter sich schloss. Das Gelächter klang bis auf die Straße hinaus.

7

»Herr Kommissär«, rief Brunner aus seinem Büro. »Ich hab da was für Sie.«

Reitmeyer hängte seinen Mantel an die Garderobe und strich mit den Handschuhen die Nässe aus dem Stoff. Dann schüttelte er die Wassertropfen aus seiner Mütze und legte sie auf die kaum lauwarme Heizung. »Ist der Steiger noch nicht da?«, rief er zurück.

»Doch, doch, der kommt gleich«, antwortete Brunner und humpelte mit einem Zettel in der Hand zur Tür herein. »Da hat jemand ang'rufen für Sie. Dass eine Gerti Blumfeld nicht kommen kann. Weil sie krank ist.«

»Und wer hat für sie angerufen?«

»Das hat's nicht g'sagt. Bloß, dass sie ...«

Brunner musste ausweichen, weil Steiger eintrat. »Ah, das Fräulein Blumfeld. Unsere ›Studentin‹«, sagte er hämisch. »Genau so was in dieser Art hab ich mir schon gedacht. Lässt *ausrichten*, dass sie nicht kommen kann. Aber kein Namen und keine Adresse des Anrufers. Oder wo man das feine Fräulein erreichen kann.«

Brunner schüttelte den Kopf und sah Reitmeyer an. »Ich hab ja nicht g'wusst ...«

»Dass man sich Namen und Adresse geben lässt, wenn jemand was bei uns meldet?«, erwiderte Reitmeyer aufgebracht. »Nach so vielen Dienstjahren ist Ihnen das ganz unbekannt?«

»Tja«, sagte Steiger. »Die ham wir zum letzten Mal gesehen. Freiwillig taucht die nicht mehr auf.«

»Das werden wir ja sehen«, sagte Reitmeyer ärgerlich, ging zu seinem Schreibtisch und setzte sich. »Warst du in der Augustenstraße?«, fragte er, um weiteren Prophezeiungen seines Kollegen zu entgehen. »Bei der Nachbarin von der Cilly Ortlieb?«

»Ja, schon ganz in der Früh. Aber die Nachbarin ist nicht sonderlich auskunftswillig. Angeblich hat sie wenig Kontakt mit der Ortlieb gehabt. Sie sei oft nicht heimgekommen. Aber wo sie war und was sie gemacht hat, weiß sie nicht. Bloß, dass sie angeblich beim Film gearbeitet hat. Der Hausmeister war genauso einsilbig. Er kümmert sich nicht um das Privatleben seiner Mieter, sagt er. Das geht ihn nichts an.«

»Das wär' ja ganz was Neues bei Hausmeistern«, sagte Reitmeyer.

»Die Leut' reden halt nicht gern mit der Polizei«, sagte jemand hinter Reitmeyer.

Er drehte sich um.

Rattler stand in der Tür. »Das muss man schon anders anfangen, wenn man was rauskriegen will.« Mit einem selbstgefälligen Grinsen im Gesicht durchquerte er das Büro und legte demonstrativ einen Zettel auf den Schreibtisch seines Kommissärs. »Das sind der Namen und die Adresse von den Herrschaften, für die Cilly Ortlieb Besorgungen gemacht hat. Tafelspitz, Reitmorstraße und Blumenschmuck – Sie erinnern sich? Das war für Oberleutnant a. D. Ferdinand von Rottenmüller in der Widenmayrstraße 31.«

»Und wie hast du das angestellt, du Schlaumeier?«, fragte Steiger.

»Ganz einfach. In der Reitmorstraße gibt's zwei Metzgereien. Da hab ich das Foto gezeigt von der Cilly Ortlieb und ihrer Kollegin. Das hab ich mir aus der Akte genommen, aber in ein Passepartout gesteckt, damit man nicht sieht, dass sie so leicht bekleidet sind. Weil«, er beugte sich zu Reitmeyer hinunter und fügte mit gesenkter Stimme hinzu, »weil manche dann gleich ganz pikiert reagieren.«

»Aha.«

»In den Metzgereien hat man die nicht kennen wollen. Aber das liegt wahrscheinlich am Tafelspitz. Vielleicht war der aus einer Schwarzschlachtung.«

»Und wo hast du dann die Adresse her?«

»Aus einem Blumenladen in der Reitmorstraße. Ich hab mir gedacht, wenn die da Fleisch holt, stammt auch der Blumenschmuck aus der Nähe. Also bin ich da rein, hab das Foto von der Ortlieb gezeigt und gesagt, ich muss was abliefern, wo diese Frau immer Blumen hinbringt. Ich hätte aber den Namen vergessen und die Straße. Für solche Fälle«, er blickte triumphierend in die Runde, »hab ich immer ein Päckchen dabei und geb den Lehrbuben vom Land, der sich nicht auskennt in der Stadt. Den Volltrottel. Vom Bayerischen Wald am besten, da ham die Leut' am meisten Mitleid. Jedenfalls wollt' mir die Blumenhändlerin helfen und hat mir den Namen gesagt.«

»Und die Frau fand's nicht merkwürdig, dass du ein Foto von ihr hast?«, fragte Reitmeyer.

»Ja, vielleicht. Aber ich hab so getan, als hätt' ich das Foto immer bei mir, weil ich ... na ja, weil ich halt verliebt bin in die Ortlieb. Jedenfalls hat sie nicht weiter nachgefragt.«

»Der Rattler ist schon ein verlogener Hund«, sagte Brunner und wandte sich ab.

»Schmarrn«, rief Rattler. »So was nennt man ›verdeckte Ermittlung‹.«

Das Telefon klingelte. Reitmeyer nahm ab. Eine Schwester Adelgunde aus der Klinik an der Ziemssenstraße meldete sich. Sie klang gehetzt, als wäre sie in großer Eile. »Hier ist ein Wachtmeister Pfäfflinger vom Polizeiamt I«, sagte sie. »Er bittet, dass jemand von der Kriminalpolizei in die Klinik kommt. Bei uns ist eine Frau eingeliefert worden, die vor Kurzem verstorben ist. Der Arzt meint, dass sie in die Gerichtsmedizin soll, weil die Todesursache unklar ist.«

»Wissen Sie, um wen es sich bei der Frau handelt?« Er hörte Papier rascheln.

»Ich find jetzt die Unterlagen nicht.«

»Kann ich mit dem Wachtmeister sprechen?«

Ein Stuhl rückte, etwas knallte zu Boden. »Ich ... ich seh ihn nicht mehr, der ist weg. Verstehen S', hier ist gerad viel los. Am besten, Sie kommen gleich her. Station II.« Sie legte auf.

Reitmeyer legte kopfschüttelnd ebenfalls auf. »Ich muss schnell in die Ziemssenstraße rüber«, sagte er. »Da soll ein Todesfall in die Gerichtsmedizin.«

»Aus der Klinik? Wieso?«, fragte Steiger verständnislos.

»Ja, keine Ahnung. Aus dem, was die Schwester gesagt hat, werd ich auch nicht schlau.«

Reitmeyer lief die Treppe zur Station hinauf, dann einen Gang entlang und sah sich um. Weiter vorn, hinter einem großen Glasfenster, winkte ihm eine Schwester zu. Als er bei ihr angelangt war, trat sie vor die Tür des Stationszimmers.

»Sind Sie von der Kriminalpolizei?«, fragte sie.

»Ja, Reitmeyer. Hab ich mit Ihnen telefoniert?«

Sie nickte. »Dann kommen S' mit.« Sie lief vor ihm den Korridor hinunter. Mit den wehenden Flügeln ihrer hohen Schwesternhaube sah sie aus wie ein schwerer Wasservogel, der nicht abheben konnte.

Reitmeyer bemühte sich, mit ihr Schritt zu halten. »Wie heißt denn die Frau, die verstorben ist?«, fragte er.

»Das weiß der Polizist«, sagte sie über die Schulter hinweg und bog um eine Ecke, wo ein Beamter in Uniform vor einer Tür stand. »Ich sag jetzt dem Dr. Wagner Bescheid«, fügte sie hinzu und hastete weiter.

»Was ist denn passiert?«, fragte Reitmeyer den Beamten.

Wachtmeister Pfäfflinger nahm Haltung an. »Gestern Abend um cirka 21.30 Uhr haben zwei Streifenbeamte gegenüber im Nußbaumpark eine Frau auf einer Bank gefunden. Sie war in schlechtem Zustand. Nicht ansprechbar. Die beiden Beamten haben die Frau in die Klinik rübergetragen. Heute Morgen hat der behandelnde Arzt bei uns im Polizeiamt I angerufen und gesagt, dass die Frau verstorben sei. Weil die Todesursache nicht zweifelsfrei geklärt ist, hat er gemeint, dass die Frau in die Gerichtsmedizin soll.«

»Liegt sie hier drin?«

Pfäfflinger nickte und öffnete die Tür. Sie traten in einen kleinen, kahlen Raum, in dem nur eine abgedeckte Liege stand. Aus dem Gang klangen eilige Schritte herüber. Reitmeyer sah zur Tür hinaus. Ein Arzt in langem weißem Kittel kam mit schnellem Schritt auf ihn zu.

»Sind Sie der Kriminalkommissär?«, rief er. »Schön, dass Sie gleich hergekommen sind.« Er klemmte eine Akte unter den Arm und schüttelte ihm die Hand. »Ein merkwürdiger Fall«, sagte er. »Die Frau war vor ihrer Einlieferung bereits bei uns. Um cirka zwanzig Uhr hab ich eine Verletzung an der Lippe bei ihr genäht.« Er trat an die Liege und schlug das Tuch zurück.

Reitmeyer trat einen Schritt näher und sah sich das Gesicht der Toten an. Ihre Augen waren von dunklen Blutergüssen umgeben. Aus der wulstig aufgeworfenen Unterlippe ragten stachelige Fäden. Sie war nicht mehr so hübsch wie auf dem Foto neben Cilly Ortlieb, aber eindeutig die junge Frau, die in der Filmfirma als Marie Zaumer identifiziert worden war.

»Ich kenne die Frau«, sagte Reitmeyer. »Sie ist Schauspielerin.«

»Ja, das hat sie mir auch gesagt«, erwiderte der Arzt. »Deswegen wollte sie die Verletzung an der Lippe auch nähen lassen, damit keine unschöne Narbe zurückbleibt.«

Reitmeyer starrte noch immer das Gesicht der Toten an. »Und warum soll sie in die Gerichtsmedizin?« Seine Gedanken begannen zu rasen. Beide Frauen auf dem Foto waren gestorben. Kurz hintereinander. Gab es da einen Zusammenhang? »Warum haben Sie Zweifel an der Todesursache?«, fragte er.

»Tja, verstehen Sie«, sagte der Arzt. »Als sie nach dem Nähen von uns wegging, war sie noch quicklebendig. Ich meine, sie hatte zwar diese Verletzungen«, er deutete auf ihre Augen und den Mund, »aber die waren sicher nicht tödlich. Ich habe ihr natürlich kein Wort geglaubt, als sie behauptet hat, sie sei im dunklen Hinterhof ihres Hauses gestürzt. Das ist ganz ausgeschlossen. Das sind eindeutig keine Sturz-, sondern ganz typische Schlagverletzungen. Aber das erleben wir öfter. Trotz der Gewalttätigkeit schützen die Frauen ihre Peiniger.«

»Ja, leider«, sagte Reitmeyer, den Blick noch immer auf das Gesicht der Toten gerichtet. »Allerdings ein merkwürdiger Zufall. Ich hatte erst gestern einen ähnlichen Fall ...«

Der Arzt nickte. »Wie gesagt, das kommt ständig vor. Aber hier macht mir etwas anderes Sorgen.« Er nahm die Brille ab und rieb sich die Nasenwurzel. »Verstehen Sie, als die Polizisten sie wenige Stunden später zu uns gebracht haben, war sie bewusstlos, und ihre Pupillen waren punktförmig verengt. Eine Miosis, verstehen Sie. Gemeinsam mit der Bewusstlosigkeit ist das ein Hinweis auf eine Intoxikation durch starke Opiate.«

»Was?«, unterbrach ihn Reitmeyer. »Sie gehen davon aus, dass Marie Zaumer an einer Überdosis Morphium oder Heroin gestorben ist?«

Der Arzt sah ihn verständnislos an. »Wieso Zaumer?«, sagte er. Er blätterte in der Akte. »Sie heißt Zaumgiebl. Marie Zaumgiebl.«

»Aber ...«

»Nein, nein, das stimmt schon«, sagte der Arzt. »Sie hat mir ihren Ausweis gezeigt.« Er klappte die Akte wieder zu. »Jedenfalls muss die Gerichtsmedizin feststellen, ob sie tatsächlich an einer Atemdepression gestorben ist, wie ich vermute. Und was die unterschiedlichen Namen angeht«, er wandte sich schon halb zum Gehen, »da liegt die Erklärung eigentlich auf der Hand. Zaumer ist wahrscheinlich ihr Künstlername. Sie war doch Schauspielerin, oder?«

Reitmeyer sah in den Himmel hinauf, bevor er in den Innenhof des Klinikums trat. Es regnete nicht mehr, und die graue Wolkendecke riss an ein paar Stellen auf. Er blieb noch einen Moment stehen. Willy Bauer war gestern gegen zwanzig Uhr am Kolosseum gewesen? Kurz zuvor musste er seine »Verlobte« in die Klinik gebracht haben. Damit hatte er sie vermutlich aus dem Haus gelockt. Sie sollte die Verletzung nähen lassen. Und später hatte er ihr dann im Nußbaumpark die tödliche Spritze versetzt. Aber warum? Warum wollte er sie loswerden? Und wieso Cilly Ortlieb? Was hatten ihm die beiden Frauen getan? Er überlegte noch einen Moment. Das konnte er nur von ihm selbst erfahren. Zu Hause war er sicher nicht anzutreffen. Man müsste ihn zur Fahndung ausschreiben.

Während er raschen Schritts die Toreinfahrt durchquerte und die Pettenkoferstraße entlangging, sah er unscharfe Spiegelbilder von Gebäuden und Schatten von Menschen auf dem Bürgersteig, als läge unter der dünnen Schicht aus Wasser eine andere Stadt. Er hielt den Kopf gesenkt und spürte ein ungutes Ziehen in der Magengegend. Zwei Frauen waren ermordet worden, und der Verdacht fiel auf ein Mitglied der Einwohnerwehr. Er eilte weiter. Am Sendlinger Tor, wo die Straßenbahn laut quietschend neben ihm hielt, durchzuckte ihn ein anderer Gedanke. Wenn er den Fall so präsentierte, würde die Linkspresse sich darauf stürzen. Vielleicht von weiteren Fememorden ausgehen. Das würde seine Behörde mit allen Mitteln zu verhindern versuchen. Ihm möglicherweise den Fall entziehen. Ihn vielleicht sogar versetzen, wenn er nicht aufpasste.

Er sprang aufs Trittbrett. Während die Straßenbahn rumpelnd den Platz umrundete und die Sonnenstraße hinunterfuhr, suchte er nach einem freien Platz.

Auch vor dem Krieg hatte er mit vielerlei Widerständen zu kämpfen gehabt. Schon damals wurde gemauschelt und vertuscht, um gewisse Kreise, vornehmlich das Militär, zu schützen. Alles würde sich ändern, hatte sein Freund Sepp immer gesagt, wenn sie erst einmal eine andere Verfassung, eine Demokratie hätten. Alles würde sich bessern, wenn die Vorrechte bestimmter Klassen abgeschafft wären. Er schaute auf die vorbeiziehenden Häuserzeilen hinaus und schnaufte ein paarmal tief durch. Jetzt hatten sie eine Demokratie. Und alles war noch viel schwieriger geworden.

8

Gertie Blumfeld stellte sich zu den Hausfrauen vor der Bäckerei in der Arcisstraße und spähte zu dem Gasthaus in der Georgenstraße hinüber. Die beiden Kerle, die sie vom Fenster ihrer Pension aus gesehen hatte, standen nicht mehr da. Oder sie waren in der Gruppe junger Männer untergetaucht. So genau war dies auf die Entfernung nicht auszumachen, denn sie alle sahen gleich aus: graue, abgewetzte Armeemäntel oder formlose, wattiert wirkende Jacken und runde Schirmmützen. Die ganze Stadt war voll mit derlei Gestalten.

Als eine Schar älterer Schulmädchen die Straße überquerte, zog Gerti den Schal über den Kopf und mischte sich unter sie. Im Schutz dieser Truppe marschierte sie etwa fünfzig Meter die Georgenstraße hinunter, bevor sie unbemerkt ins Haus der Pension Elvira schlüpfen konnte.

Sie lief die Treppe hinauf und zögerte kurz. Vielleicht hatte sie Glück, und die Pensionswirtin saß nicht an der Rezeption, sondern aß im Hinterzimmer zu Mittag. Aber die Frau hatte sie bereits erspäht. Sie warf sich in Positur und deutete auf die Uhr an der Wand – Viertel vor eins. »Entweder Sie zahlen noch einmal«, sagte sie im Befehlston, »oder Sie räumen das Zimmer.«

»Könnte ich vielleicht noch bis zwei? Mein Zug geht erst … Und packen muss ich ja auch noch.«

Die Pensionswirtin sah sie abschätzig an. »Was müssen Sie denn packen? Sie ham doch nix dabei g'habt.«

»Ich warte auf meinen Koffer. Der wird mir noch gebracht.«

Die Frau machte eine Handbewegung, als wischte sie eine Fliege fort. »Um eins sind Sie draußen. Oder Sie zahlen die zweite Nacht.«

Gerti nickte und stieg die Treppe zu ihrem Zimmer hinauf. Dort schob sie vorsichtig den Vorhang beiseite und sah wieder zu dem Gasthaus hinüber. Die jungen Männer standen immer noch davor, einige unterhielten sich mit dem Fahrer eines Wagens, der neben ihnen gehalten hatte. Sie ließ den Vorhang fallen und setzte sich aufs Bett. Die Schmerzen in ihrem Hals waren schlimmer geworden, und ihre Wangen glühten. Was sollte sie tun? Der Gang zum Postamt war ein Reinfall gewesen. Ihre Mutter hatte kein Geld geschickt. Die Nacht in der Pension musste sie mit ihrer eisernen Reserve bezahlen. Die vierzig Mark, die sie im Haus dieses Oberleutnants verdient hatte, wo sie als Aushilfe für Cilly eingesprungen war. Für Essen bliebe dann praktisch nichts mehr übrig. Sie fröstelte und zog die Bettdecke über die Beine. Tränen stiegen in ihr auf und ließen das Muster des abgetretenen Teppichs verschwimmen.

Cilly war tot.

Voller Sorge war Gerti gestern Abend noch einmal in die Augustenstraße gegangen. Aber Regine hatte keine Ahnung gehabt, wer Cillys Zimmer verwüstet haben könnte. Dasselbe habe sie auch dem Beamten gesagt, der am Morgen bei ihr gewesen sei. »Ein unverschämter Mensch«, hatte sie gemeint, von dem sie sich sowieso nicht ausfragen lassen würde. Wahrscheinlich derselbe, dachte Gerti, der sie wie eine Verbrecherin abgeführt hatte, bevor sie sich an der Haustür losreißen konnte. Der andere hatte zwar besser ausgesehen, sie aber mit seinen süffisanten Bemerkungen über die Lokale, in denen sie »verkehrte«, als Flittchen abstempeln wollen.

Ihr Mund fühlte sich ausgedörrt an. Sie trank einen Schluck

aus der Wasserflasche auf dem Nachttisch. Nochmals in die Augustenstraße zu gehen, war vermutlich ein Fehler gewesen, denn seitdem fühlte sie sich verfolgt. Sie hätte gern geglaubt, sich alles bloß einzubilden. Aber dann waren ständig irgendwelche jungen Kerle in ihrer Nähe, sahen in Schaufenster, wenn sie stehenblieb, lehnten sich rauchend an Hauswände und folgten ihr, wenn sie den Weg fortsetzte. Gleichzeitig hatte sie den Eindruck, als versuchten sie gar nicht zu verbergen, dass sie hinter ihr her waren.

Draußen auf dem Flur erklangen eilige Schritte. Sie sprang auf, schloss die Tür ab und hielt das Ohr daran. Die Schritte entfernten sich. Sie schlüpfte wieder ins Bett, doch obwohl sie den Mantel anbehielt und zwei Plumeaus auf sich türmte. wurde ihr nicht wärmer. Es nützte auch nichts, den Schal über den Kopf zu ziehen. Die Kälte kroch von ihren Füßen aus über die Beine herauf, ihr ganzer Leib verkrampfte sich und begann zu zittern. Sie tauchte ganz unter die Decken und schlang die Arme fest um sich.

Sie musste nachdenken. Eine Entscheidung treffen. Aber ihre Gedanken kehrten immer wieder zur selben Frage zurück: Waren ihre Verfolger die gleichen, die Cillys Zimmer verwüstet hatten? Und was hatten sie gesucht? Doch all die Grübelei war müßig, nichts anderes als ein verzweifelter Versuch, von sich zu schieben, was auf der Hand lag: Die Kerle waren deshalb so rabiat vorgegangen, weil sie nicht hatten finden können, wonach sie gesucht hatten. Weil es nicht in der Dachkammer gewesen war.

Die ominöse Mappe, die sie im Boccaccio bekommen hatte, steckte immer noch in ihrer Umhängetasche. Sie hatte seit dem Abend überhaupt nicht mehr daran gedacht. Selbst dann nicht, als dieser »Kommissär« sie gefragt hatte, ob sie einen Verdacht habe, wonach jemand in der Kammer gesucht haben könnte. Sie war einfach viel zu geschockt von Cillys Tod gewesen.

Inzwischen hatte sie sich den Inhalt dieser Mappe noch

einmal angesehen: Es war ein Pachtvertrag zwischen zwei Geschäftsleuten und der bayerischen Regierung über die Vermietung eines Hotels, das vermutlich in ein Bürohaus umgewandelt worden war. Aber wieso sollte jemand diesen Papieren nachjagen? Das ergab keinen Sinn. Vielleicht gingen diese Kerle aber auch davon aus, dass Geld in der Mappe war. Ein größerer Betrag. Devisen vielleicht.

Ihr fielen die jungen Männer wieder ein, die sie damals im Vorraum des Boccaccio gesehen hatte. Hatten sie Cillys Freundin verfolgt? Hatte sie ihr diese Mappe bloß gegeben, um die Männer von sich abzulenken? Und das Geld hatte sie vorher herausgenommen, um es mit Cilly zu teilen.

Gerti musste unbedingt herausfinden, wer diese Freundin war. Sie hatte Regine bereits gefragt, aber die kannte die Person nicht, die neben Cilly auf dem Foto zu sehen war. Sie müsste sich an den einschlägigen Orten umhören. In den Varietés und Vergnügungslokalen. Jedenfalls würde sie sich nicht der Kriminalpolizei ausliefern, ohne zu wissen, was hinter der ganzen Sache steckte. Wer weiß, was man ihr anhängen würde? Am Ende geriete sie noch in Verdacht, das Geld gestohlen zu haben. Und was meinte Sepp, der Anwalt, erst kürzlich? Dass man der bayerischen Polizei nicht wirklich trauen könne. Weil sie mit Rechtsradikalen verbandelt sei. Weil sowohl Polizei wie Justiz rechtsradikale Verbände unterstützten.

Sie brauchte Hilfe. Und der Einzige, den sie um Hilfe bitten konnte, war Sepp. Sie warf die Decken zurück und sprang auf. Ihn würde sie anrufen. Ihn würde sie bitten, ihr aus einer Zwangslage zu helfen. Er musste ihr Geld leihen und sie in ein anderes Hotel bringen, ohne dass die Kerle gegenüber etwas mitbekamen. Aber auch Sepp durfte nichts von ihren Verfolgern mitbekommen. Wenn er erführe, dass sie von irgendwelchen Rechten verfolgt wurde, würde er die Sache nicht auf sich beruhen lassen. Man müsse »Flagge zeigen«, sagte er immer, die »demokratischen Kräfte« müssten sich wehren. Sich nichts gefallen lassen. Und vielleicht würde dann alles noch schlimmer werden für sie.

Sie lief die Treppe zur Rezeption hinunter. Die Pensionswirtin machte jetzt tatsächlich Mittag im Hinterzimmer, wie das Klappern von Geschirr und Besteck verriet. »Ich muss noch einmal telefonieren«, rief sie. »Ich bezahle dann mit meiner Rechnung.«

Der Kopf der Wirtin erschien im Türspalt. »Aber um eins«, sagte sie mit vollem Mund, »sind Sie draußen.«

Gerti ließ sich mit Sepps Kanzlei verbinden. Die Sekretärin meldete sich. Der Herr Rechtsanwalt sei im Moment nicht im Haus. Ob sie es später noch einmal versuchen möchte?

»Können Sie Dr. Leitner nicht telefonisch erreichen?«

»Nein, das kann ich leider nicht. Sie können aber gern einen Termin vereinbaren und in der Kanzlei vorbeikommen.«

Gerti dachte angestrengt nach. Die Kanzlei war am Odeonsplatz. Nicht allzu weit entfernt. Aber wenn sie zu Fuß dort hinging, würden die Kerle sie verfolgen, sie vielleicht in ein Auto zerren und mitnehmen. Panik kam in ihr auf.

»Richten Sie ihm bitte einfach aus, dass Gerti Blumfeld angerufen hat. Ich bin eine sehr gute Freundin von ihm und brauche dringend seine Hilfe. Ich bin in der Pension Elvira in der Georgenstraße. Sagen Sie ihm, dass er gleich hierherkommen soll. Es ist wirklich dringend.«

»Ich kann es ihm natürlich ausrichten«, erwiderte die Sekretärin etwas reserviert. »Aber ich weiß wirklich nicht, wann ...«

»Sagen Sie es ihm einfach«, rief Gerti in den Hörer und legte auf.

Der Pensionsdrachen trat aus dem Hinterzimmer und trommelte mit den Fingern auf die Rezeptionstheke. »Also?«, fragte sie barsch. Schon gestern hatte sie mehrmals betont, dass sie ein »anständiges« Haus führe und weibliche Gäste, die allein und ohne Gepäck ankamen, nur Bordsteinschwalben und Flittchen sein konnten.

Gerti legte die vierzig Mark auf die Theke. Die Frau gab ihr zwei zurück.

»Kann ich noch kurz hier warten?«, fragte Gerti. »Ich werde abgeholt.«

»Wir sind keine Wärmestube«, fauchte der Drachen.

Gerti nahm ihre Tasche und ging ins Treppenhaus. Auf dem Absatz im zweiten Stock stellte sie sich ans Fenster. Ihre Verfolger entdeckte sie immer noch nicht. Aber sicher war sie sich nicht, weil alle wegen der Kälte die Mantelkrägen hochgeschlagen und die Mützen tief in die Stirn gezogen hatten. Und ob es immer die gleichen waren, die sie verfolgten, konnte sie auch nicht sagen. Im Moment konnte sie nur hoffen, dass Sepp bald in seine Kanzlei zurückkam. Er würde ihr helfen. Dann wäre sie in Sicherheit. Wenigstens für heute.

Von unten ertönte ein Knarren. Die Haustür ging auf. Sie blickte übers Geländer hinunter. Zwei Männer in grauen Mänteln traten ein. Gerti packte ihre Tasche und rannte wie von Furien gejagt weiter nach oben, bis sie vor der Tür zum Dachboden stand. Sie ließ sich öffnen. Das Herz klopfte ihr bis zum Hals, als sie sich in dem dämmrigen Raum umsah. Überall nur altes Gerümpel. Verrostete Eisenbetten, kaputte Stühle und Kommoden ohne Schubladen. Ganz hinten in der Ecke lehnten ein paar Matratzen, aus denen die Füllung quoll. Sie lief hinüber und zwängte sich dazwischen. Staub wirbelte auf, nahm ihr den Atem. Verzweifelt hielt sie sich Nase und Mund zu, um ein Niesen zu unterdrücken. Im selben Moment hörte sie ein leises Fiepen in der Nähe ihres Kopfs. Von Ekel gepackt, wollte sie mit einem Satz aus dem Versteck flüchten. Aber sie erstarrte. Die Tür ging auf.

9

Oberinspektor Klotz nahm das Foto, schob die Brille auf die Stirn und betrachtete die beiden spärlich bekleideten Mädchen. Ein Anflug von Lächeln strich über sein Gesicht, und er nickte versonnen, wie jemand, der immer schon gewusst hat, dass solche Leichtfertigkeit ein böses Ende nehmen würde. »Jetzt ist die andere also auch tot«, sagte er.

Reitmeyer setzte sich auf. »Wie gesagt, sie wurde im Nußbaumpark gefunden. Auffällig ist nur«, er griff nach dem Foto, das Klotz ihm zurückreichte, »dass sowohl Cilly Ortlieb wie auch Marie Zaumgiebl an einer Atemdepression gestorben sind. Im ersten Fall wurde dies von der Gerichtsmedizin festgestellt, bei Marie Zaumgiebl, die auch den Künstlernamen Zaumer trug, muss die Vermutung des Arztes der Ziemssenklinik erst noch bestätigt werden. Aber …«

»Künstlername?«, unterbrach ihn Klotz. »Sie werden diese *Subjekte* doch nicht als Künstlerinnen bezeichnen.«

»Der Ausdruck ›Künstlername‹ …«

»Ach, wie auch immer«, schnitt Klotz ihm erneut das Wort ab. »Was ist das überhaupt, eine Atemdepression?«

»Ein Atemstillstand aufgrund einer Überdosis Morphium oder Heroin.«

»Ha«, rief Klotz, »Drogen! Typisch! Das passt zu dem Milieu.«

»Die Gerichtsmedizin hat keinen Hinweis auf eine Sucht feststellen können. Außerdem wurde kein Spritzenbesteck in ihrer Nähe gefunden. Daher müssen wir von Fremdeinwirkung ausgehen.«

Klotz lehnte sich zurück und blickte an die Decke, bevor er sich über den Schreibtisch beugte. »Verstehe ich Sie richtig? Sie glauben, dass diese beiden … Frauen ermordet worden sind? Eine Serie?«

»Ich glaube gar nichts. Ich halte mich nur an die Erkenntnisse der Gerichtsmedizin. Alles Weitere müssen die Ermittlungen ergeben.« Er steckte das Foto in die Akte zurück. »Wie ich Ihnen ja bereits dargestellt habe, ist es nach Aussage der Vermieterin zwischen Marie Zaumgiebl und ihrem Verlobten gestern zu Auseinandersetzungen gekommen, bei denen die Frau zusammengeschlagen wurde. Jetzt möchte ich den Verlobten natürlich vernehmen.«

»Ja, und?«

»Falls ich den Verlobten nicht zu Hause antreffen sollte – er war ja auch sehr schwierig aufzufinden, als ich ihn das letzte Mal vernehmen wollte –, müsste ich ihn zur Fahndung ausschreiben.«

»Was meinen Sie mit ›das letzte Mal‹? Ist Ihnen dieser Verlobte bekannt?«

»Er heißt Willy Bauer.«

Klotz kniff die Augen zusammen, als hätte ihn etwas gestochen. »Derselbe Willy Bauer, den Sie …«

»Der von seinem Anwalt aus dem Polizeigewahrsam geholt wurde, bevor ich Untersuchungshaft beantragen konnte.«

Klotz schwieg einen Moment, nahm die Brille ab und zog einen Lederlappen aus der Schublade, mit dem er umständlich die Gläser putzte. Am Zucken eines Schläfenmuskels war abzulesen, wie intensiv das Räderwerk in seinem Kopf ratterte. Dann legte er den Lappen in die Schublade zurück, setzte die Brille wieder auf und sah Reitmeyer an. »Hat diese Vermieterin *gesehen*, wie Bauer die Frau zusammengeschlagen hat?«

»Nicht direkt. Sie geht davon aus, weil er schon öfter in ihrer Wohnung war und es schon mehrmals zu Streitigkeiten gekommen ist.«

»Aha, sie geht davon aus. Sie hat es also nicht gesehen.« Die Erleichterung in seiner Stimme war nicht zu überhören. »Sie sollten sich vielleicht nicht unbedingt darauf verlassen, was

Ihnen irgendwelche Vermieterinnen erzählen.« Er rückte ein paar Schreibutensilien zurecht. »Mit Ihren Zeugen sind Sie ja schon mal schwer baden gegangen.«

»An *mir* hat es nicht gelegen«, erwiderte Reitmeyer mühsam beherrscht. Allenfalls an den »Kameraden« von Willy Bauer, die ihm ein falsches Alibi gaben, wollte er brüllen, hielt sich aber zurück.

»Mein lieber Reitmeyer«, sagte der Oberinspektor. »Sie scheinen sich da in was zu verrennen. Aus meiner langjährigen Erfahrung kann ich Ihnen nur sagen: Subjekte wie diese beiden Frauen bezeichnen ihre wechselnden Männerbekanntschaften gern als ›Verlobte‹. Vor allem Vermieterinnen gegenüber. Ob es der eine oder andere war, der sie angegriffen hat, lässt sich ohne verlässliche Augenzeugen nicht entscheiden.« Er lehnte sich entspannt zurück. »Natürlich können Sie Willy Bauer vorladen und zu der Sache befragen. Aber zur Fahndung ausschreiben? Da machen wir uns ja lächerlich! Und außerdem«, sein Gesicht leuchtete auf, als wäre ihm die wirklich zündende Idee erst jetzt gekommen, »wenn Sie von einer Beziehungstat ausgehen, wie passt dann diese andere, diese Ortlieb, ins Spiel? Er wird sich ja nicht gleich zweier Verlobten entledigt haben.« Klotz schmunzelte nachsichtig, als hätte man ihm einen etwas lahmen Witz erzählt.

»Ich bin von einer Beziehungstat ausgegangen, als ich noch nicht wusste, dass Marie Zaumgiebl die Marie Zaumer auf dem Foto ist. Ich kann aber immer noch davon ausgehen, dass Bauer eine Beziehung zu dieser Frau hatte, mir also etwas über ihr Umfeld und ihren Umgang sagen kann. Und Zaumgiebl und Ortlieb waren gut bekannt. Wenn beide Frauen auf dieselbe Weise getötet wurden, ist durchaus davon auszugehen, dass es auch derselbe Täter war.«

»Das würde Bauer aber eindeutig entlasten?«

Reitmeyer sah den Oberinspektor an. Bauers Anwalt musste ihm gehörig eingeheizt haben. Und der neue Leiter der politischen Polizei, der scharfe Dr. Frick, hatte bestimmt ein Übriges getan.

»Ich ermittle in alle Richtungen«, erwiderte er.

»Dabei sollten Sie auf keinen Fall vergessen, in welchem Milieu, in welchen Lasterecken sich diese beiden Subjekte herumgetrieben haben. Beim Film!« Er zog einen Zettel aus der Schublade. »Ich habe mir einmal die Mühe gemacht, ein paar Titel dieser Produktionen aufzulisten: *Verfallene Töchter, Menschen im Rausch, Sünde wider das Geschlecht, Die Tochter der Prostituierten, Das Gift im Weibe* – in diesem Stil geht es endlos weiter. Und welche Wirkung haben diese Machwerke auf unser Volk?« Er öffnete die Seitentür des Schreibtischs und kramte in einem Fach herum. »Ich habe da eine sehr aufschlussreiche Untersuchung …«

»Herr Oberinspektor, das ist jetzt vielleicht nicht so …«

Klotz kramte weiter. »Ich muss sie … Ja, richtig, ich hab sie bei der Besprechung mit Dr. Frick …« Er warf die Schreibtischtür wieder zu und richtete sich auf. »Jedenfalls wird dort festgestellt, dass die Hälfte aller deutschen Prostituierten vom *Kino* zu einem Leben in Verdorbenheit verführt wurde.«

»Tatsächlich?«

»Und in dem Fall«, er klopfte mit dem Zeigefinger auf die Akte, die auf dem Tisch lag, »haben wir es mit den *Mitwirkenden* dieser unsäglichen Produktionen zu tun. Und in diesem Umfeld – in diesem *Sumpf* – ist doch nicht auszuschließen … Ich meine, dass man bei der Frage nach der Täterschaft berücksichtigen sollte, dass zwar die Tötungsart die gleiche ist in beiden Fällen …«

Reitmeyer beobachtete das angestrengte Mienenspiel seines Vorgesetzten und ahnte schon, womit die messerscharfe Analyse enden würde. Klotz gönnte sich noch eine dramatische Pause, bevor sein Argument fallbeilartig heruntersauste.

»… es dennoch zwei *verschiedene* Täter gewesen sein könnten.« Als sein Gegenüber nicht applaudierte, legte er nach.

»Ich meine, Morphium, Heroin, das ist doch weit verbreitet in diesen Kreisen. Vielleicht sind die Verhältnisse bei uns nicht so verheerend wie in Berlin – da liest man ja die ungeheuerlichsten Dinge –, aber dennoch, die grauenvoll zersetzende Wirkung des Rauschgifts auf Geist und Urteilskraft ...«

Reitmeyer nickte. Darauf sollte es also hinauslaufen. Wenn ein möglicher politischer Hintergrund aufschimmerte, weil eine Tat aus Eifersucht und Habgier nicht sehr wahrscheinlich war, griff man zu kühneren Konstruktionen: Sumpfbewohner im Drogenrausch hatten sich gegenseitig hingemeuchelt. Die Frauen waren verdorbene Subjekte, bewegten sich in einem verdorbenen Milieu und waren durch gleichermaßen verdorbene Subjekte zu Tode gekommen – fernab vom Kreis der rechtschaffenen, vaterländischen Kräfte.

Reitmeyer erhob sich und nahm seine Akte. »Sie haben natürlich recht, Herr Oberinspektor, man muss an alle Möglichkeiten denken.«

»Ganz richtig.«

»Ich halte Sie auf dem Laufenden, Herr Oberinspektor«, sagte Reitmeyer und ging hinaus. Vor der Tür blieb er einen Moment stehen und lauschte. Er hörte das leise Klicken der Telefongabel. Und dann Klotz' Stimme: »Verbinden Sie mich mit Dr. Frick.«

Reitmeyer ging den Korridor entlang. Dass er den Fall nicht direkt angehen durfte, war keine Überraschung. Er sollte seine Netze so auswerfen, dass sich nur ganz bestimmte Fische darin verfingen, und falls diese am Ende nicht zu Tätern taugten, müsste er ziellos im Sumpf weiterstochern, bis schließlich Gras gewachsen war über die Sache und sich niemand mehr für die zwei »Flittchen« interessierte.

Den Willy Bauer würde er dennoch vorladen, dachte er. Und wenn der nicht kam, wovon er ausging, würde er nach ihm suchen lassen und die Sache von den »Rändern« her aufrollen. Das würde seinen Vorgesetzten zwar nicht gefallen, aber verbieten würden sie es ihm auch nicht können.

An seiner Bürotür blieb er stehen. Von gegenüber, aus Brunners Büro, ertönte Lachen. Das hatte es noch nie gegeben. Er schob den angelehnten Türflügel zurück. Und auch was er sah, war höchst ungewohnt. Steiger und Rattler saßen gemeinsam mit Brunner an dessen Schreibtisch – in vergnügter Runde.

»Kommen S' nur rein, Herr Kommissär«, rief Brunner. »Der Rattler liest uns was aus einer Filmzeitschrift vor.«

Reitmeyer sah Steiger fragend an. Jahrelang hatte Brunner den Polizeischüler wegen »unerlaubten Lesens in der Dienstzeit« verfolgt. Ihm seine Lektüren abgenommen, seine geliebten kriminologischen Fachblätter konfisziert, ihn gepiesackt und angeschwärzt und nach drastischen Strafen gerufen.

»Über den Harry Piel, Sie wissen schon, den Sensationsdarsteller«, rief Brunner.

»Da ist ein Gespräch abgedruckt mit ihm«, erklärte Rattler und wedelte mit der Zeitschrift. »›Ihre Wildwest-Abenteuer werden in der Märkischen Heide gedreht, Ihre Dschungelfilme auf Rügen. Ist das nicht Betrug an den Zuschauern?‹«, las Rattler vor. »Und darauf er: ›Wenn Harry Piel in Afrika ist, dann ist Afrika da, wo Harry Piel ist, und nicht umgekehrt.‹«

»Harry Piel, sitzt am Nil, putzt die Zähne mit Persil«, prustete Steiger.

»Aber deswegen, hab ich die Zeitschrift nicht mitgebracht«, sagte Rattler. »Sondern weil ich Ihnen was zeigen will, Herr Kommissär.«

»Dann komm rüber zu mir.«

Rattler und Steiger folgten ihm nach gegenüber.

»Zeigst mir das Heft nachher noch mal?«, rief Brunner. »Den Artikel über den ›Verächter des Todes‹.«

Reitmeyer schüttelte den Kopf.

»Das ist der neue Film von Harry Piel«, erklärte Rattler.

»Der Brunner und seine Frau gehen in alle Piel-Filme«, sagte Steiger.

»Ich hab einen gesehen«, erwiderte Reitmeyer. »Also wahrscheinlich alle.« Er blickte auf zwei Fotos des Stars. Eines zeigte Piel als eleganten Kavalier mit starkem Augen-Make-up, überlanger Zigarettenspitze und Abendcape mit weißem Seidenfutter. Seine Standardausrüstung. Das andere bei einem seiner tollkühnen Abenteuer, wie er in schlichtem Hemd und Hose im Gestänge eines Doppeldeckers baumelte.

»Der Dynamit-Regisseur«, sagte Steiger. »Die Explosionen in seinen Filmen wirken so echt, weil ihn ein Sprengmeister immer anruft, bevor er was hochgehen lässt.«

Rattler winkte ab. »Ich wollt' Ihnen was ganz anderes zeigen«, sagte er und blätterte ein paar Seiten weiter, bis er zu einer Doppelseite mit einer Fotostrecke kam.

»Rauschende Premieren-Feier im Hotel Bayerischer Hof«, las Reitmeyer. Leute in Abendgarderobe an geschmückten Tafeln, ein paar Bilder von einzelnen Filmstars und Regisseuren. Er erkannte Lee Parry, die eigentlich Mathilde Benz hieß, und den Schauspieler Conrad Veith. »Und was willst du mir zeigen?«, fragte er.

»Das ist die Premierenfeier von *Tanz auf dem Vulkan*. Den Film hat die EMELKA produziert. Und jetzt schauen S' mal das Bild an.« Er deutete auf ein kleineres Foto in der linken unteren Ecke.

Reitmeyer setzte sich und betrachtete das Bild. Mehrere Herrn und Damen saßen an einem Tisch. Einen der Herrn erkannte er sofort. Neben ihm Cilly Ortlieb. Neben ihr ein Herr, den er nicht kannte. Hinter dessen Stuhl stand Marie Zaumgiebl.

»Interessant«, sagte Reitmeyer. »Den hier kenne ich. Das ist der Produzent Steinbichler, mit dem ich in der EMELKA gesprochen hab.« Es stimmte also nicht, dass er die beiden nicht persönlich kannte. »Und wer ist dieser Herr?«, fragte er und deutete auf den Mann vor Marie Zaumgiebel.

Steiger setzte sich ebenfalls, zog die Zeitschrift zu sich und sah auf das Bild. »Das ist komisch«, sagte er und griff nach der Lupe in seiner Stiftablage, »den kenn ich irgendwoher.« Er hielt die Lupe über das Foto. »Ich bin mir ganz sicher, dass ich den kenn. Aber woher?«

»Fällt dir ein Zusammenhang ein?«, fragte Reitmeyer.

»Nein.« Steiger sah vor sich hin. »Es muss aber schon länger her sein. Noch vor dem Krieg.«

»Sie kennen jemand aus dem Filmgeschäft?«, fragte Rattler verblüfft.

Steiger schüttelte den Kopf.

»Vielleicht war er früher nicht im Filmgeschäft«, sagte Reitmeyer.

»Ich komm einfach nicht drauf.«

Reitmeyer stand auf. »Vielleicht fällt's dir ja noch ein.« Er ging zu seinem Platz hinüber und kramte in den Ablagekörben. Dabei fiel sein Blick auf den Brief, der zwischen Steinbichlers Zeitschriften gesteckt hatte. »Ich brauch ein Vorladungsformular«, sagte er zu Rattler, während der den Brief überflog. »Besorg mir doch eins.« Reitmeyer blickte auf den Briefkopf. Ein Assessor Dr. Löber vom Handelsministerium wandte sich an einen Ministerialdirektor von Stegner.

Bezugnehmend auf unsere Besprechung letzte Woche, möchte ich aus gebotenem Anlass nochmals einige Punkte aufgreifen … Die Erwartungen an den Gesamtkonzern EMELKA waren natürlich groß … Münchner Tradition und Kunst, süddeutsche Solidität, die Beteiligung der angesehensten Bankhäuser, hervorragende, von vaterländischer Gesinnung getragene Persönlichkeiten gaben dazu berechtigten Anlass. Aber diese Erwartungen hinsichtlich einer Solidierung und Veredelung der Filmherstellungen wurden nicht erfüllt … Zwar wurden einige

> *Filme auf heimatlicher Grundlage nach Romanen von Ludwig Ganghofer hergestellt, aber ansonsten eine ausufernde Fülle von Schund und Schmutz … Statt heimatorientierter, von katholischen Grundwerten geprägter Stoffe setzt man auf frivole, allein dem Kommerz verpflichtete Produktionen, die neuerdings zudem so international gehalten sind, dass sie im Fall der* Trommeln Asiens *in indisch-englischen Schützengräben spielen.*

Reitmeyer lehnte sich zurück. Kurz nach dem Krieg hatte er gehört, dass Bayern eine eigene Filmwirtschaft aufbauen wollte, als Gegenpol zur preußischen UFA. Der offensichtlich mit staatlicher Unterstützung gegründete Konzern EMELKA schien sich den Idealen der bayerischen Filmpolitiker jedoch zu widersetzen.

Er überflog den letzten Absatz des Briefes. Als einen Grund für die Entfremdung zwischen dem bayerischen Staat und der EMELKA nannte Dr. Löber die »Häufung jüdischer Mitarbeiter« in allen Firmen des Konzerns. Sie seien verantwortlich für die grausigen Titel und die sittenwidrige Reklame, weil jüdisches Interesse am Mammon die Oberhand gewonnen habe. Von dieser Seite würden auch Gedanken geäußert, der Wirtschaftsverband bayerischer Filmfabrikanten solle seine Verbindungen zum Staat lösen, wenn die Anliegen der Filmindustrie nicht in befriedigender Weise erledigt würden. Mit solchen antisemitischen Anschuldigungen wurde immer operiert, wenn nationale, konservative oder monarchistische Bestrebungen nicht von Erfolg gekrönt waren.

Reitmeyer überlegte, wie der Brief wohl bei Steinbichler gelandet war. Im Moment hatte er zwar keine Ahnung, was er ihm nutzen würde, aber wer wusste schon, wozu er die Information noch brauchen konnte. Zurückgeben würde er ihn jedenfalls nicht. Er öffnete die Schreibtischschublade und schob den Brief unter ein paar leere Blätter.

»Steiger, wir müssen die Angehörigen von diesen beiden Frauen ausfindig machen«, sagte er. »Und ich geh heut Nachmittag als Erstes zu dieser Adresse, die der Rattler rausgefunden hat. Zu diesem Oberleutnant Rottenmüller.«

Steiger deutete auf die Zeitschrift, die noch immer aufgeschlagen auf seinem Schreibtisch lag. »Das ist doch komisch«, sagte er, »dass jemand wie die Ortlieb, die sich auf Filmbällen rumtreibt, für irgendwen zum Einkaufen geht, als wär' sie ein Dienstmädchen?«

»Tja, wer weiß? Vielleicht aus Geldnot. Vielleicht zur Überbrückung, bis sich was Besseres aufgetan hat?«

»Ein Gönner, ein spendabler?«

Reitmeyer zuckte die Achseln. »Und abends müssten wir in ein paar einschlägige Lokale gehen und sehen, ob wir ein paar von ihren Kolleginnen finden. Vielleicht kriegen wir so was Näheres raus.«

»Also heut Abend ist schlecht bei mir«, sagte Steiger. »Meine Schwiegereltern kommen. Ging's nicht vielleicht auch …«

»Ich hätte Zeit«, rief Rattler, der mit dem Formular zur Tür hereinkam. »Und ich hab mir auch schon Gedanken gemacht, wie man die Sache angehen könnt', dass man was rauskriegt aus den Damen.«

Reitmeyer sah den Polizeischüler an.

»Mit Polizisten reden die jedenfalls nicht.« Er nickte zu Steiger hinüber. »Das wissen ja wir schon. Aber Frauen reden eigentlich gern, man muss es bloß geschickt anstellen.«

»Was weißt denn du von Frauen?«, fragte Steiger. »Das wird ja immer schöner.«

»Frauen lassen sich mehr von Emotionen leiten. Das ist wissenschaftlich bewiesen. Also muss man sich an ihre Gefühle wenden. An ihre Instinkte. Erst kürzlich hab ich einen Artikel gelesen …«

Reitmeyer hob die Hand. »Verschon mich, ich hab jetzt wirklich keine Zeit für deine Artikel.«

»Dann nehmen Sie mich also mit?«

»Wir werden sehen.«

10

Gerti wagte nicht mehr zu schnaufen. Die Kerle würden sie finden und sie nicht entkommen lassen. Eine Faust presste ihr Inneres zusammen. Cilly war tot in einem Keller gefunden worden, und sie würde man auf einem Dachboden finden. Schritte kamen direkt auf sie zu. Etwas wurde abgestellt. Dann wieder Schritte. Die Tür ging auf und fiel ins Schloss. Gerti stieß die vordere Matratze zurück. Staub wirbelte auf, sie rang nach Luft. Nur eine Sekunde länger in dem ungezieferverseuchten Versteck, und sie wäre vor Ekel in Ohnmacht gefallen. Auf dem Weg zur Tür wäre sie fast gestolpert. Ein großer Korb mit nassen Laken. Ein halb erstickter Laut drang aus ihrer Kehle – sie hatte Todesangst gehabt vor einer Frau, die Wäsche aufhängen wollte. Sie musste weg hier. Die Frau konnte jeden Augenblick zurückkommen. Vorsichtig öffnete sie die Tür, schlüpfte hinaus und lauschte.

Die Tür im zweiten Stock ging auf. Gerti beugte sich übers Geländer. Ein Paar trat heraus. Der Mann trug einen Koffer. »Das Taxi wartet sicher schon«, sagte die Frau.

Gerti eilte die Treppe hinunter. »Fahren Sie zum Bahnhof?«, fragte sie. Die Frau blieb stehen. »Ich habe auch in der Pension gewohnt«, sagte Gerti. »Wenn ich bei Ihnen mitfahren könnte, würde ich vielleicht noch meinen Zug kriegen.«

Die Frau sah sie abschätzig von oben bis unten an. »Sie bestellen sich besser einen eigenen Wagen«, erwiderte sie und drehte sich um. »Wir haben viel Gepäck.«

»Ich würde mich auch am Fahrpreis beteiligen«, versuchte es Gerti noch einmal. Die Frau reagierte nicht. Als Gerti in dem großen Messingschild der Pension ihr Spiegelbild entdeckte, wurde ihr klar, warum. Sie sah entsetzlich aus. In ihrem Haar hingen weiße Flocken aus der Matratzenfüllung, an ihrem Kragen ein Rankenwerk aus Spinnweben, und graue Staubflusen bedeckten ihren dunklen Mantel. So würde sie niemand mitnehmen.

Sie holte einen Kamm aus der Tasche und entfernte die wolligen Flocken aus dem Haar, dann zog sie den Mantel aus und reinigte ihn notdürftig mit einem Taschentuch. Ihr wurde dabei so schwindlig, dass sie sich auf die Stufen setzen musste. Kein Wunder, dachte sie. Seit gestern hatte sie nichts mehr gegessen. Sie legte die Hände aufs Gesicht. Ihre Finger fühlten sich eisig an auf den heißen Wangen.

Plötzlich überkam sie eine tiefe Niedergeschlagenheit. Was machte sie überhaupt in dieser gottverdammten Stadt? Sie hatte ihre Schwester nicht gefunden und saß jetzt selbst so tief im Schlamassel, dass sie nicht wusste, wie sie sich retten sollte. Was sollte sie ihrer Mutter sagen? Tränen stiegen ihr in die Augen. Wenn sie hier unbeschadet herauskam, das schwor sie sich, würde sie den nächsten Zug zurück nach Berlin nehmen. Sepp würde ihr das Geld dafür leihen. Und egal, wie schwer es ihren Vater anginge, wie schmerzlich es den Gewerkschafter Heinrich Blumfeld treffen würde, dass seine Tochter mit einem Freikorps-Kämpfer abgehauen war, sie müssten ihm reinen Wein einschenken. Und die Polizei einschalten.

Aber zuerst musste sie das Haus unbemerkt verlassen. Mühsam richtete sie sich auf und stieg die Treppe hinunter ins Erdgeschoss. Durch eine Tür trat sie in den Hinterhof und lief zu einer Durchfahrt. Vorsichtig spähte sie auf die Straße hinaus und wartete, dass eine Gruppe von Passanten vorbeikam, der sie sich anschließen könnte. Dann würden diese Kerle nicht wagen, sich ihr zu nähern. Aber es kam niemand. Nur Kinder. Oder Einzelpersonen. Dann sah sie, wie zwei Militärs von der Arcisstraße in die Georgenstraße einbogen und auf einen Wagen zugingen, der nicht weit entfernt von ihr geparkt war. Es waren Offiziere, wie sie sah, als sie näher kamen. Nicht viel älter als sie selbst. Sie musste es probieren.

Sie trat aus der Durchfahrt, sah zur Hausfassade hinauf, gab sich den Anschein, als fände sie sich nicht zurecht. Und ging auf die Offiziere zu.

»Entschuldigen Sie«, sagte sie und strich sich hektisch das Haar zurück. Hilflosigkeit signalisieren, dachte sie, Verwirrung. »Ich glaube, ich habe mich schrecklich verlaufen. Ich bin nicht von hier.« Sie legte den Kopf ein wenig zur Seite. Sah die beiden an. Von unten. Schüchtern.

Die Offiziere blieben stehen. Sie entdeckte ein leichtes Aufflackern in ihren Augen. Interesse.

»Ich möchte zum Odeonsplatz, aber ich muss die Richtung verwechselt haben. Oder man hat mich falsch informiert.« Sie montierte sich ein zaghaftes Lächeln ins Gesicht und griff sich an den Hals. »Jetzt bin ich schon zum zweiten Mal ...«

»Zum Odeonsplatz geht's hier hinunter«, sagte der eine und deutete in die entgegengesetzte Richtung. Er lächelte bereits ein wenig.

»Ach! Ist das noch weit?« Sie sah die Straße entlang. »Ich müsste eigentlich schon lange dort sein. Ich habe einen Termin.« Sie trat von einem Bein aufs andere. »Aber dann habe ich mich zu lange«, Bürgerlichkeit signalisieren, die adäquate Klasse, das stachelt ihre Beschützerinstinkte an, »in der Glyptothek aufgehalten.« Wieder ein scheues Lächeln. Wieder die Hand am Haar. Den Kopf zur Seite geneigt.

»Ja, können wir Ihnen helfen?«, fragte der andere.

»Vielleicht gehen Sie in die gleiche Richtung? Und ich könnte ... Wenn es Ihnen nichts ausmacht ...«

»Wir gehen zwar nicht«, sagte der Offizier, jetzt schon mit einem kleinen Lachen, »aber wir fahren tatsächlich in die Richtung.«

»Ah!« Jetzt kam ein strahlendes Lächeln zum Einsatz.

»Wir könnten Sie ja mitnehmen.«

»Wirklich?«

Der Größere der beiden riss die Wagentür auf. »Du setzt dich nach hinten«, sagte er zu seinem Kameraden. »Und das Fräulein setzt sich nach vorn auf den Beifahrersitz.«

»Ach, Sie sind meine Rettung« seufzte sie.

Der Größere ließ den Wagen an. »Dafür sind wir da«, sagte er lachend und blickte kurz zu seinem Kameraden nach hinten. »Sie waren in der Glyptothek?«, fragte er, als sie eine Weile gefahren waren. »Haben Sie den barberinischen Faun gesehen?«

»Ja, sicher. Wirklich einmalig, welche Sammlung Ihr König da angelegt hat. Sie müssen den Wittelsbachern sehr dankbar sein.«

»Tja«, sagte der hinten sitzende Offizier. »Man hat sie trotzdem verjagt.«

Gerti schwieg und sah aus dem Fenster. Sie hatte es vielleicht ein bisschen übertrieben. Jetzt bloß keine politische Diskussion. Es kostete sie ohnehin die größte Mühe, die Charade aufrechtzuerhalten.

»Sie sollten sich auch die Pinakothek ansehen«, sagte der Fahrer. »Wir haben ganz großartige Dürer-Tafeln. Aus welcher Stadt kommen Sie eigentlich, wenn ich fragen darf?«

»Aus Berlin.«

»Ach, aus der Hauptstadt«, rief der Offizier von hinten.

Gerti hatte plötzlich das Gefühl, als würden alle Laute wie durch Watte zu ihr dringen. Das Rattern des Motors klang merkwürdig dumpf und mahlend. Die Stimme ihres Nebenmanns, der von einem Aufenthalt in Berlin erzählte, hohl, als würde er durch ein langes Rohr sprechen. Sie bemühte sich krampfhaft, ab und zu ein »Aha« oder ein »Ach, wirklich?« einzustreuen, auch wenn sie die Lokale, von denen er sprach, nicht kannte und dem Inhalt kaum mehr folgen konnte. Die Häuserreihen draußen schienen vorbeizufliegen. Alles schien hinter Gaze-Schleiern verborgen. »Da ist es«, stieß sie hervor, als sie das Haus erkannte, in dem sich Sepps Kanzlei befand.

Der Offizier am Steuer hielt an, ging um das Auto herum und öffnete die Wagentür. Sie reichte ihm die Hand beim Aussteigen und schwankte leicht, bevor sie sich am Rand des Wagendachs stabilisierte. Er schien nichts zu bemerken. »Würde mich freuen, wenn ich Ihnen bei Gelegenheit mal einen unserer Dürer zeigen dürfte«, sagte er.

Sie nickte. Er drückte ihr seine Karte in die Hand.

Sie musste es bloß bis zur Haustür schaffen, dachte sie. Dann würde sie sich kurz auf die Treppe setzen. Sie hob die Hand, murmelte einen Dank und überquerte ein wenig unsicher den Gehsteig. Die Eingangstür war schwer. Ließ sich kaum aufdrücken. Sie überwand die glatte Fläche vor der großen Treppe. Dann wurde ihr schwarz vor Augen.

11

Er wartete vor dem Kiosk, bis die zwei Jungen mit ihrem Leiterwagen vorbei waren. Sie trugen viel zu kurze Hosen, und ihre dünnen Jacken boten ebenfalls wenig Schutz gegen die kalte Witterung. Aber zumindest haben sie einen kleinen Nebenverdienst, dachte Reitmeyer, als er die hohen Blechkannen auf dem Gefährt sah, die laut klappernd gegeneinanderschlugen. Sie waren leer, die beiden hatten die Schulspeisung schon ausgeliefert.

»Wie immer, Herr Kommissär?«, fragte die Kioskverkäuferin. »Drei Virginia und die Münchner Nachrichten?«

Reitmeyer nickte und zog seine Geldbörse heraus. Dass er seine Virginia jetzt einzeln kaufen musste, fand er sehr lästig, aber Tabak wurde stets teurer, und die Preissteigerung eilte der Anhebung seines Beamtengehalts weit voraus.

»Schon sehr anständig, was diese amerikanischen Quäker für unsere Kinder tun«, sagte die Kioskfrau und blickte den beiden Jungen nach. »Wirklich sehr christlich. Obwohl ich gar nicht weiß, was Quäker eigentlich für eine Religion sein soll.«

Reitmeyer zuckte die Achseln. »Das weiß ich auch nicht. Vielleicht was Protestantisches.«

»Trotzdem sehr christlich«, erwiderte die Kioskfrau und hauchte in die rotgefrorenen Hände. »›Liebe deine Feinde‹, heißt's in der Bibel.« Sie wickelte die Zigarillos in ein Stück Zeitungspapier. »Und ham S' das schon g'sehen? Manche von den Buben ham einen Hund vor ihren Karren gespannt. Den füttern die Quäker auch.«

Reitmeyer nickte abwesend. Sein Blick fiel auf das Titelblatt der *Arbeiterpost*. »FÄLSCHUNG«, stand dort in Großbuchstaben. »Die nehm ich auch noch mit«, sagte er und zog das Blatt aus dem Zeitungsständer.

Nachdem er bezahlt hatte, setzte er sich trotz der Kälte ein paar Meter weiter auf eine Bank und überflog den Artikel. Offenbar war frei erfunden, dass der *Deutschen Zeitung* ein Schriftverkehr zwischen dem Kommunistischen Zentralkommando in Berlin und der Regierung in Moskau in die Hände gefallen war. Über den Inhalt dieser angeblichen Korrespondenz wunderte Reitmeyer sich nicht. Es war das immer gleiche Lied, das alle Rechten pfiffen: Die Linke plant eine zweite Revolution, Waffen dafür besitzt sie im Übermaß. Ihn wunderte auch nicht, dass sich der bayerische Ministerpräsident dieser gefälschten Meldung bediente, um seine »Ordnungszelle« zu verteidigen. Angesichts solcher Zustände, behauptete er in einer Rede, gebe es auf der ganzen Welt keinen vernünftigen Menschen, »der dazu raten könnte, unsere Einwohnerwehr aufzugeben?«

Reitmeyer schwang sich wieder aufs Rad. Die Reichsregierung drängte immer stärker auf die Auflösung der dreihunderttausend Mann starken paramilitärischen Verbände. Berlin stand natürlich unter dem Druck der Siegermächte. Bereits nach dem gigantischen »Landesschießen« mit fünfzigtausend Bewaffneten, das von der Einwohnerwehr im Sommer auf dem Königsplatz abgehalten worden war, hagelte es von den Alliierten scharfe Proteste. Und schon damals hatten manche befürchtet, dass die Provokationen im schlimmsten Fall zum Einmarsch der Franzosen führen könnte. Dass diese Entwicklung nichts Gutes für seine Arbeit bedeutete, hatte Reitmeyer spätestens bei dem Gespräch mit dem Oberinspektor begriffen. Möglicherweise bereitete sich Bayern sogar auf einen Rechtsputsch gegen das verhasste »Berliner System« vor. Wenn seine Ermittlungen dabei als Sand im Getriebe empfunden würden, hätte er einen sehr schweren Stand. Er musste höllisch aufpassen, dachte er, wenn er sich nicht plötzlich als Streifenbeamter im Bayerischen Wald wiederfinden wollte. Und das war nicht das Schlimmste, was ihm passieren konnte.

Kurz vor der Maximiliansbrücke stieg er ab und schob sein Fahrrad die Widenmayerstraße hinunter. Die Allee war nur einseitig bebaut, und er folgte ihr auf der Isarseite. Im Gehen blickte er zu den Fassaden der prachtvollen Gebäude hinüber, die alle Stilrichtungen der Vorkriegsjahre durchdeklinierten, vom Historismus bis zum Neobarock, vom Neoklassizismus bis zum Jugendstil. Hier hatte München eindeutig etwas Weltstädtisches, und er erinnerte sich, wie diese Bauten bei ihrer Errichtung als viel zu protzig gegeißelt worden waren, als geradezu »unmünchnerisch«.

Der monumentale Eckbau im klassizistischen Stil, in dem der Oberleutnant a. D. residierte, wie Rattler rausgekriegt hatte, zählte ganz sicher zu dieser Kategorie. Wer sich hier eine Wohnung mit zehn oder mehr Zimmern leisten konnte, gehörte zu den obersten Spitzen der Gesellschaft. Reitmeyer lehnte sein Fahrrad an einen Baum und überquerte den Fahrdamm.

Nachdem das schwere Portal hinter ihm leise ins Schloss

gefallen war, drang von der Straße kein Laut mehr ein. Drinnen hallten seine Schritte auf dem Steinfußboden, bis auch sie von einem weichen Teppichläufer verschluckt wurden. Durch eine hohe Kuppel fiel mattes Licht auf marmorne Wandverkleidungen, ein zarter Duft nach Bohnerwachs lag in der Luft.

Im ersten Stock drückte Reitmeyer den Klingelknopf und erschrak, als ein blechern schriller Ton die kirchenhafte Stille zerriss. Gleichzeitig schlug ganz oben eine Tür zu, und kurz darauf kamen zwei junge Frauen in schwarzen Kleidern, Häubchen und weißen Spitzenschürzen die Treppe herabgelaufen. Dienstmädchen. Doch weniger für Hausarbeit als für die Bühne hergerichtet, fand er. Nicht Stubenmädchen, sondern Stubenkätzchen. Aus einer Operette. Etwas verwundert sah er den beiden nach.

Die Wohnungstür ging auf. »Sie wünschen?« Ein ähnlich gekleidetes Mädchen stand vor ihm. Ihr Rock war jedoch nicht so kurz, das Häubchen nicht so neckisch, auf ihren Lippen lag kein Rouge.

Er zeigte seine Marke. »Ich möchte Frau von Rottenmüller sprechen. Es geht um eine Auskunft.«

Das Mädchen blickte etwas unschlüssig auf die Marke. Offensichtlich hatte sie derlei noch nie gesehen.

»Kriminalpolizei München«, erklärte er. »Kommissär Reitmeyer.«

»Werden Sie erwartet?«

»Nein. Aber das geht schon in Ordnung«, sagte er mit einem aufmunternden Lächeln und blickte in die große Diele, wo auf dem glänzenden Parkett ein Tisch mit einem Blumenarrangement stand.

Das Mädchen zögerte. »Warten Sie bitte hier«, sagte sie und schloss die Tür, bevor sie nach links in einen Gang verschwand. Reitmeyer ließ den Blick durch das Entrée schweifen. Verglichen mit den Dielen, die er kannte, war dies ein

Tanzsaal. Üppige Stuckornamente zierten die hohe Decke, an den Wänden hingen tafelgroße Ölgemälde von Landschaften mit Seen und Bergen. Kristallfacetten eines Lüsters zeichneten Muster aufs Parkett. Der Oberleutnant musste reich geerbt oder reich geheiratet haben – Fabrikbesitzer gaben ihre Töchter selbst mittellosen Offizieren, wenn sie dafür ein »von« im Namen tragen durften.

Reitmeyer hörte Absatzklappern. Das Mädchen kam zurück. »Die gnädige Frau bittet Sie noch um einen Moment Geduld. Wenn Sie solange im kleinen Salon warten würden.«

Reitmeyer folgte ihr durch eine Flügeltür. Dahinter war, den Ausmaßen und der rotsamtenen Ausstattung nach zu schließen, der »große« Salon. Dann ging es durch eine weitere Tür in einen kleineren, intimer wirkenden Raum. Die Möbel waren weniger wuchtig, die Farben heller, hauptsächlich in zartem Grün gehalten. Das Mädchen deutete auf einen Sessel und ging durch eine Seitentür hinaus. Reitmeyer setzte sich nicht gleich. Er wanderte herum, blickte in Vitrinen mit Porzellanfiguren und anderem Nippes und ging zu einem Tischchen, wo Fotografien in silbernen Rahmen aufgereiht waren. Viel Militärpersonen. Die Familie des Oberleutnants schien auf Generationen stolzer Soldaten zurückzublicken. Auf einer schmalen Kommode standen weitere Fotos. Diese Abteilung war der Weiblichkeit gewidmet. Damen in weißen Kleidern beim Tee im Garten, einige hatten sich hoch zu Ross ablichten lassen, und immer wieder Bilder und Porträts einer besonders hübschen Frau. Einmal in einer Art russischem Kostüm. Als Tänzerin? Mode und Frisurenstil verwiesen auf die Vorkriegszeit.

Als Reitmeyer sich schließlich setzte, griff er nach einer Ausgabe von *Sport im Bild*, dem *Blatt für die gehobene Gesellschaft*, das auf dem Tisch mit Rauchutensilien lag. Nachdem er sich die Bilder vom Autorennen in Rüsselsheim und vom Heim des Filmstars Pola Negri angesehen hatte, überflog er die Gesellschaftsnachrichten. Der alte Hofadel und die Hochfinanz gäben keine öffentlichen Gelage und Bälle mehr, aber »die Paläste der neuen Reichen« öffneten sich für jeden, der es verstehe, durch seinen Geldbeutel oder seine künstlerischen Fähigkeiten von sich reden zu machen. Wie tröstlich, dachte er, und blätterte zu einem Artikel über die »Winterfrischlerin« weiter. »Nachdem der sportliche Teil geleistet ist«, erfuhr er dort, »zieht sie sich zurück und macht Abendtoilette. Das heißt, sie zieht sich aus. Denn je eleganter man heute sein will, desto weniger darf man anhaben.«

Reitmeyer klappte die Zeitschrift wieder zu. Als er sie zurücklegte, sah er, dass auf der Kommode ein kleiner Stapel ungerahmter Fotos lag. Er stand schnell auf und blätterte den Stapel durch. Aufnahmen von Theateraufführungen, dachte er zuerst. Aber das stimmte nicht. Es waren *tableaux vivants*, »lebende Bilder«. Früher ein sehr beliebtes Vergnügen in besseren Kreisen. Man nahm sich ein Gemälde zum Vorbild und stellte es möglichst werkgetreu nach. In diesem Fall ging's um was Klassisches. Was Antikisches. Frauen in altgriechisch gerafften Gewändern, darunter eine »Venus«, die ihre Reize kaum verhüllte.

Bei einem Foto merkte er auf. Er ging zum Fenster und hielt das Bild ins Licht. Die Haare waren anders, als er es in Erinnerung hatte. Nicht glatt und kinnlang, sondern bis zur Taille hinunter golden gelockt. Eine Perücke vermutlich. Dennoch ganz unverkennbar …

Von draußen kamen Stimmen. Er hörte laute, schnelle Schritte. Rasch legte er den Stapel Fotos zurück. Bis auf das eine, das er in die Tasche gleiten ließ. Dann stellte er sich an die Tür und lauschte.

»Ständig predige ich euch, ihr sollt beim Abräumen darauf achten, ob jemand etwas liegengelassen hat«, sagte eine weibliche Stimme ärgerlich. »Jetzt ruft der Dr. Kern an und vermisst seine silberne Zigarettenspitze.«

»Wir haben nichts gefunden«, antwortete jemand.

»Ach, wirklich unangenehm. Schon letztes Mal hat er was liegenlassen, das nicht mehr aufgetaucht ist.«

Die Stimmen entfernten sich, und er verstand nicht, was darauf geantwortet wurde. Dann näherten sich wieder schnelle Schritte. Rasch setzte er sich in einen Sessel. Die Tür ging auf, und eine Dame in einem engen blauen Seidenkleid mit Chrysanthemen-Muster trat ein. Dieselbe, die er auf den Porträtaufnahmen gesehen hatte. Nur dass sie jetzt anstelle der Aufsteckfrisur einen glatten Pagenkopf trug, der ihr Gesicht wie ein Helm einrahmte. Reitmeyer stand auf.

»Tut mir leid, Herr Kommissär, dass ich Sie hab warten lassen. Aber ich war noch am Telefon.« Sie wirkte nervös, und das Lächeln auf dem schönen, ebenmäßigen Gesicht etwas künstlich. »Bitte nehmen Sie doch wieder Platz. Sie wünschen eine Auskunft, hat man mir gesagt?« Sie ließ sich in einem Sessel ihm gegenüber nieder, schlug die Beine übereinander, lehnte sich zurück und wippte ungeduldig mit dem Fuß.

»Ganz richtig, Frau von Rottenmüller. Tut mir sehr leid, dass ich Sie einfach unangemeldet überfalle.«

Sie winkte ab. »Wenn ich helfen kann.«

»Ja, nun, ich hätte gern gewusst, ob Sie eine Cilly Ortlieb kennen.«

Sie runzelte die Stirn, als hätte sie die Frage nicht verstanden, und zupfte an ihrer Perlenkette. »Ah …«, begann sie und wurde von einem Klopfen unterbrochen.

Eine Angestellte betrat mit einem Tablett in der Hand den Raum. »Der gnädige Herr hat gesagt, ich soll den Kaffee …«

»Du siehst doch, dass ich Besuch habe«, zischte Frau von Rottenmüller. Das Mädchen wollte sich verschreckt zurückziehen. »Na gut, lass da.« Dann wandte sie sich wieder Reitmeyer zu. »Darf ich Ihnen vielleicht eine Tasse Kaffee anbieten, Herr Kommissär?« Das schnelle Umschalten vom schroffen Tadel zum Tonfall des Salons gelang ihr mühelos. Das

Lächeln wieder aufzusetzen, schien größere Anstrengung zu kosten.

Reitmeyer nickte. Kaffee schlug er nie aus. »Gern.«

Nachdem das Mädchen das Tablett abgestellt hatte und hinausgegangen war, goss Frau von Rottenmüller Kaffee ein. Reitmeyer beobachtete, welch komplizierte Dinge sie mit Löffeln, Silberzange und Sahnekännchen anstellte, bevor sie ungefragt drei Zuckerstücke in seine Tasse warf. Sie wirkte abwesend, nicht bei der Sache.

»Wie gesagt, ich bin bin wegen einer Auskunft hier. Es geht um eine junge Frau namens Cilly Ortlieb. War sie bei Ihnen angestellt?«

»Wie kommen Sie darauf, dass sie bei mir angestellt war?«

»Weil es Hinweise darauf gibt, dass sie Einkäufe für Sie getätigt hat.«

»Ach das meinen Sie?« Sie schien erleichtert. »Ja, sie hat manchmal bestellte Sachen abgeholt. Wenn wir größere Einladungen geben, beschäftigen wir Aushilfspersonal. Und sie hat mehrmals bei uns ausgeholfen. Wir waren immer sehr zufrieden mit ihr.« Sie lehnte sich zurück und sah ihn gelassen an.

»Und wie sind Sie auf Cilly Ortlieb gekommen?«

Sie lächelte nachsichtig. »Mein Gott, wie bin ich auf sie gekommen? Vermutlich hat sie mir jemand empfohlen. Ich weiß nicht mehr.«

»Wie viele Aushilfen beschäftigen Sie denn?«

»Je nachdem. Vielleicht drei bis vier. Es kommt darauf an, wie viel Arbeit beim Servieren und Aufräumen anfällt.«

»Und haben auch Freundinnen von Cilly Ortlieb bei Ihnen gearbeitet? Eine Marie Zaumgiebl etwa, die auch den Namen Marie Zaumer benutzt hat.«

»Der Name ist mir nicht geläufig. Aber möglich ist das schon. Es kam schon vor, dass wir sehr kurzfristig jemand brauchten, und die Mädchen haben sich in ihrem Bekanntenkreis umgehört.«

»Waren unter diesen Mädchen vielleicht auch Künstlerinnen? Tänzerinnen oder Schauspielerinnen?«

Auf ihrer Stirn bildete sich eine steile Falte. »Ich weiß nicht, worauf Sie hinauswollen.«

»Ich frage deshalb, weil Cilly Ortlieb und Marie Zaumgiebl in Filmen mitgespielt haben.«

»Das ist mir nicht bekannt. Bei mir jedenfalls waren sie als Aushilfspersonal eingesetzt. Obwohl ich mich an eine Marie Zaumgiebl oder Zaumer beim besten Willen nicht erinnern kann.« Sie setzte sich auf. »Hören Sie, ich bin im Moment wirklich sehr beschäftigt. Und mehr kann ich Ihnen nicht sagen.« Die Tür ging auf. Frau von Rottenmüller drehte sich um. »Ah, da ist mein Gatte.«

Der Oberleutnant trat ein. Ein hochgewachsener Mann, den Reitmeyer auf Ende dreißig, Anfang vierzig schätzte, mit blasser Haut und ähnlich blassem, kurz geschnittenem Haar. Seine Augen waren von so hellem Blau, dass sie fast farblos wirkten. Er trug Zivil. In Uniform, dachte Reitmeyer, würde er wahrscheinlich schneidiger aussehen als in dem braunen Anzug, der nicht richtig saß.

»Das ist ein Polizeikommissär«, erklärte seine Frau. »Er will Auskünfte über unser Aushilfspersonal.«

»Herr von Rottenmüller.« Reitmeyer erhob sich.

»Und warum?«, fragte der Oberleutnant und reichte ihm kurz die Hand.

Reitmeyer setzte sich wieder. Rottenmüller ging zu der Kommode und legte schnell den Stapel Fotos in eine Schublade.

»Wir untersuchen das Umfeld von zwei Frauen, die tot aufgefunden wurden. Und mindestens eine davon war bei Ihnen beschäftigt.«

Frau von Rottenmüllers rot geschminkter Mund formte ein O. Ihr Gatte drehte sich langsam um und sah Reitmeyer ausdruckslos an. »Was heißt das?«, fragte er. »Sind sie verunglückt?«

»Eine der beiden, Cilly Ortlieb, wurde tot im Keller eines Lokals gefunden. Doch es war kein Sturz, an dem sie gestorben ist, sondern eine Überdosis Heroin.«

»Heroin«, hauchte Frau von Rottenmüller und legte die Hand an den Hals. »Sie war doch nicht … rauschgiftsüchtig?«

»Wann hat Cilly Ortlieb das letzte Mal für Sie gearbeitet?«

Frau von Rottenmüller warf ihrem Mann einen hilfesuchenden Blick zu. »Ich weiß nicht mehr genau. Vielleicht vor zwei Wochen.«

»Führen Sie keinen Terminkalender über Ihre Einladungen?«

»Einen Terminkalender?« Erneut richtete sie den Blick auf ihren Mann.

»Herr Kommissär, ich muss wohl bitten«, rief Rottenmüller in schnarrendem Kommisston. »Wie reden Sie mit meiner Frau? Sie sitzt hier doch nicht auf der Anklagebank!« Für den Bruchteil einer Sekunde schien seine arrogante Miene zu verrutschen. »Es tut uns leid, wenn einer unserer Aushilfen etwas zugestoßen ist. Aber wir können zur Aufklärung des Sachverhalts nichts beitragen! Wir wissen nicht, was diese Frau außerhalb unseres Hauses getan oder wie sie gelebt hat. Und jetzt entschuldigen Sie uns bitte.« Er reichte seiner Gattin die Hand, worauf sie sich erhob. »Ich habe noch etwas Dringendes mit dir zu besprechen«, sagte er und zog sie zur Tür.

Reitmeyer erhob sich ebenfalls.

»Ich wünsche Ihnen noch einen guten Tag«, sagte Rottenmüller, bevor er nach dem Dienstmädchen rief, das eilig angelaufen kam. »Der Herr Kommissär möchte gehen. Begleite ihn hinaus.«

Draußen im Treppenhaus blieb Reitmeyer noch einen Moment stehen. Er zog das Foto aus der Tasche. Sie sah sehr anziehend aus in ihrem griechisch-römischen Gewand. Vermutlich hatte Cilly Ortlieb den Kontakt vermittelt. Und sicher wurden solche »Aushilfsarbeiten« besser bezahlt als jede andere Tätigkeit, die die Studentin Gertraud Blumfeld auftun konnte. Wenn er sie mit dem Foto konfrontierte, würde sie vielleicht damit rausrücken, welche Gäste im Hause Rottenmüller verkehrten. Doch dafür musste sie sich erst einmal bei ihm melden.

Als er nach unten stieg, fielen ihm die beiden »Stubenkätzchen« wieder ein. Sie waren von ganz oben gekommen. Er kehrte um und stieg ins Dachgeschoss hinauf. Es stand kein Name an der Wohnungstür. Er drückte auf den Klingelknopf, obwohl er nicht wusste, was er sagen sollte, falls jemand aufmachte. Er wartete. Klingelte ein zweites Mal. Aber niemand machte auf.

Er machte wieder kehrt. Vom Erdgeschoss führte eine Treppe ins Souterrain hinab. Ein Schild besagte, dass dort der Hausmeister wohnte. Er überlegte einen Moment, dann stieg er die Stufen hinunter und klopfte an die Tür. Nach einer Weile ging sie einen Spalt breit auf, und ein mürrisches Gesicht mit grauem Haar darüber erschien.

»Entschuldigen Sie«, sagte Reitmeyer. »Ich hab gesehen, dass an der obersten Wohnung kein Namensschild ist. Ist diese Wohnung nicht vermietet?«

Der kleine Spalt ging wieder zu. »Da is nix frei bei uns im Haus«, sagte der Mann.

Das prunkvolle Portal fiel hinter ihm ins Schloss. Durch die fast kahlen Bäume sah er den Fluss. Er würde wiederkommen, dachte er, und noch mal ließe er sich nicht so abservieren. Als er sich auf den Fahrradsattel schwang, kam um die nächste Ecke ein Junge mit einem Handkarren auf ihn zu. Er transportierte Blumen, zwei große Sträuße und mehrere Gestecke. »Tischdekoration« schoss ihm durch den Kopf. Der Laden, wo Rattler seine Informationen bekommen hatte, war nicht weit.

Er bog ab und fuhr die Reitmorstraße hinunter. Es dauerte nicht lang, bis er den Blumenladen gefunden hatte. Er stieg vom Rad und stellte es ein paar Häuser weiter ab – Herren der Gesellschaft kamen nicht angeradelt, wenn sie Bouquets für Damen kauften. Er sah an seinem Mantel hinab. Konnte er sich darin als Herr der oberen Klasse ausgeben? Zumindest hatte seine Tante das Kleidungsstück wie immer gut gebürstet. Und was an äußerer Eleganz fehlte, müsste er eben mit eleganter Haltung wettmachen.

Als er die Glastür zu dem Laden öffnete, ertönte ein zartes Glockenspiel, worauf zwei Papageien mit heiserem Krächzen antworteten. Reitmeyer hielt inne und sah sich um. Er stand in einem Dschungel aus hohen Palmen. Unter dem Blätterdach drängten sich kleinere Kübelpflanzen und Farne, die kaum genügend Platz ließen, um zum Kassentisch vorzudringen.

»Ich bin gleich bei Ihnen«, rief es aus einem hinteren Raum. »Ich hab's gleich.«

Reitmeyer öffnete seinen Mantel. Die Luft war feucht und stickig, und durch das Ladenfenster drang nur wenig Licht in dieses Dickicht. Weshalb er auch die Einträge in dem Heft auf dem Tisch nicht richtig lesen konnte. »Kamelien – Dr. Kern« entzifferte er.

Als er es näher zu sich ziehen wollte, erschien die Händlerin. Eine sehr rundliche Frau in brauner Schürze, die einen großen Lilienstrauß auf dem Tisch ablegte. »Tut mir leid, den hab ich gerad noch binden müssen«, sagte sie und schenkte ihm ein breites Lächeln.

»Sie machen glatt dem Botanischen Garten Konkurrenz«, sagte Reitmeyer, »das ist ja wie im Urwald hier!« Wie zur Bestätigung stieß einer der exotischen Vögel einen Schrei aus.

Die Blumenhändlerin lachte. »Das sind nicht alles meine Pflanzen. Manche hab ich nur zur Pflege von meinen Kunden.

Die muss ich wieder aufpäppeln.« Sie strich über ein lanzettförmiges Palmenblatt, das über ihre Kasse ragte, als liebkoste sie einen ihrer Sprösslinge.

Reitmeyer sah in das fleischige Gesicht der Frau mit den bläulich marmorierten Wangen. Eine Pflanzenmutter, dachte er, eine treusorgende Pflegerin. Die würde sich auch um ihn kümmern.

»Was darf's denn sein?«, fragte sie.

»Ja, wenn ich das wüsst'«, erwiderte er. »Vielleicht könnten Sie mich beraten? Ich bräuchte was für eine Tee-Einladung. Ich bin aber unsicher, verstehen Sie? Weil ich zum ersten Mal dort eingeladen bin.«

Sie deutete auf Blumenkübel. »Ein paar Nelken sind nie verkehrt. Ich hätt' auch schöne Rosen.«

»Verstehen Sie, nichts allzu Üppiges, nur eine kleine Aufmerksamkeit. Wenn ich die Gastgeber besser kennen würde ...« Er blickte auf die Rosen, bevor er wie in Gedanken hinzufügte: »Wenn ich halt wüsst', was Frau von Rottenmüller ...«

»Frau von Rottenmüller?«, rief die Blumenhändlerin. »Das ist eine sehr gute Kundschaft von uns.«

»Was Sie nicht sagen?«, tat Reitmeyer verblüfft. »Dann wissen Sie vielleicht, was ihr gefällt?«

Die Händlerin trat auf ihn zu und legte ihre Hand auf seinen Arm. »Die Frau von Rottenmüller mag's gern natürlich. Am liebsten sind ihr Feldblumen, sagt sie immer, weil alles Schlichte sie so rührt.«

»Aha.«

»Wenn ich Ihnen einen kleinen Strauß von diesen Christrosen bind' mit ein paar Zweigen Kieferngrün dazwischen, dann trifft das sicher ihren Geschmack.«

»Das sind Rosen?«, fragte Reitmeyer.

Die Händlerin lachte wieder. »Christrosen sagt man halt, weil die im Winter blühen. Eigentlich ist das ein Hahnentrittgewächs.«

»Man lernt nie aus«, sagte Reitmeyer. »Ohne Ihre fachkundige Beratung …«

Sie tätschelte seinen Arm. »Dafür bin ich ja da.«

»In diesem Fall muss ich mich tatsächlich ganz auf Sie verlassen. Sie kennen natürlich die Vorlieben Ihrer langjährigen Kundschaft.«

»Ach, so lang ist sie noch gar nicht unsere Kundin. Erst seit einem guten Jahr etwa.«

»Tatsächlich«, sagte Reitmeyer. »Ich kenne die Rottenmüllers noch gar nicht. Ich begleite bloß einen Freund, verstehen Sie?«

»Ja, ja. Die sind vor etwa einem Jahr in die Widenmayerstraße gezogen. In die Wohnung vom Kommerzienrat Pflüger. Der war auch Kunde bei uns. Ein feiner Herr.« Sie nahm die Blumen aus der Vase. »Da reichen fünf«, erklärte sie. Reitmeyer war erleichtert, dass Frau von Rottenmüller fürs Schlichte schwärmte und nicht für teure Orchideen.

Die Händlerin nahm eine Schere aus der Schublade. »Aber dann ist die Frau Kommenrzienrat überraschend gestorben, und der Herr Kommerzienrat ist zu seinem Sohn nach Frankfurt.«

»In so einem Fall ist es natürlich verständlich, dass jemand Trost bei der Familie sucht«, sagte Reitmeyer.

Der Händlerin schien seine einfühlsame Art zu gefallen. Sie nickte. »Der Herr Kommerzienrat hat sich immer eine größere Familie gewünscht. Aber er hat bloß den einen Sohn, und der ist ledig. Die Frau Kommerzienrat hat immer gesagt, der ist mit seinem Beruf verheiratet.« Sie legte die Christrosen auf den Tisch und schnitt ein paar Zweige von einem großen Wedel. »Und dann ist alles so schnell gegangen. Der Herr Kommerzienrat hat gar nichts mitgenommen. Die ganzen Möbel und die Einrichtung hat er dagelassen.«

»Ach, wirklich?«

»Ja, er hat die Wohnung möbliert vermietet. Aber vielleicht

haben sich der Herr Kommerzienrat und der Herr Oberleutnant gekannt.«

»Das stimmt, man muss schon ein Vertrauen haben, wenn man jemanden in seine eingerichtete Wohnung ziehen lässt.«

Die Händlerin legte die Schere ab und blickte auf. »Genau das Gleiche hab ich zu meinem Mann gesagt. Gell, das finden Sie auch?«

Reitmeyer nickte und trat einen Schritt näher.

Die Händlerin griff wieder nach der Schere. »Wissen Sie, ich kenn' die Wohnung ja. Die ist wirklich sehr vornehm eingerichtet. Nicht bloß die Möbel, es gibt auch wertvolle Gemälde und feinstes Porzellan.« Sie senkte die Stimme. »Und wenn dann so viel Besuch kommt, ich meine, so viele große Einladungen, da kann doch leicht mal was kaputt gehen, wenn da ein Gast nicht aufpasst. Auch für heut' Abend ham wir wieder Blumendekorationen geliefert, weil heut um elf ein spätes Diner stattfindet.«

»Ah ja?«

»Verstehen S' mich nicht falsch. Ich bin ja froh um die Aufträge, aber ich denk halt auch an den Herrn Kommerzienrat und seine schönen Sachen.« Sie wickelte das Sträußchen mit Bast zusammen. »Mein Mann meint ja, dass der Sohn das Haus verkaufen wird, sobald die Inflation vorbei ist. Der Herr Kommerzienrat ist ja sehr schlecht beinander. Deshalb wollt' er auch nix ausräumen und so. Aber mein Mann und ich, wir finden, dass man sich schon mehr um seine Sachen kümmern müsst'.«

»Wie meinen Sie das?«

»Ja meinen Sie, da kommt mal einer von Frankfurt runter und schaut nach dem Rechten? Es ist ja nicht nur die große Wohnung im ersten Stock, der junge Pflüger hat ja auch das Dachgeschoss bewohnt, als er noch in München war. Wahrscheinlich steht das jetzt einfach leer.«

»Vielleicht ist der Herr Kommerzienrat nicht auf Mieteinkünfte angewiesen?«

»Das können S' laut sagen.« Sie lachte. »Die Rottenmüllers scheinen tatsächlich sehr wenig für die ganze Etage zu bezahlen. Aber vielleicht wollt' der Herr Kommerzienrat helfen. Die Rottenmüllers ham ja erst vor einem Jahr geheiratet.«

»Ist der Herr Oberleutnant denn aus München?«

Sie schüttelte den Kopf. »Na, na, der kommt aus Frankfurt, ursprünglich. Und sie stammt aus Berlin, wie ich rausgehört hab. Aber was Näheres weiß da niemand.« Sie zeigte ihm das Sträußchen, bevor sie es einwickelte. »Das wären dann zehn Mark.«

»Ich bin Ihnen wirklich dankbar für Ihre Beratung. Sie haben mir sehr geholfen.« Er legte das Geld auf den Tisch.

»Gern geschehen«, sagte die Blumenhändlerin. »Der Frau von Rottenmüller werden die Christrosen gefallen. Da bin ich mir ganz sicher. Mehr wert als teure Geschenke, sagt sie immer, ist eine Kleinigkeit mit Geschmack.«

»Ganz meine Meinung.«

Reitmeyer ging zu seinem Rad zurück. Der ganze Prunk war also nur geliehen. Rottenmüllers waren nicht reich und luden dennoch ständig so viele Gäste ein, dass Aushilfspersonal beschäftigt werden musste.

Plötzlich kam ihm eine Idee. Er trat in die Pedale und fuhr auf schnellstem Weg ins Präsidium zurück.

Er ging nicht in sein Büro, sondern in einen der Vernehmungsräume, und ließ sich mit der Kanzlei seines alten Freundes Sepp Leitner verbinden.

»Ah, Sebastian«, rief Sepp in den Hörer. »Dir haben wahrscheinlich die Ohren geklingelt, weil sich die Caroline lauthals über dich beklagt hat. Angeblich erreicht sie dich nie, und du rufst nie zurück.«

»Ja, ja, ich weiß, wegen der Gedenkfeier. Aber deswegen ruf ich nicht an. Hör zu, ich bräuchte mal wieder eine kleine ›Hilfestellung‹ von dir.«

Sepp lachte. »Und wo soll ich mich diesmal ganz diskret umhören?«

»In dem Fall müsstest du wo anrufen. Verstehst du, es ist nichts Weltbewegendes, es geht bloß um eine Information, an die ich sonst nicht rankomme.«

»Worum geht's?«

»Ich muss etwas über den Mieter einer Wohnung in der Widenmayerstraße rauskriegen. Die Einzelheiten sind etwas kompliziert. Ich weiß, dass sich der Hausbesitzer bei seinem Sohn in Frankfurt aufhält.«

»Wie heißt der Hausbesitzer?«

»Kommerzienrat Pflüger.«

»Und sein Sohn heißt Thomas und ist in Frankfurt bei der Deutschen Bank. Den kenn ich. Wir haben zusammen promoviert.«

»Dacht ich mir's doch. Wen kennst du nicht?«

»Also, was willst du wissen?«

»Alles über den Mieter des Kommerzienrats. Diskret natürlich. Und vor allem, was mit der Wohnung des Sohnes im Dachgeschoss ist, die angeblich leersteht.«

»Und was weißt *du* über den Mieter?«

»Es ist ein Oberleutnant a. D. Ferdinand von Rottenmüller, der gemeinsam mit seiner Gattin ständig große Einladungen gibt, obwohl mir nicht klar ist, von welchem Geld.«

»Tja, das fragen sich viele, wovon Oberleutnants a. D. heutzutage leben.« Sepp lachte wieder. »Manche betreiben Wettbüros, andere werden Vertreter für Haarwuchsmittel.«

»Die bewohnen aber meistens keine ganze Etage in einem klassizistischen Prachtbau.«

»Der Fall fängt an, mich zu interessieren. Du kennst ja meine Vorliebe fürs Militär. Ich ruf dich zurück.«

Reitmeyer legte auf und sah auf den kleinen Blumenstrauß vor sich auf dem Tisch. Den würde er heute Abend seiner Tante mitbringen, die würde sich freuen. Oder sollte er ihn Caroline schenken, dachte er im Hinausgehen, und sich entschuldigen, dass er sich nicht gemeldet hatte? Aber was dann? Ihr sagen, dass er nicht spielen konnte, aber auch nicht erklären wollte, warum?

Die Sache bohrte und nagte an ihm, und je öfter er die Entscheidung aufschob, desto häufiger dachte er daran. Es war wie eine kleine offene Stelle im Mund, die nicht heilte, weil man ständig mit der Zunge daran herumrieb. Und in gewissem Sinne, dachte er, war sein ganzes Verhältnis zu Caroline eine schmerzende Stelle geworden. Seit er denken konnte, war er in sie verliebt. Und genauso lange erfand er ständig neue Gründe, warum eine Beziehung mit ihr nicht möglich war. Früher war es sein abgebrochenes Studium gewesen, heute waren es seine Panikattacken und die Angst, zum Versager abgestempelt zu werden.

12

Er stand an einer Säule im Vorraum des Kolosseum und beobachtete die Frauen, die einzeln und in kleinen Gruppen zur Empore hinaufstiegen. Er sah fast kindlich junge in dürftigen Mäntelchen, und andere in Pelzen und teurem Tuch, deren Gesichter aber von so tiefen Furchen gezeichnet waren, dass sie von keiner Schminke mehr kaschiert werden konnten. Unter den modisch Gekleideten in kurzen Röcken entdeckte er auch zwei grimmige Matronen in strengen Kostümen, die durch hohe Stiefel aus grünem Leder auffielen. Irritiert blickte er den beiden nach. Derlei Damen hatten vor dem Krieg hier nicht verkehrt, damals galt das Varieté noch als ein Treffpunkt für Familien.

Die Vorstellung hatte längst begonnen. Man hörte an- und abschwellende Trommelwirbel, die einen Jongleurkünstler begleiteten, das »Ah« der Zuschauer und begeistertes Klatschen. Aber wegen der Darbietungen würden diese Besucherinnen nicht kommen, hatte Rattler im Vorgespräch zu der »verdeckten Ermittlung« erklärt. Die meisten machten hier nur Station auf ihrer Tour durch die Nacht, bevor es ins Monachia, in die Bonbonnière oder in den Pavillon Gruß ging, je nachdem, zu welcher Preisklasse sie gehörten. Das habe er bereits »recherchiert«.

Überhaupt hatte Rattler sich sorgfältig vorbereitet auf die Unternehmung. In erster Linie natürlich, was seine Tarnung anging. Reitmeyer war ziemlich verblüfft gewesen, als er den Polizeischüler wie verabredet im Bierstüberl des Etablissements traf. Der Junge wirkte wie ein Knabe vom Land, für einen sonntäglichen Kirchgang hergerichtet. Das Haar mit nassem Kamm zurückgestriegelt, dazu eine Art Kommunionsanzug, aus dem er längst herausgewachsen war. Genau das sei die Absicht, erklärte er. Er gebe einen entfernten Verwandten der Ortlieb, einen Lehrling aus der Nähe von Rosenheim, weil die Ortlieb nämlich von dort stammte. Sie habe ihn immer unterstützt, würde er sagen, und jetzt nach ihrem tragischen Tod, möchte er Kontakt zu ihren ehemaligen Freundinnen aufnehmen, um wenigstens eine schöne Leichenfeier zu organisieren. »Ich muss den Frauen leid tun, verstehen S', Herr Kommissär, dann haben die keine Scheu und reden frei von der Leber weg.«

Reitmeyer registrierte, wie viele Leute sich nach Rattler umdrehten. Eigentlich wollte er die Sache schon abblasen, der Junge sah einfach grotesk aus. Rattler jedoch bot all seine Überredungskünste auf: Ein Kriminaler müsse zu unorthodoxen Mitteln greifen, wenn er was rauskriegen wolle, erklärte er. Zudem habe er seine Rolle absolut im Griff, und wenn er auffalle, mache das überhaupt nichts. Reitmeyer gab sich schließlich geschlagen. Bevor der vermeintliche Lehrling abzog, schärfte er ihm allerdings nochmals ein, nicht allzu dick aufzutragen, und vor allem, sofort zu reagieren, wenn er ein Zeichen zum Abmarsch gebe. Das sei ein Befehl.

Reitmeyer schlenderte noch einmal durch den Vorraum zu dem Plakat, auf dem die heutigen Attraktionen angekündigt wurden. Der »komische Stirnjongleur« lief gerade, danach würde ein Tanzstar aus Wien folgen, und dann *Die zwei Resl'n*, eine Bauernposse. Bevor die Theateraufführung begann, sollte Rattler mit seiner Befragung fertig sein, weil die Besucher dann still sein müssten.

Langsam stieg Reitmeyer die Treppe zur Empore hinauf und warf einen Blick nach unten in den Zuschauerraum. Zwei Männer gingen an den Tischreihen entlang. Er erkannte sie nicht genau, aber es konnten sehr gut zwei Beamte der Sittenabteilung sein, die seit jeher alle Vergnügungslokale überwachten. Daran hatte er nicht gedacht, als er sich auf die Sache eingelassen hatte. Besser, er pfiff Rattler sofort zurück. Denn wenn herauskäme, dass er einen verkleideten Polizeischüler zu Ermittlungen losschickte, könnte das sehr unangenehm werden. Angestrengt sah er sich um. Es dauerte eine Weile, bis er in dem Dämmerlicht seinen Schüler ausgemacht hatte. Er saß ganz vorn an einem Tisch mit vier recht aufgetakelten Frauen. Die Filmzeitung, die er mitgenommen hatte, lag aufgeschlagen vor ihm, und er redete wild gestikulierend auf seine Tischgenossinnen ein. Die machten jedoch überhaupt nicht den Eindruck, als ließen sie sich von einem trauernden Lehrling rühren. Oder als täte er ihnen gar leid. Sie wirkten aufgebracht und keiften wütend auf ihn ein, die Federn ihres Kopfschmucks bebten zornig. Als Rattler auf das Foto in seiner Zeitschrift tippte, wurde das Blatt von zweien schroff weggestoßen. Der Junge schien schon Mühe zu haben, sich überhaupt Gehör zu verschaffen. Als schließlich eine der Frauen so abrupt aufstand, dass ihr Stuhl umstürzte, marschierte ein Kellner zu dem Tisch hinüber und sagte laut, wenn nicht sofort Ruhe einkehre, schmeiße er alle miteinander hochkant raus.

Reitmeyer hob die Hand und winkte Rattler nachdrücklich zu sich. Rattler reagierte nicht. Eine der Frauen griff nach der Zeitschrift und riss sie mitten entzwei, woraufhin Rattler aufsprang und versuchte, ihr das Blatt zu entwinden. Dabei fiel ein volles Bierglas um. Die Frauen kreischten und riefen nach dem Kellner, der mit ein paar Schritten erneut am Tisch war. Reitmeyer hob die Arme und bedeutete, dass sie dringend verschwinden sollten. Rattler jedoch ging darauf nicht ein. Er riss gerade noch die zerfetzte Zeitschrift an sich, bevor der Kellner ihn am Kragen packte und so grob zur Treppe zerrte, dass der Polizeischüler fast das Gleichgewicht verlor. Was der Mann zu ihm sagte, ging in dem einsetzenden Trommelwirbel unter.

Reitmeyer rannte die Treppe hinunter. Rattler war schon zum Eingang hinaus und schnappte ächzend nach Luft, als er ihn im Hof erreichte.

»Was war denn das?«, rief Reitmeyer.

Rattler stützte die Hände auf die Knie und rang nach Luft. »Das ... das hab ich ja nicht wissen können«, stieß er röchelnd hervor.

»Was?«

»Dass die so unbeliebt waren, die Ortlieb und die Zaumgiebl. Jedenfalls bei diesen Frauen.« Er richtete sich auf, und Reitmeyer wartete, bis er verschnauft hatte. »Die sind gleich wie die Furien auf mich los, wie ich das mit der Leichenfeier gesagt hab. Noch einmal Geld rausschmeißen, haben die geschrien, das wär ja noch schöner. Für wie blöd ich sie denn halten würde. Immer wieder hätten sie der Ortlieb ausgeholfen, und den Zaster könnten sie jetzt in den Wind schreiben.«

»Komm, wir gehen raus auf die Straße, bevor die Kerle von der Sitte noch was mitkriegen«, drängte Reitmeyer.

»Und die Ortlieb und die Zaumgiebl, diese ›Mistviecher‹, die hätten sowieso immer geglaubt, sie wär'n was Besseres. Eine von den Frauen wollt sich sogar an mir schadlos halten, weil die Ortlieb oder die Zaumgiebl noch Kleider von ihr hätten. Da sollt' ich mich darum kümmern, dass sie die wiederkriegen.«

»Tja, ganz so pfiffig war deine Idee mit dem Rosenheimer Lehrling wohl doch nicht. Ein ziemlicher Reinfall das Ganze.«

»Nicht ganz«, erwiderte Rattler, als sie auf der Kolosseumstraße standen. »Eine Sache hab ich trotzdem erfahren.« Rattler sah seinen Kommissär mit triumphierendem Ausdruck an. »Die Cilly Ortlieb ist öfter mit dem Mann gesehen worden, den der Herr Steiger auf dem Foto hier drin erkannt hat.« Er wedelte mit den Fetzen seiner Filmzeitschrift herum. »Und es scheint, dass es zwischen den beiden Probleme gegeben hat.«

»Was für Probleme?«

»Offensichtlich war die Cilly Ortlieb nicht so verliebt in ihn wie er in sie. Und sie hat sich beklagt, dass er sie nicht in Ruhe gelassen hat.«

»Wie hast du das aus den Megären rausgekriegt?«

»Eine von den vieren war eigentlich ganz nett. Wenn ich bloß mit der ...«

Reitmeyer winkte ab. »Aber der Steiger kann sich nicht an den Namen von dem Mann erinnern.«

»Das dürfte ja keine Kunst sein, das rauszukriegen. Dann geh ich eben in die EMELKA und frag nach.«

»Du gehst in nächster Zeit gar nirgends hin«, sagte Reitmeyer. »Außer auf dem schnellsten Weg nach Haus.«

Reitmeyer sah auf die Uhr. Erst kurz vor neun. Noch einmal heimzugehen, bevor er in der Widenmayerstraße die Ankunft von Rottenmüllers Gästen beobachten wollte, lohnte nicht mehr. Er würde in irgendeiner Wirtschaft etwas trinken und überlegen, wie er weitermachen sollte. Er ging zu seinem Rad und schob es Richtung Innenstadt. Wenn er auf die gefrorenen Pfützen trat, brach die dünne Eisschicht knirschend, und er war froh, dass durch die abgelaufenen Sohlen kein Wasser in seine Schuhe drang. Er zog die Mütze in die Stirn, klappte den Mantelkragen hoch und schlang den warmen Wollschal fest um den Hals.

Wenn der Hinweis stimmte, dass Cilly Ortlieb zu diesem Mann auf dem Foto eine Beziehung gehabt hatte, konnte er versuchen, hier anzusetzen. Ärgerlich war nur, dass er die Namen dieser Zeuginnen nicht kannte, was hieß, dass er ein weiteres Mal ins Kolosseum gehen musste. Wobei es wahrscheinlich nicht ungewöhnlich war, dass Frauen wie die Cilly Ortlieb Probleme mit Verehrern hatten. Vor allem, wenn auf ihrer Seite weniger die Liebe als materielle Absichten im Vordergrund standen.

Kurz vor dem Isartor blieb er stehen, weil aus dem Seitenausgang eines Kinos laute Musik nach draußen drang. Er hörte eine Weile zu. Der Pianist war wirklich gut. Er spielte schmissig, fand elegante Übergänge und schien, soweit man aus dem Jubel des Publikums schließen konnte, das Treiben auf der Leinwand perfekt zu untermalen.

Reitmeyer stellte sein Rad ab und trat in den Kassenraum. Die Kartenverkäuferin sagte, dass der Film schon über eine halbe Stunde laufe und er nur noch einen »Rasiersitz« haben könne, weil *Die Austernprinzessin* wie immer ausverkauft sei. Reitmeyer entschied, sich trotzdem ein Billet zu kaufen.

Die Platzanweiserin nahm ihre Taschenlampe und führte ihn zum Randplatz der ersten Reihe. Ihm machte das nichts aus, weil er von dort den besten Blick auf den Klavierspieler hatte. Im Saal herrschte bereits ausgelassene Stimmung, die Leute lachten, klatschten und wippten mit den Füßen zum Rhythmus der Musik. Die Zwischentitel verkündeten, man habe aufgrund der kurzen Vorbereitungszeit nur eine sehr bescheidene Hochzeitsfeier im Haus des Austernkönigs ausrichten können. Großes Gelächter, als man dann auf ein Bankett von riesenhaften Dimensionen blickte. Hinter jedem Gast stand ein eigener Diener, der, sobald ein Gang serviert war, dem nächsten Bediensteten Platz machte, und so weiter – ein eingeübtes Ballett, das vom Pianisten treffsicher punktiert und mit rasantem Tastenlauf begleitet wurde. Das Publikum johlte und klatschte vor Vergnügen. Und als sich auf der Leinwand die Gäste erhoben und samt Personal und allen Küchenkräften von einer, wie es auf dem Zwischentitel hieß, »Foxtrott-Epidemie« ergriffen wurden, fühlten sich einige Zuschauer im Saal dermaßen animiert, dass sie nichts mehr auf ihren Sitzen hielt. Sie sprangen auf und hopsten im Seitengang und auf dem schmalen Streifen vor der Bühne zu den heißen Tastenklängen herum. Das »Tanzfieber« der Nachkriegszeit, das der Film satirisch aufgriff, war noch nicht abgeklungen, wie es schien.

Im nächsten Akt kehrte wieder etwas Ruhe ein. Die aufgesprungenen Tänzer nahmen Platz, der Pianist, erschöpft von seinem exzessiven Spiel, ging zu melodischeren Weisen über, und Reitmeyer verfolgte amüsiert den Fortgang des Geschehens – einer absurden und höchst turbulenten Verwechslungskomödie, die die Neureichen aufs Korn nahm. Das Ganze war völlig überzeichnet, aber sehr lustig. Reitmeyer ließ sich forttragen vom quirligen Geschehen und der Musik, und als das Licht anging, hatte er für etwas mehr als eine Stunde sein Kommissärdasein vollkommen vergessen. Zum ersten Mal verstand er, warum so viele in die Kinos rannten.

Er sah zu dem Klavierspieler hinüber, der sich das verschwitzte Gesicht abwischte. Er trat ein paar Schritte auf ihn zu und stockte kurz. Er kannte diesen Mann. Es war der Pianist, der seinen Freund Lukas so oft begleitet hatte, Karl Leonhard, Mitglied im Kaim-Orchester und vor dem Krieg auch als gefeierter Solo-Künstler bekannt. »Mann, Karl«, sagte Reitmeyer lachend, »dass ich dich in einem Kino wiedersehe, hätt' ich nicht gedacht.«

Karl legte rasch das Tuch beiseite und schüttelte ihm, ebenfalls lachend, die Hand. »Ja, ja, die Zeiten ändern sich. Mit Beethoven und Debussy allein lässt sich die Miete nicht mehr finanzieren.« Er steckte schnell die Notenblätter in seine Tasche. »Die Gage hier ist auch nicht übermäßig, aber es läppert sich. Und ehrlich gesagt, wenn's immer Filme wären wie der heut Abend, würde ich mich nicht beklagen. Leider gibt's wenig Regisseure wie diesen Lubitsch.«

»Da hast du recht. Ich hab mich wirklich ganz großartig amüsiert. Trotzdem war das nicht zuletzt auch dein Verdienst.«

Karl nahm seine Tasche und machte sich auf den Weg nach draußen. »Ich muss gleich weiter, ich hab noch einen Auftritt in der Bonbonnière. Da spiel ich Jazz. Komm doch mit. Dann hörst du mal ganz was Neues.«

Reitmeyer hatte zwar schon von dieser neuen Musik gehört – ein Bekannter, der in englischer Gefangenschaft gewesen war, hatte ihm davon erzählt –, aber wie sie klang, wusste er nicht. »Das würde ich gern«, sagte er, »aber ich hab noch einen Termin. Beruflich.«

Karl blieb stehen. »Dann sehen wir uns sicher bei der Gedenkfeier für Lukas. Du kommst doch auch hin?«

»Ja, sicher.« Reitmeyer zögerte einen Moment. »Die Caroline will, dass ich auch was beitrage. Der Lukas und ich haben ja zusammen Geigenunterricht gehabt, also soll ich was spielen, meint sie. Aber der Lukas ist ein großer Geigenvirtuose geworden, und ich ... ich komm ja kaum zum Üben bei meiner Arbeit.«

»Ach«, sagte Karl und klopfte ihm auf die Schulter. »Das ist doch kein Problem, dann spielen wir halt irgendein Stück zusammen, da findet sich schon was.« Er griff in die Tasche und gab ihm seine Karte. »Ruf mich doch an, dann reden wir darüber.«

Vielleicht ist das die Lösung, dachte Reitmeyer auf dem Weg zur Widenmeyerstraße. Er würde etwas ganz Einfaches spielen, Karl müsste dazu improvisieren, ihm gleichsam einen sicheren Teppich ausbreiten, auf dem er sich bewegen konnte. So hatte es vor Jahren mit Lukas auch geklappt. Trotz allen Lampenfiebers könnte er das hinkriegen, wenn sie es einmal probten. Und außerdem, dachte er, hätten ohnehin alle nur Aug und Ohr für den bekannten Pianisten. Den »geigenden Kommissär«, wie einer seiner Vorgesetzten ihn früher einmal genannt hatte, würde man vermutlich gar nicht beachten.

Er ging durch die Allee entlang der Isar und hatte das Gefühl, ein schwerer Stein sei von ihm abgefallen. Gleich morgen würde er Caroline anrufen und ihr für die Gedenkveranstaltung zusagen.

Gegenüber von Rottenmüllers Residenz blieb er im Schatten der halb kahlen Bäume stehen. Wer drüben aus den ankommenden Taxen stieg, war in dem trüben Licht der Laternen nur schwer zu erkennen, bloß dass es bislang lauter Herrn waren, die schnell durch das schwere Portal verschwanden. Ihnen folgte eine kleine Gruppe, die von der Tivoli-Brücke her zu Fuß kam, darunter auch zwei Frauen. Dann ein großer, eleganter Wagen, aus dem ein Herr stieg. Rasch ging er auf den Eingang zu.

»Herr Doktor Kern«, rief ihm sein Fahrer hinterher und hielt einen Mantel hoch. Der Mann drehte sich um, winkte ab und trat ins Haus. Der Fahrer warf den Mantel auf den Rücksitz, stieg wieder ein und fuhr ein Stückchen weiter, bevor er den Motor abstellte. Reitmeyer sah, wie ein Streichholz aufflammte. Offensichtlich richtete sich der Mann auf eine Wartezeit ein.

Reitmeyer beobachtete die Abfahrt von drei weiteren Taxen, dann ging er langsam in Richtung des geparkten Wagens, um sich die Nummer zu notieren. Als sich ein neues Auto näherte, trat er schnell in den Schatten der Alleebäume zurück.

Es hielt an, die Scheinwerfer verlöschten. Doch niemand stieg aus.

13

Sie öffnete die Augen. Es herrschte tiefe Dämmerung im Raum, nur eine kleine Lampe auf einer Wandkonsole brannte. Die dunklen Möbel verschmolzen mit den Schatten, sie nahm nur glänzende, gewundene Verzierungen aus hellem Messing wahr, die an den Kanten in verschränkten Schleifen endeten. Sie starrte auf den Vorhang, der sich wie atmend in dem Lufthauch wölbte, der durch das angelehnte Fenster kam. Wie lange hatte sie geschlafen? Und wie war sie überhaupt hierhergekommen? In dieses Bett mit Seidenwäsche. In dieses Hemd aus feinem Leinen, das nach Lavendel duftete? Die dicke Watteschicht in ihrem Kopf ließ nichts als schemenhafte Bilder an die Oberfläche dringen. Zwei Männer, die sie in ein Auto trugen, eine sehr ausladende Gestalt in einer weiß gestärkten Schürze, die ihr befahl, zu schlucken, was man ihr in den Mund gab.

Es klopfte. Gerti erschrak. Ein junges Mädchen schlüpfte durch die Tür und stellte etwas auf der Konsole ab. »Ah, jetzt sind Sie wach. Ich hab's vor einer Stunde schon mal probiert.«

Gerti versuchte mühsam, sich aufzurichten.

»Nein, nein«, sagte das Mädchen, lief schnell zum Bett und schaltete die Nachttischlampe an. »Bleiben Sie nur liegen. Sie sind wahrscheinlich noch benommen, weil in dem Hustensaft ein bisschen Opium war. Aber wir haben Sie nicht aus den Augen gelassen.«

Gerti sah das Mädchen unsicher an. »Wer ist ›wir‹?«, fragte sie und strich sich eine feuchte Strähne aus der Stirn. »Verstehen Sie, mir fehlen irgendwie …«

»Ach so, Sie wissen nicht mehr, wie Sie hergekommen sind? Das wundert mich nicht. Sie waren sehr schlecht beinander nach dem Kreislaufkollaps. Das Fräulein Dr. von Dohmberg hat Sie hergebracht, weil Sie vor der Kanzlei vom Dr. Leitner zusammengebrochen sind. Das Fräulein Doktor ist eine sehr gute Freundin vom Herrn Anwalt, und sie hat gemeint, dass Sie in ihrem Haus besser aufgehoben sind als bei einem Junggesellen, wo niemand für Sie sorgen kann.«

»Ist ... ist der Sepp auch da?«

»Nein, der Dr. Leitner hat Sie mit hergebracht, und heute Nachmittag hat er noch mal nach Ihnen gesehen, aber da haben Sie noch geschlafen. Die Frau Mathilde – das ist die Haushälterin hier – hat Ihnen vielleicht ein bisschen zu viel von dem Saft gegeben. Aber Sie haben so arg gehustet.«

Gerti sah auf das Tischchen neben ihrem Bett. Dort stand ein kleiner Strauß aus gelben Rosen, daneben eine Kanne Tee und Zwieback. »Darf ich mir da was nehmen?«

»Sie haben Hunger? Sehr gut! Ich hab ein Schälchen Hühnersuppe für Sie. Sie müssen unbedingt was essen. Befehl vom Fräulein Doktor.« Das Mädchen ging zu der Konsole, holte die Schale und stellte sie neben Gerti ab. »Können Sie allein essen, oder soll ich Sie füttern? Und übrigens, ich heiße Liesl, und bin hier Hausmädchen.«

Gerti setzte sich auf, Liesl stopfte ihr ein Kissen in den Rücken und breitete eine Serviette vor ihr aus. »Geht's so?«

Gerti nickte und nahm den Löffel aus Liesls Hand. Das Schlucken tat ein bisschen weh, aber die Suppe war wohl das Köstlichste, was sie seit Langem vorgesetzt bekommen hatte. Sie schmeckte nicht nur wunderbar, mit jedem Bissen kehrten auch ihre Lebensgeister wieder zurück, und die Watteschicht löste sich auf; ihre Erinnerung kam in Gang. Bilder der schrecklichen Pension tauchten auf, der Dachboden, die Matratzen voller Ungeziefer, die Angst. »Ist meine Tasche hier?«

»Ja, sicher. Die liegt dort drüben auf dem Stuhl.«

Gerti aß weiter. Ihr Blick fiel auf den Morgenmantel, der über dem Bettende ausgebreitet lag. Den hatte sie angehabt, als sie nach nebenan ins Bad gegangen war. Zu dem Zeitpunkt war es noch hell gewesen. Und als sie über das Geländer nach unten geblickt hatte, sah sie dort eine junge Frau mit dunklem Haar, die mit einem älteren Herrn redete. »Du fragst mich ja sonst auch nichts, Caroline«, sagte er abweisend. »Ich hab ja ohnehin nichts mehr zu sagen in meinem Haus.« Dann schaute er nach oben und sah sie in dem cremefarbenen Kaschmirmantel am Geländer stehen. Sein Blick war alles andere als wohlwollend gewesen.

»In wessen Zimmer bin ich hier?«, fragte Gerti.

»Im Schlafzimmer von Frau von Dohmberg. Aber die wohnt seit Jahren nicht mehr hier. Sie ist noch vor dem Krieg nach England. Da stammt sie her, wissen Sie? Sie ist eine Adlige, die Tochter von einem Baronet. Deswegen ham wir früher immer ›Baroness‹ gesagt.«

»In *ihrem* Schlafzimmer?«, fragte Gerti besorgt. »Ist das dem Hausherrn recht?«

»Ach, ›Hausherr‹«, sagte Liesl und winkte ab. »Von den Gästezimmern war keins hergerichtet, also ham wir Sie hier einquartiert, weil die Mathilde das Zimmer von der Baroness immer in Schuss hält – falls sie einmal ganz überraschend kommt, soll alles schön sein. Die Frau Mathilde, verstehen Sie, verehrt die Baroness sehr.«

»Und wer ist Caroline?«

»Das Fräulein Doktor.«

»Und die ist mit dem Dr. Leitner befreundet?«

»Schon seit ihrer Kindheit. Der Sepp ist praktisch hier im Haus mit aufgewachsen, weil er der Neffe von der Mathilde ist. Die hat ihm sein Studium bezahlt, verstehen Sie. Und ganz eng befreundet war er mit dem Lukas, das war der Bruder von der Caroline. Aber der ist 1916 gefallen. Das war ein schöner Mann, das sag ich Ihnen.« Ein schwärmerischer Ausdruck trat auf ihr rundliches Gesicht, und als sie breit lächelte, bildeten sich auf ihren Wangen zwei tiefe Grübchen. »Und nett war der.« Sie beugte sich nach vorn, bevor sie flüsternd fortfuhr. »Ich bin vom Land, aus Niederbayern, verstehen S', und ich hab oft Angst gehabt hier, wie ich ganz neu war. Vor allem vor der Rätin – der Mutter vom alten Dohmberg, Carolines Großmutter. Der hat man nie was recht machen können.«

Gerti war nicht entgangen, dass Liesl zunehmend Titel und Anredeformen wegließ und mit ihr redete, als würden sie sich seit Jahren kennen. Die Zuneigung und das Vertrauen, die Sepp hier im Haus anscheinend genoss, schien auch auf seine Freunde abzufärben.

»Aber der Lukas hat zu mir gesagt«, fuhr Liesl im Flüsterton fort, »wenn dich die alte dünkelhafte Scharteke noch einmal einen Bauerntrampel nennt, werd' ich sie wieder mal erinnern, wo ihre scheinbar so vornehme Familie herstammt.«

Gerti lachte ein bisschen. »Dass heißt, das ›von‹ im Namen ist noch nicht alt?«

Die Sommersprossen in Liesls Gesicht begannen zu tanzen, als sie die Nase kraus zog. »Bloß Briefadel, hat mir der Lukas erklärt. Den hat schon ein Gerichtsschreiber kriegen können letztes Jahrhundert, sagt der Sepp.«

»Ob der Sepp da nicht übertreibt?«

Liesl zuckte die Achseln. »Ich weiß nicht. Aber Spaß macht der gern. Das mögen auch nicht alle.«

»Aha.«

»Der Franz zum Beispiel. Das ist der jüngere Bruder von der Caroline.«

»Ist der auch Arzt oder Anwalt?«

Liesl schüttelte den Kopf. »Der ist Offizier. Jetzt bei der Reichswehr. Ein Militär hat keinen Humor, sagt der Sepp. Oder einen solchen, den wir nicht lustig finden.«

»Und wohnt der Franz auch im Haus?«

»Ja, im obersten Stock.«

Gerti gab Liesl die leere Schale zurück. »Danke, das hat mich wieder aufgerichtet. Die Suppe war wirklich köstlich.«

Liesl strahlte übers ganze Gesicht. »Die Mathilde ist eine Eins-a-Köchin. Die könnte auch bei Fürstens kochen, sagt der Sepp.«

Liesl zog die Kissen hinter Gertis Rücken heraus, und Gerti ließ sich wieder zurücksinken. »Es ist doch sicher schon sehr spät«, sagte sie. »Und Sie müssen morgen bestimmt früh raus. Ich meine, mir geht's jetzt wieder gut, Sie müssen heute nicht mehr nach mir sehen.«

»Aber wenn irgendwas ist«, sagte Liesl und stand auf, »dann gibt's hier einen Klingelzug.« Sie deutete auf eine Schnur, die neben dem Kopfteil des Bettes hing. »Damit können Sie mich jederzeit rufen.«

Gerti blickte auf die Schnur. »Das werde ich ganz bestimmt nicht tun.«

Liesl verließ das Zimmer, nicht ohne ihr vorher nochmals einzuschärfen, sich unbedingt zu melden, wenn sie etwas brauche. Sie müsse es versprechen, denn sonst würde sie, das Hausmädchen, ernsthafte Schwierigkeiten kriegen mit dem Fräulein Doktor, vor allem jedoch mit der Mathilde.

Ein Klingelzug, dachte Gerti, als Liesl draußen war. Um Personal zu rufen. Die letzten Tage wäre sie schon um einen Schlafplatz froh gewesen. Sie ließ den Blick über die erlesenen Empire-Möbel schweifen und sah zu der Frisierkommode hinüber, wo Silberbürsten und zierliche Kristallflakons blitzten. An einer Wand hingen Gemälde, Bilder von ausnehmend hübschen Kindern. Gerti atmete einmal tief durch. Hier war sie sicher. Die Dohmbergs zählten zur gehobenen Gesellschaft, der Sohn des Hauses war bei der Reichswehr. Ein Offizier. Vor einem solchen Haus würde keiner wagen, ihr aufzulauern.

Gerti schenkte sich Tee ein. Es war Kamillensud mit echtem Honig, den sie in kleinen Schlucken trank. Dann sah sie eine Weile an die Decke und lauschte dem leisen Gurgeln in den Heizungsrohren. In diesem Haus schien alles ganz reibungslos zu funktionieren. Hier lebte man, als hätte es keinen Krieg und keine Revolution gegeben. Hier aß man Hühnersuppe, hier war es warm, und wenn man etwas wollte, klingelte man nach Personal.

Doch für wie lange hätte sie Aufenthaltsrecht im Paradies? Wann folgte die Vertreibung?

Sie setzte sich auf. Wenn sie noch eine Weile hier bleiben könnte, hätte sie vielleicht tatsächlich eine Chance, ihre verschwundene Schwester zu finden. Bislang war sie ja hauptsächlich damit beschäftigt gewesen, eine Bleibe für sich aufzutun und überhaupt zu überleben in der fremden Stadt. Wenn sie jedoch hier wohnen und essen könnte, könnte sie sich wirklich auf ihre Suche konzentrieren.

Sie stellte die Tasse ab, drehte die Nachttischlampe aus und zog die Decke bis zum Kinn. Sie könnte sich anstrengen, dachte sie, sich zielgerichtet um die Gunst ihrer Gastgeber bemühen. Strategisch vorgehen. Die Ausgangslage schien nicht schlecht zu sein. Den alten Dohmberg bräuchte sie nicht zu überzeugen, der hatte offensichtlich nichts zu sagen. Die Haushälterin war ihr gewogen, weil sie die Freundin ihres Neffen war. Und Caroline wollte ihrem alten Freund Sepp einen Gefallen tun. Wenn sie noch diesen Offizier bezirzen könnte, wäre ihr ein längerer Aufenthalt in München gesichert.

14

Ein kalter Windstoß fegte über den Promenadeplatz, riss das letzte Laub von den Bäumen und ließ es vor ihm durch die Rinnsteine wirbeln. Reitmeyer hielt seinen Hut fest und lief mit gesenktem Kopf über die Straße zum Eingang des Nobelhotels. Der Portier verzog keine Miene, als er die Tür aufhielt und guten Morgen wünschte, auch wenn im *Bayerischen Hof* die Gäste gewöhnlich im Wagen vorfuhren und nicht angerannt kamen.

Reitmeyer sah sich in der Halle um. Vor der Rezeption stand eine Schlange abreisender Gäste, Herren in Mänteln, denen man den englischen Schneider ansah, Damen in elegant geschnittenen Kostümen mit Pelzen über dem Arm, für deren Erwerb zwei seiner Jahresgehälter nicht ausgereicht hätten. Er ging weiter und ließ den Blick über die Landschaft aus schweren Fauteuils und dunklen Ledersofas schweifen, die matt im Licht der Stehlampen glänzten. Als er Sepp nirgends entdeckte, nahm er in der Nähe von zwei Frauen Platz, die mit ihren Perlenketten spielten und guckten, als hätten sie die Welt noch nie um acht Uhr früh gesehen.

Die Fahrstühle spien größere Gruppen von Gästen aus. Hoteldiener rollten Wagen mit hoch aufgetürmtem Gepäck zum Ausgang. Eine Kinderfrau in blauweiß gestreifter Tracht führte drei kleine Jungen zu ihrer Mutter. Sie hauchte jedem ihrer Sprösslinge jeweils einen Kuss auf die Wange, lehnte sich dann wie erschöpft zurück und verscheuchte sie wieder mit einer Geste. Die Knirpse protestierten, doch sehr verhalten, als hätten sie schon gelernt, dass man im Grand Hotel nur sehr dezent unartig sein durfte.

Gerade als Reitmeyer aufstehen und zur Rezeption gehen wollte, um sich zu erkundigen, ob Sepp eine Nachricht hinterlassen hatte, kam der eilig aus einer der Telefonkabinen gerannt. »Entschuldige, Sebastian«, rief er. »Ich hab noch schnell in meiner Kanzlei anrufen müssen. Aber jetzt hab ich eine halbe Stunde Zeit, bis mein Mandant kommt. Deshalb hab ich gedacht, wir treffen uns hier. Ich wollte meine Neuigkeiten nicht unbedingt am Telefon ausplaudern.«

Reitmeyer lachte. »Meinst du, ich werde bereits abgehört?«

Sepp zuckte die Achseln. »Man kann nie wissen, wer sich in die Leitungen einklinkt.« Er deutete auf eine freie Sitzgruppe etwas abseits von den übrigen Gästen. »Hier sind wir jedenfalls ungestört, und von deinem Präsidium war's ja auch nur ein Katzensprung.«

»Und ich hab mich schon gefreut, dass du mich in den legendären Speisesaal einlädst«, sagte Reitmeyer grinsend. »Jetzt ist es doch nur die Lobby.«

»Du kriegst auch kein Bad wie Ludwig I., der immer herkam, weil's in der Residenz kein Badezimmer gab.« Er winkte einem der vorbeigehenden Kellner und bestellte Kaffee und Butterhörnchen. Als Reitmeyer ihn etwas zweifelnd ansah, klopfte sich Sepp aufs Jackett, an die Stelle, wo die Brieftasche steckte.

»Also, was hast du rausgefunden?«, fragte Reitmeyer.

»Es war eigentlich ganz leicht. Ich hab dem Thomas Pflüger gesagt, eine Mandantschaft von mir interessiert sich für das Haus in der Widenmeyerstraße. Ob das zum Verkauf steht, nachdem sein Vater aus München weg ist. Daraufhin hat er mir ziemlich ungeschminkt sein ganzes Familienelend geschildert.« Sepp zündete sich eine Zigarette an. »Ich muss dir nicht extra einschärfen, dass diese Dinge unter uns bleiben?«

»Das ist doch klar.«

»Das Verhältnis zwischen dem alten Pflüger und seinem Sohn ist schon seit langem zerrüttet. Aus den Andeutungen von Thomas habe ich entnommen, dass der Grund dafür wohl gewisse Neigungen sind, die der Kommerzienrat für heilbar hält, wenn sein Sohn heiraten würde.«

»Und das hat er dir einfach so erzählt?«

»Na ja, schon ziemlich verklausuliert, aber er weiß, dass er mir in der Hinsicht vertrauen kann, und schließlich ist mir die Sache schon während unseres Studiums nicht ganz verborgen geblieben.«

Der Kellner brachte den Kaffee, und Reitmeyer griff hungrig nach einem der Butterhörnchen, bevor er den ersten Schluck trank.

Sepp rührte Sahne in seine Tasse. »Der alte Kommerzienrat ist inzwischen ziemlich hinfällig und lebt in einem Sanatorium in der Nähe von Frankfurt. Trotzdem übergibt er seine geschäftlichen Angelegenheiten nicht seinem Sohn, sondern lässt sie von einem Anwalt führen, der sich angeblich nicht wirklich kümmert. Weil Thomas aber die ewigen Streitigkeiten satt hat, will er in dieser Hinsicht keinerlei Schritte mehr unternehmen. Seinetwegen könne der Kasten in der Widenmeyerstraße zusammenbrechen, ihm sei das egal. Er sei ohnehin immer nur unglücklich in dem Bau gewesen.«

»Und seine Wohnung im obersten Stock?«

»Aus der habe er nur ein paar Stücke mitgenommen, ansonsten sei sie voll möbliert und unbewohnt.«

»Und was weiß er über den Oberleutnant in der Wohnung seines Vaters?«

»Der Kommerzienrat und Rottenmüller senior sind befreundet. Als der dem alten Pfüger sein Leid wegen seines Sohnes geklagt hat, wollte er helfen und hat angeboten, dass Rottenmüller junior vorübergehend in seine Wohnung ziehen könne.«

»Was für ein Leid?«

Sepp lachte. »Das Übliche. Kein Geld. Nachdem ihn die Reichswehr nicht übernommen hat, versucht er sich auf anderen Gebieten. Weil er früher bei der BUFA war …«

Reitmeyer sah ihn fragend an.

»Das Bild- und Filmamt, von Ludendorff gegründet. Wenn wir so tolle Propagandafilme hätten wie die Engländer, meinte der General, würden wir den Krieg haushoch gewinnen. Leider ist ihm das erst 1917 eingefallen.«

»Und was hat der Oberleutnant dann gemacht?«

»Er ist mit dem Geld seines Vaters in die zivile Filmwirtschaft eingestiegen und hat alles verloren, als irgendeine Produktionsfirma pleiteging. Näheres weiß der Thomas auch nicht, nur dass er danach in eine Münchner Werbefirma einsteigen wollte. Dafür brauchte er eine Wohnung hier.«

»Und womit bezahlt er die Nobeletage?«

»Die hat ihm der Kommerzienrat praktisch umsonst überlassen, vorübergehend.«

»Aber in der Wohnung von Thomas Pflüger scheint auch jemand zu wohnen. Ich hab Dienstmädchen herauskommen gesehen.«

»Tja, dazu kann ich nichts sagen.«

»Verstehst du, ich hab den Rottenmüllers einen Besuch abgestattet. Der Oberleutnant war mitten am Tag zu Hause und machte nicht den Eindruck, als würde er irgendwo arbeiten. Mir ist immer noch nicht klar, mit welchem Geld er ständig so große Einladungen geben kann, dass sogar Aushilfspersonal beschäftigt werden muss.«

»Vielleicht ist das sein Einkommen? Vielleicht unterhält er einen Spielclub oder so was in der Richtung. Davon liest man doch ständig.«

»Die finden aber meistens in irgendwelchen Hinterzimmern statt, doch nicht in der Widenmeyerstraße. Das würden die anderen Hausbewohner doch mitkriegen.«

»Das hab ich ganz vergessen«, unterbrach ihn Sepp. »Das ganze Haus steht praktisch leer im Moment. Die Wohnungen sind natürlich vermietet, aber die Mieter halten sich alle anderswo auf. Das hat Thomas erwähnt, als es um die Verwaltung des Anwesens ging. Eine Generalswitwe ist bei ihrer Tochter auf dem Land, ein Professor hat einen Ruf in eine andere Stadt bekommen, und was mit den anderen war, weiß ich nicht mehr. Obwohl es nicht so viele sind, weil es ja immer eine ganze Etage ist.«

»Dann kann der Oberleutnant mit seinen vielen Gästen also im Grunde machen, was er will, ohne auf Mitbewohner Rücksicht zu nehmen.« Reitmeyer überlegte einen Moment. »Vielleicht gibt es in der Wohnung des Kommerzienrats einen Schlüssel für die Wohnung seines Sohns, und er benutzt die auch.«

»Wofür denn?« Sepp legte die Hand auf Reitmeyers Arm. »Ich will dich nicht ausfragen, ich weiß ja, dass du mir keine Einzelheiten über deine Ermittlungen sagen darfst. Aber eine Andeutung?«

»Ich weiß nicht wofür. Für Feste, wo viele Herrn eingeladen sind. Jedenfalls hab ich gestern Abend praktisch nur Männer zu einer dieser Einladungen gehen sehen. Aber was meinen Fall angeht, sind auch Frauen im Spiel. So viel kann ich sagen, dass wir zwei Mordfälle an jungen Frauen untersuchen, die dort als Aushilfen gearbeitet haben.« Reitmeyer lehnte sich zurück und aß den Rest des Butterhörnchens.

»Viele Herrn und junge Frauen?«, fragte Sepp und zog eine Augenbraue hoch. »Tja, ich könnte mich ja noch etwas umhören. Aber ganz grundsätzlich gilt, dass man in solchen Situationen nicht fehlgeht, wenn man den Bodensatz etwas aufrührt, Bewegung in die Sache bringt. Ein kleiner Hinweis in einem Artikel, eine kleine Anspielung in einem Beitrag über ... sagen wir, ›die Kultur der Geselligkeit in der Stadt‹, ein Vergleich zwischen dem heutigen München und dem ehemals ›leuchtenden‹? Vielleicht tut sich dann was.«

»Du meinst wie früher, als deine Zeitung die herrlichen Hotels der Stadt gepriesen hat, in deren Bädern sich die Herrn auf antikische Weise entspannen konnten?«

»Etwas in der Art«, sagte Sepp grinsend. »Ganz unschuldig natürlich. Keine Feststellungen, nur Fragen. Keine Namen, keine Adressen. Wir wollen ja keine Schwierigkeiten kriegen.« Sepp trank seinen Kaffee aus. »Und du solltest auch vorsichtig sein. Ich höre neuerdings, dass Staatsanwälte versetzt werden, wenn sie sich allzu intensiv mit der Verfolgung bestimmter Angelegenheiten beschäftigen.«

Reitmeyer sah ihn fragend an.

»Das hab ich munkeln hören«, erwiderte Sepp. »Kauf dir auf jeden Fall übermorgen die *Arbeiterpost*. Du erinnerst dich doch noch, was unser Freund Lukas damals zu seinem Vater gesagt hat, die hohe Auflage der Linkspresse verdanke sich überwiegend der Tatsache, dass sie von allen Ministerien abonniert würde? Irgendwoher müssten die Herrn ja erfahren, was in der Welt wirklich los ist. Und wenn ich's mir recht überlege, verkehren bei dem Herrn Oberleutnant ganz sicher keine Proleten und Kleinhäusler.«

Reitmeyer eilte in sein Büro zurück. Bevor er weggegangen war, hatte er Rattler beauftragt, im Melderegister den Mädchennamen von Frau von Rottenmüller rauszufinden und den Halter des Fahrzeugs festzustellen, dessen Nummer er sich notiert hatte. Wer in dem anderen Wagen gesessen hatte, einem schwarzen Horch, hatte er nicht erkennen können. Im Scheinwerferlicht eines vorbeifahrenden Autos hatte er nur jemanden gesehen, der einen auffällig schwarz-gelb karierten Schal trug. Die Nummer hatte er nicht aufschreiben können, ohne dass man ihn gesehen hätte.

Die Auskünfte, die Rattler einholen sollte, lagen bereits auf seinem Schreibtisch.

Der Wagen gehörte der Landesleitung der Einwohnerwehr, die ihren Sitz im ehemaligen Ringhof-Hotel am Sendlingertorplatz hatte. Und Frau von Rottenmüller hatte früher Susanne König geheißen.

»Wo ist der Steiger?«, fragte Reitmeyer.

»Der ist schnell in die Sitte rüber.«

»Was will er da?«

»Ich weiß nicht.« Rattler blieb etwas unschlüssig vor Reitmeyers Schreibtisch stehen. »Sie sagen doch dem Herrn Steiger nichts? Ich meine, nicht so genau …«

»Was deinen Auftritt gestern Abend angeht? Das überlasse ich ganz dir, wie du das Desaster darstellen willst. Trotzdem rate ich dir, dich möglichst an die Wahrheit zu halten.« Reitmeyer griff sich das Telefonbuch und suchte nach einem

Dr. Kern. Er fand zwei Ärzte dieses Namens und einen Justizrat. Dann suchte er die Nummer der Landesleitung der Einwohnerwehr heraus und ließ sich verbinden. »Ist der Justizrat Dr. Kern heute im Haus?«, fragte er, nachdem er seinen Namen genuschelt hatte. Der Herr Justizrat sei erst am Nachmittag zu erreichen, erklärte die Sekretärin. Reitmeyer legte auf.

»Es stehen doch irgendwo Telefonbücher von anderen Städten bei uns?«, sagte er zu Rattler. »Ich bräuchte eines von Berlin. Aber von vor dem Krieg. Buchstabe K.«

»Ich glaub, da stehen welche in der Bibliothek. Ich seh gleich nach.«

Kaum hatte Rattler die Tür hinter sich zugemacht, kam Steiger herein. »Du wirst's nicht glauben«, sagte er. »Ich hab's mir gerade von einem Kollegen in der Sitte bestätigen lassen. Die hatten früher ja öfter mit dem zu tun?«

»Mit wem?«

»Mit dem Assessor Dr. Löber. Das ist der Mann auf dem Foto von diesem Filmball. Wo mir der Name nicht mehr eingefallen ist. Aber heut Nacht hab ich mich erinnert, dass der bei uns in der Zensurabteilung war. Und dann hab ich drüben nachgefragt.«

»Der heißt Löber?« Reitmeyer fiel der Brief ein, der zwischen den Zeitschriften gesteckt hatte. »Und wo ist der jetzt?«

»Aufgestiegen. Ins Handelsministerium. Da ist er der Verbindungsmann zwischen dem Ministerium und dem Verband der bayerischen Filmwirtschaft. Aus dem Grund war er vermutlich zu der Veranstaltung eingeladen.«

»Wo er die Ortlieb und die Zaumgiebl kennengelernt hat, falls die ihm nicht schon früher vorgestellt wurden.«

»Wie kommst du darauf?«

»Der Rattler hat gestern Abend rausgekriegt, dass zumindest die Cilly Ortlieb öfter mit dem Mann auf diesem Foto gesehen worden ist. Und angeblich hat es Schwierigkeiten gegeben zwischen den beiden, weil sein Interesse an ihr größer gewesen sein soll als umgekehrt.«

»Das hat der Rattler rausgekriegt?«

»Die Einzelheiten wird er dir sicher selbst erzählen.«

»Und was jetzt?«, fragte Steiger.

»Tja, ich werde mir diesen Dr. Löber mal ansehen. Außerdem muss ich mir über diesen Oberleutnant Rottenmüller in der Widenmeyerstraße größere Klarheit verschaffen. Die Rottenmüllers haben zugegeben, dass Cilly Ortlieb als Aushilfskraft bei ihnen eingesetzt war. Wahrscheinlich auch Marie Zaumgiebl. Ich weiß allerdings immer noch nicht, mit welchem Geld dieser Ex-Militär die opulenten Einladungen finanziert, an denen so hohe Herrn teilnehmen wie der Justitiar von der Einwohnerwehr.«

Steiger setzte sich und blickte eine Weile an die Decke. »Der Oberleutnant hat kein Einkommen? Ist seine Gattin reich?«

»Nicht dass ich wüsste.«

»Also neulich hab ich von einem Fall gehört«, sagte Steiger, »da hat ein Ex-Offizier ständig Geburtstagsfeiern abgehalten. Das hat zu Verdächtigungen Anlass gegeben. Aber immer wenn die Polizei hinkam, waren Geburtstagstische gedeckt. Irgendwann wurde das Ganze als illegaler Spielclub enttarnt. Man hat sogar einen geheimen Bordellbetrieb vermutet.«

»Ja, ja, so was in der Art ist mir auch schon durch den Kopf gegangen.«

Steiger setzte sich plötzlich auf. »Aber bevor du was unternimmst, musst du dich unbedingt von oben absichern. Der Justitiar von der Einwohnerwehr. Unser Präsident würde da sicher erwarten, dass der gewarnt wird, bevor eine Razzia stattfindet. Stell dir vor, der wird festgenommen. Da möchte ich nicht in deiner Haut stecken.«

»So weit sind wir noch nicht. Jetzt erst mal kein Wort nach draußen. Ich weiß, dass das heikel werden könnte.«

»Sei bloß vorsichtig, Mann. Schließlich geht's um zwei Mordfälle. Wenn da vielleicht noch was anderes im Gang war, eine Erpressung etwa ...«

»Auf die Idee bin ich auch schon gekommen. Aber da kommt mir noch was ganz anderes in den Sinn. Dieser Löber könnte ja auch bei diesen Festen in der Widenmeyerstraße gewesen sein. Auf jeden Fall muss ich jetzt erst mal rauskriegen, wer in dieser Nobeletage überhaupt verkehrt. Und ich versprech dir, ich pass auf. Wie sagt unser Rattler immer? ›Verdeckte Ermittlung.‹«

Reitmeyer lachte, wovon Steiger sich jedoch nicht anstecken ließ. »Ich sag's dir noch mal. Mach bloß keinen Fehler. Das könnt' uns alle betreffen. Ich hab schließlich Frau und Kinder.«

Die Tür flog auf. Rattler kam angerannt und legte ein dickes Telefonbuch auf den Tisch seines Kommissärs. »Das ist von 1913«, stieß er keuchend hervor.

»Hab ich gesagt, dass du hetzten sollst? Denk doch an deine Lunge. Mit Giftgasschäden ist nicht zu spaßen, das dauert Jahre, bis das ausheilt.«

Rattler nickte und warf einen verstohlenen Blick zu Steiger hinüber. Er wirkte erleichtert, als der nichts von ihm wollte und ihn nicht auf den gestrigen Abend ansprach. »Ich geh in die Registratur«, sagte er schnell.

Reitmeyer grinste in sich hinein. Der Junge wollte freiwillig Buße tun für seine Überheblichkeiten. Hauptsache, sein Kommissär stellte ihn nicht bloß, was seinen peinlichen Reinfall im Kolosseum anbelangte.

»Ja, ist gut«, sagte Reitmeyer und schlug das Telefonbuch auf. Der Name König füllte mehrere Spalten. Eine Susanne König fand er nicht, aber einen größeren Eintrag: *Tanzschule König. Beste Ausbildung für Bühne und Varieté. Anfänger und Fortgeschrittene.* Offensichtlich war es ein größeres Unternehmen, weil mehrere Standorte angegeben waren.

Er könnte dort anrufen und rausfinden, ob es die Tanzschule überhaupt noch gab. Dass allerdings Frau von Rottenmüller, geborene König, etwas damit zu tun hatte, wäre schon ein seltener Zufall gewesen. Ein altes Bild, das sie in Tanzpose zeigte, hieß keineswegs, dass sie einmal Tänzerin gewesen war. Trotzdem, einen Versuch wäre es wert.

Doch er rief nicht an. Ihm kam eine andere Idee.

Das Messingschild der Musik-, Tanz- und Konzertagentur Hugo Neubauer hing noch an seinem alten Platz, aber ein Pappschild an der Durchfahrt besagte, dass sich die Räumlichkeiten nicht mehr im Vorderhaus an der Thierschstraße befanden, sondern im Hinterhof.

Dass die Agentur nicht mehr gut lief, hatte Reitmeyer sich schon gedacht, als er den ehemals bekannten Impresario letzten Winter in einem Lokal getroffen hatte. Er hatte Grog getrunken, ohne Wasser, wie es schien, sein Anzug war fleckig gewesen, und bereits um sieben Uhr abends hatte er nicht mehr sicher auf den Beinen gestanden. Die Umwälzungen durch Krieg und Revolution hätten seinem Geschäft schwer geschadet, hatte er geklagt. Und vielleicht sei das Ganze überhaupt nicht mehr seine Welt. Tänzerinnen, die früher höchstens barfuß aufgetreten seien, zeigten sich heute bar jeglichen Kostüms, und was die Musik anbelange, so seien ihm diese neuen Stilrichtungen, die aus England und Amerika herüberschwappten, zutiefst zuwider.

Dass Neubauers Agentur aber praktisch ins Bodenlose abgestürzt war, hatte er nicht erwartet. Selbst in dem feuchten Hinterhof befand sie sich nicht an prominenter Stelle, Reitmeyer passierte einen Laden für gebrauchte Trauerkleidung, eine Flickschneiderei und ein Institut für Warzenentfernung, bis er sie endlich in einer ehemaligen Büglerei entdeckte. Er klopfte an die Tür mit dem Glasfenster. Als niemand antwortete, trat er ein.

Er stand in einem länglichen Raum, dessen Wände zu beiden Seiten mit Schränken zugestellt waren. Durch Scheiben sah man auf Berge alter Aktendeckel, aus denen vergilbte Papiere quollen. Neben einem pompösen Mahagoni-Schreibtisch – offensichtlich ein Relikt aus besseren Tagen – befand sich eine weitere, ebenfalls halb verglaste Tür. Sie war nur angelehnt. Ein Klappern und ein penetranter Geruch nach geschmorten Zwiebeln drangen hindurch. Es war Mittagszeit.

»Herr Neubauer«, rief er und ging zögernd nach hinten.

Eine dickliche junge Frau trat heraus, sah ihn erschrocken an und zog die Tür hinter sich zu. Durch ihre fettigen Haare schimmerte die Kopfhaut hindurch, ein auffälliger Flaum überschattete ihre Oberlippe.

»Ich störe Sie doch hoffentlich nicht beim Essen«, sagte Reitmeyer. »Ich hätte nur gern kurz den Herrn Neubauer gesprochen. Ich bräuchte eine Auskunft.«

Sie wischte sich die Hände an der Schürze ab. »Mein Vater, der hat sich gerade hingelegt«, sagte sie unsicher und deutete auf den Raum hinter sich.

»Tut mir leid, dass ich einfach so reingeplatzt bin. Wann würde es denn besser passen?«

»Ich … ich weiß nicht.« Sie musterte ihn mit ihren dunklen hervorquellenden Augen. »Um was geht's denn?«

»Ich bin ein alter Bekannter von Herrn Neubauer. Reitmeyer, mein Name. Er hat früher meinen Freund Lukas von Dohmberg vertreten, den Geiger.«

Ein Anflug von Lächeln strich über ihr Gesicht. »Einen Moment«, sagte sie und schlüpfte durch die Tür. Reitmeyer hörte Murmeln und Rascheln und setzte sich auf einen Hocker. Es schien zu dauern, bis sich der Impresario erhoben und in Form gebracht hatte. Durch das Fenster in der Eingangstür fiel nur wenig Licht, und das Pendel der alten Standuhr in ihrem Nußbaumkasten schwang so langsam hin und her, als wollte es die Zeit aufhalten. Reitmeyer überkam lähmende Müdigkeit.

Als plötzlich die Tür so heftig aufgerissen wurde, dass die

Scheibe klirrte, schreckte er hoch. »Reitmeyer, mein Freund«, rief Neubauer und stolperte auf ihn zu. Die Tochter hielt ihn von hinten an den Hosenträgern fest, damit er nicht auf den Besucher stürzte. Mit ein paar geschickten Bewegungen schaffte sie es, ihn zu seinem Bürostuhl zu bugsieren, auf den er sich ächzend fallen ließ. »Was führt Sie zu mir, mein Lieber? Womit kann ich helfen?« Er gab seiner Tochter ein Zeichen, sie ging hinaus und kam mit einer Flasche und zwei Gläsern zurück. »Ich darf Ihnen doch eine kleine Erfrischung anbieten? Freut mich wirklich sehr, dass Sie mich aufsuchen!«

Der großspurige Tonfall stand in krassem Gegensatz zu seiner Kleidung. Er trug kein Jackett, nur ein zerknittertes Hemd, das nachlässig in die Hose gestopft war.

»Herr Neubauer, das ist sehr freundlich von Ihnen, aber ich bin im Dienst, verstehen Sie? Und ich bräuchte auch nur eine Auskunft von Ihnen.«

Neubauer goss trotzdem zwei Gläser Schnaps ein und drängte seinen Gast, eines zu leeren. »Auf die alten Zeiten«, rief er mit Stentorstimme, kippte das Glas und goss sich nach. »Sie kennen natürlich noch meine alten Räume«, dröhnte Neubauer und wischte eine graue Strähne aus dem verquollenen Gesicht. »Hier ist es nicht mehr so weitläufig«, er schlürfte an dem randvollen Glas, »aber ich habe ja auch keine Mitarbeiter mehr.«

Reitmeyer versuchte, sein Anliegen vorzubringen, bevor der Impresario ins Delirium sank. »Ich bin nur schnell vorbeigekommen, um …«

»Wussten Sie überhaupt«, unterbrach ihn Neubauer, auf dessen Gesicht rötliche Flecken auftauchten, »dass ich schrecklich betrogen worden bin?«

»Ach, Vater«, warf die Tochter ein. »Das interessiert doch den Herrn Reitmeyer nicht.«

Er beachtete sie nicht. »Und das von einem Menschen, dem ich vertraut habe. Was heißt vertraut? Dem ich alles beigebracht habe, was man in meinem Metier wissen muss. Schändlich hintergangen hat er mich, gemeinsam mit dieser Hetäre. Ausgeraubt haben sie mich, mir meine Kunden gestohlen. Und dann hat er sich »selbständig« gemacht, verstehen Sie? Dieser Nichtskönner, der keinen Vertrag aufsetzen konnte, bevor ich ihm nicht …« Er holte stöhnend Luft.

»Vater«, versuchte die Tochter es wieder.

»Herr Neubauer«, sagte Reitmeyer ruhig. »Ich wollte eigentlich nur eine Auskunft. Ob Sie eine Tanzschule in Berlin kennen.«

»Ja, in *Berlin* hat er seine Agentur aufgezogen. Da sind heute glänzende Geschäfte zu machen, nachdem man mir alle Künstler abspenstig gemacht hat.«

»Eine Tanzschule König, Herr Neubauer. Kennen Sie diese Tanzschule?«

»Kennen?!«, schrie er, bevor er heiser auflachte. »Mit meinem alten Freund König haben sie's doch genauso gemacht. Der ist auch pleite.« Er goss sich erneut ein Glas ein, das er auf einen Schluck hinunterstürzte. »Eine Schlange hat er an seinem Busen genährt, sage ich Ihnen, die hat ihm den letzten Tropfen Blut ausgesaugt.« Er rang nach Luft. »Eine Schlange!«

Reitmeyer horchte auf. »Hatte der Tanzlehrer König eine Tochter?«

Neubauer schlug auf den Tisch. »Aber eines Tages kriegen sie ihre gerechte Strafe. Die Feuer der Hölle prasseln schon.«

»War sie denn Tänzerin?«

Die junge Frau bedeutete Reitmeyer, das Thema nicht zu vertiefen.

Trotzdem wollte er nicht aufgeben, nachdem er so nahe dran war. »Hieß sie Susanne König?«

»Tänzerin?«, keuchte Neubauer und sah aus, als wollte er ausspucken. »Tänzerinnen gibt's nicht mehr. Bloß Huren. Die benutzen die Männer, und wenn sie sie ausgesaugt haben, wenn sie keinen Pfennig mehr aus ihnen rauspressen können, kommt der Nächste an die Reihe.« Neubauer lachte auf, dann lehnte er sich zurück und rang röchelnd nach Luft.

Seine Tochter stürzte zu ihm hin. »Helfen Sie mir«, sagte sie zu Reitmeyer. »Wir müssen ihn nach nebenan in sein Bett bringen. Allein schaff ich das nicht!«

Mit vereinten Kräften zerrten sie Neubauer hoch und schleiften ihn nach nebenan. Es war ein kleiner Raum. Außer einem Herd, einem Tisch und zwei Stühlen befand sich dort auch das Bett des Hausherrn.

»Stopfen Sie Kissen hinter seinen Rücken«, sagte die Tochter, während sie ihren Vater festhielt, »wenn er zu flach liegt, erstickt er. Er hat's auf dem Herzen!«

Nachdem der Impresario gelagert war, blieb Reitmeyer vor dem Bett stehen. »Es tut mir leid«, sagte er. »Ich wusste ja nicht ...«

»Ist schon gut«, sagte die Tochter. »Aber Sie gehen jetzt besser.«

Reitmeyer nickte und ging hinaus. Vor dem Schreibtisch blieb er noch einen Moment stehen. Jetzt hatte er wieder nichts. Langsam bewegte er sich Richtung Ausgang.

»Warten Sie«, rief die Tochter plötzlich von hinten. Reitmeyer sah, wie sie eine Schreibtischschublade aufzog und etwas herausnahm.

»Nehmen Sie das«, sagte sie und drückte ihm eine auf Pappe gezogene Fotografie in die Hand. Sie tippte mit dem Finger auf die verschnörkelte Schrift: »Suzy del Rey.«

Das Foto zeigte eine Frau, die sich hinter zwei großen Fächern aus Pfauenfedern verbarg. Darunter schien sie nichts anzuhaben. »Von wann ist das?«

Neubauers Tochter zuckte die Achseln. »Von vor dem Krieg, denke ich. Nehmen Sie es mit. Und kommen Sie nicht mehr her. Es könnte der Tod meines Vaters sein, wenn er sich noch mal so aufregt.«

15

Gerti blickte auf die Uhr in der Diele, dann lief sie wieder zum Fenster und sah in den Hof hinab. Seit mindestens einer Viertelstunde wartete sie, dass die Haushälterin die Küchentreppe heraufkommen und endlich das Haus verlassen würde. Irgendwelche Verwandte von ihr seien in der Stadt, hatte Liesl gesagt, mit ihnen wollte sie in den Oberpollinger gehen, um einen bekannten Volkssänger zu hören. Sie sah wieder auf die Uhr. Gleich halb acht. Wenn Mathilde nicht in den nächsten Minuten abzog, würde sie selbst zu spät kommen. Und sie hatte versprochen, absolut pünktlich zu sein.

Sie starrte auf das Hoflicht hinab. Grotesk eigentlich, letzte Nacht hatte sie noch angestrengt überlegt, wie sie die Hausbesitzer für sich einnehmen könnte, damit sie bleiben und die Villa der Dohmbergs als Ausgangspunkt ihrer Suche nutzen konnte, und heute ließ man sie nicht mehr weg – was nicht an den Hausbesitzern lag, sondern an der Haushälterin, die beschlossen hatte, sie wieder »auf die Beine zu bringen«. Unablässig verfolgte sie Gerti mit herrschsüchtiger Fürsorge, traktierte sie mit Wärmflaschen und Schals, stopfte ständig Essen in sie hinein und wiegte bedenklich den Kopf, wenn ihre »Patientin« irgendein Gebräu nicht schlucken wollte. Wahrscheinlich hätte sie ihr am liebsten auf alle Zeit verboten, überhaupt das Bett zu verlassen. Alle Versicherungen, dass sie sich wesentlich besser, eigentlich vollkommen gesund fühle, blieben unbeachtet. Mathilde ließ das Opfer ihrer grimmigen Hege nicht aus den Klauen. Vor diesem Hintergrund war es natürlich undenkbar, ihr zu erklären, dass sie ausgehen wollte.

Caroline, die zu wissen schien, in welch herbes Unterdrückungsregime die scheinbar mütterlich-liebevolle Pflege Mathildes ausarten konnte, war ihr heute Morgen zu Hilfe gekommen und hatte ihr ausdrücklich erlaubt aufzustehen. Sie war mit ihr in die Küche gegangen und hatte, trotz Mathildes Einwand, die bereits Kamillentee zubereitet hatte, Kaffee mit ihr getrunken. Sepp habe ihr bereits von der Doktorarbeit berichtet, meinte sie, und wenn ihre eigene Arbeit es in nächster Zeit zulasse, müsse Gerti ihr unbedingt mehr darüber erzählen. Aber Caroline musste bald in ihr Krankenhaus, und Gerti war wieder ihrem Pflege-Cerberus ausgeliefert. Erst als Mathilde am Vormittag kurz einkaufen war, schaffte sie es zu telefonieren. Sie erkundigte sich bei Rottenmüllers, ob man in nächster Zeit eine Aushilfe brauchte. Und tatsächlich suchten sie jemanden, der heute Abend bei einem kleinen Konzert bediente. Von Liesl, die inzwischen ihre Komplizin geworden war, da sie vollkommen verstand, dass man als Studentin keine gut bezahlte Arbeit ausschlagen konnte, hatte sie sich eine Serviermädchentracht geliehen. Und Liesl hatte sie auch mit einem Schlüssel zum Hintereingang versorgt, damit sie nachts unbemerkt wieder ins Haus schlüpfen konnte.

Gerti sah erneut auf die Uhr. Schon zwanzig vor acht. Wie sollte sie es bis acht Uhr in die Widenmeyerstraße schaffen. Verzweifelt starrte sie auf die Küchentreppe hinab. Plötzlich ein Knarren. Die Tür ging auf. Mathildes Gestalt in wogenden Röcken bewegte sich die Stufen hinauf.

»Jetzt sind alle weg«, rief Liesl aus der Diele. »Ich hab meinen Freund, den Schorsch, angerufen. Der fährt dich mit seinem Taxi. Mach schnell, der wartet vorn an der Königinstraße.«

In der Widenmeyerstraße rannte sie die Treppe hinauf, schlüpfte durch die offenstehende Tür an ein paar ankommenden Gästen vorbei und lief in den Seitengang zum Küchentrakt. »Jetzt wird's aber Zeit«, rief die Köchin, die auf einem Silbertablett Häppchen anrichtete.

Gerti lief in die Spülküche. Fanny, eine der Aushilfen, die sie von dem Abend mit den »lebenden Bildern« kannte, stand vor einem kleinen Spiegel und puderte sich die Nase. »Ich war auch spät dran«, sagte sie. »Beinah wär ich von meiner Arbeit nicht rechtzeitig weggekommen.«

»Und ich muss mich noch umziehen«, erwiderte Gerti und öffnete die Tasche, die Liesl für sie gepackt hatte. Rasch streifte sie Rock und Bluse ab und schlüpfte in das schwarze Dienstmädchengewand.

»Als griechische Statue hast du aber besser ausgesehen«, sagte Fanny und lachte.

Gerti war nicht nur schlanker als Liesl, sie war vor allem um einiges kleiner. Nervös versuchte sie, die überflüssige Stoffmenge mit der weißen Schürze zu bändigen. Fanny half ihr dabei und zurrte die Schürzenbänder um Gertis Taille fest, was allerdings nur in der Breite half, nicht in der Länge.

»Ach, es wird schon irgendwie gehen«, sagte Gerti, obwohl ihr Zweifel kamen beim Vergleich mit der Kollegin, die in dem kurzen Kleid mit zartem Schürzchen an eine der Figuren in den Vitrinen des Salons erinnerte. »Ich meine, zum Servieren wird's ja reichen.«

Ihrer Miene nach zu urteilen, schien Fanny das anders zu sehen.

Als sie gemeinsam wieder in die Küche traten, reichte die Köchin ihnen zwei Platten. »Das bietet ihr im großen Salon an. Und seht noch mal nach, ob genügend Servietten bereitliegen.«

Im Salon standen die Gäste in kleinen Gruppen herum, saßen an Tischchen oder umlagerten den Flügel, wo ein Pianist lockere Weisen klimperte, während er sich mit zwei jungen Damen unterhielt. Hinter dem Flügel schoben zwei Herrn ihre stark geschminkten Partnerinnen übers Parkett. Nach einem »Konzert« sah die Veranstaltung nicht aus.

Die Rottenmüllers standen ebenfalls am Flügel, er trug einen schwarzen Smoking und seine Frau ein grünes Paillettenkleid, das an den schillernden Panzer eines Insekts erinnerte. Als Frau von Rottenmüller sich umwandte und Gerti sah, kam sie mit schnellen Schritten auf sie zugeschwirrt. Die Federn ihres Kopfschmucks bebten, der grüne Panzer schien zu rasseln. »Wie siehst du denn aus?«, zischte sie. »Wie ein Bauerntrampel in einer Bahnhofsgaststätte. Geh sofort wieder in die Küche!«

Gerti wich ein wenig zurück und versuchte, ihr Tablett abzustellen.

Im selben Moment löste sich ein älterer Herr aus einer Gruppe und kam lächelnd auf sie zu. »Ah, unsere Minerva, wenn ich mich nicht irre«, sagte er zu Frau von Rottenmüller auf Gerti deutend. »In einer neuen Rolle? Ganz reizend, wirklich.« Die Gläser seiner Brille blitzten auf, und er tätschelte Gertis Arm. »Das weckt Erinnerungen. So haben die Serviermädchen in meiner Jugend ausgesehen.«

Frau von Rottenmüller sortierte ihre Miene. »Ach wirklich, Dr. Kern?«, presste sie heraus, bevor sie sich umdrehte, zu ihrem Mann zurückstöckelte und heftig auf ihn einredete.

»Nun, dann servieren Sie uns, mein Fräulein«, sagte Kern. Er fasste Gerti am Ellenbogen und führte sie zu der Gruppe seiner Bekannten. »Hat jemand Appetit auf ein Häppchen?«

Gerti versuchte, Kerns Hand abzuschütteln. Die Männer grinsten, als sie sich von ihrem Tablett bedienten. »Entzückend, nicht«, sagte Kern und fasste sie um die Taille.

Sie entwand sich und ging rasch zu einer Runde an einem kleinen Tisch. »Darf ich Ihnen etwas anbieten?«, fragte sie.

»Aber immer«, antwortete ein Glatzkopf und kniff sie in die Wange, als sie sich hinunterbeugte.

Sie fuhr zurück und sah sich um. Erst jetzt bemerkte sie, dass der Salon fast ausschließlich von männlichen Gästen bevölkert war, und zwar in allen Altersstufen – während die wenigen Frauen nur einer Altersstufe angehörten: jung.

Als sie das letzte Mal hier gewesen war, hatte sie nicht auf die Zusammensetzung der Gäste geachtet. Besser gesagt, sie hatte von den Anwesenden nicht viel gesehen. Man hatte ihr und Fanny Perücken aufgesetzt, sie in Kostüme gesteckt und sie darin Posen antiker Figuren einnehmen lassen, möglichst getreu der Abbildung, die man ihnen zeigte. Dann wurden sie in den abgedunkelten Salon geführt, wo Scheinwerfer auf die »Statuen« gerichtet waren. Nach einer halben Stunde war ihr Auftritt vorbei. Sie hatte noch ein bisschen beim Aufräumen in der Küche geholfen, dann war sie wieder heimgegangen. Es war leicht verdientes Geld gewesen. Und sie erinnerte sich, wie dankbar sie Cilly damals gewesen war, weil sie für sie einspringen durfte.

»Hallo«, rief der Glatzkopf und deutete auf ihr Tablett.

Sie stellte das Tablett mit einem Ruck auf seinen Tisch, drehte sich um und ging zur Tür. Ihr war befohlen worden, in die Küche zu gehen, und dem Befehl kam sie gern nach. Dort wäre sie zumindest vor den dreisten Übergriffen dieser Männer sicher.

Die Köchin schien um ihre Hilfe froh zu sein. Sie musste Gänseleber auf Weißbrot streichen, Gläser polieren und hohe Kelche mit Champagner füllen, die von den anderen Mädchen in den Salon gebracht wurden.

»Schon blöd«, sagte Fanny, als sie nach einer Weile Getränke abholte, »dass du zum Küchendienst verdonnert worden bist.«

»Macht nichts«, erwiderte Gerti. »Das ist mir lieber, als mich selbst als Häppchen anbieten zu müssen.«

Fanny schüttelte den Kopf. »Aber du bist doch für die Cilly eingesprungen. Ich hab gedacht …«

»Dass ich außer meiner Arbeitskraft …?«

Die Köchin blickte auf. Fanny senkte die Stimme. »Das kannst du machen, wie du willst, es kann dich schließlich keiner zwingen.«

Eine der Aushilfen trat in die Küche und hielt eine Flasche Cognac hoch. »Wer ist die Gerti?«, fragte sie.

Gerti hob die Hand.

»Die Flasche sollst du in der Bibliothek servieren.«

»In der Bibliothek steht bereits eine Karaffe, und Gläser auch«, sagte die Köchin. »Außerdem ist die Gerti für die Küche eingeteilt.«

»Aber sie soll den Cognac in die Bibliothek bringen. Das ist eine Anweisung von der gnädigen Frau.« Das Mädchen stellte die Flasche ab und ging hinaus.

Gerti sah Fanny an. »Ich geh auf keinen Fall dorthin. Ich kann mir schon vorstellen, wer da sitzt. Bevor mich dieser Kern noch einmal angrapscht, hau ich lieber gleich ab.«

»Aber dann kriegst du doch kein Geld«, sagte Fanny. »Das machen wir ganz anders. Ich nehm dich mit nach oben. Du kannst mir helfen, Getränke und Platten raufzuschaffen. Da bist du sicher vor dem alten Bock.«

»Kann ich denn einfach mit dir hoch?«

»Ja sicher, wenn ich dich brauche. Nimm deine Tasche mit. Du kannst dich oben umziehen, bevor du gehst.«

Sie stiegen zum Dachgeschoss hinauf. Fanny schleppte einen Korb mit Flaschen, Gerti trug Platten mit Häppchen.

»Wer wohnt hier?«, fragte Gerti.

Fanny zuckte die Achseln. »Niemand.«

Sie traten in ein weitläufiges Entrée mit mehreren Türen, links zweigte ein Gang mit weiteren Türen ab. Aus dieser Richtung drang etwas quäkende Musik. Ein Grammophon. Wagner. Gerti blieb stehen und sah Fanny fragend an.

»Das ist ein Gast. Der spielt immer so was. Manchmal auch Marschmusik.«

Gerti sah durch eine offen stehende Tür in ein Wohnzimmer. Die Einrichtung war ganz anders als in der unteren Wohnung. Moderner, sachlicher. Nur wenige, eher strenge Möbel, helle Teppiche, einfarbige, helle Vorhänge. Fanny deutete auf eine andere Tür, die in die Küche führte. Auch sie war eher karg möbliert und machte einen unbenutzten Eindruck.

»Pass auf«, sagte Fanny und stellte die Flaschen in einen Eisschrank. »Du bleibst am besten hier drin und läufst nirgendwo herum. Ich seh mal nach, ob hinten was gebraucht wird.«

Gerti stellte ihre Platten ab und setzte sich.

»Du könntest Kaffee machen«, schlug Fanny vor, bevor sie hinausging. »Steht alles im Buffet. Dann machen wir es uns gemütlich und essen ein paar Häppchen.«

Gerti stellte gerade den Wasserkessel auf, als Fanny schon wieder zurückkam. »Die wollen nicht gestört werden«, sagte sie und verdrehte die Augen. »Mir soll's recht sein.« Sie stellte Tassen auf den Tisch.

»Wer sind ›die‹?«

»Mein Gott«, erwiderte Fanny ungehalten. »Was soll die Fragerei? Bist du Herz-Jesu-Schwester im Institut der unbefleckten Jungfrau? Du kannst dir doch wohl denken, was hier abläuft!«

»Ein Bordellbetrieb?«

Fanny lachte. »Die Rottenmüllers nennen's ›oben‹.«

»Gehört die Wohnung ihnen?«

»Muss ja.« Fanny holte Zigaretten aus einer Schublade und zündete eine an.

Gerti brühte Kaffee auf und stellte die Kanne auf den Tisch. »Und wenn die Rottenmüller raufkommt und sieht, dass ich mir hier einen faulen Lenz mache?«

»Die kommt nicht rauf. Wir sind ja da.« Fanny lehnte sich zurück und inhalierte tief. »Komm, schenk ein. Sahne steht im Eisschrank.«

Man hörte Türenschlagen. Und jetzt erklang tatsächlich Marschmusik.

»Ich glaub, der Kerl ist oder war ein höheres Tier beim Militär«, sagte Fanny. »Zumindest hab ich einmal aufgeschnappt, dass er im Frühjahr in Berlin dabei gewesen ist. Bei diesem Putsch.«

»Bei einem Freikorps?«

»Keine Ahnung.«

Gerti rührte Zucker in ihren Kaffee. Wieder schlug eine Tür zu. Die Musik wurde leiser. »Arbeitest du schon lange für die Rottenmüllers?«, fragte sie.

»Seit etwa einem Jahr. Jemand hat mich empfohlen. Aber in letzter Zeit«, ihr Gesicht verschwand hinter einer Rauchwolke, »aber in letzter Zeit nicht mehr so oft. Zumindest ›oben‹ nicht. Ich bin nicht mehr jung genug, verstehst du.«

»Du bist doch höchstens Mitte zwanzig.«

»Siebenundzwanzig«, sagte Fanny. »Die Gäste hier ham's aber lieber jünger. Viel jünger.«

Gerti legte nervös ihren Löffel ab. »Viel jünger? Du meinst doch nicht etwa Minderjährige?«

Fanny zuckte die Achseln.

»Aber ... das ist gefährlich, Fanny. Du kommst in Teufels Küche, wenn du bei Unzucht mit Minderjährigen Vorschub leistest. Und überhaupt ...«

»Ach wirklich?«, fuhr Fanny auf. »Und von was leben meine minderjährigen Geschwister? Mein Vater hat bloß seine Invalidenrente. Und die ist nicht so üppig. Dafür schreit er die halbe Nacht, weil ihm sein Bein wehtut, das nicht mehr da ist. Meine Mutter geht putzen in einer Schule. Einmal die Woche! Meinst du, das reicht zum Leben? Vielleicht kannst du's dir leisten, so hochmoralisch daherzureden.«

»So hab ich's nicht gemeint«, sagte Gerti. »Aber wenn Minderjährige im Spiel sind, ich meine, praktisch Kinder ... und wir sitzen hier ...«

Es wurde wieder eine Tür geöffnet. »Jetzt geht er ins Bad«, sagte Fanny.

Der Löffel schlug immer wieder gegen die Tassenwand, als Gerti ihren Kaffee umrührte. Es wäre wohl am besten, wenn sie das Weite suchte, dachte sie, auf alles Geld verzichtete und einfach abhaute. Wenn irgendetwas durchgesickert war, wenn die Beamten von der Sitte vom Treiben in der Wohnung Wind gekriegt hatten und sie hier fänden ... Wie sollte sie beweisen, dass sie nur bediente? Andererseits hatten die Rottenmüllers beste Verbindungen, ganz sicher auch zur Polizei. Doch selbst wenn ihr persönlich nichts passierte, dann doch den armen Mädchen. Eigentlich müsste sie sofort zur Polizei und diesem Spuk ein Ende machen. Aber was dann? Was könnte sie gegen die Rottenmüllers und ihre feine Kundschaft ausrichten? Sie trank einen Schluck Kaffee. »Sind eigentlich öfter Militärs hier?«, fragte sie Fanny.

»Ja, schon«, erwiderte Fanny nicht sonderlich interessiert. »Manchmal von der Reichswehr oder von so andere ... Organisationen.«

Gerti schwieg eine Weile. Fanny holte einen Teller und legte ein paar von den Häppchen darauf. »Bedien' dich«, sagte sie.

Gerti griff in die Rocktasche ihrer Dienstmädchentracht und holte ihren Geldbeutel heraus.

»Die kosten nix«, sagte Fanny.

»Ich will dir was zeigen.« Sie zog ein Foto ihrer Schwester Stephanie heraus. »Hast du die schon mal gesehen?«

Fanny warf einen kurzen Blick auf das Bild. »Ich glaub nicht. Warum fragst du?«

»Weil sie verschwunden ist. Ihre Familie sucht sie.«

Fanny nahm das Foto und hielt es unter die Hängelampe überm Tisch.

»War sie vielleicht einmal als Aushilfe hier?«, fragte Gerti.

Fanny runzelte die Stirn und kniff die Augen zusammen. »Irgendwie erinnert sie mich an jemanden. Aber das war keine Aushilfe. Die war als Gast hier.«

Gerti hielt den Atem an. »Und mit wem ist sie gekommen?«

»Mit irgendeinem Militär, glaub ich. Aber nicht von der Reichswehr. Ich hab bloß so einen komischen Namen aufgeschnappt – ›Orfa‹ oder ›Orka‹, ich weiß nicht mehr. Vielleicht hab ich's auch überhaupt nicht richtig verstanden.«

»Könnte man die Rottenmüllers fragen?«

»Du spinnst wohl«, rief Fanny und warf das Foto auf den Tisch. »Wenn du auch bloß ein Sterbenswörtchen davon verrätst, dann streit ich alles ab. Dann hab ich gar nix gesehen und nix gehört. Mach mir bloß meine Anstellung hier nicht kaputt.«

»Reg dich doch nicht so auf, Fanny, das war doch bloß eine Frage und ...« Gerti zuckte zusammen, als plötzlich die Glocke an der Wohnungstür schrillte. »Wer kommt da?«

Fanny hob die Hand. »Sei still.« Dann ging sie langsam zur Küchentür und öffnete sie einen Spalt. »Es gibt ein Klingelzeichen«, sagte sie flüsternd. »Dreimal kurz und einmal lang.«

Stille. Sie warteten. Dann klingelte es erneut. Sehr lang.

16

Reitmeyer lehnte außerhalb des Lichtkegels einer Laterne an einen Baum und sah zum Haus hinüber. In der Etage, wo Rottenmüllers wohnten, war alles hell erleuchtet, im Dachgeschoss drang aus zwei Fenstern Licht. Die Limousine von Dr. Kern stand gegenüber, dahinter ein paar kleinere, nicht ganz so protzige Karossen, aber der kastenartige schwarze Horch, den er beim letzten Mal hier beobachtet hatte, war nirgendwo zu sehen. Kerns Fahrer war vor Kurzem ausgestiegen und hatte sich in Richtung Reitmorstraße entfernt. Vermutlich um sich in einem Gasthaus aufzuwärmen. Reitmeyer selbst war gut gerüstet für eine längere Wartezeit: Sein alter Militärmantel, den er sich überwerfen konnte, falls ihm zu kalt wurde, steckte nebst einer Thermoskanne mit heißem Tee in seiner Fahrradtasche.

Natürlich wäre es besser gewesen, wenn er zu einem früheren Zeitpunkt hier gewesen wäre und das Eintreffen der Gäste von Anfang an hätte beobachten können. Doch alles hatte sich verzögert, weil er dem Sittensänger unbedingt das Foto von Suzy del Rey hatte zeigen wollen und Sänger erst verspätet von einem Einsatz zurückgekommen war. Und danach musste er selbst noch heim, um seine »Ausrüstung« zu holen.

Er ging ein paar Schritte auf und ab. Die Widenmeyerstraße war sehr still geworden, Fußgänger kamen keine vorbei, nur ab und zu ein Auto, das ratternd Richtung Schwabing fuhr. Er nahm die Thermoskanne aus der Tasche, trank ein paar Schluck, zog einen halb gerauchten Zigarillo aus der Jackentasche und zündete ihn an.

Von dem Besuch im Büro seines Kollegen hatte er sich mehr versprochen. Schließlich war Sänger nach seiner jahrelangen Tätigkeit in der Sitte nicht nur ein ausgewiesener Kenner des »Milieus«, sondern wusste auch wie kein anderer über die Künstlerinnen der Varietés und Tingeltangels Bescheid. Und tatsächlich war ihm Suzy del Rey durchaus noch ein Begriff aus der Vorkriegszeit, obwohl sie hauptsächlich in Berlin und nur ein paar Mal in München aufgetreten war. Sogar den Namen Rey konnte er entschlüsseln, der sei spanisch und heiße »König«.

Merkwürdig fand Reitmeyer nur, wie vage seine Auskünfte wurden, als der Name Rottenmüller ins Spiel kam. Dass Suzy einen Oberleutnant geheiratet habe, sei ihm nicht bekannt. Dies könne erst nach dem Krieg passiert sein, weil in der kaiserlichen Armee ein Offizier so eine »Dame« nicht hätte ehelichen können, ohne sein Offizierspatent zu verlieren. Dabei hatte der ansonsten so bedächtige Sänger dermaßen nervös und fahrig gewirkt, dass Reitmeyer den Eindruck bekam, er wolle ihn so rasch wie möglich loswerden.

Vielleicht aber auch wegen der Szene, die Reitmeyer mitbekommen hatte, als er in das Büro seines Kollegen treten wollte. Bei der Erinnerung daran musste er ein wenig grinsen. Sänger hatte die Tür gerade einen Spalt geöffnet, um Fräulein Rübsam, die Fürsorgerin, hinauszulassen. »Wir müssen aufpassen«, hatte er eindringlich gesagt. »Auf keinen Fall darf man uns sehen. Das wäre ein Desaster.« Als er die Tür ganz aufmachte und Reitmeyer vor sich sah, erschrak er sichtlich, und Fräulein Rübsam wurde rot.

Reitmeyer hatte natürlich so getan, als hätte er nichts mitbekommen. Die Vorstellung jedoch, dass Sänger und die Fürsorgerin eine Affäre hatten, war so unglaublich, dass er einen Moment gebraucht hatte, um sie zu verdauen. Obwohl ihm natürlich keineswegs entgangen war, wie sehr Fräulein Rübsam den Chef der Sitte und seine Sangeskünste bewunderte und ihn anhimmelte. Doch dass sich die allgemein als sittenstreng bekannte Frau auf ein Techtelmechtel mit dem verheirateten Sänger einlassen könnte, darauf wäre er im Traum nicht gekommen.

Im Schatten der nahezu kahlen Bäume ging Reitmeyer ein Stück die Widenmeyerstraße hinauf. Als er wieder umkehrte, bemerkte er, dass aus der Seitenstraße gegenüber eine Frau kam, raschen Schritts auf das Haus der Rottenmüllers zulief und darin verschwand. Mit ihrem langen, nicht sehr modisch wirkenden Mantel und dem großen Wolltuch über Kopf und Schultern sah sie nicht aus wie eine der Damen, die von den Rottenmüllers eingeladen wurden. Wahrscheinlich die Hausmeisterin, dachte er.

Vom Fluss fegte ein kalter Wind herüber, ihn begann zu frösteln, und er beschloss, seinen Militärmantel überzuwerfen. Nachdem er ihn vom Rad geholt hatte, marschierte er erneut die Widenmeyerstraße hinauf. Er musste sich bewegen, dachte er, sonst half nicht mal die zweite Mantelschicht gegen die feuchte Kälte. Als er wieder Richtung Eckhaus zurückkehrte, kam aus der Seitenstraße ein Auto angefahren. Beim Abbiegen streiften seine Scheinwerfer einen schwarzen Wagen, der dort am Randstein parkte: der Horch.

Es gab also tatsächlich noch jemanden, der hier Posten bezogen hatte.

Reitmeyer trat schnell hinter einen Baumstamm. Von dort aus war nicht zu erkennen, ob jemand in dem Wagen saß. Er wartete. Wenn er die Nummer rauskriegen wollte, ohne entdeckt zu werden, müsste er sich dem Auto von hinten nähern. Doch dann würde er womöglich verpassen, was in der Zwischenzeit hier passierte. Er überlegte kurz und entschied sich trotzdem für diese Variante. Im selben Moment ging die Beifahrertür des Wagens auf. Ein großgewachsener Mann, den Hut tief ins Gesicht gezogen, stieg aus. Er beugte sich nochmals in den Wagen und holte einen Schal heraus. Reitmeyer erkannte das gelb-schwarz karierte Muster. Er hatte es schon am vorigen Abend hier gesehen. Der Mann kam näher. Als er im Licht der Straßenlaterne kurz stehenblieb, um sich den Schal um den Hals zu schlingen, hob er den Kopf, und Reitmeyer erkannte sein Gesicht. Fast traute er seinen Augen nicht. Es war der Sittensänger.

Entschlossenen Schritts ging Sänger auf das Portal von Rottenmüllers Residenz zu, drückte es auf und verschwand im Haus.

Reitmeyer starrte irritiert zu den hell erleuchteten Fenstern hinauf. War Sänger hier, um Rottenmüllers zu warnen? Wahrscheinlich hatte seine Fragerei nach Suzy del Rey den Leiter der Sitte auf den Plan gerufen. Vollkommen zu Recht ging Sänger davon aus, dass er dem feinen Oberleutnant und seiner Gattin auf der Spur war. Man wusste Bescheid in der Sitte, und Rottenmüllers Residenz stand unter Aufsicht. Doch nicht, um einen bordellartigen Betrieb auszuheben, sondern im Gegenteil, um ihn zu schützen.

Steiger hatte vollkommen recht gehabt. Hier ging es nicht bloß um Vergnügungen zwischen angesehenen Herrn und nicht so angesehenen Damen. Wenn bekannt würde, dass Herrn wie der Justizrat Dr. Kern, die ständig lauthals über den Niedergang der Sitten klagten, sich selbst in diesem Sumpf wälzten, der angeblich durch Revolution und Umsturz entstanden war, würde die linke Presse sich einschießen auf die Moralapostel. Erst recht, wenn herauskäme, dass im Mord an zwei jungen Frauen ermittelt wurde, die hier als Aushilfen gearbeitet hatten. Dem wollten seine Vorgesetzten zuvorkommen. Die Einwohnerwehr musste vor jeglichem Skandal bewahrt, seine Ermittlungen behindert und alles vertuscht werden.

Enttäuschend fand er bloß, dass Sänger sich von seinen Oberen für derlei Machenschaften einspannen ließ. Er hätte ihm zumindest einen Wink geben können. Eigentlich hatte er seinen Kollegen bislang für einen integeren Menschen gehalten. Reitmeyer seufzte. Das würde wohl bedeuten, dass er an seinem Arbeitsplatz überhaupt keinem mehr vertrauen konnte.

Er ging zu seinem Rad und fuhr heim. Hier konnte er ohnehin nichts mehr ausrichten.

17

Das laute Schrillen hielt unvermindert an. Fanny legte den Finger an den Mund und bedeutete Gerti, in der Küche zu bleiben. Dann ging sie auf Zehenspitzen zum Eingang. Das Klingeln brach ab. Fanny legte das Ohr an die Tür und zuckte zusammen, als es erneut einsetzte. Von hinten hörte man Schritte. Gerti sah einen korpulenten Mann in die Diele laufen, der seine Blöße notdürftig mit einem Handtuch bedeckte. »Was ist?«, fragte er aufgeregt und strich sich das schüttere Haar aus der Stirn. Fanny scheuchte ihn wieder nach hinten. Als er weg war, nickte sie Gerti kurz zu und öffnete die Tür einen Spalt breit. Im gleichen Moment wurde der Türflügel so heftig aufgestoßen, dass Fanny zurücktaumelte und fast das Gleichgewicht verlor.

»Wo ist sie?!«, rief die hereinstürmende Frau. Fanny sah die

Person in dem langen Mantel und der straff zurückgezurrten Frisur entgeistert an. »Wo ist sie?«, rief die Frau noch mal und packte Fanny an der Schulter. Als die nichts rausbekam, rannte die Frau den Gang hinunter und riss alle Türen auf. »Rosa! Rosa!«, schrie sie mit gellender Stimme. Eine Tür fiel zu, ein Schlüssel drehte sich knarrend im Schloss.

Fanny blieb wie versteinert stehen und starrte zu Gerti an der Küchentür hinüber.

»Los, weg hier«, rief Gerti und griff ihre Sachen. »Jetzt mach schon.«

Fanny brauchte einen Moment, bis die Schreckensstarre von ihr abfiel, dann machte sie einen Satz, griff ihren Mantel vom Küchenstuhl, warf hastig die Tasche über die Schulter und rannte durch die Diele zur Tür hinaus.

»Rosa! Rosa!«, hallte es aus den hinteren Zimmern, als Gerti ihr nacheilte. Sie liefen die Treppe hinab. Auf dem Absatz im dritten Stock blickte Gerti noch einmal nach oben. Neben der immer noch weit geöffneten Tür lehnte ein großgewachsener Mann mit düsterer Miene an der Wand. Er machte eine schnelle Geste, dass sie verschwinden sollten.

»Wir gehen hinten raus«, flüsterte Fanny, als sie unten angekommen waren. »Wer weiß, wer noch draußen steht.«

Ohne anzuhalten rannten sie über den Hinterhof zu einem Tor, das auf die Seitenstraße hinausführen musste. Erleichtert atmeten sie auf, als es sich öffnen ließ. Dann rannten sie weiter und blieben erst in einer dunklen Einfahrt hinter der nächsten Querstraße stehen, um sich zu verschnaufen.

»Wer war das?«, fragte Gerti keuchend.

»Keine Ahnung«, stieß Fanny hervor. »Wahrscheinlich die Eltern.«

»Das war knapp«, stöhnte Gerti und zog ihren Mantel an. »Gott sei Dank haben wir's geschafft, bevor die Polizei aufgetaucht ist.«

»Ob die überhaupt da war?«, sagte Fanny und zog ebenfalls ihren Mantel an. »Die wär doch sicher als Erste reingekommen.« Sie reckte den Hals und blickte ums Eck. »Jedenfalls hat sich der Freier, die feige Sau, im Bad eingeschlossen.«

»Hast du den Vater vor der Wohnung gesehen?«, fragte Gerti. »Wenn der die Tür eintritt, hat der Kerl nichts zu lachen.«

»Du hast doch nicht etwa Mitleid mit dem?« Fanny zog ihren Geldbeutel heraus. »Scheiße«, sagte sie. »Jetzt haben wir unseren Lohn nicht gekriegt.«

Gerti holte tief Luft. »Das ist jetzt unser geringstes Problem. Ich bin froh, dass wir rechtzeitig abhauen konnten. Ich hab noch Geld für die Tram. Gehen wir vor bis zur Prinzregenten. Vielleicht gibt's noch eine Straßenbahn. Ich muss nach Schwabing.«

»Ich auch«, sagte Fanny, nachdem sie sich nochmals versichert hatte, dass die Luft rein war. »Aber meinen Lohn hol ich mir morgen ab. Ich hab nix zu verschenken.«

18

Reitmeyer sah in das trübgraue Licht, das durchs Küchenfenster fiel, und rührte abwesend Zucker in die Tasse, die seine Tante ihm hingestellt hatte. Die Enttäuschung des gestrigen Abends saß ihm noch in den Knochen, er fühlte sich wie zerschlagen. Trotzdem, so leicht würde er die Waffen nicht strecken, dachte er, so leicht ließe er sich nicht ausschalten von seinen Oberen. Gedankenversunken hob er die Tasse zum Mund und trank einen Schluck. Fast hätte er das widerliche Gebräu wieder ausgespuckt. Er sah seine Tante an, aber die zuckte bloß die Achseln, bevor sie sich ebenfalls an den Tisch setzte.

»Mein Gott, die arme Frau hat mir eben leid getan«, sagte

sie. »Dann hab ich ihr den Kaffee halt gegeben.« Sie seufzte tief auf. »Wenn's wenigstens ein Grab gäb, wär alles viel leichter.«

Reitmeyer nickte. »Schon recht«, murmelte er. Obwohl es ihm lieber gewesen wäre, der Kaffee wäre ein Geschenk für die Hausmeisterin persönlich gewesen und nicht Bezahlmittel für ein fragwürdiges Medium, das verzweifelte Witwen und Mütter mit angeblichen Nachrichten aus dem Jenseits versorgte. »Hat's wenigstens was genutzt?«, fragte er.

Seine Tante drehte die Vase mit dem kleinen Christrosenstrauß, den er ihr mitgebracht hatte. In ihren Augen zeigte sich wieder ein feuchtes Schimmern, und er wusste nicht, ob aus anhaltender Rührung über das unverhoffte Geschenk oder ob die Erinnerung an die gestrige Séance noch nachwirkte. Dass man sehr lange in einem Vorraum habe warten müssen, wo Frauen aller Gesellschaftsklassen – »auch sehr feine Damen« – dem Kontakt mit ihren verstorbenen Lieben entgegenfieberten, hatte sie schon erzählt, aber noch nicht, ob sich der Sohn der Hausmeisterin überhaupt gemeldet und wenn ja, was er mitgeteilt hatte.

»Als wir endlich dran waren, hat's eine Weile gedauert, bis das Medium wieder in Trance gefallen ist«, sagte sie schließlich. »Und es hat auch Botschaften gegeben. Aber man hat die Frau sehr schlecht verstanden, weil sie furchtbar gestöhnt und ziemlich genuschelt hat.«

»Und was habt ihr verstanden?«

»Dass sie Musik hört. Und dass es allen gut geht.«

»Das ist interessant. Musik? Was wird denn gespielt da drüben?«

»Ja, keine Ahnung«, erwiderte seine Tante ärgerlich. »Aber es war nix Genaues über den Sohn. Jetzt weiß sie immer noch nicht, ob er im Jenseits ist oder vielleicht doch irgendwo in Gefangenschaft.«

Reitmeyer stand auf. »Aber immerhin tröstlich, dass es

schön ist dort drüben. Ich meine, wenn's Musik gibt. Vielleicht amüsiert man sich da mordsmäßig und …«

»Ach Schmarrn«, unterbrach ihn seine Tante. »Da ging's um was ganz anderes. Das Medium hat sich einfach nicht angestrengt für ein Viertelpfund Kaffee. Andere haben sechs silberne Mokkalöffel mitgebracht.«

Reitmeyer verabschiedete sich schnell. So früh am Morgen hatte er noch keine Lust auf eine Diskussion über die korrekte Preisfindung bei Kontakten mit dem Jenseits. Ihm gingen andere Dinge durch den Kopf.

Als Erstes würde er diesen Löber im Handelsministerium aufsuchen. Vielleicht war er auch regelmäßiger Gast in der Widenmeyerstraße. Wenn dem so wäre, hätte er mehr in der Hand, wenn er das nächste Mal bei dem sauberen Herrn Oberleutnant und seiner Suzy del Rey in der Nobeletage vorsprach.

Als er ins Büro trat, saß Rattler an Steigers Schreibtisch und rechnete auf einem Zettel Zahlen zusammen. »Und neue Schläuche – oder fast neue«, sagte er. »Da kämen dann noch mal zehn Mark dazu.« Er lehnte sich zurück. »Für meine Arbeit berechne ich nix.«

»Für welche Arbeit?«, fragte Reitmeyer.

»Der Rattler bietet mir sein altes Fahrrad an«, sagte Steiger. »Das hat er hergerichtet, und ich brauch ein Weihnachtsgeschenk für meinen Buben. Ein neues ist ja unerschwinglich teuer.«

»Also, so um die fünfzig Mark alles in allem«, sagte Rattler. »Dann ham S' ein Rad, das so gut ist wie neu.«

»Und du brauchst keines mehr?«, fragte Reitmeyer. »Weil du nicht mehr fährst wegen deiner Lunge?«

»Na, na, ich hab mir ein neues gekauft.«

»Hast du dir so viel Geld zusammengespart?«

»Sparen?«, erwiderte Rattler. »Da wär ich ja schön blöd, in Zeiten zunehmender Inflation.«

»Bist du ins Schiebergeschäft eingestiegen?«

Rattler grinste. »Das ist doch illegal, Herr Kommissär. Na, na, ich bin an der Börse.«

»Was du nicht sagst. Und woher hast du das Kapital dafür?«

»Ich hab einen Freund, den hab ich im Lazarett kennengelernt. Der studiert Nationalökonomie. Und der hat einen Investitionskreis gegründet. Da kann man sich auch mit wenig Geld beteiligen. Weil im Moment die Börse wieder steigt, kann man da verdienen.«

»Oder alles verlieren«, sagte Steiger.

»Aber wer spart, verliert in jedem Fall«, erwiderte Rattler. »Mein Freund sagt, dass die Inflation weiter zunehmen wird. So lang, bis der Staat seine Schulden bei seinen Bürgern weginflationiert hat.«

Steiger schüttelte den Kopf. »An der Börse … Noch nicht trocken hinter den Ohren, aber uns die Ökonomie erklären.«

»Ja, meinetwegen bin ich noch feucht hinter den Ohren«, fuhr Rattler auf. »Aber heutzutag sind die Jungen den Alten voraus. Die ham wegen dem Krieg noch nix gelernt gehabt, also ham sie auch nix vergessen müssen.« Er hob den Finger. »Nur wer mental nicht an die Vergangenheit gebunden ist, sagt mein Freund, kann sich in der neuen Zeit behaupten.«

»Und woher hat dein Freund diese Weisheiten?«, fragte Reitmeyer.

»Das steht in einem Artikel.«

»Das hätt' ich mir ja denken können«, sagte Reitmeyer und hob abwehrend die Hand. »Ich geh jetzt zu diesem Löber ins Handelsministerium. Hast du noch die Filmzeitung, wo er neben der Cilly Ortlieb und der Marie Zaumgiebl zu sehen ist?«

Rattler nahm seine Tasche, warf schnell einen Seitenblick auf Steiger und zog die Zeitschrift heraus. Sie war säuberlich zusammengeklebt. Reitmeyer nahm sie entgegen, ohne den Grund für die Klebearbeit zu erwähnen.

Das Telefon klingelte. Reitmeyer nahm ab.

»Da hab ich aber Glück«, legte Caroline gleich los. »Dass ich dich mal erreiche. Zu Hause scheinst du ja auch nie mehr zu sein.«

Ihre Stimme klang vorwurfsvoll, wie immer in letzter Zeit. »Ja, tut mir leid, Caroline, aber bei mir war wirklich viel los.«

»Das sagst du immer.«

Reitmeyer lachte. Zum ersten Mal seit langer Zeit setzte kein krampfhaftes Überlegen ein, wie er sie abwehren und das Gespräch beenden könnte. »Das ist schon richtig, Caroline. Aber ich wollte dich wirklich anrufen, um dir zu sagen, dass ich bei der Gedenkfeier auch was beitrage. Ich spiel zusammen mit dem Karl Leonhard. Du weißt doch, wen ich meine.«

»Ja, sicher.«

»Leider bin ich gerade auf dem Sprung. Aber ich melde mich bei dir. Und keine Sorge, du kannst fest mit mir rechnen.«

»Wenn du das sagst.«

Sie klang noch immer eingeschnappt. »Also, bis dann.« Sie legte auf.

»Ach, übrigens«, sagte Steiger. »Der Löber ist oft im Verband der bayerischen Filmwirtschaft in der Sonnenstraße. Im EMELKA-Haus. Das haben mir die drüben in der Sitte gesagt. Vielleicht solltest du vorher anrufen, damit du ihn antriffst.«

»Ich probier's lieber so. Ohne Anmeldung.« Er steckte die Zeitschrift in seine Tasche. »Aber da fällt mir ein, wir sollten uns den Film von diesem Fotografen geben lassen, der damals im Roten Adler Bilder gemacht hat. Du hast dir den Namen doch aufgeschrieben?«

Rattler sprang auf. »Den Namen und die Adresse. Das ist praktisch ums Eck. Ich könnt' den Film gleich abholen.«

»Und lass bei uns Abzüge machen.«

Reitmeyer fuhr als Erstes in die Sonnenstraße zum EMELKA-Haus. In der Eingangshalle herrschte reges Kommen und Gehen. Er studierte die Tafel neben dem Eingang, wo die verschiedenen Firmen des Konzerns aufgelistet waren. Ganz unten entdeckte er den Verband der bayerischen Filmwirtschaft.

»Herr Kommissär«, hörte er plötzlich von hinten. »Wollen Sie zu mir?«

Reitmeyer drehte sich um. Steinbichler stand auf der Treppe und winkte ihm zu. Der Produzent war wieder genauso makellos gekleidet wie bei seinem ersten Besuch, diesmal in einen dunkelblauen Anzug, dazu ein gestreiftes Hemd und eine dunkelrote Krawatte. Wie aus dem Modejournal, dachte Reitmeyer. Steinbichler verabschiedete sich rasch von zwei Herrn, dann kam er mit einem breiten Lächeln auf ihn zu.

»Gibt's denn was Neues in dem Fall?«, fragte er und schüttelte ihm die Hand.

»Tja«, erwiderte Reitmeyer. »Eigentlich wollte ich zu Dr. Löber. Aber wenn Sie einen Moment Zeit hätten, würde ich Ihnen auch gern ein paar Fragen stellen.«

»Ja, sicher.« Steinbichler zeigte auf eine Sitzgruppe im hinteren Teil der Halle. »Den Dr. Löber werden Sie heute nicht hier antreffen. Der kommt nur rüber, wenn er an einer Sitzung des Verbands teilnimmt.«

Steinbichler deutete auf einen Sessel und nahm gegenüber von Reitmeyer Platz. »Und was wollten Sie mich fragen?«

Reitmeyer zog die Zeitschrift heraus, schlug sie auf und zeigte ihm das Foto von der Premierenfeier. »Hier sieht es so aus, als ob die beiden Frauen Ihre Tischdamen gewesen wären. Vielleicht kannten Sie die beiden doch besser, als Sie dachten?«

Steinbichler warf einen kurzen Blick auf das Bild. »Herr Kommissär«, sagte er mit fast mitleidvollem Blick. »Bei so einem Fest werden zu vorgerückter Stunde oft die Plätze gewechselt. Kann schon sein, dass die sich an meinen Tisch gesetzt haben, nachdem die Schauspieler weg waren.«

»Saß denn Dr. Löber den ganzen Abend an Ihrem Tisch?«

Steinbichler schnaufte genervt auf. »Das weiß ich wirklich nicht mehr. Ich bin so oft bei großen Veranstaltungen …«

»Hatten Sie den Eindruck, dass Dr. Löber die beiden Frauen kannte?«

Steinbichler zuckte die Achseln. »Keine Ahnung. Wir unterhalten uns nicht besonders oft« Er winkte jemandem in der Halle zu. »Wir vertreten sehr verschiedene Ansichten, was die Produktion von Filmen angeht, wissen Sie.«

»Aha?«

»Ja, mein Gott, er ist halt in erster Linie Beamter. Die Denkungsart des Geschäftsmanns ist ihm eher fremd, wenn Sie verstehen, was ich meine.«

»Nach Cilly Ortlieb ist übrigens auch Marie Zaumer«, er deutete auf das Foto, »tot aufgefunden worden.«

Steinbichler sah ihn an. »Die ist auch tot?« Er schüttelte den Kopf. »Was ist ihr denn passiert?«

»Das Gleiche wie Cilly Ortlieb. Sie ist an einer Überdosis Heroin gestorben.«

»Die waren rauschgiftsüchtig?«

»Wussten Sie davon?«

Er seufzte auf. »Herr Kommissär, wie oft muss ich Ihnen noch sagen, dass ich die beiden Mädchen nur sehr oberflächlich gekannt habe.« Er stand auf und machte jemandem in der Halle ein Zeichen. »Leider hab ich jetzt eine dringende Besprechung. Sie können mich aber jederzeit telefonisch erreichen. Obwohl ich wirklich nicht weiß, womit ich Ihnen sonst noch helfen könnte.« Sein Lächeln zum Abschied wirkte angestrengt.

Reitmeyer sah ihm nach, wie er in Begleitung eines Herrn die Treppe hinaufging. Hätte er ihm sagen sollen, dass die beiden ermordet worden waren? Vermutlich wäre er damit auch nicht weitergekommen. Wenn er beweisen wollte, dass der Produzent die beiden Frauen doch näher gekannt hatte, müsste er andere Wege einschlagen.

Er fuhr zum Handelsministerium am Promenadeplatz. Beim Eintritt ins Foyer spürte er noch einen Hauch vergangener Größe, der aus den Zeiten stammte, als im Montgelas-Palais das bayerische Außenministerium residiert hatte. Er warf einen Blick durch die prächtige Halle. Merkwürdig, dachte er, das war erst zwei Jahre her, dennoch fühlte es sich an wie ferne Vergangenheit. Heute beherbergte das Gebäude verschiedene Abteilungen, die sich um die bayerische Wirtschaft kümmerten. Nach einiger Suche entdeckte er auf einer von zwei Tafeln den Namen von Dr. Löber, der seinen Sitz im zweiten Stock hatte, in einem Referat zur »Förderung des bayerischen Handels«.

Er lief die Treppe hinauf, und da die Bürotür nur angelehnt war, trat er nach kurzem Klopfen ein. Eine Sekretärin, die in ihrem hochgeschlossenen, langen Kleid etwas nonnenhaft wirkte und gerade Akten sortierte, hielt inne und hörte mit unbewegtem Gesichtsausdruck zu, als Reitmeyer ihr erklärte, dass er Dr. Löber wegen einer Auskunft sprechen wolle. Mit einem Ruck schob sie die schwarzgeränderte Brille über die spitze Nase, straffte die Schultern und antwortete kühl, dass Dr. Löber noch nicht im Haus sei. Er habe sich nicht wohlgefühlt heute morgen und verspäte sich etwas. Aber wenn der Herr Kommissär warten wolle, könne er im Büro ihres Chefs Platz nehmen.

»Ah ja«, sagte Reitmeyer, »wahrscheinlich eine Erkältung. Bei dem nasskalten Wetter fängt man sich leicht was ein. Oder steckt sich bei den Kindern an ...«

Die Sekretärin fixierte ihn mit starrem Blick, ihre Pupillen schwammen merkwürdig vergrößert hinter den Brillengläsern. »Herr Dr. Löber ist nicht verheiratet«, erwiderte sie kurzangebunden und führte ihn nach nebenan.

Reitmeyer setzte sich auf den Besucherstuhl und sah sich um. In Löbers Büro herrschte penible Ordnung, nichts lag herum, und abgesehen vom *Bayerischen Amtsblatt* entdeckte er keine Zeitschriften, um sich die Wartezeit zu verkürzen. Im Gegensatz zur EMELKA wurde in bayerischen Ministerien auch kein Kaffee serviert. Er stand auf und sah eine Weile auf den Promenadeplatz hinunter, wo Taxen und Privatwagen vor dem Bayerischen Hof nebenan hielten. Wenn Löber nicht bald auftauchte, müsste er am Nachmittag noch mal wiederkommen. Obwohl es immer vorteilhafter war, wenn sich die Person, die er befragen wollte, nicht auf seinen Besuch vorbereiten konnte.

Bevor er sich wieder setzte, bemerkte er das Foto, das in einem silbernen Rahmen auf dem Schreibtisch stand. Es zeigte eine etwas streng wirkende junge Frau mit aufgestecktem Haar, die sehr aufrecht in einem Sessel saß. Die Verlobte wahrscheinlich, dachte er. Jedenfalls ein viel herberer Typ als die reizvolle Cilly Ortlieb, mit der man den Herrn Assessor gesehen hatte. Reitmeyer blickte auf die Uhr. Noch länger hier zu warten, hatte er keine Lust. Doch gerade als er aufstehen wollte, ging im Vorzimmer die Tür auf. Die Sekretärin begrüßte ihren Chef und deutete auf Reitmeyer. »Da ist ein Kommissär von der Kriminalpolizei, der eine Auskunft von Ihnen wünscht.«

Reitmeyer erhob sich und blickte Löber verwundert entgegen. Nach dem Foto in der Zeitschrift hatte er ihn auf Ende dreißig geschätzt, eine jugendliche Erscheinung, straff und drahtig, mit prägnanten Zügen und vollem Haar. Verglichen damit wirkte Löber stark gealtert, sein Gesicht war aufgedunsen, die Wangen stoppelig, das Haar strähnig. Von einer Erkältung konnte die starke Veränderung nicht herrühren. Ihn hatte offenbar ein schwerer Schlag getroffen, oder zumindest ein gehöriger Dämpfer, den er vermutlich mittels Alkohol auszugleichen versuchte.

»Sie wollen eine Auskunft von mir?«, fragte er, nachdem er den Besucher mit schlaffem Händedruck begrüßt hatte. »Etwas Dienstliches?«

»Nein, eher etwas Persönliches.« Reitmeyer zog die Zeitschrift heraus und klappte sie auf.

Löber legte umständlich den Mantel ab und setzte sich. Ohne den Überzieher wirkte er noch ungepflegter in dem schlecht sitzenden Anzug.

»In welcher Beziehung standen Sie zu den beiden Frauen, mit denen Sie hier abgebildet sind?«, begann Reitmeyer ohne Umschweife.

Löber beugte sich vor und blickte auf das Foto. »In ... in gar keiner.« Dann nahm er ein Taschentuch heraus, tupfte die Oberlippe ab und schnäuzte sich. »Entschuldigen Sie«, sagte er tonlos.

»In gar keiner? Obwohl Sie mit dieser Frau«, Reitmeyer klopfte auf das Foto, »mit Cilly Ortlieb, mehrmals gesehen wurden.«

Löbers Gesichtsfarbe schien noch eine Spur fahler zu werden. Er rückte den Silberrahmen auf seinem Tisch zurecht und wischte ein paar Mal über die lederne Schreibunterlage, als wollte er Brösel entfernen. »Wie soll ich Ihnen das erklären?« Er blickte auf. »Diese Cilly Ortlieb hat mir oft aufgelauert, nachdem sie herausbekommen hatte, dass ich mit dem Filmgeschäft zu tun habe. Diese Frauen tun alles, um an eine Rolle zu kommen.«

»Ach, tatsächlich? Und was genau haben Sie getan?«

Löber wich mit dem Oberkörper zurück. »Wie meinen Sie das?«, fragte er. Dann richtete er sich auf und versuchte, seiner ramponierten Gestalt den Ausdruck von Entschlossenheit zu geben. »Wie kommen Sie überhaupt dazu, mir diese Fragen zu stellen? Wen glauben Sie überhaupt, vor sich zu haben?«

»Einen Juristen? Der weiß, wie polizeiliche Ermittlungen ablaufen?«

Löber stierte ihn an. Offensichtlich war er es nicht gewohnt, dass jemand unbeeindruckt blieb, wenn er den Obrigkeitsvertreter mimte.

»Nach unseren Informationen soll es mehrmals zu Auseinandersetzungen zwischen Ihnen und Cilly Ortlieb gekommen sein«, sagte Reitmeyer ruhig. »Wie es scheint, war Ihr Interesse an ihr größer als umgekehrt. Das alles würde uns nicht interessieren, wenn diese beiden Frauen nicht ermordet aufgefunden worden wären. Wie haben Sie eigentlich davon erfahren?«

»Ich habe überhaupt nichts erfahren«, dröhnte Löber. »Sie wollen mich doch nicht im Ernst mit dem Tod dieser beiden …« Er machte eine fahrige Geste in Richtung der Zeitschrift. »Diese andere kannte ich gar nicht.«

»Aber Cilly Ortlieb schon?«

»Das habe ich Ihnen doch bereits erklärt«, schrie er und schlug auf den Tisch. Auf seinen Wangen erschienen rote Flecken.

»Wo waren Sie am Abend des 14. November?«

»Sie wollen ein *Alibi* von mir?«, fragte er außer sich.

»Ganz genau. Also beantworten Sie bitte meine Frage.«

Löber sackte etwas zusammen. »Ich weiß nicht mehr genau. Vielleicht im Theater?«

»Mit wem? Mit Ihrer Verlobten?«

Löber starrte ihn irritiert an und warf einen Blick auf das Foto auf seinem Schreibtisch. »Ich müsste nachsehen.«

»Dann geben Sie mir bitte den Namen und die Adresse …«

»Nein, nein, das war an einem anderen Tag …« Ein Anflug von Panik lag in seiner Stimme. Er öffnete eine Schublade und nahm ein Notizbuch heraus. Auf seiner Oberlippe bildeten sich winzige Schweißperlen. Er blätterte hektisch in dem Notizbuch herum. »Ich glaube, ich war bei einer Versammlung. Bei einem Vortrag in der bayerischen Juristenkammer …«

»Dann kann einer Ihrer Kollegen das sicher bestätigen?«

Löber blickte auf, sein Kopf zuckte zur Seite. »Möglich … aber ich habe mit niemandem gesprochen.«

»Haben Sie Cilly Ortlieb und Marie Zaumer auch in der

Wohnung des Oberleutnants von Rottenmüller in der Widenmeyerstraße getroffen?«

Löber sah ihn verständnislos an. »Bei wem? Ich kenne keinen Oberleutnant in der Widenmeyerstraße.«

Das könnte stimmen, dachte Reitmeyer nach einem Blick auf Löbers Manschetten, die unter den Ärmeln hervorschauten. Sie wirkten fadenscheinig und leicht ausgefranst. Löber hatte kein Geld. Wie alle Beamten, deren Bezüge mit der steigenden Inflation nicht mithalten konnten. Auf solche Gäste wurde in der Widenmeyerstraße kein Wert gelegt.

»Herr Dr. Löber«, begann Reitmeyer wieder. »Ich werde Ihre Angaben natürlich überprüfen. Aber Sie könnten mir viel unnütze Arbeit ersparen, wenn Sie gleich zugeben, dass Sie für den fraglichen Zeitpunkt über kein Alibi verfügen.«

Löbers Hände zuckten, als wollte er auffahren, hätte sich dann aber doch eines Besseres besonnen. »Ich muss ... einfach noch mal nachsehen.«

Reitmeyer steckte die Zeitschrift ein, stand auf und ging zur Tür. »Tun Sie das, Herr Dr. Löber. Ich werde Sie ganz bestimmt noch einmal danach fragen.«

Löber starrte wie benommen vor sich hin und erwiderte seinen Abschiedsgruß nicht. Die Sekretärin im Vorraum rang sich gerade noch ein undeutliches »Wiedersehn« ab, als Reitmeyer hinausging.

Reitmeyer fuhr in den Hof des Präsidiums. Von oben hörte er Rufe. »Herr Kommissär! Herr Komissär!« Er hob den Kopf und sah Rattler an einem Treppenfenster stehen. Wie ein Schiffsjunge im Ausguck, der Land geortet hatte, winkte er ihm mit weit ausholenden Bewegungen zu. Reitmeyer eilte die Treppe hinauf.

»Ein Durchbruch, Herr Kommissär«, rief Rattler. »Ein Durchbruch bei den Ermittlungen.« Er griff ihn am Arm und zerrte ihn ins Büro. »Da, da, die Fotos aus dem Roten Adler.« Er deutete auf zwei Bilderreihen, die auf Steigers Schreibtisch ausgebreitet waren. »Jetzt ham wir ihn.«

»Wen?«

»Da schauen S' her.« Er reichte ihm zwei Fotos, auf denen mehrere Gäste des Lokals zu sehen waren. Am Ende des Tresens stand eindeutig Löber. Reitmeyer blickte eine Weile auf das Bild. Bereits da hatte der Mann ziemlich verlottert gewirkt. Auf einem zweiten Bild war er im Profil neben einer Frau zu erkennen.

»Sehr gut«, sagte Reitmeyer und legte die Fotos ab. »Trotzdem wissen wir nicht, wann diese Aufnahmen gemacht wurden. Ich meine, um wie viel Uhr.«

Auf Rattlers Gesicht erschien das überlegene Lächeln, das immer zum Einsatz kam, wenn er seinen Vorgesetzten einen Schritt voraus war. »Hab ich bedacht, Herr Kommissär, hab ich bedacht«, sagte er und klopfte Reitmeyer auf die Schulter. »Ich hab den Fotografen natürlich gefragt. Das sind die ersten Bilder, die er bei diesem Auftrag gemacht hat. So zwischen 19.00 und 20.30 Uhr. Als wir hinkamen, war es cirka 21.30 Uhr. Bei dem Opfer waren noch keine Anzeichen von Totenstarre zu erkennen. Das hat der Arzt bestätigt. Wenn also Löber zwischen sieben und acht in dem Lokal war …«

»Ich hab's kapiert«, sagte Reitmeyer. »Er könnte als Täter in Frage kommen. Ich war gerade bei Dr. Löber im Handelsministerium. Wie es aussieht, hat er kein Alibi für den Abend.«

»Ach übrigens«, sagte Rattler. »Der Herr Oberinspektor war gerade hier. Dem hab ich die Bilder auch gezeigt.«

»Und?«

»Er war ziemlich entsetzt, als ich ihm vom Stand der Ermittlungen berichtet hab, dass der Löber mit der Ortlieb was hatte und dass er zum fraglichen Zeitpunkt am Tatort war. Er hat's einfach nicht glauben wollen. Immerhin war der Mann Filmzensor vor dem Krieg. Bei der Polizei. Ach, und Sie sollen gleich zu ihm rüberkommen, soll ich Ihnen ausrichten.«

»Ja, gut«, sagte Reitmeyer und zog seinen Mantel aus. »Wirklich gute Arbeit. Du hast darauf geachtet, dass der Film sichergestellt wurde, und du hast rausgekriegt, dass sich Löber und Ortlieb kannten.«

Rattlers Grinsen wirkte so ansteckend wie Gähnen. Auch Reitmeyers Gesicht verzog sich zu einem breiten Lächeln. »Leider gibt's einen kleinen Wermutstropfen bei der Sache. Jetzt musst du den Namen von der Frau rauskriegen, die Löber mit der Cilly Ortlieb gesehen hat. Die muss eine offizielle Aussage machen.«

Rattler zog ein bisschen den Kopf ein. »Das kriegen wir auch noch hin«, sagte er. »Dann gehen wir halt noch mal ins Kolosseum.«

»Ich würde sagen, ein so gewiefter Kriminaler wie du schafft das auch allein.«

19

Gerti sah aus dem Wagenfenster in den bleiernen Himmel hinauf. Fröstelnd zog sie die Decke über die Beine, die auf dem Rücksitz lag. Seit gestern Nacht war ihr nicht mehr richtig warm geworden, nachdem sie mindestens eine halbe Stunde in der Kälte hatte ausharren müssen, bis sich die beiden Offiziere, die rauchend und plaudernd vor der Villa gestanden hatten, voneinander verabschiedeten. Sie war schon fast steif gefroren, als endlich der eine, Carolines Bruder Franz vermutlich, ins Haus verschwand, und sie durch die Hintertür hineinschlüpfen und auf ihr Zimmer schleichen konnte. Wo sie bis in die frühen Morgenstunden wachgelegen hatte, weil ihr der Schrecken des vergangenen Abends noch in den Gliedern saß.

Was ihre Situation im Haus anging, bestand Aussicht auf Besserung. Jedenfalls einem Gespräch zwischen Caroline und Mathilde zufolge, das sie heute Morgen auf dem Weg in die Küche zufällig mitbekommen hatte. Caroline versicherte der Haushälterin, wie sehr sie deren Anstrengungen bei der Pflege ihres Hausgastes schätze, dennoch solle sie nicht vergessen, dass Gerti Blumfeld keine Gefangene, sondern Gast im Hause sei. Mathildes Antwort darauf hatte sie nicht mehr hören können, weil Liesl die Treppe heruntergekommen war und sie ihren Horchposten hatte aufgeben müssen. Doch allem Anschein nach waren Carolines Worte auf fruchtbaren Boden gefallen, weil Mathilde so gut wie keine Einwände äußerte, als Liesl ihren Freund Schorsch anrief, der sie mit seinem Taxi zu dem Hotel in der Theresienstraße bringen sollte, wo sie vor ein paar Tagen ihren Koffer zurückgelassen hatte. Mathilde meinte nur, dass Schorsch das auch allein machen könne, hinderte sie aber nicht daran, mitzufahren.

Dass sie sich überhaupt ein Taxi leisten konnte, war einem anderen glücklichen Umstand zu verdanken. Heute Morgen hatte ihr Liesl ein Kuvert überreicht, das für sie abgegeben worden war. Sepp schickte ihr vierhundert Mark, zur »Überbrückung«, wie er schrieb, bis sie wieder auf den Beinen und vollständig auskuriert sei. Dieses »Darlehen« verpflichte sie natürlich zu gar nichts. Und wenn sie Bedenken habe, er wolle sich damit ihre Gunst erkaufen, sei er gern bereit, einen Vertrag aufzusetzen, worin die Bedingungen für eine Rückzahlung sowie das Verhalten des Gläubigers gegenüber der Schuldnerin in allen Einzelheiten festgehalten würde – er als Organ der Rechtspflege müsse sich ja strikt an Verträge halten. Er würde jedoch vorschlagen, dass die Rückzahlung erst nach Abschluss ihrer Doktorarbeit einsetzen solle.

Sie war zwar sehr erleichtert gewesen, denn dank des »Darlehens« konnte sie sich wieder frei bewegen. Gleichzeitig plagte sie ein schlechtes Gewissen, weil die Dissertation auf Eis lag, solange sie nach ihrer Schwester suchte. Irgendwann würde sie ihm das sagen müssen. Und sie konnte nur hoffen, dass er ihr diese Schwindelei nicht allzu übel nehmen würde.

Schorsch, der Taxifahrer, tippte sie an. »Sollen wir den Koffer dann auf dem Rückweg abholen?«

»Ja. Zuerst fahren wir in die Augustenstraße.«

Sie ließ ihn direkt vor der Einfahrt zum Hinterhaus halten und blickte sich rasch um, ob von ihren Verfolgern etwas zu sehen war. Aber sie sah nur schnell dahineilende Passanten und ein paar Hausfrauen, die aus dem Gemüseladen kamen. »Es dauert höchstens zehn Minuten«, sagte sie. »Warten Sie so lange auf mich?«

Schorsch nickte. »Klar.«

Sie eilte über den Hinterhof und lief die Treppe hinauf. Regine wäre am Vormittag sicher zu Hause, da sie erst nachmittags arbeiten ging. Im Dachgeschoss klopfte sie an ihre Tür. Als niemand antwortete, klopfte sie nochmals. »Regine«, rief sie leise, »bist du da?« Sie hörte ein Rascheln. »Mach doch auf, ich bin's, Gerti.«

»Bist du allein?«, rief es von drinnen.

»Ja, sicher.«

Der Schlüssel wurde umgedreht, die Tür ging auf, und Regine zog sie schnell ins Zimmer. Dann sperrte sie wieder ab.

»Was ist denn los?«, fragte Gerti.

Regine wirkte aufgelöst. Das lange Haar hing ihr wirr über die Schultern, und angekleidet war sie auch noch nicht. Ihr Blick war fahrig, und unter ihren Augen lagen dunkle Schatten, als hätte sie nächtelang nicht geschlafen. Sie schlüpfte schnell in einen alten Morgenrock, ging zum Ofen und sah auf die magere Glut.

»Was ist denn los?«, fragte Gerti noch einmal.

Regine schloss die Ofentür und drehte sich um. »Der Bruder von der Cilly war gestern da.« Sie flüsterte fast. »Der hat seine Schwester identifizieren müssen in der Gerichtsmedizin.

Und da hat man ihm gesagt, dass sie … ermordet worden ist. Das war kein Unfall.«

»Was?« Gerti ließ sich auf einen Stuhl fallen. »Und wie?«

Regine setzte sich aufs Bett. »Mit Heroin wahrscheinlich.«

»Und wer hat das getan? Gibt's schon einen Verdacht?«

»Das wissen die in der Gerichtsmedizin nicht. Aber …« Regine erschrak, als auf der Treppe Schritte zu hören waren. Sie legte den Finger an den Mund und lauschte. Die Schritte entfernten sich nach unten. »Aber das war nicht das Einzige, was er erfahren hat.« Sie griff nach dem Foto auf dem Tisch, das Cilly mit einer anderen Frau in Tanzpose zeigte. »Das hab ich mir von dem Bruder geben lassen. Zur Erinnerung.« Sie blickte eine Weile auf das Foto. »Die andere … ist auch ermordet worden. Genauso wie die Cilly.«

Gerti hatte plötzlich das Gefühl, ein eisiger Hauch wehte sie an. Das war die Frau, die ihr im Boccaccio die Mappe gegeben hatte. »Weißt du, wie die heißt?«

»Marie Zaumgiebl, sagt der Bruder. Ich hab die nicht gekannt.«

Gerti beobachtete, wie Regine sich ächzend erhob, zum Fenster ging und mit dem Zipfel ihres Ärmels ein Guckloch in die überfrorene Scheibe rieb. »Ob's bald Schnee gibt?«, fragte sie abwesend.

»Und wo hat man diese Marie Zaumgiebl gefunden?«

Regine zuckte die Achseln und gab keine Antwort. Eine bedrückende Stille breitete sich aus, die nur von einem leisen Knistern unterbrochen wurde, das kurz darauf auch abbrach. Das Feuer war ausgegangen. Gerti blickte auf den leeren Holzkorb neben dem Ofen. »Hast du kein Brennmaterial mehr?«

Regine schüttelte den Kopf. »Wenn ich mir nix dazuverdienen kann, reicht's höchstens für die Miete und ein bisschen Essen.« Sie drehte sich um. Tränen standen ihr in den Augen, und ihre Unterlippe bebte. »Das war jetzt schon zwei Mal … Wenn ich mit jemand zu mir raufgehen wollt, ham mir so Kerle vorm Haus den Weg verstellt. Und blöde Sachen zu mir gesagt, dass mein Begleiter gleich abgehauen ist.«

»Was für Sachen?«

Sie machte eine wegwerfende Bewegung. »Die beobachten das Haus. Vielleicht wegen den Ostjuden. Erst neulich ist einer draußen vorm Tor verprügelt worden. Vielleicht waren's aber auch die Kerle, die in dem Zimmer von der Cilly alles zusammengeschlagen haben.«

»Glaubst du, dass sie dir was antun wollten?«

»Das weiß ich nicht«, rief Regine verzweifelt. »Ich weiß ja nicht, was die Cilly getan hat, was man bei ihr gesucht hat.« Sie ließ sich wieder aufs Bett fallen und legte den Kopf in die Hände. »Ich hab halt Angst, dass sie jetzt bei mir nach was suchen.«

Mit einem Mal wurde Gerti klar, dass sie Regine in Gefahr brachte. Wenn diese Kerle tatsächlich das Haus beobachteten und sie hatten reingehen sehen ... Sie musste weg hier und durfte keinesfalls wiederkommen. Sie griff in ihre Tasche und nahm fünfzig Mark aus dem Kuvert. »Pass auf, Regine, ich hab nicht viel Zeit im Moment. Aber hier ist Geld für Holz und Kohlen. Und hier ...« Sie zog einen Stift heraus und kritzelte schnell die Telefonnummer der Dohmbergs an den Rand einer Zeitung auf dem Tisch. »Unter der Nummer kannst du mich erreichen, wenn irgendwas sein sollte. Ich bin vorübergehend bei der Freundin eines Bekannten untergekommen.« Sie stand auf. »Könntest du nicht auch woanders wohnen? Bei deiner Familie vielleicht? Nur, bis sich die Lage beruhigt hat.«

Regine sah mit aufgerissenen Augen auf den Geldschein. »Ich hab keine Familie. Und ins Waisenhaus kann ich nicht zurück«, erwiderte sie bitter.

»Ja, das ... das tut mir leid. Aber ruf mich auf jeden Fall morgen an, damit ich weiß, ob es dir gut geht. Wenn ich nicht da sein sollte, lass etwas für mich ausrichten.« Gerti warf kurz einen Blick auf das Foto auf dem Tisch. »Kann ich mir das ausleihen? Ich geb's dir zurück.«

Regine nickte.

»Meld dich bei mir, versprochen?« Sie steckte das Foto ein und sperrte die Tür auf. »Ach, und was ich dich fragen wollte: Ist Cillys Bruder aus München?«

Regine griff in die Rocktasche und zog einen Zettel heraus. »Der ist aus Rosenheim. Er hat mir seine Adresse aufgeschrieben.«

Gerti griff nach dem Zettel. »Kann ich den behalten?«

Regine nickte. »Ja sicher. Ich fahr bestimmt nicht nach Rosenheim zur Beerdigung.«

Gerti jagte die Treppe hinunter, rannte zum Taxi und stieg schnell ein. »Jetzt fahren wir zu dem Hotel in der Theresienstraße«, sagte sie.

Jetzt war auch noch Regine in die Sache mit hineingezogen worden. Wenn ihr etwas passierte, träfe sie zumindest ein Teil der Schuld. Aber was konnte sie schon tun? Die Polizei um Hilfe bitten? Damit würde sie ihr vermutlich noch mehr schaden, weil die Beamten sie wegen gewerbsmäßiger Unzucht womöglich ins Arbeitshaus stecken würden. Und das war schlimmer als Gefängnis. Aber Regine musste unbedingt aus dieser Dachkammer raus. Könnte sie Caroline um Hilfe bitten? Die wusste ja bereits, dass sie im Rahmen ihrer angeblichen Recherchen mit Frauen aus den Randbezirken der Gesellschaft zu tun hatte. Vielleicht hatte sie ja eine Idee, wo Regine unterkommen könnte?

»Sie können sitzenbleiben«, erwiderte Schorsch. »Den Koffer hol ich ab.«

Gerti nickte.

20

»Sie sollen schon mal Platz nehmen, Herr Kommissär«, sagte Brunner und zeigte auf die offen stehende Tür. »Der Herr Oberinspektor hat noch mal schnell wegmüssen, soll ich Ihnen ausrichten.« Dann senkte er die Stimme und fügte mit bedeutungsvollem Unterton hinzu: »Er ist nach oben, verstehen S'. Nach *ganz* oben.«

Reitmeyer nickte. Das konnte er sich vorstellen, dass Klotz sich Instruktionen von »ganz oben« holen musste in einem Fall so ungeahnter Peinlichkeit. Der frühere Filmzensor, der offiziell bestellte Tugendwächter der Polizei, stand im Verdacht, schwerste Verfehlungen begangen zu haben. Das wäre ein gefundenes Fressen für die Presse, wenn das herauskam. Die Ordnungsmacht würde mit beißender Häme rechnen müssen. Jetzt durfte man gespannt sein, was seinen Vorgesetzten einfiel, um den Skandal abzuwehren.

Reitmeyer setzte sich auf den Besucherstuhl und blickte auf den Schreibtisch. Wie immer waren Zeitungen aller politischen Richtungen darauf gestapelt, die Klotz durchforstete. Zuoberst lag ein Exemplar der *Arbeiterpost*. Sie schien bereits »bearbeitet«, also mit roten Anstreichungen versehen. Die Überschrift einer Kolumne hatte der Oberinspektor gleich zweifach unterstrichen. Reitmeyer grinste in sich hinein, als er das Blatt mit Sepps Artikel ergriff.

EIN LICHTBLICK IM GEDÄMPFTEN LEUCHTEN

In einer Zeit vielfach beklagten Niedergangs erinnern wir uns voller Wehmut jener Tage, als München leuchtete, den Titel Isar-Athen trug und weltweit bewundert wurde. Doch tatenlose Nostalgie führt nicht zu Neubeginn, und wir bescheiden uns auch nicht mit einem Abglanz, der dem verklärenden Schein einer längst untergegangenen Sonne entstammt.

Reitmeyer überflog die folgenden Absätze. Sepp holte weit aus mit seiner Skizzierung Münchens als Kunststadt, die ihren Weltruf nicht ohne Zutun des bayerischen Herrscherhauses errungen habe. Da man in einer Republik jedoch nicht mehr auf kunstsinnige Monarchen zurückgreifen könne, müssten die Anstöße zu einer Erneuerung heute »aus unserer Mitte erwachsen«. Nach einigen weiteren Volten fand er den Ort für diese Renaissance in einer »bürgerlichen Geselligkeit«, die nun nach Apathie und Niedergang endlich zu neuem Leben erwacht sei. Den Absatz hatte der Oberinspektor mit einem roten Längsstrich markiert.

> Sehr hoffnungsvoll erscheint in diesem Zusammenhang, was man von einigen Zirkeln hört, die, einstweilen von der Öffentlichkeit noch weitgehend unbemerkt, ganz neue Formen des Zusammenseins erproben. Dort trifft der Militär auf den Vertreter von Kommerz, dort finden Bildungsbürger und Bürokrat niveauvolle Entspannung, dort können alle Stände sich einer kreativen, sowohl den Geist wie alle Sinne ansprechenden Betätigung hingeben. Besonders verdienstvoll erscheint uns, dass man gerade hier auch jungen, noch gänzlich unerfahrenen Adeptinnen der Muse Gelegenheit gibt, sich einem kennerhaften Publikum in den verschiedensten Darstellungsformen zu präsentieren. Erfreulich scheint uns zudem, dass all die löblichen Anstrengungen mit einem Mäzenatentum einhergehen, das diese jungen Begabungen aufs Großzügigste fördert. Wir werden diese Entwicklungen natürlich mit der größten Aufmerksamkeit verfolgen. Einstweilen bleibt uns nur zu hoffen, dass alle Initiatoren dieser Zirkel auch weiterhin die Kraft finden, die aller künstlerischen Betätigung zugrunde liegende Synthese von Intel-

lekt und Leib herzustellen: Damit auch künftig Jung und Alt, den oberen wie unteren Schichten, kurz, der ganzen Bandbreite unserer republikanischen Wirklichkeit ein Forum zwangloser Begegnung und Inspiration geboten wird. Vielleicht dereinst nicht nur in der Abgeschiedenheit stilvoller Etagen, sondern sehr gerne auch an Orten, wo eine größere Anzahl Interessierter von ihrem Tun profitieren könnte.

Reitmeyer legte die Zeitung schnell zurück, als Klotz zur Tür hereinkam. Dass die *Arbeiterpost* »diese Entwicklungen verfolgen« wollte, hatte die Betroffenen ganz sicher aufgestört, auch wenn nur die Eingeweihten Sepps Anspielungen verstanden. Aber so war es auch gedacht gewesen.

»Tut mir leid, dass ich Sie habe warten lassen«, rief Klotz und schloss die Tür hinter sich. »Aber ich war noch kurz beim Präsidenten. Ich musste ihm persönlich vom Stand der Ermittlungen berichten, Sie wissen schon, die Löber-Sache.«

Zu Reitmeyers Erstaunen wirkte der Oberinspektor recht frisch und aufgeräumt, gemessen an dem Schlag, der Polizei und Handelsministerium drohte.

Klotz setzte sich, nahm seine Brille ab und rieb sich kurz die Nasenwurzel. »Ich darf Ihnen sagen, dass der Herr Präsident zutiefst entsetzt ist. Obwohl es ihm nicht eingehen will, dass ein so verdienter und allseits geschätzter Mann wie Dr. Löber zu einer solchen Tat imstand sein soll.«

»Mir geht es ganz genauso, Herr Oberinspektor.«

»Ach ja?« Klotz setzte seine Brille wieder auf. »Und was löst bei Ihnen diese Zweifel aus?«

»Ja, nun … es ist zwar richtig, dass Dr. Löber am Tatort war und man ihn früher mit der Cilly Ortlieb gesehen hat. Trotzdem ist das noch kein hundertprozentiger Beweis für seine Schuld. Er könnte sich in dem Lokal auch mit jemand anderem getroffen haben, und wenn der bezeugt, dass er den ganzen Abend mit dieser anderen Person verbracht hat ...« Reitmeyer brach ab, weil ihm auffiel, dass er Gedanken äußerte, die er von seinem Vorgesetzten erwartet hatte. Eigentlich hatte er damit gerechnet, dass sie mit irgendeinem Zeugen aufwarten würden, der schwor, den ganzen Abend nicht von Löbers Seite gewichen zu sein. Etwas verwundert sah er sein Gegenüber an, doch an der Miene des Oberinspektors war nichts abzulesen. Er schien ihm nur sehr interessiert zuzuhören. »Und deshalb«, fuhr Reitmeyer fort, »kann ich auch andere Spuren nicht völlig außer Acht lassen.«

»Als da wären?«, fragte Klotz gelassen.

»Die beiden Opfer haben als Aushilfen bei einem Oberleutnant a. D. von Rottenmüller gearbeitet.«

»Und standen die beiden Frauen in einem ähnlichen Verhältnis zu Herrn von Rottenmüller wie zu Dr. Löber?«

»Nein, ich glaube nicht, aber ...«

»Sehen Sie«, unterbrach ihn Klotz wohlmeinend, als hätte Reitmeyer nur eines kleinen Anstoßes bedurft, um ganz von selbst auf die richtige Antwort zu kommen. »Ein Arbeitsverhältnis ist doch etwas ganz anderes als ein Liebesverhältnis. Bei letzterem ist *Leidenschaft* im Spiel!« Er rückte ein paar Schreibutensilien zurecht. »Übrigens hat mir der Polizeischüler ein Foto in einer Zeitschrift gezeigt, wo Löber mit den beiden Frauen abgebildet ist. Auf einem Filmball! Der Talmiglanz von dieser Glitzerwelt scheint ihn ja gehörig verblendet zu haben.«

»Ja, aber was für ein Motiv ...?«

»Tja, das kann ich Ihnen sagen, bei der Vernehmung kriegen Sie das ohnehin heraus. Er war verlobt. Mit einer Tochter aus sehr gutem Hause, verstehen Sie.«

»Das heißt, er hat zwei Frauen umgebracht, weil seine Verlobte ihm sonst auf die Schliche gekommen wäre?«

»Mein lieber Reitmeyer«, erwiderte Klotz mit einem Anflug von Ungeduld. »Ich verstehe Ihre Einwände vollkommen.

Uns allen fällt es schwer zu glauben, dass Dr. Löber, ein Mann mit derartigen Verdiensten gerade auf dem Gebiet des Schutzes unserer Gesellschaft vor …« Er blickte an die Decke, als suchte er dort nach einem treffenden Ausdruck. »Vor Schmutz und Schund … dass gerade er so wenig gegen die heimtückische Verführung gewissenloser Hetären gewappnet sein sollte.«

Reitmeyer hörte zu, wie sich der Oberinspektor in seinen üblichen Floskeln erging und schließlich mit dem Fazit endete, dass leider auch die Besten den raffinierten Künsten verdorbener Subjekte nicht durchweg standhalten könnten. Und allmählich dämmerte Reitmeyer, worauf die ganze Sache hinauslief.

Sepps Artikel schien wie ein Stich ins Wespennest gewirkt zu haben. Die Gelage in der Widenmeyerstraße duften auf keinen Fall zum Gegenstand von Ermittlungen werden. Ein »Skandal Löber« war allemal leichter zu verkraften als einer, der hohe Mitglieder der Einwohnerwehr in Bredouille brachte – eine Tat aus Leidenschaft berührte nicht die »nationale Sache«. Gut möglich, dass ein paar Krokodilstränen verdrückt wurden, weil sich kein anderes Bauernopfer fand als der »verdiente Beamte«, aber die Sachlage erforderte nüchterne Abwägung.

»Und wie sollen wir jetzt weiter vorgehen?«, fragte Reitmeyer.

»Ja, wie Sie normalerweise bei einer solchen Sache vorgehen würden bei *den* Indizien.«

»Verhaften?«

Klotz machte eine bedauernde Geste. »Wir dürfen unter keinen Umständen den Eindruck aufkommen lassen, als würden wir in unserer Behörde oder ganz grundsätzlich bei Staatsbeamten ein anderes Maß anlegen als bei Normalbürgern. Das würde unser Volk als ungerecht empfinden. Wir sind vor dem Gesetz doch alle gleich.«

Reitmeyer verbiss sich ein bitteres Lachen. »Dann müsste man beim Staatsanwalt …«

Ein feines Lächeln strich über Klotz' Gesicht. »Das hab ich schon erledigt«, sagte er und zog einen Haftbefehl aus der Schublade. »Vielleicht könnte man bei der Durchführung … diskret vorgehen? Ich schlage vor, ich rufe Dr. Löber an und bitte ihn zu einem Gespräch zu uns herüber. Die Festnahme könnte dann hier im Haus stattfinden.«

Reitmeyer glaubte, er müsste die Krawatte mitsamt dem Kragen abreißen. Nach ein paar Schritten den Gang hinunter lehnte er sich an die Wand, atmete tief durch und spielte auf dem imaginären Griffbrett die Bach-Sonate. Minutenlang. Die Konzentration auf das Musikstück half, dass er sich sammeln und wieder denken konnte. Was würde sich für seine Arbeit durch Löbers Festnahme ändern? Im Grunde gar nichts. Dass er das Treiben in der Widenmeyerstraße nicht untersuchen und Rottenmüllers nicht auf den Pelz rücken durfte, war bereits vorher klar gewesen. Ihn hatte nur eine namenlose Wut gepackt, als er begriff, dass er mit seinen Ermittlungen gegen Löber den Intriganten im Präsidium die Steilvorlage für ihre Vertuschungsaktion geliefert hatte. Jetzt würden sie sich auch noch brüsten, ganz ohne Ansehen der Person Recht und Gerechtigkeit durchzusetzen, indem sie gnadenlos einen der ihren zum Abschuss freigaben. Immerhin, Löber zwei Morde anzuhängen, die er womöglich nicht begangen hatte, war nicht so einfach. Aber vielleicht wollte man bloß Zeit gewinnen – irgendwas musste passiert sein, dass man der Öffentlichkeit so schnell einen Verdächtigen präsentieren wollte.

»Herr Kommissär.« Brunner kam den Gang herunter. »Da will Sie jemand sprechen. Sie wartet unten an der Pforte.«

»Wer?«

»Eine Frau Hofmann.«

Reitmeyer lief die Treppe zur Pforte hinunter. Was wollte sie? Steiger war in ihrer Wohnung gewesen, um Marie Zaumgiebls Zimmer zu durchsuchen. Doch die Suche hatte zu keinerlei Ergebnissen geführt. Danach hatte Steiger noch ein paar Adressen abgeklappert, Lokale und Bekannte von ihr aufgesucht, aber auch das hatte nichts ergeben. Es war nur deutlich geworden, dass Marie Zaumgiebl in ihren Kreisen nicht sonderlich beliebt war – was Reitmeyer im Kolosseum selbst mitbekommen hatte.

Frau Hofmann stand am Fuß der Treppe und hob zaghaft eine Hand, mit der anderen drückte sie ein Kuvert an die Brust.

»Haben Sie noch was gefunden?«, fragte Reitmeyer.

Sie nickte und sah sich ängstlich um, als wollte sie in der Öffentlichkeit nicht darüber sprechen. Reitmeyer führte sie zu einer Bank im hinteren Teil des Eingangsbereichs. Sie setzte sich.

»Wissen S'«, sagte sie leise, ich hab im Zimmer von der Marie die Kopfkissen abgezogen, und da bin ich auf das hier gestoßen.« Sie öffnete den Umschlag und zog einen Zeitungsausschnitt heraus, den sie ihm reichte. »Ich weiß nicht, warum sie das versteckt hat. Vielleicht verstehen Sie das?«

Reitmeyer trat ins Licht und las. Da bei dem Ausschnitt der obere Rand fehlte, konnte er weder das Datum noch den Namen des Blatts feststellen.

GERICHTSNACHRICHTEN

Im Amtsgericht Moabit kam es gestern zu turbulenten Szenen, als Lothar S., der Angeklagte in einem Betrugsprozess, seine Geliebte Susanne K., die als Zeugin geladen war, schwer beschuldigte. Sie sei die treibende Kraft bei den Unterschlagungen gewesen, für die man ihn als Geschäftsführer des Nachtlokals Odaliske beschuldigte …

Reitmeyer überflog den Rest des Artikels. Susanne K. sei nicht nur Tänzerin in dem Lokal, behauptete der Angeklagte, sondern an der Geschäftsführung beteiligt gewesen und habe auch entsprechend von den Einnahmen profitiert. Die Verhandlung werde fortgesetzt, hieß es am Schluss.

»Und das war alles, was in dem Umschlag drin war?«, fragte er.

Frau Hofmann duckte sich ein wenig. »Nein«, sagte sie und zog ein Bündel Scheine aus dem Kuvert. »Das ... war auch drin. Das sind vierhundertfünfzig Mark.«

Reitmeyer setzte sich neben sie auf die Bank.

»Jetzt wollt ich halt wissen, Herr Kommissär«, flüsterte sie, »ob ich die Mietschulden, die die Marie noch bei mir hat, ob ich die von dem da abziehen kann? Wissen S', ich bin deswegen selber schon im Rückstand, und wenn ich nicht zahlen kann ...«

»Tja, eigentlich nicht. Wenn keine Straftat vorliegt, gehört das Geld den Erben von Ihrer Untermieterin.«

Frau Hofmann senkte den Kopf und steckte das Geld in den Umschlag zurück.

Reitmeyer sah eine Weile vor sich hin. Ortlieb und Zaumgiebl hatten also die Laufbahn der Offiziersgattin gekannt und sogar einen Beleg für ihre unrühmliche Vergangenheit gehabt. Hatten sie dieses Wissen gegen ihre Arbeitgeber eingesetzt? Vielleicht gab es noch eine Zeitungsmeldung, in der von Suzy del Reys Verurteilung wegen Betrugs berichtet wurde. Das hätte sie bestimmt nicht an die große Glocke hängen wollen.

»Ja, gut«, sagte Frau Hofmann seufzend. »Dann nehmen Sie's halt.«

Reitmeyer blickte auf und sah die Frau an. Über den dünnen Mantel hatte sie ein Wolltuch geschlungen, und über den Strümpfen trug sie dicke Socken, weil ihre Schuhe mit den abgewetzten Sohlen nicht vor der Kälte schützten. Andere Leute in ihrer Lage hätten das Kuvert nicht freiwillig zur Polizei gebracht. Die polizeiliche Untersuchung der Wohnung war abgeschlossen, und wenn sie von ihrem Fund nichts berichtet hätte, wäre kein Mensch darauf gekommen. Warum sollte jetzt ausgerechnet sie für ihre Ehrlichkeit büßen? Und wahrscheinlich müsste sie lange warten, bis die Angehörigen der Marie Zaumgiebl für die Mietschulden ihrer Verwandten aufkamen, wenn überhaupt.

»Wissen Sie was, Frau Hofmann?«, sagte er kurzentschlossen. »Ich behalte den Zeitungsausschnitt und Sie das Geld.« Er legte ihr die Hand auf den Arm. »Besser gesagt, ich weiß nichts von dem Geld. Das haben Sie mir nie gezeigt.«

Sie sah ihn mit aufgerissenen Augen an. Dann senkte sie den Kopf, nickte heftig und stopfte das Kuvert in die Manteltasche.

»Haben sich die Verwandten von Ihrer Untermieterin schon bei Ihnen gemeldet?«

»Nein, noch nicht. Aber der Kriminaler, der bei mir war, hat gesagt, dass sie benachrichtigt worden sind. Bloß, viel zu holen gibt's da nicht.«

Reitmeyer drückte ihre Hand. »Also, die Sache bleibt unter uns. Kein Wort zu niemandem.«

Frau Hofmann stand auf, nickte erneut und legte den Finger an den Mund, bevor sie sich verabschiedete.

Er sah ihr nach, wie sie schnellen Schrittes zur Tür ging. Dann lief er in sein Büro hinauf. »Ich muss noch mal schnell weg«, sagte er zu Steiger und nahm seinen Mantel.

Wenn er die Rottenmüllers mit dem Zeitungsausschnitt konfrontierte, würden sie wahrscheinlich nicht gleich gestehen, dass sie von ihren Aushilfen erpresst worden waren. Trotzdem wollte er es sich nicht entgehen lassen, dem arroganten Ex-Offizier und seiner Gattin die Masken vom Gesicht zu reißen.

Er fuhr in die Widenmeyerstraße. Kurz vor dem Eckhaus sah er, dass in der Seitengasse ein Lieferwagen parkte. Er stellte schnell sein Rad ab und lief über den Hof zum Hintereingang. Am Fuß der Treppe standen große Koffer, und von oben kamen zwei Männer herab, die weitere Koffer schleppten. Er rannte in den ersten Stock hinauf. Die Wohnungstür stand offen. Ohne zu zögern lief er durch die Flügeltüren in den großen Salon, dann in den kleinen, wo er bei seinem letzten Besuch gesessen hatte. Schon auf den ersten Blick sah er, dass all die silbergerahmten Fotos verschwunden waren. Von nebenan klangen Stimmen. Er öffnete die Seitentür und blickte in die Küche.

Das Hausmädchen, das ihn damals eingelassen hatte, stand an einem Tisch und polierte Silberzeug, eine ältere Frau räumte Geschirr in Schränke.

Er klopfte an die offen stehende Tür. »Ich möchte Frau von Rottenmüller sprechen.«

Die beiden Frauen blickten erschrocken auf. »Die gnädige Frau ist ... nicht mehr da«, sagte das Hausmädchen stotternd.

»Und Herr von Rottenmüller?«

»Der ist auch weg.«

»Die Herrschaften sind abgereist«, sagte die ältere Frau.

»Und wohin?«, fragte Reitmeyer.

Die ältere Frau zuckte die Achseln. »Ich war bloß Köchin hier«, erwiderte sie. »Die ham mir nicht g'sagt, wohin sie fahren.«

»Vielleicht nach Berlin«, sagte das Hausmädchen. »Jedenfalls wird das Gepäck dahin geschickt. Mit der Bahn. Die beiden Herrschaften sind heut Morgen mit dem Auto weggefahren.«

Reitmeyers Blick fiel auf ein Brett neben der Tür, an dem eine Reihe Schlüssel hingen. »Welcher ist der Schlüssel für die Wohnung im obersten Stockwerk?«, fragte er aufs Geratewohl.

Die beiden Frauen sahen sich an. Das Hausmädchen wischte sich nervös eine Haarsträhne aus dem Gesicht. »Warum fragen Sie ... nach der oberen Wohnung?«, fragte sie und warf einen hilfesuchenden Blick auf die Köchin.

»Ich nehme mal an, Sie wissen ganz genau, warum ich danach frage.«

Die Köchin stellte klappernd einen Stapel Teller ab. »Wir ham mit der oberen Wohnung nix zu tun g'habt«, sagte sie entschieden. »Da ham bloß die Aushilfen gearbeitet.«

»Welcher Schlüssel?«, fragte Reitmeyer.

Die Köchin fuchtelte in Richtung des Bretts. »Der zweite von links.«

Reitmeyer griff den Schlüssel, rannte hinaus und ins Dachgeschoss hinauf. Er klingelte. Als niemand öffnete, sperrte er auf und trat ein. Genau wie Sepp gesagt hatte, war Thomas Pflügers Wohnung vollständig eingerichtet. Trotzdem wirkte sie verlassen. In keinem der Zimmer entdeckte er persönliche Gegenstände. Schränke und Schubladen waren leer, die Küche schien seit langem nicht mehr benutzt worden zu sein. Er ging noch einmal durch alle Zimmer. Wenn eine Wohnung so lange nicht bewohnt ist, müsste doch Staub auf den Oberflächen liegen, dachte er, irgendwo müssten Spinnweben sein. Doch alles war blitzblank. Hier war vor kurzem sehr gründlich saubergemacht worden. Die Rottenmüllers hatten keine Spuren hinterlassen.

Er ging wieder hinunter. Die beiden Frauen standen am Fenster und flüsterten miteinander.

»Haben Sie da oben so gründlich geputzt?«

Die Köchin fuhr herum, hob das Kinn und stemmte die Hände in die Hüften. »Was wollen Sie eigentlich von uns?«, zischte sie. »Wir ham hier bloß unsere Arbeit gemacht. Mit der Wohnung oben ham wir nix zu tun. Das hab ich Ihnen schon gesagt.«

»Wann waren Cilly Ortlieb und Marie Zaumgiebl das letzte Mal hier?«, unterbrach sie Reitmeyer.

»Ja, was weiß denn ich?«, rief sie aufgebracht. »Was weiß denn ich, wie die Aushilfen geheißen haben. Da waren viele da.«

»Ja, sicher«, erwiderte Reitmeyer. »Das haben Sie so abgesprochen. Aber jetzt hätte ich gern Ihre Namen und Adressen. Bei einer Befragung im Präsidium wird sich herausstellen, ob Sie mich angelogen haben.«

Das Hausmädchen wurde blass. Die Köchin ließ sich nicht so schnell einschüchtern und schimpfte los.

Reitmeyer hob die Hand und zog sein Notizbuch heraus. »Also, Namen und Adresse«, sagte er ungerührt.

Das Hausmädchen gab ihm stammelnd die gewünschte Auskunft, die Köchin weigerte sich noch eine Weile, bevor sie einknickte.

21

Sie zog den Schal tief ins Gesicht und rutschte auf dem Sitz nach unten. Doch das beklemmende Gefühl nahm nicht ab. Seit einer Ewigkeit saß sie jetzt im Taxi und wartete auf Schorsch, der ihren Koffer abholen wollte. Sie wollte weg hier. Dieses Hotel lag nicht weit entfernt von jenem Gasthaus, vor dem sie kürzlich ihre Verfolger gesehen hatte. Als plötzlich eine Gruppe ganz ähnlicher Gestalten in abgewetzten Militärmänteln und tief in die Stirn gezogenen Mützen direkt auf ihren Wagen zukam, blieb ihr das Herz fast stehen. Sie kniff die Augen zu und wagte erst wieder Luft zu holen, als sich der Klang der schweren Stiefel entfernt hatte. Dann stieg sie aus und hetzte zum Eingang des Hotels hinüber.

Vor der Rezeption drängten sich abreisende Gäste und warteten darauf, dass ihnen der Portier die Rechnung ausstellte. Schorsch stand etwas abseits und machte eine bedauernde Geste. »Das geht nicht schneller«, sagte er. »Der Hoteldiener muss erst noch Gepäck runterschaffen, bevor er Ihren Koffer holen kann. War's zu kalt im Wagen?«

Sie nickte und setzte sich auf eine Bank. Die Abfertigung

der Gäste schien sich hinzuziehen, und der Hoteldiener, der schwer beladen mit Gepäck auftauchte, bedeutete ihnen, dass er sich beeile.

»Hier ist's zumindest wärmer als draußen«, sagte Schorsch und setzte sich neben sie. »Müssen Sie danach noch woandershin?«

Gerti schüttelte den Kopf. So konnte es nicht weitergehen, dachte sie. Jetzt hatte sie zwar eine sichere Bleibe, aber draußen auf den Straßen packte sie jedes Mal wieder lähmende Angst. Doch nach Berlin zurückgehen und ihre Suche aufgeben? Jetzt, wo sie eine Spur hatte – oder zumindest einen Anhaltspunkt? Ihre Schwester war mit einem Mann von der Orfa oder Orka gesehen worden. Sie musste rauskriegen, was das war, und ihr helfen. Wie sollte sie das von Berlin aus bewerkstelligen? Nein, sie würde nicht aufgeben.

Gerti holte einmal tief Luft und setzte sich auf. »Ach, Schorsch«, begann sie nach einer Weile, »ich wollte Sie was fragen. Sagt ihnen der Name Orfa oder Orka irgendwas?«

Schorsch klappte die Zeitung zu, die er aus einem Ständer genommen hatte. »Was soll das sein?«

»Eine militärische Organisation, glaube ich.«

Er lehnte sich zurück und blickte an die Decke. »Nein, das hab ich noch nie gehört.«

Die Tür ging auf, und ein älteres Paar trat ein, hinter ihnen ein Mann, der ihr Gepäck vor der Rezeption abstellte.

»Ah, da ist ein Kollege von mir«, sagte Schorsch auf den Mann deutend. »Den könnt' ich ja mal fragen.« Er stand auf und ging zu ihm hinüber.

Gerti sah zu, wie sich die beiden unterhielten, dann kam Schorsch wieder zurück.

»Mein Kollege weiß es auch nicht. Aber vielleicht, meint er, ist das eine der Organisationen von der Einwohnerwehr. Sie wissen schon, die Leut', die Deutschland wiederbewaffnen wollen.«

»Könnten die ein Büro oder so was in München haben?«, fragte Gerti.

Schorsch zuckte die Achseln und nahm dem Hoteldiener, der auf sie zukam, den Koffer ab. »Können wir?«, fragte er und ging zum Ausgang.

Gerti folgte ihm zum Wagen hinaus. Wo könnte sie sich über diese Organisation erkundigen, dachte sie beim Einsteigen. Wer wüsste Bescheid? Sepp natürlich. Aber der würde sofort misstrauisch werden und wissen wollen, warum sie sich dafür interessierte. Besser, sie fragte einen Fremden. In einem Lokal. Sie wusste auch schon, wo.

»Ich steige weiter unten an der Leopoldstraße aus«, sagte sie zu Schorsch und reichte ihm einen Geldschein. »Danke noch mal für die Hilfe. Den Koffer können Sie im Haus bei der Liesl abgeben.«

Im Weinhaus Brennnessel hatte der Mittagsbetrieb begonnen. Gäste drängten hinter ihr herein, und sie wurde in den großen Raum geschoben, der von großen Deckenkandelabern erleuchtet war. Die langen Tafeln waren bereits dicht besetzt, nur hinten neben der Theke, an den kleineren, nicht gedeckten Tischen, sah sie noch freie Plätze. Sie schlängelte sich an den emsig hin und her eilenden Kellnern vorbei und fragte eine junge Frau, die mit zwei Herrn an einem Tisch saß, ob bei ihnen noch frei sei.

Die Frau blickte auf und lächelte sie müde an. »Ach, du bist's«, sagte sie. »Freilich, setz dich nur her.«

»Kennen wir uns?«, fragte Gerti verblüfft.

»Ja sicher. Vom Monachia. Du warst mit der Cilly unterwegs.«

Gerti musterte die junge Frau in dem schwarzen Hängerkleidchen und den vielen falschen Perlenketten um den Hals. Sie wirkte blass und übernächtigt. Gerti erinnerte sich vage an einen Abend, wo sie unter Cillys Freundinnen an einem Tisch gesessen und ein paar ältere Herrn geglaubt hatten, zudringlich sein zu dürfen, weil sie großzügig Runden schmissen.

Gerti nickte. »Aber deinen Namen hab ich vergessen.«

»Olga«, sagte die Frau und nippte an einem kleinen Bier.

Der Kellner trat neben sie. »Was darf's sein?«

Gerti sah sich unschlüssig um. »Gibt's einen Tee? So früh möcht ich noch kein Bier und keinen Wein.«

»Nicht zur Mittagszeit«, erwiderte der Kellner ungeduldig.

Einer der beiden Herrn ließ seine Zeitung sinken. »Das können Sie ruhig trinken«, sagte er. »Das ist Dünnbier. Früher hat man das mangels sauberem Wasser den Kindern gegeben.«

Gerti sah auf den Mann, dessen mächtiger Schädel von einer Gloriole weißen Haars umgeben war. Mit einer gebieterischen Geste, die sie an Bilder des alttestamentarischen Moses erinnerte, zeigte er auf sein Glas und bedeutete dem Kellner, Gerti das Gleiche zu bringen. Dann hob er wieder die Zeitung vors Gesicht.

Der jüngere Mann am Tisch, ein blasser, schmächtiger Mensch in einem engen, dunklen Anzug, grinste und griff nach seiner Kaffeetasse. »Prost«, sagte er. »Ich trink eigentlich auch Gerstensaft. Nur geröstet.«

»Ihr Essen dauert noch«, sagte der Kellner zu Olga. »Im Moment ist viel los.«

»Was hast du denn bestellt?«, fragte Gerti.

»Bestellt kann man nicht sagen«, flüsterte Olga. »Der Loibl, der Wirt, ist ein anständiger Kerl. Ich krieg halt was zu essen und kann zahlen, wenn ich wieder bei Kasse bin.«

»Hast du keine Arbeit?«, fragte Gerti.

Olga zuckte die Achseln. »Mal hier, mal da. Eigentlich hat mir die Cilly was vermitteln wollen, aber dann hab ich von dem Unglück erfahren.« Sie trank wieder einen Schluck und spielte mit den Ketten um ihren Hals, die rasselnd gegeneinanderschlugen. »Ich hab ihr nie was Schlechtes gewünscht, obwohl …« Olga brach ab, als der Moses seine Zeitung senkte und nach einem missbilligenden Blick das Blatt zusammenfaltete.

»Ich kann Ihnen nur eines sagen, mein Freund«, er legte die Hand auf den Arm seines Nebenmanns, »die *Münchner Neuesten Nachrichten* waren von jeher ein aufgeblähtes Provinzblatt im Vergleich mit der *Frankfurter Zeitung*. Und seit sie sich als Bollwerk gegen das ›marxistische Berufsdemagogentum‹ verstehen, sind sie nichts weiter als ein schlechter Witz. An Ihrer Stelle würde ich es als Auszeichnung begreifen, wenn man mich dort nicht mehr haben wollte.«

Der jüngere Mann schnaufte und wollte etwas erwidern, als der Kellner mit Schwung einen Teller vor ihm abstellte. »Einmal Hackbraten«, sagte er und eilte weiter. Gerti beobachtete, wie der Mann zögernd nach dem Besteck griff und den grauen Fleischfladen eine Weile betrachtete, bevor er ihn misstrauisch mit der Gabel anhob.

»Guten Appetit«, sagte Gerti und lächelte ihn aufmunternd an.

»Danke«, erwiderte der Mann. »Ihr Wort in Gottes Ohr.«

Der Moses knallte die Zeitung auf den Tisch. »Aber der *Simplizissimus* und die *Jugend* sind auch nur noch ihrer entschwundenen Macht und Pracht hingegeben. Und was sind sie heute?« Seine Augen unter den buschigen Brauen schleuderten Blitze. »Abwässer des Nationalismus, von dessen Bekämpfung sie einmal gelebt haben!«

Als niemand applaudierte, lehnte er sich zurück und sah seine Tischgenossen vorwurfsvoll an. Der jüngere Mann kaute inzwischen an einem Bissen. »Gar nicht so schlecht«, sagte er zu Gerti. »Jedenfalls besser, als es aussieht.«

»Der Loibl«, mischte sich Olga ein, »serviert keinen Dreck. Nicht so wie andere.«

Der Moses blickte mit gerunzelter Stirn in die Runde und lachte krächzend auf. »Die einstmals reißenden Wölfe von

Schwabing sind jetzt die rührendsten Rotkäppchen der bayerischen Haupt- und Residenzstadt. Nichts wissen und nichts wissen wollen, lautet die Devise. Viel lieber glauben, Politik sei entweder ein internationaler, ein preußischer oder ein jüdischer Trick, um die Münchner zu entmünchnern und die Bayern zu entbajuwarisieren.«

»Und warum, glauben Sie, ist das so?«, fragte Gerti unschuldig.

Der Moses setzte seine Berg-Sinai-Miene auf. »Wo wohnen Sie denn, junge Dame?«, rief er. »Haben Sie schon einmal bemerkt, dass wir in unserer Stadt inmitten eines Heerlagers leben? Zigtausend rechtsradikale Kämpfer sind hier stationiert, die bloß den richtigen Moment abwarten, um zuzuschlagen! Und warum ist das so?«, äffte er ihren Tonfall nach. »Weil unsere Regierung mit ihnen unter einer Decke steckt. Weil die Verbände, die Einwohnerwehr, die Orgesch ...«

»Orgesch?«, unterbrach ihn Gerti.

»Organisation Escherich«, erklärte der jüngere Mann zwischen zwei Bissen, »der überregionale Zusammenschluss der deutschen Einwohnerwehren. Escherich war der Gründer der bayerischen Sektion.«

»Den nennt man schon den deutschen Kriegsminister«, dröhnte der Moses. »Und dafür hat er kein Mandat gebraucht.«

»Einmal Tiroler G'röstl«, sagte der Kellner und stellte einen Teller vor Olga ab, bevor er weiter hetzte.

»Sie sind wohl nicht aus München«, sagte der Moses höhnisch. »Und Politik halten Sie für ein garstig Lied.«

Gerti ließ sich nicht provozieren. Sie saß mit Journalisten am Tisch, die sich mit den Gegebenheiten der Stadt auskannten. Das waren die Gesprächspartner, auf die sie gehofft hatte. Die wüssten Bescheid. Und wenn sie sich ein wenig unbedarft gab, taten sie – wie die meisten Männer – nichts lieber, als Frauen die Welt zu erklären. »Ich bin aus Berlin«, erwiderte sie freundlich. »Und habe wenig Ahnung von der bayerischen Politik. Aber als Studentin der Soziologie bin ich sehr wohl an Politik interessiert. Vor allem bin ich dankbar, wenn ich sie sachkundig erklärt bekomme.«

Der jüngere Mann grinste. Der Moses musterte sie wie einen aufgespießten Schmetterling. Dann griff er nach seiner Zeitung und stand auf. »Ich geh zum Mittagessen lieber heim«, fügte er nach einem Blick auf Olgas Teller hinzu. »Wenn Sie Soziologie studieren, ist Ihnen sicher mein alter Freund, der Soziologe Lujo Brentano bekannt?«

Gerti nickte. »Ja, sicher.«

»Der war nicht von hier. Genau wie ich. Die einheimische Rasse, meinte er immer, habe etwas entschieden Kulturfeindliches und deshalb dem Untergang Geweihtes – ganz ähnlich den Sioux in Nordamerika.« Er klopfte dem jüngeren Mann zum Abschied auf die Schulter. »Na, wenigstens sind ihm die Trillerpfeifen und das Gejohle der rechtsradikalen Raudis erspart geblieben, die seinem Nachfolger das Leben verbittert haben.« Er wandte sich ab und ging zum Zahlen an die Theke.

Olga atmete auf. »Was war denn das für ein alter Spinner?«

»Der ist Kulturkritiker.«

»Bei den *Münchner Neuesten Nachrichten*?«, fragte Gerti.

»Bevor sie an die rheinische Schwerindustrie verkauft und alle liberalen Kräfte rausgedrängt wurden.«

»Wie Sie?«

Der Mann seufzte und beugte sich wieder über seinen Teller.

»Sie haben vorhin diese Organisation erwähnt, diese Orgesch. Haben Sie schon mal von einer Orfa oder Orka gehört?«

Ihr Gegenüber legte Messer und Gabel ab. »Wie kommen Sie darauf?«, fragte er und warf einen Blick ins Lokal.

»Das hat jemand mal erwähnt. Sie sagte, eine Bekannte sei mit einem Mann von der Orka oder Orfa gesehen worden.«

Der Mann warf noch einmal einen Blick ins Lokal, beugte

sich vor und flüsterte: »Die Orka? Da kann ich Ihnen nur raten, sehr vorsichtig zu sein. Das sind Leute, die sich mit den österreichischen Heimwehren verbünden wollen. Letztlich soll Bayern mit Österreich vereinigt werden. Die Regierungen in Wien und Berlin befürchten das Schlimmste, weil unser Ministerpräsident Kahr schon offen mit Abspaltung vom Reich gedroht hat.«

»Und was heißt jetzt Orka?«

»Organisation Kanzler. Der Rudolf Kanzler stammt aus Rosenheim und organisiert den Waffenschmuggel von Bayern in die Alpenländer. Das alles ist natürlich absolut geheim und kann sehr gefährlich werden für Leute, von denen sie sich ›verraten‹ fühlen.«

»Und warum wissen Sie davon, wenn alles so geheim ist?«

Er lachte bitter. »Weil eigentlich alle Bescheid wissen. Die linke Presse schreibt darüber, die linken Parteien prangern es an. Doch die Einwohnerwehr und ihre Verbände behaupten, dass sei alles bloß bolschewistische Propaganda von Vaterlandsverrätern. Falls aber einer je versuchen sollte, dem Treiben in die Quere zu kommen, geheime Waffendepots oder Transporte anzuzeigen, wird er brutal ausgeschaltet. Geschützt von Ministerien und Polizei. Und tatkräftig unterstützt von rechten Blättern.«

Gerti trank einen Schluck. Sollte das heißen, dass ihre Schwester mit einer Mörderbande unterwegs war? Vermutlich hatte die verliebte Stephanie mit ihren neunzehn Jahren nicht die geringste Ahnung, auf wen sie sich da eingelassen hatte. Sie musste sie dort rausholen und zwar möglichst schnell. Bevor sie sich in irgendwelche illegalen Sachen verstrickte. »Hat diese Orka denn eine Niederlassung in München?«, fragte sie beiläufig.

»Ja, schon. Eine Tarnfirma. Die Torfverwertungsgesellschaft Alpenland. Aber«, er beugte sich wieder vor, »von mir haben Sie das nicht.«

»Und wo ist die?«

»Hören Sie, wieso möchten Sie das alles wissen?«

Gerti warf einen Blick auf Olga, die vollkommen vertieft in ihr G'röstl war und kein Interesse an der Unterhaltung zeigte. »Ich suche eine Bekannte aus Berlin, die nach München gegangen ist«, erklärte sie. »Und jemand hat mir gesagt, sie sei mit einem Mann von der Orka gesehen worden.«

»Ich kann Ihnen nur raten, sehr vorsichtig zu sein. Diese Burschen haben es nicht gern, wenn jemand Nachforschungen über sie anstellt. Die Führungsleute sind alle ehemalige Militärs, Ex-Offiziere, die haben keine Scheu, äußerst rabiat vorzugehen, wenn jemand ihre Kreise stört.«

Gerti griff wieder nach dem Dünnbier. Es schmeckte ganz genauso, wie es hieß. Nach einem kleinen Schluck stellte sie ihr Glas wieder ab. Sie würde die Adresse dieser Tarnfirma übers Telefonbuch rauskriegen.

Ihr Tischgenosse reckte den Hals, und Gerti folgte seinem Blick. Er sah zu einem jungen Mann hinüber, der schnellen Schritts auf einen Tisch zuging, an dem zwei Herrn saßen, und überreichte ihnen ein Kuvert.

»Ich hab mich schon die ganze Zeit gefragt, was die hier machen«, sagte er leise. »Normalerweise frequentieren die noblere Lokale.«

»Wer sind die beiden?«, fragte Gerti.

»Der Stabschef von der Orgesch, der Kriebel. Beim andern bin ich mir nicht sicher. Vielleicht der Brand von der Orka. Der oberste Waffenverteiler.«

Gerti stand auf und warf rasch einen Blick durchs Fenster auf die Leopoldstraße. Vor dem Lokal parkte ein Wagen. Daneben standen ein paar junge Männer, die ihren Verfolgern äußerst ähnlich sahen. Ihr wurde heiß, aber sie ließ sich nichts anmerken, als sie sich wieder setzte. Der Wagen gehörte sicher den beiden Herrn, einer der jungen Kerle war vermutlich der Fahrer. Sie zählte ihre Atemzüge, um sich zu beruhigen. Allein würde sie nicht weggehen, dachte sie. Sie bräuchte unbedingt Begleitung.

»Und? War dein Essen gut?«, fragte sie Olga.

»Mhm. Da war sogar ein echter Speck drin.«

»Hättest du nachher trotzdem Lust auf ein Stück Kuchen? Ich lad dich ein.«

»Da kann ich Ihnen das Café vorn am Preysing Palais empfehlen«, sagte ihr Tischgenosse. »Und wenn es Ihnen nichts ausmacht, dann komm ich mit auf einen Sprung. Ich geh mal davon aus, dass der Kaffee dort besser ist.«

22

»Hast *du* den Löber verhaften lassen?«, rief Steiger, als er die Tür aufriss und ins Büro stürzte. »Der hat so getobt, dass ihm zwei Beamte kaum Herr geworden sind.«

Reitmeyer drehte sich um und sah seinen aufgeregten Kollegen an. »Ist der schon da?«

»Im Vernehmungsraum. Den ham's jetzt gefesselt, weil er mit Wasserkaraffen und Gläsern geschmissen hat. Der Brunner wollt ihn sogar knebeln lassen, weil er so ausfällige Sachen über die Polizei und unseren Präsidenten gesagt hat.«

»Das kann ich ihm nicht verdenken.«

Steiger sah ihn verständnislos an.

»Der Oberinspektor hat ihn festnehmen lassen. Auf Anweisung von ganz oben. Unsere Ermittlungsergebnisse, vor allem die Fotos am Tatort, lassen angeblich keine andere Möglichkeit zu.«

»Aber wieso denn gleich verhaften? Der hat doch einen festen Wohnsitz, ist ein bekannter Jurist und Beamter, wohin soll der sich denn absetzen?«

»Tja, offensichtlich will man schnell einen Täter präsentieren. Damit keine anderen Spuren verfolgt werden.«

»Du meinst die Widenmeyerstraße?«

Reitmeyer legte die Aufnahmen aus dem Roten Adler in eine Akte. »Hast du mich nicht selber gewarnt, die Finger davon zu lassen, wegen der hochrangigen Gäste, die dort verkehren?«

Steiger wischte ein paar Mal mit seiner Lederhand durch die Luft. »Aber ich hab doch bloß gemeint, dass du nicht einfach so eine Razzia machen sollst, dass man diesen Kern nicht einfach so festnehmen kann, wenn's keine wirklich handfesten Beweise gibt.« Er ging zu seinem Schreibtisch und ließ sich auf den Stuhl fallen. »Ich hab doch bloß gemeint, dass du vorsichtig sein sollst.« Plötzlich richtete er sich auf und sah Reitmeyer mit weit aufgerissen Augen an. »Soll das heißen, dass der Löber ans Messer geliefert wird, weil andere aus der Schusslinie ...«

Reitmeyer zuckte die Achseln. »Das hast du jetzt gesagt.«

Steiger zog die Schultern ein, dann versuchte er, mit seiner gesunden Hand den obersten Hemdknopf zu öffnen. Ungeduldig zerrte und riss er am Kragen, bis der Knopf absprang und auf dem Boden landete. »Scheiß, verreckter«, fluchte er.

Reitmeyer beobachtete, wie er, noch immer fluchend, auf dem Boden herumkroch und nach dem Knopf suchte, bis er schließlich ein Lineal nahm und wütend unterm Schreibtisch herumstocherte. Steiger war ein korrekter und fleißiger Beamter, der strikt die Vorschriften einhielt und von seinen Vorgesetzten nichts anderes erwartete. Wenn ihm nun dämmerte, dass wegen irgendwelcher politischer Interessen die Dinge im Präsidium in Schieflage oder gänzlich »außer der Reihe« gerieten, löste dies Unbehagen bei ihm aus – vor allem nach den Erfahrungen des letzten Jahres, wo Revolution und Umsturz das ganze Land in Verwirrung und Chaos gestürzt hatten. Das »Politische« sollte jetzt endlich draußen bleiben. Politik machten Politiker, sagte er immer. Die Polizei habe genug zu tun, wenn sie sich um die Einhaltung von Recht und Gesetz kümmere.

»Also, ich hab gar nix gesagt«, stieß er hervor und richtete sich ächzend auf, nachdem er den Knopf gefunden hatte. »Ich find halt, dass man den Löber auch am Montag hätt' verhaften können und nicht am Samstagnachmittag. Der hat doch von den Beweisen gegen ihn noch gar nix gewusst. Wieso hätt' er dann abhauen sollen?«

»Da kann ich dir nur zustimmen«, sagte Reitmeyer. Er strich sich übers Gesicht und hätte ebenfalls laut fluchen können, denn seinen Termin mit dem Pianisten, mit dem er für die Gedenkveranstaltung proben wollte, musste er nun absagen wegen der übereilten Festnahme. Und da die Veranstaltung am Montag stattfand, weil an dem Tag die meisten Musiker frei hatten, gäbe es nur noch die Möglichkeit, sich morgen zu treffen. Aber er bezweifelte stark, dass Karl Leonhard Lust hatte, seinen Sonntag für die Probe mit einem Freizeitgeiger zu opfern.

Er nahm die Akte vom Schreibtisch und machte sich auf den Weg zum Vernehmungsraum.

Er horchte kurz. Von drinnen war kein Laut zu hören. Der Delinquent war offensichtlich gebändigt worden.

»Da können S' jetzt ruhig reingehen. Der kann nix mehr machen.« Der Protokollführer kam eilig um die Ecke und deutete auf die Karaffe und die Gläser in seinem Arm. »Ich hab bloß noch schnell Wasser geholt.«

Reitmeyer nickte und öffnete die Tür.

Löber blickte nicht auf, als die beiden Beamten eintraten. Mit hängendem Kopf, die Hände auf den Rücken gefesselt, saß er verkrümmt am Vernehmungstisch und starrte auf seine Füße, die ebenfalls gefesselt waren. Rechts und links neben ihm standen zwei Polizisten, an denen der Widerstand des Delinquenten nicht spurlos vorbeigegangen war. Der eine hatte ein Taschentuch um die Hand gewickelt, auf dem sich große

Blutflecken abzeichneten, der andere einen Kratzer am Kinn, den er, ebenfalls mit einem Taschentuch, abtupfte.

»Alles in Ordnung?«, fragte Reitmeyer.

Der rechte kickte mit dem Fuß ein paar Scherben weg. »Ich hab mich bloß an einem Glas geschnitten«, sagte er. »Nicht so schlimm.«

Der linke warf einen verächtlichen Blick auf den Gefesselten. »Mich hat sein Siegelring gestreichelt.«

Reitmeyer legte die Akte vor seinem Platz gegenüber dem Delinquenten ab. Der Protokollführer setzte sich ans Kopfende des Tischs.

»Herr Dr. Löber«, begann Reitmeyer. »Wir kennen uns ja bereits. Ich würde Ihnen die Fesseln gern abnehmen lassen, wenn Sie mir versprechen, sich ruhig zu verhalten.«

Löber reagierte zuerst nicht, dann hob er langsam den Kopf. Der Mann sah furchtbar aus. Über sein fahlgraues, eingefallenes Gesicht zog sich ein Schmiss, den Reitmeyer bei ihrem ersten Treffen nicht bemerkt hatte, weil er unter Bartstoppeln verborgen gewesen war. Das eine Auge wirkte fast unheimlich – Adern waren geplatzt, und neben einer verblüffend blauen Iris prangte ein leuchtend roter Fleck. »Haben Sie Schmerzen?«, fragte Reitmeyer.

Löber zuckte unwirsch mit einer Schulter und schlug mit den Handschellen gegen die Stuhllehne. »Nein«, stieß er hervor. »Aber machen Sie mich frei.«

Reitmeyer gab den Polizisten ein Zeichen, ihm die Fesseln abzunehmen.

Löber atmete tief durch und rieb sich die Handgelenke, bevor er einen vernichtenden Blick auf die beiden Polizisten warf. »Ungeheuerlich, wie man mich hier behandelt.«

»Tut mir leid«, sagte Reitmeyer. »Aber das haben Sie sich wahrscheinlich selbst zuzuschreiben.«

Die Polizisten setzten zu einem Kommentar an, klappten jedoch nach einem scharfen Blick des Kommissärs den Mund wieder zu.

»Ich gehe davon aus, dass sich Herr Dr. Löber von jetzt an zivilisiert benehmen wird. Sie warten bitte draußen, bis wir hier fertig sind.«

Die beiden Wachleute sahen sich an, zuckten die Achseln und zogen ab.

»Möchten Sie ein Glas Wasser?«, fragte Reitmeyer. Sein Gegenüber nickte, und er schenkte ihm aus der Karaffe ein. Löber stürzte die Flüssigkeit wie ein Verdurstender hinunter.

»Ich nehme einmal an«, begann Reitmeyer, »dass Sie so ausgerastet sind, weil Sie sich Ihre Festnahme nicht erklären können?« Er nahm die Fotos aus der Akte und breitete sie vor ihm aus. »Sie erinnern sich sicher, dass Sie mir in Ihrem Büro nicht sagen konnten, wo Sie am Abend des 14. November gewesen sind.« Löber schwieg. »Dann helfe ich Ihnen auf die Sprünge. Sie waren im Roten Adler in der Müllerstraße, wie diese Aufnahmen beweisen. Sie befinden sich zufällig unter den Gästen einer Feier, die dort stattgefunden hat. Haben Sie dazu etwas zu sagen?«

Ein leichtes Zittern ging durch Löbers Körper, als erschauerte er in einem kalten Windstoß. »Kann schon sein«, sagte er nach einer Weile tonlos, »dass ich auf einen Sprung dort war. Ich wollt mich mit einem Freund treffen.«

»Aha«, sagte Reitmeyer, »›auf einen Sprung‹.« Er schob ihm die Fotos zu. »Sie sind auf mehreren Bildern zu sehen, die nach Aussage des Fotografen zwischen 19 und 22 Uhr dort aufgenommen wurden. Also etwa zu der Zeit, als Cilly Ortlieb in dem Lokal ermordet wurde. Es muss ein sehr guter Freund sein, auf den Sie so lange gewartet haben. Geben Sie mir doch Namen und Adresse, dann schick ich sofort jemand hin, damit er Sie entlastet.«

Löber lehnte sich stöhnend zurück und blickte an die Decke, dann beugte er sich wieder vor, stützte die Ellbogen auf den Tisch und verbarg das Gesicht in den Händen. Reitmeyer wartete.

Nach einer Weile ließ Löber die Hände sinken und starrte ihn an. Seine Lippen bebten, Tränen liefen ihm über die Wangen. »Das ist alles die Schuld von dem Saukerl«, stammelte er, bevor er laut aufheulte wie ein geschundenes Tier. »Das hat mir alles der angetan ...«

»Wer?«

Löber schien ihn gar nicht zu hören. Er schluchzte immer heftiger, bis ihn ein Weinkrampf schüttelte, Tränen vermischten sich mit Rotz, den er mit dem Ärmel abwischte, dann rechte er ein paar Mal durch die Haare, schnappte nach Luft, packte die Karaffe und leerte sie halb mit gurgelnden Schlucken.

»Alles nur Lug und Trug«, murmelte er, als er die Karaffe abstellte. »Alles nur Falschheit und Hinterhalt.« Ein bitteres Grinsen verzerrte seinen Mund. »Und ich Narr, ich wähnte mich im Paradies. Ich dachte wirklich, mir gilt ihre Liebe, nicht meinem Geld.«

»Haben Sie denn Geld?«

Er stockte kurz. »Nein, nein, aber genommen hat sie mir alles, mich ausgesaugt hat sie und weggeschmissen – wie dieses Insekt, das seinen Partner tötet nach dem Liebesakt.«

»Sie sprechen von Ihrer Beziehung zu Cilly Ortlieb, nehme ich an. Wollten Sie sie in dem Lokal treffen, um sie ... zu bestrafen für ihr Verhalten?«

Löber sah ihn verständnislos an. »Nein, ich hab sie gesucht. Ich hab sie in einem Café am Sendlinger Tor entdeckt, wo sie öfter verkehrt. Dann bin ich ihr nachgegangen und hab gesehen, wie sie in den Roten Adler ...« Ein plötzlicher Schluckauf ließ ihn verstummen.

»An drei alte Weiber in roten Unterröcken denken«, sagte der Protokollführer. »Das hilft.«

Löber machte eine ärgerliche Geste. Das Hicksen ließ nach einer Weile nach.

»Wann sind Sie in den Roten Adler gegangen?«, fragte Reitmeyer.

»Ich weiß nicht mehr. Ich hab vor dem Lokal gewartet und bin dann rein. Aber ich hab sie nicht gefunden.«

»Sie wollen also sagen, dass Sie in dem Lokal nicht mit Cilly Ortlieb gesprochen haben?«

»Nein, ich hab gewartet, aber sie war weg.«

»Und was haben Sie dann gemacht?«

»Spät nachts bin ich zu ihrer Wohnung gegangen, aber da war sie auch nicht.«

»Woher kannten Sie Cilly Ortlieb eigentlich?«

Er blickte ins Leere »Von Premierenfeiern und anderen Veranstaltungen.«

»Da sind Sie ihr zufällig begegnet?«

»Ha, zufällig ...«, rief er höhnisch und sprang halb auf.

Der Protokollführer deutete auf die Tür. »Soll ich die Polizisten wieder ...?«

Reitmeyer schüttelte den Kopf.

»Das war kein Zufall«, rief Löber außer sich. »Die ist angesetzt worden auf mich.«

»Von wem?«

»Von wem? Von diesem Steinbichler natürlich.«

»Sie meinen den Produzenten der EMELKA? Und warum?«

Löber sackte auf seinen Sitz zurück. »Weil er mich fertigmachen will.« Er legte erneut die Hände vors Gesicht. »Weil er mich vernichten will«, fügte er tränenerstickt hinzu.

Reitmeyer befürchtete, sein Gegenüber werde erneut in einen Heulkrampf ausbrechen. Er schenkte wieder Wasser ein und schob das Glas zu ihm hinüber. Der Protokollführer legte den Stift ab und verdrehte die Augen.

»Hatten Sie denn Differenzen mit dem Produzenten?«

Löber senkte die Hände. Zu Reitmeyers Erleichterung wirkte er einigermaßen gefasst. »Differenzen?«, fragte er sarkastisch. »Hat man mit jemand Differenzen, der Schund und Schmutz den Vorzug gibt, weil damit das schnelle Geld zu machen ist? Der alle vorgegebenen Ideale mit Füßen tritt und auch vor pornografischen Machwerken nicht zurückschreckt? Die Inflation spielt ihm natürlich in die Hände. Hier produziert man billig mit schlechtem Geld und verkauft teuer gegen harte Devisen ins Ausland.«

»Herr Dr. Löber«, unterbrach ihn Reitmeyer. »Das Geschäftsgebaren des Filmkonzerns ist nicht Gegenstand dieser Vernehmung. Und der Produzent Steinbichler ist meines Wissens auch nicht der Leiter dieses Unternehmens. Wenn Sie meinen, diese Frau sei auf Sie ›angesetzt‹ worden, hätten Sie ja bloß nicht darauf eingehen müssen.«

Löber beugte sich vor, das rote Auge glühte gefährlich. »Haben Sie denn eine Ahnung, wie diese Frauen vorgehen? Welcher Methoden sie sich bedienen? Mit welchen Künsten und infamen Tricks sie Männern den Verstand vernebeln?«

»Klären Sie mich auf, Herr Dr. Löber. Mir scheint es nicht so erstrebenswert, von einem Insekt verspeist zu werden.«

»Ach«, er wandte sich ab, »das ist es ja. Selbst Tode erscheinen köstlich.«

Der Protokollführer schüttelte den Kopf und tippte mit dem Finger an die Stirn.

Reitmeyer räusperte sich. »Sie sagten ›diese Frauen‹. Meinten Sie damit auch die Freundin von Cilly Ortlieb? Marie Zaumgiebl?«

Löber fuhr irritiert herum. »Wieso die Marie? Die war manchmal dabei. Aber ich kannte sie nicht näher.«

Reitmeyer überlegte einen Moment. Er dachte an den Brief, der ihm zufällig in die Hände gefallen war. Es war durchaus möglich, dass Löber mit seiner Kritik und seinem Moralaposteltum ein paar Leuten in der EMELKA gehörig auf die Nerven gegangen war. Es war auch denkbar, dass Steinbichler dem Tugendwächter eins auswischen wollte. Zumindest hätte er ein Druckmittel gegen ihn in der Hand gehabt, wenn Löber sich auf eine Affäre einließ. Reitmeyer dachte an die Fotografie auf Löbers Schreibtisch.

»Weiß Ihre Verlobte von der Beziehung zu Cilly Ortlieb?«, fragte er unvermittelt.

Löber kniff die Augen zusammen, als hätte ihn etwas gestochen. »Meine Verlobte«, presste er heraus, »hat mit der Sache … nichts zu tun.«

»Sie weiß es also nicht?«

Löber senkte den Kopf und antwortete nicht.

»Tja, dann müssen wir sie eben selbst fragen. Wie heißt sie denn?«

»Ich bitte Sie«, flehte Löber. »Sie hat doch nichts damit zu tun.«

»Ihr Name?«

Er nestelte an seinem Kragen. »Amelie … von Stegner.«

Löbers Brief war an einen Ministerialdirektor dieses Namens gerichtet gewesen, erinnerte sich Reitmeyer. »Ist sie mit Herrn von Stegner aus dem Handelsministerium verwandt?«, fragte er.

Löber blickte erschrocken auf. Ein panischer Ausdruck trat auf sein Gesicht. »Wie … wie kommen Sie darauf?«

Reitmeyer trommelte mit den Fingern auf den Tisch. »Ist sie?«

Löber sank in sich zusammen. »Sie ist … seine Tochter«, flüsterte er.

Das war sein wunder Punkt. Seine größte Sorge war, dass die Familie von Stegner von seiner Eskapade erfuhr. Vermutlich war die Hochzeit mit der Tochter des hohen Beamten als Krönung seiner Laufbahn gedacht, sie sollte seinen Aufstieg in die »bessere Gesellschaft« besiegeln. Reitmeyer sah auf das Häufchen Elend, das schlaff und hilflos vor ihm saß. Löber stammte nicht aus vermögenden Kreisen, aber er hatte alles getan, um dorthin zu gelangen. Er hatte studiert, einer schlagenden Verbindung angehört, promoviert und in der Verwaltung Karriere gemacht.

»War Ihr Vater eigentlich auch Jurist?«

Löber schüttelte abwesend den Kopf. »Nein. Der war bei der Bahn. Ein einfacher Bahnbeamter.«

Reitmeyer sammelte die Fotos ein und legte sie wieder in die Akte. »Wir wären dann fertig. Fürs Erste.« Er nickte dem Protokollführer zu. »Und, Herr Dr. Löber, ich würde Ihnen raten, sich einen guten Anwalt zu besorgen.«

»Einen Anwalt?«

»Auch wenn der strafrechtliche Bereich nicht Ihr Fach ist, können Sie sich vielleicht vorstellen, was ein Staatsanwalt aus den bisherigen Ermittlungen konstruieren kann. Sie kannten das Opfer, haben zugegeben, starke Gefühle für Cilly Ortlieb entwickelt zu haben, die dann nicht erwidert wurden. Mit der Ablehnung konnten Sie nicht umgehen, weil Ihre Beziehung zu der Frau Züge von Besessenheit angenommen hatte. Dass es Ihnen grundsätzlich schwerfällt, ihre Gefühle unter Kontrolle zu halten, haben Sie mit Ihrem Auftritt hier bewiesen. Und dann kommt natürlich hinzu, dass Sie zur fraglichen Zeit am Tatort waren. Und ein Motiv hatten.«

»Was für ein Motiv? Ich hab Ihnen doch alles gesagt …«

»Ich lege nur dar, wie eine Anklage aussehen könnte. Es gibt zwei Möglichkeiten. Entweder haben Sie Cilly Ortlieb aus verschmähter Liebe ermordet, da sie keinem anderen gehören sollte, wenn Sie sie nicht haben konnten. Oder Cilly Ortlieb hat Sie erpresst, und Sie mussten zahlen, weil sie mit der Veröffentlichung Ihres Fehltritts gedroht hat. Diese Variante könnte einem Ankläger besonders gut gefallen, weil dann auch der Mord an Marie Zaumgiebl ins Bild passen würde. Die beiden Frauen waren eng befreundet, und vielleicht versuchten beide, Kapital aus der Sache zu schlagen.«

»Sie … Sie sind ja vollkommen wahnsinnig!«, schrie Löber und sprang auf. »Sie können mir doch keine zwei Morde anhängen!«

»Ich wollte Ihnen nur aufzeigen, dass Sie dringend einen Anwalt benötigen«, erwiderte Reitmeyer ruhig. Dann bat er den Protokollführer, die beiden Polizisten reinzuholen.

»So können Sie nicht mit mir umgehen. Ich werde mich beschweren. Ich habe Verbindungen«, schrie Löber und machte Anstalten, auf Reitmeyer loszugehen. Die beiden Polizisten waren jedoch zur Stelle und drehten ihm den Arm auf den Rücken.

»Auf geht's«, sagte der mit der Schramme am Kinn. »Jetzt ist Schluss mit lustig.«

Löber keuchte unter dem schmerzhaften Griff, als sie ihn zur Tür zerrten.

»Passt auf, dass er euch nicht wieder streichelt«, rief der Protokollführer grinsend.

Reitmeyer sah dem Trio nach und trank einen Schluck Wasser. Er hegte keine sonderlichen Sympathien für Löber. Genau genommen verkörperte der Assessor den Typus, den er noch nie hatte ausstehen können. Wahrscheinlich war er mit Hurra in den Krieg gezogen und schrieb die Niederlage dem »Dolchstoß« zu, den angeblich »linke Vaterlandsverräter« dem »ungeschlagenen Heer« beigebracht hätten – so wie er es den »verwerflichen Künsten« und »infamen Tricks« der Frauen zuschrieb, dass er ins Verderben gestürzt worden war. Der Mensch widerte ihn förmlich an in seiner Erbärmlichkeit.

Er nahm seine Akte und verließ hinter dem Protokollführer den Vernehmungsraum. Trotz allem, dachte Reitmeyer, hielt er den Mann nicht für imstande, zwei Frauen kaltblütig umzubringen. Wenn überhaupt, war ihm dank seines Jähzorns eine Affekttat zuzutrauen. Doch dann hätte er zugeschlagen oder zugestochen, nicht umständlich mit Spritzen hantiert. Das passte einfach nicht zu ihm. Und so gesehen passte auch das zweite Opfer nicht ins Bild.

Mit derlei Überlegungen brauchte er seinen Oberen allerdings nicht zu kommen. Das hatte er bei dem Gespräch mit Klotz genau begriffen. Er lehnte sich einen Moment an die Wand. Aber konnte er zulassen, dass seine Vorgesetzten aus politischem Kalkül dem Mann zwei Morde anhängten? Es gab nur eine Möglichkeit, Löber aus seiner Zwangslage zu befreien: Der wahre Täter musste gefunden werden. Und davon würde er sich nicht abbringen lassen.

23

Mit einer Hand hielt sie den Filzhut fest und mit der anderen den Mantelkragen zusammen. Aber es nützte nicht viel, ein heftiger Windstoß klatschte ihr kalten Regen ins Gesicht, Wasser tropfte ihr in den Nacken und rann über Hals und Rücken hinab. Sie hastete weiter. Bis zur Königinstraße waren es nur noch ein paar Meter, und unter dem Vordach des Zeitungsladens an der Ecke würde sie verschnaufen und nach der Hausnummer sehen.

Natürlich hätte sie nicht gleich losstürzen müssen, nachdem sie in der Telefonkabine des Cafés die Adresse herausgesucht hatte. Natürlich wäre es vernünftiger gewesen, in Ruhe abzuwarten, bis der Guss vorbei war. Aber sie konnte nicht warten. Und aufhalten konnte sie auch nichts, weder die Einwände von Olga noch die Besorgnis des Journalisten aus der Brennnessel. Es ließ ihr einfach keine Ruhe, sie wollte unbedingt den Ort sehen, an dem die Orka oder diese »Torfverwertungsgesellschaft« residierte, als würde ihr der Anblick des Hauses garantieren, dass auch die Suche nach ihrer kleinen Schwester von Erfolg gekrönt war.

Unter dem Vordach nahm sie den Hut ab und schüttelte ihn aus, bevor sie ihn mit klammen Fingern wieder aufsetzte. Dann blickte sie an dem Haus hinauf, entdeckte aber keine Nummer, und auf der anderen Straßenseite waren die Nummern durch die Regenschwaden nicht zu erkennen. Frierend trat sie von einem Bein aufs andere und fuhr zusammen, als eine Windbö den Zeitungsständer neben ihr fast umstürzte.

Die Ladentür ging knarrend auf. »So ein Sauwetter«, sagte die Händlerin und schaffte ihre Ware nach drinnen. »Suchen Sie was?«

Gerti nickte.

»Dann kommen S' doch rein.« Sie hielt die Tür auf.

Gerti trat ein. Rechts in der Ecke, neben einem Kanonenofen, saß ein älterer Mann und stopfte sich eine Pfeife. Er blickte nur kurz auf.

Die Zeitungshändlerin befestigte eine graue Strähne im Haarknoten, bevor sie fröstelnd die Wolljacke enger um den Leib zog. »Was suchen S' denn?«, fragte sie freundlich.

»Ja ...«, begann Gerti stockend. »Ich glaub, ich hab mir eine Adresse falsch aufgeschrieben. Ich such eine Freundin, die in Nummer vier wohnen soll.« Sie machte eine vage Geste auf die Gebäude gegenüber. »Aber da find ich ihren Namen nicht.«

»In Nummer vier?«, sagte die Zeitungshändlerin. »Da ist bloß das Büro von dieser Torfgesellschaft. Und ein paar Rechtsanwaltskanzleien. Und ganz oben wohnt eine Kundschaft von uns. Aber das sind alte Leut'.«

»Ach«, sagte Gerti und nahm ihren nassen Hut wieder ab. »Vielleicht hat sie auch gemeint, dass sie dort arbeitet. Als Sekretärin. Ich hab sie schlecht verstanden am Telefon.«

Die Händlerin schüttelte den Kopf. »Tja, in den Kanzleien gibt's schon Sekretärinnen, da müssten Sie sich halt erkundigen.« Sie warf einen Blick durchs Fenster. »Aber, ob noch jemand da ist? Was meinst du, Ludwig?«

Der Mann neben dem Ofen schob seine Mütze in den Nacken und zündete die Pfeife an. »Ich weiß nicht«, sagte er.

»Jetzt warten S' halt, bis das Schlimmste vorbei ist«, sagte die Frau und deutete auf die Straße hinaus, wo morsche Zweige und altes Laub über die Fahrbahn trieben. »Dann können Sie's ja probieren.«

»Wenn ich kurz hier warten dürfte ... das wäre sehr freundlich.«

»Ja, freilich«, sagte die Frau. »Da, neben meinem Mann am Ofen. Da ist ein Stuhl.«

Gerti setzte sich. Die Frau nahm hinterm Ladentisch Platz und hakte auf einer Liste einzelne Positionen ab.

»Sie sind aber nicht von hier?«, sagte der Mann nach einer Weile.

»Nein«, erwiderte Gerti. »Ich bin bloß zu Besuch in München. Ich bin aus Berlin.«

Der Mann paffte seine Pfeife. »So«, sagte er, »von Berlin.«

Gerti ließ sich nicht beirren von dem abschätzigen Tonfall. Fast immer, wenn jemand den Namen ihrer Stadt in den Mund nahm, hörte es sich an wie etwas Ungehöriges oder höchst Anrüchiges. Sie nahm ihr Taschentuch heraus und trocknete Gesicht und Nacken ab. »Und bei dieser ... Torfverwertung«, begann sie vorsichtig, »gibt's da nicht auch Sekretärinnen?«

»Das wär mir neu«, sagte die Frau. »Ich seh da bloß immer Mannsbilder rein- und rausgehen. Manchmal kaufen die Zigarillos bei uns. Die Sekretärinnen von den Kanzleien, die kenn ich immerhin vom Sehen.«

»Gibt's denn Torf hier in der Gegend?«, fragte Gerti.

»Ja, in der Stadt nicht«, lachte der Mann. »Aber am Chiemsee. Da gibt's sogar eine extra Bahn dafür.«

»Dann ist das Büro hier bloß für die Vermarktung?«

»Was die da machen«, sagte die Frau und winkte ab, »das wissen wir nicht so genau. Da geht viel Militär ein und aus. Reichswehr. Da vorn ist ja auch gleich das alte Kriegsministerium. Aber, wie gesagt, eigentlich keine Frauen.«

Der Mann öffnete die Ofentür und legte ein Holzscheit nach. Das Feuer loderte auf, der Deckel des Wassertopfs auf dem Kanonenofen begann zu tanzen und spuckte kleine Dampfwolken aus. Gertis Blick streifte die Schlagzeilen der Zeitungen. *Danzig wird freie Stadt,* las sie, und: *Ebert verbietet Arbeitskämpfe in lebenswichtigen Versorgungsbetrieben.* Das würde ihren Vater aufregen, dachte sie, dass Ebert wieder mit Notverordnungen die Rechte der Gewerkschaften beschnitt. Der nächste Brief ihrer Mutter wäre ganz sicher voll damit. Wie schwer es sei, ihn zu beruhigen, obwohl sie alles tue, jegliche Aufregung von ihm fernzuhalten. »Denk an sein schwaches Herz«, lautete die Schlusszeile jedes Mal.

»Aber die neulich ... vor ein paar Tag«, sagte der Mann und riss Gerti aus ihren Gedanken. »Du weißt schon.« Er gestikulierte zu seiner Frau hinüber. »Die eine da, die auch bei uns gewartet hat. Die war doch von denen da drüben.«

»Ja, aber das war doch was ganz anderes,« antwortete seine Frau.

Gerti horchte auf. »Könnte das vielleicht meine Freundin gewesen sein?«

Die Frau schüttelte den Kopf. »Das glaub ich nicht. Die hat bei denen nicht gearbeitet. Die hat bloß auf jemand von da drüben gewartet. Und dann war's ihr kalt im Wagen, weil ihr Verlobter, hat sie g'sagt, so lang nicht gekommen ist.«

»Und dann hat sie sich Drops kaufen wollen. Und ich hab g'sagt, sie kann sich so lang hier hersetzen. Genau da, wo Sie jetzt sitzen, ist sie gesessen«, sagte der Mann. Ein röchelndes Geräusch ertönte, als er an seiner Pfeife zog. »Und die war auch von Berlin.«

Wie elektrisiert richtete sich Gerti auf. »Was Sie nicht sagen? Meine Freundin ist auch aus Berlin. Wie ... wie hat sie denn ausgesehen?«

Der Mann musterte sie kurz mit einem Seitenblick, dann zuckte er die Achseln. »Ja, eigentlich wie Sie. Bloß die Haar ...«

»Sie meinen, sie hatte eine andere Frisur?«, fragte Gerti.

»Ja, halt mehr so ... lockig.« Er machte wieder eine Geste zu seiner Frau hinüber, als fühlte er sich nicht zuständig für derlei weibliche Themen.

»Das war ein wirklich hübsches Fräulein«, sagte die Zeitungshändlerin. »Blond und schlank. Und sehr elegant. Ich glaub nicht, dass das eine Sekretärin gewesen ist. So einen

Mantel kann sich eine Sekretärin nicht leisten. Mit Nerzkragen.«

Gerti war schon versucht, das Foto ihrer Schwester herauszuziehen, hielt sich jedoch zurück. »Und dann ist sie wieder gegangen?«, fragte sie stattdessen möglichst beiläufig.

»Ja, dann ist irgendwann der Mann, oder der Verlobte, zum Auto rausgekommen, und sie ist mit ihm weggefahren.«

Gerti stand auf und trat ans Fenster. Wenn sie ohne Plan in das Büro gegenüber hineinmarschierte und fragte, ob ihnen eine Stephanie Blumfeld bekannt sei, könnten sich sehr nachteilige Verwicklungen daraus ergeben. Zumindest wenn es stimmte, was dieser Journalist über die Orka-Leute gesagt hatte. Sie müsste mehr rauskriegen über diese Tarnfirma und sich genau überlegen, wie sie vorgehen sollte. »Ich glaube, es stürmt schon nicht mehr so«, sagte sie zu der Frau hinterm Ladentisch. »Ich bin schon spät dran, ich müsste heim.«

»Wo wohnen Sie denn?«, fragte die Händlerin.

»Nicht weit von hier. In der Giselastraße.«

Die Frau sah aus dem Fenster. »Wissen S' was? Ich geb Ihnen einen Schirm von mir. Auch wenn's nicht weit ist, werden S' da trotzdem nass bis auf die Knochen.« Sie ging nach hinten und kam mit einem großen schwarzen Schirm zurück. »Bei so einem Sauwetter fängt man sich schnell was ein, wenn man tropfnass wird.«

»Das ist sehr freundlich von Ihnen«, sagte Gerti. »Ich bring ihn auch bestimmt zurück.«

»Das weiß ich doch«, sagte die Frau und tätschelte ihren Arm. »Wenn man so lang in einem Laden steht wie ich, dann hat man Menschenkenntnis. Da kennt man seine Pappenheimer! Ich weiß sofort, ob einer ehrlich ist oder mir bloß was vormachen will.«

Gerti bedankte sich nochmals, verließ den Laden und eilte zur Ludwigstraße hinauf. Der Sturm hatte nicht wirklich nachgelassen. Bereits auf halbem Weg stülpte ein Windstoß den Schirm um, und es gelang ihr kaum, das schwarze Ungetüm wieder in Form zu bringen. Dann rannte sie mit zugeklapptem Schirm unter die Arkaden des Kriegsministeriums. Schwer atmend strich sie die Nässe aus dem Mantel und schüttelte ihren Filzhut aus. Es wurde langsam dunkel, und ihr war kalt in dem zu leichten Mantel. Um die Straßenbahn zu nehmen, müsste sie bis zum Odeonsplatz zurück. Da war es besser, schnell bis zur Ludwigskirche zu laufen, wo sie sich wieder unterstellen konnte. Vielleicht hielt der Schirm und sie könnte es halbwegs trocken bis nach Hause schaffen.

Gerade als sie ihn aufspannte, hielt ein Wagen am Randstein. »Wollen Sie zu uns?«, rief jemand aus dem Fenster. Das Gesicht des Mannes war in dem schwachen Licht nicht zu erkennen. Sie schüttelte den Kopf.

Eine Wagentür ging auf, ein Mann in einem langen Militärmantel sprang heraus und lief unter die Arkaden. »Warten Sie«, rief er.

Erst als er vor ihr stand, erkannte sie ihn. Es war einer der Offiziere, die sie damals im Auto mitgenommen hatten. »Wollen Sie zu uns?«, fragte er noch einmal und deutete auf das Portal des Kriegsministeriums. »Oder haben Sie sich wieder verlaufen?«

»Weder noch«, sagte Gerti. »Ich versuch bloß, nach Hause zu kommen.«

»Vielleicht dürfen wir Ihnen behilflich sein«, erwiderte er mit einer kleinen Verbeugung. »Unser Wagen steht zu Ihrer Verfügung.«

»Wie ritterlich«, sagte sie lächelnd. »Sind Sie immer zur Stelle, um Witwen und Waisen zu retten?«

Er lachte. »Das ist eine unserer vornehmsten Aufgaben. Am liebsten retten wir allerdings in Not geratene junge Damen. Also?« Er zeigte auf den Wagen. Gerti klappte den Schirm zu, rannte los und ließ sich auf den Rücksitz fallen. Der Offizier setzte sich auf den Beifahrersitz.

»So sieht man sich wieder«, sagte der Fahrer und drehte sich zu ihr um. Es war der Offzier, der ihr die Dürer-Tafeln in der Pinakothek hatte zeigen wollen. »Wo soll's denn heute hingehen?«

»Nach Hause«, sagte Gerti. »In die Giselastraße. Ich wohne da bei Freunden.«

»Ach, das ist ja ganz in der Nähe«, meinte er bedauernd. Gerti drückte sich in die Ecke und sagte nichts. »Dürften wir Sie vielleicht zu einer Tasse Kaffee einladen? Ich finde, es wäre doch sehr schade, wenn wir Sie gleich wieder gehen lassen müssten, ohne uns näher kennengelernt zu haben.«

Gerti musterte den jungen Mann. Er hatte ein gut geschnittenes Gesicht, sein Haar war länger als bei Militärpersonen üblich, und er redete auch nicht so schnöselig herablassend, wie sie es von den preußischen Vertretern seiner Zunft kannte. Dennoch hatte sie kein Interesse, sich mit einem Berufsoffizier der ehemals kaiserlichen Armee näher einzulassen. Sie trennten Welten.

»Und leider haben Sie sich ja auch nicht bei uns gemeldet«, sagte der andere.

»Ich war krank«, erwiderte Gerti, »und musste das Bett hüten.«

»Und das werden Sie sicher wieder, wenn Sie bei einem solchen Unwetter draußen rumlaufen«, meinte der Dürer-Kenner und fuhr an. »Ihnen ist sicher kalt. Ein heißer Grog wäre genau das Richtige zum Aufwärmen. Vorn an der Leopoldstraße ist ein hübsches Café …«

»Nein, tut mir leid, ich werde zu Hause erwartet«, unterbrach ihn Gerti.

»Und wie steht's mit morgen?«, hakte er nach. »Ein Nachmittagskaffee?«

Gerti sah auf der Suche nach einer Ausrede aus dem Fenster auf das Siegestor. Eigentlich bräuchte sie nur anzudeuten, dass ihre Familie eine lange SPD- und Gewerkschaftstradition hatte, dann würde die Begeisterung der beiden schlagartig erlahmen. Doch ihr fielen die Worte der Zeitungshändlerin ein. In dieser Torfverwertungsgesellschaft verkehre viel Militär, hatte die Frau gesagt. Reichswehr. Sie setzte sich auf. Vielleicht waren die beiden ja ein Glücksfall.

»Na ja«, sagte sie, »Sie haben mich jetzt schon zum zweiten Mal gerettet, dafür sollte ich mich wahrscheinlich erkenntlich zeigen.«

Der Offizier auf dem Beifahrersitz drehte sich zu ihr um. Er hatte kürzeres Haar als sein Kamerad, war hagerer, aber ebenfalls nicht unansehlich. »Das finden wir allerdings auch«, sagte er schelmisch.

Sie bogen in die Giselastraße ein. Als sie auf ihre Anweisung vor der Dohmbergschen Villa hielten, warfen die beiden einen erstaunten Blick auf das vornehme Haus. »Da wohnen Sie?«, fragte der Dürer-Kenner.

»Also dann, morgen Nachmittag gegen fünf. Im Luitpold«, sagte sie und stieg schnell aus, bevor die neugierige Haushälterin etwas mitkriegte und sie erklären musste, warum sie von zwei Reichswehroffizieren heimgebracht wurde.

»Wir haben uns noch gar nicht vorgestellt«, rief der Dürer-Kenner.

Gerti drehte sich noch einmal um, bevor sie in der Einfahrt verschwand. »Bis morgen«, rief sie.

Sie hastete zum Eingang. Bereits beim Eintritt ins Vestibül merkte sie, dass irgendetwas anders war. Alles war hell erleuchtet, das sonst so stille Haus schien zu vibrieren vor Geschäftigkeit. Aus dem Küchentrakt drangen lautes Klappern und Mathildes ungeduldige Stimme herauf, von oben waren hastig hin und her eilende Schritte zu hören, Parkett und Stufen knarrten, dazwischen gurgelte Wasser aus einer Badewanne. Ein heller Lichtkegel fiel aus dem Speisezimmer in die Diele. Vorsichtig trat sie näher und spähte durch die halb offen stehende Tür. Der große Tisch war mit Damast und edlem

Porzellan gedeckt, auf Silber-Etageren lagen Sandwiches und hauchzartes Gebäck. Die Dohmbergs erwarteten Gäste. Am besten, sie verzog sich in ihr Zimmer. Als sie die Treppe hinaufstieg, kam Liesl ihr mit einem Berg Wäsche im Arm entgegen.

»Ah, Gerti«, sagte sie gehetzt. »Das ganze Haus steht Kopf. Stell dir vor, die Baroness ist zurück. Du musst umziehen. Ich hab dir schon ein Gästezimmer hergerichtet.«

»Sie ist zurück? Seit wann? Seid ihr denn nicht benachrichtigt worden?«

»Ja, keine Ahnung. Heut Mittag ist ein Telegramm gekommen, glaub ich. Der gnädige Herr hat sie vom Bahnhof abgeholt.« Sie hatte Mühe, den Wäscheberg zusammenzuhalten. »Ach übrigens, dein Zimmer ist im zweiten Stock, die zweite Tür links. Deine Sachen hab ich schon raufgeschafft, dein Koffer ist auch schon ausgepackt.«

»Aber Liesl, das hättest du doch nicht machen müssen. Du hast doch sicher genug Arbeit. Kann ich dir helfen?«

»Nein, nein, ich bin schon fertig.« Sie eilte weiter. »Aber du sollst um halb sieben ins Speisezimmer kommen«, rief sie über die Schulter zurück. »Da gibt es einen *high tea* für die Baroness. Das soll ich dir von der Caroline ausrichten.«

Gerti blieb stehen und sah ihr nach. Ein *high tea*, was immer das auch sein mochte, im Kreise der Familie, nachdem die lange abwesende Hausherrin zurückgekehrt war? Die Einladung war sicher nur aus Höflichkeit ausgesprochen worden. Ganz sicher wäre es den Dohmbergs lieber, wenn sie bei dieser Feier erst einmal unter sich blieben. Sie stieg wieder nach unten, hängte den feuchten Mantel in den Garderobenraum, kämmte sich durch das zerzauste Haar und ging zum Küchenbereich hinab.

Durch die verglaste Tür sah sie Caroline in einem sehr eleganten Seidenkleid neben der Haushälterin am Tisch stehen. Wie es schien, hatte sie Mühe, die Frau zu beruhigen. »Das macht doch nichts, Mathilde«, sagte sie immer wieder und strich ihr über die Schulter. »Dann gibt's eben keine *clotted cream* zu den *scones*. Dann streichst du eben Butter drauf.«

Mathilde wischte mit einem Tuch über das erhitzte Gesicht, bevor sie die Hände in die Luft warf. »Butter«, rief sie. »Das gehört sich doch nicht. Wenn ich bloß früher erfahren hätt', dass sie kommt, dann hätt' ich doch alles hergerichtet.«

Caroline drehte sich um, als Gerti eintrat.

»Ich hab schon gehört, dass Ihre Mutter überraschend aus England zurückgekommen ist«, sagte Gerti. »Vielleicht könnte ich mich auch irgendwie nützlich machen?«

»So weit kommt's noch«, schnaubte Mathilde, »dass Gäste bei uns arbeiten.«

Caroline lachte. »Nein, das ist nicht nötig. Trinken Sie nachher Tee mit uns?«

»Deshalb wollte ich mit Ihnen sprechen. Ich möchte die Einladung lieber nicht annehmen. Erstens hab ich nichts Richtiges zum Anziehen«, sie deutete auf Carolines Kleid, »und vor allem möchte ich nicht stören. Sie haben sicher eine Menge zu besprechen nach der langen Zeit.«

»Ich kann Sie durchaus verstehen«, sagte Caroline mit einem bitteren Lächeln. »Mein Vater war nicht besonders liebenswürdig zu Ihnen, und mein Bruder hat sicher noch kein Wort mit Ihnen gewechselt.«

»Nein, nein, so meine ich das nicht. Ich bin sehr froh, dass ich hier wohnen kann. Trotzdem wäre es mir lieber, wenn ich …«

»Die Gerti isst mit mir und der Liesl hier unten«, sagte Mathilde entschieden. »Aber was sollen wir mit der Thompson machen?«

»Die kriegt ein Tablett in den oberen kleinen Salon. Wir können sie ja schlecht in der Küche essen lassen«, sagte Caroline und ging zur Tür.

»Wer ist die Thompson?«, fragte Gerti, als Caroline draußen war.

Mathilde verdrehte die Augen. »Die *lady's maid* von der Baroness. Tut vornehmer als die Herzogin von Braunschweig. Die ist natürlich ein großes Haus gewöhnt mit extra Speise- und Aufenthaltszimmern fürs Gesinde.« Mathilde ließ sich ächzend auf einen Stuhl sinken. »Aber da unten bei mir kann ich die nicht brauchen, das hochnäsige englische G'steck ... Die hätt' mir grade noch gefehlt.« Stöhnend erhob sie sich wieder und ging in die Speisekammer, um kurz darauf mit einer Flasche in der Hand zurückzukommen. Sie nahm zwei Gläser aus dem Buffet. »Ich brauch jetzt erst mal einen Schnaps nach der Aufregung«, sagte sie und schenkte ein.

Gerti trank einen Schluck. Mathilde kippte ihr Glas auf einen Sitz. Ihr schwerer Leib erschauerte. Dann band sie sich das Kopftuch neu, aus dem ein paar graue Strähnen entwischt waren. »Den ganzen Krieg durch war ich mit dem Alten allein«, murmelte sie, »und jetzt zur Gedenkfeier für den Lukas kommt sie plötzlich zurück ...«

»Ich geh schnell nach oben und zieh mir eine andere Bluse an«, sagte Gerti. »Ich bin ziemlich nass geworden auf dem Heimweg.«

Mathilde nickte abwesend. »Mein Gott, sie war so lang weg. Wie das jetzt werden wird?«

Gerti lief in ihr neues Zimmer hinauf. Es war nicht so edel eingerichtet wie das Schlafzimmer der Hausherrin, aber trotzdem recht hübsch und gemütlich. Nachdem sie sich umgezogen hatte, setzte sie sich aufs Bett. Möglicherweise waren die neuen Umstände im Haus Dohmberg sogar ein Vorteil für sie. Mathilde hatte neue Opfer für ihre übertriebenen Fürsorge- und Pflegebedürfnisse gefunden, sie selbst stünde also nicht mehr im Fokus und könnte sich ganz ungehindert ihrer Suche widmen. Dennoch müsste sie aufpassen. Zwischen den Eheleuten Dohmberg gab es Spannungen, wie sie Mathildes Andeutungen entnahm. Bei solchen Konstellationen büßten oft unbeteiligte Dritte, wenn sie durch Unachtsamkeit zwischen die Frontlinien gerieten. Am besten, sie machte sich möglichst unsichtbar.

Sie lauschte den Geräuschen im Treppenhaus. Die Dohmbergs begaben sich ins Speisezimmer hinab. Sie vernahm die Stimme des Hausherrn. Er hörte sich nicht an, als hätte ihn die Rückkehr seiner Gattin in einen Freudentaumel versetzt. Gerti beschloss zu warten, bis alle an der Teetafel versammelt waren. Nach einer Weile trat Stille ein. Nur ein gedämpftes Grollen der Abflussrohre schien anzudeuten, das selbst das Haus gewisse Mühe hatte, die plötzliche Veränderung zu verdauen.

24

Reitmeyer wartete, bis eine Gruppe junger Leute im Haus verschwunden war, dann trat er in der Flur. Durch eine offen stehende Wohnungstür drangen laute Grammophonmusik und fröhliches Stimmengewirr. Vielleicht ganz günstig, wenn hier ein Fest gefeiert wurde, dachte er, in dem Lärm würde niemand darauf achten, wie er die Wohnung oben aufsperrte. Auf dem Weg zur Treppe warf er einen Blick durch die offene Tür. An der Stirnwand der Diele klebte ein großes Plakat, das ein Tanzpaar in schwungvoller Drehung zeigte. »BOSTON CLUB« stand in rot leuchtenden Lettern darüber. Reitmeyer erinnerte sich, dass er das Plakat schon einmal an einer Tür in seiner Eckkneipe gesehen hatte. Der Club toure durch verschiedene Lokale und Privatwohnungen, hatte ihm damals ein junger Mann erklärt, auf den Ort komme es nicht an, sie brauchten bloß Platz zum Training. »Für unsere Eltern war Tanz noch Dressur«, hatte er lachend gesagt, »für uns ist er Sport.«

Reitmeyer grinste ein bisschen, als er an seinen Tanzstundenlehrer dachte. Der wäre sicher entsetzt gewesen, wenn man seine ehrbare Profession als Sport bezeichnet hätte. Damals besuchte man Tanzschulen, um Benimm und gesellschaftlichen Schliff zu lernen, und die Bälle dienten den Mädchen als Heiratsmarkt. Die Zeiten waren längst vorbei. Heute »trainierte« man Tanzen, um an den Turnieren teilzunehmen, die überall stattfanden. Und weil die Tanzlehrer die neuen Tänze nicht beherrschten oder als »Neger-Gehopse« abtaten, das einem kultivierten Menschen nicht zuzumuten sei, gründeten die jungen Leute eigene Clubs.

Als eine junge Frau in kurzem Fransenkleid und federgeschmücktem Stirnband aus einem der Zimmer kam, ging er schnell weiter. Er wollte möglichst unbemerkt bleiben und wäre sicher nicht als Besucher des Clubs durchgegangen, weil Leute über dreißig dort längst zum alten Eisen gehörten. Rasch stieg er die Treppe hinauf und sah nach unten, ob der Hausmeister oder andere Mieter von dem Lärm auf den Plan gerufen wurden. Aber niemand erschien, um sich zu beschweren. Die Veranstaltung war offensichtlich angekündigt und bewilligt worden.

Im zweiten Stock klingelte Reitmeyer zur Sicherheit an Löbers Wohnung. Da niemand öffnete, zog er den Schlüssel, den er aus der Schachtel mit den Habseligkeiten des Verhafteten genommen hatte, aus der Manteltasche, sperrte auf und knipste die Taschenlampe an. Er stand in einem schmalen Flur, von dem drei Türen abgingen. Die mittlere stand offen und führte in ein Wohnzimmer. Mit ein paar schnellen Schritten durchquerte er den Raum und zog die schweren Vorhänge zu. Ein intensiver Geruch nach Bohnerwachs lag in der Luft, vermischt mit etwas scharf Säuerlichem, das an Essigessenz erinnerte. Er schaltete die Leselampe auf dem Sekretär ein und sah sich um. Es gab nicht viele Möbel. Neben dem schmalen Sekretär ein Sofa, einen Couchtisch und drei Sessel. Alles sah seltsam starr und zurechtgerückt aus, als wohnte hier eigentlich niemand. Nichts lag herum, weder persönliche Gegenstände noch Bücher oder Zeitungen. Allein die Brandflecken auf der Tischplatte zeugten von einem Leben, das nicht immer so ordentlich verlaufen war. Reitmeyer zog die Schubladen des Sekretärs auf. Zwei waren leer, die mittlere enthielt Schreibutensilien, daneben ein paar Briefe und Postkarten. »Mein Liebster, nur noch drei Tage, dann geht es endlich wieder heim«, las er auf der zuoberst liegenden. »Ich freue mich schon so nach der langen Zeit.« Die Karte war mit »Amelie« unterschrieben und in Köln abgestempelt worden.

Deshalb das Großreinemachen, dachte Reitmeyer, um alle Spuren seines Lotterlebens zu beseitigen. Herrn Dr. Löbers Verlobte kehrte nach längerer Abwesenheit zurück, und er wollte sich als den untadeligen Beamten präsentieren, als den sie ihn kennengelernt hatte.

Reitmeyer ging nach nebenan ins Schlafzimmer. Auch hier war alles penibel aufgeräumt, die Bodendielen glänzten, und vor dem Schrank stand eine Reihe geputzter Schuhe. Als er die Küchentür öffnete, wich er zurück, weil ihm so scharfer Essiggeruch entgegenschlug, dass er kaum einzuatmen wagte. Der Lichtstrahl seiner Taschenlampe fiel auf eine offene Speisekammer, deren Regale vollkommen leer waren. Auf dem Tisch in der Küchenmitte entdeckte er einen Zettel, der mit einem Salzfass beschwert war. »Für die Reinigung muss ich zwei Stunden extra berechnen, weil meine Tochter geholfen hat. Die Sachen aus der Speisekammer habe ich wegschmeißen müssen, weil alles voller Mehlwürmer war. Die frische Wäsche liegt im Schrank. Die Wäscherei sagt, dass noch die letzte Rechnung aussteht. Der Schlüssel ist wieder beim Hausmeister.«

Reitmeyer ging ins Wohnzimmer zurück. Wahrscheinlich war Löber durch seinen Besuch im Handelsministerium dermaßen aufgescheucht worden, dass er sofort alles vernichtet hatte, was ihn mit Cilly Ortlieb in Verbindung brachte. Es wäre sinnlos, nach Fotografien, Briefen oder Erpresserschreiben zu suchen, er würde nichts mehr finden. Pro forma würde er am Montag Steiger und Rattler zu einer offiziellen Durchsuchung herschicken. Er löschte die kleine Leselampe auf dem Sekretär und zog die Vorhänge wieder auf. An der Eingangstür lauschte er einen Moment, ob die Luft rein war, dann verließ er die Wohnung.

Die Tür zum BOSTON CLUB war nun geschlossen, aber noch immer drang laute Musik in den Hausflur. Er ging hinaus, schlug fröstelnd den Mantelkragen hoch und blickte auf das feuchte Pflaster, in dem sich die Lichter des gegenüberliegenden Lokals spiegelten. Dort drüben hatte er früher oft mit den Musikern seines Streichquartetts gesessen, weil ihr Proberaum ganz in der Nähe lag. Ein merkwürdig ziehendes Gefühl breitete sich in ihm aus, wie immer, wenn ihn etwas an die unbeschwerten Zeiten vor dem Krieg erinnerte. Er atmete einmal tief durch. Die Lokaltür ging auf, Stimmengewirr und hämmernde Klaviermusik drangen heraus. Reitmeyer zog die Handschuhe an und wollte sich gerade auf den Heimweg machen, als ihm plötzlich jemand auf die Schulter klopfte. »Mann, Sebastian! Du bist's wirklich!«

Er drehte sich um. Brenner, die Bratsche aus seinem Streichquartett, stand vor ihm. Sie gaben sich lachend die Hand. »Gerad im Moment hab ich an früher gedacht«, sagte Reitmeyer und deutete auf das Lokal. »Trinken wir was zusammen?«

»Unbedingt. Ich war sowieso auf dem Weg ins Grüne Schiff. Der Wirt hat ein kleines Fass Bier organisiert. Richtiges Bier, verstehst du, von einer Landbrauerei. Für die Stammgäste.«

»Das sollten wir uns nicht entgehen lassen.«

Gemeinsam überquerten sie die Straße und betraten das Lokal. Brenner drückte ihm seinen Mantel in die Hand. »Häng ihn mit auf«, sagte er und drängte sich zwischen die Gäste, die den Tresen umlagerten. »Ich besorg das Bier, und du suchst einen Platz.« Er deutete auf die Tische vor den Fenstern.

Nachdem Reitmeyer mühsam die Mäntel an die überfüllten Haken gehängt hatte, schlängelte er sich durch die Tanzenden, die neben dem Klavier herumhopsten, und arbeitete sich zu den Tischen durch, wo er gerade noch die beiden letzten Plätze ergatterte, bevor ein Paar sie ihm wegschnappte.

»Bist du Stammgast hier?«, fragte die Blondine auf dem Stuhl neben ihm.

»Seit Jahren.«

Sie starrte ihn mit etwas glasigem Blick an. »Aber ich kenn dich nicht.«

»Da hast du was versäumt.«

Brenner schob sich mit zwei Gläsern durch die Menge. »Das waren fast die letzten«, sagte er und setzte sich. »Also, jetzt erst mal Prost!«

Sie stießen an und tranken. »Vor ein paar Monaten hab ich bei dir angerufen«, sagte Brenner. »Hat's dir deine Tante nicht ausgerichtet?«

»Wahrscheinlich schon. Und ich hab vergessen zurückzurufen. Bei mir war furchtbar viel los. Aber wie geht's dir? Bist du noch bei deiner Bank?«

»Ja, wieder. Eine Zeitlang war ich arbeitslos, aber seit dem Sommer steigen die Aktien wieder, und unser Laden brummt. Wir haben über hundert neue Filialen eröffnet. Jetzt kann ja jeder spekulieren, weil wir bloß fünfundzwanzig Prozent der Auftragssumme verlangen, und für den Rest praktisch ein Darlehen geben.«

»Bist du Bankdirektor?«, fragte Reitmeyers blonde Nachbarin.

»Noch nicht«, antwortete Brenner lachend.

Reitmeyer sah seinen alten Freund an. Er hatte sich kaum verändert. Er war noch immer schlank und drahtig, nur um die Augen hatten sich ein paar Falten eingegraben und am rechten Lid zuckte manchmal ein Nerv. Wenn das alles war, was er von seinem Einsatz an der Westfront zurückbehalten hatte, konnte er von Glück sagen. »Und kommst du noch zum Spielen?«, fragte er.

»Ich tu mein Bestes. Deshalb hab ich dich auch angerufen, weil ich dich fragen wollte, ob du nicht Lust hättest, unser Quartett wieder aufleben zu lassen.«

Reitmeyer trank einen Schluck und nickte Brenner anerkennend zu. »Nicht schlecht. Jedenfalls kein Dünnbier.« Er stellte sein Glas ab. »Tja, also Lust hätt' ich schon. Aber wahrscheinlich geht's erst nächstes Jahr, im Moment bin ich noch ziemlich eingespannt.«

»Entschuldigen S'«, sagte jemand hinter ihm. Reitmeyer stand auf, damit sich der Mann zur Tanzfläche durchzwängen konnte. Dabei warf er einen Blick zum Fenster hinaus. Vor Löbers Haus hatte ein Lieferwagen gehalten, und zwei Leute trugen etwas zum Eingang. Er setzte sich wieder.

»Kommst du denn noch zum Üben?«, fragte Brenner.

»Ich probier's zumindest.« Er nahm wieder einen Schluck aus seinem Glas. »Eigentlich müsste ich mehr tun, weil ich zugesagt hab, bei der Gedenkfeier für Lukas Dohmberg zu spielen. Gemeinsam mit dem Karl Leonhard, dem Pianisten. Aber leider ist heut unser Probentermin geplatzt, und jetzt weiß ich nicht, was ich machen soll. Und die Feier ist schon am Montag.«

»Wolltest du denn was Bestimmtes spielen?«

»Nein, eigentlich wollt ich das mit dem Leonhard besprechen. Verstehst du, die andern, die was beitragen, sind alle Profimusiker. Bei denen will ich nicht mitspielen.«

»Ja, ich versteh schon«, sagte Brenner und hob sein Glas. »Aber«, er trank einen Schluck, »wie wär's, wenn wir zwei spielen würden?«

Reitmeyer sah seinen Freund an. »Wir zwei?«

»Na ja, wir haben doch früher ein paar Mal diese Sonate

für Violine und Viola von Sibelius gespielt. Das könnten wir doch wieder machen.«

Reitmeyer überlegte einen Moment. »Vielleicht gar keine schlechte Idee«, sagte er zögernd. »Hättest du denn Zeit am Montagabend?«

»Ja, klar. Die Noten hab ich noch. Wir könnten am Sonntag zusammen proben.«

»Das würdest du machen?«

Brenner lachte. »Wenn du versprichst, wieder im Quartett zu spielen.«

»Also gut.« Reitmeyer hob sein Glas. »Darauf stoßen wir an.«

Ein paar Leute drängten sich zu Brenner durch und begrüßten ihn lachend. Reitmeyer beobachtete währenddessen das Gewimmel der hektisch Tanzenden. Sein Tanzlehrer fiel ihm wieder ein, der immer davon schwadronierte, dass ein schöner Tanz durch seine Ästhetik und feine Poesie die Psyche des Menschen erhebe, weil er wie jede Kunst die edlen Empfindungen der Seele wecke. Darüber hatten sie schon damals gespottet. Und wenn sie überhaupt je edle Empfindungen verspürt hatten, dachte er plötzlich düster, dann waren die spätestens im Granatfeuer verdampft.

»Wie wär's mit uns?«, fragte die Blondine neben ihm und deutete auf die Tanzfläche. »Ein Foxtrott.«

»Ich bin Musiker«, sagte Reitmeyer, »wir tanzen nicht.«

Die Blondine verdrehte die Augen. »Dann lass mich raus.«

Reitmeyer stand auf. Während die Frau sich an ihm vorbeidrängte, fiel sein Blick erneut auf das Haus gegenüber. Etwas war anders. Im zweiten Stock brannte Licht. In Löbers Wohnung.

»Du, entschuldige«, sagte er zu Brenner. »Ich muss schnell weg. Bin gleich wieder da.«

»Ja, was?«, fragte Brenner. Aber Reitmeyer kämpfte sich bereits zu den Garderobenhaken neben dem Eingang durch.

Er brauchte seinen Mantel, weil in der Innentasche der Schlüssel zu Löbers Wohnung steckte. Innerlich fluchend wühlte er hastig durch die vielen Mäntel, die in mehreren Lagen übereinanderhingen. Es dauerte eine Ewigkeit, bis er seinen fand, und noch mal so lange, bis er alle darüber abgenommen und wieder aufgehängt hatte und durch das Gedränge zur Tür hinausgekommen war.

In Löbers Wohnung brannte kein Licht mehr. Der Lieferwagen stand noch immer vor dem Eingang, mit laufendem Motor. In diesem Moment ging die Haustür auf, zwei Männer eilten heraus und sprangen in den Wagen, der sofort abfuhr.

Reitmeyer sah ihnen nach, dann überquerte er die Straße und trat in das Haus. Das Treiben im Tanzclub war weiterhin voll im Gang, man hörte Musik und Lachen, aber zu sehen war niemand. Er spurtete die Treppe hoch, sperrte die Wohnung auf und leuchtete mit der Taschenlampe durch die offen stehende Tür ins Wohnzimmer. Alles war unverändert. Aber auf einem Hocker vor dem Fenster stand jetzt eine Grünpflanze. Löber hatte sich eine Palme liefern lassen. Wahrscheinlich wollte er zur Begrüßung seiner Verlobten das karge Heim verschönern.

Er blickte auf den Hocker, auf dem die Pflanze stand. Den hatte er zuvor in der Küche gesehen. Mit einem Mal spürte er ein Kribbeln in der Magengegend. War es nicht merkwürdig, dass eine Gärtnerei so spät am Samstagabend noch lieferte? Er sah den Ablauf der Szene vor sich. Die Männer baten den Hausmeister, sie in die Wohnung zu lassen. Er sperrte auf, und sie wiesen ihn an, einen Hocker zu holen. Dann waren sie einen Moment allein im Wohnzimmer.

Reitmeyer riss die Schubladen des Sekretärs auf. Die beiden seitlichen waren immer noch leer, in der mittleren schien ebenfalls alles unverändert. Er leuchtete mit der Taschenlampe hinein. Dann sah er es. Auf der rechten Seite lag ein schmales Kästchen aus Metall, das vorher nicht da gewesen war. Er nahm den Deckel ab. Auf einem Bett aus weißem Mull lag eine Spritze.

Er knipste die Taschenlampe aus. Das war es also, was die beiden Gärtner liefern mussten: Ein Beweisstück, das bei der Durchsuchung der Wohnung gefunden werden sollte. Wer ihre Auftraggeber waren, lag auf der Hand. Keiner außer seinen Vorgesetzten wusste, dass Löber verhaftet worden war und niemand in der Wohnung wäre. Er starrte noch eine Weile auf das Spritzenbesteck. Dann nahm er den Deckel, schloss das Kästchen und ließ es in seine Tasche gleiten. Den plumpen Trick würde er ihnen verhageln. So einfach würde er es ihnen nicht machen, Löber als Täter zu inszenieren.

Aber wie sollte er weiter vorgehen?, dachte er auf dem Weg nach unten. Als Erstes müsste er herausfinden, was genau eigentlich vertuscht werden sollte. Wenn die Polizeioberen so großes Interesse daran hatten, konnte es nicht lediglich um das Ehepaar Rottenmüller gehen. Es musste mit politischen Persönlichkeiten, mit Leuten von Rang zu tun haben, die bei den Rottenmüllers verkehrt hatten. Vor dem Haus blieb er eine Weile stehen und überlegte. Der Einzige, von dem er hierzu etwas erfahren könnte, war der Sittensänger. Dem würde er auf den Zahn fühlen – auch wenn er mit seinen Vorgesetzten unter einer Decke steckte.

25

Schon in dem holzgetäfelten Vestibül überkam Gertie ein beklemmendes Gefühl, das sich beim Blick in den prunkvollen Saal noch verstärkte. Das Luitpold war kein Café, sondern ein Kaffeehauspalast. Und wahrscheinlich sündteuer. Gestern, beim raschen Ausstieg aus dem Auto, war ihr kein besserer Treffpunkt eingefallen, und diesen Prachtbau in der Briennerstraße kannte schließlich jeder. Sie holte tief Luft, entschied, dass sich jetzt eh nichts mehr ändern ließ, und schritt mit hocherhobenem Haupt durch eine Säulenreihe aus farbigem Marmor in den verschwenderisch ausgestatteten Kuppelsaal.

Die runden Tische waren fast alle besetzt, ein zarter Summton aus Gesprächen und leise klapperndem Porzellan lag in der Luft, Kellner mit Silbertabletts eilten umher, und von irgendwo perlte Klaviermusik herüber. Sie sah sich um. Neben einem hohen Messingständer mit internationaler Presse entdeckte sie noch einen freien Tisch und ließ sich nieder. Ein Kellner rollte einen Kuchenwagen in ihre Richtung und hielt am Nebentisch, wo ein vornehmer älterer Herr seine Zeitung zusammenfaltete und unter Köstlichkeiten, die in plissierten Papierwannen ruhten, seine Auswahl traf. Als der Schwarzbefrackte an ihren Tisch trat und nach ihren Wünschen fragte, bestellte sie bloß Tee – der ließ sich vermutlich noch bezahlen. Dann lehnte sie sich zurück und blickte zu den Deckengemälden über dem üppigen Stuckfries hinauf. Ein Heer von Putten schwebte durch bläuliche Gefilde, und Göttinnen lächelten zu ihr herab. Gerti legte den Kopf weiter in den Nacken und kniff die Augen zusammen, um die von Schleiern umwehten und Blüten streuenden Gestalten in den obersten Kuppelsegmenten zu betrachten.

»Eindrucksvoll, nicht?«, sagte der Herr am Nebentisch. Er trug einen dunklen Gehrock, Haar und Bart waren perfekt gestutzt, an seiner Krawatte blitzte eine Diamantnadel. Er musste sich wahrscheinlich keine Gedanken über die Preise der Petit Fours machen, die er mit einem Silberlöffel zerteilte.

»Ja, sehr«, erwiderte sie. »So was habe ich bislang noch nicht gesehen.«

»In meiner Jugend, als das Luitpold errichtet wurde, war man ungemein stolz auf diesen Bau«, sagte der Herr und deutete in die Kuppel hinauf. »Auf dieses Renaissance-Schloss mit seinen zwanzig Sälen. In ganz Europa hat man uns darum beneidet. Aber dieses Schloss wurde nicht von Königen oder Fürsten erbaut, sondern von Geschäftsleuten. Wie alle unsere heutigen Paläste bloß Tempel für den Kommerz sind.« Er rührte Sahne in seinen Kaffee, bevor er mit einem feinen Lächeln hinzufügte: »Heutzutage ist ja der Kunde König, wie man so sagt.«

»Solang seine Brieftasche königlich gefüllt ist.«

Der Mann sah sie irritiert an, und es dauerte einen Moment, bis Gerti seinen Blick verstand. Sie sah nicht aus, als müsste sie sich um den Inhalt ihrer Brieftasche Sorgen machen.

Caroline war gestern zu ihr gekommen und hatte gesagt, dass Gerti selbstredend in ihren eigenen Sachen an der Gedenkfeier für ihren Bruder teilnehmen könne, doch falls sie sich eingeschränkt fühle durch die begrenzte Auswahl ihrer Reisegarderobe, würde sie sich freuen, wenn sie ihr für den Montagabend oder für andere Gelegenheiten während ihres Aufenthalts in München aushelfen könne. Das sei natürlich nur ein Angebot und keinesfalls herablassend gemeint. Als dann am Nachmittag Liesl mit einem Berg Klamotten in ihrem Zimmer auftauchte, brach angesichts des Angebots jeglicher Widerstand zusammen, der sie noch hatte zögern lassen. Ein graues Seidenripskostüm, das sie mit einer schwarzen Spitzenbluse kombinierte, zog sie nach dem Anprobieren gar nicht mehr aus – und darin konnte sie auch mit den modisch gekleideten Damen hier im Saal problemlos mithalten. Schwerer fiel es ihr, das Verhalten der äußeren Erscheinung anzupassen; nicht bloß elegant und großbürgerlich auszusehen, sondern sich auch so zu geben.

Der Kellner brachte ihren Tee. Der Herr am Nebentisch vertiefte sich wieder in seine Lektüre, nachdem sie ihn so brüsk hatte abfahren lassen. Gerti blickte in den Säulengang, wo eine Gruppe neuer Gäste auftauchte, darunter Offiziere. Sie beugte sich vor, um festzustellen, ob ihre zwei Verehrer dabei waren. Erschrocken wich sie gleich wieder zurück und griff nach einer Zeitung vom Ständer neben ihr. Hastig schlug sie den *Figaro* auf, verbarg den Kopf dahinter und spähte vorsichtig zu den Militärs hinüber. Ihre Galants waren nicht darunter, dafür ein Offizier, dem sie lieber nicht begegnen wollte. Die Männer blieben stehen, unterhielten sich und schlenderten dann langsam wieder zum Eingang. Sie atmete auf.

Eigentlich musste sie von Franz von Dohmberg nichts befürchten, dachte sie nach einer Weile. Doch Carolines jüngerer Bruder hatte sie bislang mit solch kalter Gleichgültigkeit behandelt, dass sie ihm lieber aus dem Weg ging. Schon als sie ihm vorgestellt worden war, hatte er sich nur zu einer knappen Verbeugung herabgelassen, und wenn sie sich im Haus zufällig auf der Treppe begegneten, eilte er grußlos an ihr vorbei. Sein Vater, der alte Dohmberg, verhielt sich genauso abweisend. Besser gesagt, er behandelte sie wie Luft. Woran dies lag, ließ sich nur ahnen. Aus Liesls und Mathildes Andeutungen war zu entnehmen, dass dieser Riss, der die Familie spaltete, wahrscheinlich auf Vorkommnisse noch vor dem Krieg zurückging. Doch selbst wenn diese Ablehnung gar nichts mit ihrer Person zu tun hatte, war sie kränkend und schwer erträglich.

Caroline war das schroffe Verhalten ihrer männlichen Verwandten eindeutig peinlich, aber ändern konnte sie daran offensichtlich nichts. Vielleicht hatte sie sich deswegen so bemüht, wenigstens die Baroness zu einer freundlicheren Aufnahme des Gastes zu bewegen. Doch entweder war die Dame noch so von ihrer Reise erschöpft gewesen oder so niedergeschlagen von dem frostigen Klima im Haus, dass sie kein spürbares Interesse für die Mitbewohnerin aufbrachte. Über ihr schönes, noch immer faltenloses Gesicht war kurz ein Lächeln gestrichen, als sie sich aufgerichtet hatte, dann war sie wieder apathisch auf die Kissen zurückgesunken. Zu Carolines Ausführungen über die junge Studentin aus Berlin, die hier an ihrer Doktorarbeit schreiben wolle, fiel ihr nichts ein, außer dass sie *very pretty* sei. Jedenfalls war Gerti froh, dass ihr die Teilnahme am Mittagessen erspart blieb. Sie hatte wie immer in der Küche gemeinsam mit dem Personal gegessen.

»Wir haben uns doch hoffentlich nicht verspätet?«

Gerti ließ die Zeitung sinken. Ihre beiden Verehrer standen vor ihr und blickten sie erwartungsvoll an. Sie trugen Ausgehuniformen mit Ordenschnallen an der Brust, und der mit den längeren Haaren, der Dürer-Kenner, legte eine weiße Blume auf den Tisch.

»Draußen im Vorraum verkauft eine Blumenfrau gerade besonders schöne Gardenien. Ich konnte nicht widerstehen und dachte, vielleicht finden Sie Gefallen daran.«

»Sehr hübsch«, sagte Gerti freundlich, nahm die Gardenie allerdings nicht auf, um daran zu schnuppern, wie die Offziere es womöglich von ihr erwarteten. Schließlich befand sie sich auf keinem Hofball und schon gar nicht bei einem Rendezvous. »Nehmen Sie doch Platz«, sagte sie stattdessen.

»Aber wir haben uns noch gar nicht vorgestellt«, sagte der Dürer-Kenner und deutete auf seinen Begleiter. »Das ist mein Freund, Ludwig von Hartz, und ich bin Anton von Laufenbach.« Worauf sich beide höflich verbeugten.

Der Herr am Nebentisch blickte von seiner Zeitung auf. Trugen die beiden bekannte Namen? Würde sich rumsprechen, dass sie mit diesen Offizieren gesehen worden war? Und wäre das ein Problem? Aber sie ließ sich nichts anmerken von ihren Gedanken.

»Sehr angenehm, Gerti Blumfeld.« Sie deutete auf die Stühle und die beiden setzten sich.

»Wir haben gerade eine Partie Billard gespielt«, sagte von Hartz. »Hatten Sie schon Gelegenheit, sich den Billardsaal anzusehen? Es ist der größte und schönste in ganz Europa.« Er winkte dem Kellner.

»Nein, ich bin zum ersten Mal hier. Überhaupt habe ich von den Sehenswürdigkeiten noch wenig mitbekommen, weil ich leider krank geworden bin.« Sie hatte beschlossen, sich so zu geben, wie es ihrem Aufzug entsprach. Eine sorglose Besucherin aus Berlin, die bei einer wohlhabenden Münchner Familie wohnte. Der Kellner kam. Die beiden bestellten Kaffee. »Die Kuchen hier sind übrigens sehr zu empfehlen, besonders die Schoko-Törtchen. Dafür ist das Luitpold berühmt.«

Gerti lächelte. »Nein, danke. Im Moment nicht.«.

»Ich gehe davon aus, dass Sie sich wieder besser fühlen. Zumindest sehen sie ganz hervorragend aus «, sagte von Laufenbach, der Gardenienlieferant, und rückte seinen Stuhl ein bisschen weiter in ihre Richtung.

Hartz nickte zustimmend.

»Jetzt müssen Sie uns aber erlauben, Ihnen die Schönheiten unserer Stadt zu zeigen«, legte Laufenbach nach. »Bei dem schlechten Wetter bietet sie sich natürlich nicht von ihrer besten Seite dar. Aber es gibt auch viel Interessantes, das sich trockenen Fußes bewundern lässt. Die Residenz zum Beispiel, die seit Anfang des Jahres ein Museum ist und öffentlich zugänglich.«

»Ach wirklich?« Sie überlegte angestrengt, wie sie die Balzgesänge abkürzen und das Gespräch in eine Richtung lenken konnte, die ihr dienlicher wäre.

Der Kellner brachte den Kaffee. Gerti musterte die beiden. Laufenbach wirkte energischer und aufgekratzter als sein Freund. Auch attraktiver – zumindest wenn man auf den Typus schneidiger Kriegsheld stand. Hartz dagegen war zurückhaltender, weniger siegesgewiss und hatte bei der Konkurrenz um Frauen vermutlich schon des Öfteren den Kürzeren gezogen. Die Art, wie er den Zucker in seinen Kaffee rührte, ohne aufzublicken, während sich zwischen seinen Augen eine steile Falte bildete, schien darauf hinzudeuten. Vielleicht war aber schon im Vorfeld entschieden worden, wer freie Bahn hätte. Was hieße, dass sich Hartz irgendwann unter einem Vorwand verabschieden und aus dem Staub machen würde. Das musste sie verhindern. Mit einem süßholzraspelnden Laufenbach allein wäre es noch schwieriger, das Thema, wegen dem sie überhaupt hier war, anzusprechen.

»Wir haben natürlich noch eine ganze Reihe anderer Vergnügungen zu bieten. Und ich darf sagen, dass wir dem Angebot in der Hauptstadt in nichts nachstehen.« Nach einem kurzen Seitenblick auf Hartz, der keine Anstalten machte, ihm in die Parade zu fahren, ritt Laufenbach ungehindert zur Attacke. »Interessieren Sie sich für Musik? Zufällig hab ich Karten für morgen Abend. Im Nationaltheater wird die Zauberflöte gegeben. Und unsere Königin der Nacht ist ein Erlebnis! Haben Sie die Ivogün schon einmal gehört?«

Gerti schüttelte den Kopf. Mit der Attitüde der verwöhnten Hauptstädterin versuchte sie, den Angriff abzuwehren. »Ach wissen Sie …« Doch vergeblich, denn jetzt bekam Laufenbach Schützenhilfe von Hartz.

»Die ist wirklich absolut umwerfend. Wirklich einmalig. Manche Leute gehen nur wegen ihrer Rachearie hin.«

Das war für Laufenbach das Stichwort, zu einer längeren Ausführung über die Stimmanforderungen bei dieser Arie anzuheben. Er ließ sich über das »Pfeifenregister« bei Sopranistinnen aus, und ob sie gewusst habe, dass Mozarts letzte Worte der Königin der Nacht gegolten hätten.

Gerti schüttelte wieder den Kopf und sah genervt den Säulengang hinunter, wo die Gruppe Offiziere mitsamt Carolines Bruder erneut erschienen war. Sie kamen direkt auf sie zu. Sich hinter einer Zeitung zu verstecken, war nicht möglich. Franz hatte sie auch längst entdeckt, was sie an seiner Miene ablas, die sich mit einem Mal verdüsterte. An seiner Seite war ein bulliger Militär mit seltsam aufgedunsenem, vernarbtem Gesicht und kurzem, in der Mitte gescheiteltem Haar. Sein unvorteilhaftes Äußeres stach neben dem gutaussehenden Franz noch mehr heraus. Als sie hinter den Rücken ihrer Verehrer vorbeigingen, nickte ihr Franz kurz zu.

Laufenbach schwadronierte unbeirrt weiter und legte die Hand auf ihren Arm. »Offenbar ist das doch nicht so bekannt, wie ich dachte. Mozarts letzte Worte, meine ich.« Er hob den Finger. »›Still, still‹, hat Mozart zu seiner Frau gesagt. ›Jetzt nimmt die Hofer das hohe F.‹«

»Das war seine Schwägerin«, erklärte Hartz und drehte sich um, als er bemerkte, dass Gertis starrer Ausdruck nicht den Äußerungen seines Freundes galt. »Da ist der Dohmberg mit Hauptmann Röhm. Kennen Sie die beiden?«, fragte er verblüfft.

»Nur Franz von Dohmberg. Flüchtig. Er ist der Bruder meiner Freundin.«

»Sie wohnen bei den Dohmbergs?«, fragte Laufenbach. Seinem Tonfall war nicht eindeutig zu entnehmen, ob er das gut oder schlecht fand.

Sie nickte. »Ist dieser Hauptmann Röhm bei Ihnen im Kriegsministerium? Merkwürdig eigentlich, wieso das immer noch so heißt, wo doch der Krieg vorbei ist.«

Laufenbach schenkte ihr ein nachsichtiges Lächeln. »Das ist nur noch ein Name, der sich in erster Linie auf das Gebäude bezieht.«

»Wir sind jetzt eher ein Abwicklungsministerium«, sagte Hartz und winkte ab.

Laufenbach sah Franz und dem Hauptmann nach, dann tauschte er einen kurzen Blick mit Hartz, nahm einen Schluck Kaffee und legte erneut los: »Also, wie steht's? Kommen Sie mit am Montag? Und nach der Vorstellung vielleicht ein Diner im Rokoko-Saal hier?«

»Oder im Schlachtensaal?«, warf Hartz ein, verstummte aber nach einem Seitenblick von Laufenbach sofort wieder.

»Vielleicht ein anderes Mal«, erwiderte Gerti. »Aber am Montag kann ich nicht. Da findet im Hause Dohmberg eine Veranstaltung zum Gedenken an den gefallenen Sohn statt.«

»Für Lukas Dohmberg, den Geiger? Den hab ich selbst ein

paar Mal gehört. Wirklich sehr schade um den Mann. Meine Schwester, die selbst keine schlechte Pianistin ist, war ganz vernarrt in ihn.« Einen Moment lang schwieg er und sah vor sich hin. Dann besann er sich wieder auf seine Aufgabe, die offensichtlich darin bestand, nicht locker zu lassen, bis er eine feste Verabredung mit ihr hatte. Im Eiltempo ratterte er eine Reihe von Vorschlägen herunter, was man am Dienstag oder Mittwoch, oder »heute Abend« unternehmen könnte. Theater, Konzert, Varieté ... Bis Gerti abwehrend die Hände hob. Jetzt oder nie, dachte sie.

»Leider bin ich heute Abend schon verabredet«, begann sie. »Ich gehe da einer Sache nach«, sie legte die Hand an den Hals, »die mich schon länger bedrückt.«

»Ach«, sagte Laufenbach. Seine Hand landete wieder auf ihrem Arm. »Können wir Ihnen helfen?«

»Tja, ich weiß nicht.« Sie trank einen Schluck Tee und setzte die Tasse mit einem hilflosen Lächeln ab. »Es geht um eine alte Freundin aus Berlin, verstehen Sie. Leider kam es vor einiger Zeit zu einem Missverständnis, das ich sehr bedauere ...« Sie sah die beiden ernst an und überlegte, wie sie geschickt die Kurve kriegen könnte. »Jedenfalls geht sie mir seitdem aus dem Weg, verstehen Sie? Aber vor ein paar Tagen hat sie jemand zufällig bei einer Gesellschaft hier in München getroffen, allerdings nur flüchtig, weil sie bereits im Aufbruch war.«

Die beiden sahen sie gespannt an.

»Sie sei in Begleitung eines Mannes gewesen, ihres Verlobten, wurde gesagt, obwohl ich bislang nichts von einer Verlobung gehört hatte.«

»Sie würden gern mit ihr in Kontakt treten, richtig? Warum fragen Sie nicht bei den Gastgebern nach?«, hakte Hartz natürlich sofort beim Schwachpunkt ihres Märchens ein.

»Es war eine große Gesellschaft, verstehen Sie?«, erklärte sie schnell. »Irgendjemand hat die beiden mitgebracht, die Gastgeber kannten sie gar nicht. Eigentlich habe ich nur einen

Anhaltspunkt, auch wenn sich der ziemlich seltsam anhört. Der Verlobte sei bei irgendeiner Organisation, vielleicht bei einer militärischen.«

»Einer militärischen Organisation?«, fragte Laufenbach. »Wie soll die heißen?«

Sie machte eine vage Geste. »Ich glaube, Orfa ... oder Orka ... Haben Sie die Bezeichnung schon einmal gehört?«

Laufenbach und Hartz schienen gleichzeitig einzuatmen, bevor sie einen Blick austauschten. Einen Moment lang hatte sie den Eindruck, als blitzte unter dem Firnis des galanten, kunstsinnigen Gehabes eine ganz andere Seite ihrer Persönlichkeit auf. Ein harter, abweisender Zug trat auf Laufenbachs Gesicht, Hartz schien sich besser im Griff zu haben. Sein Lächeln jedoch wirkte künstlich und erreichte die Augen nicht.

»Ach wissen Sie«, er wischte mit der Hand kurz durch die Luft, als wollte er ein Insekt verscheuchen, »heutzutage müsste man wahrscheinlich Listen führen, um bei den vielen Abkürzungen noch durchzublicken. Die Unsitte hat im Krieg angefangen, aber inzwischen völlig Überhand genommen. Firmen, Parteien, Vereine, überall bloß Buchstabensalat statt Namen – Bufa, Ufa, DNSTB, Orgesch, wer weiß, was Orfa oder Orka bedeuten soll?«

»Wir könnten uns ja umhören«, erbot sich Laufenbach beflissen.

»Und Ihnen dann Bescheid geben«, sagte Hartz. »Wir wissen jetzt ja, wo wir Sie erreichen können.«

Das klingt wie eine Drohung, schoss es Gerti durch den Kopf. Sie sah ihre Gegenüber an. Beide erwiderten ihren Blick mit scheinbar harmlos freundlicher Miene. »Vielleicht jetzt doch ein Törtchen?«, fragte Laufenbach auf einen Kuchenwagen deutend.

»Tja, leider«, erwiderte Gerti und rang sich ein Lächeln ab, das vermutlich genauso künstlich wirkte wie das ihrer Tischgenossen, »müssen wir dieses durchaus reizvolle Vergnügen wohl verschieben. Ich bin verabredet, wie gesagt.« Sie zog ihren Geldbeutel aus der Tasche.

Laufenbach beugte sich vor und tätschelte ihre Hand. »Aber ich bitte Sie. Sie sind natürlich unser Gast. Und aufgeschoben ist nicht aufgehoben.« Er nickte seinem Freund zu.

»Ganz meine Meinung«, sagte Hartz.

Gerti stand auf, die beiden erhoben sich ebenfalls und verabschiedeten sich mit Handkuss.

Auf dem Weg durch die Säulenreihe kam es ihr vor, als klapperten ihre Absätze zu laut auf dem Marmor. Gleichzeitig rumorte es in ihrem Kopf: *Die beiden haben dir kein Wort geglaubt von deiner schlecht ausgedachten Geschichte.* Dafür wussten sie jetzt, dass jemand sich für die Orka interessierte, sie beide ausspähen und vielleicht benutzen wollte. Was hatte sie bloß geritten, auf eine so blödsinnige Idee zu kommen; trotz all der Warnungen des Journalisten in der Brennnessel. Sie hatte geglaubt, die beiden verliebten Militärs im Griff zu haben. Weil ihre Vorstellung von Offizieren noch immer von den Witzzeichnungen in früheren Satireblättern bestimmt war, wo Militärs als schnöselig beschränkte Typen dargestellt wurden, die nichts durchschauten, auch wenn man ihnen haarsträubende Bären aufband, und deren mangelnde geistige Beweglichkeit praktisch auf null schrumpfte, wenn sie es mit einer hübschen jungen Frau zu tun bekamen.

Sie rannte das kurze Stück bis zum Odeonsplatz, spang bei der Straßenbahn auf, die gerade ankam, und ließ sich auf einen Sitz fallen. Hatte sie sich nicht vorgenommen, dachte sie, als sie auf die Häuser in der Ludwigstraße hinausblickte, sich nicht mehr einschüchtern lassen, weder von echten noch von eingebildeten Verfolgern? Sich von ihrer Angst und Lähmung zu befreien? Und was spürte sie jetzt? Herzklopfen und beklemmende Furcht. Weil sie nicht sicher sein konnte, ob zu den alten unbekannten Verfolgern nicht zwei neue, namentlich bekannte, hinzugekommen waren.

26

Oben an der Treppe holte Reitmeyer noch einmal tief Luft und drückte das mit Kölnisch Wasser getränkte Taschentuch auf die Nase, bevor er in das dunkle Souterrain hinabstieg. Der penetrante Gestank nach Moder, Abwasser und Mäusen erschien ihm diesmal noch schwerer erträglich als bei seinem ersten Besuch. Er vermied zu atmen, während er den Gang entlanghastete und dann anklopfte. Von drinnen ertönte kein Laut, erst nach einer Weile hörte er schlurfende Schritte, die Tür ging einen Spalt auf, und er sah einen Streifen eingefallener Haut, darüber ein Auge, das ihn misstrauisch anblickte. »Ich möchte zu Herrn Maikranz«, sagte er und steckte das Taschentuch schnell ein. »Kommissär Reitmeyer, mein Name.«

Die Tür ging ganz auf. Ein alter Mann, der sich einen abgeschabten Militärmantel übergeworfen hatte, schüttelte den Kopf und deutete auf ein leeres Bett.

»Der is nimmer da«, sagte er. »Den hat der Krankenwagen abg'holt.«

»Ach.« Reitmeyer sah in den trostlosen, mit altem Gerümpel vollgestopften Raum. »Und seine Frau? Ich bin so schnell wie möglich hergekommen, nachdem ich die Nachricht bekommen hab …«

Der Mann ließ sich auf einen Stuhl fallen und strich mit beiden Händen das spärliche graue Haar zurück. »Ja, meine Tochter hat bei Ihnen ang'rufen. Er hat unbedingt noch einmal mit Ihnen reden wollen. Ob Sie den Lump erwischt ham, der ihn so zug'richtet hat.«

Der Mann hob den Kopf. Nicht nur sein Haar, sein ganzes Gesicht war grau, bis auf die hellen Augen, die eindringlich auf Reitmeyer gerichtet waren.

»Ich bin noch dran an dem Fall. Leider war's schwierig, den Täter dingfest zu machen.«

Der Mann ließ den Kopf sinken und nickte.

»Und wo ist Frau Maikranz?«

»Mit in die Klinik.«

»Was ist denn passiert? Weshalb hat man ihn …?«

Der Mann zuckte die Achseln. »Der Doktor war da und hat g'sagt, er muss fort. Weil er plötzlich Lähmungserscheinungen g'habt hat.«

»Wohin hat man ihn denn gebracht?«

»In die Nussbaumstraß, glaub ich.«

»Ja, gut«, sagte Reitmeyer. »Dann geh ich eben da vorbei.«

»Das ist wahrscheinlich zu spät«, sagte der Mann tonlos. »Der Doktor hat zu mir g'sagt, dass er nicht mehr wird. Er hat ja schon nicht mehr sprechen können beim Raustragen. Wahrscheinlich Hirnblutung von dem Schlag, weil eine Ader …« Er stöhnte leise auf.

»Wo sind die Kinder?«

Der alte Mann zog den Mantel enger um sich. »Draußen.«

Reitmeyer blieb einen Moment unschlüssig stehen. In dem feuchten Souterrain war es noch kälter als im Freien. Der Holzkorb in der Ecke war leer, wahrscheinlich hatten sie schon länger kein Brennmaterial mehr. »Ja, also dann«, sagte er. »Richten S' der Frau Maikranz aus, dass ich morgen noch mal vorbeikomm. Vielleicht kann ich was für sie tun.«

Der Mann nickte schweigend.

Als er die Außentreppe hinaufstieg, saßen zwei Kinder, höchstens vier und fünf Jahre alt, auf der obersten Stufe. »Seid ihr allein?«, fragte Reitmeyer. »Sind eure älteren Geschwister in der Schule?«

Die beiden sahen ihn nur mit großen Augen an. Reitmeyer zog seinen Geldbeutel heraus und gab dem Mädchen ein paar Mark. »Damit geht ihr in die Bäckerei und kauft euch was.«

Das Mädchen warf einen kurzen Blick auf das Geld. Dann packte sie die Hand ihres Bruders, und die beiden rannten davon, als hätten sie Angst, er könnte es sich anders überlegen.

Reitmeyer schob sein Rad zur Ludwigsbrücke hinauf. Wie sollte er der Familie helfen? Wenn der Vater starb, war es der Frau kaum möglich, von dem bisschen Witwenrente zu überleben. Er sah eine Weile in den strudelnden Fluss hinab. Wahrscheinlich befanden sich Tausende in derselben Lage, nachdem der Vater gefallen oder verkrüppelt worden war. Und für viele hatte sich die Lage noch verschärft, weil die Frauen für die heimkehrenden Männer Platz machen mussten und von ihren Arbeitsstellen verdrängt wurden. Ein eisiger Windstoß fegte über die Brücke, und er schlang seinen Schal fester um den Hals. Irgendetwas musste ihm einfallen, dachte er beim Aufsteigen. Und plötzlich kam ihm eine Idee.

»Wo ist das Büro der Fürsorgerin?«, fragte er einen Mitarbeiter der Sitte, der gerade den Gang herunterkam. »Von Fräulen Rübsam, meine ich.«

»Einen Stock tiefer«, sagte der Mann. »Aber wenn Sie zu ihr wollen, sie ist gerade bei Kommissär Sänger, glaub ich.« Er deutete auf die weit offen stehende Tür ein Stück weiter vorn.

Reitmeyer verkniff sich ein Grinsen. Wollten der Sittensänger und die Rübsam demonstrieren, dass sie nichts zu verbergen hatten? Langsam ging er auf das Büro zu und warf einen Blick in den Raum, bevor er sich bemerkbar machte. Die beiden standen dicht nebeneinander am Fenster. Fräulein Rübsam knetete ein Taschentuch in den Händen, Sänger strich ihr beruhigend über die Schulter. »Keine Sorge«, sagte er, »das hat keine Folgen. Da bin ich mir ganz sicher.«

Ein merkwürdiges Paar, dachte Reitmeyer. Die altjüngferlich strenge Fürsorgerin in ihrem altmodisch langen Kleid und der stattliche Sänger, der dank seiner Stimmkünste mehr als genug Aufmerksamkeit von Seiten der Frauen bekam. Als Reitmeyer ans Türblatt klopfte, fuhren die beiden erschrocken herum.

»Ich wollte nicht stören«, sagte er.

Sänger hatte sich schnell wieder gefangen. »Nein, nein, Herr Kollege«, versicherte er eilfertig. »Sie stören überhaupt nicht. Fräulein Rübsam wollte ohnehin gerade gehen. Was kann ich für Sie tun?«

»Tatsächlich war ich auf der Suche nach Ihnen, Fräulein Rübsam. Hätten Sie wohl einen Moment für mich?«

Die Frau sah ihn verwirrt an und warf einen hilfesuchenden Blick auf den Leiter der Sitte. Der nahm einen zweiten Stuhl und stellte ihn schwungvoll vor seinem Schreibtisch ab. »Aber sicher«, antwortete er an ihrer Stelle. »Nehmen Sie doch Platz.«

Reitmeyer hatte den Eindruck, sie war dankbar, dass sie dem Gespräch mit ihm nicht allein ausgeliefert wäre. Sie nestelte an ihrem Haarknoten und ließ sich unbehaglich auf der Kante des Stuhls nieder, den Sänger ihr anwies. »Ich wollte Sie nur kurz sprechen, verstehen Sie?«, begann Reitmeyer. »Ich hab da ein Problem und dachte, Sie könnten mir vielleicht helfen oder mir wenigstens einen Rat geben.«

»Ich?« Fräulein Rübsam wich mit dem Oberkörper zurück.

»Es handelt sich nicht um meine Ermittlungen, sondern eher um eine soziale Notlage.«

»Worum geht's denn?«, fragte Sänger freundlich, nachdem er einen panischen Blick von Fräulein Rübsam aufgefangen hatte.

Reitmeyer schilderte das Elend der Familie Maikranz und schloss mit der Frage, ob die Fürsorgerin eine Möglichkeit sehe, der armen Frau und ihren Kindern zu helfen. Vielleicht sogar eine Unterkunft zu finden, die weniger feucht und ungesund wäre als die Kellerwohnung.

Die Fürsorgerin schien sich während seiner Ausführungen zu entspannen. Der angestrengte Ausdruck auf ihrem Gesicht ließ nach. »Ja, ja, das ist natürlich nicht einfach, bei der gegenwärtigen Lage«, sagte sie wie erleichtert. »Aber ich werde mal sehen, was ich tun kann.«

»Verstehen Sie«, sagte Reitmeyer. »Ich fühle mich irgendwie verantwortlich. Der Vater der Familie ist von einem Kriminellen niedergeschlagen worden, den wir bereits in Haft bei uns hatten. Aber sein Anwalt, ein gewisser Gadmann von der Einwohnerwehr, hat seine Freilassung bewirkt, und seitdem ist er untergetaucht. Die Familie verliert jetzt nicht nur den Ernährer, sondern muss sich auch noch damit abfinden, dass nicht mal der Täter zur Rechenschaft gezogen wird.«

»Der Gadmann hat seine Finger im Spiel gehabt?«, platzte Sänger heraus.

»Hatten Sie mit dem auch schon zu tun?«

Sänger schien einer direkten Antwort ausweichen zu wollen. Er nahm eine Akte, öffnete umständlich die Seitentür seines Schreibtischs und kramte darin herum, bevor er sie hineinlegte.

»Geben Sie mir doch die Adresse der Familie«, sagte Fräulein Rübsam.

Reitmeyer ließ den Sittensänger nicht aus den Augen, der einen Schreibblock und einen Stift zu ihm hinüberschob. Vielleicht sollte er die Gelegenheit nutzen, dachte er, während er die Adresse aufschrieb, und Sänger gleich jetzt auf die Widenmeyerstraße ansprechen. Der Umweg über den Anwalt der Einwohnerwehr wäre ein günstiger Einstieg. »Mir jedenfalls ist dieser Gadmann schon öfter in die Quere gekommen«, sagte er. »Ich nehme mal an, dass er auch bei der Vereitelung meiner Ermittlungen in der Widenmeyerstraße seine Finger im Spiel hatte. Ich meine, was bestimmte Vorgänge in der Wohnung des Ehepaars Rottenmüller betrifft.«

Fräulein Rübsam zog hörbar die Luft ein. Sänger setzte sich auf.

»Aber ich gehe mal davon aus«, fuhr Reitmeyer fort, »dass die Sitte schon länger über das Treiben informiert war.« Er zog das Foto von dieser Blumfeld aus der Innentasche seines Jacketts. »In dem Zusammenhang wollte ich Sie fragen, ob Sie diese Person schon einmal gesehen haben. Vielleicht ohne Perücke und nicht als antike Statue zurechtgemacht?«

Sänger warf einen Blick auf das Foto und schüttelte den Kopf.

»Ich dachte, die Gäste der Rottenmüllers sind Ihnen vielleicht bekannt. Zufällig habe ich letzte Woche gesehen, wie Sie spätabends zu einer Einladung des Ehepaars gegangen sind.«

Sängers Stuhl scharrte über den Boden, als er abrupt aufstand. Mit raschen Sätzen lief er durch den Raum und schloss, nachdem er sich versichert hatte, dass niemand im Gang war, die Tür. Dann ging er zurück zu seinem Platz, straffte die Schultern, zog seine Jacke glatt und setzte sich. Die Fürsorgerin beobachtete ihn die ganze Zeit über mit aufgerissenen Augen.

»Mein lieber Reitmeyer«, sagte er ernst. »Wir kennen uns nun schon viele Jahre, und ich habe Sie immer für einen Beamten gehalten …« Er hielt inne und sah an die Decke, bevor er sich über den Schreibtisch beugte. »Besser gesagt, für einen *Menschen* gehalten, der weiß, dass es Situationen gibt, in denen man sich über starre Vorgaben hinwegsetzen und … unbürokratisch handeln muss.«

Was kam jetzt? Die üblichen Erklärungen, dass man Ermittlungen verhindern durfte, wenn »höhere« Interessen im Feuer standen? Dass man geradezu so vorgehen *musste,* um den Staat und »unser Gemeinwesen«, wie es dann gern hieß, vor größerem Unheil zu bewahren? Die Leier hatte Reitmeyer schon oft gehört, wenn irgendeine Sauerei vertuscht werden sollte.

»Wir haben jedenfalls so gehandelt, um weitere Untaten zu unterbinden«, fuhr Sänger fort. »Aber Sie würden uns in schreckliche Schwierigkeiten bringen, wenn Sie davon etwas verlauten ließen.«

»›Uns‹?«, fragte Reitmeyer.

»Ja, Fräulein Rübsam und mich.«

»Eigentlich ist alles meine Schuld«, flüsterte die Fürsorgerin. »Ich hab keinen anderen Ausweg mehr gesehen. Offiziell gab es ja keine Möglichkeit …«

»Wovon reden Sie überhaupt?«, fragte Reitmeyer.

Sänger beugte sich weit über den Schreibtisch und hielt die Hand seitlich an den Mund, als flüstere er jemandem ins Ohr. »Wir haben ein junges Mädchen aus der Widenmeyerstraße geholt. Inoffiziell, sozusagen. Ohne Durchsuchungsbeschluss.«

»Ich habe erfahren«, warf die Fürsorgerin ein, »dass sich die fünfzehnjährige Tochter einer Familie, die ich betreue, in der Dachwohnung befinden sollte. Ich wollte sie retten, verstehen Sie. Sie stand unter dem Einfluss ihrer älteren Schwester, die bereits in die Prostitution abgeglitten ist. Und die hat sie an Freier vermittelt, die an ganz jungem Fleisch interessiert sind.«

»Und ich hab Schmiere gestanden dabei«, sagte Sänger nicht ohne Stolz. Sein Blick fiel erneut auf das Foto, das vor ihm lag. Er runzelte die Stirn, nahm es in die Hand und studierte es eingehend. Dann nahm er eine Lupe und hielt sie über das Bild. »Und die hat mich dabei gesehen.«

»Was?«, rief Reitmeyer.

»Ja, leider. Während Fräulein Rübsam in der Wohnung war, und ich vor der Tür Wache gehalten hab, sind zwei junge Frauen rausgerannt, eine dunkelhaarig und eine blond. Und das war die Blonde.«

»Haben Sie die auch gesehen, Fräulein Rübsam?«

»Ich hab nur die Dunkelhaarige gesehen, die mir aufgemacht hat. Dann bin ich gleich durch die Zimmer gelaufen und hab das Mädchen gesucht. Den Freier hab ich auch nicht zu Gesicht bekommen, weil der sich im Bad eingesperrt hat.«

»Und glauben Sie, dass die Frau auf dem Foto auch was … mit Freiern zu tun hatte?«, fragte Reitmeyer.

Fräulein Rübsam nahm das Foto. »Das weiß ich nicht. Obwohl sie mir fast zu alt vorkommt für die Vorlieben dieser Herrn. Ich meine, sie ist doch schon erwachsen.«

»Was hat sie dann in der Wohnung gemacht?«

Fräulein Rübsam zuckte die Achseln.

»Und das junge Mädchen?«, fragte Reitmeyer. »Das haben Sie mitgenommen?«

»Wir haben ihr nur eine Decke übergeworfen und sie schnell ins Auto verfrachtet«, sagte Sänger. »Sie hat sich auch nicht sonderlich gewehrt. Und fürs Erste ist sie in einem Heim untergebracht worden.«

Reitmeyer nickte. »Tja, das war vermutlich der Anlass für die Rottenmüllers, sich abzusetzen. Leider hab ich jetzt keinerlei Möglichkeit mehr, rauszufinden, auf welche Weise das feine Paar in die Mordfälle verstrickt ist, die ich gerade untersuche.«

»Wenn die beiden noch da wären, würden Sie auch nichts rauskriegen«, sagte Sänger nüchtern. »Die standen unter ganz besonderem Schutz. Weshalb, glauben Sie wohl, waren wir zu diesem Vorgehen gezwungen?«

Reitmeyer war wieder keinen Schritt weiter. Die Sitte wusste auch nicht mehr als er. Und Fräulein Rübsam war nicht Sängers Geliebte, sondern bloß seine Komplizin bei einem »unbürokratischen« Einsatz.

Als ahnte sie seine Gedanken, beugte sich die Fürsorgerin zu ihm rüber und tätschelte aufmunternd seinen Arm. »Aber was Ihre Sorge um diese Familie angeht, werde ich mich bemühen, für die arme Frau und ihre Kinder was zu finden. Das verspreche ich Ihnen.«

Reitmeyer stand auf.

»Das sind sehr ... schwierige Zeiten«, sagte Sänger und reichte ihm das Foto, das immer noch auf dem Tisch gelegen hatte. Es war nicht klar, ob er die Vorgehensweise seiner Vorgesetzten meinte oder seine eigene, die ihn in die Bredouille bringen konnte. »Haben Sie denn eine Möglichkeit, an diese Frau hier heranzukommen?«

»Ich weiß nicht. Im Moment sieht es nicht gut aus.«

Sängers Miene war schwer zu deuten, aber Reitmeyer hatte

den Eindruck, er wirke erleichtert. Immerhin war sie die Einzige, die den Leiter der Sitte bei seinem »unbürokratischen« Einsatz beobachtet hatte.

Reitmeyer ging zur Tür. »Aber wenn Sie irgendwas brauchen«, rief Sänger ihm nach. »Auf mich können Sie zählen.«

Er eilte in sein Büro zurück. Steiger war anscheinend noch nicht von der Durchsuchung der Löberschen Wohnung zurück. Also war der Moment günstig, um schnell in der Universität anzurufen, ohne ewige Tiraden befürchten zu müssen, à la »Ich hab's dir ja gesagt, dass mit der angeblichen Studentin was nicht stimmt.« Er ließ sich mit der Immatrikulationsstelle verbinden und bat den Mann, nachzusehen, ob eine Gertraud Blumfeld aus Berlin bei ihnen eingeschrieben war. Das dauere eine Weile, meinte der Mann, er rufe ihn zurück.

Die Tür ging auf. »Ja, Sie sind da, Herr Kommissär?«, sagte Brunner.

»Ich hab Sie überall gesucht«, rief Rattler, der hinter Brunner ins Büro gelaufen kam. Sein Gesicht war hochrot, er rang nach Luft. »Der Dr. Löber«, keuchte er, »der hat ...«

»Was hat der Dr. Löber? Jetzt verschnauf dich erst einmal. Hat die Durchsuchung seiner Wohnung was ergeben?«

Rattler hielt sich die Seiten. »Nein, nein, da war gar nix. Nicht mal der kleinste Hinweis auf die Frauen. Aber was viel Schlimmeres. Der Dr. Löber hat versucht ... sich umzubringen.«

»Was?«

Immer noch keuchend, winkte Rattler ab. »Er lebt noch. Man hat ihn in ein Krankenhaus gebracht, und der Herr Steiger ist mitgefahren.« Rattler ließ sich auf einen Stuhl fallen.

»Wie hat er das gemacht? Ich meine, womit?«

»Mit einer Glasscherbe. Mit der hat er sich die Pulsadern aufgeschnitten. Der Herr Steiger hat gesagt, dass die Wachleute schuld sind, weil sie ihn nicht durchsucht haben, als er von der Vernehmung zurückgekommen ist.«

»Der soll ja furchtbar randaliert haben«, sagte Brunner. »Und dann hat er sich einen Scherben eingesteckt von einem kaputten Glas. Da können die Wachleut doch nix dafür. Wer denkt denn an so was?«

»Und wie ist sein Zustand?«

»Man hat ihn ja noch rechtzeitig gefunden. Ich denk, der kommt schon durch. Und überhaupt«, Rattler blickte mit überlegener Miene in die Runde, »wenn es wirklich *final* sein soll, dann sollte man schon wissen, wie Pulsadern aufschneiden geht. Wenn man nur quer schneidet, nutzt das gar nix, weil dann nur die Venen und nicht die Arterien verletzt werden.«

»Verschon mich mit deinem neunmalklugen Geschwätz. Da wär beinah ein Mensch gestorben«, rief Reitmeyer aufgebracht und schlug auf den Tisch. »Seien wir lieber froh, dass es nicht funktioniert hat!«

Er sprang auf und stürmte zur Tür hinaus. Er selber hätte besser aufpassen müssen, hämmerte es in seinem Kopf auf dem Weg in die Haftzellen. Löber war vollkommen außer sich gewesen, als man ihn abgeführt hatte. Man hätte ihn beobachten müssen, ihn keinesfalls sich selbst überlassen dürfen. Wie lange hatte es an Reitmeyer genagt, als sich damals dieser Kunstmaler aufgehängt hatte? Das wäre nicht passiert, wenn er noch mal mit ihm gesprochen hätte. Und welche Vorwürfe hatte er sich gemacht, als sich kurz darauf der junge Bankier erschoss, weil er nicht von ihm abgelassen hatte?

Die Tür zum Zellentrakt stand offen, und er lief an dem Wachhabenden vorbei zu der ebenfalls offen stehenden Zellentür. Eine Putzfrau kniete am Boden, nahm mit Zeitungspapier einen Haufen Erbrochenes auf und warf alles in einen Kübel. Eine zweite säuberte die blutverschmierte Pritsche. Dann wrang die erste einen Lappen aus und begann, den Boden zu wischen. Reitmeyer starrte auf ihren Rücken und auf die nass glänzende Fläche, wo sie gewischt hatte. »Luxuriös« seien die Haftzellen im neuen Präsidium, hatten damals, kurz vor dem Krieg, die Zeitungen geschrieben. Man hätte glauben können, es wären Hotelzimmer für bezahlten Urlaub. Doch die Angst und die Verzweiflung, wenn jemand hinter einem die Tür absperrte, waren im neuen »Prachtbau« an der Ettstraße nicht anders als in den »Löchern« des alten Präsidiums.

Ein kreischendes Geräusch ließ ihn zusammenzucken, als eine der Frauen ihren Blecheimer über den Boden schob. Wasser schwappte über den Kübelrand.

»Herr Kommissär?« Rauchenberger, der Leiter des Polizeigewahrsams, stand neben ihm. »Wir ham ihn bei Einlieferung durchsucht«, sagte er. »Aber wer hat denn wissen können, dass der Glasscherben mitbringt von der Vernehmung. Den Gürtel und die Schnürsenkel ham wir ihm vorschriftsmäßig abgenommen.«

Reitmeyer hatte plötzlich das Gefühl, die Kopfhaut spanne an seinem Schädel. *Alles deine Schuld. Wenn du aufgepasst hättest, wäre das nicht passiert.* Er hörte das Putzwasser in den Eimern schwappen und spürte, dass in seinem Innern etwas überlief. Er musste weg hier, nach oben, rauf an die frische Luft.

»Wissen Sie, wie's ihm geht?«, fragte Rauchenberger.

Reitmeyer schüttelte den Kopf und öffnete den Kragenknopf. Noch eine Sekunde länger, und er könnte sich nicht mehr rühren. Der Polizist sah ihn entgeistert an, als er ihn wegschob, mit ein paar Sätzen zur Tür lief und die Treppe hinaufrannte. Oben im Hof stützte er sich an der Hausmauer ab und schnappte nach Luft. Seine Beine drohten nachzugeben. Hier konnte er nicht bleiben, alle könnten ihn sehen. Er musste weg, zu den Fahrradständern hinüber. Dort könnte er sich hinkauern und so tun, als richte er was an seinem Reifen. Mit Bleigewichten an den Beinen, wie durch Morast watend, überwand er die Strecke und ging neben den Rädern in die Knie. War es überhaupt sein Rad, an dem er das Ventil rausdrehte?

Er hob den Kopf und sah sein Gesicht, das sich in einem Kellerfenster wie in einem Tümpel spiegelte. Zitternd. Bis es verrutschte und ein anderes Gesicht dahinter auftauchte. Das des Jungen. Schwarzer Schlamm klebte in seinen Haaren. Das Wasser stand ihm schon an der Brust. Nur die Augen, die Augen ganz hell. Voller Vertrauen. »Sie werden mich hier doch nicht absaufen lassen! Mich nicht im Stich lassen!« Plötzlich Leuchtraketen. Weißes Licht. »Wir müssen weg hier!«, schrien die anderen und robbten vom Granattrichter in den schützenden Graben zurück. Der Blick des Jungen fixierte ihn. Reitmeyer stöhnte, aber er wandte sich nicht ab. Hielt stand. Trotz der Messer in seinen Eingeweiden. Obwohl er Säure einzog beim Atmen, ließ er zu, dass ihn der Junge ansah. Er drängte das Bild nicht fort, verbarg den Kopf nicht in den Händen. Sondern starrte in den dunklen Tümpel. Bis sich die Oberfläche kräuselte, das Gesicht schwankte und langsam verschwand.

Er sah wieder sein Spiegelbild in der Scheibe des Kellerfensters, das ätzende Gefühl in seinem Innern flaute ab, sein Atem ging ruhiger. Er blieb noch einen Moment sitzen. Schließlich rappelte er sich hoch und klopfte altes Laub von seinen Hosenbeinen, bevor er den Hof überquerte.

War das seine Rettung? Musste er die Bilder, die inneren Filme, all die grausige Erinnerung zulassen, damit sie ihn losließ? Er stieg die Treppe zu seinem Büro hinauf. An einem Fenster blieb er stehen. Alle hatten den Jungen gemocht, den Schwaben-Sigi, wie sie ihn nannten, weil er aus der Gegend von Augsburg stammte. Er hatte sich freiwillig gemeldet, und man hatte ihn genommen, obwohl er erst sechzehn war. Und er hatte sich verantwortlich gefühlt für den Sigi, hatte ihn beschützen wollen, ihn abhalten wollen von zu viel Verwegenheit, von »Heldentaten«. Aber dort draußen konnte man niemanden beschützen. Bei einem Ausfall war der Junge getroffen worden. Bauchschuss. Dann war er rücklings in den mit Wasser gefüllten Krater gestürzt. Für ihn kam jede Hilfe zu spät.

Wie oft war er in den letzten Jahren aus Alpträumen hochgeschreckt, wie oft musste er sich durch zähen Schlamm an die Oberfläche kämpfen, immer verfolgt vom Blick dieses Jungen. Von seinem vertrauensvollen, arglosen Blick. Und er hatte nichts für ihn tun können, bis auf das eine. »Ich hab dich nicht im Stich gelassen,«, murmelte er, »ich hab dich nicht im Stich gelassen.«

Er wandte sich vom Fenster ab und ging weiter die Treppe hinauf. Sie hatten im Schein der Leuchtraketen wie auf dem Präsentierteller gesessen. Man hätte sie abknallen können wie die Hasen. Sie mussten zurück. Doch er hatte den Jungen nicht seinem Schicksal überlassen in dem Trichter, er hatte ihn nicht elend absaufen lassen.

Er hatte seinen Revolver genommen und ihn erschossen.

27

Gerti blickte auf die Batterie Trinkgefäße, die sie poliert hatte, und legte zufrieden den Lappen weg. Ihre Zufriedenheit verdankte sich jedoch weniger den blinkenden Gläsern als der Tatsache, dass sie die Arbeit überhaupt machen durfte. Anfangs hatte sich Mathilde natürlich vehement gesträubt. In einem anständigen Haus würde man Gäste nicht einspannen, bei Festvorbereitungen zu helfen. Wie stünde sie denn da vor der Thompson, der hochnäsigen *lady's maid*, was würde die über den Münchner Haushalt der Baroness erzählen?

Aber schließlich hatte sie doch klein beigeben müssen, denn die Thompson war krank geworden. Sie hatte sich auf der Überfahrt schwer erkältet, schniefte und hustete, und konnte ihre Herrin nicht mehr angemessen versorgen. In der Küche war das »verrotzte englische G'steck« erst recht nicht zu gebrauchen. Zofen konnten vielleicht bügeln und Locken drehen, aber sie verstanden nichts vom Kochen und Anrichten. Es mangelte also an Personal, und so wurde Gerti zur Krankenpflege abkommandiert. Krankenpflege machten auch »Damen«, meinte Mathilde. In erster Linie jedoch war dies ein Bereich, der weder die Küche noch die Hauswirtschaft und somit nicht das Herzstück ihrer Tätigkeit betraf.

Gerti durfte der Zofe Tee und Zwieback bringen, und die arme Frau schien erleichtert, dass sich jemand ein bisschen mit ihr abgab. Sie wirkte auch gar nicht hochnäsig, sondern eher verängstigt. Ihr Blick hinter der Stahlbrille schoss unruhig hin und her, als traue sie dem Frieden in der Fremde nicht, als lauerten überall unwägbare Gefahren, als fühlte sie sich keineswegs sicher im Feindesland. Nach einer Weile jedoch fasste sie etwas Zutrauen, weil Gerti zumindest ihre Sprache verstand. Und Mathilde war inzwischen sogar dankbar, dass Gerti ganz allgemein mit anpackte, da Liesl jetzt auch noch für die Baroness sorgen musste.

Gerti schleppte Stühle vom Dachboden, die im Salon aufgestellt wurden, sie baute das Buffet mit auf, putzte Silber und polierte Gläser. Und sie war froh, dass sie etwas zu tun hatte. Einerseits, weil sie sich für die Gastfreundschaft erkenntlich zeigen wollte, aber vor allem, weil es sie von dem Debakel mit den Offizieren am gestrigen Sonntag ablenkte. Die Hoffnung jedenfalls, über die beiden an die Tarnfirma ranzukommen, war ein für alle Mal geplatzt. Jetzt müsste sie sich eine neue Strategie ausdenken.

Die Standuhr im Vestibül schlug eins, und sie eilte in die Küche hinunter, holte dort den *lunch* für die Kranke und brachte ihn zu ihr hinauf. Als sie die Treppe wieder herunterkam, hörte sie Stimmen aus dem Wintergarten. Offensichtlich war Caroline über Mittag nach Hause gekommen. Vorsichtig schlich Gerti zu der Verglasung hinüber und spähte durch das Grün der Pflanzen. An einem Tisch unter einer breit gefächerten Palme saßen Franz und der alte Dohmberg. Franz lümmelte mit ausgestreckten Beinen auf einem Stuhl, auf seinem Gesicht lag ein verächtlicher Ausdruck. Scheinbar lässig spielte er mit einem Feuerzeug, drehte es in den Fingern und klopfte ab und zu damit auf die Tischplatte. Sein Vater hüllte sich in den Qualm einer Zigarre, während Caroline nervös auf und ab ging. »Gegen ein paar deiner Kameraden hab ich nichts einzuwenden, Franz«, sagte sie, »aber nicht dieser Hauptmann, nicht dieser *Röhm*. Der ist mir einfach zu …«

»Nicht *vornehm* genug?«, unterbrach sie ihr Bruder mit einem hämischen Grinsen. »Ich darf dich darauf hinweisen, dass er mit deiner Gesellschaft durchaus mithalten kann. Er hat ein humanistisches Abitur vom angesehenen Max-Gymnasium, war Fahnenjunker im Königlich Bayerischen Leibregiment und …«

»Ach bitte«, fiel ihm Caroline ins Wort, »als würde ich darauf was geben.«

»Ist er dir vielleicht nicht schön genug?«, fragte Franz streitlustig. »Weil ihm sein Gesicht an der Front zerstört wurde?«

»Jetzt reicht's aber!«, rief Caroline.

»Ausnahmsweise muss ich deiner Schwester mal recht geben«, meldete sich der alte Dohmberg zu Wort. »Ich mag den Kerl auch nicht. Wenn der früher mal im Leibregiment gewesen sein sollte, so hat er sich weit davon entfernt inzwischen!«

»Was soll das heißen?«, fuhr Franz auf.

»Du wirst mir doch nicht erzählen wollen, dass der noch monarchische Ziele verfolgt?« Dohmberg wedelte mit der Hand durch die Luft, um die Rauchwolken zu vertreiben. »Der ist doch Mitglied in dieser Hitler-Partei.«

»Mir ist ganz egal, in welcher Partei der ist«, rief Caroline. »Ich will einfach nicht, dass eine Horde Militärs an der Gedenkfeier teilnimmt. Das käme mir vor wie Hohn. Schließlich hat Lukas für dieses ganze soldatische Brimborium noch nie was übrig gehabt.«

»Dann dürfen wohl bloß Anarchisten teilnehmen?«, fragte Franz gehässig. »Sind denn schon genügend aus dem Knast entlassen worden nach ihrer Revolution?«

»Jetzt will ich dir mal was sagen«, erwiderte Caroline mühsam beherrscht. »Wenn der heute Abend auftauchen sollte, schmeiß ich ihn persönlich raus. Möglicherweise mit Hilfe einiger Anarchisten!« Darauf drehte sie sich um und marschierte wütend zur Tür. Gerti sprang schnell zurück und schlüpfte in den Garderobenraum. Durch das Fenster sah sie, wie Caroline in den Küchentrakt hinab verschwand. Aus dem Wintergarten drangen weiterhin Stimmen. »Wieso wollt ihr dann unbedingt dabei sein?«, rief der alte Dohmberg. »Wenn ohnehin lauter Knastbrüder versammelt sind.«

Gerti wartete noch eine Weile, dann ging sie ebenfalls in die Küche hinunter. Mathilde hob kaum den Kopf, als sie eintrat. Mit grimmiger Miene füllte sie eine Masse in kleine Teigtaschen und legte sie anschließend auf ein Backblech. »Hat unserer englischen Zofe mein Essen gemundet?«, fragte sie. Ihre weiße gestärkte Köchinnentracht knisterte bedrohlich, als sie sich aufrichtete und das Blech in den Ofen schob.

»Ich denke schon. Sie hat sich bedankt.«

»Wär ja auch noch schöner«, murmelte Mathilde und klappte die Backofentür zu.

Gerti deutete aufs Fenster und sah die Haushälterin fragend an. Caroline stand draußen auf der Kellertreppe und paffte mit düsterer Miene eine Zigarette. Ein oder zwei Mal schlug sie mit der Hand aufs Geländer, als wollte sie einen Gedanken bestätigen. Mathilde warf einen Blick durchs Fenster und zuckte die Achseln. »Ihr reicht's jetzt«, erklärte sie nüchtern. »Das muss sie sich nicht antun, hat sie gesagt. Diesen ewigen Unfrieden. Diese ewigen Streitereien. Sie will ausziehen.«

»Wer will ausziehen?«, fragte Liesl, die mit einem Berg Servietten in die Küche kam.

Mathilde wies mit dem Kopf auf Caroline.

»Aber das geht doch nicht«, stieß Liesl hervor und warf die Servietten auf den Tisch. »Ich bin doch mit meiner Ausbildung noch nicht fertig. Wo soll ich denn hin?«

»Dir wird ja nicht gekündigt«, erwiderte Mathilde.

»Was für eine Ausbildung?«, fragte Gerti.

»Sie macht Abendkurse«, erklärte Mathilde. »Sie lernt Buchführung und Maschinenschreiben und Stenographie. Damit sie einmal einen richtigen Beruf hat. Das zahlt ihr die Caroline.«

»Und wo«, fragte Gerti, »will sie denn hinziehen?«

»Zu einer Freundin.«

Gerti ließ sich auf einen Stuhl sinken. Damit wäre ihr Aufenthalt im Haus ebenfalls beendet. Ohne Caroline konnte sie hier nicht bleiben. Gegen die Feindseligkeit der männlichen Dohmbergs käme sie nicht an. Selbst wenn man ihr anböte, noch eine Weile hier zu wohnen. Sie sah zu Caroline hinaus, die ihre Zigarette ausdrückte und wieder hereinkam.

»Ah, Gerti«, sagte sie. »Das hab ich ganz vergessen. Gestern Abend hat jemand für Sie angerufen.«

Gerti gab es einen Stich. Die Offiziere, dachte sie erschrocken und setzte sich auf.

»Eine Regine. Ich soll Ihnen ausrichten, dass es ihr gut geht.«

Gerti atmete erleichtert aus.

»Etwa fünfunddreißig Gäste, hast du gesagt«, wandte sich Mathilde an Caroline. »Ich hab ein bisschen mehr gemacht. Die Freunde vom Lukas nehmen's nicht so genau. Da weiß man nie, ob der eine oder andere nicht noch wen mitbringt.«

Ein wehmütiges Lächeln strich über Carolines Gesicht. »Ja, stimmt ...«

»Und wie sollen wir's mit dem Servieren machen heut Abend?«

Caroline überlegte einen Moment, dann strich sie mit einer entschlossenen Geste das Haar zurück. »Die Gäste sollen sich selbst bedienen. Und wir, ich meine, ich, du, Liesl und Gerti, stellen uns ans Buffet, und wenn jemand was braucht, helfen wir. Es soll ein Abend ganz ohne Etikette werden.« Sie ging zur Tür und drehte sich noch einmal um. »Jedenfalls einer, wie er Lukas gefallen hätte.«

»Dann können wir uns ja auf was gefasst machen«, sagte Mathilde.

28

Reitmeyer bog in die Giselastraße ein und blieb einen Moment vor dem Haus stehen. So hatte er die Villa der Dohmbergs schon lange nicht mehr gesehen. Genau gesagt, seit jener ominösen Musik-Soiree kurz vor dem Krieg nicht mehr. Alles war hell erleuchtet, der große Salon im Erdgeschoss, der *drawing room* der Baroness im ersten Stock und alle anderen Fenster. Nur in einem Zimmer brannte kein Licht. Dort, wo Lukas gewohnt hatte.

Schnell überquerte er die Straße und eilte zum Entree. Bloß nicht zu viele schmerzliche Erinnerungen aufkommen lassen, bevor er seinen Auftritt absolviert hatte. Bloß nicht das merkwürdige Gefühl der Stärke verderben, das ihn seit der Attacke heute Nachmittag beflügelte. Trotz der Nachricht aus dem Krankenhaus, dass Maikranz seinen Verletzungen erlegen war.

»Sebastian!«

Er blieb stehen und drehte sich um.

Sepp stand auf der Küchentreppe und winkte ihm zu. »Komm doch hier runter.«

»Ich komm gleich zu dir«, antwortete er. »Ich will nur erst sehen, ob mein Partner, der Brenner, schon da ist.«

»Mit dem hab ich schon gesprochen. Der unterhält sich

gerade mit ein paar Musikern, der braucht dich im Moment nicht. Jetzt komm doch.«

Widerstrebend folgte Reitmeyer seinem alten Freund die Treppe hinunter. »Was gibt's denn so Dringendes? Kann das nicht warten?«

Sepp schüttelte den Kopf und öffnete die Tür. Ein Schwall dampfiger Luft schlug ihnen entgegen, und Reitmeyer überlegte, dass er seine Geige in Sicherheit bringen sollte, weil ihr die plötzliche Hitze nicht gut tat. Aber ein Blick auf Mathilde, die wie mit gesenktem Kopf am Tisch saß, ließ ihn zögern. »Was ist denn los?«, fragte er beunruhigt.

Mathilde richtete sich auf und schenkte ihm ein mattes Lächeln. »Ah, Sebastian«, seufzte sie. »Gut, dass du da bist.«

»Ist was mit Caroline?«

Mathilde winkte ab. »Nein, nein, die ist oben bei ihrer Mutter.«

»Bei ihrer *Mutter*?«

»Ja, ja, die Baroness ist überraschend heimgekommen«, sagte Sepp. »Aber darum geht's jetzt nicht.«

Reitmeyer setzte sich. »Die ist heimgekommen? Nach so langer Zeit? Plötzlich?«

»Das erklär ich dir später«, erwiderte Sepp ungeduldig. »Im Moment gibt's andere Probleme.«

»Was denn für …?«

»Wir müssen aufpassen«, unterbrach ihn Sepp, »dass der Abend nicht aus dem Ruder läuft. Oder gleich völlig entgleist.«

Reitmeyer drückte seinen Geigenkasten an sich und sah ihn verständnislos an.

»Kapier doch«, sagte Sepp eindringlich. »Da treffen jetzt zwei Lager aufeinander, die sich normalerweise nicht im selben Raum aufhalten: Die Freunde von Franz und die von Lukas. Jedenfalls hat Caroline auch zwei Leute aus dem Café Größenwahn eingeladen, Schriftsteller oder Dichter, glaub ich, und die haben noch ein paar Kumpel mitgebracht.«

Alle blickten auf, als jemand die Innentreppe herunterpolterte und kurz darauf Liesl in die Küche stürzte. »Also, ich hab denen jetzt Teller gegeben«, stieß sie hervor. »Und die ham sie sich vollgeladen.«

»Was?«, rief Mathilde. »Dann ist ja mein ganzes Buffet verrupft, bevor's überhaupt losgeht.«

Liesl zuckte die Achseln. »Tja, wie die das Essen gesehen ham, hab ich nix machen können.«

»Und wo sind sie jetzt?«, fragte Sepp.

»Im Salon. Die Caroline hat gemeint, wenn die Teigtaschen verputzen, machen's nix Schlimmeres. Dann sind sie wenigstens beschäftigt.«

»Dann geh ich rauf«, rief Mathilde und stemmte ihren schweren Leib hoch. »Wenn diesen Lackln sonst keiner sagt, was sich gehört.«

Sepp drückte seine Tante wieder auf den Stuhl zurück. »Auf gar keinen Fall tust du das. Wenn denen jemand mit Benimmregeln kommt, wenn die meinen, die ›Bourgeoisie‹ will sie bevormunden, drehen sie erst recht auf. Wir müssen versuchen, die Situation zu entspannen. Ich geh jetzt mit dem Sebastian rauf und …«

»Meinst du, die lassen sich von mir was sagen?«, fragte Reitmeyer abwehrend.

»Ja nicht, wenn du den Kommissär gibst«, erwiderte Sepp sarkastisch. »Wir müssen einfach zusehen, dass die verfeindeten Lager nicht übereinander herfallen.«

Reitmeyer stand zögernd auf. »Und ich hab gedacht, der Krieg ist vorbei.«

Sepp schenkte seinem Freund ein spöttisches Lächeln. »An der Westfront vielleicht«, sagte er und klopfte Reitmeyer auf die Schulter.

Gemeinsam stiegen sie die Treppe hinauf und traten ins Vestibül hinaus. Die Türen zum großen Salon waren weit geöffnet, und aus dem Innern drang ein Gemisch aus fröhlicher

Unterhaltung und Instrumentenstimmen. Caroline stand an der Schwelle und redete auf zwei junge Frauen ein. Sie sah sehr elegant aus in ihrem dunkelblauen Seidenkleid und der Halskette mit einem großen Aquamarinanhänger. Die anderen zwei machten den Eindruck, als kämen sie direkt aus dem Varieté. Bei ihren Hängerkleidchen in leuchtendem Grün und Orange war sehr mit Stoff gegeizt worden, dafür hatten sie beim Kopfschmuck nicht gespart. Die eine trug einen Federbusch wie ein Zirkuspferd, die andere hatte sich üppigen Strassschmuck ans Stirnband gesteckt.

»Das hat die Caroline so haben wollen«, erklärte Sepp seinem verdutzen Freund. »Die Damen sollten möglichst kein Schwarz tragen, weil Lukas keine sinistere Feier gefallen hätte.«

»Ah, da seid ihr ja«, sagte Caroline und hob die Hand. Das dunkle Blau ihres Kleids schien die Blässe ihres Gesichts noch zu betonen, und all die äußere Eleganz verbarg nicht, wie angegriffen und erschöpft sie war. Mit einem gezwungenen Lächeln, das wohl aufmunternd gemeint war, nickte sie ihren Gesprächspartnerinnen noch einmal zu, bevor die zwei in den Salon weitergingen.

Reitmeyer warf kurz einen Blick in den Raum. Er war komplett mit Stühlen vollgestellt, in einigen Reihen saßen bereits Gäste, andere standen in den Gängen, plauderten und lachten oder winkten Neuankömmlingen zu. Es war ein heiterer und festlicher Anblick. Die hellen Farbtupfer der Damenroben neben den dunklen Anzügen der Herrn, das bunte Blumenarrangement vor der Bühne, das warme Licht der Kerzen in den Silberleuchtern. »Der Lukas wäre zufrieden gewesen«, sagte er und drückte Caroline die Hand. Sie rang sich erneut ein Lächeln ab.

»Tja, hoffentlich. Gerade hab ich zwei seiner ehemaligen Freundinnen bitten müssen, mir doch zu helfen, dass alles friedlich bleibt.« Etwas verstohlen deutete sie auf den hinteren

Bereich des Salons, wo eine Gruppe Männer saß, von deren Gesichtern nicht viel zu sehen war, da alle Vollbart trugen. Die Jacken hatten sie abgelegt und über die Stühle geworfen, auf ihren Knien balancierten sie Teller und bissen mit sichtlichem Appetit in Mathildes Teigtaschen. Zwischendurch hoben sie Weinflaschen an den Mund, die sie nach einigen Schlucken wieder auf dem Boden abstellten. Als die zwei jungen Frauen auf sie zukamen, brachten sie lauthals ihre Freude zum Ausdruck über die Gesellschaft der »schönen Damen«. Ein paar der anderen Gäste drehten sich indigniert um.

»Ich hoffe nur, dass die zwei Sängerinnen mäßigend einwirken auf die Kerle«, sagte Caroline.

»Wo singen die?«, fragte Reitmeyer.

»Bestimmt nicht an der Oper«, erwiderte Sepp grinsend. »Aber genial, Caroline, der Einfall hätte von mir stammen können: Eindämmung roher Männergewalt durch zarte Weiblichkeit.«

»Ich wär schon froh, wenn sie die Kerle überreden könnten, wenigstens die Jacken wieder anzuziehen.«

Sepp unterdrückte ein Prusten. »Wenn deine Großmutter die Burschen hier in Hemdsärmeln sieht, trifft sie der Schlag, die gestrenge Frau Justizrat.«

»Was meinst du, was meinen Vater treffen würde, wenn ich nicht verhindert hätte, dass sie uns Grußadressen von inhaftierten Anarchisten verlesen.«

»Was? Echt?«, fragte Sepp glucksend. »Das hätt' ich gern gehört. Der hohe Beamte aus dem Justizministerium wird von Anarchisten aus dem Knast gegrüßt. Mein Gott, dass das der Lukas nicht mehr erleben darf.«

»Ja, du findest das vielleicht lustig«, sagte Caroline ärgerlich.

»Und wie hast du ihnen das ausgeredet?«

»Sie dürfen später ein Gedicht vortragen.«

»Von wem? Aus ihrer Feder?«

»Was weiß denn ich«, antwortete Caroline genervt. »Ich muss jetzt jedenfalls zu meiner Mutter nach oben. Sie ist schon viel zu lang mit meiner Großmutter allein. Ihr haltet doch die Stellung, bis ich wieder da bin?«

»Und wo sind der Franz und seine Freunde?«, fragte Sepp.

»Die sitzen in der Bibliothek und trinken den Cognac von meinem Vater.«

»Tja, da können wir nichts machen«, antwortete Sepp. »Aber wenn die auftauchen, halten wir die verfeindeten Clans auf Abstand.« Er tätschelte ihren Arm.

»Mein Gott«, seufzte Caroline. »Ich hätte die ganze Feier nicht hier im Haus abhalten sollen. Irgendwo in einem Lokal wäre alles viel einfacher gewesen.«

Die beiden Freunde beruhigten Caroline, dass alles gutgehen würde und sie getrost nach ihrer Mutter sehen könne. Reitmeyer wollte nur noch seinen Mantel aufhängen, bevor er sich mit Sepp um den geregelten Ablauf der Dinge kümmerte. Zuerst legte er allerdings seinen Geigenkasten auf einem Tisch neben der Bühne ab, begrüßte Brenner und verabredete sich im Wintergarten mit ihm, wo sie ihre Instrumente stimmen wollten. »In etwa einer Viertelstunde«, sagte Reitmeyer. Dann eilte er zur Garderobe.

Die Haustür stand weit offen, weil eine Gruppe neuer Gäste ankam. Reitmeyer sah ein paar Musiker aus dem Orchesterverein, mit denen Lukas früher oft aufgetreten war, und hinter ihnen Karl Leonhard, den Pianisten, mit Fräulein Sondermann, seiner und Lukas' früherer Geigenlehrerin. »Hallo, Sebastian«, rief sie und drängte sich energisch durch das Gewühl. »Hab schon gehört, dass du auch was beitragen willst.«

Reitmeyer kam nicht dazu, sie angemessen zu begrüßen, weil sie ihn packte und in den Wintergarten zerrte, gleichzeitig bedeutete sie dem Pianisten gebieterisch, ihr zu folgen. Sie ist noch immer der alte Dragoner, dachte Reitmeyer. Wer je ihr

Musikinstitut besucht hatte, der blieb ihr Schüler lebenslang. Aufmucken und Widerrede waren nicht vorgesehen.

»Eigentlich müsste ich dir ja böse sein«, legte sie ohne weitere Umschweife los. »Nie lässt du was von dir hören und bei den Konzerten meiner Musikschule lässt du dich auch nicht blicken.«

»Ja, tut mir leid«, begann Reitmeyer, obwohl er wusste, dass Entschuldigungen nichts nützten. Erika Sondermann gehörte zu den Menschen, die jede Form der Kontaktaufnahme mit einem Vorwurf einleiteten, worauf nur stumme Zerknirschung erwartet wurde, das Reden übernahm sie.

Karl Leonhard grinste. »Denk dir nix«, sagte er, »das Gleiche muss ich mir ständig anhören.«

»Ja, weil es eine Schande ist«, zischte Fräulein Sondermann und schälte sich aus ihrem Mantel, den sie dem Pianisten in die Hand drückte. »Hat dir die Caroline schon mitgeteilt, was wir für heute Abend geplant haben?«, fragte sie Reitmeyer.

Er blickte auf die kleine, drahtige Person in ihrer altmodischen Spitzenbluse und dem langen Seidenrock. Sie wirkte kaum verändert. Noch immer trug sie die gleiche straffe Knotenfrisur und hielt sich sehr aufrecht. Nur das scharf geschnittene, ein wenig vogelartige Gesicht war jetzt von einer Unmenge Fältchen durchzogen und erinnerte an trockenes Pergament.

»Ich bin gerade erst gekommen, es gab noch keine Gelegenheit …«

»Wir machen kein ›Programm‹«, unterbrach sie ihn, »jedenfalls nichts ›Festaktmäßiges‹, weil das dem Lukas zuwider gewesen wäre. Als Erstes spielen wir den *Wind* von Schreker, danach gibt's eine Pause mit Erfrischungen, und dann können alle spielen, was sie wollen. Ganz locker und spontan.«

Reitmeyer fing einen zweifelnden Blick des Pianisten auf. »Spontan« war eigentlich kein Begriff, den man mit Fräulein Sondermann in Verbindung brachte.

»Ich übernehme den Part der Violine in dem Schreker-Stück«, erklärte sie, »und Karl das Klavier. Die Bläser sind aus dem Orchesterverein.«

»Aha«, sagte Reitmeyer. »Also was eher Modernes?«

»Ja, hast du gedacht, wir spielen Haydn-Sonaten?«, fragte sie angriffslustig. »Lukas und ich haben uns immer für zeitgenössische Musik eingesetzt. Im Übrigen war ich mir mit Caroline ganz einig, dass es zu keiner trüben Totenfeier ausarten sollte.«

Reitmeyer nickte. Den Zweifel, ob das Musikstück wirklich passte bei der gemischten Gästeschar, wagte er nicht zu äußern. Es hätte ohnehin nichts genützt. »Also, ich muss jetzt leider zurück.« Er legte seinen Mantel auf einen Korbstuhl, machte eine Geste in Richtung des Salons und eilte aus dem Wintergarten.

Er kam nicht weit. Dr. Ruckspiel, der Hausarzt der Familie, fing ihn an der Treppe nach oben ab. Der »Rückenspieler« wie der Mann wegen seiner Erfolge bei Leuten, die es »im Kreuz« hatten, genannt wurde, wollte unbedingt wissen, was die Polizei gegen die ausufernde »Diebstahlseuche« zu unternehmen gedenke.

Etwas ungeduldig erklärte Reitmeyer ihm, dass er jetzt leider keine Zeit für eine Unterhaltung habe und sie das Gespräch auf später verschieben müssten. Weil oben eine Stufe knarrte, hob er den Blick und brach mitten im Satz ab. Für den Bruchteil einer Sekunde glaubte er zu halluzinieren. Doch er war keinem Trugbild erlegen. In einem karmesinroten Kleid, das er von Caroline kannte, stand Gertraud Blumfeld auf der Treppe. Sie war mindestens genauso perplex wie er selbst.

Ohne den Rückenspieler zu beachten, der einfach weiterredete, stieg er die Stufen hinauf. »Was machen Sie hier?«, fragte er verständnislos.

Ihr Blick schoss schnell nach oben, als suchte sie nach einer Möglichkeit zu fliehen. Da sie keine zu finden schien, hob sie das Kinn. »Das Gleiche könnte ich Sie fragen«, erwiderte sie schnippisch und setzte denselben unverschämt hochmütigen Gesichtsausdruck auf, der ihn schon damals in der Augustenstraße so gereizt hatte.

»Falsch, Fräulein Blumfeld«, sagte er beherrscht, »das können Sie nicht. Ich bin Gast hier im Haus, und Sie eine Person, die sich einer Vernehmung entzogen hat.«

»Wollen Sie mich verhaften?«, fragte sie höhnisch. »Ich hab bei Ihnen angerufen und mich entschuldigt, dass ich krank geworden bin.«

»Ach! Und mir wurde gesagt, Sie hätten *ausrichten lassen*, dass Sie nicht kommen können.« Reitmeyer entging nicht, dass ihre Lider ein wenig flatterten. »Ich brauche Sie nicht zu verhaften«, sagte er kühl. »Ich kann Sie einfach vorführen lassen, wenn Sie sich weigern, ins Präsidium zu kommen. Jetzt weiß ich ja, wo man Sie erreichen kann.«

Ihre Mundwinkel bogen sich verächtlich nach unten.

»Hallo, Sebastian«, rief Brenner von unten. Er hielt ihre Instrumente hoch und deutete auf den Wintergarten.

Reitmeyer nickte und ging die Treppe hinunter. »Wir sprechen uns noch, Fräulein Blumfeld!«

Im Wintergarten hatte er einige Mühe, sich auf das Stimmen zu konzentrieren. Er spürte noch ihren verächtlich herablassenden Blick. Doch wenn er ehrlich war, musste er zugeben, dass ihm der drohende Kommissärstonfall im Nachhinein auch übertrieben vorkam – oder zumindest unpassend im Haus seiner Freunde. Aber wie kam diese Blumfeld überhaupt hier ins Haus? Vermutlich hatte Caroline sie eingeladen, sie hatte ja die vielfältigsten Bekanntschaften in allen Gesellschaftsschichten, und immerhin trug diese Blumfeld ein Kleid von ihr. Aber wusste Caroline auch, was diese angebliche Studentin ansonsten trieb? An der Uni war sie jedenfalls nicht eingeschrieben, wie er erfahren hatte.

Sie spielten noch schnell ein paar Takte der Sibelius-Sonate,

Brenner nickte, dann gingen sie wieder ins Vestibül. Eine letzte Gruppe von Gästen drängte zur Haustür herein, warf schnell die Mäntel auf die Bank unter der Treppe und hastete Richtung Salon.

Von den Salontüren aus winkte ihm Sepp aufgeregt zu. »Jetzt sind alle da«, sagte er, als Reitmeyer zu ihm geeilt war. »Du setzt dich an den Rand der Reihe mit den Offizieren, und ich setz mich nach hinten zu unseren speziellen Freunden. Aber ich glaub, wir haben uns zu viele Sorgen gemacht, die Burschen sind dank der Sängerinnen ganz friedlich. Ach, und übrigens«, fügte er breit lächelnd hinzu, »in dem Durcheinander hab ich ganz vergessen, dir jemand vorzustellen.« Er streckte seinen Arm aus und zog eine Frau in einem roten Kleid zu sich heran. Die Blumfeld. Sie hatte sich eine freundlich harmlose Miene aufs Gesicht montiert und lächelte Reitmeyer höflich an.

»Das ist die Gerti«, sagte Sepp stolz und legte den Arm um ihre Taille.

»Ah, Herr Reitmeyer«, sagte sie leichthin, als treffe sie unvermutet einen Bekannten, den sie ein wenig aus den Augen verloren hatte. »Wir sind uns zufällig auf der Treppe begegnet«, erklärte sie Sepp, »und haben uns schon vorgestellt.« Der Blick, den sie von Sepp auffing, schien sie nicht zu irritieren.

»Ja, ja«, sagte Reitmeyer. »Rein zufällig.«

»Nur nicht so förmlich«, meinte Sepp. »Das ist mein alter Freund Sebastian.«

Reitmeyer nickte. »Wir unterhalten uns dann später, nicht wahr, *Gerti*?« Er ging zu dem Platz, den Sepp ihm angewiesen hatte. Das raffinierte Stück, dachte er. So war die Sache also. Sie hatte sich an seinen Freund rangemacht, und der hatte die Verbindung mit Caroline hergestellt. Wenn sie jetzt glaubte, sie könnte ihn genauso um den Fingern wickeln, dann hatte sie sich geschnitten.

Er setzte sich. Franz und seine Offizierskumpane würdigten ihn keines Blicks. Alle waren in Uniform und stellten ihre Orden und Auszeichnungen zur Schau. Ein unangenehmes Gefühl stieg in ihm auf. Solch mit Lametta behängten Typen war er schon lang nicht mehr so nah gewesen. Er sah zur Bühne. Dort hatten die Musiker inzwischen Platz genommen, nur Fräulein Sondermann stand noch und blickte feldherrnmäßig in die Runde, bevor sie Karl Leonhard am Flügel zuwinkte, der eine etwas verweht klingende Melodie zu spielen begann. Jemand löschte die großen Kristalllüster, bloß noch die Kerzen und die kleinen Lampen an den Notenpulten brannten, eine feierliche Stimmung breitete sich aus. Alle Gespräche verstummten, dann hörte man Schritte aus dem Vestibül. Herr von Dohmberg führte seine Mutter in den Raum.

Reitmeyer hatte die beiden seit Jahren nicht mehr gesehen. Carolines Vater ging ein wenig gebückt, sein Haar war schlohweiß geworden, und die Furchen zwischen Mund und Nase hatten sich noch tiefer eingegraben. Seine Mutter, die »Rätin«, die sich schwer auf ihn stützte, trug ausnahmsweise nicht ihren schwarzen Witwentaft, sondern graue Spitze. In der pompös ausladenden Vorkriegsrobe und dem starren Tüllgebilde auf dem Kopf erinnerte sie an ein verwittertes Bauwerk, mit dem die Zeit nicht glimpflich umgegangen war. Mit einigem Abstand folgten Caroline und ihre Mutter. Die Baroness schien von den Spuren des Alters verschont geblieben. Ihr blondes Haar war etwas ausgeblichen, doch nicht ergraut, und in dem fließend langen Kleid aus blauer Seide und ihren legendären Perlen um den Hals bewegte sie sich hoheitsvoll wie eine Königin. Ihr schönes, ebenmäßiges Gesicht war vollkommen glatt, ihr Lächeln jedoch wirkte maskenhaft, wie eingefroren.

Nachdem die Eltern und die Großmutter in der ersten Reihe Platz genommen hatten, stieg Caroline auf die Bühne. Der Pianist nahm die Finger von den Tasten.

»Meine lieben Freunde«, begann sie mit belegter Stimme.

»Morgen hätte Lukas Geburtstag gehabt. Früher haben wir immer ...« Sie schluckte ein paarmal. »Früher hat er immer eine Einladung am Abend zuvor gegeben und dann wurde hineingefeiert.«

»Genau!«, rief einer der »speziellen« Gäste aus der hintersten Reihe. »Und zwar ausgiebig!«

Herr von Dohmberg drehte sich um und warf einen empörten Blick nach hinten. Das Tüllgebilde auf dem Kopf der Rätin bebte. Caroline lächelte schwach.

»Es waren tatsächlich sehr fröhliche Feste«, fuhr sie fort. »Es wurde viel musiziert, oft auch getanzt.« Sie kämpfte mit den Tränen. »Also hab ich gedacht, dass wir daran anknüpfen und wieder ein Fest feiern sollten nach all den Jahren – Lukas zu Ehren. Und zwar ein Fest, das ihm gefallen hätte, nicht traurig und bedrückt.« Jetzt ließ sie die Tränen laufen und wischte sie nicht ab. Stattdessen deutete sie auf die Musiker. »Die Künstler muss ich euch nicht vorstellen, sie sind uns allen bestens bekannt. Sie spielen ein Stück von Franz Schreker, einem Komponisten, den Lukas sehr verehrt und persönlich gekannt hat.«

Ein jeder im Raum merkte, wie schwer es Caroline fiel, über den gefallenen Bruder zu sprechen, und ehe sie völlig einbrach und alle Fassung verlor, begann das Publikum herzhaft zu klatschen. Caroline stieg von der Bühne und setzte sich neben ihre Mutter. Fräulein Sondermann gab dem Pianisten ein Zeichen, worauf Karl Leonhard mit perlenden Läufen einsetzte, dann folgten leise und verhalten Horn und Klarinette, und schließlich, flirrend und rasant, Erika Sondermanns Violine.

Reitmeyer hörte gespannt zu. Die Musiker spielten perfekt. Doch ganz wie er vermutet hatte, traf der *Wind* keineswegs den Geschmack aller Anwesenden. Die Offiziere in seiner Reihe tauschten genervte Blicke aus. »Was soll das Gewinsel?«, fragte einer. »Die reinste Zumutung«, erwiderte sein Nebenmann. »Pscht!«, zischte jemand von hinten. Zwei Reihen weiter vorn zog Dr. Ruckspiel die Taschenuhr heraus und hielt sie demonstrativ ins Licht. Zum Glück dauerte das Stück nicht allzu lang. Nach einer Viertelstunde war für die einen der Genuss, für die anderen die Qual vorbei. Manche hielt nichts mehr auf den Sitzen, sie sprangen auf und spendeten frenetisch Beifall. Bravo-Rufe tönten durch den Raum. Andere blieben sitzen und sahen sich kopfschüttelnd oder aufschnaufend an. Niemand jedoch beachtete das Stühlerücken in der letzten Reihe.

Nichts Gutes ahnend, blickte Reitmeyer nach hinten und sah, dass einer von den »Größenwahnlern« sich mit Sepp ein Handgemenge lieferte. Sepp versuchte, ihn festzuhalten, und redete auf ihn ein, doch der Mann riss sich los, war mit ein paar Sätzen im Seitengang und lief nach vorn. Caroline hob abwehrend die Arme. »Noch nicht«, las Reitmeyer von ihren Lippen, während der kleine, spindlige Mann mit dem fusseligen Bart auf die Bühne sprang. Er riss den Arm hoch, als stünde er im Pulverdampf auf einer Barrikade. »Alle mal herhören«, rief er. »Bevor ihr euch am Buffet den Bauch vollschlagt, gibt's ein Gedicht!«

Carolines Vater gestikulierte wütend in Richtung seiner Tochter. Die zuckte hilflos mit den Achseln und sah zu dem Menschen hinauf, der sich von einem Musiker den Stuhl schnappte und einen Zettel aus der Tasche zog.

»Lass hören!«, rief es von hinten. Die Gäste zögerten, Gemurmel kam auf, doch schließlich nahmen alle wieder Platz. Bis auf die Offiziere. »Das lässt du dir bieten? In deinem Haus? Von diesem Zwerg?«, zischte einer und stieß Franz unsanft an. »Den kaufen wir uns später«, sagte Franz und drängte seine Kameraden, sich zu setzen.

»Der Lukas war unser Freund«, rief der Mann vorn auf der Bühne. »Er war einer von uns und ist wie so viele an der Somme verheizt worden. Aber er ist nicht vergessen.« Er schwenkte ein paarmal die Faust. Die Musiker verließen fluchtartig das Podest und drückten sich im Seitengang an die Wand. Den »Zwerg« schien das nicht zu irritieren. Er stützte sich auf die Stuhllehne, warf sich in Positur und legte los.

»*Sie hatten uns mit Zwang und Lügen in ihre Stöcke eingeschraubt. / Sie hatten gnädig uns erlaubt, in ihrem Joch ihr Land zu pflügen.*«

Franz konnte seinen Nebenmann nicht mehr bremsen. »Aufhören!«, brüllte der Offizier und sprang auf. »Elender Vaterlandsverräter!«

Der Zwerg deklamierte unbeirrt weiter. »*Sie saßen da in Prunk und Pracht mit vollgestopftem Magen, / und zwangen uns, für ihre Macht einander totzuschlagen.*«

»Aufhören!«, schrie der Offizier, hochrot im Gesicht. »Schluss!«, sekundierten seine Kameraden und schnellten ebenfalls hoch. »Dem Bolschewiken zeigen wir's!«

Reitmeyer konnte nicht verhindern, dass sie ihn grob beiseitestießen und wutentbrannt nach vorn stürzten.

»*Sie kochten ihre Larvenschminke aus unserm Blut und unserm Schweiß*«, schrie der Zwerg, doch weiter kam er nicht, weil die Militärs schon auf der Bühne waren. Sie packten ihn – zwei an den Armen und zwei an den Beinen –, hoben ihn blitzschnell hoch und schleppten den Mann, der schlaff wie eine Stoffpuppe zwischen ihnen hing, an den entgeisterten Musikern vorbei zum Ausgang. Franz folgte ihnen.

»Scheißmilitär, verrecktes!«, brüllten die Freunde des Mannes in der letzten Reihe. »Elendes, feiges Pack!« Stühle krachten zu Boden, als sie aufsprangen und hinter dem Quartett zum Salon hinauspolterten. Sepp stürmte ihnen nach und schob mit lautem Knall die Schiebetüren hinter sich zu.

Das Publikum blieb wie erstarrt sitzen. Von draußen tönte Stimmengewirr herein. »*Es rasseln zwanzig Fürstenkronen, die erste Arbeit ist vollbracht*«, schrie der Zwerg aus Leibeskräften, bevor ihn jemand zum Schweigen brachte. Dann hörte man Flüche, Stolpern, Gerangel, die Haustür wurde aufgerissen und fiel nach einer Weile krachend ins Schloss.

Es folgte ein Moment der Stille im Salon, bis Dr. Ruckspiel aufstand und »Unerhört!« rief. Dies war der Startschuss für wildes Durcheinanderschreien und Gezeter. »Unverschämtheit!«, empörten sich manche. »Wer hat diese Radaubrüder überhaupt eingeladen?« Herr von Dohmberg, die Entrüstung in Person, schickte sich an, den Raum zu verlassen, die Baroness blieb wie gelähmt sitzen, die »Rätin« versuchte, sich ohne Hilfe hochzurappeln.

Reitmeyer fing Carolines verzweifelten Blick auf. »Tu doch was«, schien sie zu flehen. »Unternimm doch was.« Er ging nach vorn. Erst ein paar Schritte vor der Bühne, als er sein Instrument auf dem Tisch liegen sah, wusste er plötzlich, was er tun würde. Das, was er immer tat, wenn es schwierig wurde, wenn er sich Mut einflößen musste, bevor es in die Gerichtsmedizin hinunterging und ihm bereits die Angst vor den Gerüchen Schauer über den Rücken jagte, wenn etwas nachgab in seinem Innern und er ganz dringend Fassung brauchte.

Er nahm die Geige und stieg aufs Podest. Niemand beachtete ihn. Er legte das Instrument ans Kinn. Noten brauchte er keine, das Stück war längst ein Teil von ihm geworden, er hatte es schon hundertmal gespielt, meist »trocken« auf dem imaginären Griffbrett. Den Lärm im Raum nahm er kaum wahr. Er spielte nicht fürs Publikum, sondern für Caroline, die um den Bruder trauerte, und für seinen toten Freund. Er spürte Lukas, er war bei ihm. Genauso wie er Sigi und den Maikranz spürte. Sie alle waren bei ihm und durften bei ihm bleiben. Auch wenn es wehtat, er wehrte keinen ab. Ruhe und großer Frieden kamen über ihn. Er stockte nicht an den vertrackten Stellen, strich alle Doppelgriffe sauber und ließ sich tragen vom Klang seines Instruments. Als er den letzten Trillern nachlauschte, verwunderte ihn kurz, wie gänzlich mühelos und rein sie ihm gelungen waren.

Es herrschte vollkommene Stille, als er den Bogen senkte. Dann brach der Beifall los. »Bravo«, riefen die anderen Musiker. Fräulein Sondermann trat auf die Bühne. »Du spielst Bach? Die a-Moll-Solo-Sonate?«, fragte sie vorwurfsvoll, als hätte er dafür ihre Erlaubnis gebraucht.

»Nur den ersten Satz, das Grave«, sagte er. »War's schlecht?«

»Blödsinn«, erwiderte sie, bevor sie ihn zum ersten Mal in seinem Leben umarmte. »Es war ganz wunderbar.«

Mit leisem Knarren wurden die Salontüren zurückgeschoben. Sepp tauchte auf und rief über den anhaltenden Applaus hinweg, dass das Buffet im Speisezimmer eröffnet sei. Anfangs beachtete ihn keiner, doch langsam nahmen das Klatschen und die Bravo-Rufe ab, und alle drängten zum Ausgang.

Sepp lief nach vorn zur Bühne und klopfte Reitmeyer anerkennend auf die Schulter. »Gut gemacht«, sagte er noch etwas atemlos. »Der Aufruhr ist beendet, die Revoluzzer sind fort.«

»Und Franz und seine Offiziere?«

»Beim Essenfassen.«

Reitmeyer drehte sich um, als plötzlich Caroline auf ihn zutrat und seine Hand ergriff. »Danke«, flüsterte sie. »Du hast den Abend gerettet. Ich bring jetzt schnell meine Mutter nach oben, sie fühlt sich nicht sehr wohl. Wir sehen uns dann drüben am Buffet.«

Reitmeyer und Sepp sahen der Baroness nach, die, etwas betäubt wirkend, von ihrer Tochter am Arm Richtung Tür begleitet wurde. Ihr Gatte führte seine Mutter bereits den Seitengang entlang. »Wir gehen in die Bibliothek«, rief Herr von Dohmberg über die Schulter. Es klang nicht so, als ob er Caroline und seine Frau ebenfalls dorthin einladen wollte.

»Tja«, sagte Sepp und zuckte die Achseln. »Familienglück sieht anders aus. Komm, lass uns gehen.« Er machte mit dem Kopf ein Zeichen in Richtung Speisezimmer und sprang von der Bühne. »Zumindest hab ich verhindern können, dass diese elenden Militärs den armen Dichter auch noch verprügelt haben.«

»Das sich der Franz nicht schämt ...«

»Schämen?«, erwiderte Sepp sarkastisch. »Dass ich nicht lache. Die Kerle trumpfen jetzt doch auf. Und Franz, der treibt sich ständig mit diesem Gesindel rum. Vor allem mit diesem Röhm, dem Oberorganisator bei der Reichswehr, wenn es um Waffenschieberei geht.«

Sie traten ins Speisezimmer, wo sich die Gäste ums Buffet drängten. Liesl versuchte, etwas Ordnung in den Ablauf zu bringen, gab jedoch bald auf, weil ein so reiches Angebot an kostenlosem Essen die Leute all ihre Manieren vergessen ließ. Sie häuften sich die Teller voll, argwöhnisch beäugt und geschubst von jenen, die sich sorgten, nicht mehr genug abzukriegen.

Mathilde stand mit düsterer Miene daneben. »Was soll ich machen?«, raunte sie Sepp zu. »So schaut's halt aus, wenn man ›ganz ohne Etikette‹ feiern will. Der reinste Sauhaufen.«

Eine der beiden Frauen, die Caroline gebeten hatte, die Männer in der letzten Reihe in Zaum zu halten, drehte sich um. »Das war nicht unsere Schuld«, versicherte sie kauend, der Federbusch auf ihrem Kopf nickte bestätigend. »Die waren doch von Anfang an auf Rabatz aus, wenn Sie mich fragen. Der Stunk war doch geplant mit dem *Rebellenlied* von diesem Mühsam. Die wollten doch, dass es zum Äußersten kommt, dass man sie rausschmeißt.«

»Das seh ich ziemlich ähnlich«, sagte Sepp.

Reitmeyer warf einen Blick zum Ende des Buffets, wo Gerti Blumfeld zwei Offiziere bediente. Sie übernahm jetzt also schon Aufgaben im Haus. Gefällig lächelnd, den Kopf ein wenig schief geneigt, reichte sie den beiden Servietten und Besteck.

Sepp folgte seinem Blick. »Sollen wir ihr sagen, dass sie bei diesen Burschen den Charme umsonst versprüht?«, fragte er schmunzelnd. »Dass die gegen weibliche Reize völlig immun sind?«

»Das soll sie meinetwegen selbst rausfinden«, erwiderte Reitmeyer und griff sich einen Teller.

Sepp nahm zwei Gläser Sekt von dem Tablett, das Liesl herumtrug. »Komm, lass uns drauf anstoßen«, sagte er und reichte ihm ein Glas, »dass wir noch mal davongekommen sind.«

Während die Kelche aneinanderklirrten, bemerkte Reitmeyer aus dem Augenwinkel, dass sich die Blumfeld ebenfalls ein Glas geschnappt hatte und auf sie zugesteuert kam. Dabei entgingen ihm nicht die interessierten Männerblicke, die ihr folgten. Sie legte es auch eindeutig darauf an, fand er.

»Gratulation für Ihren Auftritt«, flötete sie schon von Weitem und hob ihr Glas. »Die Leute waren ja absolut *hingerissen*. Vor allem Caroline und ihre Mutter. Sie müssen ja völlig *trunken* sein von dem Erfolg.«

Reitmeyer kämpfte einen Impuls nieder, das scheinheilige, verlogene Stück zu schütteln. Er wusste ganz genau, dass sie ihm nicht zu seinem Geigenspiel gratulieren wollte. Sie wollte ihm den Auftritt auf der Treppe heimzahlen. Aber die Tour würde er ihr vermasseln.

»Ja, sicher«, erwiderte er leichthin mit einem kleinen Lachen. »Ich bin schon ganz besoffen von dem Applaus. Gleich muss ich mich auf meinen Freund Sepp stützen, bevor ich umsinke vor Glück.«

»Ach.« Ein boshaftes Glitzern lag in ihren Augen. »Selbst auf die Gefahr hin, dass Sie jetzt vollkommen den Boden verlieren unter den Füßen, muss ich Sie dennoch loben und Ihnen sagen, wie umwerfend und tief bewegend Sie gespielt haben. Stimmt's Sepp?«

»Ich wusste gar nicht, dass deine Freundin auch Musikkennerin ist«, sagte Reitmeyer und stieß Sepp mit dem Ellbogen an. »Neben den vielen anderen Qualitäten, über die sie zweifellos verfügt.«

»Natürlich bin ich keine ausgewiesene Expertin«, sie winkte ab und ahmte sein kleines Lachen nach, »aber es hört doch jeder, ob jemand Seele und Gefühl in die Musik zu legen vermag. Ob er die Menschen zu Tränen rühren kann oder bloß mechanisch Noten runterspielt. Das findest du doch auch, Sepp?«

Sepp wich ein wenig zurück. Der verkniffene Zug um seinen Mund und die gerunzelten Brauen signalisierten deutlich, dass er nicht als Spalier herhalten wollte, an dem sich ihr Geplänkel hochranken konnte. »Gerti, bis gleich«, sagte er kurzangebunden und wandte sich ab. »Ich muss mal nach der Caroline sehen.«

Sobald er verschwunden war, verschwand auch schlagartig die freundliche Miene der Blumfeld. Reitmeyer trank betont gelassen einen Schluck Sekt. »Wenn Ihre Pflichten beim Servieren es zulassen, würde ich Sie gern im Wintergarten sprechen«, sagte er. »In einer Viertelstunde?«

»In einer halben«, sagte sie und ging ans Ende des Buffets, wo sie begann, Geschirr aufzuräumen.

Reitmeyer ließ den Blick über den langen Tisch gleiten. Tatsächlich gab es nicht mehr viel, was sie hätte servieren können. Ein bisschen Salat in einer Schüssel und ein paar Fleischbällchen auf einer Platte. Er hätte früher zuschlagen müssen, dachte er ärgerlich. Doch gerade als er sich die Reste auf den Teller laden wollte, hielt jemand seinen Arm fest. Der Rückenspieler. »Jetzt mal ganz im Vertrauen, mein lieber Reitmeyer«, sagte er. »Hätten Sie diesen *unsäglichen* Auftritt nicht von vornherein unterbinden können? Sie sind doch schließlich Kommissär und haben Erfahrung. Sie hätten doch gleich sehen müssen, was von dem linken Gesocks zu erwarten ist.«

Reitmeyer riss sich genervt los. »Ich war nicht zuständig für die Gästeliste«, sagte er. »Und überhaupt, was Sie da als ›Gesocks‹ bezeichnen, waren die Freunde des gefallenen Lukas von Dohmberg.«

Der scharfe Tonfall ließ Dr. Ruckspiel einen Schritt zurückweichen. Im selben Moment schob sich ein junger Mann an ihm vorbei und schnappte sich die letzten Fleischbällchen von der Platte. In Reitmeyer stieg plötzlich namenlose Wut auf. Er knallte seinen Teller auf den Tisch und stürmte hinaus.

Draußen im Vestibül strebten bereits einige Gäste der Garderobe zu. Es waren hauptsächlich Bekannte der alten Dohmbergs, die sich vom Fortgang des Abends nichts mehr erhofften. Sepp sprach mit ein paar Leuten, die schon die Mäntel überm Arm hatten und ihn baten, Grüße an die Familie auszurichten, da keiner von ihnen auffindbar sei. Als er in seine Richtung blickte, bedeutete ihm Reitmeyer, ihn in die Küche hinunterzubegleiten. Sepp sah ihn finster an und schüttelte den Kopf. Reitmeyer blieb einen Moment unschlüssig stehen, dann ging er in den Wintergarten.

Nachdem die Glastür hinter ihm zugefallen war, umfing ihn Stille. Ein grauer Mond schien durch die großen Scheiben, der Raum und Pflanzenwerk in fahles Licht tauchte. Vorsichtig schob er ein paar Palmwedel weg, ließ sich in einen Korbstuhl fallen und starrte in den kahlen Garten hinaus. Sepp war stocksauer, doch nicht nur das, sein Freund war eifersüchtig. Und alles bloß, weil er ihm nicht gleich reinen Wein eingeschenkt hatte. Wie sollte er ihm klarmachen, dass er nichts wollte von dieser Blumfeld? Dass er von seiner Seite überhaupt nichts zu befürchten hatte? Das wäre schwierig. Ein Satz von Lukas fiel ihm ein. Die Eifersucht sei deshalb so verheerend, meinte er, weil Eitelkeit nicht helfen könne, sie zu ertragen.

Dumpf vor sich hinstarrend, zog er einen Zigarillo aus der Tasche. Als er das Streichholz anstrich, kam ihm ganz plötzlich ein anderer Gedanke. Wenn diese Blumfeld ihm nicht nur einen Denkzettel für sein Kommissärsgehabe verpassen, sondern ganz bewusst einen Keil zwischen ihn und seinen Freund treiben wollte? Wenn das der Grund für die vergifteten Komplimente war? Damit er ansprang auf ihr verlogenes Lob und Sepp das alberne Geplänkel für einen Flirt hielt. Dass sie das Ganze eingefädelt hatte, konnte sein Freund natürlich nicht erkennen. Sepp war total verschossen in die Hexe, und Reitmeyer, sein alter Freund, wurde zum Rivalen, zum Nebenbuhler. Es war grotesk. Fast hätte er gelacht, wenn alles nicht so traurig und verfahren gewesen wäre. In all den Jahren ihrer Freundschaft waren sie sich nie wegen einer Frau ins Gehege gekommen, noch nie war einer eifersüchtig auf den anderen gewesen, und jetzt wegen der Blumfeld, die ihn doch überhaupt nicht interessierte.

»Wieso sitzen Sie im Dunkeln?«

Reitmeyer schreckte hoch. Sie war so leise reingeschlichen, dass er nichts mitbekommen hatte. Kein Wunder, ihre Füße waren nackt.

»Ich hab die Schuhe ausgezogen«, erklärte sie, »weil ich schon seit frühmorgens auf den Beinen bin.« Das Korbgeflecht des Sessels knirschte spröde, als sie sich gegenüber von ihm niederließ. »Mein Gott, das war ein Tag, Ich bin vollkommen erledigt.« Sie streckte die Beine aus, legte den Kopf an die Lehne und schloss die Augen, als wäre sie in der Sommerfrische.

Reitmeyer drückte den Zigarillo aus. Die unverschämte Person wollte ihm zeigen, dass sie nicht die geringste Angst vor ihm hatte, dass sie ihn überhaupt nicht ernst nahm. Doch noch mal ließ er sich nicht provozieren. Ein zweites Mal tappte er nicht in ihre Falle. Er stand auf und drehte die Stehlampe an. Das Licht zeichnete einen kreisrunden Fleck auf den Marmorboden. Ihre Lider gingen einen Spalt breit auf.

»Fräulein Blumfeld«, begann er sachlich, »ich habe nicht vor, hier im Wintergarten eine Vernehmung durchzuführen. Ich möchte Sie bitten, morgen in mein Büro zu kommen.«

»Wieso denn?«, fragte sie, ein Gähnen unterdrückend. »Ich hab Ihnen doch schon alles gesagt.«

»Da bin ich mir nicht so sicher.« Er ging ein paar Schritte auf und ab. »Sie wurden gesehen, wie sie mit einer anderen Frau aus der Widenmeyerstraße 31 geflohen sind, als der dortige illegale Bordellbetrieb ausgehoben wurde.«

Sie richtete sich leicht auf. »Ausgehoben?«, fragte sie. »Von wem?«

»Die näheren Einzelheiten besprechen wir morgen im Präsidium.«

»Von wem?«, beharrte sie.

Das raffinierte Stück, dachte er ärgerlich. Sie hatte gemerkt, dass er ihr auswich. Doch Zeugen konnte er nicht aufbieten, weil weder Sänger noch die Rübsam dafür zur Verfügung standen.

»Fräulein Blumfeld«, begann er, um etwas mehr Versöhnlichkeit bemüht. »Es wurden zwei Frauen ermordet, die in dem Haushalt des Ehepaars Rottenmüller als Aushilfen beschäftigt waren. Sie werden doch verstehen, dass wir uns für die Gäste dieser Veranstaltungen interessieren, weil es vielleicht Verdächtige in diesem Kreis …«

»Ich habe an zwei Abenden dort serviert«, unterbrach sie ihn. »Über die Gäste kann ich nichts sagen. Die kannte ich nicht.«

Der schroffe Tonfall stachelte seinen Ärger wieder an. »Nur serviert?«, fragte er maliziös.

Sie setzte ihren hochmütig herablassenden Ausdruck auf. »Nein«, erwiderte sie gedehnt. »Es gab auch Küchenarbeit zu verrichten, Herr *Kommissär.*«

Die Art, wie sie den Titel gleichsam ausspuckte, ihr dreistes, arrogantes Gehabe und der gehässige Tonfall brachten sein Blut in Wallung. Ohne dass er es wirklich wollte, riss er das Foto, das immer noch in seinem Jackett steckte, aus der Tasche. »Ist das im Rahmen Ihrer Küchenarbeit entstanden?«, rief er und hielt ihr das Bild vor die Nase. »Haben Sie als Statue verkleidet Geschirr gespült?«

Sie sprang halb auf und bekam, als sie ihm das Bild entreißen wollte, seinen Arm zu fassen.

Die Tür flog auf. »Was ist hier los?«, rief Sepp.

Reitmeyer fuhr zurück und ließ das Foto in seiner Tasche

verschwinden. »Frag deine Freundin«, zischte er. »Die kann dir alles ganz genau erklären.«

Er schoss an Sepp, der ihn empört anfunkelte, vorbei ins Speisezimmer. Dort lehnte er sich an die Wand und atmete tief durch. Von nebenan klang jetzt Klaviermusik herüber. Er hörte Stühlerücken und fröhliches Gelächter. Der Abend schien sich doch noch zu dem unbeschwerten Fest zu entwickeln, das Caroline sich für ihren Bruder gewünscht hatte.

Er betrat den Salon. Karl Leonhard saß am Flügel, umringt von einem Pulk junger Frauen, und gab verschiedene Kostproben aus seinem Repertoire lockerer Weisen zum Besten. »Das ist es«, rief eine. »Genau das ist es.«

Brenner, die Bratsche, räumte den Platz vor der Bühne frei. »Die Mädels wollen Stepptanz vorführen«, rief er lachend, als Reitmeyer auf ihn zukam. »Mit unserer Sibelius-Sonate wirds heut wahrscheinlich nix mehr.«

»Das soll mir recht sein«, erwiderte Reitmeyer und packte seine Geige in den Kasten. »Hast du die Caroline irgendwo gesehen?«

»Ich glaub, die ist zu ihrem Vater in die Bibliothek. Da gibt's wohl irgendwelche Schwierigkeiten.«

»Wenn du sie siehst, dann sag ihr bitte, dass ich mich bei ihr melde.«

»Du willst schon gehen?«, fragte Brenner. »Jetzt wirds doch lustig. Die Militärs sind fort und …«

Reitmeyer nahm sein Instrument und ging zur Tür. »Dann viel Vergnügen noch. Ich hab mich schon genug amüsiert.«

Vor dem Haus blieb er kurz stehen, während ein Wagen langsam die Giselastraße entlangfuhr und in die Leopoldstraße einbog. Im Licht der Straßenlaterne erkannte er darin zwei Militärs. Als er selbst in die Leopoldstraße kam, sah er den Wagen ein Stückchen weiter anhalten. Zwei junge Männer traten heran und redeten durchs Fenster mit den Insassen. Ihrem Aussehen nach erinnerten sie stark an das Umfeld von Willy

Bauer. Reitmeyer beschleunigte seinen Schritt, um die zwei Kerle näher in Augenschein zu nehmen, aber die liefen bereits über die Straße und sprangen bei einer ankommenden Trambahn auf. Gleichzeitig fuhr der Wagen davon.

29

Eine Kirchturmuhr schlug acht. Es kam so gut wie nie vor, dass er verschlief, und genauso selten war es vorgekommen, dass er mitten unter der Woche in einem Wirtshaus abstürzte. Eigentlich hatte er bloß eine Kleinigkeit essen wollen, nachdem er beim Buffet der Dohmbergs nicht mehr zum Zug gekommen war, und dann schnell nach Haus. Dass er in seiner Eckkneipe zwei Jugendfreunden aus seinem früheren Radfahrclub begegnen würde, war nicht vorhersehbar gewesen. Die beiden ließen keine Ausflüchte gelten und fanden, dass das unverhoffte Wiedersehen gebührend gefeiert werden müsse. Was umso leichter fiel, als im Lokal bereits feuchtfröhliche Stimmung herrschte. Ein Invalide spielte Akkordeon, und ausgerechnet der alte Mann mit seinen Enkelinnen, die draußen sonst immer nur das eine Lied von der entschwundenen Jugend zum Besten gaben, verblüfften mit höchst ungewohntem Repertoire.

»*Zu Sedan auf der Aue, wie war das Gras so rot*«, krähten die Kleinen. Und wahren Jubel lösten sie aus, als sie voll Inbrunst die Moritat vom Jennerwein anstimmten: »*Ein stolzer Schütze in den besten Jahren, er wurde weggeputzt von dieser Erde …*« Die Freunde ließen Bier und Schnäpse auffahren und man schwelgte in Erinnerungen. Gleichzeitig trieb ihn ein starker Wunsch nach Vergessen an, sonst hätte er wohl kaum dem Hochprozentigen so zugesprochen. Doch wenigstens für den Rest des Abends wollte er nicht mehr daran denken, wie eingeschnappt und sauer sein bester Freund Sepp gewesen war, und dass er sich außerdem die Hoffnung abschminken konnte, mit Hilfe dieser Blumfeld doch noch an Informationen über die Gäste in der Widenmeyerstraße zu kommen.

Reitmeyer trat kräftig in die Pedale und zog den Kopf ein. Noch in der Nacht war leichter Schnee gefallen, jetzt trieb der Wind die pudrig weiße Schicht wie Staub über die Straße und den Rinnstein entlang. Abwechselnd hauchte er in die Hände, weil er bei seinem überstürzten Aufbruch die Handschuhe zu Hause liegengelassen hatte.

Als er ein wenig außer Atem auf den Hof fuhr, kam Steiger heftig winkend auf ihn zugelaufen. »Wo bleibst du denn?«, rief er aufgeregt. »Ich hab schon bei dir angerufen.«

»Es wird ja wohl die Welt nicht gleich untergehen, wenn ich einmal zu spät zum Dienst komm«, erwiderte Reitmeyer ungehalten. »Was gibt's denn?«

»Der Rattler ist verhaftet worden.«

»Was? Wo?«

»Heut Nacht im Café Fürstenhof. In diesem Schieberlokal. Jetzt sitzt er mit einem Haufen anderer Kerle da drunten.« Steiger gestikulierte mit seiner Lederhand in Richtung Polizeigewahrsam. »Die hat man wegen Verdacht auf illegales Glückspiel festgenommen, und ...«

»Der Rattler hat an illegalem Glücksspiel teilgenommen?«, fragte Reitmeyer.

»Angeblich nicht. Angeblich hat er bloß ›verdeckt ermittelt‹.«

»Etwa auf meine Anweisung?«, rief Reitmeyer aufgebracht.

»Ja, nicht direkt. Wie's aussieht, ist er bloß in dem Lokal gewesen, weil er an Informationen kommen wollte, die uns bei den zwei Mordfällen weiterhelfen könnten.«

»Ich glaub's nicht«, sagte Reitmeyer. »Was denn für Informationen? Und was sollen wir jetzt nach seiner hirnrissigen Aktion tun?«

»Ja, ich denk, wir sollten ihn da rausholen. Bevor's was Schriftliches gibt.«

Reitmeyer sah seinen Kollegen an. Auch wenn sich Steiger mit dem Polizeischüler ständig in der Wolle hatte, hatte er Rattler dennoch ins Herz geschlossen.

»Vielleicht ist er ja wirklich auf was gestoßen«, meinte er. »Blöd ist der Bub ja nicht.«

»Nein, blöd ist er nicht«, erwiderte Reitmeyer, als sie die Treppe zum Polizeigewahrsam hinunterstiegen. »Aber ich komm mir saublöd vor, wenn ich schon wieder für ihn lügen muss.«

»Kollege Rauchenberger«, rief Steiger, als sie den Vorraum des Haftbereichs betraten. »Der Kommissär Reitmeyer ist jetzt da.«

»Da muss es wohl zu einem Missverständnis gekommen sein«, sagte Reitmeyer und schüttelte Rauchenberger die Hand. »Unser Polizeischüler muss mitbekommen haben, dass wir uns wegen einer bestimmten Sache im Fürstenhof umhören wollten, aber Sorge hatten, dass man uns gleich erkennt. Da hat der Bub wahrscheinlich gemeint, er könnte helfen, verstehen Sie?«

»Ja, bringen Sie ihrem Schüler nicht bei, was er darf und was nicht? Der kann doch nicht so selbstherrlich …«

»Er ist ein bisschen übereifrig«, warf Steiger an, »und handelt manchmal ein bisschen unüberlegt.«

»Wir werden ihm schon ordentlich die Leviten lesen. So geht's natürlich nicht.« Reitmeyer machte Steiger ein Zeichen. »Hol ihn da raus, ich hab mit dem Kollegen Rauchenberger noch was anderes zu besprechen.« Und während Steiger zu den Zellen eilte, nahm Reitmeyer den Polizisten beiseite. »Ich muss noch mal auf den Vorfall mit Dr. Löber zurückkommen. Es steht ja zu erwarten, dass der bald wieder zu uns zurückgebracht wird. Und noch mal darf uns so was nicht passieren. Verstehen Sie, wenn die Presse davon Wind gekriegt haben sollte, dass der in unseren Zellen einen Selbstmordversuch verübt hat«, aus dem Augenwinkel sah er, dass Steiger einen ziemlich zerknirscht wirkenden Rattler zum Ausgang zerrte, »dann fallen diese Schreiberlinge wie üblich über uns her.«

Erschrocken legte Rauchenberger die Hand aufs Herz. »Von uns hat keiner was nach draußen gegeben, das ist ganz ausgeschlossen. Meine Leut' reden doch mit diesen Schmierfinken nicht.«

»Sie dürfen nicht vergessen, dass Dr. Löber ein sehr geachteter Mann ist, und noch ist seine Schuld nicht offiziell bewiesen. Wir müssen aufpassen, dass man uns nicht bezichtigt, wir hätten unsere Aufsichtspflicht vernachlässigt. Zudem ist ja bekannt, wie bestimmte Blätter vorgehen, wie alles aufgebauscht oder verzerrt dargestellt wird. Erst kürzlich hat unser Präsident wieder darauf hingewiesen, wie vorsichtig wir im Umgang mit der Öffentlichkeit sein müssen, schließlich geht's um die Reputation der ganzen Polizei.«

Rauchenberger nahm Haltung an. »Das kommt uns ganz bestimmt nicht mehr vor«, versicherte er nachdrücklich.

Reitmeyer sah den Polizisten an. Die Drohung mit den Furien von der Presse verfehlte nie ihr Ziel in seiner Behörde, ein Übriges tat der Hinweis auf einen verstimmten Präsidenten. Im Angesicht solchen Unheils fielen die Unüberlegtheiten eines Polizeischülers nicht mehr ins Gewicht.

»Ich denke, wir haben uns verstanden?«, sagte Reitmeyer abschließend. »Und ich kann mich auf Sie verlassen?«

»Ja selbstverständlich, Herr Kommissär. Gar keine Frage.«

Oben in seinem Büro saß Rattler wie ein Häufchen Elend an Steigers Schreibtisch. Er wirkte ziemlich ramponiert nach der Nacht in Polizeigewahrsam: die Jacke stark zerknittert, der Kragen seines Hemds zerdrückt, und in der Hose klaffte ein Riss, vermutlich von der Festnahme, die sicher nicht ganz sanft verlaufen war.

»Kannst du mir jetzt vielleicht erklären, was du im Fürstenhof gewollt hast?«, rief Reitmeyer, nachdem er die Bürotür zugeworfen hatte. »Und wie du außerdem dazu kommst, zu behaupten, wir hätten dich dorthin geschickt?«

Steiger hob beschwichtigend die Lederhand. »Ich hab ihm schon den Kopf gewaschen. Er hat's begriffen. Es tut ihm aufrichtig leid. Aber vielleicht«, fügte er vorsichtig hinzu, »ist er ja wirklich auf eine Spur gekommen.«

»Auf was für eine Spur denn?«

»Auf die hat mich mein Freund, der Ökonom, gebracht«, begann Rattler zögerlich. »Dem hab ich die Fotos in der Filmzeitschrift gezeigt.«

»Und weiter?«

Rattler holte ein paarmal Luft. »Also, das Ganze ist kompliziert, aber ich mach's kurz.«

»Vielleicht ist's aber auch ganz einfach«, unterbrach ihn Reitmeyer. »Du hast dir diese angebliche Spur ausgedacht, damit wir dich aus der Haft befreien.«

»Also Herr Kommissär«, keuchte Rattler entrüstet, »so was tät ich doch nie.«

»Bist du dir sicher?«

Rattler warf einen hilfesuchenden Blick auf Steiger.

»Jetzt lass ihn halt mal erzählen«, meinte der begütigend.

»Na schön«, sagte Reitmeyer mit wegwerfender Geste.

Rattler schluckte. »Also, mein Freund hat einen Bekannten, und der hat den anderen Mann auf den Fotos, nicht den Dr. Löber, meine ich, öfter mit der Cilly Ortlieb und der Marie Zaumgiebl gesehen. Und weil der Bekannte von meinem Freund im Café Fürstenhof verkehrt, sind wir da hin. Ich hab zwar nicht richtig mit dem Bekannten sprechen können, weil dann die Razzia ...«

»Mit dem ›anderen Mann‹ meinst du offensichtlich den Produzenten Steinbichler. Auf die Idee, dass der die beiden Frauen besser gekannt hat, als er am Anfang zugeben wollte, bin ich selber schon gekommen. Ich hab ihn darauf angesprochen. Und er streitet überhaupt nicht ab, dass er mit den beiden öfter zusammengetroffen ist, weil er als Filmproduzent an Orten verkehrt, wo sich Filmleute im Allgemeinen aufhalten.«

»Das kann schon sein, dass der das sagt«, warf Rattler ein, »aber vielleicht wär's doch besser, wenn man das überprüft. Natürlich ist nicht sicher, ob das was bringt, aber ein Einblick in das Umfeld der zwei Opfer ...«

Reitmeyer setzte sich, sein Zorn auf den Polizeischüler ebbte langsam ab. Er sah den Jungen an. »Wie kommst du eigentlich dazu, eine andere Spur zu verfolgen, nachdem der Dr. Löber verhaftet worden ist?«

»Tja.« Rattler richtete sich ein wenig auf. »Ich weiß ja nicht, wie's Ihnen geht, aber mir sind da halt ein paar Zweifel gekommen. Wieso soll der zwei Frauen umbringen, wo er doch nur mit einer was gehabt hat? Ganz auszuschließen ist das natürlich nicht, aber motivmäßig, meine ich, ist es doch schwierig, sich darauf einen Reim zu machen. Vielleicht ist er ja auch deswegen so ausgerastet, weil man ihn zu Unrecht beschuldigt hat.«

Das Telefon klingelte, Steiger nahm ab. »Da will ein Dr. Sepp Leitner mit dir sprechen.«

Reitmeyer versetzte es einen Stich, als er nach dem Hörer griff. »Hallo, Sepp. Kann ich dich später zurückrufen? Ich bin gerade in einer Besprechung.«

»Ich will dich gar nicht lang stören«, antwortete Sepp kühl. »Ich will dir nur kurz mitteilen, dass ich der Anwalt von Gerti Blumfeld bin. Wenn du sie vorladen willst, sag mir den Termin, weil ich sie dann begleite. In dem Fall wäre es auch hilfreich«, fügte er schneidend hinzu, »wenn du die Aussagen der Zeugen vorlegen könntest, die meine Mandantin in der Widenmeyerstraße gesehen haben wollen.«

»Hör zu, Sepp ...«

»Nein, du hörst mir zu. Entweder hast du substantielles

Material gegen meine Mandantin vorzulegen, oder du lässt es ein für alle Mal sein, sie zu bedrängen.«

»Aber darum geht es doch gar nicht, ich will sie doch nur …« Reitmeyer hörte ein leises Knacken in der Leitung. Sepp hatte aufgelegt.

Genau so etwas hatte er befürchtet. Die Blumfeld hatte Sepp ihre Version der Geschichte erzählt, und er stand wie der unverschämte Bulle da, der Frauen unter Druck setzte. Steiger sah ihn fragend an, als er den Hörer zurückreichte.

»Ein Freund von mir«, sagte Reitmeyer und ging zum Fenster. Einen Moment lang herrschte Schweigen.

»Ja, wie gesagt«, begann Rattler wieder. »Ich find, man sollte da mal nachhaken, vielleicht ergibt sich was. Und treffen könnt' man den Bekannten ganz leicht. Zum Beispiel heut Abend. Da ist er im Münchner-Kindl-Keller bei einer Veranstaltung, wo dieser Hitler redet.«

»Ist der Bekannte auch verhaftet worden?«, fragte Reitmeyer. »Sitzt der unten?«

»Nein. Wie die Beamten reingestürmt sind, ist er über die Küche raus. Der kennt sich halt aus in dem Lokal. Mein Freund hat auch entkommen können.«

»Da haben wir es ja mit einer sehr vertrauenswürdigen Person zu tun. Stammgast in einer verrufenen Schieberkneipe, die wegen illegalem Glücksspiel ausgehoben worden ist, und Anhänger von diesem rechtsradikalen Hetzredner.«

»Tja, ich weiß nicht«, sagte Rattler. »Was heißt hier Anhänger? Das letzte Mal haben dem Hitler siebentausend zugehört. Und überhaupt. Man kann sich seine Informanten nicht aussuchen, sagen Sie doch immer.«

30

Sie hielt den Hut fest und den Mantelkragen zusammen, als sie von der Kanzlei zur Haltestelle am Odeonsplatz lief. Die weiße Zuckerschicht, die allen Schmutz und alles Grau bedeckt hatte, wurde von gnadenlosen Windstößen weggefegt, und die Straßen sahen wieder genauso düster und trostlos aus wie immer. Sie zog den Mantel enger um den Leib, stülpte den Kragen hoch und trat vor Kälte bibbernd von einem Fuß auf den anderen.

Um acht Uhr früh war sie schon vor Sepps Kanzlei gestanden und hatte versucht, das Schlimmste abzuwenden. Sie hatte ihn beschworen, nichts weiter zu unternehmen in der Sache. Ihr sei längst aufgegangen, erklärte sie ihm, dass dieser Kriminaler nichts in der Hand gegen sie habe, denn diese Leute, die in die Widenmeyerstraße gestümt waren, seien ihrer Überzeugung nach keine Beamten, sondern die Eltern des Mädchens gewesen. Andernfalls hätte man sie und Fanny doch sofort festgenommen und nicht entwischen lassen. Reitmeyer musste irgendwie Kenntnis davon bekommen haben, falls die Behauptung, man habe sie »fliehen« gesehen, nicht überhaupt bloß nur ein Trick gewesen war, um sie zum Reden zu bringen.

Doch Sepp ließ sich durch nichts beirren. Genau wie letzten Abend schwang er sich zum Anwalt der Entrechteten auf. Schon viel zu oft hätten sich Menschen von überheblichen und rücksichtslosen Polizisten in die Enge treiben lassen, und unter keinen Umständen lasse er zu, dass mit ihr ebenfalls so umgesprungen werde. Sie seien endlich mündige Bürger und keine Untertanen mehr, mit dieser obrigkeitsstaatlichen Einschüchterung sei es vorbei.

Trotz der hehren Worte wurde sie den Verdacht nicht los, dass er nicht einen anmaßenden Ordnungshüter in die Schranken weisen wollte, sondern einen vermeintlichen Rivalen. Und bei der Posse sollte sie die Rolle der »Mandantin« übernehmen. Was letztlich dazu führen konnte, dass sie ihr Zimmer in der Giselastraße verlor. Wenn Caroline herausfände, dass Sepp und Reitmeyer ihre ältesten und besten Freunde, sich ihretwegen entzweit hätten, würde Caroline sie nicht mehr um sich haben wollen.

Die Straßenbahn hielt vor ihr. Sie wartete, bis ein paar Leute ausgestiegen waren, und wollte gerade hinein, als jemand sie am Arm festhielt.

»Gerti! Ja, so ein Zufall.«

Sie blickte auf und sah Fanny vor sich stehen. »Das ist tatsächlich ein Zufall«, sagte sie. »Gerade hab ich an dich gedacht.«

»Wirklich? Hast du ein bisschen Zeit? Ich muss zwar in mein Geschäft zurück, aber jetzt ist noch nicht viel los. Du könntest mitkommen.« Fanny hakte sich bei ihr ein und führte sie ein Stückchen die Theatinerstraße hinauf. »Ich hab jetzt eine Stelle in einem Strumpf- und Wäscheläden. Nicht gut bezahlt, aber sehr vornehme Kundschaft.«

»Weil du gerade vornehme Kundschaft sagst: Bist du eigentlich noch mal bei den Rottenmüllers gewesen? Hast du dein Geld gekriegt?«

»Ha«, schnaubte Fanny. »Vergiss es. Die Saubande ist verschwunden. Einfach verduftet. Kein Mensch weiß, wohin.«

Sie traten in einen großen, sehr elegant wirkenden Geschäftsraum. Über den dunklen mit reichem Schnitzwerk versehenen Verkaufstischen brannten Lüster, die warmes Licht auf den polierten Boden warfen. An einer Reihe Gipsbüsten waren Dessous in Weiß und Pudertönen ausgestellt, zarte Gebilde aus glänzendem Satin, matt schimmernder Seide oder feinster Spitze. Eine der Kundinnen hielt ein Hemdchen an fadendünnen Trägern hoch. »Erlesen«, seufzte sie. »Chantilly«, erklärte die Verkäuferin. »Die beste Qualität.«

»Mein Reich ist oben bei den Strümpfen«, sagte Fanny flüsternd und stieg die Wendeltreppe hinauf. »Ich zeig dir mal die Schätze, die wir führen.«

Oben herrschte die gleiche andächtige Stille. Verkäuferinnen sprachen mit gedämpfter Stimme, wenn sie die Kostbarkeiten aus den Schachteln zogen und vor der Kundschaft ausbreiteten. Fanny legte ihren Mantel ab und öffnete die Klappe einer Glasvitrine, in der ein Paar hautfarbener Strümpfe lag. »Hier, fass mal an, das ist das Feinste, was wir haben, und auch das Allerneueste. Wenn man die anhat, dann sieht das Bein wie nackt aus, hat aber dennoch einen feinen Glanz.«

»Was kosten die?«

»Mehr, als ich für den ganzen Monat kriege.«

Ein distinguierter älterer Herr kam im Schlepptau einer Angestellten die Wendeltreppe herauf. »Zeigen Sie dem Kunden doch bitte unsere neueste französische Kollektion, Fanny«, sagte sie. »Der Herr sucht ein Geschenk.«

»Sehr gern«, antwortete Fanny beflissen und machte Gerti schnell ein Zeichen, sich auf einen Stuhl am Fenster zu setzen. »Das dauert sicher nicht lang«, flüsterte sie.

Gerti setzte sich und sah auf die vorbeieilenden Passanten hinab. Mit halbem Ohr nahm sie noch wahr, wie man zwei Damen die verschiedenen Seidensorten erklärte – »das Edelste und Exklusivste ist Maulbeer- und Noileseide« –, bevor sie wieder in den Grübeleien versank, die sie die ganze Nacht am Schlaf gehindert hatten. Wenn sie sich bloß mehr in der Gewalt gehabt und nicht gleich rotgesehen hätte, als dieser Kriminaler wieder den abfälligen Ton anschlug. Genau wie damals in der Augustenstraße, als er ihr zu verstehen gab, dass er sie nicht für eine Studentin, sondern ganz einfach für ein Flittchen hielt. Das Gefühl von Wut und Ohnmacht war noch viel schlimmer geworden, als er zu spielen angefangen hatte bei der Feier gestern Abend und die Damen um sie herum nicht nur von seinem Geigenspiel entzückt gewesen waren, sondern ihn auch noch ganz besonders attraktiv fanden. »Sieht der nicht gut aus?«, hörte sie eine raunen. »Ein fescher Mensch«, eine andere. In dem Moment war ein Gelüst nach Vergeltung in ihr aufgekommen. Sie wollte ihn herunterreißen von seinem hohen Ross.

»Nein, nein, nur zu«, schallte Fannys Stimme von hinten, »Sie dürfen die Strümpfe gern in die Hand nehmen. Dann können Sie die Qualität sofort fühlen. Das ist das Beste, was es gibt. Seide von Maulbeerspinnern.«

Der Herr murmelte etwas.

»Ja, sicher. Nicht billig«, flötete Fanny. »Aber die Frau Gemahlin wird's zu schätzen wissen. Wer dieses Material einmal auf der Haut gespürt hat, lässt nie mehr Kunstseide an sich heran.«

Der Kunde schien an die Kosten, die auf ihn zukamen, zu denken, denn sofort legte Fanny nach, um seine Bedenken zu zerstreuen. »Verstehen Sie, allein der Sitz ist schon ein ganz anderer. Kunstseidenstrümpfe werfen oft hässliche Falten an den Fesseln, und auch der Glanz ist bei Weitem nicht so schön. Das kann ich Ihnen demonstrieren. Nur einen Augenblick.« Damit verschwand sie hinter einem Vorhang neben der Theke. Der Herr sah sich ein wenig unschlüssig um. Die andere Angestellte ging mit ihrer Kundschaft nach unten.

Gerti sah wieder zum Fenster hinaus. Wenn sie das Ganze nur nicht so übertrieben und Sepp nicht in den kleinen Rachefeldzug einbezogen hätte. Doch bei dem Foto war sie ausgerastet. Wo hatte dieser Reitmeyer das überhaupt her?

Mit einem Rasseln wurde der Vorhang aufgezogen. Gerti drehte sich um. Fanny war herausgetreten.

»Sehen Sie«, sagt sie zu dem Herrn. »Jetzt haben Sie den Vergleich. Rechts trage ich den echten Seidenstrumpf und links einen aus Kunstseide.«

Der Herr rückte seine Brille zurecht, während Fanny den ohnehin nicht allzu langen Rock noch etwas anhob, ein paar Mal auf und ab ging und sich drehte, damit dem Kunden die

Unterschiede zwischen Natur- und Industriefaser deutlich wurden. Für Gerti war vor allem deutlich, dass Fanny den Kunstseidenstrumpf sehr nachlässig übergestreift hatte. »Sehen Sie, ein Unterschied wie Tag und Nacht«, erklärte sie.

Ob sich der Herr tatsächlich für die Materialien interessierte, war schwer zu sagen, auf jeden Fall ließ er den Blick sehr lange auf Fannys hübschen Beinen ruhen, wiegte den Kopf und stimmte schließlich zu, dass die französischen Strümpfe den anderen eindeutig überlegen seien. Dann bedankte er sich sehr höflich für die sachkundige Beratung und zog mit seiner Schachtel ab.

»Kriegst du Prozente für den Trick?«, fragte Gerti.

»Noch nicht. Mir ist erst vor ein paar Tagen eingefallen, wie man die sündhaft teuren Dinger besser an den Mann bringen kann. Anfangs«, sie senkte die Stimme, »hat man natürlich Bedenken gehabt, wegen dem sittlichen Empfinden und so. Doch die Bedenken sind stark zurückgegangen, seitdem der Umsatz gestiegen ist. Die Vorführung soll halt dezent sein, heißt's jetzt.«

»Hat dir denn schon mal jemand ein Paar von diesen Maulbeerspinnern gekauft? Nach der dezenten Vorführung, meine ich.«

Fanny lachte. »Leider nein. Aber ich bin ja erst seit Kurzem hier. Das Geschäft ist sicher weiter ausbaufähig. In jeder Hinsicht.« Sie hob die Hand, als von unten Stimmen heraufdrangen.

»Sollen wir die Sachen dann in den Königshof schicken?«, fragte ein Mann.

Fanny legte den Finger an den Mund. »Der Chef«, flüsterte sie.

»Nein, nein«, antwortete eine andere männliche Stimme. »Wir müssen heute Abend leider schon wieder zurück. Ich lasse sie dann in den nächsten Tagen abholen.«

Die Stimmen entfernten sich Richtung Eingangstür. »Dann

seien Sie nur vorsichtig«, sagte der Chef. »Es soll ja weiteren Schnee geben, und ob die Straßen auf dem Land dann noch passierbar sind …«

»Keine Sorge«, sagte der andere Mann und öffnete die Tür. »Ich kenne die Strecke in und auswendig, und bis Rosenheim ist es ja schließlich keine Weltreise. Das schaffen wir schon.«

Gerti rannte zum Fenster. Ein groß gewachsener Mann in einem dunklen Mantel trat hinaus. Er öffnete den Schlag des Wagens, der direkt vor dem Laden parkte, und eine Frau stieg ein. Von ihrem Gesicht war nicht viel zu sehen, da sie den breiten Kragen ihres Mantels hochgeschlagen hatte. Doch unter dem eng anliegenden Hut spitzten ein paar blonde Strähnen hervor.

»Stephanie«, rief Gerti und klopfte an die Scheibe. »Stephanie!« Verzweifelt versuchte sie, den Griff des Fensters zu drehen, aber er klemmte. Sie konnte nur noch zusehen, wie das Auto abfuhr. »Wer war das?«, fragte sie Fanny.

»Keine Ahnung.« Sie zuckte die Achseln.

»Kannst du das rauskriegen?«

»Wieso?«

»Vielleicht war das die Frau, die ich dir auf dem Foto gezeigt habe. Die auch mal in der Widenmeyerstraße zu Gast war.«

»Ach die«, sagte Fanny. »Ich könnt' ja mal im Auftragsbuch nachsehen, wenn die Luft rein ist.«

»Dann tu das, bitte.«

Während Fanny die Wendeltreppe hinab verschwand, blieb Gerti aufgewühlt am oberen Geländer stehen. Sie hatte Stephanie gefunden. Jetzt könnte sie nach Hause. Einfach weg aus dem Schlamassel. Es gäbe keine peinlichen Gespräche mit Caroline und keine mühsame Suche nach einer anderen Bleibe. Gleich hätte sie die Adresse, der wochenlange Horror wäre endlich vorbei.

Als neue Kundschaft von unten heraufkam, ging sie zurück

zum Fenster. Nach einer Ewigkeit tauchte endlich Fannys Kopf wieder auf. »Und?«, flüsterte Gerti.

Fanny zuckte die Achseln. »Da steht bloß ›Major Gruber‹.«

31

Reitmeyer musste sich beeilen, wenn er noch in der Mittagspause alles erledigen wollte. Zuerst schnell in den Silberwarenladen, wo er für den Geburtstag seiner Tante sehr günstig eine Schale erstanden hatte, die noch aufpoliert werden sollte, bevor er sie ihr morgen überreichte. Und dann zum Bahnhof, wo er mit einem Informanten sprechen wollte.

Kurz vor der Kaufingerstraße hörte er immer lauter werdenden Lärm, und als er an der Ecke abstieg, sah er vom Stachus einen riesigen Demonstrationszug Richtung Marienplatz strömen. Rasch lief er zu dem kleinen Laden gegenüber, und hoffte, dass ihn die Demonstranten nicht aufhielten.

Sie waren bloß noch einen Steinwurf entfernt, als er die Schwelle des Ladens betrat, im gleichen Moment wurde die Tür von innen aufgerissen. »Herr Reitmeyer«, rief Cohn, der Silberwarenhändler. »Gut, dass Sie da sind. Bleiben Sie doch mit mir vor dem Schaufenster stehen. Ich mach mir Sorgen um meine Scheibe.«

»Meinen Sie, die wird eingeschmissen? Das ist bisher noch nie vorgekommen.«

Der Händler schob ihn vors Schaufenster. »Aber in vielen anderen Städten. Die Hetze gegen Juden nimmt doch immer mehr zu.« Er zeigte auf die Schrift über dem Eingang, die einen Inhaber mit eindeutig jüdischem Namen auswies.

Das dumpfe Brodeln rückte näher. Reitmeyer sah auf die anrollende Masse und auf den Wald von Transparenten. »Nieder mit Schieber- und Wuchertum« las er, »Tod den Vampiren der Gesellschaft« oder einfach nur »Wir hungern!« Die Demonstranten gingen dicht gedrängt und füllten die ganze Breite der Straße aus. Passanten drückten sich an die Hauswände, um nicht mitgerissen zu werden. Reitmeyer fiel auf, dass neben Arbeitern in grober Kluft auch viele Männer in guten Mänteln zu sehen waren, und neben Frauen, die schäbige Wolltücher um sich geschlungen hatten, auch solche mit Hüten auf dem Kopf. Bürger, die früher nur bei Kirchenfesten oder vom Königshaus inszenierten Feiern durch die Straßen gezogen waren, schlossen sich heute den Märschen der Proletarier an und brüllten ihre Forderungen und ihren Protest heraus. »Schluss mit der Rationierung!«, schrie eine Gruppe Mütter mit Kindern an der Hand. Cohn drückte sich noch fester an die Scheibe, als Rufe aufkamen, man solle gleich zum Bavariaring ziehen und dort das »Judenpack aufhängen«, das Lebensmittel in seinen Villen horte.

Reitmeyer legte dem Mann eine Hand auf die Schulter und schüttelte den Kopf. Er hasste und verabscheute das Geschrei der Antisemiten, die wüsten Parolen von Leuten, die glaubten, einen Sündenbock gefunden zu haben löse alle Probleme. Andererseits verstand er die Wut der Menschen. Zwei Jahre nach Kriegsende war immer noch nicht klar, auf welche Weise die Not beseitigt werden sollte. Die Geschäftsleute forderten, man solle die Zwangsbewirtschaftung beenden, doch schon nach den ersten Versuchen einer Lockerung waren die Preise gestiegen. Die Gewerkschaften schrien, der Staat müsse die Preise festschreiben und gegen den Wucher vorgehen – mit der Folge, dass Mangel eintrat, weil die Bauern nichts mehr lieferten und der Schwarzmarkt blühte. Einig waren sich nur alle darin, dass die Politiker, egal ob rechts oder links, versagt hätten. Er hoffte nur, dass die Kundgebung vor dem Rathaus nicht wieder so blutig endete wie letzten Sommer, als Polizeikräfte meinten, »Ordnung« schaffen zu müssen.

Cohn wischte sich mit einem Taschentuch übers Gesicht

und scheuchte seine Frau zurück, die von der Ladentür aus rief, er solle sich drinnen in Sicherheit bringen.

»Nur keine Sorge«, sagte Reitmeyer, »die Masse ist schon durch. Ich seh da hinten das Ende von dem Zug.«

Cohn schnaufte erleichtert auf. Von den Frauen, die als Schlusslicht der Demonstration ihre Kinder auf Handkarren hinter sich herzogen, schien er nichts mehr zu befürchten und ging hinein.

»Sehen Sie«, sagte Reitmeyer, »es ist nichts passiert. Niemand hat Ihren Laden beschädigt oder Sie angegriffen.« Im selben Moment fiel ihm der Satz seines Präsidenten Pöhner ein, der meinte, dass man wegen der unerträglichen Teuerung durchaus ein paar Juden aufhängen sollte. In seiner Behörde hatte sich niemand aufgeregt darüber, zumindest hatte er nichts davon gehört.

Cohn war immer noch blass und nickte zögernd. »Ja«, sagte er, »diesmal vielleicht nicht.«

Reitmeyer schob die Gedanken an seinen Vorgesetzten beiseite, zahlte schnell, nahm die Tüte mit seinem Geschenk und schwang sich aufs Rad. Bis zu seinem Treffen mit dem Oberinspektor blieb ihm noch eine halbe Stunde. Und die wollte er nutzen, um am Bahnhof mit einem Mann zu reden, der ihm schon öfter wertvolle Tipps gegeben hatte, weil er in seinem Tabak- und Zeitungskiosk viel sah und hörte. Heute Morgen hatte Reitmeyer sich entschlossen, nicht mehr auf »Durchbrüche« zu setzen, sondern ganz systematisch die politischen Hintergründe des Falls zu untersuchen.

Natürlich würde dies mühsam werden: Die Sache an der Quelle anzugehen, war ihm versagt, die Rottenmüllers waren ausgeflogen, die Widenmeyerstraße leer, er müsste wieder an den »Rändern« beginnen. Bei Willy Bauer. Immerhin war er mit einem der Opfer verlobt gewesen, das bei den Rottenmüllers gearbeitet hatte, und seinem Gespür nach war der Kerl nicht bloß deswegen untergetaucht, weil er sich Nachfragen in der Sache Maikranz entziehen wollte. Zur Fahndung durfte er den Kerl ja nicht ausschreiben, und auf die Vorladung hatte er sich natürlich nicht gemeldet. Aber vielleicht kam er ihm auf eine andere Weise auf die Spur. Er hatte ein Foto von Bauer für den Kioskbesitzer vergrößern lassen, der sollte Reitmeyer sofort kontaktieren, sobald der Kerl im Bahnhof auftauchte.

Er stellte sein Fahrrad vor den Arkaden des Hauptbahnhofs ab und eilte durch die Schalterhalle zu dem Kiosk bei den Gleisen. An den Absperrgittern vor den Bahnsteigen standen kleine Gruppen von Polizisten und kontrollierten die ankommenden Reisenden. Krollmann, der Kioskbesitzer, nickte nur kurz auf seine Begrüßung und zeigte auf eine Frau, die lauthals protestierte, als die Beamten ihre Taschen durchsuchten. »Ist das gerecht, Herr Kommissär? Da nehmen's dem armen Weib die paar gehamsterten Lebensmittel weg, aber die großen Lumpen, die gleich wagonweis Waren verschieben, die schnappt ihr nicht. Immer geht's bloß gegen die Kleinen.«

»Ich mach nicht die Gesetze, Herr Krollmann.«

Das Schimpfen der Frau wurde noch lauter, als sie gebeten wurde, den Mantel auszuziehen. »Tja«, sagte Krollmann und grinste wissend. »Die Schlaueren ham die gehamsterten Speckseiten unterm Rock versteckt. Und manchmal hilft's ja auch.«

Reitmeyer zog den Mann hinter den Kiosk und wies ihn in seinen Auftrag ein.

Krollmann betrachtete das Foto. »Wissen Sie, das ist komisch«, sagte er. »Erst heut Morgen hat mir einer gesagt, dass er sich von solchen Kerlen beobachtet oder sogar bedrängt fühlt.«

»Wer hat das gesagt?«

»Soweit ich weiß, hat der Mann irgendwas mit einem linken Blatt zu tun. Mit dem *Kampf*, glaub ich, von der USPD. Jedenfalls hat er angedeutet, dass sie die Redaktionsräume schützen und Wachen aufgestellt haben. Ich denk, sie haben Angst vor einem Überfall.«

»Warum?«

Krollmann zuckte die Achseln. »Ich weiß nicht, aber wie's scheint«, er deutete auf das Foto, »sind diese Kerle im Moment wie aufgescheucht – als würden sie nach was suchen.«

»Was?«

»Ja, keine Ahnung.«

Reitmeyer war nicht sicher, ob Krollmann ihm die ganze Wahrheit sagte. Der Kioskbesitzer war kein Rechter und vor dem Krieg Anhänger der SPD gewesen. Wie er aus früheren Gesprächen mit dem Mann wusste, stand er dem starken Rechtsruck in Regierung und Polizei skeptisch gegenüber. Wahrscheinlich hielt er sich lieber bedeckt, als dass er einem Kommissär brisante Informationen lieferte, die möglicherweise gleich an die Einwohnerwehr weitergeleitet wurden. Reitmeyer hatte zwar bislang angenommen, dass Krollmann ihm vertraute, aber Vertrauen war heutzutage eine höchst seltene Ware geworden.

»Ich such diesen Willy Bauer, weil er jemanden niedergeschlagen hat und der an den Folgen gestorben ist. Da geht's um nix Politisches. Also, wenn Sie den sehen, dann geben Sie mir gleich Bescheid. Meine Nummer im Präsidium haben Sie noch?«

»Ja, sicher.« Krollmann schien erleichtert. »Ich ruf Sie gleich an, wenn der sich blicken lässt.«

Reitmeyer hastete zum Bahnhofsvorplatz zurück. In der Halle verlangsamte er seine Schritte und blickte zu dem großen Rosettenfenster an der Stirnwand hinauf, das ihn als Kind immer beeindruckt hatte. Als er den Blick wieder senkte, durchfuhr es ihn wie ein Blitz. Vor einer Tafel mit den Abfahrtszeiten stand die Blumfeld. Schnell trat er hinter einen Pfeiler. Wollte sie nach Berlin zurück? Aber sie hatte kein Gepäck dabei, offenbar informierte sie sich nur über die Verbindungen. Sie sah sehr elegant aus in ihrem grauen Mantel und dem blauen Hut. Und auch sehr hübsch. Er wartete noch einen

Moment. Sie fuhr mit dem Finger die Tabelle entlang, dann drehte sie sich um und ging zum Ausgang. Er folgte ihr mit einigem Abstand.

Vorladen würde er sie sicher nicht, dachte er. Wer wusste schon, welch ungeahnte Schwierigkeiten sich ergäben, wenn ihr gewiefter Anwalt sich in den Fall verbiss. Sepp machte nichts mehr Spaß, als Mauscheleien der Polizei aufzudecken. Und wenn er hinter die illegale Aktion des Sittensängers und der Fürsorgerin käme, wäre das ein gefundenes Fressen für ihn.

Die Blumfeld marschierte in Richtung Karlsplatz. Dort sah es aus, als wollte sie in eine Trambahn steigen, doch plötzlich machte sie kehrt und lief zum Eingang des Hotels Königshof.

Es herrschte großer Trubel im Foyer. Er trat hinter einen mit hoch aufgetürmten Koffern beladenen Gepäckwagen und ließ den Blick durchs Foyer schweifen. Schließlich entdeckte er sie an der Rezeption, wo sie mit einem Portier sprach. Der Mann schüttelte den Kopf. Niedergeschlagen drehte sie sich um und ging langsam hinaus.

Schnell ging Reitmeyer zur Rezeption und legte seine Marke auf den Tresen. »Sie haben gerade mit einer jungen Dame gesprochen«, sagte er zu dem Portier. »Was wollte sie?«

»Sie wollte wissen, ob ein Major Gruber bei uns wohnt.«

»Und, wohnt der hier?«

Ein älterer Portier, der sich wie ein Großfürst gerierte, drängte den jüngeren Kollegen beiseite und reichte Reitmeyer die Polizeimarke zurück. »Der Herr ist nicht bekannt in unserem Haus«, erklärte er entschieden und wandte sich zwei anderen Gästen zu. Der Jüngere wirkte irritiert und machte eine bedauernde Geste.

Reitmeyer eilte ins Präsidium zurück. Wenn diese anmaßenden Schnösel in dem Luxusschuppen glaubten, sie könnten ihn abfertigten wie einen Domestiken, waren sie schief gewickelt. Er rannte die Treppe hinauf, klopfte an Brunners Tür und fragte, wo der Rattler sei. Vermutlich noch unten in der Registratur, erklärte Brunner. Aber er könne ihn rufen, wenn er gebraucht würde.

»Sie suchen mich?«, rief Rattler, der gerade den Flur entlanggelaufen kam.

Reitmeyer schloss die Tür von Brunners Büro und zog den Polizeischüler im Gang beiseite. »Hör zu, ich hätte eine Bitte. Könntest du was rauskriegen für mich? Diskret?«

In Rattlers Augen blitzte sofort Interesse auf. »Na klar, Herr Kommissär, ganz selbstverständlich.«

»Ich möchte, dass du im Hotel Königshof am Karlsplatz einen Umschlag abgibst. Als schlichter Bote. Ich möchte bloß wissen, ob der angenommen wird.«

»Gar kein Problem, Herr Kommissär. Für wen soll ich den abgeben?«

»Für einen Major Gruber. Aber du darfst dich in kein Gespräch verwickeln lassen, keinerlei Nachfragen zum Absender beantworten.« Er überlegte einen Moment. »Hast du zufällig noch die Zeitschriften, die du aus dem Papierkorb gefischt hast?«

»Brauchen Sie die wieder?«, fragte Rattler verwundert. »Die liegen noch in meinem Spind.«

»Ich möchte, dass du zwei oder drei davon in den Umschlag steckst.«

Rattler sah ihn einen Moment lang begriffsstutzig an, dann breitete sich ein Grinsen auf seinem Gesicht aus. »Kapiere«, sagte er, »Sie wollen nicht, dass der Empfänger gleich misstrauisch wird, wenn bloß leere Blätter drin ist?«

»Scharf kombiniert.«

»Sie möchten bloß wissen, ob dieser Major Gruber Gast im Hotel ist.«

Reitmeyer nickte. »Also, besorg dir bei Brunner einen Umschlag und geh gleich los. Aber die Sache bleibt erst mal unter uns.«

»Verstanden, Herr Kommissär. Diskrete Nachforschung.«

Reitmeyer blieb noch einen Moment stehen und blickte Rattler nach. Das war ein erster Schritt, dachte er. Aber wie sollte er rauskriegen, wer dieser Major Gruber war? In solchen Fällen hatte er sich früher mit Sepp besprochen.

»Jetzt hast du gerad den Oberinspektor verpasst«, sagte Steiger, als er die Tür zu seinem Büro aufmachte. »Aber ich glaub, der wollt ohnehin bloß wissen, ob die Durchsuchung bei dem Löber was ergeben hat.«

»Hast du ihm den Bericht gegeben?«

»Ja, sicher. Aber der hat immer wieder nachgefragt, ob wir auch alles durchgesehen haben. Ich hab ihm gesagt, dass das nicht schwierig war, weil in der Wohnung von dem Löber alles so aufgeräumt und wie geschleckt gewesen ist. Da hat man gar nix übersehen können. Jedenfalls war da kein Hinweis auf die zwei Frauen.«

»Tja, was der sich wohl erhofft hat?«, sagte Reitmeyer und dachte an das Spritzenbesteck, das wohlverwahrt in seiner Nachttischschublade lag.

»Und übrigens, der Sänger von der Sitte war in der Mittagszeit hier. Angeblich hat er was für dich.«

Das Telefon klingelte. Steiger nahm ab und nickte. »Ja, jetzt ist er da«, sagte er in den Hörer. »Ich richt's ihm aus.«

»Was?«

»Dass du gleich in die Sitte rüberkommen sollst.«

Sänger erwartete ihn bereits vor seiner Bürotür. Aufgeregt winkte er ihm, dass er sich beeilen solle. »Was gibt's denn so Dringendes?«, fragte Reitmeyer, als er bei ihm angekommen war. Sänger packte ihn am Arm und zerrte ihn nach drinnen.

Alle Vorhänge waren zugezogen. Auf einem Tisch stand

ein Filmprojektor, an dem sich einer von Sängers Assistenten zu schaffen machte. Er drehte die Handkurbel, die Spulen setzten sich ratternd in Gang, und an der Wand erschien ein flimmerndes Rechteck. »Soll ich weitermachen?«, fragte er.

»Einen Moment noch«, erwiderte Sänger und rückte Reitmeyer einen Stuhl zurecht. »Wir sind jetzt endlich den Burschen von diesem Theater auf die Schliche gekommen«, verkündete er triumphierend. »Das ist der Durchbruch in dieser Sache.«

»Was Sie nicht sagen? Ein Durchbruch?«

»Ich hab's Ihnen doch gesagt, diese windigen Theatermacher drehen pornografische Filme. Heimlich! Und sie haben auch gar nicht abgestritten, dass die beiden Frauen für sie gearbeitet haben.«

»Als was?«

Sänger wischte ein paar Mal durch die Luft. »Ja, als Darstellerinnen«, rief er ungeduldig. »Ich war von Anfang an der Meinung, dass man in diesem Sumpf nach den Tätern suchen sollte. Wer in der Widenmeyerstraße hätte denn die zwei Subjekte ermorden sollen? Die Rottenmüllers hatten doch nichts zu befürchten.«

»Und was ist mit Erpressung?«

Sänger schnaufte genervt auf und blickte ihn an wie ein Lehrer, der einem mäßig begabten Schüler zum wiederholten Mal die gleiche Lektion erklären muss. »Dass diese Rottenmüller, diese Suzy del Rey, kein unbeschriebenes Blatt ist, war doch vielfach bekannt. Die hätte doch niemanden *umgebracht*, um eine Veröffentlichung ihrer unrühmlichen Vergangenheit zu verhindern. Das feine Ehepaar hat einfach schnell das Weite gesucht, als es zu brenzlig für sie wurde.« Sänger griff nach der Blechdose, die neben dem Projektor lag, und klopfte mit dem Finger darauf. »Aber das hier ist Sprengstoff.«

»Haben Sie den Film schon gesehen?«

Sänger ließ sich auf seinen Stuhl fallen und glättete seinen

Schnurrbart. »Noch nicht«, sagte er. »Das Material haben wir erst heute Vormittag sicherstellen können.« Ein listiges Lächeln huschte über sein Gesicht, als er sich zurücklehnte und sich mit Genugtuung über die Brust strich. »Das Vergnügen wollte ich mit Ihnen teilen.«

Als Reitmeyer weder Begeisterung über den Ermittlungserfolg noch Anzeichen gespannter Erwartung zeigte, hob Sänger die Blechdose erneut hoch und deutete auf den Titel. *Die Katzen von Montparnasse*, las Reitmeyer.

»Das ist mit Sicherheit kein Tierfilm, das garantiere ich Ihnen.«

Auf einen Wink des Sittensängers setzte der Assistent den Projektor wieder in Gang. Reitmeyer musste grinsen, als auf dem stark flimmernden Bild nach einer Weile ein paar Katzen auftauchten, die eine enge Gasse hinunterjagten. Vor ihnen sah man einen Mann, dem wie von Geisterhand der Hut vom Kopf gerissen wurde. Der Mann erreichte einen Platz, wo viele Hüte in der Luft schwebten. Teilweise sah man die Schnüre, an denen sie bewegt wurden. Sänger räusperte sich. Auf der Wand erschien nun unvermittelt ein Zimmer mit einem großen Bett, auf dem eine Katze schlief.

»Jetzt kommen wir der Sache schon näher«, sagte Sänger und schlug auf seine Armlehne. »Schon raffiniert von diesen Burschen, so scheinbar harmlos anzufangen.«

Die Kamera verharrte auf der schlafenden Katze. Über dem Bett hing ein Schild: *Dilettanten der Welt, erhebt euch!* Dann ging die Tür auf, und eine Frau kam herein. Cilly Ortlieb. Sie trug ein Hemdchen, ganz ähnlich wie auf jenem Foto, das sie in Tanzpose zeigte. Sie warf einen Blick auf die Katze und ging zu einem Tisch, auf dem sich eine große runde Uhr befand. Sie nahm die Uhr, setzte sich auf einen Stuhl und begann, sie zu streicheln. Sänger trommelte mit einem Bleistift auf seiner Schreibtischplatte herum. In dem Zimmer auf der Wand ging die Tür wieder auf, und jemand warf ein Tablett mit Kaffeegeschirr hinein, das auf dem Boden zerschellte. Die Ortlieb drehte sich um, und das Geschirr setzte sich wieder zusammen. Die Katze auf dem Bett schlief weiter.

Als man erneut die Hüte über den Platz schweben sah, sprang Sänger auf. »Was ist denn das für ein Schmarrn?«, rief er und warf die Hände in die Luft. »Was soll denn dieser gnadenlose Blödsinn?«

Der Assistent kurbelte unbeirrt weiter. Jetzt sah man wieder Katzen die Gasse entlangjagen.

»Schluss!«, rief Sänger und riss die Vorhänge zurück. »Ich lass mich von diesem durchtriebenen Pack doch nicht verarschen.«

Reitmeyer grinste und dachte an den Katalog einer Berliner Ausstellung, den ihm jemand im Sommer gezeigt hatte. Die Künstler hatten sich ausdrücklich zum Ziel gesetzt, Vernunft und Logik nicht mehr zu beachten, weil nach dem vierjährigen Schlachtfest an West- und Ostfront die Ratio endgültig ausgedient hätte.

»Da ist noch ein Film«, sagte der Mann am Projektor und hielt die Spule hoch.

»*Das Elefantenkalb*«, las Reitmeyer laut vor.

»Bauen Sie den Apparat ab«, schrie Sänger. »Und lassen Sie mich mit diesem hirnlosen Mist in Frieden. Mit diesem heillosen Unsinn.«

»Niemand will Sie verarschen, Herr Kollege«, unterbrach ihn Reitmeyer und stand auf. »Und ob das bloß Unsinn ist, darüber ließe sich streiten.«

»Was soll das denn sonst sein?«, rief Sänger aufgebracht.

»Kunst«, sagte Reitmeyer.

32

Die Schwester mit der grotesken Flügelhaube hatte auf eine Bank vor dem Stationszimmer gewiesen und ihr befohlen, dort zu warten. Sie müsse erst den Arzt fragen, ob sie zu der Patientin dürfe. Doch Gerti wollte sich nicht setzen und geduldig warten, bis dieser weiße Haubenvogel zurückkam oder sich endlich herabließ, ihr zu erklären, was überhaupt passiert war. Erfahren hatte sie bis jetzt bloß, dass man in Regines Tasche einen Zettel mit ihrer Telefonnummer gefunden hatte. Ob sie eine Verwandte von Frau Graml sei?

Regine habe keine Verwandten, versuchte Gerti dem weißen Ungetüm beizubringen. Sie sei eine gute Freundin und wolle wissen, wie es Regine gehe und warum sie in die Klinik eingeliefert worden sei.

»Sie warten hier«, war die barsche Antwort.

Nachdem ihr auch sonst niemand Auskunft geben wollte, weder vorbeieilendes Pflegepersonal noch Leute, die Wagen mit klirrenden Blechschüsseln herumschoben, ließ sie sich schließlich doch auf der Bank nieder. Was war geschehen mit Regine? Hatte sie einen Unfall gehabt? Oder … Aber den Gedanken schob sie schnell beiseite, bis sie wusste, warum Regine überhaupt hier lag. Nur keine Panik aufkommen lassen, dachte sie, noch war nicht klar, was ihrer Freundin fehlte.

Sie musste sich ohnehin zusammennehmen, um nicht die Nerven zu verlieren nach dem Brief ihrer Mutter. Offensichtlich ging es ihrem Vater inzwischen immer schlechter. Ständig fragte er nach seiner jüngeren Tochter, und ihre Mutter musste ihm jedes Mal vorlügen, dass Stephanie nicht so schnell zurückkommen könne, weil sie an einer schweren Grippe erkrankt sei. Da ihr Vater jedoch befürchtete, es könnte zu Ende gehen mit ihm, wollte er seine Tochter unbedingt noch einmal sehen. Ihre Mutter war vollkommen verzweifelt. Als diese

Krankenschwester bei den Dohmbergs angerufen hatte, war Gerti gerade auf dem Weg zum Postamt gewesen, um ein Telegramm aufzugeben, in dem stand, dass sie jetzt eine Spur hatte. Dass es wohl bloß noch eine Frage von Tagen sei, bis sie Kontakt mit Stephanie aufnehmen könne.

Gerti stand auf und ging nervös auf und ab. So einfach war die Sache natürlich nicht. Der Portier im Hotel Königshof wollte ihr keine Auskunft über Major Gruber geben, und im Telefonbuch von Rosenheim hatte sie ihn nicht gefunden. Selbst wenn sie nach Rosenheim führe, wie sollte sie die Adresse ausfindig machen?

Sie drehte sich um. Der Haubenvogel mit einem Arzt an seiner Seite stürmte heran. »Wie war noch mal Ihr Name?«, fragte die Schwester barsch.

Der Mediziner lächelte schwach, als wollte er sich für ihren Kommisston entschuldigen. »Ist gut, Schwester Adelgunde« sagte er, nachdem sie sich vorgestellt hatte, und schüttelte Gerti die Hand. Dann bat er sie in einen Raum mit der Aufschrift »Arztzimmer«.

»Was ist mit meiner Freundin? Was fehlt ihr denn?«, fragte Gerti.

Der Arzt deutete auf einen Stuhl und begann, in einer Akte zu blättern, nachdem er sich gesetzt hatte. »Ihre Freundin hatte einen Unfall. Sie wurde heute Morgen im Gang ihres Hauses in der Augustenstraße gefunden. Allem Anschein nach ist sie die Treppe hinuntergestürzt.«

Ein eisiger Schauer überlief Gerti. Cilly war auch eine Treppe hinuntergestürzt. Aber das war kein Unfall gewesen. »Hat sie sich was gebrochen? Ist sie schwer verletzt?«, stieß sie hervor.

»Tja.« Der Arzt blickte nicht auf, sondern studierte die Einträge in der Akte. »Sie hat sich Rippenbrüche zugezogen, was vielleicht nicht so schlimm gewesen wäre, aber wir hatten den starken Verdacht, dass ein Milzriss vorliegt. Deshalb mussten wir operieren und die Milz entfernen. Sonst wäre sie innerlich verblutet.«

»Was?«, rief Gerti und sprang halb auf. »Und wie geht's ihr jetzt?«

»Die Operation ist soweit gut verlaufen, sie muss sich natürlich noch erholen …«

»Ich möchte zu ihr.«

»Ich glaube nicht, dass sie ansprechbar ist. Wir mussten sie stark sedieren.«

»Bitte lassen Sie mich zu ihr.«

Der Arzt musterte sie kurz, dann klappte er die Akte zu und stand auf. »Aber nur kurz. Ich bringe Sie hin.«

Der Arzt öffnete die Tür zu einem Drei-Bett-Zimmer und legte den Finger an den Mund. »Die Patienten sind alle frisch operiert«, flüsterte er. Dann deutete er auf das Bett am Fenster. Auf Zehenspitzen ging Gerti hinüber. Ihr Herz krampfte sich zusammen, als sie Regine so daliegen sah. Von ihrem Gesicht war nicht viel zu sehen. Über der Nase klebte eine Bandage, ein Auge war vollkommen zugeschwollen, auf dem Wangenknochen darunter prangte ein Bluterguss, aus einem Riss neben der Lippe ragten Fäden. Ihr Atem ging stockend.

Gerti beugte sich etwas näher. Wenn Regine die Treppe runtergestürzt und im Gang gefunden worden war, konnte sie doch nur vom ersten Absatz gefallen sein. Sah man nach einem solchen Sturz wirklich so aus? Sie griff nach Regines Hand, aber der Arzt schüttelte den Kopf. Gerti blieb noch eine Weile stehen, dann nahm der Arzt sie am Arm und führte sie hinaus. Vor der Tür lehnte sie sich an die Wand. »Kommt sie durch?«, flüsterte sie.

»Das hoffen wir. Das Problem bei einer Milzentferung ist die Gefahr einer Infektion. Aber wir tun unser Bestes.«

Gerti rang nach Luft. »Hat sie noch … irgendwas gesagt?«

Der Arzt zuckte die Achseln. »Sie war sehr unruhig, von dem Schock, nehme ich an. Sie hat irgendwas gemurmelt, aber das war schwer zu verstehen. Irgendwas von einer ›Klappe‹ oder ›Kappe‹ … aber das hatte sicher nichts zu bedeuten.«

Gerti nickte. »Darf ich heute Abend noch mal nach ihr sehen?«

»Nein, heute nicht mehr. Kommen Sie morgen wieder. Am Nachmittag. Dann ist sie ansprechbar.«

Wie betäubt ging Gerti den Flur hinunter zum Ausgang. Sie wusste ganz genau, was Regine hatte sagen wollen. Sie hatte weder Klappen noch Kappen gemeint, sondern »Mappe«. Das war es, was ihre Peiniger bei ihr gesucht hatten. Aber warum gingen diese Verbrecher mit einem Mal so rabiat vor? Sie lehnte sich einen Moment an die Wand. Es gab nur eine Erklärung: Man hatte sich zu einer härteren Gangart entschlossen. Man wollte nicht mehr zuwarten, sondern die Sache rasch über die Bühne bringen. Sie wollten das Geld wiederhaben, das in der Mappe gewesen war.

Plötzlich fiel ihr die Szene gestern am Siegestor ein. Zwei junge Männer hatten auf dem Gehsteig gestanden, der eine hatte den anderen mit dem Bauwerk im Hintergrund fotografieren wollen. Sie hatte einen Augenblick gewartet, um nicht ins Bild zu laufen. Aber der Mann wollte gar nicht seinen Freund ablichten. Das Siegestor war auch nicht von Interesse. Sie wollten *sie* fotografieren. Sie wollten ein Foto von *ihr*. Um ein ganzes Rudel von Verfolgern auf sie ansetzen zu können.

Vor dem Eingangsportal blieb sie stehen und blickte sich um. Von ihren üblichen Verfolgern war nichts zu sehen. Aber das hatte nichts zu sagen. Am hellichten Tag, mitten in der Stadt, war sie vermutlich nicht in Gefahr. Aber nachts, auf leeren Straßen oder in unbelebten Gegenden.

Sie ging zur Haltestelle am Sendlinger Tor. So weit war sie schon ein paar Mal gewesen, dachte sie, während die Trambahn die Sonnenstraße hinunterrumpelte. Die Einsicht, dass sie so schnell wie möglich aus dieser Stadt verschwinden sollte, war ihr schon öfter gekommen. Fröstelnd zog sie den Mantel enger um sich. Doch würde sie es tatsächlich ertragen, wenn sie daran schuld wäre, dass sich ihr Vater nicht mehr von seinem Liebling Stephanie verabschieden konnte?

33

Es war natürlich völlig aussichtslos gewesen, seinem Kollegen beizubringen, dass dieser Film nicht ihn persönlich provozieren wollte. Dass es sich um eine neue Kunstrichtung handelte, die ganz bewusst auf einen Bruch mit dem Althergebrachten angelegt war und ganz bestimmt nicht darauf, pornografische »Machwerke« für zahlungskräftige Herrn zu drehen.

Doch sein Kollege ließ sich nicht beirren. Kunst gab es für ihn nur in Staatstheatern, auf großen Bühnen. Auf kleinen schmuddeligen Hinterhofbühnen wurde Schmuddelkram gemacht. Gefährliches und sittenverderbendes Zeug, das meist auch noch politisch radikale bis umstürzlerische Inhalte propagierte. Mit diesem »Dada-Schmarrn«, den er gerade zu sehen bekommen hatte, wollten die ausgekochten Kerle ihn bloß reinlegen. Ablenken wollten sie ihn von dem Schund und Dreck, den sie in Wirklichkeit herstellten. Aber den Strolchen käme er schon noch auf die Spur.

Reitmeyer verstand natürlich, dass sein Kollege ihm hatte helfen wollen und schwer getroffen war von dem Schlag ins Wasser. Dennoch hatte er jetzt keine Zeit, sich mit den Empfindlichkeiten des Sitttensängers abzugeben.

Auf dem Weg in sein Büro hörte er ein Schnaufen aus dem Treppenhaus, dann kam Rattler wie von Furien gejagt heraufgestürmt. »Herr Kommissär«, rief er atemlos. »Alles geklärt. Der Umschlag wurde angenommen.«

»Jetzt mach doch langsam. Verschnauf dich, Bub.«

»Der Herr Major sei zwar im Moment nicht da …«, keuchte Rattler.

»Wollten die wissen, von wem der Umschlag ist?«

Der Polizeischüler stützte die Arme auf die Knie und holte ein paarmal Luft, bevor er sich mit überlegenem Grinsen aufrichtete. »Ich hab gesagt, dass der vom GruKo 4 ist.«

»Aber das Gruppenkommando 4 ist doch die ganze bayerische Reichswehr?«

Rattler zuckte die Achseln. »Sie ham's geschluckt. Wenn Zivilisten militärische Abkürzungen hören, glauben sie gleich, dass alles korrekt ist. Da fragt keiner mehr nach.« Der Junge folgte ihm ins Büro. »Was ich Ihnen noch sagen wollte, Herr Kommissär. Wenn Sie heut Abend in den Münchner Kindl gehen, dann wart ich am Eingang auf Sie. Damit Sie den Bekannten von meinem Freund auch finden. Weil da ist sicher viel los und ein großes Gedränge.«

»Ich weiß noch gar nicht, ob ich überhaupt hingeh. Ehrlich gesagt versprech ich mir nicht allzu viel davon.«

»Ich wart auf jeden Fall auf Sie«, erwiderte Rattler.

Reitmeyer setzte sich an den Schreibtisch. Wenn der Portier im Königshof den Umschlag angenommen hatte, hieß das noch lange nicht, dass der Major tatsächlich bei der Reichswehr war. Genausogut konnte er für eine der Organisationen der Einwohnerwehr arbeiten, der Orgesch etwa, wie viele ehemalige Offiziere der kaiserlichen Armee. Bevor er allerdings dort anrief, war es besser, sich erst einmal bei einer anderen Quelle zu informieren. Sepp fiel ihm wieder ein. Der wüsste, wo man sich in solchen Fällen hinwenden könnte. Aber er kam schon deshalb nicht in Frage, weil diese Nachforschungen auch seine »Mandantin« betrafen. Was wollte diese Blumfeld eigentlich von dem Militär? Es konnte doch nur irgend etwas mit der Widenmeyerstraße zu tun haben. Mit Offizieren von der Reichswehr oder anderen »vaterländischen« Verbänden, die dort verkehrt hatten.

Er dachte an die Worte des Kioskbesitzers. Die Redaktion der USPD-Zeitung fühlte sich bedroht. Wahrscheinlich, weil das Blatt besonders vehement gegen die heimlichen Waffenlager der Einwohnerwehr und der Reichswehr zu Felde zog. Als Angehöriger der bayerischen Polizei brauchte er bei dem linken Blatt allerdings nicht anzurufen, nachdem bekannt war, dass seine Behörde alle Geheimaktionen unterstützte, die Deutschland wieder »wehrfähig« machen sollten. Doch da fiel ihm ein, dass er noch vor dem Krieg jemanden kennengelernt hatte, der sich der »unabhängigen« SPD angeschlossen hatte und für den *Kampf* schrieb. Reitmeyer blätterte sein Adressbuch durch. Hans Burkstaller hieß dieser Mann. Der war sehr umtriebig und kannte sicher auch die Hintermänner diverser »nationaler« Verbände. Und Reitmeyer gegenüber rückte der Journalist vielleicht sogar mit Informationen heraus, die er normalerweise einem Mitarbeiter der Polizei nicht geben würde. Er wohnte in Haidhausen. Anrufen konnte Reitmeyer ihn leider nicht, wie er nach einem Blick ins Telefonbuch feststellte, aber nach Dienstschluss würde er bei ihm vorbeigehen.

Reitmeyer sah auf die Uhr. Gleich halb sieben. Den ganzen Tag war er mit der Bearbeitung von Einbruchsfällen beschäftigt gewesen und hatte fast den Eindruck, der Oberinspektor wollte ihm so viel Arbeit dieser Art wie möglich aufbürden, damit er keine Zeit für andere Dinge hatte. Außer natürlich, die Meldung zu bejubeln, die Klotz am Nachmittag verkündet hatte: Der Untersuchungsausschuss, den die linken Fraktionen im Parlament »absolut rechtswidrig« durchgesetzt hätten, sei aufgelöst worden. Die Freude war zum größten Teil Erleichterung, denn falls dieser Ausschuss weiterbestanden hätte, wären höchst unangenehme Verstrickungen seiner Behörde mit äußerst zwielichtigen Gestalten bestätigt worden.

Steiger und er kommentierten den Erfolg sehr einsilbig. Die

ganze Geschichte, die zur Einsetzung des Ausschusses geführt hatte, war mehr als merkwürdig. Der ehemalige Soldat Dobner wollte bei der politischen Abteilung der Münchner Polizei ein geheimes Waffenlager melden. Er wurde an einen Garagenbesitzer verwiesen, dem er das Lager zeigen sollte, wofür ihm eine hohe Belohnung versprochen wurde. Auf dem Weg zu dem Ort wurde Dobner im Wagen angegriffen und so übel zugerichtet, dass er sich nur durch einen Sprung aus dem fahrenden Auto retten konnte. Obwohl die Sache eindeutig die Handschrift der Einwohnerwehr trug, glaubte man dem Soldaten kein Wort und tat das Ganze als »Schauermärchen« ab, mit dem die Linke nichts anderes bezwecken wolle, als den bayerischen Staat und seine Institutionen in Verruf zu bringen. Der Untersuchungsausschuss sei nur ein »Propaganda-Instrument« gewesen, sagte der Oberinspektor, das »diese Bolschewiken« nutzen wollten, um das Parlament für ihre Umsturzziele zu missbrauchen. Den Soldaten habe man vorsichtshalber in Haft genommen, bevor er »weiteren Schaden anrichten« konnte.

»Ich finde«, sagte Steiger später, »die Linken hätten nicht behaupten sollen, die Polizeidirektion hätte eine ›Organisation zur Beseitigung von Menschen‹ gebildet. Das geht dann doch zu weit. Selbst wenn es vielleicht hier und da zu Unregelmäßigkeiten gekommen sein kann.«

Reitmeyer gab dazu keinen Kommentar ab. Für seine Absichten war es besser, keine schlafenden Hunde zu wecken. Seine Vorgesetzten fühlten sich gerade wieder sicher, nachdem der Angriff von Seiten der Linken abgeschmettert worden war.

»Da ist noch ein Zeuge wegen dem Einbruch in diese Gärtnerei in Schwabing«, sagte er. »Könntest du das für mich übernehmen? Ich müsste unbedingt schnell weg.«

Steiger nickte. »Aber dann hab ich was gut bei dir.«

»Geht klar.« Reitmeyer griff nach seinem Mantel und seiner Tasche.

Unten im Hof schwang er sich aufs Rad und fuhr in Richtung Osten. Kurz vor der Ludwigsbrücke sah er ganze Scharen den Gasteigberg hinaufströmen. Er sah verschiedene Gruppen mit Hakenkreuzfahnen und radelte an Veteranen vorbei, die mit Medaillen und Orden behängt waren. Doch was ihn wunderte, waren die vielen Frauen, die zum Münchner-Kindl-Keller hinaufstrebten. Was wollten Frauen bei dieser männerbündlerischen Partei?

Die Menge staute sich an der breiten Treppe, die zu dem Bierpalast hinaufführte. Reitmeyer stieg ab, um einen Blick auf die Plakate zu werfen, die an der Mauer neben dem Aufgang klebten. »Volkswohl und Nationalgedanke« hieß das Thema dieses Abends. Auf einem Plakat daneben wurde erklärt, dass 90 % aller »Wucherer« Juden seien, und 90 % aller Besucher in »Schlemmerstätten« ebenfalls. Die Juden seien die »Rassetuberkulose der Völker«, die nur durch die »Entfernung des Erregers« beseitigt werden könne. Hitler und seiner Partei war nicht viel Neues eingefallen, von den Plakaten der anderen »nationalen« Verbände plärrten einem die gleichen Parolen entgegen.

Reitmeyer stieg wieder auf und fuhr die Rosenheimerstraße entlang zu Burkstallers Wohnung am Orleansplatz. Am Brunnen stellte er sein Rad ab und sah, dass vor dem Ostbahnhof auf der anderen Seite des Platzes zwei Wagen parkten. Sechs oder sieben junge Männer standen im Kreis drum herum. Nach Aussehen und Gehabe der Kerle zu schließen war sehr gut möglich, dass sich Willy Bauer unter ihnen befand. Reitmeyer war jedoch zu weit entfernt, um die Gesichter unter den tiefgezogenen Schirmmützen zu erkennen. Die Burschen lehnten an den Wagentüren, rauchten und unterhielten sich betont ungezwungen. Doch Reitmeyer hatte das Gefühl, als läge eine Spannung in der Luft, als wäre die zur Schau gestellte Lässigkeit nur eine Maske. Andererseits konnte dieses Gefühl auch Ausdruck seiner eigenen Anspannung sein, dachte er und ging zu Burkstallers Haus hinüber.

Die Namen auf dem Klingelschild waren im schwachen Licht der Straßenlaternen nur schwer auszumachen. Er hielt die Flamme seines Feuerzeugs hoch und sah, dass Burkstaller im Hinterhaus wohnte. Das Tor ließ sich öffnen. Im Hof war alles still. Er trat ins Hinterhaus, stieg in den ersten Stock hinauf und klingelte an Burkstallers Tür. Als niemand öffnete, klingelte er nochmals und wartete, doch offenbar war niemand zu Hause. Er entschied, später wiederzukommen und in der Zwischenzeit zum Münchner-Kindl-Keller zurückzufahren, um dort mit Rattlers Informanten zu sprechen. Auch wenn das sicher nicht viel brachte.

Die Menge vor dem Bierkeller hatte sich inzwischen aufgelöst, nur ein paar Nachzügler hasteten an ihm vorbei die Treppe hinauf zum Eingang. Das dichte Gedränge herrschte jetzt im Vorraum, und Reitmeyer konnte Rattler nicht entdecken. Ein Stück entfernt von den weit geöffneten Türen des Festsaals blieb er stehen und sah sich um. Auf den Plakaten waren die »Arbeiter der Stirn« und die »Arbeiter der Faust« eingeladen worden – von beiden Gruppen war nicht viel zu sehen. In erster Linie sah er Leute, die er dem Kleingewerbe, dem niederen Angestelltentum oder der unteren Beamtenschaft zugerechnet hätte. Dazwischen gab es tatsächlich auch ein paar Vertreter der »Stirn«, einige Gruppen von Studenten und die üblichen Vertreter der politischen Polizei. Erneut erstaunte ihn die große Anzahl Frauen, darunter ältere, eher matronenhafte, aber auch viel junges Volk vom Typ Verkäuferin oder Sekretärin. Für den geregelten Ablauf sorgten die Ordner der Nationalsozialisten, die Armbinden mit großen Hakenkreuzemblemen trugen.

Allmählich lichtete sich sich der Raum, und er sah Rattler, der aufgeregt winkend auf ihn zugelaufen kam. »Ich hab bis vorhin draußen auf Sie gewartet«, rief er. »Und dann hab ich gedacht, dass Sie nicht mehr kommen.«

»Ehrlich gesagt, mein Plan war's nicht. Aber jetzt hab ich noch etwas Zeit, bevor ich mich mit jemand anderem treff. Ist der Bekannte von deinem Freund noch da?«

»Ja, freilich. Der steht da drüben. Mit den Studenten zusammen. Der Blonde, der an dem Pfeiler lehnt, das ist der Lothar Singhammer.«

Reitmeyers Blick folgte Rattlers ausgestrecktem Finger. »Was? Der?«

Der junge Mann erinnerte ihn an die Illustrationen in den Ritterbüchern, die er als kleiner Junge verschlungen hatte. An Darstellungen des jungen Parzifal, der hoch zu Ross auf Abenteuer ritt. Ein klassisch schönes, wie gemeißeltes Gesicht, umrahmt von etwas längerem Blondhaar, der Körper schlank und straff athletisch.

Rattler lachte ein bisschen gepresst. »Ja, das ist der Lothar. ›Der schöne Lothar‹ wird der genannt. Kommen Sie mit, ich stell Sie vor.«

Reitmeyer folgte dem Polizeischüler. Die Studenten entfernten sich. »Das ist mein Chef«, erklärte Rattler stolz. »Kommissär Reitmeyer.«

Der schöne Lothar entblößte eine Reihe makelloser Zähne und schüttelte Reitmeyer die Hand. »Ich denk, wir haben noch ein bisschen Zeit«, sagte er und deutete auf die offen stehenden Türen. »Als Erster spricht so ein junger Spund von der NSDAP, der Esser, glaub ich, dann tritt der Hitler auf, als Hauptredner.«

»Ich bin wegen Ihnen hergekommen«, erwiderte Reitmeyer. »Die Reden interessieren mich nicht. Wollen Sie diesen Hitler hören?«

»Nicht wirklich«, erklärte Lothar und winkte ab. »Ich hab mir eine Rede angehört, und damit kenn ich alle. Angriffe gegen die Juden, was die größte Begeisterung auslöst, dann gegen die feige, korrupte Regierung, gegen Novemberverbrecher, Schieber und Wucherer und schließlich gegen die Presse, die nichts als Lügen verbreitet. Es sind die immer gleichen Zutaten, aus denen er seine Suppe anrührt, aber die Leute können gar nicht genug kriegen davon.« Er lachte charmant, und seine intensiv blauen Augen, die Reitmeyer an Caroline erinnerten, blitzten. »Ich bin in erster Linie da, weil ich ein paar Termine hier habe. Besprechungen, verstehen Sie.«

»Aha«, sagte Reitmeyer. Dieser Parzifal ritt nicht auf Aventüre, er war Geschäftsmann.

»Ich hab dir doch erklärt«, sagte Rattler, »dass wir an Informationen über den Produzenten Steinbichler interessiert sind. Könntest du ...«

»Tja, der Steinbichler«, unterbrach ihn Lothar und lachte auf, als hätte er einen ganzen Sack voller Geschichten über den Mann parat und wüsste gar nicht, wo er anfangen sollte. Gleichzeitig schien sein Tonfall anzudeuten, dass er nicht viel von diesem Menschen hielt. »Sie interessieren sich hauptsächlich für ihn wegen der zwei Frauen, die umgekommen sind?«

Reitmeyer nickte.

»Ich hab ihn oft gesehen mit den beiden. Und mit der Cilly hat er sicher auch was gehabt. Aber die Frauen waren nicht sein Problem, das kann ich Ihnen sagen. Der hatte andere Schwierigkeiten. Und die hat er wahrscheinlich immer noch.«

Rattler wandte sich um, als die Türen zum Festsaal zugingen und lauter Beifall aufbrandete.

»Wie meinen Sie das?«, fragte Reitmeyer.

»Tja, Geld. Der lebt auf großem Fuß. Mit seinem Gehalt lässt sich der Lebensstil bestimmt nicht finanzieren. Also betreibt er nebenbei noch andere Geschäfte, Börsengeschäfte in erster Linie. Ich meine«, er legte Reitmeyer die Hand auf den Arm, »ich mach das auch, aber mit mehr Verstand und Überblick.«

»Wir legen gemeinsam an«, warf Rattler ein, als wäre dies der schlagende Beweis für das finanztechnische Genie seines Bekannten.

»Der Steinbichler hat auch Anlegerkreise unterhalten«, sagte Lothar. »Da investieren alle möglichen Leute. Auch Mitglieder vom Deutschvölkischen Schutz- und Trutzbund. Jedenfalls hab ich erfahren, dass er sich entweder verspekuliert«, er senkte die Stimme, »oder womöglich Gewinne unterschlagen hat. Vielleicht hat er auch nur kurzfristig Geld gebraucht, um andere Löcher zu stopfen, wer weiß? Aber gewisse Leute sind ziemlich sauer auf ihn.«

»Sind Sie auch Mitglied in diesem Schutz- und Trutzbund?«

»Ach, wissen Sie«, ein mattes Lächeln strich über Lothars Gesicht. »Diese Bündeleien oder die NSDAP – ich hab was Besseres zu tun, als meinen Stammbaum zwölf Generationen zurückzuverfolgen, für den ›Großen Ariernachweis‹. Und ohne den kann man nicht Mitglied werden bei diesen Vereinen.«

»Und Steinbichler ist Mitglied?«

Lothar zuckte die Achseln. »Er muss sich wohl irgendwas davon versprochen haben.«

»Aber Sie haben keine Anhaltspunkte dafür, dass es Probleme mit den zwei Frauen gab? Streitigkeiten oder …«

»Verstehen Sie, Herr Kommissär«, er machte eine wegwerfende Geste. »Die zwei hätten sich halt gern als Schauspielerinnen gesehen, sich größere Angebote als bloß Statistenrollen gewünscht. Aber genau genommen waren die Cilly und die Marie doch bloß … Nutten, die zum Vergnügen von Steinbichler und seinen Geschäftsfreunden herhalten mussten. Ich meine, wenn die Probleme gemacht hätten, wären die zwei ganz einfach abserviert worden.« Er sah zu Rattler hinüber. »Also, ich kann mir nicht vorstellen, wieso der Steinbichler die zwei Schnepfen hätte umbringen sollen. Die haben ihn allenfalls genervt, vor allem die eine, die Marie, hat ständig Schwierigkeiten mit ihrem Liebhaber gehabt. Das ging ihm ziemlich auf den Senkel.«

»Was für Schwierigkeiten?«

»Ja, der hat sie ständig mit seiner Eifersucht verfolgt. Und ist auch manchmal ziemlich rabiat geworden. Ich selbst hab mehrmals mit meinen Freunden eingegriffen, wenn er vor einem Lokal auf sie losgegangen ist. Ein widerlicher Kerl, der sich mit seinem EK II gebrüstet hat, von dem er sich nichts mehr kaufen kann.«

»Sie könnten also bezeugen, dass dieser Mensch gewalttätig geworden ist gegenüber Marie Zaumgiebl?«

»Ja, sicher, wenn das notwendig wär.«

»Das wär mir unter Umständen eine sehr große Hilfe.«

Lothar blickte ein paar Offizieren nach, die schnellen Schritts den Vorraum durchmaßen. Ein Ordner öffnete beflissen die Tür zum Festsaal, und die Herrn bedeuteten ihm, noch nicht zu schließen, da gleich noch andere nachkämen. Von drinnen war die Stimme eines Mannes zu hören, der verkündete, dass Adolf Hitler von seiner Reise nach Österreich zurückgekehrt sei. Frenetischer Jubel brauste auf. Darauf begrüßte Hitler das Publikum. Was er dann sagte, war nur in Fetzen hörbar, weil seine Worte immer wieder von Beifallstürmen unterbrochen wurden. »Das ausgehungerte Österreich«, verstand Reitmeyer, sei nun »fast vollständig in den Händen des Großkapitals«. Es gebe nur noch eine Parole in dem Land: »Anschluss an Deutschland!« Und das sei auch die einzige Rettung, nachdem das einstmals schöne Wien heute ein »neues Jerusalem« sei.

»Möchten Sie kurz reingehen«, fragte Lothar, »um Hitler mal in Aktion zu erleben? Zumindest ist es erstaunlich, dass er so großen Eindruck macht, obwohl er doch nichts anderes sagt als alle anderen, die sich verbal oft noch brutaler geben.«

Rattler grinste. »Der soll einen ganz großen Schlag bei den Weibern haben.«

Der schöne Lothar zog die Augenbrauen hoch.

Im Festsaal tobte inzwischen der Redner weiter. Jetzt ging's um Deutschland, das seine nationale Größe wiedererlangen müsse. Ob man denn stolz sein könne auf einen Präsidenten Ebert? Lachen im Publikum. Oder auf eine Regierung, die in Paris und London rumwinsle, aber dann doch 800 000 Milchkühe nach Frankreich abliefere, während das Volk hungerte. Buhrufe. Der Völkerbund könne da ebenfalls nicht weiterhelfen, der nur »die Herrschaft der beschnittenen und unbeschnittenen Börsenjuden« sei. Tosender Beifall.

»Tja«, sagte Lothar, »mit Wirtschaftswissen hapert's noch bei der Partei. Und wenn ihr Oberökonom Feder über die ›Brechung der Zinsknechtschaft‹ redet, dann sackt die Stimmung gleich in den Keller, weil das den Leuten zu ›akademisch‹ ist. Die wollen immer bloß dieselben Haudrauf-Botschaften hören.«

»Ich glaube, ich hab jetzt genug gehört«, sagte Reitmeyer. »Ich muss weiter. Aber ich danke Ihnen für die Auskunft.« Er schüttelte Lothar die Hand und ging hinaus.

Ein kalter Wind strich durch die kahlen Äste der Kastanien, als er die Treppe hinunterstieg. Er zog den Schal bis über die Ohren und fuhr in schnellem Tempo zum Orleansplatz zurück. Was Rattlers Informant über den Steinbichler gesagt hatte, überraschte ihn nicht allzu sehr. Auch ihm war bei den Treffen mit dem Produzenten aufgefallen, dass er allein für seine Garderobe wahrscheinlich ein Vermögen ausgab. Was aber nicht hieß, dass er dem »schönen Lothar« jedes Wort glaubte. Doch wenn er bezeugen konnte, dass Willy Bauer gegenüber der Zaumgiebl mehrmals gewalttätig geworden war, dann bekämen auch die Aussagen der ehemaligen Vermieterin ein anderes Gewicht. Blieb nur zu hoffen, dass Lothar Singhammer nicht bloß wie Parzifal aussah, sondern sich auch als wahrer Held erwies und keinen Rückzieher machte, wenn ihm klar wurde, mit wem er es unter Umständen zu tun bekäme.

Kurz vor dem Rondell des Orleansplatzes stieg er ab und spähte zum Ostbahnhof hinüber. Die beiden Wagen waren fort, und von den Kerlen war auch nichts mehr zu sehen. Die ganze Gegend wirkte wie verlassen. Nur ab und zu ging ein Passant vorbei und verschwand in einem Hauseingang.

Rasch stieg er die Treppe zu Burkstallers Wohnung hinauf. Doch auf sein Klingeln rührte sich wieder nichts. Nur eine Katze begann hinter der Tür mit einem Mal laut zu miauen. Als er das Ohr ans Türblatt legte, stieg ihm ein stechend scharfer Geruch nach Verbranntem in die Nase. Er drückte auf die Klinke und wäre fast gestürzt, als sie ganz unerwartet nachgab und er in einen dunklen Gang stolperte, von dem es rechts in eine qualmerfüllte Küche abging. Er lief zum Fenster, riss beide Flügel auf und sah, dass auf dem Herd ein Topf stand. Rot glühend, der Inhalt nur noch schwarze Kohle. Rasch drehte er das Gas ab.

»Hans!«, rief er und schaltete das Ganglicht an. »Hans!«

Als niemand antwortete, drückte er vorsichtig die Tür zum Wohnzimmer auf und blickte auf ein Chaos. Aus einem hohen Sekretär waren die Schubladen rausgerissen, Papiere, Briefe, Ordner lagen am Boden. Daneben war ein Regal umgestürzt, die Bücher in wildem Durcheinander davor verstreut. Reitmeyer ging wieder in den Gang und probierte die anderen Türen. Ein Badezimmer, eine Rumpelkammer und eine Tür, die sich nicht öffnen ließ. Er hämmerte dagegen. »Hans! Bist du da drin? Ich bin's. Sebastian Reitmeyer.«

Ein dumpfes Scharren ertönte von der anderen Seite. »Bist du allein?«

»Ja, klar. Mach auf, Hans.«

Wieder ein Scharren, als würden Möbel weggerückt, ein lautes Knirschen vom Schlüssel im Schloss, dann ging die Tür auf. Burkstaller stand vor ihm. Er wirkte noch schmächtiger, als er ihn in Erinnerung hatte, und hielt ein blutgetränktes Tuch an die Nase. Die Vorderseite seines Hemds war ebenfalls voller Blutflecken. »Haben die Nachbarn die Polizei gerufen?«, fragte er ungläubig.

»Nein, ich wollt zu dir. Die Wohnung war nicht abgesperrt.«

Burkstaller schob ihn zur Seite, rannte zur Wohnungstür und schloss ab, dann lief er in die Küche. »Hast du das Gas abgedreht?«

Reitmeyer nickte. »Was ist denn hier passiert?«

»Das siehst du ja. Ich hab nichtsahnend aufgemacht und gleich eins mit der Faust ins Gesicht gekriegt. Dann hab ich mich im Schlafzimmer verbarrikadieren können. Ich weiß nicht, warum sie die Tür nicht eingetreten haben. Wegen dem Krach?« Er ging ins Wohnzimmer. Aus seiner Nase tropfte Blut auf den Boden.

»Setz dich in den Sessel, Hans. Ich mach dir eine kalte Kompresse.«

Reitmeyer lief in die Küche, und als er mit einem nassen Geschirrtuch zurückkam, versuchte Burkstaller zu lachen, es kam aber bloß ein Krächzen heraus. »Wieso bist du überhaupt hier? Machst du jetzt Samariterdienst bei der Polizei?«

»So was in der Art.«

Reitmeyer wartete eine Weile, nachdem er ihm die Kompresse in den Nacken gelegt und Burkstaller sich zurückgelehnt und die Augen geschlossen hatte.

»Wer ist denn auf dich losgegangen?«

»Die haben sich nicht vorgestellt.«

»Was wollten die von dir?«

»Wenn ich das wüsste. Wie's aussieht, haben sie irgendwas gesucht.«

»Du solltest die anzeigen. Es waren bestimmt die Kerle, die ich am Ostbahnhof gesehen hab.«

»Das kann schon sein. Aber hast du auch gesehen, wie sie mich überfallen haben? Meine Nachbarn haben nämlich todsicher nichts gehört. Selbst wenn die über die Burschen drübergefallen wären, hätten sie nix mitgekriegt.«

»Aber du kannst doch nicht hinnehmen, dass du in deiner eigenen Wohnung so zugerichtet wirst!«

»Vielleicht sagst du das mal deiner Polizeidirektion. Damit auch ermittelt wird, obwohl keine Augenzeugen vorhanden sind. Aber selbst dann wüsstest du ja sicher, wie so was ausginge. Vor allem nach den jüngsten Ereignissen.«

»Du meinst die Sache mit dem Soldaten und dem Untersuchungsausschuss?«

Burkstaller hob die Hand. »Ach bitte, lass gut sein. Ich weiß Bescheid. Und du vermutlich auch. Sag mir lieber, warum du hier bist? Das ist ja wirklich ein seltsamer Zufall nach all den Jahren.«

Reitmeyer ließ sich gegenüber dem Journalisten nieder. »Ich bin vorbeigekommen, weil ich dich fragen wollte, ob du mir eine Auskunft geben kannst.«

»Die Polizei will eine Auskunft von *mir*?« Er setzte sich auf und nahm das Tuch von der Nase. »Da brauch ich erst mal einen Schnaps. Holst du die Flasche aus der Küche? Die steht auf dem Buffet. Und mach die Küchentür zu. Der Geruch erinnert mich zu schmerzlich an mein verkohltes Abendessen.«

Reitmeyer lief in die Küche und kehrte mit der Flasche und zwei Gläsern zurück. Nachdem er eingeschenkt hatte, kippte Burkstaller den Schnaps, schnappte nach Luft, schüttelte sich und lehnte den Kopf wieder zurück. »Jetzt ist mir besser«, sagte er und betastete seine Nase. »Nicht gebrochen. Aber ehrlich gesagt wundert's mich schon, dass die Polizei was von mir will.«

Reitmeyer setzte sich wieder. »Sagen wir mal so. Ich bin nicht ›die Polizei‹. Schon gar nicht die politische. Ich bin da an einer Sache dran, der ich … na ja, aus eigenem Antrieb nachgehe. Im Rahmen meiner Nachforschungen ist mir jemand untergekommen, und ich wollte wissen, ob du den kennst. Ein Major Gruber. Sagt dir der Name irgendwas?«

Burkstaller nickte. »Und ob. Der ist bei der Orka und organisiert den Waffenschmuggel für die österreichischen Heimwehren.«

»Orka?«

»Organisation Kanzler, eng verknüpft mit der Orgesch. Der Kanzler ist ein hohes Tier in der Landesleitung. Den österreichischen Heimwehren mangelt's an Waffen. Die kriegen sie jetzt von den Bayern geliefert.«

»Und was wollen die damit?«

»Alpenföderation heißt das Ziel. Anschluss an Deutschland. Der soll gegen die Linke mit der Waffe durchgesetzt werden. Die Regierungen in Wien und Berlin machen natürlich ständig Aufstand und beschweren sich bei unserem Ministerpräsidenten Kahr, aber der behauptet, das seien alles Hirngespinste.«

»Und woher stammen die Waffen?«

»Hauptsächlich von der bayerischen Reichswehr. Die fordert in Berlin Waffen zur Verschrottung an, wie es die Auflagen im Versailler Vertrag bestimmen. Und die werden dann nicht verschrottet, sondern über die Grenze nach Tirol geschafft. Der Hauptumschlagplatz ist Rosenheim. Der Kanzler stammt von dort, und in dem Kaff haben die Rechten die größte Unterstützung. Die NSDAP hat dort die größte Ortsgruppe außerhalb von München. Aber das ist ja alles nichts Neues. Davon hast du sicher selbst schon gehört.«

»Im Prinzip schon. Aber was kann das denn mit dem Überfall auf dich zu tun haben?«

Burkstaller schenkte sich nach. »Tja, das ist die Preisfrage. Unsere Partei und unsere Zeitung wissen, dass sich im Hintergrund dieser Waffenschiebereien ein ganzes Gespinst von Leuten etabliert hat, die nebenbei auch ihren Reibach machen wollen. Wer über Waffendepots Bescheid weiß, der kann sein Wissen teuer verkaufen, entweder an die Kontrollkommission der Siegermächte oder an die Gegenseite, also die Einwohnerwehr und die Reichswehr. Es gab auch schon Fälle, bei denen die französischen Militärs, die hier in München die Kontrollkommission betreiben, die Waffen, die sie eigentlich einsammeln sollten, wieder an die deutsche Seite verkauft haben. Zudem sind Spitzel bei der Kontrollkommission eingeschleust worden, die Leute an die Einwohnerwehr verraten, wenn sie dort Waffenlager anzeigen wollen. Du kannst dir vorstellen, was für ein Misstrauen und welche Angst in dem Durcheinander herrscht. Jeder sieht überall ›Verräter‹. Jeder hat Bammel, sein Geschäftspartner könnte ihn austricksen, hinhängen oder um die Ecke bringen.«

»Du meinst, die sind davon ausgegangen, dass du hier in der Wohnung irgendwelches belastendes Material gebunkert hast?«

»Da würden die mich ja für schön blöd halten.«

»Was dann?«

»Keine Ahnung.« Burkstaller kippte sein Glas. »Vielleicht dachten sie, sie finden irgendwelche Namenslisten von linken Zuträgern. Aber warum suchen sie dergleichen gerade jetzt? Ich meine, an der allgemeinen Lage hat sich doch nichts Wesentliches verändert. Die bayerische Regierung hat nach wie vor Angst, dass die Berliner ›Erfüllungspolitiker‹ ihnen den Traum von der heimlichen Wiederbewaffnung verhageln könnten, und diese rechtsradikalen Organisationen befürchten, dass Berlin Ernst macht und ihre Verbände in Bayern auflöst.«

»Und was würde dann passieren?«

»Wieder ein Putsch? Bürgerkrieg?« Burkstaller lachte bitter. »Was für die Linke schlecht ausgehen könnte, nachdem die Arbeiter, wie von Berlin gefordert, ihre Waffen abgegeben haben. Und letztlich hängt natürlich alles an der Reichswehr. Ob sich die Herrn Offiziere an ihren Eid halten und gegen eventuelle Putschisten vorgehen oder sich raushalten wie im März. Aber vielleicht war das das letzte Mal, dass wir einen Generalstreik zuwege gebracht haben, um diesen Kapp-Putsch zu verhindern.« Burkstaller betastete wieder seine Nase. »Aber ich verstehe einfach nicht, was sie gerade jetzt so dringend suchen.«

Reitmeyer überlegte eine Weile, welche Rolle die Blumfeld in dem Ganzen spielen könnte.

»Jedenfalls kann ich dir nur eines raten«, fuhr Burkstaller fort. »Du musst sehr vorsichtig zu sein, wenn du Nachforschungen über diesen Major a. D. Gruber anstellst. Am besten lässt du ganz die Finger davon.«

Reitmeyer blickte auf und sah den Journalisten an. Das Nasenbluten hatte aufgehört, doch sein Gesicht war vollkommen angeschwollen.

»Ich meine, diese Burschen kennen kein Pardon, falls du ihre Kreise stören solltest. Denk an den Fall Marie Sandmayer, die man im Forstenrieder Park erdrosselt aufgefunden hat, oder jetzt an diesen Soldaten, der nur durch Zufall noch sein Leben hat retten können. Und es wird weitere ›ungeklärte Todesfälle‹ geben, da bin ich mir ganz sicher. Aber vielleicht«, Burkstaller grinste, »schickt man dich ja auch nur aufs Land, falls du dem Herrn Major zu nahe rückst. Zum Beispiel in die schöne Oberpfalz, wo du auf Streife gehen darfst. Was nicht das Schlimmste wäre, was dir passieren kann.«

Reitmeyer lachte gezwungen. »Der Gedanke ist mir auch schon gekommen.«

Die Katze spazierte zur Tür herein, verzog sich aber schnell wieder nach einem Blick auf das blutverkrustete Gesicht ihres Herrn.

»Aber Spaß beseite«, sagte Burkstaller. »Ich lebe vielleicht gefährlich, dennoch bieten mir meine Partei und meine Zeitung einen gewissen Schutz. Wir haben unsere Leute, wenn es zu brenzlig wird – aber du?«

Reitmeyer nickte und leerte sein Glas. »Ich sitz im Auge des Hurrikans, da ist es angeblich am sichersten. Kann ich noch irgendwas für dich tun? Soll ich dir was zu essen besorgen?«

»Nein, nein«, wehrte der Journalist ab. »Ich geh zu meiner Freundin. Die wohnt gleich ums Eck.«

»Dann geh ich jetzt«, sagte Reitmeyer und stand auf. »Danke für die Auskunft und gute Besserung.« Sie schüttelten einander die Hand. »Kann ich dich in der Redaktion anrufen, falls ich mal eine ›Interpretation‹ bestimmter Dinge bräuchte?

Burkstaller wand sich ein bisschen. »Das ist vielleicht nicht so günstig«, sagte er schließlich. »Verstehst du, Kontakte mit der Polizei, gerade im Moment …«

»Ich versteh schon, Hans. Trotzdem, nochmals vielen Dank.«

»Aber sei vorsichtig«, rief ihm Burkstaller nach, als er zur Tür ging.

Reitmeyer stieg die Treppe hinunter und blieb noch einen Moment auf der Straße stehen. Burkstaller ging mit seinen Warnungen von ganz falschen Voraussetzungen aus. Er nahm offensichtlich an, Reitmeyer habe irgendetwas in der Hand gegen Gruber. Aber er hatte rein gar nichts. Im Moment wusste er bloß, dass er an einen Mann aus den Spitzenrängen der Orka nicht herankam. Doch Burkstaller – und auch sein Informant Krollmann – hatten recht: Die Handlanger dieser Verbände waren »aufgescheucht«. Sie traten in Aktion und zeigten sich. Das war seine Chance.

34

Gerti sah immer wieder auf die Uhr, aber die Zeit verstrich so langsam, als hätte sie sich ihren eigenen lähmenden Gefühlen angepasst. Sie ging zum Fenster und blickte auf die Bäume hinaus, die ihre kahlen Äste hilfesuchend in den trüben Himmel reckten. Sollte sie einfach früher in die Klinik fahren? Doch auf der Bank vor dem Stationszimmer zu warten, erschien nicht wesentlich verlockender, als hier im Wintergarten untätig herumzusitzen. Vorlassen würde man sie keinesfalls, hatte der Portier am Telefon erklärt. Besucher dürften erst am Nachmittag zu den Patienten.

Von allen Seiten drangen Geräusche geschäftiger Arbeit an ihr Ohr. Im Speisezimmer klapperte Geschirr, vorn im Salon wurden Möbel gerückt und das Parkett poliert, sogar die Baroness machte sich an ihren Rosenbüschen auf der Terrasse zu schaffen. Nur sie durfte nichts tun, um sich abzulenken. Mit all ihren Angeboten war sie auf Granit gestoßen. Jetzt laufe alles wieder »ganz normal«, hatte Mathilde nach dem Frühstück entschieden. Es gebe keinen »Engpass« mehr wie vor dem Fest. Sie sei jetzt wieder »Gast« im Haus und müsse sich den Aufenthalt nicht verdienen wie jemand, der im Lokal zum Spüldienst verdonnert wird, weil er die Rechnung nicht bezahlen kann. Da sei sie sich ganz einig mit der Caroline.

Das Telefon klingelte im Vestibül. Liesl kam aus dem Salon gelaufen und nahm ab. »Einen Moment«, sagte sie. »Ist die Gerti schon in die Ziemssenklinik gefahren?«, rief sie nach unten.

»Keine Ahnung«, antwortete Mathilde.

»Ich bin noch da«, rief Gerti und rannte in die Eingangshalle. »Wer will mich sprechen?«

Liesl zuckte die Achseln und deutete auf den Hörer.

Mit zwei Sätzen war Gerti am Telefon. Sicher die Klinik, dachte sie. »Hallo«, rief sie aufgeregt. Aber der Anrufer hatte aufgelegt. »Wer war das?«, fragte sie Liesl.

»Ich hab den Namen nicht verstanden. Ein Herr.«

»Der Sepp?«

»Nein«, sagte Liesl. »Den hätt' ich doch erkannt.«

Gerti ging in den Wintergarten zurück. Warum hatte der Mann aufgelegt? Wer wusste überhaupt, dass sie hier wohnte? Einer der beiden Offiziere? Es gab ihr plötzlich einen Stich.

»Was wollen Sie denn in der Ziemssenklinik?«, fragte Caroline, die hinter ihr in den Wintergarten gekommen war.

»Ach.« Gerti ließ sich auf einen Stuhl sinken. »Eine Freundin hatte einen schlimmen Unfall. Man hat ihr die Milz entfernen müssen.«

»Was? Wie ist das denn passiert?«

»Sie ist die Treppe runtergestürzt. Ich mach mir solche Sorgen. Als ich gestern bei ihr war, konnte sie nicht sprechen. Hatten Sie schon mal so einen Fall?«

Caroline setzte sich auf den Stuhl ihr gegenüber. »Letztes Jahr. Da wurde ein Mann nach einer schweren Schlägerei eingeliefert. Jemand hatte ihm mit dem Stiefel in die Seite getreten.«

»Und?«

»Tja, nach einer Splenektomie kann es immer Komplikationen geben.«

»Hat er überlebt?«

Caroline sah sie an. Gerti kannte den Blick. Den hatten auch die Ärzte aufgesetzt, als es mit ihrer Tante zu Ende gegangen war. Diesen bestimmten Ausdruck von Anteilnahme und Abwehr, als würden sie befürchten, ihr Gegenüber könnte ausrasten, wenn sie Klartext redeten. »Man muss halt abwarten, wie sich die Dinge entwickeln«, sagte sie in typischer Krankenhausmanier. »Aber den Kollegen in der Ziemssenstraße können Sie voll und ganz vertrauen. Die verstehen ihr Handwerk und machen sicher alles, was in ihrer Macht steht.«

Gerti nickte. »Ich darf erst am Nachmittag zu ihr. Die Warterei macht mich noch wahnsinnig. Wenn ich mich wenigstens ablenken könnte … und hier helfen dürfte.«

Caroline legte ihr die Hand auf die Schulter. »Sie wissen doch, wie schwierig das ist. Es wird nicht gern gesehen, wenn ich mich in die Haushaltsführung einmische.« Ein kleines, resigniertes Lächeln strich über ihr Gesicht. »Angeblich war es letztlich meine Schuld, dass bei der Gedenkveranstaltung alles so schiefgelaufen ist.«

»Aha?«, erwiderte Gerti. Über der Macht der Hausherrin

schien noch ein höheres, von Mathilde streng gehütetes Gesetz zu schweben, das sich vermutlich in einem Satz zusammenfassen ließ: »So tut man das in einem anständigen Haushalt.« Wer diese Regel außer Kraft setzte, brauchte sich nicht wundern, wenn Anarchie und Chaos ausbrachen.

Caroline legte die Hand auf ihre. »Aber Sie geben mir Bescheid, wie es Ihrer Freundin geht? Man darf die Hoffnung nie aufgeben«, sagte sie und stand auf. »Jedenfalls darf man das einen Patienten nie spüren lassen.«

Um kurz vor eins hielt es Gerti nicht mehr aus. Ohne die Suppe zu essen, die ihr Mathilde aufdrängen wollte, verließ sie das Haus und lief zur Haltestelle Leopoldstraße. Beim Warten auf die Straßenbahn fiel ihr der Anruf von heute Morgen wieder ein, und sie sah sich nervös um. Jemand war hinter ihr her und wusste sogar, wo sie wohnte. Sie durfte sich nicht unnötig in Gefahr bringen.

Als ein Taxi in Sicht kam, winkte sie es heran, stieg ein und ließ sich in den Innenhof der Klinik fahren. So würde sie unbemerkt bleiben, auch wenn am Eingang jemand auf sie warten sollte.

Oben auf der Station bat Schwester Adelgunde sie überraschend höflich, kurz Platz zu nehmen, während man Dr. Wagner rufe. Irgendwas stimmte nicht, fand Gerti. Und als sich der Haubenvogel auch noch ein Lächeln abrang, wurde ihr unheimlich. Sie setzte sich auf die Bank, und keine zwei Minuten später kam schon der Arzt. »Tja, Fräulein Blumfeld«, sagte er. »Ich habe Ihnen ja bereits angedeutet, dass es bei Milzentfernungen zu Komplikationen kommen kann. Ihre Freundin hat heute Nacht hohes Fieber bekommen, und ihr Zustand hat sich leider sehr verschlechtert.«

»Heißt das …?«

Der Arzt machte eine vage Geste. Zu näheren Erklärungen

ließ er sich jedoch nicht herab. »Kommen Sie mit«, sagte er bloß. »Ich bringe Sie zu ihr.«

Gerti bemühte sich, nicht zurückzufallen, während der Doktor mit großen Schritten den Gang hinuntereilte. Vor der Tür zu Regines Zimmer blieb er stehen. »Sie dürfen sich jetzt nicht erschrecken«, sagte er und drückte die Klinke herunter. »Ihre Freundin sieht etwas … verändert aus.«

»Was meinen Sie damit?«

Ohne zu antworten, ging er rasch an den beiden anderen Patienten vorbei zu Regines Bett, das mit einem Paravent abgeschirmt war. Gerti zögerte einen Moment, bevor sie hinter den Wandschirm trat. Dann blieb ihr fast das Herz stehen. Das Wesen, das hier aufgedunsen und laut rasselnd nach Atem rang, sah nicht »verändert«, sondern dermaßen entstellt aus, dass Regine sie kaum noch erkannte. Ihre Unterlippe, aus der noch Fäden ragten, war wulstig angeschwollen, und überhaupt wirkte ihr ganzes Gesicht wie aufgebläht. Aber das Unheimlichste waren die kleinen und größeren braunroten Flecken, die weite Teile ihrer Haut bedeckten.

»Was ist das?«, fragte Gerti entsetzt und deutete auf die Male, die sie an Bilder von der Pest erinnerten.

»*Purpura fulminans*«, sagte der Arzt leise. »Blutungen, die auftreten, wenn die Gerinnung zusammenbricht.«

»Und was unternehmen Sie dagegen?«, fragte sie mit Panik in der Stimme.

Der Arzt trat neben sie und legte ihr die Hand auf die Schulter. »Sie hat Chininspritzen bekommen, aber«, er räusperte sich, »wir haben nichts, was man Patienten geben könnte, die einen septischen Schock erleiden.«

»Was heißt das?«

»Der Körper kann sich gegen die Entzündungsreaktion nicht mehr wehren, nach und nach tritt ein Versagen aller Organe ein.«

Gerti trat ans Bett und griff nach Regines Hand, die ebenfalls geschwollen war und sich wie weicher Teig anfühlte. »Kann sie mich hören?«, fragte sie tränenerstickt.

»Ich glaube nicht«, erwiderte der Arzt und holte einen Hocker aus der Ecke. »Aber Sie können eine Weile bei ihr sitzen bleiben, wenn Sie wollen.«

Nachdem der Arzt gegangen war, setzte sie sich auf den Hocker und griff wieder nach Regines Hand. Die Fingerspitzen und Nägel waren blau verfärbt. Mit diesen Fingern hatte Regine einmal auf eine Postkarte an der Wand in ihrem Zimmer gedeutet und gesagt: »Das ist der Königssee. Da fahr ich hin, wenn ich genügend Geld gespart hab.« Gerti beugte sich vor und legte ihre Hand auf Regines Brust. Unter dem dünnen Hemd spürte sie ihr Herz. Es schlug wie rasend. Sie würde nicht mehr an den Königssee fahren.

Gerti setzte sich und ließ den Kopf aufs Bett sinken. Hätte sie sich mehr bemühen müssen, ein anderes Zimmer für Regine zu finden? Aber sie hatte es versucht. Sie hatte sich erkundigt, bei Liesl, bei Mathilde, doch es war schwer. Wer suchte nicht eine Wohnung im Moment? Und wer hätte vorhersehen können, dass diese Kerle mit einem Mal so brutal vorgehen würden? Oder war dies eine Warnung an *sie*? War sie bislang nur deshalb unbeschadet davongekommen, weil sie in einem Haus Unterschlupf gefunden hatte, in dem ein Reichswehroffizier wohnte? War Franz ihr *Schutz*?

Die Tür ging auf, und zwei Schwestern rollten einen Wagen mit klirrenden Utensilien herein. Man bat sie, draußen einen Moment Platz zu nehmen, da man an einem der Patienten etwas verrichten müsse.

Sie setzte sich vor dem Zimmer auf einen Stuhl und blickte von forschen Schritten aufgeschreckt den Gang hinunter. Die strenge Adelgunde bog mit einer großen Tasse in der Hand um die Ecke. Die Flügelenden ihrer Haube wippten bedrohlich, als sie auf Gerti zugesteuert kam. »Da hab ich Tee für Sie. Der wird Ihnen gut tun«, sagte sie und reichte ihr die Tasse.

Verblüfft und auch ein wenig beklommen, wie immer in der Nähe dieser Person, griff Gerti nach der Tasse und trank einen Schluck.

»Das ist sehr nett von Ihnen, dass Sie sich um die arme Patientin kümmern. Sie hat ja sonst wohl niemanden«, sagte Adelgunde freundlich, streckte die Hand aus und strich ihr über den Kopf.

Die plötzliche Berührung, diese liebevolle Geste, traf Gerti so unvermutet, dass sie mit einem Mal jegliche Fassung verlor. Die Tränen, die schon lange in ihren Augen brannten, ließen sich nicht mehr halten, sie sank in sich zusammen und schluchzte völlig ungehemmt los. Als hätte sich ein Wehr geöffnet, brachen die Not und alles Elend wie eine Sturzflut aus ihr heraus. All ihre Sorgen um sich und ihre Schwester, der Schrecken wegen Regines grauenvollem Ende, das lähmende Entsetzen bei Cillys Tod, der ganze Horror, der nie nachgelassen hatte, seit sie in dieser Stadt angekommen war.

Die Schwester legte einen Arm um ihre Schulter und strich ihr beruhigend über den Rücken. »Ist gut. Ist gut«, sagte sie immer wieder, während Gerti, von Weinkrämpfen geschüttelt, den Kopf fest an die starre Tracht des Haubenvogels drückte.

Nach einer Weile ging die Tür auf, und die zwei anderen Krankenschwestern schoben den klirrenden Wagen heraus. »Sie kann jetzt wieder reingehen«, sagte die eine.

Gerti richtete sich auf. »Wie lange hat sie noch?«, fragte sie und deutete auf die offene Tür.

Schwester Adelgunde reichte ihr ein Taschentuch. »Vielleicht noch Stunden, vielleicht noch einen Tag? Das lässt sich schwer sagen.«

Gerti nickte und stand auf. Als sie ins Zimmer zurückging und noch einmal auf Regine blickte, holte sie tief Luft. Und plötzlich wusste sie genau, was sie tun würde.

35

»Ham Sie's schon g'hört?«, fragte Brunner und schlug den angelehnten Türflügel zurück. »Wie gestern am Marienplatz wieder randaliert worden ist?«

»Ich hab am Mittag den Demonstrationszug gesehen«, erwiderte Steiger. »Dass das nicht friedlich bleiben wird, war zu befürchten.«

»Ja, aber diese ewige Demonstriererei, die hilft doch nix!«, rief Brunner und warf die Hände in die Luft. »Da muss doch was ganz anderes passieren. Als Erstes muss doch die Regierung in Berlin weg. Das sind doch die, die unsere Lebensmittel an die Franzosen verfüttern.«

»Waren Sie gestern bei der Hitler-Rede im Münchner-Kindl-Keller?«, fragte Reitmeyer.

»Naa, gestern nicht. Aber vor ein paar Wochen im Hofbräukeller. Und dieser Hitler sagt viel Wahres. Jedenfalls sagt er die Sachen, die sich die anderen nicht trauen.«

»Ach wirklich?«, erwiderte Reitmeyer. Er rührte Kopfwehpulver in ein Glas und hielt inne, als jemand klopfte.

Mit einem dicken Wollschal um die Schultern stand Fräulein Rübsam in der Türöffnung und lächelte ihn an. »Darf ich kurz stören?«, fragte sie zaghaft. »Ich hätte eine gute Nachricht.«

»Dann nur herein«, sagte Reitmeyer und kippte schnell das Glas mit der trüben Flüssigkeit. »Gute Nachrichten sind bei uns Mangelware.«

»Sind Sie krank?«, fragte Fräulein Rübsam besorgt und deutete auf das Glas. »Ich glaub, mich hat's auch erwischt.« Sie zog den Wollschal fröstelnd enger um den Leib. »Aber kein Wunder, wenn alles um einen herum rotzt und hustet.«

»Nein, nein, nicht krank«, sagte er. »Wenigstens noch nicht.« Reitmeyer stellte das Glas ab. Es war keine anziehende

Erkältung, die ihm Unbehagen bereitete, sondern die endlose Warterei. Es war schon Nachmittag, das Licht war schon so trüb, dass man die Lampen einschalten musste, und immer noch hatte sich nichts gerührt. Dabei war er fest davon ausgegangen, dass diese Kerle wieder zuschlagen und ganz bestimmt nicht nachlassen würden. Bei jedem Klingeln des Telefons war er aufgeschreckt, *jetzt, jetzt*, durchfuhr es ihn, doch jedes Mal blieb die Nachricht aus. Dann setzte dieser Kopfschmerz ein.

Aber der Tag hatte ohnehin schlecht begonnen. Ganz so, als hätte er sich durch eine zähe Schlammschicht an die Oberfläche kämpfen müssen, war er am Morgen aufgewacht. Obwohl er doch so inständig gehofft hatte, die alten Schrecken wären überwunden, wenn er auf neue Weise damit umging, sich nicht mehr wehrte gegen die Bilder.

»Herr Kommissär?«

Reitmeyer zuckte zusammen. »Entschuldigen Sie«, sagte er schnell, »mir brummt der Schädel.« Ein wenig angestrengt rang er sich ein Lächeln ab. »Aber es geht schon wieder. Sie sagten, es gibt gute Nachrichten?«

»Ich hab eine Wohnung gefunden für Frau Maikranz.«

»Nein, wirklich?«

»Zwei Zimmer in einem Haus in Sendling, das einem Gastwirt gehört. Sie kann sogar in der Wirtschaft unten mithelfen, in der Küche und beim Putzen. Und da fällt für die Kinder sicher auch was zu essen ab.«

»Weiß die Frau Maikranz schon von dem Glücksfall?«

»Ja, ja, sie ist ganz selig. Sie will sich auch bei Ihnen noch bedanken.«

Brunner humpelte an ihm und Fräulein Rübsam vorbei zur Tür. »Ach«, sagte er und blieb stehen. »Der Dr. Löber ist heut entlassen worden aus der Klinik. Morgen soll er dem Haftrichter vorgeführt werden.«

»Wieso erfahren wir nix davon?«, fragte Steiger.

Brunner zuckte die Achseln. »Das müssen Sie den Herrn Oberinspektor fragen.«

»Das ist doch …«, setzte Steiger an und sah empört zu seinem Kollegen hinüber.

Reitmeyer nickte. Natürlich war es ungewöhnlich, dass der Kommissär, der die Ermittlungen führte, nichts von dem Termin erfahren hatte. Aber durchaus verständlich. Es sollte Untersuchungshaft für Löber beantragt werden, und seine Oberen befürchteten wahrscheinlich, Reitmeyer könnte wieder Fragen aufwerfen, die man auf jeden Fall vermeiden wollte. »Gibt's sonst noch was?«, fragte er Brunner.

Der schüttelte den Kopf. »Außer …«, sagte er und humpelte in sein Büro hinüber. »Ich hab's aufgeschrieben.« Einen Moment später kam er mit einem Zettel in der Hand zurück. »Da hat einer ang'rufen, wie Sie gerad selber telefoniert ham.«

»Wer?«, fragte Reitmeyer wie elektrisiert.

»Das kann nicht so wichtig gwesen sein«, sagte Brunner und winkte ab. »Weil ich bloß ausrichten sollt', dass er ang'rufen hat.«

»Wer?«, schrie Reitmeyer. »Wann war das?«

»Ja, vorhin.« Brunner hielt den Zettel ins Licht. »Ein Herr Krollmann.«

Reitmeyer spürte den kalten Wind und die Graupelschauer nicht, als er zum Bahnhof hetzte. Wann hatte Krollmann angerufen? Vor zehn Minuten, vor einer halben oder einer ganzen Stunde? Das war nicht rauszukriegen gewesen aus Brunner. Wie immer, wenn der Polizeiwachtmeister etwas verschludert hatte, zeigte er weder Reue noch Einsicht, im Gegenteil. Es folgte eine seiner Schimpfkanonaden, die jeweils damit endeten, dass andere für das Missgeschick verantwortlich waren – in dem Fall Krollmann, der ihm begreiflich hätte machen müssen, dass seine Nachricht wichtig war. Reitmeyer hatte nicht noch mehr kostbare Zeit mit nutzlosen Streitereien vergeuden wollen und war losgestürzt.

Am Bahnhofsvorplatz musste er sich mühsam an Autos, Taxen und Lieferwagen vorbeischlängeln, bis er sein Fahrrad endlich unter den Arkaden abstellen konnte. Im Sturmschritt hetzte er durch die Schalterhalle zum Zeitungsstand, wo eine lange Schlange anstand. Reitmeyer lief zur Rückseite der Bude und riss die Tür auf. »Herr Krollmann!«, rief er aufgeregt.

»Mein Mann ist gerad nicht da«, sagte die Frau des Zeitungshändlers, ohne sich umzudrehen. »Der ist am Gleis vorn, glaub ich.«

Reitmeyer rannte zu dem Absperrgitter und sah sich hektisch um. Windböen fegten über die Bahnsteige, weil einige der riesigen Scheiben im Dach herausgebrochen waren. Die Wartenden vergruben sich in ihre Mäntel. Von Willy Bauer und Konsorten war nichts zu sehen. Er war zu spät.

Als er sich umdrehte und Richtung Schalterhalle blickte, entdeckte er in dem Gewühl Krollmann, der ihm zuwinkte. Reitmeyer eilte ihm entgegen.

»Ich hab gedacht, Sie könnten in fünf Minuten da sein, wenn's pressiert«, sagte Krollmann atemlos. »Der Bauer ist jetzt weg.«

»Ja, Mist! Mir ist die Nachricht zu spät ausgerichtet worden.«

Krollmann zog ihn am Ärmel hinter einen Pfeiler. »Aber da ist irgendwas im Busch. Seit einer halben Stund renn ich im Bahnhof rum, von den Gleisen vorn bis zu den Schaltern und wieder zurück.«

»Wie meinen Sie das? Was ist im Busch?«

Krollmann holte tief Luft und wischte sich mit einem Taschentuch über die Stirn. »Zuerst hab ich den Bauer mit zwei so Offiziere reden sehen. Da drüben.« Er deutete auf die Schalterhalle. »Und die zwei ham auf jemand gezeigt, aber ich hab nicht sehen können, auf wen. Dann ist der Bauer raus und in einen Wagen gestiegen, der auf dem Vorplatz gewartet hat. Keine Minute später hab ich drei oder vier so Kerle gesehen, die sicher die Kumpane von dem Bauer sind, und die ham Bahnsteigkarten gelöst. Die Offiziere stehen jetzt vor Gleis 5. Kommen S' mit, ich zeig's Ihnen.«

Schon während sie auf die Absperrung zugingen, die Gleisbereich und Bahnhofsraum trennte, sah er die beiden Militärs am Gitter lehnen. Hatte er die zwei schon einmal gesehen? Vielleicht in dem Auto, das damals durch die Giselastraße gefahren war, als er nach der Veranstaltung das Haus der Dohmbergs verlassen hatte? Er war sich nicht ganz sicher.

Die vier Kumpane standen auf dem Bahnsteig. Während auf dem einen Gleis Leute in den bereitgestellten Zug einstiegen, tauchten auf dem anderen in der Ferne die gelben Lichter einer Lok auf, die sich rasch näherte und schließlich mit dumpfem Donnern einfuhr. Die Bremsen kreischten, und eine Zeitlang verhüllten Schwaden weißen Dampfs die Wartenden. Als sich der Nebel gelegt hatte, sah man die Reisenden aussteigen. Gepäckträger eilten mit lauten Rufen auf sie zu, und Reitmeyer versuchte, in dem Gedränge die vier Kerle auszumachen. Nach einer Weile sah er, dass sie langsam den Perron abschritten. Die beiden Offiziere reckten die Köpfe.

»Ich geh mal kurz da rein«, sagte er zu Krollmann und lief zur Sperre, wo er dem Kontrolleur seine Dienstmarke zeigte. Der nickte und ließ ihn durch.

Die vier hatten sich inzwischen aufgeteilt. Zwei standen bei den vorderen Wagons des wartenden Zugs, die anderen beiden weiter hinten. Plötzlich hob einer der vorderen die Hand und schien seinen Kameraden zuzuwinken. Dann stiegen alle vier ein.

Reitmeyer lief den Bahnsteig hinauf. »Wo fährt der Zug hin?«, fragte er den Bahnbeamten, der mit gezückter Pfeife vor einem Wagon stand.

»Nach Rosenheim«, sagte der Mann. »Wollen S' noch mit? Dann aber schnell!«

Reitmeyer schüttelte den Kopf. Ein schriller Pfiff ertönte. Die Lok stieß keuchend Dampfwolken aus, Treibstangen setzten sich ratternd in Bewegung, er blickte auf das Fensterband, das langsam an ihm vorbeiglitt. Und plötzlich sah er sie. Die Blumfeld saß im Zug. Die Kerle waren hinter *ihr* her.

Im nächsten Augenblick war er bereits auf ein Trittbrett gesprungen und schaffte es gerade noch, sich an dem Haltegriff festzuklammern, bevor er abrutschte.

»Ja, sind Sie wahnsinnig!«, brüllte der Schaffner, der ihn am Arm erwischte und auf die Plattform zerrte. »Wenn ich nicht zufällig dagestanden hätt' …«

Reitmeyer richtete sich auf und ließ die Schimpferei des Mannes über sich ergehen. »Ist ja gut. Es ist ja nix passiert. Ich brauch noch eine Fahrkarte bis Rosenheim.«

Die anderen Reisenden sahen ihn misstrauisch an, als er, gefolgt vom Schaffner, die Wagentür aufriss und nach einem Platz Ausschau hielt. Die Blumfeld saß einen Wagon weiter vorn, von seiner Aktion hatte sie sicher nichts mitbekommen. Während der Schaffner ihm das Billett ausstellte, sah Reitmeyer auf die Schienenlandschaft hinaus. War sie tatsächlich in Gefahr? Womöglich hatte sie eine Verabredung mit diesem Major Gruber. Und diese Handlanger von der Orgesch oder Orka waren gar nicht interessiert an ihr, sondern verfolgten ganz andere Absichten. Dann hätte er sich ziemlich lächerlich gemacht mit seiner übereilten Aktion. Ein wenig unbehaglich setzte er sich auf und bezahlte. Auf jeden Fall würde er sie zunächst mal beobachten, wenn sie in Rosenheim ankamen, und dann schon sehen, was sie vorhatte. Und die vier Kerle würde er natürlich auch nicht aus den Augen lassen.

Er lehnte sich zurück. Das eintönige Rattern wirkte ermüdend, und draußen gab es auch nichts mehr zu sehen, weil es schon dunkel wurde. Der Mann auf dem Sitz ihm gegenüber schob seinen Hut über die Augen, und bald darauf verkündeten tiefe Atemzüge, dass er eingeschlafen war. Reitmeyer selbst fand keine Ruhe. In seinem Kopf kreisten die immer gleichen Gedanken. Und wenn sie etwas mitbekommen hatte in der Widenmeyerstraße? Oder sie war mit Cilly Ortlieb weitaus enger verbandelt gewesen, als sie zugab? Schließlich hatte sie in deren Zimmer gewohnt. Und möglicherweise schon viel länger, als sie behauptete.

An jeder Haltstelle sprang er auf und spähte von der Plattform aus den Bahnsteig hinunter, damit er nicht verpasste, falls die Blumfeld oder ihre Verfolger ausstiegen. In Aibling stieg eine junge Frau ein, die von einem Mitreisenden begrüßt wurde. Ob sie denn frei bekommen habe, fragte der Mann erstaunt. »Bloß für heut Abend«, erklärte sie, weil ihre Mutter morgen ins Krankenhaus komme. Gleich in der Früh müsse sie wieder aufs Gut zurück. Sie hätten plötzlich viel Besuch aus München, »viel Offiziere«. Nach einem kurzen Seitenblick auf Reitmeyer, der auf der anderen Gangseite saß, redete sie mit gesenkter Stimme weiter.

Hatte sie etwa bemerkt, wie interessiert er gelauscht hatte? Spätestens seit dem Mord an dem Dienstmädchen Marie Sandmeyer war bekannt, dass viele Adlige ihre Güter als geheime Waffenlager zur Verfügung stellten. Wenn nun mit einem Mal so viele Offiziere auf ein Gut zu Besuch kamen, hieß das vermutlich, dass irgendeine Aktion geplant war. Vielleicht sogar eine, die mit den »Suchaktionen« in München in Verbindung stand?

Er schreckte auf, als plötzlich die Dampfpfeife der Lok ertönte. Sie fuhren in den Bahnhof von Rosenheim ein. Er eilte vor allen anderen Reisenden hinaus und sprang vom Zug, um vor dem Bahnhof Posten zu beziehen.

Als er sich auf dem Vorplatz umsah, entdeckte er kein besseres Versteck als einen Mauervorsprung neben einer Treppe und drückte sich dort in eine Ecke. Die Straßenlampen verbreiteten nur trübes Licht, und bei dem schlechten Wetter eilten die Leute weiter, ohne sich groß umzusehen. Gespannt behielt er den Ausgang im Blick. Gleich in der ersten Gruppe, die herauskam, waren die vier Kerle. Sie liefen auf ein wartendes Auto zu und redeten mit dem Fahrer. Dann gingen zwei die Straße hinunter, die andern blieben am Rand des Platzes stehen. Einen Moment später sah er die Blumfeld. Sie stand oben an der Treppe und sprach mit einem älteren Ehepaar. Der Mann sah auf einen Zettel, den sie ihm zeigte, und nickte. Die Frau spannte einen Schirm auf und bot der Blumfeld an, sich bei ihr einzuhängen. Gemeinsam gingen sie ebenfalls die Straße hinunter, die ins Zentrum führte. Nachdem sie etwa dreißig Meter entfernt waren, setzten sich die zwei jungen Männer am Rand des Platzes in gleicher Richtung in Bewegung.

Also doch, er hatte keinen Narren aus sich gemacht, die Kerle verfolgten die Blumfeld.

Das Trio marschierte die Bahnhofstraße entlang, bog an der nächsten Ecke ab und ging geradeaus zu einem langgestreckten Platz, der rechts und links von Arkadengängen gesäumt war. Die zwei Verfolger immer hinter ihnen. An einem Brunnen verabschiedete sich das Ehepaar, die Blumfeld bog nach links in eine Gasse und eilte zu einem Haus. Nachdem sie in der Tür verschwunden war, fuhr das Auto, das Reitmeyer am Bahnhof gesehen hatte, langsam heran, bog ebenfalls in die Gasse ein und hielt kurz hinter dem Haus.

Reitmeyer schlenderte, ohne die zwei Männer aus den Augen zu lassen, durch die Arkaden zu dem Haus, in dem die Blumfeld verschwunden war. Vor dem Eingang zog er einen Zigarillo aus der Tasche und zündete ihn an, um das dunkle Klingelbrett zu beleuchten. »Ortlieb« las er auf dem obersten Schild. Langsamen Schritts ging er zu dem Gasthaus an der Ecke hinüber. Wenn er sich dort ans Fenster setzte, könnte er die Gasse und den Hauseingang im Blick behalten.

In dem Wirtshaus war nicht viel los. An einem Tisch spielten ein paar Männer Karten, alle in Mänteln, mit Mützen oder Hüten auf dem Kopf. Es war nicht schwer, am Fenster einen freien Platz zu finden.

»Wollen S' auch was essen?«, fragte die Bedienung, nachdem er nur ein Bier bestellt hatte.

»Ich weiß noch nicht. Ich wart noch auf jemanden.«

»Hoffentlich werden S' nicht versetzt«, sagte die junge Frau und zog die dicke Wolljacke über der Brust zusammen. »Bei dem Sauwetter.« Sie zeigte auf das Fenster. »Wenn S' noch was wollen, ich sitz da drüben und wärm den Kachelofen.«

Die Bedienung brachte sein Bier, und er trank einen Schluck.

»Zum Wohl«, sagte einer der Kartenspieler am Nebentisch. Und als Reitmeyer wenig begeistert sein Glas absetzte: »Auf neue Zeiten. Ohne Dünnbier!«

Alle lachten.

Reitmeyer sah zum Fenster hinaus. Erst jetzt bemerkte er, dass in dem Haus gegenüber ein Laden war. In den Schaufenstern brannte kein Licht mehr. Er duckte sich ein wenig, um die Schrift darüber zu lesen. *Steinbichler Metallwaren.* Reitmeyer richtete sich wieder auf. Steinbichler war ein verbreiteter Name in Bayern. Konnte es trotzdem sein, dass der Produzent Steinbichler aus Rosenheim stammte? Wenn er zurück wäre, wollte er sowieso noch einmal in der EMELKA vorbeigehen. Wenn dieser Steinbichler mitbekommen hatte, wie Willy Bauer gegenüber seiner Verlobten gewalttätig geworden war, konnte er ihn als Zeugen benennen. Und wenn der Bauer wegen Dingen gesucht wurde, die die Einwohnerwehr nicht tangierten, konnte er ihn vielleicht doch zur Fahndung ausschreiben. Wie hatte Klotz so richtig gesagt? Ein Liebesverhältnis war etwas anderes als ein Arbeitsverhältnis.

Reitmeyer zog den Mantel enger um sich. Es war tatsächlich nicht gerade warm in der Gaststube. Wenn er bloß seinen Schal nicht vergessen hätte bei dem überstürzten Aufbruch. Die Kartenspieler sahen wieder zu ihm herüber. »Kathi«, rief einer. »Bring was zum Aufwärmen! Vier Schnaps!«

»Und für den Herrn auch einen!«, rief ein anderer.

Reitmeyer winkte ab. »Nein, danke«, sagte er und sah im gleichen Augenblick, dass die zwei Kerle, die auf dem Herweg die Vorhut gebildet hatten, jetzt an der Ecke der Gasse standen. Einen Moment später verstellten ihm die anderen beiden den Ausblick aus dem Fenster. Er sprang auf.

»Ich komm gleich wieder, keine Angst«, rief er der Bedienung zu, die an der Theke Schnaps einschenkte. »Ich hol bloß schnell meine Bekannte rein.«

Er lief hinaus. Als er ums Eck bog, stand die Blumfeld im Hauseingang. Mit ein paar Sätzen war er bei ihr. »Gerti!«, rief er. »Ich bin doch schon früher fertig geworden!«

Die Blumfeld sah ihn mit weit aufgerissenen Augen an, als wäre er ein Geist. Ihr Mund ging auf, doch sie bekam kein Wort heraus.

»Da staunst du, was?«, sagte er und nahm ihren Arm. Die Türen des Autos, das in der Nähe parkte, gingen auf, und zwei weitere Männer stiegen aus.

Sie sind zu sechst, schoss es Reitmeyer durch den Kopf.

Er drückte mit der flachen Hand aufs Klingelbrett. Ein paar Sekunden lang wirkte alles wie erstarrt, als hätte jemand plötzlich einen Film angehalten. Dann stieß sich einer der Halunken, ein untersetzter kräftiger Schlägertyp, von der Hauswand gegenüber ab, der zweite ebenso, die beiden anderen Typen kamen heran, einer machte schon die hintere Wagentür auf. Die Blumfeld drückte ihren Kopf an Reitmeyers Schulter, er spürte, wie sie am ganzen Leib schlotterte. Mit lautem Knarren ging über ihnen ein Fenster auf.

»Wer ist da?«, rief eine männliche Stimme.

»Wohnt eine Familie Ortlieb hier im Haus?«, rief Reitmeyer, dem auf die Schnelle nichts Besseres einfiel.

Ein zweites Fenster wurde aufgerissen. »Ganz oben!«, rief eine weibliche Stimme. »Das sehen S' doch am Klingelschild!« Das Fenster knallte wieder zu.

Plötzlich ertönte Lärm. Laut singend bog ein Trupp junger Männer in die Gasse ein. »*Turner auf zum Streite, tretet in die Bahn!*«, schmetterten die Burschen aus voller Kehle. »*Kraft und Mut geleite uns zum Sieg hinan!*« Es dauerte nicht lange, bis sie an dem parkenden Auto vorüber waren. Reitmeyer zerrte Gerti unter die singenden Männer. »Ist heut Turnerfest?«, fragte er.

»Naa«, sagte einer. »Wir feiern bloß Geburtstag. Und schmeißen ein paar Runden im Wirtshaus.«

Im Schutz der Truppe gelangte Reitmeyer mit der Blumfeld ins Gasthaus.

»Kathi«, brüllten die Burschen. »Jedem ein Bier und einen Schnaps!«

Während die Turner, die allem Anschein nach schon einiges gebechert hatten, sich lärmend niederließen, schob Reitmeyer die vollkommen verstörte junge Frau zu seinem Tisch. »Das war knapp«, sagte er, als sie sich setzten.

Die Blumfeld sagte nichts. Wie betäubt griff sie mit zitternden Fingern nach dem Bierglas auf dem Tisch und trank einen tiefen Schluck. Dann griff sie nach dem Schnapsglas, das in seiner Abwesenheit serviert worden war, und leerte es auf einen Sitz. Nach Luft japsend, stellte sie es wieder ab und schluchzte trocken auf. »Meine Freundin ist heute gestorben«, würgte sie heraus. »Die gleichen Typen, die hinter mir her sind, haben sie totgeschlagen.«

»Welche Freundin? In München?«

Die Blumfeld nickte. »Sie ist heute Nachmittag in der Ziemssenklinik gestorben. Angeblich ist sie in der Augustenstraße die Treppe hinuntergestürzt. Aber …«

»Und warum sollen das die gleichen Leute gewesen sein, die hinter Ihnen her sind? Was wollen diese Kerle überhaupt von Ihnen?«

»Erst will ich noch einen Schnaps.«

Reitmeyer stöhnte auf und machte der Bedienung ein Zeichen, zwei Schnäpse zu bringen.

»Zwei doppelte«, rief die Blumfeld und lehnte sich zurück.

Reitmeyer beobachtete etwas besorgt, wie sie ihr Glas kippte. Ein Beben ging durch ihren Körper, als sie es zitternd wieder abstellte. Dann wandte sie sich ab und sah aus dem Fenster.

»Wieso sind Sie überhaupt hier?«, fragte sie plötzlich und fuhr herum. Ein panischer Ausdruck trat auf ihr Gesicht. »Stecken Sie mit diesen Kerlen unter einer Decke?«, rief sie und machte Anstalten aufzuspringen.

Die Kartenspieler sahen misstrauisch herüber. Reitmeyer nahm schnell ihre Hand. »Ich war am Bahnhof in München wegen einer ganz anderen Sache, und hab zufällig gesehen, wie diese Kerle offenbar was von Ihnen wollten.« Gerti zog ihre Hand zurück. »Dann bin ich kurzentschlossen eingestiegen und Ihnen nach. Ich will Ihnen helfen, Gerti. Ich darf Sie doch so nennen?«, sagte er eindringlich und griff wieder nach ihrer Hand. »Sie können mir vertrauen.«

Gerti zog ihre Hand wieder zurück. Die Burschen an dem langen Tisch fingen wieder laut zu singen an. Nicht mehr das Turnerlied, sondern *Die Wacht am Rhein*. Reitmeyer seufzte. »Das hab ich seit dem Krieg nicht mehr hören müssen. Ich hatte schon gehofft, es bleibt dabei.« Er nahm einen Schluck von seinem Obstler. »Also, was wollen die von Ihnen?«

Gerti drehte das leere Glas zwischen den Fingern und schwieg. Gelegentlich blickte sie auf und sah ihn prüfend an.

Sie traut mir immer noch nicht, dachte Reitmeyer.

»Die Mappe«, sagte sie schließlich. »Deswegen sind sie auch auf die Regine losgegangen. Obwohl sie gar nichts damit zu tun hatte. Sie hat ja bloß neben der Cilly gewohnt.«

»Die Mappe?«, fragte Reitmeyer, beschloss dann aber, sie erst einmal erzählen zu lassen. Es schien ihr gut zu tun, ihm ausführlich die schwierige Suche nach einer Unterkunft zu schildern, sie fasste sich dabei langsam wieder, und er unterbrach sie erst, als sie die Nacht im Boccaccio beschrieb. »Und

Sie nehmen an, die Mappe wurde in der Widenmeyerstraße gestohlen, weil Geld drin war?«

»Ja, wegen der Papiere hat die niemand mitgehen lassen. Die Marie, die ich übrigens gar nicht kannte, wollte sie bloß schnell loswerden, nachdem sie gemerkt hatte, dass jemand hinter ihr her war.«

Reitmeyer fiel ein, dass er im kleinen Salon in der Widenmeyerstraße die Stimme der Rottenmüller gehört hatte, die ihrem Personal Vorhaltungen machte, weil die Gäste schon wieder etwas vermissten. »Und wo ist die Mappe jetzt?«

»In der Giselastraße.«

»Und seit der Nacht in dem Lokal sind diese Kerle hinter Ihnen her?«

»Die denken, ich hätte das Geld. Oder ich wüsste zumindest, wer es hat.«

»Und warum haben Sie mir das nicht in der Augustenstraße gesagt, als wir uns vor dem Zimmer von der Cilly begegnet sind?«

»Da hab ich nicht mehr daran gedacht, als ich das verwüstete Zimmer gesehen hab. Und überhaupt, wie Sie mich behandelt haben, Sie und Ihr Kollege. Als wäre ich das letzte Flittchen. Ganz abgesehen davon ...« Sie machte eine Pause und sah ihn länger an. »Ich hab euch von der Polizei nicht getraut. Der Sepp hat mal so Andeutungen gemacht.«

»Dass wir mit den Rechtsradikalen unter einer Decke stecken?«

Sie nickte.

»Was die Führung meiner Behörde angeht, ist das auch nicht ganz falsch.«

»Aber dazu gehören Sie nicht?«

»Nein.« Er lachte bitter. »Ich hab selbst meine Probleme mit meinen Oberen.« Er trank wieder einen Schluck und stöhnte auf, als die Gesänge der Turner noch lauter wurden. »Ich meine fast, wir hätten wieder 1914«, sagte er genervt.

»Haben die Burschen denn immer noch nicht genug?« Einen Moment lang starrte er vor sich hin. »Was wollten Sie eigentlich von den Ortliebs?«, fragte er schließlich.

Sie antwortete nicht.

Er sah sie an. »Wollten Sie vielleicht über die Ortliebs die Adresse von Major Gruber rauskriegen?«

»Woher …?«

»Hab ich recht?«

»Spielen Sie jetzt wieder den ›Kommissär‹?«

»Wenn Sie jetzt vorhaben, wieder die schnippische Gerti zu spielen«, sagte er ruhig, »kann ich Sie hier gern Ihrem Schicksal überlassen. Ihre Verfolger sind sicher noch in der Nähe. Aber wenn Sie es nicht wünschen, mische ich mich nicht weiter in Ihre Angelegenheiten.« Er zog seinen Geldbeutel heraus.

»Na schön«, sagte sie und wischte durch die Luft. Dann schluckte sie ein paarmal und griff sich an den Hals.

Sie ist besoffen, dachte Reitmeyer. Ihre Augen glänzten und ihre Backen hatten eine verdächtig rosige Farbe angenommen. Vermutlich hatte sie schon bei den Ortliebs ein paar Gläser gekippt. Und mit dem Alkohol war ihre alte Widerborstigkeit aufgeflammt. Wahrscheinlich wollte sie damit aber auch nur die nackte Angst übertünchen. »Möchten Sie vielleicht was essen?«, fragte er unvermittelt und winkte der Kellnerin. »Ist die Küche noch in Betrieb?«

»Es gibt bloß kalt«, erwiderte die Bedienung. »Entweder Presssack oder Schmalzbrot.«

»Zweimal Schmalzbrot.«

»Und zwei Schnaps«, rief Gerti.

Reitmeyer schüttelte den Kopf.

»Es stimmt übrigens«, fuhr Gerti angrifflustig fort. »Ich bin tatsächlich auf der Suche nach Major Gruber.« Sie beugte sich vor und senkte die Stimme. »Aber nicht, wie Sie bestimmt denken, weil ich mir wieder einen Militär als Arbeitgeber suchen will. Einen zweiten Herrn von Rottenmüller, Oberleutnant.«

»Sondern?«

»Ich suche meine Schwester. Die neuerdings mit Major Gruber … unterwegs ist.«

»Ihre Schwester?«

»Ja. Meine kleine Schwester ist der Grund, weshalb ich nach München gekommen bin. Sie ist im Frühjahr aus Berlin abgehauen, vermutlich mit einem Soldaten aus den Freikorps. Und wir suchen sie. Zufällig hab ich sie in München aufgespürt. Inzwischen ist sie die Geliebte dieses Majors.« Tränen liefen ihr übers Gesicht.

Die Bedienung sah Gerti irritiert an, als sie den Schnaps servierte, und warf Reitmeyer einen vorwurfsvollen Blick zu.

»Dann stimmt die ganze Sache mit der Doktorarbeit nicht?«

»Doch. Aber ich bin in Berlin eingeschrieben und mache tatsächlich eine Studie über die Lage arbeitender Frauen. Allerdings beschäftige ich mich dabei nicht so sehr mit den ›Randbereichen‹.«

»Sie meinen mit Tingeltangel und Prostitution?«

»Meine Schwester hat einmal geschrieben, dass sie in München bei einem Theater untergekommen sei, deshalb habe ich mich in Kreise begeben, die Sie wahrscheinlich als ›anrüchig‹ bezeichnen würden.«

»Tja«, sagte er und lächelte sie an. »Ich bin gar nicht so furchtbar spießig, wie Sie vielleicht denken. Und auch kein so großer Moralapostel. Aber warum haben Sie nicht die Polizei eingeschaltet. Ich nehme mal an, Ihre Schwester ist noch unter einundzwanzig, also minderjährig.«

»Wegen meinem Vater. Der sollte nicht erfahren, dass seine Tochter sich mit rechtsradikalem Gesindel herumtreibt. Meine Mutter denkt, das würde ihn umbringen.«

»Ist Ihr Vater Politiker?«

»Nein. Gewerkschaftsfunktionär.«

Die Schmalzbrote wurden gebracht. Reitmeyer sah auf den gräulich-weißen Aufstrich, der nicht sonderlich appetitlich wirkte. Sein Gegenüber interessierte sich ohnehin mehr für flüssige Nahrung und schob den Teller weg. Er stand auf. »Ich geh mal kurz raus und seh nach, wie die Lage ist. Und dann müssen wir uns überlegen, was wir machen wollen.«

»Aber …«

»Keine Angst, ich komm gleich wieder.«

Er ging zur Tür. Durch die Scheibe sah er, dass mindestens drei der Verfolger auf das Lokal zukamen. Schnell hastete er zum Tisch zurück, setzte sich neben Gerti und legte den Arm um sie. »Das ist kein Übergriff«, flüsterte er ihr ins Ohr. »Die kommen rein.«

»O Gott«, keuchte Gerti und drückte sich an ihn. Ihr Herz klopfte so heftig, dass er es durch den Mantel spüren konnte. Er tastete in seiner Jackentasche nach seiner Polizeimarke und legte sie auf den Tisch.

Die Tür ging auf. Die Turner hoben lärmend ihre Humpen und prosteten den Eintretenden zu. »Setzt euch her!«, grölten sie und schwenkten die Krüge. Die Kartenspieler am Nebentisch blickten auf und verfolgten interessiert, wie die Gestalten in den langen Militärmänteln durchs Lokal gingen. Als sie an Reitmeyers Tisch vorbeikamen, bemerkten sie die Marke. Der untersetzte Schlägertyp machte den anderen ein Zeichen, sie drehten um und gingen wieder hinaus.

Die Turner schüttelten den Kopf. »Mögen die Herrn keinen Gesang?«, sagte einer.

Die anderen lachten.

Gerti rückte wieder von Reitmeyer ab. »Wie sollen wir hier wegkommen?«, flüsterte sie panisch. »Die lassen doch nicht locker.«

»Die wollten uns bloß einschüchtern«, sagte Reitmeyer und drückte ihre Hand. »Allerdings funktioniert mein Plan wahrscheinlich nicht.«

»Was für ein Plan denn?«

»Ich wollte zum Bahnhof und nachsehen, wann ein Zug

fährt. Dann wollte ich Sie mit einem Taxi abholen. Aber am Bahnhof wären wir vermutlich ziemlich allein, und sie könnten leicht zuschlagen. Meine Marke hat die Kerle wahrscheinlich nur für kurze Zeit abgeschreckt. Obwohl …« Er sah sie an. »Es muss schon eine beträchtliche Summe in der Mappe gewesen sein, dass die solche Risiken eingehen.«

»Ja, meinen Sie, ich lüg Sie an?«, zischte Gerti. »Sie hätten meine Freundin Regine sehen sollen. Und die Cilly und diese Marie sind auch tot.«

Reitmeyer strich ihr über die Schulter. Ihr Körper spannte sich sofort noch mehr an. »Wir dürfen jetzt nicht die Nerven verlieren«, sagte er ruhig. »Klar ist jedenfalls, dass wir heute nicht mehr probieren sollten zurückzufahren. Warten Sie mal einen Moment.«

Er ging zur Theke, wo er die Wirtin vorfand. »Sie haben Fremdenzimmer, wie ich draußen auf dem Schild gesehen hab. Wie's aussieht, wird mein Auto jetzt doch nicht mehr fertig, und wir müssten übernachten. Hätten Sie zwei Zimmer frei?«

Die Wirtin sah ihn taxierend an. »Ja, schon. Aber ob die Ihnen recht sind? Die sind halt nicht geheizt. Vielleicht wollen S' doch lieber in ein richtiges Hotel. Da gäb's eins gar nicht weit von hier.«

»Nein, nein«, erwiderte Reitmeyer. »Wir sind nicht so anspruchsvoll. Es ist ja bloß für eine Nacht.«

»Ja, wenn Sie meinen.« Die Wirtin ging zu einem Brett und nahm zwei Schlüssel. »Zimmer vier und sieben. Sagen wir sechzig Mark zusammen? Das sind die einzigen, die hergerichtet sind. Im Winter ist nicht viel los bei uns. Durch die Tür da hinten, und dann im ersten Stock den Gang runter.«

Reitmeyer nickte. »Ich zahl zusammen mit der Rechnung.«

Als er zum Tisch zurückkam, brachte die Kellnerin erneut zwei Gläser Schnaps. »Ich will mich nicht so zusaufen«, sagte er. »Zumindest einer von uns sollte einen klaren Kopf behalten. Aber wenn es Sie beruhigt, dann bitte.«

»Ich will mich nicht beruhigen«, herrschte sie ihn an. »Sondern die Bilder in meinem Kopf loskriegen.« Sie schüttete die Flüssigkeit in sich hinein. »Die Regine«, stöhnte sie. »Wenn Sie die Regine gesehen hätten ... Wissen Sie was *purpura fulminans* ist ... Und sie hat kaum richtig atmen können ...«

»Mit Alkohol kriegt man die Bilder nicht los. Außer man säuft so viel, bis man bewusstlos ist.«

»Ach, was wissen Sie denn?«, sagte sie und machte eine wegwerfende Geste, bevor sie nach dem zweiten Glas griff.

Reitmeyer unterdrückte den aufsteigenden Ärger. Der Alkohol brachte eindeutig nicht ihre besten Eigenschaften zum Vorschein. Aber heute war ihr eine Menge Furchtbares widerfahren, und sie hatte Angst. Am besten, er expedierte sie ohne viel Umstände ins Bett. »Hören Sie«, begann er ruhig. »Ich hab für uns zwei Zimmer hier genommen. Und wenn Sie ausgetrunken haben, bring ich Sie rauf. Morgen früh, wenn es hell ist und mehr Leute unterwegs sind, schaffen wir es ganz bestimmt zum Bahnhof und fahren heim. Haben Sie eigentlich Geld dabei? Ich weiß nicht, ob meines reicht.«

»Geld? Geld ist kein Problem.« Sie kramte schnell in ihrer Tasche und warf eine Börse auf den Tisch. »Hier«, sagte sie großspurig, »bedienen Sie sich.«

Reitmeyer steckte den Geldbeutel ein und wartete geduldig, bis sie das zweite Glas geleert hatte. »Können wir jetzt?«, fragte er.

Sie nickte und stand etwas unsicher auf. Er fasste sie unterm Arm und steuerte mit ihr auf den hinteren Ausgang zu. Sie war nicht sicher auf den Beinen, sie schwankte und hielt sich an ihm fest. Hinter der Tür, als es die Treppe hinaufging, musste er sie mehr oder weniger tragen und war froh, als er sie in Zimmer vier auf dem Bett absetzen konnte.

Das Zimmer war, vorsichtig ausgedrückt, sehr schlicht eingerichtet. Ein Bett, ein Schrank, eine Kommode. Es roch muffig, als hätte es schon lange leer gestanden, und es war kalt.

Gerti warf die Schuhe ab und schlüpfte sofort unters Federbett. Den Mantel behielt sie an. Ein wenig unschlüssig blieb er neben ihr stehen, während sie sich in die Kissen wühlte, so dass nur noch ein Büschel ihres Blondhaars zu sehen war.

»Als Sie bei den Ortliebs waren, haben Sie da was über diesen Major Gruber erfahren?«, fragte er nach einer Weile.

»Nein.«

»Mit wem haben Sie gesprochen?«

»Mit der Mutter«, stöhnte sie. »Sonst war keiner da.«

Von unten aus dem Gang drang plötzlich lautes Gepolter herauf, etwas fiel um, und jemand fluchte zornig. Gerti fuhr hoch und klammerte sich an ihn. »Was war das?«, rief sie erschrocken.

Er setzte sich aufs Bett und hielt sie fest. »Das war wahrscheinlich ein besoffener Turner, der die Toilette gesucht hat. Der kommt nicht rauf. Sie können sich ruhig wieder hinlegen.«

»Legen Sie sich doch zu mir. Allein werd ich sowieso nicht warm.«

Er zögerte. »Na schön. Einen Moment lang«, sagte er schließlich. »Dann muss ich noch mal runter und zahlen.«

Sie rutschte näher an die Wand. Reitmeyer legte sich aufs Bett, jedoch nicht unter das Plumeau, und starrte an die Decke. Das funzlige Licht der Nachttischlampe warf dunkle Schatten an die Wände. »Es ist doch kalt«, sagte Gerti flüsternd und schlug das Federbett über ihn. Reitmeyer schwieg und blieb bewegungslos liegen. Ihr Kopf war jetzt sehr nah an seinem, aus ihrem Haar stieg ein Duft auf, der ihn an Caroline erinnerte. An das Parfüm, das er ihr einmal geschenkt und das ihr tatsächlich gefallen hatte. Sogar den Namen hatte er nicht vergessen – *Narcisse Noir.* Und mit dem Duft fiel ihm auch jene Nacht ein, als Caroline sich in sein Bett gelegt hatte. Leider war daran nichts Romantisches gewesen. Ihr war bloß schlecht geworden, weil sie sich Sorgen um ihren Bruder gemacht hatte, der eine Mordanklage befürchten musste. Er atmete tief durch. Bislang hatte er nicht viel Glück gehabt mit der romantischen Liebe, dachte er. Doch mit der unromantischen genausowenig.

»Das ist doch besser«, murmelte Gerti und drehte sich so, dass ihr Knie auf seinem Bein zu liegen kam.

Reitmeyer rührte sich nicht, dann richtete er sich auf und schlüpfte aus dem Bett. »Bevor Sie einschlafen«, sagte er leise, »müssten Sie nochmal aufstehen und hinter mir die Tür absperren.«

Sie gab ein paar schwer definierbare Laute von sich.

»Wenn Sie nicht aufstehen wollen, dann muss ich Sie kurz einschließen.«

»Mhm.«

Er ging hinaus und schloss hinter sich ab. Wenn er bezahlt hatte, würde er noch einmal nach ihr sehen, dachte er und lief die Treppe hinunter. Zumindest für die Nacht war sie jetzt sicher.

Unten im Gastraum lärmten die Turner unbeirrt weiter. Er setzte sich wieder an seinen Tisch und aß die Schmalzbrote, die unberührt liegen geblieben waren. Wenn sie hier morgen wegkamen, und davon ging er aus, müsste die Sache mit der Mappe geklärt werden. Vielleicht würde sich Sepp darum kümmern. Er wäre ganz der Richtige, um mit den Leuten von der Einwohnerwehr in Kontakt zu treten. Ein Anwalt mit einem gewissen Renommé wusste, wie man diese Leute zu behandeln hatte. Gerti war überzeugt, dass Cilly und Marie die Mappe geklaut hatten und dafür umgebracht wurden. Aber mit Heroin? Das passte gar nicht zu den Schlägertypen, die für die Orgesch oder Orka arbeiteten. Vielleicht gerade deshalb? Auf jeden Fall musste er mit Sepp sprechen. Dass er die Nacht mit Gerti in einem Hotel verbracht hatte, müsste dabei ja nicht unbedingt erwähnt werden.

»Wollen S' noch ein Bier?«, fragte die Bedienung.

Er schüttelte den Kopf. »Nein, zahlen. Und die zwei Zimmer auch.«

»Ist Ihre … Begleitung schon ins Bett?«

Er sah die Frau an. Es ärgerte ihn, wie sie das Wort »Begleitung« aussprach, noch ärgerlicher fand er allerdings ihr süffisantes Lächeln. Er zuckte jedoch nur die Achseln und legte das Geld auf den Tisch. Am Nebentisch hatten sich die Kartenspieler erhoben und machten sich auf den Weg zur Tür. Rasch stand er ebenfalls auf. In ihrem Windschatten könnte er kurz die Umgebung inspizieren, beschloss er, und folgte ihnen.

Dicht hinter den vier Männern ging er die Arkaden entlang. Das Auto, das in der Gasse gestanden hatte, stand jetzt gegenüber. Von den Verfolgern war nichts zu sehen. Sie hatten sicher aufgegeben für heute. Als er am Ende des Platzes ankam, beschloss er, weiterzugehen und sich über die Abfahrtszeiten zu informieren.

Am Bahnhof sah er, dass der erste Zug nach München kurz nach sechs ging. Schnell trat er den Rückweg an. Die Straßen waren still, nur ein paar Fußgänger und Autos waren unterwegs. Was ihn nicht weiter beunruhigte. Ihm würden diese Schlägertypen nichts tun, auch wenn er allein war. Einen Krimalbeamten der Münchner Polizei anzugreifen, würden sie nicht wagen.

Als er die Tür zum Gastraum öffnete, mahnte die Wirtin ihre sangesfreudigen Gäste zum Aufbruch. Es sei doch erst zehn, meinten die Turner. Sie könnten austrinken, sagte die Wirtin, aber neue Getränke gäb's nicht mehr. Sie müssten morgen früh doch auch zur Arbeit.

»Könnten Sie mich wecken um halb sechs?«, fragte Reitmeyer. »Ist da schon jemand auf im Haus?«

»Unser Hausbursch«, erwiderte die Wirtin. »Ich sag's ihm.«

Reitmeyer wünschte eine gute Nacht und ging hinauf. Er wollte nur noch einen kurzen Blick in Gertis Zimmer werfen, nach ihrer Obstler-Sause schlief sie vermutlich tief und fest. Er nahm den Schlüssel aus der Tasche und steckte ihn vorsichtig ins Schloss. Als er ihn umdrehen wollte, war nicht abgesperrt.

Er spürte einen Stich wie von einer heißen Nadel und riss die Tür auf.

Das Bett war leer. Gerti war weg.

36

»Und?«, fragte Liesl, als Caroline die Tür aufmachte. »Haben Sie was erfahren?«

»Ja. Die Gerti ist nicht mehr in der Klinik.« Caroline setzte sich neben Mathilde an den Küchentisch. »Ich hab mit Schwester Adelgunde gesprochen, die mich noch aus meiner Assistenzzeit dort kennt. Die Freundin von der Gerti ist heute Nachmittag gestorben. Die Gerti war bis zuletzt bei ihr.«

»Und wo ist sie jetzt?«

»Ja, keine Ahnung. Die Schwester sagt, sie sei um etwa fünf Uhr weggegangen. Ganz offensichtlich stark geschockt. So eine Sepsis ist meist kein schöner Anblick.«

»Aber dass sie sich nicht meldet und nicht anruft«, sagte Mathilde. »Sie muss doch wissen, dass wir uns Sorgen machen.«

»Ich hätte mir heute Mittag mehr Zeit für sie nehmen müssen«, sagte Caroline. »Ich hätte sie besser darauf vorbereiten müssen. Mir war doch klar, was mit der allergrößten Wahrscheinlichkeit ansteht. Wenn ich ihr das schonend beigebracht hätte, dann wäre sie wahrscheinlich nicht so … durchgedreht.«

»Was heißt das?«, fragte Liesl.

Caroline schenkte sich Tee ein. »Soweit ich die Schwester verstanden habe, war sie nach dem Tod von dieser Regine vollkommen außer sich und hat vehement bestritten, dass ihre Freundin einen Unfall gehabt habe. Sie sei auf keinen Fall die Treppe runtergestürzt, sondern man habe versucht, sie zu ermorden.«

»Was?«, rief Mathilde. »Wie kommt sie denn auf so was?«

»Der Arzt meint, das sei auf den Schock zurückzuführen. Manchmal könnten sich Menschen einfach nicht abfinden mit dem Unabänderlichen und bräuchten unbedingt einen Schuldigen für den Todesfall.«

Liesl schüttelte den Kopf. »Also mir ist die Gerti nie wie jemand vorgekommen, der ›durchdreht‹.«

»Tja«, sagte Caroline und trank einen Schluck Tee. »Wenn man zusehen muss, wie jemand elend eingeht, und die Ärzte können absolut gar nichts tun, das kann einen schon an den Rand bringen. Oder darüber hinaus.« Sie stand auf und ging zum Fenster. »Wenn ich nur mehr Zeit gehabt hätte heute Mittag!«

»Also, du brauchst dir wirklich keine Vorwürfe zu machen«, sagte Mathilde. »Du hast schon viel zu viel am Hals. Wenn ich nur an die Jammerei von deiner Mutter über den Garten denk. Aber der hab ich Bescheid gesagt. Wenn sie nicht zufrieden ist mit der Pflege von ihrem Garten, hab ich gesagt, dann hätt' sie halt nicht so lang fortbleiben dürfen. Und was das Allerschönste ist«, sie schlug mit der Hand auf den Tisch, »wie ich im oberen Salon mit ihr rede, schleift doch die Thompson, das hochnäsige englische Gsteck, ein Bügelbrett rein und bügelt im *Salon* die Sachen von der Baroness. Wo gibt's denn so was?«

»Ach, Mathilde«, sagte Caroline ungeduldig. »Die Thompson fühlt sich halt allein und hat niemanden, mit dem sie reden kann. Und wenn es meine Mutter nicht stört …«

»Ja, was für ein Haushalt soll denn das sein, wo im Salon gebügelt wird?«, unterbrach sie Mathilde empört. »Wo kommen wir denn da hin?«

Liesl verdrehte die Augen, als sie Carolines Blick auffing. »Aber was machen wir jetzt wegen der Gerti? Wir können doch nicht einfach seelenruhig sitzenbleiben, wenn's ihr so schlecht geht. Wenn sie vielleicht draußen irgendwo rumirrt.«

»Vielleicht ruf ich den Sepp an«, sagte Caroline. »Aber ihr könnt jetzt ins Bett gehen. Morgen ist wieder ein langer Tag.«

»Für dich vor allem«, rief Mathilde. »Das wird dir doch alles viel zu viel, die Arbeit in der Klinik und dann zu Haus der ewige Unfrieden.« Sie stemmte ihren massigen Leib vom Tisch hoch. »Wenn man sich wenigstens auf den Franz verlassen könnte. Und dann dein Vater, der isst ja neuerdings lieber bei der Rätin. Ich weiß allmählich gar nicht mehr, warum ich überhaupt noch kochen soll.« Sie ging zur Tür. »Zeiten sind das.«

Als sie endlich draußen war, holte Caroline tief Luft.

Liesl seufzte. »Es ist nicht leicht mit ihr«, sagte sie. »Und schlimmer als im Krieg. Da hat sie wenigstens noch hoffen können, dass alles wieder wird wie früher.«

»Als wäre damals alles so rosig gewesen«, murmelte Caroline und setzte sich an den Tisch. »Wer weiß, ob nicht so mancher in meiner Familie froh war, dass es zum Krieg gekommen ist. Im Haus hatten die Schlachten ja schon begonnen.« Sie stützte die Ellbogen auf, legte das Kinn auf die gefalteten Hände und starrte düster vor sich hin. Auf Liesls Frage, was sie damit meine, reagierte sie nicht. »Was tut die Gerti eigentlich den ganzen Tag? Ich meine, weißt du, wo sie hingeht oder mit wem sie sich trifft?«

»So genau weiß ich das nicht. Manchmal arbeitet sie irgendwo als Aushilfe, weil sie kein Geld hat. Einmal hab ich ihr meine Serviertracht geliehen, weil sie in einem Haus bedient hat. Aber bei wem das war, weiß ich nicht.«

»Na ja, vielleicht weiß der Sepp ja was. Ich geh jetzt in die Bibliothek zum Telefonieren.«

Hoffentlich war Sepp zu Hause, dachte sie. Aber tatsächlich nahm er nach dem zweiten Klingeln schon ab, gab sich allerdings äußerst überrascht, dass sie annahm, Gerti könnte bei ihm sein. Nachdem sie ihm erklärt hatte, warum sie sich Sorgen um Gerti machte, schwieg Sepp einen Moment und meinte dann, es wäre wohl das Beste, wenn er zu ihr in die Giselastraße käme.

»Sag mal, weißt du, wo die Gerti als Aushilfe gearbeitet hat?«, fragte Caroline, als sie Sepp Kaffee einschenkte. »Die Liesl hat ihr angeblich mal eine Serviertracht geliehen.«

»Tja, ich nehme an, dass das im Haus eines gewissen Oberleutnant a.D. Rottenmüller war. Der Sebastian hat mich vor einiger Zeit gebeten, Erkundigungen über ihn einzuziehen. Der feine Herr Ex-Offizier hat wohl eine Art Nobelbordell betrieben, und zwei Mädchen, die früher dort gearbeitet haben, sind tot aufgefunden worden.«

»Willst du sagen, die Gerti hat in einem *Bordell* gearbeitet?«, fragte Caroline entsetzt.

»Nicht, was du denkst. Sie hat da bloß serviert. Ein oder zwei Mal. Aber der Sebastian hat behauptet, sie sei gesehen worden dort, und hat sie unter Druck gesetzt und ihr mit schlimmen Folgen gedroht, wenn sie nicht auspackt über die Gäste. Aber die Gerti hat die Leute natürlich nicht gekannt und nichts über sie gewusst. Ich hab die Sache dann beendet.«

Caroline ließ sich in einen Sessel sinken. »Der Sebastian hat sie unter Druck gesetzt? Und ihr gedroht?«, fragte sie ungläubig. »Das kann ich mir nicht vorstellen.«

Sepp goss sich Cognac ein. »Ja, auf deinen verehrten Herrn Kommissär hat der Dienst unter seinen mehr als zweifelhaften Vorgesetzten doch stärker abgefärbt, als du dir vorstellen kannst. Der hat sich an die neuen Zeiten angepasst und ist nicht der edle Gesetzeshüter, wenn's drauf ankommt.«

Caroline sah ihn entgeistert an. »Wie kommst du dazu, so gehässig über den Sebastian zu reden? Er ist immerhin dein bester und ältester Freund.«

»Ha, Freund ... Ich war ziemlich entsetzt, als ich mitbekommen hab, wie er mit einer wehrlosen Frau umgeht. Aber das hab ich ihm natürlich nicht durchgehen lassen. Die Gerti steht jetzt unter meinem Schutz, als Mandantin.«

Caroline erwiderte darauf nichts. Ein Schweigen trat ein, das nur vom leisen Ticken der Standuhr auf der Kommode unterbrochen wurde. Sepp drehte den Cognacschwenker in der Hand und schien ihrem Blick auszuweichen.

»Sag mal, Sepp«, begann Caroline nach einer Weile, »könnte es sein, dass es um etwas ganz anderes geht?« Sepp reagierte nicht. »Jedenfalls ist mir nicht entgangen, dass du ein recht großes Interesse an der Gerti hast. Glaubst du, dein Freund kommt dir auf dem Gebiet in die Quere? Bist du ... eifersüchtig?«

»So ein Schmarrn«, rief Sepp und knallte den Cognacschwenker auf den Tisch.

Caroline lächelte. »Also doch?«

»Ich wäre dir sehr dankbar, wenn du mich mit Interpretationen bezüglich meiner Interessen verschonen könntest«, sagte er schroff, goss sich nach und stürzte den Cognac hinunter.

»Na schön, lassen wir das«, sagte Caroline. »Wir sollten uns im Moment ohnehin darauf konzentrieren, wo Gerti hingegangen sein könnte, nachdem ihre Freundin gestorben ist. Weißt du irgendwas über ihre Freunde? Oder wo sie so hingeht?«

»Nichts Genaues.«

Sepp verbrauchte drei Streichhölzer, um eine Zigarette anzuzünden. Die Sache schien ihm näher zu gehen, als er zugeben wollte. Im Lauf der Jahre hatte Caroline zwar mitbekommen, dass er Affären hatte, doch ihrer Meinung nach war er nie mit dem Herzen dabei gewesen. Jetzt hatte es ihn erwischt, doch das Objekt seiner Begierde schien seine Gefühle nicht zu erwidern. Und er war es einfach nicht gewohnt zu verlieren.

»Ich hab ihr einige Mal gesagt«, fuhr er fort, »dass sie sehr vorsichtig sein soll. Die Frauen, die sie wegen ihrer Doktorarbeit kontaktiert, sind nicht ganz unproblematisch. Das sind nicht bloß registrierte oder mehrheitlich unregistrierte Prostituierte, die sind auch meistens noch in andere illegale Dinge verstrickt – was angesichts ihrer prekären Lage durchaus verständlich ist. Deshalb hab ich ihr geraten, sich bei der Sitte als Doktorandin vorzustellen, damit sie nicht mit aufgegriffen wird, falls es zu einer Razzia kommt.«

»Hat sie auf dich gehört?«

»Sagen wir mal so, sie ist sehr unabhängig, hat ihren eigenen Kopf und lässt sich nicht gern helfen.«

»Hat der Sebastian sie eigentlich vorgeladen?«

»Nein.«

»Dann kann man doch davon ausgehen, dass er die Sache gar nicht mehr verfolgt, meinst du nicht? Wir sollten ihn fragen, ob er uns weiterhelfen kann. Vielleicht weiß er ja was, das uns nützlich sein könnte.«

»Ich weiß nicht, was das bringen soll?«, erwiderte Sepp düster.

»Meiner Ansicht nach sollten wir alle Animositäten zurückstellen, zumindest bis wir sie gefunden haben. Ich hab dir doch erzählt, was die Schwester in der Klinik gesagt hat. Wenn sie so ausgerastet ist, muss es ihr sehr schlecht gehen.« Caroline griff bereits nach dem Hörer und ließ sich mit der Privatnummer von Sebastian verbinden.

Es dauerte sehr lange, bis seine Tante abnahm. Ihr Neffe sei nicht nach Hause gekommen, erklärte sie. Merkwürdig sei nur, dass er nicht angerufen habe, was er sonst immer tue, wenn er es nicht zum Essen nach Hause schaffte. Es müsse wohl was Plötzliches dazwischengekommen sein.

»Der Sepp und ich, wir bräuchten eine Auskunft von ihm. Könnten Sie ihm einen Zettel hinlegen, dass er zurückrufen soll. Egal wie spät es ist.«

Die Tante versprach es.

»Jetzt sind alle beide verschwunden«, sagte Sepp.

»Ich nehme nicht an, dass sie zusammen durchgebrannt sind«, erwiderte Caroline ärgerlich.

Sepp hüllte sich in Zigarettenrauch und blieb stumm. Plötzlich drückte er die Zigarette aus und stand auf. »Komm, wir suchen sie. Ich bin mit dem Auto hier. Wir fahren alle Lokale ab, wo sie die Frauen getroffen haben kann. Diese Regine hat sicher auch zum Milieu gehört. Vielleicht kriegen wir was raus. Vielleicht hat jemand was von ihr gehört.«

»Ich sag noch schnell der Liesl Bescheid, dass sie ans Telefon geht, falls der Sebastian anruft.«

»Ich warte draußen am Wagen auf dich.«

Es wurde eine lange Tour. Sie klapperten alle Lokale ab, die Sepp in dem Zusammenhang einfielen. Zuerst fragten sie in der Brennnessel nach, wo er Gerti kennengelernt hatte, dann im Monachia und im Kolosseum. Sie ließen auch die eleganten Etablissements nicht aus, da Gerti ihm erzählt hatte, unter den Frauen seien auch »teurere« Geschöpfe, hauptsächlich jedoch konzentrierten sie sich auf die Kaschemmen, in denen die »billigeren« verkehrten. Nirgendwo erhielten sie auch nur den geringsten Hinweis. Kein Mensch hatte irgendwas von ihr gesehen oder gehört. Es war schon fast zwei Uhr nachts, als sie erschöpft aufgaben und in die Giselastraße zurückfuhren.

»Und was jetzt?«, fragte Caroline, als sie den Mantel an die Garderobe hängte.

»Wir sollten ihr Zimmer durchsuchen«, schlug Sepp vor. »Vielleicht finden wir dort irgendeinen Hinweis.«

Sie stiegen in den zweiten Stock hinauf. »Das ist mir eigentlich unangenehm«, sagte Caroline.

Sepp war bereits vorausgelaufen und öffnete die Tür. »Wir klauen ihr ja nix«, sagte er. »Du suchst in der Kommode, ich übernehm den Schrank.«

Caroline durchwühlte Unterwäsche, Sepp schob Kleiderbügel zur Seite. Nichts. Als Nächstes machte sich Sepp an den Nachttisch. »Da sind Briefe«, sagte er und inspizierte die Absender. »Von ihrer Familie aus Berlin, nehme ich an.«

»Die lesen wir nicht«, sagte Caroline.

Nach einer Weile – Sepp hatte auch die Matratze angehoben und mit einem Kleiderbügel unter dem Bett herumgestochert – sahen sie sich ratlos an.

»Tja«, sagte Caroline und ging zur Tür. »Ich muss mich jetzt unbedingt hinlegen, damit ich wenigstens noch ein paar Stunden Schlaf krieg. Möchtest du hierbleiben?«

Anstatt zu antworten, nahm Sepp einen Stuhl, ging damit zum Schrank, stieg hinauf und tastete drauf herum.

»Da«, sagte er schließlich und hielt eine schmale braune Mappe hoch. Er sprang vom Stuhl, setzte sich aufs Bett und zog ein paar mit Schreibmaschine beschriebene Seiten heraus.

»Ich weiß nicht«, sagte Caroline, »ob wir das Recht haben, so ungeniert in ihren Sachen rumzuwühlen.«

Sepp las bereits im Schein der Nachttischlampe. »Das ist … das ist *unglaublich*«, sagte er fassungslos.

»Was?«

Sepp blätterte weiter die Papiere durch. »Wie ist sie bloß an diesen Vertrag gekommen?« Dann hob er den Blick und sah Caroline mit aufgerissenen Augen an. »Mein Gott, ich hoffe bloß, ihr ist noch nichts passiert.« Er wedelte mit den Papieren durch die Luft. »Das hier bedeutet … die Gerti ist in Lebensgefahr.«

37

Reitmeyer raste die Treppe hinunter und riss die Tür zum Gastraum auf. Die Kellnerin und die Wirtin räumten den Tisch der Turner ab und hoben irritiert den Kopf, als er an ihnen vorbei hinausrannte. Das Auto stand nicht mehr da.

Er kam in den Gastraum zurück. Die Tür knallte hinter ihm zu. »Meine Freundin ist weg«, rief er außer sich. »Ist jemand hier durchgekommen? Jetzt sagen Sie schon.«

Zehn glasig wirkende Augenpaare starrten ihn an.

»Wer soll da ...?«, fragte die Wirtin verständnislos. »Was meinen Sie?«

Von der Theke kam ein großer, massiger Mann auf Reitmeyer zu. Er trug eine Leinenjacke mit dünnen grau-weißen Streifen, die über seinem Bauch spannte, und sah ihn unter buschigen Augenbrauen hervor streng an. »Was gibt's?«, fragte er mit dem gefährlich gelassenen Tonfall von jemandem, der auf jahrzehntelange Erfahrung mit Flegeln, Störenfrieden und Krawallmachern zurückblicken konnte und auch über die Statur verfügte, sich problematischer Gäste zu entledigen.

»Gibt's hier einen Hintereingang?«, fragte Reitmeyer. »Dann sind sie da reingekommen.« Er rannte in den Gang, vorbei an den Toiletten und einer Reihe anderer Türen bis zum hinteren Eingang, der mit einem Riegel verschlossen war.

Der Wirt stürzte ihm nach. »Wer soll da reingekommen sein? Da ist doch zu. Wer sind Sie überhaupt?«

Reitmeyer drehte sich um, griff in die Tasche und holte seine Marke hervor. »Die Frau von Zimmer 4 ist entführt worden. Den Kerlen muss jemand aufgemacht haben.«

Der Wirt starrte einen Moment auf die Marke, dann machte er abrupt kehrt und lief in die Gaststube zurück. Reitmeyer hinter ihm her.

»Gerad hab ich den Rittlinger vorbeigehen sehen«, rief er seiner Frau zu und lief hinaus. Ein greller Pfiff ertönte. »He, Rittlinger«, brüllte der Wirt. »Komm her, wir brauchen dich!«

Gebannt, als wohnten sie einem Theaterstück bei, beobachteten die Turner, die Wirtin und die Kellnerin, wie kurz darauf der Wirt einen korpulenten Polizisten ins Lokal schob.

»Was ist denn los?«, fragte der entgeistert.

»Da ist ein Kriminaler aus München«, sagte der Wirt und

deutete auf Reitmeyer, »der behauptet, dass eine Frau von hier entführt worden sein soll.«

Der Polizist sah Reitmeyer misstrauisch an. »Sind Sie dienstlich hier?«

»Die Frau, die mit mir hergekommen ist, ist verschwunden. Sie war in Zimmer 4 und ist jetzt weg. Fragen Sie lieber, wer die Entführer reingelassen hat«, fuhr er den Polizisten an. Im selben Moment wusste er, dass es ein Fehler gewesen war, Gertis Verschwinden publik zu machen. Der Wachtmeister konnte ihm nicht helfen, und ob die Wirtsleute behilflich sein wollten, war zweifelhaft. Sicher war nur, dass er es jetzt mit einem Kleinstadtgendarmen zu tun hatte, der ihn mit umständlichen Fragen nerven und aufhalten würde.

»Wenn ihr bezahlt habt«, sagte der Wirt zu den Turnern, »dann könnt ihr gehen. Wir schließen jetzt.« Die Burschen nahmen widerwillig ihre Mäntel und zogen ab.

Der Wachtmeister wartete, bis die Turner draußen waren. »Ham Sie die Frau festgenommen gehabt?«

»Nein, ich hab sie begleitet. Übrigens, Reitmeyer, mein Name. Kriminalkommissär im Polizeipräsidium München.« Er schüttelte dem Mann die Hand. Wenn er die Sache schnell beenden wollte, war es besser, ein kollegiales Verhältnis herzustellen.

Rittlinger warf sich in Positur. »Wie heißt die verschwundene Person?«

»Gertraud Blumfeld.«

»Und was hat sie hier gewollt?«

»Sie hat einen Kondolenzbesuch gemacht.«

»Bei wem?«

»Bei der Familie Ortlieb.«

Die Wirtsleute sahen sich an. Der Wirt verschränkte die Arme vor der Brust und schwieg. Die Kellnerin setzte eine gewollt anteilnehmende Miene auf. »Wegen der Cilly, die gestorben ist?«

Reitmeyer antwortete darauf nicht.

»War dieses Fräulein Blumfeld mit der Cilly Ortlieb befreundet?«, fragte der Polizist. Seine kleinen Augen blickten lauernd aus dem fleischigen Gesicht.

»Ist die auch ›Schauspielerin‹?«, fragte die Kellnerin auf eine Art, als benutzte sie sonst ein anderes Wort für die Tätigkeit der Cilly Ortlieb.

»Nein, ist sie nicht«, erwiderte Reitmeyer mühsam beherrscht. »Ganz abgesehen davon, dass das nichts zur Sache tut.«

»Ich hab halt bloß gedacht«, sagte die Kellnerin, ohne ein gehässiges Grinsen zu unterdrücken.

Die Wirtin warf ihr einen Blick zu und stieß sie mit dem Fuß an. »Könnte es nicht sein, dass das Fräulein noch einmal weggegangen ist?«, fragte sie betont wohlwollend. »Ich meine, in der Zeit, als Sie weg waren?«

»Vielleicht hat sie ja frische Luft gebraucht«, murmelte die Kellnerin. »Sie hat ja nicht schlecht …« Sie machte eine Bewegung, als leerte sie ein Glas.

Reitmeyer blickte in die Runde. Die Ortliebs genossen offenbar keinen guten Ruf in der Stadt. Die Cilly galt als Schlampe, und Gerti wurde in die gleiche Ecke gerückt. Wenn eine solche Person »verschwand«, hielt sich das Mitleid in Grenzen. Er vergeudete hier bloß seine Zeit.

Der Polizist zog einen Notizblock aus der Tasche. »Sie waren also gar nicht die ganze Zeit da?«, stellte er fest und zückte einen Stift. »Woher wollen Sie dann wissen, dass hier jemand ›entführt‹ worden ist?«

Eine heiße Woge stieg in Reitmeyer auf. So fühlte es sich also an, wenn man von einem dieser Holzschädel befragt wurde. Er hätte brüllen und den Trottel schütteln mögen, aber er musste sich beherrschen. »Sie haben natürlich recht«, stieß er hervor. »Ich sollte zuerst draußen nachsehen.«

Der Wirt war hinter die Theke gegangen und fing an, Gläser zu spülen. Der Polizist ordnete die Speckfalten im Gesicht, bis eine strenge Amtsmiene herauskam, dann schüttelte er missbilligend den Kopf.

Reitmeyer lief zur Tür. Bevor er sie hinter sich zuwarf, sah er noch das hämische Grinsen der Kellnerin.

Unter der Arkade blieb er stehen und starrte auf den leeren Platz hinaus. Die kalte Luft schien seine Lungen zu verätzen. Er hätte sie nicht allein lassen dürfen. Keine Sekunde hätte er Gerti aus den Augen lassen dürfen. Ziellos ging er ein paar Schritte vom Lokal weg, dann machte er abrupt kehrt und lief zu der Gasse zurück. Die Einzigen, an die er sich jetzt wenden konnte, waren die Ortliebs. Er sah an dem Haus hinauf, dann drückte er auf die Klingel und läutete Sturm.

Ein Fenster ging auf. »Ja, was ist denn?«, fragte eine männliche Stimme ungehalten.

»Bitte machen Sie auf«, rief Reitmeyer. »Es ist dringend!«

Das Licht im Hausflur ging an, jemand polterte die Treppe herunter und sperrte die Haustür auf. Ein junger Mann, nicht älter als Mitte zwanzig, stand vor ihm. Er zog die Hosenträger über die Schultern und stopfte das Hemd in die Hose. »Was gibt's denn?«

»Herr Ortlieb?«

Der junge Mann nickte.

»Entschuldigen Sie, dass ich so spät störe. Reitmeyer, Kriminalkommissär aus München. Ich bin mit dem Fall Ihrer Schwester betraut. Hätten Sie einen Moment Zeit für mich? Könnten wir vielleicht reingehen?«

Der junge Mann sah ihn verblüfft an, dann nickte er und ließ ihn ein. Reitmeyer folgte ihm eine steile Treppe bis unters Dach hinauf und dann durch eine enge Diele in eine Wohnküche. Es roch nach altem Bratfett und Kraut, aber zumindest war es warm, im Herd knisterte ein Feuer. Der junge Mann schlüpfte in eine Jacke und bat ihn, auf dem durchgesessenen Kanapee Platz zu nehmen. Reitmeyer ließ rasch den Blick über die Zeitungen auf dem Tisch gleiten. Als er den *Kampf* der USPD entdeckte, atmete er innerlich auf. Wenigstens war er nicht im Haushalt eines Rechtsradikalen gelandet.

»Gibt's denn was Neues bei den Ermittlungen?«, fragte Ortlieb.

»Wie man's nimmt.«

»Karl«, rief eine Frau von nebenan. »Wer ist da gekommen?«

Ortlieb ging hinaus, und Reitmeyer hörte, wie er beruhigend auf jemanden einredete. Dann kam er wieder zurück und schloss die Tür. »Meine Mutter ist noch ziemlich aufgeregt«, sagte er. »Heut Nachmittag war ein Fräulein da, das meine Schwester gekannt hat. Sie hat wohl eine Zeitlang in dem Zimmer von der Cilly gewohnt.« Er setzte sich an den Tisch.

»Dieses Fräulein, sie heißt Gerti Blumfeld, hab ich nach Rosenheim begleitet. Die Zusammenhänge sind etwas kompliziert, deshalb will ich es kurz machen. Wie es aussieht, hatte sich in dem Zimmer Ihrer Schwester eine Mappe befunden, die eigentlich nicht Ihrer Schwester gehört hat. Sie ist wohl irgendwo ... entwendet worden.«

»Aha«, sagte Ortlieb nüchtern, als würde ihn das nicht sonderlich überraschen. Er strich sich mehrmals über die kurzen, dunklen Stoppelhaare, schnaufte etwas gequält auf und starrte vor sich hin. »Ich hab schon länger gewusst, was die Cilly so treibt in München. Ich hab ihr deswegen auch öfter Vorhaltungen gemacht, aber«, er machte eine hilflose Geste, »aber sie hat halt unbedingt was ›Besseres‹ sein wollen, verstehen S'. Geld, schöne Kleider, elegante Lokale und so. In Rosenheim war das schlecht möglich, deshalb ist sie mit ihrer Freundin, der Zaumgiebl, nach München. ›Zum Film‹ ham's gehen wollen, die zwei narrischen Urscheln, aber richtige Rollen ...« Er brach ab. »Mir war schon klar, was die zwei wirklich getan ham, auch wenn das meine Mutter bis heut nicht wahrhaben will.«

»Ich muss noch mal auf diese Mappe zurückkommen«, sagte Reitmeyer. »Offensichtlich gibt es Leute, die meinen, sie sei in den Besitz von Gerti Blumfeld gekommen. Die fühlte sich schon seit einiger Zeit verfolgt, und als sie heute aus Ihrem Haus kam, habe ich es gerade noch geschafft, sie vor einem Angriff zu bewahren. Das heißt, wir konnten uns vor den sechs finsteren Gestalten gerade noch in das Gasthaus an der Ecke flüchten. Dort wollten wir übernachten, weil es mir zu gefährlich schien, noch am Abend zurückzufahren. Fräulein Blumfeld ging auf ihr Zimmer, ich habe mich draußen noch etwas umgesehen, und als ich zurückkam, war sie weg. Das heißt, sie ist entführt worden.«

Ortlieb wirkte nicht sonderlich verwundert. Er lächelte Reitmeyer bloß bitter an. »Tja, die lassen halt nicht locker, wenn die hinter was her sind. Wahrscheinlich waren das die gleichen Verbrecher, die meine Schwester umgebracht haben.« Er deutete auf die Zeitungen. »Von solchen Sachen liest man doch ständig. Und dass dieses Fräulein da drüben nicht sicher war, kann ich mir vorstellen.« Er lachte auf. »Die Kathi, dieses Miststück, ist doch mit einem von den Chiemgauern zusammen.«

»Vom Freikorps Chiemgau?«

Ortlieb nickte. »Im letzten Jahr ham die mitgeholfen gegen die Revolution, und heut sind sie bei dieser Kanzler-Organisation und machen alle möglichen Drecksarbeiten. Da hätten Sie sich schon besser erkundigen müssen, wo Sie ein Zimmer nehmen.«

»Ich schätze, sie sind durch den Hintereingang reingekommen.«

»Und die Kellnerin hat ihnen aufgesperrt.«

»Sind die Wirtsleute auch mit der Orka verbandelt.«

Ortlieb zuckte die Achseln. »Gegner sind die jedenfalls nicht.«

Die Tür ging auf, und eine Frau in einem geblümten Morgenmantel trat in die Küche. Auf ihren Wangen waren Reste von Rouge verschmiert und das abstehende krause Haar umgab ihren Kopf wie eine Gloriole. »Du musst dem Herrn Kommissär doch was anbieten«, sagte sie vorwurfsvoll und holte eine Flasche aus dem Buffet. »Das ist ein Holunderlikör, den hab ich selber gemacht. Ganz was Feines.«

»Vielen Dank, Frau Ortlieb«, erwiderte Reitmeyer. »Aber ich möchte im Moment wirklich nichts.« Im Gegensatz zu Gerti, dachte er, die das Angebot wahrscheinlich nicht ausgeschlagen hatte.

»Mutter, jetzt geh doch wieder ins Bett«, drängte der Sohn ungeduldig. Aber sie beachtete ihn nicht und setzte sich an den Tisch. »Gell, Sie ham meine Cilly gefunden? Da, wo sie die Treppe runtergestürzt ist.«

Der Sohn stand hinter ihr und schüttelte den Kopf. Offensichtlich wusste die Frau gar nicht, auf welche Weise ihre Tochter wirklich umgekommen war.

»Ganz recht, Frau Ortlieb.«

»Wissen Sie, Herr Kommissär, ich hab nicht nur meine Tochter verloren. Auch mein Mann ist vor zwei Jahren gestorben. Und jetzt sollen wir aus der Wohnung raus, weil alles umgebaut und renoviert werden soll. Aber wo sollen wir denn hin? Ohne die Hilfe von der Cilly können wir eine neue Wohnung mit einer höheren Miete doch gar nicht zahlen. Der Karl verdient doch nicht so viel.«

»Mutter«, sagte Karl genervt. »Das interessiert den Herrn Kommissär nicht. Jetzt leg dich wieder hin.«

»Aber es muss doch mal g'sagt werden.« Sie hob die Hand und schlug auf die Tischkante. »Verstehen S', Herr Kommissär, wenn die Hausbesitzer nicht plötzlich zu so viel Geld gekommen wären, wenn die nicht plötzlich so geerbt hätten ...«

Karl Ortlieb versuchte, seine Mutter hochzuzerren. »Los, geh jetzt wieder ins Bett. Ich erzähl dir morgen alles. Der Herr Kommissär hat's eilig. Der kann sich jetzt nicht mit unserer Wohnung beschäftigen.«

Reitmeyer entdeckte im teigigen Gesicht der Frau eine entfernte Ähnlichkeit mit der hübschen Tochter. Und Frau Ortlieb machte den Eindruck, als kämpfte sie verbissen gegen den Verfall der früheren Schönheit an. Die Brauen waren nachgezeichnet, die aufgedunsenen Wangen mit Rouge gefärbt, ein Rest von Schminke klebte in den Falten um den Mund. »Sie geben uns doch Bescheid«, sagte sie schließlich, nachdem ihr Sohn sie zur Tür geschoben hatte. Reitmeyer versprach es.

»Was ich Sie eigentlich fragen wollte«, begann Reitmeyer, nachdem die Frau endlich fort war. »Ist Ihnen ein Major Gruber bekannt? Von der Orka? Es könnte sein, dass sich Fräulein Blumfeld in seiner Gewalt befindet.«

»Warum?«

»Es wäre jetzt zu umständlich, das alles zu erklären, aber kennen Sie den Mann?«

»Ich hab den Namen schon gehört.«

»Wissen Sie vielleicht auch, wo der wohnt? Verstehen Sie …« Plötzlich kam wieder Panik in ihm auf. »Verstehen Sie, es könnte um Leben oder Tod gehen.«

Ortlieb überlegte einen Moment. »Ich hab einen Bekannten, der arbeitet in einer Autowerkstatt. Der hat mal erwähnt, dass er den Mercedes von dem Major repariert hat.«

»Und?«

Ortlieb stand auf. »Kommen Sie mit, vielleicht erwischen wir ihn noch in seinem Stammlokal.« Er war schon im Gang und griff nach seinem Mantel. »Ich hab den Lieferwagen von meiner Firma da, weil ich morgen ganz früh nach Aibling muss.«

Gemeinsam hasteten sie die Gasse hinunter zu dem Lieferwagen. »Samen- und Futtermittel Rosner«, las Reitmeyer auf der Wagentür, als er einstieg.

»Der Rosner war der Einzige, der mir Arbeit gegeben hat«, sagte Ortlieb. »Die andern Geschäftsleut in der Stadt ham einem wie mir keine Stelle gegeben. Sie wissen schon, einem

Roten. Wegen dem, was in der Rätezeit hier passiert ist.« Er ließ den Motor an, und sie fuhren rumpelnd durch die dunklen Straßen. »Damals, wie sich nach dem Mord an dem Eisner alles radikalisiert hat, hat der Kanzler die Bürger aufgerufen, sie sollen einen ›Stoßtrupp‹ bilden. Und die ham's tatsächlich geschafft und die Arbeiter- und Soldatenräte verjagt. Aber dann sind hundertfuffzig Leiber aus München gekommen, und die ham die Herrschaft wiederhergestellt. Das ham der Kanzler und sein Stoßtrupp nie vergessen.«

»Sie meinen Mannschaften vom ehemaligen Leibregiment? Aber die Herrschaft der Räte hat doch nicht mehr lang gedauert.«

»Na ja, zwei Wochen. Am 1. und 2. Mai sind die Freikorps und Reichswehrtruppen angerückt. Das war furchtbar. Und dieses Jahr hat der Kanzler die Orka gegründet. Damit so was wie die Räteherrschaft nie mehr passiert.«

»Und der Wirt von dem Gasthaus bei Ihnen an der Ecke, war der auch bei dem Bürgerputsch dabei?«

»Ja sicher. Wenn der jetzt gehört hat, dass dieses Fräulein bei den Ortliebs war, hat der genug gehört.«

»Sie haben sich also nicht besonders beliebt gemacht mit ihrer politischen Einstellung.«

»Das können S' laut sagen. Ich war zwar nicht an allervorderster Front dabei und auch nicht einverstanden mit allem, was so passiert ist – die vielen Geiselnahmen, das hat schon Hass erzeugt –, aber ich kann trotzdem froh sein, dass ich überlebt hab. Viele von meinen Kameraden sind nicht so glimpflich davongekommen.«

Er hielt vor einem Gasthaus an. »Sie bleiben besser sitzen«, sagte Ortlieb. »Ich geh schnell rein.«

Reitmeyer hielt es nicht auf dem Sitz, nachdem der Mann fort war. Nervös marschierte er vor dem Auto auf und ab. Ob er wohl beobachtet wurde? Wahrscheinlich nicht. Diese Verbrecher hatten ja, wen sie wollten. Hoffentlich war Gerti klug genug, sie hinzuhalten. Die Mappe war in München, wenn sie es geschickt anstellte, hätte sie einen gewissen Verhandlungsspielraum. Er sollte derweil in der Giselastraße anrufen. Aber ein Ferngespräch anzumelden, dauerte ewig. Und selbst ein »Blitzgespräch« konnte dauern und war so unendlich teuer, dass er es ohnehin nicht bezahlen könnte. Außerdem konnte er nicht wissen, ob überhaupt jemand zu Hause wäre.

Ortlieb kam aus dem Gasthaus gelaufen. »Mein Bekannter sagt, er hat das Auto immer zu einem Büro in der Prinzregentenstraße gebracht. Wobei ich nicht glaub, dass sie die Frau dorthin verschleppt haben. Das wär doch viel zu auffällig mitten in der Stadt. Er weiß aber noch von einem Haus in einer Villengegend. Da hat er das Auto einmal abgeliefert. Sollen wir da mal nachschauen?«

»Ja, klar.«

Sie stiegen wieder ein, und Ortlieb fuhr aus der Stadt hinaus. Nach einer ganzen Weile bog er links in eine schmale Straße ab. »Da vorn, das Haus mit dem Walmdach, das müsste es sein«, sagte er und hielt ein Stück davon entfernt.

Reitmeyer stieg aus und schaute sich nach dem Auto um, das in der Gasse gestanden hatte. Aber es war weit und breit kein Auto zu sehen. Er ging ein paar Schritte auf das Haus zu. Es war noch relativ neu und musste kurz vor dem Krieg erbaut worden sein. In einem der oberen Fenster brannte noch Licht. Er ging zum Wagen zurück. »Wer wohnt da?«

»Ich weiß nicht. Verwandte oder Freunde von dem Major. Aber ehrlich gesagt, ich glaub nicht, dass das Fräulein in dem Haus ist.«

Reitmeyer setzte sich wieder in den Lieferwagen.

»Meiner Ansicht nach«, sagte Ortlieb, »ist die ganz woanders.«

»Und wo?«

»Ich weiß zwar keine Adressen, aber hier in der Gegend ist bekannt, dass die Waffenverstecke auf Gütern, Bauernhöfen oder in Klöstern sind. Wenn diese Leute irgendwas geheim halten wollten, wo würden sie dann hingehen?«

»So was in der Art ist mir auch schon durch den Kopf gegangen«, sagte Reitmeyer und dachte an die Frau, die im Zug von einem Gut mit »viel Besuch« gesprochen hatte. »Kennen Sie jemanden, der über solche Anwesen in der Gegend Bescheid weiß?«

»Ein alter Schulfreund von mir hat auf verschiedenen Gütern hier im Umland gearbeitet. Aber selbst wenn wir den Namen von dem Gut wüssten, wie sollten wir da reinkommen? Da müssten wir schon mit einem Maschinengewehrbataillon anrücken.«

»Trotzdem. Wir sollten Ihren Bekannten fragen. Wenn wir wissen, wo sie ist, sind wir zumindest einen Schritt weiter.«

Ortlieb fuhr in die Stadt zurück und stellte den Lieferwagen vor seinem Haus ab. »Es ist nicht weit«, sagte er. »Bloß durch das Tor da vorn und dann ums Eck.«

Nach ein paar Minuten standen sie vor dem Haus. Ortlieb drückte zaghaft auf die Klingel, trat zurück und sah zu den Fenstern hinauf. Nichts rührte sich. Reitmeyer machte ihm ein Zeichen, es noch einmal zu versuchen. Doch niemand öffnete. »Die schlafen wahrscheinlich schon alle. Um die Zeit macht keiner gern auf.«

Reitmeyer ging unruhig auf und ab. »Und was jetzt?«

»Ich weiß jetzt auch nicht weiter.« Ortlieb zuckte die Achseln. »Sie ham sicher keine Lust, in Ihr Fremdenzimmer zurückzugehen, oder?«

»Nein, ganz bestimmt nicht.«

»Also, wenn S' wollen, dann biet ich Ihnen das Kanapee in unserer Küche an. Es ist vielleicht nicht besonders bequem, aber für die paar Stunden …«

Reitmeyer nickte. »Danke, sehr freundlich. Das nehm ich gerne an.«

Sie gingen wieder zum Max-Joseph-Platz zurück. Niemand

war mehr unterwegs, alles war still, nur aus der Ferne hörte man das Rattern eines Wagens. Plötzlich blieb Ortlieb stehen und deutete nach links auf die Arkaden. »Da ist die Kathi, dieses Miststück«, sagte er. »Mit zwei von diesen Chiemgauer Schlägern.«

Reitmeyer sah hinüber. Mit einem Mal hatte er das Gefühl, als stiegen alle Sorgen des vergangenen Abends, der ganze Frust und alle Angst wie Blasen in ihm auf und platzten in seinem Kopf. Er überlegte nicht, er folgte nur dem namenlosen Drang, auf die Frau zuzustürzen und sie zu schütteln. »Wo habt ihr sie hingebracht?«, schrie er außer sich. »Wo ist sie?«

Er sah die erschrocken aufgerissenen Augen der Frau und ihren Mund, der ebenfalls weit offen stand. Dann sah er nichts mehr.

38

Sie konnte die schwarze Augenbinde nicht wegschieben, weil ihre Hände ans Bett gefesselt waren. Aber am Geruch erkannte sie, dass es Männer waren, die durchs Zimmer gingen, Stühle rückten und eine Decke über sie warfen. Sie rochen nach Schweiß, nach ungewaschenen Kleidern und billigem Tabak. Es waren zwei oder drei, schätzte sie. Hätten sie gesprochen, hätte sie es genauer sagen können. Doch sie reagierten nicht einmal, als sie laut schrie, nachdem sie ihr den Knebel abgenommen hatten. Offensichtlich störte es niemanden, wenn sie schrie.

In dem Wirtshaus war alles sehr schnell gegangen. Als die Tür aufging, hatte sie gedacht, es sei Reitmeyer. Doch sie wurde gepackt, geknebelt, und jemand band ihr dieses Tuch über die Augen. Dann wurde sie auf den Rücksitz des Wagens geworfen, und man fesselte ihr Arme und Beine. Die anschließende Fahrt im Auto hatte eine Weile gedauert. Wie lange, wusste sie nicht.

Irgendwann hatten sie gehalten. Es hatte nach Landluft gerochen, von irgendwoher war Stallgeruch herübergeweht. Alles war still gewesen, nur der Schrei eines Pfaus gellte durch die Nacht. Sie war in das Haus getragen worden. Hier war es warm, und es roch nach Bohnerwachs. Es musste ein gepflegtes Haus sein. Ein Landgut vielleicht, das Pfauen hielt. Sie hatte Durst. Ihre Kehle war wie ausgedörrt, aber sie konnte niemanden um Wasser bitten, weil die Männer schon vor Langem gegangen waren. Im Raum tickte eine Uhr. Ein böses Ticken, das ihr beständig einhämmerte, dass ihre Zeit ablief.

Plötzlich hörte sie Schritte. Die Tür ging auf. Jemand nahm einen Stuhl und stellte ihn neben ihr Bett. Sie roch Rasierwasser und einen Hauch von teuren Zigarren. Ihr Herz klopfte so laut, dass ihre Ohren dröhnten.

»Tut mir sehr leid, dass wir Ihre Nachtruhe stören mussten. Aber dafür hatten wir gute Gründe. In Ihrem Besitz befindet sich etwas, das uns gehört, und das würden wir gern wiederhaben.«

Die Stimme klang nüchtern und geschäftsmäßig. Ein Mann, der keine Zeit hatte, lang herumzureden, und gleich zur Sache kam. Ein Mann, der vollkommen gelassen blieb, egal, ob er jemanden entführte oder umbrachte.

»Sind Sie Major Gruber?«

Er schien die Luft einzuziehen. Überraschte es ihn, dass sie seinen Namen kannte?

»Damit wir uns von Anfang an nicht missverstehen: Die Fragen stelle ich.«

Gerti schwieg.

»In der Wohnung von Oberleutnant von Rottenmüller wurde eine Mappe entwendet. Wir nehmen an, dass sie bei Ihnen gelandet ist. Wem haben Sie den Inhalt gezeigt? Mit wem haben Sie darüber gesprochen?«

»Da war doch gar nichts mehr drin«, fuhr Gerti auf. »Ich weiß nicht, wer das Geld genommen hat, ich hab es jedenfalls nicht. Was passiert jetzt mit mir?« Sie rüttelte panisch an den Fesseln. »Bringen Sie mich jetzt auch um wie die Cilly und die Marie? Oder schlagen Sie mich bloß zusammen wie die Regine, damit ich an den Folgen elend eingehe?«

»Mit dem Tod einer Cilly oder Marie haben wir nichts zu tun«, erwiderte er kalt. »Was heißt, ›da war nichts mehr drin‹?«

Gerti strampelte mit den Beinen. »Das hab ich doch schon gesagt«, rief sie verzweifelt. »Da waren bloß noch Papiere drin. Das Geld muss jemand rausgenommen haben.«

»Hören Sie, wenn das eine Masche sein soll, weil Ihre Hintermänner den Preis hochtreiben wollen, vergessen Sie es. Entweder Sie sagen mir, auf welche Weise Sie uns unser Eigentum zukommen lassen wollen, oder ...«

»Sie knallen mich ab?«, schrie Gerti außer sich.

»Oder wir geben Ihnen Zeit zum Nachdenken«, sagte er kühl. »Also? Wem haben Sie die Papiere gezeigt?«

»Niemandem. Das war doch bloß so ein Vertrag, wem soll ich das denn zeigen?«

»Wo ist die Mappe jetzt?«

»In meinem Zimmer im Haus der Dohmbergs in München. In der Giselastraße.«

»Und Sie sind bereit, sie uns ohne weitere Umstände auszuhändigen?«

»Wenn Sie mich nach München bringen, gebe ich sie Ihnen.«

Er lachte leise auf. »Sie meinen, wir fahren Sie nach München, und Sie verschwinden im Haus der Dohmbergs? Halten Sie mich für blöd?«

»Wie soll es sonst gehen?«

Er stand auf und ging hinaus. Was hatte er mit »Hintermänner« gemeint? Glaubte er, sie wollte ihn erpressen? Sie holte Luft, musste sich beruhigen, ihm in Ruhe alles erklären. Schritt für Schritt. Sie begann, von Hundert rückwärts zu zählen. Es half nicht, ihr Herz raste weiter.

Nach einer Weile ging die Tür wieder auf. Die Typen in den ungewaschenen Kleidern kamen herein und machten ihre Handfesseln los. »Die Augenbinde bleibt dran«, schnarrte einer, als ihre Hand zum Kopf fuhr. Dann wurde sie rechts und links gepackt, in ein angrenzendes Zimmer geführt und auf einen Stuhl gedrückt.

»Ich lasse mich gerade mit dem Haus der Dohmbergs verbinden«, sagte Gruber oder wer er auch sein mochte. »Wenn sich jemand meldet, sagen Sie, er oder sie soll die Mappe aus Ihrem Zimmer holen und in einer halben Stunde zu einem wartenden Wagen vor dem Haus bringen. Ohne weitere Erklärungen, sonst unterbreche ich das Gespräch.« Er nahm ihre Hand und drückte den Hörer hinein.

Sie hörte Klingeln. Lange. Wahrscheinlich war niemand zu Hause, und Liesl und Mathilde schliefen schon. Was sollte sie sagen, wenn der alte Dohmberg abnahm? Er würde sich nicht herumschicken lassen von ihr. »Hallo?«, rief jemand atemlos in den Hörer. Liesl, Gott sei Dank!

»Liesl, hier ist Gerti.«

»Gerti! Ja, wo bist du denn? Wir machen uns schon die größten Sorgen.«

»Hör zu, Liesl, unterbrich mich nicht! Ich erklär es dir später. Kannst du bitte in mein Zimmer gehen und eine Mappe holen, die auf dem Schrank liegt. Ich bleib so lange am Apparat. Dann sag ich dir, was du damit machen sollst. Bitte stell keine Fragen, tu einfach, was ich sage.«

»Ja, aber … geht's dir gut? Wo bist du denn?«

»Geh in mein Zimmer«, wiederholte sie eindringlich. »Ich bitte dich.«

»Ja … wenn du meinst …«

Gerti hörte, wie Liesl die Treppe hinauflief. Neben ihr wur-

de gluckernd eine Flüssigkeit eingeschenkt. Sie roch Cognac. Feierte Gruber schon? Das Knarren eines Stuhls verkündete, dass er sich zurücklehnte. Die anderen Kerle schnauften, für sie dauerte alles zu lange. Dann hörte sie aus dem Hörer das Klappern von Liesls Absätzen auf der Treppe und auf dem Marmorboden in der Diele.
»Gerti«, rief sie in den Hörer. »Da ist keine Mappe. Kann die noch woanders sein?«

»Das gibt's nicht«, rief Gerti. Dann hörte sie ein Klicken. Gruber hatte die Verbindung unterbrochen.

Jetzt lag sie wieder auf dem Bett. Zu trinken hatte man ihr nichts gegeben, erst wenn ihr eingefallen sei, wo sich die Mappe befinde, bekäme sie etwas. Doch selbst wenn man sie noch tagelang hier festhielt, würde ihr nicht »einfallen«, wo diese Mappe war. Wer von den Hausbewohnern hätte einen Grund haben sollen, ihr Zimmer zu durchsuchen? Hatte Franz sie unter die Lupe nehmen wollen, nachdem er sie mit den Offizieren im Café Luitpold gesehen hatte? Gruber hatte diese Möglichkeit nicht sonderlich überzeugt. Merkwürdig fand sie auch, dass Gruber kein Interesse an dem Geld zeigte. War dieser Vertrag doch brisanter, als sie gedacht hatte? Wenn sie ihn doch nur Sepp gezeigt hätte. Aber jetzt war ohnehin alles zu spät.

Die Tür ging auf. Sie hörte leichte Schritte, keine Stiefel.

»Gerti?«

»Stephanie? ... Stephanie!« Sie richtete sich auf, soweit es ihre Fesseln zuließen. »Bist du's wirklich? Gott sei Dank! Mach mich los, bitte. Mach schnell.«

»Das darf ich nicht.«

»Aber ...« Sie rüttelte an den Fesseln und warf verzweifelt den Kopf hin und her. »Warum nicht? Warum hilfst du mir nicht? Nimm mir doch wenigstens diese Augenbinde ab.«

Stephanie kam näher. Ein intensiver Duft nach teurem Parfüm stieg Gerti in die Nase, als sie sich niederbeugte und die Augenbinde hochschob. »Stephanie. Mein Gott, ich hab so lange nach dir gesucht.«

»Das wäre keineswegs nötig gewesen«, erwiderte ihre Schwester und setzte sich auf einen Stuhl.

Gerti warf schnell einen Blick durch den Raum. Sie war in einem Büro. Das Bett, oder vielmehr die Pritsche, passte nicht hierher. »Wo bin ich?«

»Im Verwaltungsgebäude eines Gutshofs.«

Gerti sah ihre Schwester an. Sie hatte sich verändert, wirkte älter und ungewohnt damenhaft in dem dunkelgrünen Seidenkleid. Der rot geschminkte Mund betonte ihre Blässe, ihr Haar war kürzer, und um dem Hals trug sie eine Perlenkette mit einem großen Diamantverschluss, den sie auf ihrem Dekolleté ausstellte. Als sie die Beine übereinanderschlug, fielen Gerti die Strümpfe auf. Von Seidenspinnern, dachte sie.

»Kannst du mir was zu trinken geben? Ich bin schon halb verdurstet.«

»Ich werde fragen, ob ich dir was bringen darf.«

»Du wirst fragen?«, rief Gerti. »Ich bin deine Schwester. Ich wurde entführt und werde mit dem Tod bedroht. Und zwar von den Leuten, mit denen du wahrscheinlich im Herrenhaus wohnst.«

»Ich bitte dich, übertreib doch nicht immer so«, sagte Stephanie genervt. Dann stand sie auf, ging zum Schreibtisch und nahm eine Zigarette aus einem Kästchen. »Kein Mensch bedroht dich mit dem Tod. Du brauchst bloß die Sache rauszurücken, die du gestohlen hast, dann krümmt man dir kein Haar.« Sie zündete die Zigarette an.

»Die ich gestohlen habe? Bist du verrückt geworden? Diese verdammte Mappe hat mir jemand gegeben, ich wollte sie nicht und weiß bis heute nicht, warum sie diesen Leuten so wichtig ist.«

Stephanie setzte sich wieder und blies gelassen Rauch in

die Luft. »Hier wird vermutet, dass du jemanden schützen willst. Dass es Hintermänner gibt.«

»Und das glaubst du diesem rechten Gesindel? Hat dein Major Gruber dich schon so indoktriniert und dich mit teurem Firlefanz geblendet, dass du nicht einmal mehr klar denken kannst?«

»Ja, sicher«, sagte Stephanie und zog hektisch an ihrer Zigarette. »Jetzt kommt die Leier wieder. Die kluge Gerti, die überaus begabte Studentin, die Doktorantin. Dir konnte ja ohnehin keiner das Wasser reichen. Die dumme, kleine Stephanie schon drei Mal nicht. Und wenn du schon von Gesindel sprichst, was waren denn das für Leute, mit denen du dich rumgetrieben hast? Wie würdest du die Nutten bezeichnen, bei denen du gewohnt hast? Oder war das linkes Gesindel? Das wäre natürlich ganz was anderes.«

Gerti erschrak über den hasserfüllten Ton ihrer Schwester. Was hatte sie ihr getan? Es stimmte, sie hatten sich noch nie sonderlich nahe gestanden, ihre Interessen waren einfach zu verschieden. Aber ihr war nie aufgefallen, dass Stephanie eine so große Abneigung gegen sie hegte. Ein Frösteln fuhr durch ihren Leib. »Versteh doch, ich hab dich gesucht. Du hast einmal geschrieben, dass du bei einem Theater bist.«

»Das war ich auch. Bei einer kleinen Bühne. Da wurden keine Klassiker gespielt. Kein Kleist und auch kein Shakespeare, die unser Vater so verehrt.«

»Es geht ihm gar nicht gut, verstehst du. Und unsere Mutter ist verzweifelt, weil sie allmählich nicht mehr weiß, wie sie ihm deine Abwesenheit erklären soll.«

»Wie wär's denn mit der Wahrheit? Und komm mir nicht mit seinem Herzleiden. Mit der Nummer hat er das Leben unserer Mutter zur Genüge vermiest. In Wirklichkeit ist das doch bloß ein Druckmittel, um seinen Willen durchzusetzen. Jedenfalls hatte ich keine Lust mehr, sein braves Töchterlein zu spielen und immer bloß nach seiner Pfeife zu tanzen.«

»Hältst du es tatsächlich für so viel besser, die Mätresse von einem Mann zu sein, der doppelt so alt ist wie du?«

»Ah ja, darauf hab ich gewartet. Die ach so emanzipierte Gerti, die alle Frauen verachtet, die kein Abitur gemacht haben und keinen angesehenen Beruf anstreben. Aber ich sag dir eines«, ein hämisches Grinsen verzog den geschminkten Mund, »das geht mir glatt am Arsch vorbei, um es mal deutlich auszudrücken.«

»Stephanie, das stimmt doch gar nicht.«

»Nein, nein, jetzt rede ich. Was machst du denn mit deinem Studium, wenn du fertig bist? Ergatterst du dann auch einen Posten bei der Gewerkschaft und kämpfst für die ach so unterdrückte Arbeiterklasse? Was meinst du, wie mir eure Tiraden auf den Senkel gehen. Und erst die Genossen. Immer muss demonstriert und zu Kundgebungen gerannt werden. Raus zum Tag der Arbeit und zu was weiß ich für Tagen. Immer in Sack und Asche, damit's auch echt proletarisch ist. Unsere Mutter hat sich kaum getraut, ihre Spitzenbluse anzuziehen, damit sie bloß nicht zu bourgeoise aussieht.«

»Jetzt übertreibst du aber maßlos.«

»Mir jedenfalls hängt das ganze klassenkämpferische Getue schon lang zum Hals raus. Unser Vater hat Jura studiert, bloß dass er nicht viel mehr verdient als ein Malocher in der Fabrik. Und wie muss unsere Mutter sparen, damit dein Studium finanziert werden kann. Kannst du mir vielleicht verraten, warum wir für eure links-verqueren Weltverbesserungsfantasien büßen sollen?«

»Jetzt mach aber mal einen Punkt«, rief Gerti. »Es war immer klar, dass ich einen Beitrag zu deiner Ausbildung leisten werde, wenn ich fertig bin. Und überhaupt, was machst du denn, wenn dich dieser Herr Major eines Tages sitzen lässt? Du hast ja nicht mal die Schneiderlehre beendet, die du unbedingt machen wolltest.«

»Ich pfeif auf deine Ausbildung«, zischte Stephanie, stand

auf und drückte ihre Zigarette aus, um sich sofort eine neue anzuzünden. Sie inhalierte tief, der Rauch schien sie zu beruhigen. »Ich hab vor Kurzem bei einer Gesellschaft eine Frau kennengelernt«, sagte sie nicht mehr ganz so aufgebracht. »Die leitet eine Modezeitschrift. Sie hat mir angeboten, dort einzusteigen. Es würden immer Leute gebraucht, die ein Gespür für Schick und neue Stilrichtungen haben. Und das lernt man weder in der Schule noch auf der Universität.«

»Stephanie«, erwiderte Gerti beherrscht. »Ich wünsche dir von Herzen, dass deine Wünsche in Erfüllung gehen. Aber fällt dir vielleicht auf, dass ich hier angekettet bin, während wir uns unterhalten? Dass ich nicht weiß, was dein Major mit mir anstellen wird, wenn ich nicht sagen kann, wo diese gottverdammte Mappe ist?«

Stephanies Gesicht war hinter Rauchwolken verborgen. Erst nach einer ganzen Weile sagte sie: »Möchtest du damit sagen, dass ich mit ihm reden soll?«

»Würde das etwas helfen?«

»Ich weiß nicht. Er schlägt mir zwar sonst nichts ab, aber in dem Fall scheint er überzeugt zu sein – und das hab ich bloß aufgeschnappt –, dass mit dieser Mappe eine Erpressung geplant ist.«

»Wen soll ich denn erpressen wollen?«

»Keine Ahnung.«

»Könntest du das rausfinden?«

»Ich weiß nicht. Über geschäftliche Dinge redet er nicht mit mir.«

»Das nennst du geschäftliche Dinge?«, sagte Gerti. »Wenn er Menschen entführen und zusammenschlagen lässt? Eine Freundin ist von den Kerlen, die mich hier bewachen, zu Tode geprügelt worden.«

»Hast du gesehen, wie sie das gemacht haben?«, fragte Stepanie schnippisch. »Jetzt plapperst du auch schon diese Schauermärchen nach, die ewige Hetze der linken Blätter.« Sie stand auf. »Ich bin ganz sicher, dass sich alles klären wird. Es kann auch gar nicht mehr lange dauern, weil wir morgen nach Salzburg fahren. Suchen brauchst du mich also nicht mehr. Und jetzt seh ich mal nach, ob ich dir was zu trinken bringen kann.«

»Stephanie ...«

Ohne sich noch einmal umzudrehen, ging ihre Schwester rasch hinaus. Die Augenbinde, dachte Gerti plötzlich. Sie hat die Augenbinde nicht wieder runtergezogen. Wenn ich diese Männer zu Gesicht bekomme, lassen die mich nicht mehr laufen. Stephanie musste unbedingt zurückkommen.

Sie wartete. Alles war still, abgesehen von dem hektischen Ticken der Uhr. Der Durst war inzwischen so unerträglich geworden, dass ihr die Zunge am Gaumen festklebte. Ab und zu hörte sie Schritte. Aber es war nicht Stephanie. Sie kam nicht zurück.

39

Caroline riss ihren Mantel von der Garderobe und hetzte hinter Sepp her, der im Sturmschritt aus dem Haus und zum Auto eilte. Bislang hatte sie aus ihm bloß herausbekommen, dass die Papiere einen Vertrag enthielten, der zwischen einem Dr. Kern, einem Justizrat Mössner und dem bayerischen Innenministerium abgeschlossen worden war. Auf ihre Frage, warum er unbedingt in seine Kanzlei müsse, um ein Telefonat zu führen, meinte er nur, dass es in seinem Büro sicherer sei als in der Bibliothek ihres Hauses, weil man nicht wissen könne, ob unter Umständen nicht auch Franz in diese ganze Sache verwickelt sei. Jedenfalls würde er kein Risiko eingehen.

»Und wer sind dieser Dr. Kern und dieser Justizrat?

»Zwei hohe Tiere in der Landesleitung der Einwohnerwehr.«

Sie konnte sich gerade noch am Türgriff festhalten, als er mit einer schnellen Volte einem Auto auswich, das in die Giselastraße einbog.
»Vielleicht ist das schon eine Abordnung von ihnen«, sagte er düster und blickte dem Gefährt nach.

»Von wem denn?«, rief sie ängstlich.

»Später, später«, sagte er, drückte aufs Gas und raste Richtung Innenstadt.

Endlich kamen sie am Odeonsplatz an, und wieder hetzte sie hinter ihm her, durchs Treppenhaus und in die Kanzlei hinauf. In seinem Büro riss er ein Telefonbuch aus einem Regal, blätterte hektisch darin herum und schrieb sich schließlich eine Nummer auf.

»Ich ruf jetzt bei dem Kern an.« Er ließ sich auf den Stuhl hinter seinem Schreibtisch fallen und reichte ihr die Mithörmuschel. »Du sagst kein Wort«, befahl er, als er nach dem Hörer griff.

Caroline warf schnell einen Blick auf die Wanduhr. Schon kurz nach zwei. Ob überhaupt jemand rangehen würde um diese Zeit? Entsprechend lange klingelte es. Erst nach dem achten oder zehnten Klingelton nahm jemand ab.

»Bei Dr. Kern«, meldete sich eine weibliche Stimme. Sie klang verquollen, war sicher aus dem Schlaf gerissen worden.

»Hier ist Rechtsanwalt Dr. Leitner. Ich möchte Herrn Dr. Kern sprechen. Es ist dringend.«

»Ja, aber der Herr Doktor ist im Bett.«

»Dann wecken Sie ihn auf«, sagte Sepp herrisch. »Er wäre sehr ungehalten, wenn Sie meiner Bitte nicht nachkommen würden.«

Man hörte Schnaufen. Das Hausmädchen zögerte. »Einen Moment bitte«, sagte sie schließlich. Jetzt hörte man Rumoren im Hintergrund, Türen knarrten, dann das verärgerte Fluchen eines Mannes. Dann Schritte. Jemand griff nach dem Hörer.

»Was erlauben Sie sich, mich mitten in der Nacht …«

»Ganz ruhig, Herr Dr. Kern«, unterbrach ihn Sepp. »Sie sollten mir dankbar sein, dass ich Sie zu so später Stunde noch anrufe. Ich habe nämlich etwas, das Sie sicher schon dringend suchen.«

»Was … was meinen Sie damit?« Der aufgebrachte Tonfall war verschwunden.

»Ich spreche von dem Vertrag mit der bayerischen Regierung über die Vermietung des Ringhof-Hotels.«

Er schwieg einen Moment. »Was wollen Sie dafür?«, fragte er schließlich.

»Meinen Sie, ich möchte Geld?«, fragte Sepp höhnisch. »Ja, richtig, Herr Dr. Kern, Sie haben eine Menge Geld. Aber ich muss mir meinen Unterhalt nicht mit Erpressung verdienen.«

»Was wollen Sie dann?«

»Das können Sie sich doch denken, Herr Dr. Kern. Ich möchte die Frau, die Sie festhalten. Wir machen einfach einen Tausch. Sie geben mir das Fräulein Blumfeld, und ich gebe Ihnen den Vertrag.«

»Und woher soll ich wissen, dass Sie den Vertrag nicht trotzdem veröffentlichen?«

»Tja, Herr Dr. Kern, das können Sie nicht wissen. Sie müssen mir einfach vertrauen, wenn ich Ihnen mein Wort gebe. Genauso wie ich Ihnen vertraue, dass Fräulein Blumfeld unbeschadet zurückgebracht wird. In welchem Zeitraum könnte das geschehen?«

Er überlegte wieder eine Weile. »In frühestens drei Stunden.«

»Dann wird sie außerhalb von München festgehalten?«

Er antwortete nicht.

»Also gut, sagen wir in drei Stunden. Falls sie dann nicht eintrifft, gehe ich noch heute mit der Sache an die Öffentlichkeit. Und Sie kennen mich, Herr Dr. Kern«, sagte Sepp sachlich. »Sie wissen, dass ich die Mittel an der Hand habe, einen

Wirbel zu veranstalten, der Ihnen nicht gefallen würde. Die Mitglieder Ihres Vereins dürften nicht sonderlich begeistert sein, wenn sie erführen, in welchem Maß zwei ihrer Führungsleute persönlichen Profit aus der nationalen Sache schlagen.«

Kern schwieg.

»Aber, wie gesagt, ich bin nur an der unbeschadeten Rückkehr von Fräulein Blumfeld interessiert. Und Ihr Interesse gilt Ihrem schönen Hotel, damit es weiterhin so gut ausgelastet bleibt. Was mit Touristen im Moment wohl schwer möglich wäre.«

»Dann kommen Sie in drei Stunden in die Zentrale der Landesleitung«, sagte Kern.

»Nein, nein, Herr Dr. Kern. Die Übergabe findet in meiner Kanzlei am Odeonsplatz statt. Ich möchte keine Bekanntschaft mit Ihren Schlägertrupps machen, es reicht mir schon, wenn ich diese national bewegten Herrn auf der Straße sehe.« Sepp legte auf.

»Die haben doch tatsächlich die Gerti«, sagte Caroline fassungslos und legte die Mithörmuschel auf den Tisch. »Wo sie wohl ist?«

»Wenn es so lange dauert, sie herzubringen, vermutlich irgendwo in der Umgebung von Rosenheim. Da ist der Hauptumschlagplatz für ihre Waffenschiebereien.«

»Und was für einen Wirbel kannst du machen, falls sie nicht kommt?«

Sepp lehnte sich zurück. »Der Kern hat mich wahrscheinlich schon verstanden.« Ein kleines Lächeln huschte über sein Gesicht. »Diese Verbrecher plündern unseren Staat aus, und keiner ist in der Lage, irgendwas dagegen zu tun. Sein Vertrag ist nur noch das Sahnehäubchen auf dieser ganzen Sauerei.«

Caroline sah ihn fragend an.

»Verstehst du, für diese Wehren ist 1919 ein Betrag von 500 000 Mark ausgewiesen worden. Damals waren das aber noch Verbindungen aus ganz normalen Bürgern und Arbeiterverbänden, die unsere Republik vor einem Umsturz sichern sollten. Erst nach dem Kapp-Putsch sind diese Wehren zu einem Sammelbecken von völkischen und rechtsnationalen Extremisten geworden. Die Arbeiter wurden hinausgedrängt.«

»Aber machen die Franzosen und Engländer nicht großen Druck, damit sie aufgelöst werden?«

»In allen Ländern außer in Bayern ist das auch passiert. Hier ist man auf eine vermeintlich schlaue Idee gekommen, um das Verbot zu umgehen: Man hat die Einwohnerwehr als privatrechtlichen Verein eintragen lassen, der nur gefördert wird vom Staat.«

»Wie ein Gesangsverein, der ein bisschen Geld für Notenblätter kriegt?«

Sepp lachte. »So ungefähr. Leider ist die Einwohnerwehr mit den besagten 500 000 nie ausgekommen. Allein in diesem Jahr hat die Regierung zehn Millionen extra zugeschossen. Das heißt, wir finanzieren mit unseren Steuergeldern einen rechtsradikalen Haufen von 300 000 Mann, die explizit nichts anderes wollen, als die parlamentarische Demokratie abzuschaffen. Das meiste von dem Geld sahnen natürlich die Offiziere bei dem Verein ab.«

»Und warum macht ihr das nicht publik?«

»Weil wir zwar sichere Quellen haben, aber nicht an die Unterlagen rankommen.«

»Und was ist mit dem Vertrag?«

»Tja, wenn ich den nicht rausrücke, geben sie die Gerti nicht her.« Er zündete eine Zigarette an. »Das muss man sich mal vorstellen. Der Kern und sein Komplize Mössner kaufen das Ringhof-Hotel, vermutlich weil sie wissen, dass die Landesleitung der Einwohnerwehr aus der Herzog-Max-Burg rausmuss. Dann bieten sie ihr Hotel als neues Quartier an. Und rate mal, wer die Miete von sage und schreibe 65 000 Mark im Monat bezahlt?«

»Unsere Regierung?«

Sepp nickte. »Und zwar ohne die geringste Kontrolle von staatlicher Seite. Das machen diese Herrn im Ringhof-Hotel ganz allein unter sich aus. Was natürlich nur geht, weil Politik, Justiz und alle Ebenen der Verwaltung sie gewähren lassen.«

»Dann leben wir ja in einer … Bananenrepublik.«

»Nur ohne Bananen, dafür haben wir Hopfen und Malz.«

Caroline sah auf den spärlich beleuchteten Odeonsplatz hinab. Schneeflocken trieben wieder durch die Nacht. Hoffentlich verhinderte kein schlimmeres Wetter Gertis Rückkehr. »Meinst du, sie haben ihr was angetan?«, fragte sie nach einer Weile. »Verstehst du, ich sehe ihr Ausrasten in der Klinik jetzt in einem ganz anderen Licht. Vielleicht hat diese Regine tatsächlich keinen Unfall gehabt?«

»Tja, ich weiß nicht. Aber ich glaub nicht, dass sie ihr was getan haben. Sie hatten ja noch nicht, was sie haben wollen.« Sepp stand auf. »Du solltest dich vielleicht besser hinlegen. Ich hab hier eine Kammer mit einem Bett, falls es mal spät wird. Und ehrlich gesagt, wär' es mir lieber, wenn du bei meinem nächsten Telefonat nicht anwesend wärst.«

»Ja, sicher«, erwiderte Caroline etwas irritiert und ging zur Tür.

»Nicht, was du denkst«, sagte Sepp grinsend. »Ich möchte bloß nicht, dass du in die Bredouille kommst und lügen müsstest, wenn irgendwas schiefgehen sollte. Du sollst ganz ehrlich behaupten können, dass du nichts davon gewusst hast.«

»Wovon?«

»Ich will auf Nummer sicher gehen. Wer weiß, in welcher Formation diese Kerle hier anrücken. Also beschaff ich mir lieber auch eine Schutztruppe. Ich kenn da ein paar Leute, die mir noch was schuldig sind, die sind zwar nicht ganz unbescholten …«

»Du meinst, du heuerst Kriminelle an?«

»Ja, glaubst du, dieser Kern schickt Chorknaben vom Frauendom?«

40

Er stand schon eine Weile auf der Plattform und sah auf die vorbeiziehende Landschaft. Auf den Feldern lag der über Nacht gefallene Schnee und hinter den Hügeln stieg gelbgoldenes Licht auf, das an den Rändern in leuchtendes Rosa und Violett überging oder Scheinwerfern gleich durch Löcher in den Wolken schien. »Das wird ein schöner Tag«, sagte der Schaffner, der an ihm vorbei zum nächsten Wagon lief. »Zeit wird's nach dem Sauwetter.«

Reitmeyer hob den Kopf und sein Blick folgte dem Vogel, der hoch oben am Himmel kreiste, gleichzeitig griff seine Hand unwillkürlich zu der Flasche am Koppelgurt, bevor er mitten in der Bewegung abbrach. Er trug weder Koppel noch Uniform. Der Vogel hatte die Erinnerung an den Bussard ausgelöst, den er als schwarzen Schatten auf dem Schnee gesehen hatte. Damals, als sie stundenlang nach Verschütteten gegraben hatten und keinen mehr fanden, zumindest keinen, den man noch hätte zusammensetzen können. Er hatte großen Durst gehabt, aber das Wasser in der Flasche war eingefroren gewesen. Jetzt ist der Gipfel erreicht, hatte er damals gedacht. Schlimmer kann's nicht mehr kommen. Welch dumme Redensart das war, hatte er später gelernt. Es gab keine Regel, warum etwas Schlimmes nicht noch schlimmer werden sollte.

Er ging wieder in den Wagen zurück. Draußen war es nicht nur eiskalt, man wurde auch schwarz von der Rußwolken, die die Lok ausstieß. Er setzte sich auf seinen Platz. Das Paar auf der Bank gegenüber ließ misstrauische Blicke über ihn gleiten, wenn es glaubte, er bemerkte es nicht. Aber kein Wunder. Er sah ziemlich ramponiert aus. Die Schramme an seinem Auge war notdürftig mit einem Pflaster überklebt und der Bluterguss am Kinn breitete sich wahrscheinlich zu den Wangen hin aus. Er betastete sein Gesicht. Wenigstens war nichts gebrochen. Er schnaufte ein paar Mal tief durch. Die Schläge der Chiemgauer wünschte er sich nicht zurück, die anschließende Bewusstlosigkeit schon. Diese leider nur sehr kurze Spanne, als das Hämmern in seinem Kopf aufgehört hatte und die quälende Stimme verstummt war, die immer nur mit dem gleichen Satz auf ihn einhackte: *Du bist schuld!*

Wo hatten die Kerle sie hingebracht? Lebte sie überhaupt noch? Er selbst war davongekommen. Die Schläger hatten von ihnen abgelassen, als ein Auto heranfuhr und laut hupte. Im letzten Moment jedoch, bevor die zwei abhauten, hatte ihm einer noch einen Kinnhaken verpasst, der ihn zu Boden streckte. Er kniff die Augen zusammen. Jetzt sangen die Zugräder den schrecklichen Refrain: *Du bist schuld. Wenn du aufgepasst hättest …*

Die Nacht auf dem Sofa der Ortliebs war eine weitere Prüfung gewesen. Karl – sie waren inzwischen per Du – hatte wirklich sein Bestes getan und ihn mit Kissen und Decken versorgt, aber das Kanapee war einfach zu kurz gewesen. Er konnte die Beine nicht ausstrecken, und wenn er sich umdrehte, hatte er jedes Mal Angst, das altersschwache Möbel könnte zusammenbrechen unter ihm. Aber an Schlaf war ohnehin nicht zu denken. Da half auch Frau Ortliebs Holunderlikör nichts, das ekelhaft süße Gebräu, das ihm noch jetzt das Hirn verklebte.

Die Fahrt schien kein Ende zu nehmen, zumindest kam ihm die Rückfahrt doppelt so lang vor wie der Hinweg. Hinter Grafing dann setzte ein Herzklopfen ein, das immer stärker wurde, bis sie endlich in München einfuhren. Was sollte er Caroline sagen? Und vor allem Sepp? Er hatte die Frau, die sein Freund liebte, nicht beschützt. Mit ihrer Freundschaft war es zwar nicht mehr weit her, aber jetzt hätte Sepp bloß noch Verachtung für ihn übrig. Mit aller Kraft schob Reitmeyer den Gedanken beiseite und sprang aus dem Zug. Er rannte durch die Sperre und zum Telefonkiosk und rief als Erstes in der Giselastraße an.

»Ja, Herr Reitmeyer«, keuchte Liesl in der Hörer. »wir machen uns solche Sorgen. Wissen Sie, wo die Gerti ist?«

»Ähm ... nein. Ist die Caroline da?«

»Die ist gestern Nacht mit dem Sepp los. Die wollten die Gerti suchen, aber sie sind bis jetzt nicht zurück.«

»Danke, Liesl. Ich versuch's in der Kanzlei.«

Aber er rief nicht in der Kanzlei an, sondern rannte zu seinem Rad, das immer noch unter den Arkaden stand, und fuhr zum Odeonsplatz. Dort nahm er zwei Stufen auf einmal die Treppe hinauf und drückte auf die Klingel. Die Sekretärin machte auf.

»Ist Dr. Leitner da?«, keuchte er.

Sie schien zu erschrecken bei seinem Anblick. »Ja ...«, sagte sie und trat einen Schritt zurück, um ihn einzulassen. Er lief durch den Gang und blieb an der offenen Tür von Sepps Büro wie erstarrt stehen. Sepp saß zurückgelehnt auf seinem Stuhl, die Beine auf dem Schreibtisch ausgestreckt. Vor ihm lümmelten drei Kerle in Ledersesseln, besser gesagt, drei Schränke, die er nach Aussehen und Gebaren eher in einer Vollzugsanstalt verortet hätte. Jeder von ihnen hielt einen großen Cognac-Schwenker in der Hand. »Die ham vielleicht blöd geschaut«, sagte einer und legte eine Pistole auf den Tisch. »Da war mein Schießeisen gar nicht nötig.« Sepp lachte, als er dem Trio zuprostete. Dass Reitmeyer in der Tür stand, bemerkte keiner.

Plötzlich ging die Tür der Kaffeeküche auf, und Gerti und Caroline kamen herein. »Soll ich euch auch welchen machen?«, fragte Caroline und hielt eine Tasse in die Höhe. Sepp und die »schweren Jungs« winkten ab. Dann hob Caroline den Blick. »Sebastian!«, rief sie. »Du bist da!« Sie lief auf ihn zu und schlang die Arme um ihn. »Mein Gott, bin ich froh.«

Dann kam Gerti zu ihnen, sie nahm seine Hand und lehnte sich einen Moment stumm an ihn. Als er über ihren Kopf hinweg zu Sepp hinübersah, fing er einen Blick auf, der zu sagen schien: *Ich hab die Arbeit gemacht, und der Versager sammelt die Lorbeeren ein.*

Caroline trat einen Schritt zurück. Sie wirkte übernächtigt und blass. »Du siehst furchtbar aus«, sagte sie. »Komm mit in die Küche. Ich verarzte dich erst einmal.«

»Wo habt ihr sie gefunden?«, fragte er.

»Wir haben sie nicht gefunden, sie ist gebracht worden. Um einiges später als vereinbart, wegen dem starken Schneefall.«

Von Caroline und Gerti eskortiert, ging er hinaus. Auf dem Weg in die Küche grinsten ihn die drei schweren Jungs an. Anerkennend, wie es schien. Warum grinsten Männer eigentlich immer, wenn ein anderer Blessuren davongetragen hatte?

In der Küche nahm Caroline einen Verbandskasten aus einem Schrank und lieferte einen kurzen Abriss des Geschehens, während sie die Wunde an seinem Auge inspizierte. Bei ihrer Schilderung musste er sich sehr konzentrieren, weil sie von Gerti ständig unterbrochen wurde. »Aber dass es der *Vertrag* war«, beendete sie jeden zweiten Satz, »darauf wär' ich im Leben nicht gekommen.«

»Jetzt mach doch dem Sebastian frischen Kaffee«, befahl Caroline schließlich.

Von nebenan hörte man Stühlerücken und Schritte. Die Kerle brachen auf. »Das hätt's nicht gebraucht«, sagte einer, »aber sehr nobel.« Offensichtlich wurde ein Geldgeschenk überreicht.

»Wer sind die?«, fragte Reitmeyer.

»Ich dachte, das sieht man«, erwiderte Caroline. »Aber ich war sehr froh, dass sie da waren. Die vier, die hier ankamen, sahen ziemlich finster aus. Wer weiß, was denen eingefallen wäre, wenn sie nicht von unserer Truppe empfangen worden wären. Vielleicht hätten sie noch schnell das Büro demoliert, bevor sie abgezogen sind.«

Gerti stellte frischen Kaffee auf den Tisch und nahm Reitmeyers Hand. »Mein Gott, ich hab mir solche Sorgen gemacht.

Ich dachte schon, sie hätten Sie ... Aber wer hat Sie denn angegriffen?«

»Es war eher umgekehrt. Ich bin auf zwei Chiemgauer losgegangen, weil ich wissen wollte, wohin man Sie verschleppt hat.«

Caroline tupfte Jod auf die Wunde. Er zuckte zusammen.

»Na, na, wer wird denn so empfindlich sein, nachdem er sich so heldenhaft geschlagen hat.«

Die Tür ging auf, und Sepp stand in der Küche. Reitmeyer zog seine Hand zurück.

»Mit wem hat sich unser ›Held‹ denn prügeln müssen?«, fragte er. Der gehässige Unterton war nicht zu überhören.

»Ach, lass mich in Ruh«, zischte Reitmeyer. »Was weißt denn du schon?«

Caroline knallte das Jodfläschchen auf den Tisch. »Jetzt reicht's mir aber!«, rief sie empört. »Wollt ihr euch etwa zum Duell fordern wie im letzten Jahrhundert? Jeder von uns hat seinen Teil beigetragen, damit Gerti wieder gesund zurückgekommen ist. Also hört auf, euch wie die Gockel aufzuführen. Wenn euch noch irgendwas an meiner Achtung gelegen ist, dann benehmt euch wie erwachsene Menschen.« Sie nahm ein Pflaster aus dem Kasten und klebte es über die Wunde. »Und jetzt«, sagte sie, »muss ich in meine Klinik. Ich bin ohnehin schon spät dran.«

Sepp folgte ihr, als sie hinausging. Auch von draußen drang ihre Stimme in die Küche. Sie klang noch immer sehr aufgebracht.

Reitmeyer rührte Zucker in seinen Kaffee und blickte nicht auf. Gerti räumte die Verbandsutensilien in den Kasten. Eine peinliche Stille breitete sich aus.

»Und Sie haben die Nacht bei den Ortliebs verbracht?«, fragte Gerti schließlich.

»Mhm.«

»Hat Ihnen die Frau Ortlieb auch von ihren Wohnungsschwierigkeiten erzählt? Dass sie bald raus müssen? Mir hat sie endlos darüber vorgeheult.«

Reitmeyer nickte. Er hatte im Moment keine Lust, über Frau Ortlieb zu sprechen, und Gerti wollte bloß irgendwas sagen, um das unangenehme Schweigen zu durchbrechen. Ihm gingen andere Dinge durch den Kopf. Etwa, wie er im Büro sein Aussehen erklären sollte.

»Anfangs hat mir die Frau auch leid getan«, fuhr Gerti fort. »Als sie dann aber immer mehr über ihre Vermieter hergezogen ist, hab ich irgendwann ziemlich genug gehabt von ihren Tiraden, dass die sich den Umbau bloß leisten könnten, weil sie so reich geerbt hätten, wobei sie den Erblasser lieber verheimlichen wollten.«

»Wieso?«, fragte Reitmeyer uninteressiert.

Gerti setzte sich an den Tisch. »Ich weiß ja nicht wirklich, ob das Ganze nicht bloß eine Verleumdung ist. Aber die Frau Ortlieb hat behauptet, dass die Frau des Hausbesitzers, die Frau Steinbichler, früher im Haushalt von einem Juden gearbeitet hat. Jedenfalls habe sie bereits einen Sohn gehabt, als sie den Herrn Steinbichler geheiratet hat. Aber der Junge sei dann von ihrem Mann adoptiert worden.«

Reitmeyer setzte sich auf. »Das heißt, der Sohn hat eigentlich einen jüdischen Vater?«

»Ja und?«, fragte Gerti verblüfft. »Was tut das denn zur Sache? Jedenfalls scheint er die Mutter seines unehelichen Sohns in seinem Testament bedacht zu haben. Das war doch anständig von ihm.«

Reitmeyer stand auf und ging ins Büro hinüber. »Kann ich schnell mal telefonieren?«, fragte er.

Sepp, der am Schreibtisch die benutzten Gläser zusammenstellte, deutete auf den Apparat. »Bedien dich.«

Reitmeyer suchte die Nummer in seinem Notizbuch heraus und rief bei der EMELKA an. »Ich würde gern Herrn Steinbichler sprechen, ist er im Haus?« Er wurde mit dessen Sekretärin verbunden.

»Ja, leider, Herr Kommissär«, sagte sie. »Herr Steinbichler ist ab heute nicht mehr bei uns. Er hat zu einer Produktionsfirma nach Wien gewechselt.«

»Sagen Sie, wissen Sie zufällig, ob Herr Steinbichler aus Rosenheim stammt?«

»Ich glaube, das hat er einmal erwähnt.«

Reitmeyer legte auf und starrte das Telefon an. Eine ganze Kaskade von Gedanken stürzte auf ihn ein. Als er aufblickte, stand Sepp immer noch an der gleichen Stelle. Er wirkte verlegen. Ihre gemeinsame Freundin musste ihn noch mal ordentlich in den Senkel gestellt haben, bevor sie gegangen war.

»Die Caroline hat gesagt«, begann Sepp schließlich zögernd, obwohl bereits ein Anflug von Lächeln um seine Mundwinkel spielte, »dass nur Hornochsen glauben, die Männer spielten eine entscheidende Rolle bei der Partnerwahl.«

»Zumindest im Tierreich spielen sie keine.«

Sie sahen sich einen Moment lang an. Dann prusteten beide gleichzeitig los. Sepp lachte so herzlich, dass ihm die Tränen kamen. Reitmeyer stand auf und klopfte ihm auf den Rücken. »Tja, alter Freund, wir haben nichts zu sagen. Je früher wir das einsehen, desto besser.«

41

Es war vielleicht doch nicht die beste Idee gewesen, zu behaupten, er sei in der Nacht auf der Theresienstraße einer Frau zu Hilfe gekommen, die von zwei betrunkenen Männern belästigt worden war. Steiger wollte ihn sofort wieder nach Hause schicken, weil er mit Sicherheit eine Gehirnerschütterung habe, und Rattler pflichtete ihm bei, da mit so einer Verletzung am Auge »nicht zu spaßen« sei. Am meisten jedoch gingen ihm Brunner und Klotz auf die Nerven. Brunner mit seinen Tiraden, wie weit es mit dem Land schon gekommen sei, wenn nicht einmal mehr »Kommissäre« unbeschadet nach Hause gehen könnten. Und der Oberinspektor mit seinen spitzfindigen Schlussfolgerungen – wenn die Frau keine Anzeige erstattet habe, dann habe sie doch »eindeutig« mit den Schlägern unter einer Decke gesteckt, eine anständige Person würde sich zu solcher Stunde ja auch nicht allein auf der Straße herumtreiben. Reitmeyer wäre fast wahnsinnig geworden, wären die beiden nicht doch noch abgezogen.

»Hört zu«, legte er sofort los, als sie draußen waren, »ich hab Neuigkeiten. Es geht um diesen Steinbichler, den Produzenten. Durch Zufall hab ich was erfahren, das ihn schwer belastet. Ich meine, was den Mord an den beiden Frauen angeht.«

»Und was?«, fragte Rattler gespannt.

»Sein echter Vater war nicht ein Herr Steinbichler, sondern offensichtlich ein Mann, bei dem seine Mutter früher in Stellung war. Und der war Jude.«

»Na und?«, sagte Steiger.

»Dann hat er seinen Ariernachweis gefälscht«, rief Rattler. »Wenn das die Leute vom Deutschvölkischen Schutz- und Trutzbund erfahren ...«

»Genau. Und Cilly Ortlieb und Marie Zaumgiebl wussten davon. Jedenfalls ist die Cilly in einem Haus aufgewachsen, das den Steinbichlers gehört, und den Ortliebs war die tatsächliche Abstammung des Produzenten bekannt.«

»Und die zwei haben ihn erpresst?«

»Davon gehe ich aus.«

»Ha«, rief Rattler. »Jetzt hat's doch was genützt, dass Sie mit dem schönen Lothar gesprochen haben. Und ich hab recht gehabt, dass man die Aussagen von dem Steinbichler überprüfen sollte.«

Reitmeyer lächelte. »Korbinian Rattler, ich gratuliere dir ganz ausdrücklich zu deinem kriminalistischen Spürsinn. Du wirst einmal ein ganz hervorragender Kriminaler. Weiter so.«

Rattler grinste von einem Ohr zum andern, nahm übertrieben Haltung an und salutierte zackig. »Jawoll, Herr Kommissär!«

»Aber jetzt gibt's Arbeit. Rattler, du suchst die Adresse von dem Steinbichler raus, und wir zwei, Steiger, gehen zu ihm hin. Wie's aussieht, will er sich nach Wien absetzen, da ist Eile geboten. Und deshalb darf der Oberinspektor vorerst nichts davon erfahren – bis der begriffen hat, worum es geht, ist dieser Mensch längst über alle Berge.«

Steiger sah ihn etwas zweifelnd an. Das Vorgehen vollkommen »außer der Reihe« schien ihn Überwindung zu kosten. Aber zu Reitmeyers Erstaunen griff er kurzentschlossen nach einem Zettel, schwenkte ihn durch die Luft und sagte: »Mariahilfplatz. Da müssen wir unbedingt sofort einen Krattlerladen filzen, der mit Hehlerware handelt.«

Rattler blätterte im Adressbuch und verkündete: »Erich Steinbichler, Max-Josef-Straße 3.«

»Ich sag bloß schnell dem Brunner Bescheid, dass wir fortgehen.«

»Der wohnt ja nobel«, sagte Steiger, als sie an dem Mietshaus nicht weit entfernt vom Karolinenplatz hinaufblickten. Wie die ganze Gegend war auch diese Straße einer eher zahlungskräftigen Klientel vorbehalten.

Als sich nach mehrmaligem Klingeln nichts rührte, versuchte Reitmeyer es beim Hausmeister. Es dauerte eine Weile, bis sie jemanden aus dem Souterrain heraufkommen hörten. »Erst mal kein Wort, dass wir von der Polizei sind«, raunte Reitmeyer seinem Kollegen zu.

»Dann geh du lieber weg«, erwiderte Steiger. »Du siehst nicht sonderlich vertrauenserweckend aus.«

Reitmeyer entfernte sich ein paar Schritte. Die Tür ging auf, und eine Frau sah heraus. Steiger erklärte ihr, dass er Herrn

Steinbichler sprechen wolle. »Oder ist er schon nach Wien abgefahren?«

»Na, na, der ist noch nicht abgereist. Ich glaub, der fährt erst morgen. Mit dem Zug. So hab ich ihn jedenfalls verstanden. Ich putz bei ihm, verstehen S'.«

»Aber er hat doch ein Auto.«

»Ja, sicher, und was für eins. Aber es soll Schnee liegen.«

»Also, wenn ich dann abends noch mal vorbeikäm', könnt' ich ihn sicher antreffen?«

»Ich denk schon. Er muss ja noch packen.«

Steiger bedankte sich bei der Frau, und Reitmeyer und er machten sich auf den Weg zurück ins Präsidium.

Reitmeyer hätte das Haus am liebsten überwachen lassen. Aber wie hätte er den Oberinspektor davon überzeugen sollen? Für den saß der Mörder der beiden Frauen schließlich schon in Haft.

»Wir kommen einfach am frühen Abend wieder«, sagte Steiger. »Ich find schon noch mal einen Einsatz, wo wir unbedingt hin müssen. Und dann nehmen wir einen Wagen, damit wir nicht erfrieren, wenn wir hier Posten beziehen.«

»Und ich ruf im Lauf des Nachmittags immer wieder mal bei Steinbichler an.«

Doch dann kam alles ganz anders. Um kurz vor sechs wurden sie plötzlich zu einem Einsatz gerufen, weil in Sendling bei Auseinandersetzungen vor oder in einem Lokal zwei Menschen zu Tode gekommen waren. Steiger erklärte sofort, dass Reitmeyer an dem Einsatz keinesfalls teilnehmen könne, weil er dafür »viel zu schlecht beinander« sei. Im Lauf des Nachmittags sei er immer »grüner« im Gesicht geworden, und wenn er umkippe am Tatort, sei damit auch niemandem geholfen.

Also blieb Reitmeyer zurück. Was aber hieß, dass er allein zu Steinbichlers Wohnung gehen musste. Er rief noch einmal bei dem Produzenten an, wo sich weiterhin niemand meldete. Es konnte also sein, dass er sich auf eine längere Wartezeit einrichten durfte. Kein angenehmer Gedanke, so hundemüde, wie er war.

»Ich könnt' ja mitkommen«, schlug Rattler vor.

»Auf keinen Fall.«

»Falls was passiert, wär' ich in Nullkommanix beim Regina-Hotel vorn und könnt' Verstärkung anfordern.«

»Mit deiner Lunge?«

»Ich hätt' natürlich mein Rad dabei.«

Aber Reitmeyer blieb hart. Die ganze Sache sei ohnehin schon ziemlich schwierig, und einen Polizeischüler in diese Aktion mit reinzuziehen, komme unter keinen Umständen in Frage.

Er saß auf den Stufen unterhalb des Obelisken am Karolinenplatz und warf den zweiten Mantel über, den er mitgenommen hatte. Dann nahm er einen tiefen Schluck aus der Thermosflasche, die dank der Umsicht seiner Tante mit echtem Kaffee gefüllt war. Der hielt ihn hoffentlich wach während der nächsten Stunden.

Steinbichler war noch immer nicht nach Hause gekommen. Im dritten Stock brannte kein Licht, und niemand öffnete, wenn Reitmeyer klingelte. Vielleicht war er längst fort und hatte seiner Putzfrau ganz bewusst falsche Informationen gegeben. Doch jetzt den Hausmeister rauszuklingeln und nachzufragen, war keine gute Idee. Wenn der Produzent zufällig in dem Moment heimkäme, wäre er vorgewarnt.

Reitmeyer zog einen Zigarillo heraus und zündete ihn an. Es war hier abends recht ruhig. Lokale gab es keine in der Umgebung, und wer sich die vornehmen Etagen um den Platz leisten konnte, lärmte weder rum, noch war er spät abends draußen unterwegs. Er lehnte sich zurück. Es tat gut, wenigstens eine Weile zu sitzen und die Beine auszustrecken, bevor er wieder seinen Posten einnehmen musste. Er inhalierte ein paarmal tief. Wenn alles glattlief heute Abend, dann käme Löber frei. Auf Dankeshymnen des Assessors brauchte er sich nicht einzustellen. Für Löber wäre er auch weiterhin nichts anderes als ein Mitglied derjenigen Behörde, die ihm aufs Übelste mitgespielt hatte. Aber darauf kam es letztlich nicht an. Sollte es gelingen, den Intriganten in der Ettstraße die Suppe zu versalzen, wäre ihm das Lohn genug.

Es kostete ihn einige Überwindung, sich wieder hochzurappeln, die Müdigkeit hing wie ein Bleigewicht an ihm. Er spannte den zweiten Mantel auf den Gepäckträger und steckte nach einem weiteren Schluck die Thermosflasche in die Radtasche. Dann ging er schnell das kurze Stück zur Max-Joseph-Straße zurück.

Schon als er um die Ecke bog, sah er den Wagen vor Steinbichlers Haus. Ein Opel-Torpedo, wie er beim Näherkommen feststellte. Gut vorstellbar, dass er dem Produzenten gehörte, so ein Modell würde zu dem großspurigen Angeber passen. Doch oben brannte noch immer kein Licht.

Auf einem Anschlag im Gang hatte er gelesen, dass erst um zehn Uhr abgesperrt wurde. Die Haustür wäre also noch offen. Er beschloss raufzugehen. Im Treppenhaus war alles still. Als er im zweiten Stock angelangt war, hörte er unten Türen schlagen, dann kam jemand die Treppe herauf. Er hastete schnell weiter nach oben, an Steinbichlers Wohnung vorbei und dann die halbe Treppe zum Dachgeschoss hinauf. Von dort spähte er nach unten. Es war die Hausmeisterin, einen Stapel frisch gebügelter Hemden im Arm. Als sie gerade ächzend einen Schlüssel aus der Schürzentasche zog, war er mit ein paar Sätzen hinter ihr und presste ihr die Hand auf den Mund. »Keine Angst«, flüsterte er. »Ich bin von der Polizei.« Mit der anderen Hand hielt er ihr seine Marke vors Gesicht. »Kein Laut, dann passiert Ihnen nichts.«

Er ließ sie langsam los. Sie drehte sich zu ihm um. Steiger hatte vermutlich recht gehabt, er sah nicht sehr vertrauenswürdig aus. Jedenfalls schaute ihn die Frau mit entsetztem Blick an. Aus ihrem rundlichen Gesicht war alles Blut gewichen. »Ich nehme jetzt Ihren Schlüssel«, sagte er leise. »Und Sie gehen ganz ruhig zurück nach unten und warten dort, bis Sie von mir etwas anderes hören.« Er legte einen Finger an die Lippen und scheuchte sie weg.

Die Frau setzte an, etwas zu sagen, doch es kam nur ein Glucksen. Sie drückte den Stapel Hemden fest an sich, nickte kurz und schlich, ohne sich nochmals umzusehen, die Treppe hinunter.

Reitmeyer sperrte vorsichtig die Wohnungstür auf und lauschte. Dann ging er hinein und schloss so leise wie möglich hinter sich ab. Falls Steinbichler abhauen wollte, würde es ihn Zeit kosten aufzusperren.

Er stand in einer weiträumigen Diele. Nach rechts führte ein langer Gang zu den hinteren Gemächern. Von dort hörte er Geräusche. Schranktüren knarrten, etwas wurde über den Boden geschoben, dann wurde eine Papierbahn zerrissen. Steinbichler packte für seine Reise.

Auf Zehenspitzen schlich Reitmeyer durch eine geöffnete Flügeltür in das Zimmer vor ihm. Es war eine Art Arbeits- oder Herrenzimmer mit schweren Möbeln, Perserbrücken und Ölgemälden an den Wänden. Vor dem Fenster stand im rechten Winkel zur Wand ein Schreibtisch, darauf eine hohe Blumenvase, in der ein Strauß gelber Chrysanthemen vor sich hin welkte. Vorsichtig zog er nacheinander die Tischschubladen auf. In der obersten rechts lag eine Parabellum 08, wie sie von Offizieren im Krieg benutzt worden war. Mit geübtem Griff nahm er das Magazin heraus, kontrollierte, dass keine Kugel mehr im Patronenlager steckte, und legte die Waffe wieder zurück. Im gleichen Moment ging im hinteren Teil der Wohnung eine Tür auf. Reitmeyer lief auf Zehenspitzen zu der Flügeltür und presste sich daneben an die Wand.

Steinbichler stellte im Gang etwas ab und trat ins Zimmer. Er ging zum Schreibtisch und wühlte in einer Schale mit Schlüsseln und Münzen herum. »Verdammt«, murmelte er. Er strich sich über den Nacken und dachte nach. Dann ging sein Kopf hoch. Einen Moment lang schien er zu erstarren. Sein Mund stand offen, als sähe er einen Geist. Aber er hatte sich schnell wieder im Griff. »Jetzt brechen Sie schon bei mir ein«, sagte er und lachte heiser. »Haben Sie wieder Fragen bezüglich der beiden Frauen? Die kann ich Ihnen leider nicht beantworten im Moment.« Er zog die Schublade auf. »Mein Zug geht gleich, ich muss mich beeilen.« Er glitt mit der Hand in die Lade, riss die Waffe heraus und richtete sie auf den Eindringling.

Reitmeyer ging vollkommen ruhig ein paar Schritte auf ihn zu und nahm die Handschellen aus der Tasche. »Sie irren sich, Herr Steinbichler, ich habe keine Fragen mehr bezüglich der Frauen. Ich weiß jetzt sicher, dass Sie Cilly Ortlieb und Marie Zaumgiebl ermordet haben.«

»Bleiben Sie stehen«, sagte Steinbichler. »Sonst drück ich ab.«

»Nur zu. Tun Sie sich keinen Zwang an«, erwiderte Reitmeyer gelassen und ging weiter auf ihn zu.
Die Waffe in Steinbichlers Hand schien zu zittern. Dann hörte man ein Klicken. Sein Gesicht war reine Fassungslosigkeit.

Reitmeyer befand sich jetzt nur noch einen Meter von dem Mann entfernt. Steinbichler blickte vollkommen verständnislos auf die Waffe, sein Arm fiel schlaff herunter, sein Kopf hing auf die Brust, die Schultern waren eingesunken.

Reitmeyer ging noch einen Schritt näher. Im selben Moment packte Steinbichler die Vase mit den Chrysanthemen und warf sie seinem Widersacher an den Kopf. Ein Schwall des fauligen Blumenwassers schwappte Reitmeyer ins Gesicht, bevor die Vase auf den Boden fiel und zerbrach. Reitmeyer taumelte nach hinten und versuchte, sich an der Schreibtischkante festzuhalten, aber die Orientbrücke rutschte unter seinen Füßen weg, und er stürzte. Da setzte auch schon das Granatfeuer ein, Blitze von Leuchtraketen blendeten ihn, in seinem Mund war Schlamm, über ihm donnerten die Geschütze. Er roch die Flammenwerfer, den widerlichen Geruch von verbranntem Fleisch. Verzweifelt Deckung suchend, kroch er voran. Schritte, ein Schlüsselbund rasselte. Er rang nach Luft.

Nach einer Ewigkeit, wie ihm schien, kroch er, am ganzen Körper bebend und schweißüberströmt, unter dem Schreibtisch hervor. Steinbichler war weg. Er zog sein Taschentuch heraus und wischte sich übers Gesicht. Er blickte auf das stinkende Blumenwasser, dass sich immer weiter auf dem Parkett ausbreitete. Wie lange hatte er dort unten gelegen?

Plötzlich zerriss ein lauter Klingelton die Stille. Er fuhr zusammen. Mit schwerem Schritt, als klebte Schlamm an seinen Füßen, lief er zur Tür und machte auf. Einen Moment lang glaubte er, immer noch zu halluzinieren. Rattler stand vor ihm. Der Junge trug einen viel zu langen Mantel und eine groteske Pelzmütze auf dem Kopf, die auf den Seiten in zwei ohrenartigen Gebilden endete, die bis auf seinen Kragen hinunterhingen.

»Was ... was machst denn du hier?«

»Ich bin ... zur Verstärkung.«

Reitmeyer schob Rattler zur Seite, doch der hielt ihn am Ärmel fest. »Der Steinbichler kann nicht weg. Ich hab die Reifen an seinem Auto zerstochen.«

Reitmeyer schüttelte den Kopf. »Wo ist er jetzt?«

»Er sitzt in seinem Wagen. Aber Vorsicht, da draußen sind noch andere. Die sind bewaffnet.«

Reitmeyer riss sich los und jagte die Treppe hinunter. Rattler hinter ihm her. »Sie müssen aufpassen«, rief er. »Ich habe zwei gesehen, aber vielleicht sind's noch mehr.«

An der Haustür blieb Reitmeyer stehen und zog seine Waffe. »Du bleibst hier drinnen, verstanden?« Dann schlüpfte er vorsichtig hinaus und drückte sich hinter einen Mauervorsprung. Auf der anderen Straßenseite sah er in einiger Entfernung zwei Männer in einem Hauseingang stehen. Er duckte sich und lief die wenigen Meter zu Steinbichlers Auto. Vorsichtig machte er die Beifahrertür auf. Steinbichler saß am Steuer und stierte ihn an.

»Klettern Sie zu mir rüber, dann können wir ins Haus zurück. Ich gebe Ihnen Feuerschutz.«

Steinbichler lachte hysterisch auf. »Ausgerechnet Sie wollen mich schützen? Ein Kriegszitterer? Ein Krüppel?«

Reitmeyer gab es einen Stich. So hatte ihn noch niemand genannt. Er schluckte. »Jetzt machen Sie schon«, zischte er.

»Und was dann?«

»Sie haben noch eine Chance. Sie wurden erpresst. Das wird man berücksichtigen, das muss nicht auf eine Todesstrafe hinauslaufen.«

»Was wissen Sie denn?« Er schlug mit einer Hand aufs Steuerrad. »Ich hab den arischen Volkskörper besudelt.« Ein krächzendes Lachen kam aus seiner Kehle. »Einen wie mich lassen die nicht leben.« Er drückte die Klinke hinunter und stieß die Tür auf.

»Nein!«, rief Reitmeyer.

Aber Steinbichler war schon ausgestiegen und ging auf die beiden Männer zu.

Reitmeyer spähte durch die Windschutzscheibe. Steinbichler hatte den Kopf in den Nacken geworfen und die Arme ausgebreitet. Ein Bild wie eingefroren. Dann knallte ein Schuss. Er sackte zusammen und stürzte zu Boden. Reitmeyer kroch um das Auto herum und sah den Schützen davonrennen. Der andere Mann hinter ihm her. Sie sprangen in ein Auto, das sofort losfuhr.

Reitmeyer lief zu Steinbichler hinüber. Er lag auf dem Rücken, Mantel und Jackett weit geöffnet, auf seinem Bauch breitete sich ein dunkler Fleck aus, der rasch größer wurde.

Fenster flogen auf. Stimmen wurden laut. »Was ist da los?«

Als Reitmeyer aufblickte, war Rattler neben ihm. »Fahr ins Regina und ruf im Präsidium an. Beeil dich.« Rattler hetzte davon. Reitmeyer zog seinen Mantel aus, faltete ihn zusammen und schob ihn Steinbichler unter den Kopf. Er wusste genau, dass dies nichts bringen würde, aber er konnte es nicht ertragen, ihn auf dem harten Pflaster liegen zu sehen. Dann nahm er seine Hand. Steinbichlers Puls raste. Sein Herz pumpte wie wild Blut aus seinem Leib. Er röchelte. Dann war er still.

Später, Reitmeyer wusste nicht, ob eine oder zwei Stunden vergangen waren, saß er mit Rattler am Karolinenplatz unter dem Obelisken und teilte sich mit ihm den Rest des Kaffees aus der Thermosflasche. Rattler kam schwer zu Atem und hustete zwischendurch. Das viele Rennen – in den dritten Stock zurück, um die Wohnung abzusperren, und wieder runter – während sein Kommissär den Abtransport der Leiche organisierte, hatte der Lunge des Jungen nicht gut getan.

»Hab ich dir eigentlich nicht verboten gehabt herzukommen?«, fragte Reitmeyer und blies den Rauch seiner Virginia in die Luft.

Rattler fuhr hoch. »Wenn ich nicht beobachtet hätt', dass da zwei bewaffnete Kerle rumschleichen«, presste er halb erstickt heraus, »wären Sie auch noch erwischt worden.«

»Ich wollte dir gerade dafür danken.«

»Ja, ja, ist schon recht«, erwiderte Rattler, immer noch eingeschnappt.

Reitmeyer lehnte sich zurück und sah zum Mond hinauf. Er fühlte sich dermaßen ausgelaugt und erschöpft, dass er so bald nicht würde einschlafen können. Auf die Träume, die ihn dann erwarteten, konnte er allerdings auch gut verzichten. Doch hier länger sitzen zu bleiben, war nicht möglich. Es war furchtbar kalt. »Wir sollten heimgehen.«

Rattler stand auf.

»Sag mal«, fragte Reitmeyer, »was hast du da eigentlich an? Dein Mantel schleift ja fast am Boden. Und diese Mütze … Ist die noch vom Russlandfeldzug übrig?« Er deutete auf die Tafel am Obelisken, die an die dreißigtausend tapferen Bayern erinnerte, die mit Napoleon in den Osten gezogen und nicht mehr heimgekehrt waren.

»Jetzt reicht's aber«, rief Rattler. »Ich war schon zwei Stunden vor Ihnen da und hab das Terrain sondiert. Und alles in der Saukälte. Da war ich froh um die Sachen von meinem Onkel. Und übrigens«, er schnappte nach Luft, »so wie Sie aussehen, würden S' heut auch keinen Schönheitswettbewerb mehr gewinnen.«

»Nein«, sagte Reitmeyer lachend und klopfte ihm auf die Schulter. »Wir zwei sind schon eine spezielle Truppe.«

EPILOG

Auch wenn ein sonntäglicher Frühschoppen in Reitmeyers Vorstellung immer mit Sonne, Sitzen im Freien und blühenden Kastanien verbunden war, gab es an diesem, der mitten im Winter stattfand, wenig auszusetzen. Es gab Weißwürste! Und zwar kein undefinierbares Gemisch aus Schweinshaut, Wasser und Sägemehl, sondern echte, Vorkriegsstandard, aus Kalbsbrät und Eischnee. Auf die Frage, wo die herkamen, hatte der Wirt seines Stammlokals den Finger an die Lippen gelegt und bedeutungsvoll geschwiegen. Dafür stammte das Bier aus legaler Produktion, wie man sofort schmeckte – es war so schlecht wie gewohnt. Die Veteranen am Nebentisch, die samt ihren Fahnen aus dem Siebzigerkrieg vor ihm hereingekommen waren, schien das nicht zu stören. Bester Laune prosteten sie sich zu, ließen die alten Kameradschaften hochleben und stellten ihre Orden und Ehrenzeichen aus dem »Franzosenfeldzug« zur Schau.

Ging das schon wieder los? War es schon wieder wie im Kaiserreich?, dachte Reitmeyer. Kein Sonntag, an dem nicht morgens schon Musikkapellen durch die Straßen zogen, Fahnen aus dem Armeemuseum geholt wurden und überall Leute in Uniformen rumstolzierten.

»Die ham ihren Krieg halt noch gewonnen«, sagte der Wirt, als er Reitmeyer das Essen hinstellte.

»Das hätten wir auch«, mischte sich ein Herr von einem anderen Tisch ein und machte Anstalten näherzurücken. »Wenn uns die Heimatfront nicht in den Rücken gefallen wäre. Wenn uns Verrat nicht den Sieg gekostet hätte.«

Reitmeyer beugte sich über sein Essen und vermied es, diesen Menschen anzuschauen. Am liebsten wäre er gleich nach dem Verzehr seiner Würste gegangen. Was aber nicht möglich war, weil er sich hier mit Caroline verabredet hatte. Also verbarg er sich nach dem Essen hinter einer der Zeitungen, die er mitgebracht hatte, um das Echo der Presse auf den Vorfall in der Max-Joseph-Straße zu studieren.

Es fiel mager aus, wie er schnell feststellte. Ein ehemaliger Filmproduzent sei vor seinem Haus erschossen worden. Je nach Couleur des Blattes wurde in sachlicher oder scharf polemischer Form darauf hingewiesen, dass es sich wahrscheinlich um Streitigkeiten unter »Schiebern« gehandelt habe, da der Produzent Gerüchten zufolge in eine Reihe dubioser Geschäfte verwickelt gewesen sei. Von den Tätern, Beobachter sprächen von zwei Männern, sei nichts bekannt, da niemand festgenommen werden konnte.

Reitmeyer lehnte sich zurück. Dass diese Angelegenheit so ausgehen würde, hatte er schon bei dem Gespräch mit dem Oberinspektor gedacht. Und wenn er an die verlogen verständnisvolle Miene seines Vorgesetzten dachte, geriet sein Blut jetzt noch in Wallung. Grundsätzlich könne er ja verstehen, dass Reitmeyer diesen Produzenten für den Mörder der beiden Frauen halte, hatte Klotz gemeint. Schließlich sei er selbst ja auch immer davon ausgegangen, dass der oder die Täter aus dem Umfeld dieser beiden sogenannten Schauspielerinnen stammen müssten, aus dem »Sumpf« dieser Talmi- und Glitzerwelt, wo sich Subjekte herumtrieben, denen alles zuzutrauen sei. »Aber es hilft ja nichts«, fügte er bedauernd hinzu, »wir sind Organe der Rechtspflege und müssen uns an die Gesetze halten. Wir brauchen Beweise und können nicht einfach unterstellen, dass diese beiden Subjekte den Produzenten erpresst haben.«

Als Reitmeyer sich dagegen verwahren wollte, dass es sich nur um »Unterstellungen« handle, hatte ihn Klotz gar nicht ausreden lassen. Es sei ja möglich, dass Steinbichler »behauptet« habe, Mitglied im Deutschvölkischen Schutz- und Trutzbund zu sein, weil er sich irgendwelche Vorteile davon versprach, aber im Mitgliederverzeichnis tauche der Name dieses Menschen nicht auf.

Das war ein Schlag gewesen, auf den er nicht vorbereitet gewesen war. Er hatte sich zwar gewundert, dass niemand Näheres über die »Informantin« hatte wissen wollen, die mit Cillys Mutter in Rosenheim gesprochen hatte, aber der ganze Hintergrund von Steinbichler hatte niemanden interessiert. Und erst in diesem Moment war Reitmeyer klar geworden, warum. Wer denn die Mitgliederliste des Schutz- und Trutzbundes überprüft habe, fragte er.

Das habe er selbst getan, hatte Klotz erklärt, gleich nachdem er einen kurzen Abriss des Vorfalls von ihm bekommen habe.

Aber bei der Durchsuchung der Wohnung des Produzenten seien doch sowohl ein Spritzenbesteck als auch zwei Erpresserbriefe gefunden worden, hatte er noch gesagt – was er sich natürlich hätte sparen können, weil es Klotz überhaupt nicht wunderte, dass das lasterhafte Volk dieser Branche Rauschgift konsumiere. Und wer diese Erpresserbriefe geschrieben habe, sei vermutlich nicht zu ermitteln, weil man Steinbichler dazu ja leider nicht mehr befragen könne.

Das war natürlich das Entscheidende. Steinbichler war tot und konnte nichts mehr sagen. Und wenn er keinen Ariernachweis fälschen musste, weil er gar kein Mitglied im DNSTB gewesen war, gerieten auch keine Leute in Verdacht, die sich der Fälschung und wahrscheinlich noch ein paar anderer Dinge wegen an ihm hatten rächen wollen. Mit der Bereinigung der Mitgliederliste war alles geklärt. Steinbichler hatte kein Motiv mehr für die Morde. Und Steinbichlers Mörder konnten nicht mit diesem rechtsnationalen Bund in Verbindung gebracht werden.

Am Schluss war Reitmeyer nur noch gespannt, wie seine Oberen die Sache mit Löber lösen wollten. Aber anscheinend war ihnen bewusst, dass unter Umständen Verwicklungen anstünden, wenn sie den Mann für etwas büßen ließen, das er nicht getan hatte. Vielleicht hatten sie auch Bedenken, dass Reitmeyer in dem Fall keine Ruhe geben und weiter nachbohren könnte. Er hatte sich nur etwas gewundert, dass man sich dabei einer Argumentation bediente, die nach der Verhaftung Löbers von ihm selbst benutzt worden war.

Löber habe nur mit Cilly Ortlieb ein Verhältnis gehabt, es habe gar keinen Grund für die Ermordung der anderen Frau gegeben. Daher habe der Staatsanwalt die Anklage fallen gelassen. Löber habe sich vielleicht moralisch schuldig gemacht, erklärte Klotz, und dafür sei er auch bestraft worden, indem das Verlöbnis aufgelöst worden sei, aber die Untreue eines Verlobten sei nun einmal kein justiziables Delikt.

»Einen Penny für deine Gedanken.«

Reitmeyer blickte auf. Caroline stand am Tisch.

»Das sagt meine Mutter immer, wenn jemand so weggetreten aussieht wie du.« Sie zog den Mantel aus und setzte sich.

»Jetzt sagst du mir zuerst, wie's Gerti geht. Hat sie sich erholt nach dem Schock.«

»Erstaunlich gut. Ich soll dich sehr lieb grüßen von ihr. Sie ist gestern nach Berlin abgereist, ihrem Vater geht es anscheinend schlecht. Und rate mal, wer sie begleitet?«

»Der Sepp?«

»Genau. Sie schien ganz froh zu sein, dass sie nicht allein fahren musste. Ich weiß zwar nicht wie, aber offensichtlich haben sie sich verständigt, seitdem er ihr nicht mehr mit seiner dämlichen Eifersucht auf die Nerven geht.«

»Du hast seine Einsicht ja gehörig befördert.«

Sie lachte.

»Und wie geht's bei dir zu Hause?«

»Ach ...« Sie senkte den Blick. »Weißt du«, sagte sie nach einer Weile, »ich hatte wieder einen schrecklichen Streit mit Franz. In der Nacht, als wir Gerti gesucht haben, hat Sepp so eine Andeutung gemacht, dass vielleicht auch mein Bruder mit ihrem Verschwinden etwas zu tun haben könnte. Zumindest ist er eng mit Leuten befreundet, denen man so etwas durchaus zutrauen könnte.«

»Komisch, der Gedanke ist mir auch gekommen, als ich vor meiner Abfahrt nach Rosenheim am Bahnhof zwei Offiziere gesehen habe. Hat sich Franz irgendwie geäußert zu der Sache?«

»Natürlich nicht.« Caroline drehte ein Salzfass zwischen den Fingern. »Ich bin gar nicht so weit gekommen, ihn Genaueres zu fragen.«

Reitmeyer betrachtete sie. Sie hatte Nachtdienst gehabt, und man sah ihr den Schlafmangel an. Ihre feinen, fast durchsichtigen Lider zeigten einen Stich ins Violette, und vor lauter Müdigkeit hingen ihre Mundwinkel herab.

»Meine Mutter geht wieder nach England, denke ich. Eigentlich ist sie ohnehin nur wegen der Feier für Lukas hergekommen.«

»Tut dir das leid?«

»Ich weiß nicht. Vielleicht ist es besser so.« Sie sah ihn prüfend an. »Und wie geht's dir? Deine Blessuren heilen ja offensichtlich ganz gut.«

»Ja, die schon.« Im selben Moment fragte er sich erschrocken, was er sagen würde, wenn sie wissen wollte, welche nicht. In seiner Brust bildete sich ein Knoten. Er winkte hektisch der Kellnerin. »Was möchtest du trinken? Du hast ja noch gar nichts bestellt.«

Die Kellnerin kam nicht gleich, weil zu viel Betrieb war. Und Caroline sah ihn bloß an. Sie wartete auf eine Antwort. Er wich ihrem Blick aus, machte dem Wirt an der Theke Zeichen und faltete umständlich die Zeitungen zusammen, doch schließlich gab er auf.

»Weißt du«, begann er mit gesenktem Kopf, »manchmal hab ich merkwürdige ... Erinnerungen, die mich überfallen.« Die Worte, die Steinbichler benutzt hatte, würde er nicht aussprechen.

Caroline beugte sich vor und nahm seine Hand. »Du meinst, du hast Panikattacken?«

Er reagierte nicht.

Dann tat sie etwas, was sie noch nie getan hatte. Sie drückte seine Hand an ihre Wange. Und zwar so behutsam und zärtlich, dass sich der Knoten in seiner Brust anfühlte, als wäre er aus Säure.

»Ich bin ein Kriegszitterer«, sagte er. »Ein Krüppel.«

Sie gingen nicht ins Kino, wie sie eigentlich vorgehabt hatten. Sie blieben sitzen und redeten. Er erzählte von seinen Attacken, von seiner ständigen Angst, sie könnten ihn ohne Vorwarnung überfallen, und wie er unbedingt vermeiden wollte, dass jemand etwas davon merkte oder ihn gar sah in dem Zustand. Und während er erzählte, und jede der Attacken beschrieb, fiel ihm auf, dass es für jede davon einen Auslöser gegeben hatte. Das alte, übelriechende Blumenwasser neulich Abend, der hoch mit dunklem Wasser gefüllte Trichter, wo er den Sigi erschossen hatte, die überschwappenden Kübel der Putzfrauen, als er nach Löbers Suizidversuch in die Haftzellen hinuntergelaufen war. Und während er all dies stockend über die Lippen brachte, hielt Caroline seine Hand fest und hörte ihm einfach nur zu. Nur einmal machte sie eine kurze Andeutung, dass ihr dies alles nicht so unbekannt sei. Sie habe schließlich lange in einem Lazarett an der Front gearbeitet.

Es dämmerte schon, als er sie nach Hause brachte und schließlich selbst heimging. In seinem Zimmer saß er lange auf dem Bett. Dann stand er irgendwann auf und blickte auf das Notenheft auf dem Ständer. Die a-Moll-Sonate von Bach. Den ersten Satz, das Grave, kannte er schon. Er blätterte weiter, nahm seine Geige und spielte die ersten Töne des Allegro.

Anmerkung

Den Vertrag über die Vermietung des Ringhof-Hotels zwischen dem Justitiar der Bayerischen Einwohnerwehr und der Bayerischen Regierung hat es wirklich gegeben. (Vergleiche dazu: Horst G. Nußer, *Konservative Wehrverbände in Bayern, Preußen und Österreich 1918-1933*, München 1973.)

Der damalige Polizeipräsident Ernst Pöhner wurde nach der Niederschlagung der Räterepublik in Bayern im Mai 1919 für dieses Amt ernannt. Während des Kapp-Putsches im März 1920 erzwang er zusammen mit dem Leiter der rechtsradikalen Einwohnerwehren Georg Escherich und dem General der bayerischen Reichswehr Arnold von Möhl in einer staatsstreichähnlichen Aktion den Rücktritt der sozialdemokratischen Landesregierung Hoffmann und sorgte für die Einsetzung der rechtsgerichteten Regierung unter Gustav von Kahr.

Pöhner kannte Hitler seit 1919 und beteiligte sich im November 1923 am Hitler-Ludendorff-Putsch. Nach Niederschlagung des Putsches wurde Pöhner wegen Hochverrats zu fünf Jahren Festungshaft verurteilt, von denen er nur drei Monate verbüßte, bevor er unter Bewährungsauflagen freikam. Er verunglückte 1925 bei einem Verkehrsunfall. Bei seiner Beerdigung trat erstmals die SS öffentlich auf.

Der damalige Leiter der politischen Polizei Wilhelm Frick hatte Hitler durch Pöhner kennengelernt und unterstützte die NSDAP in den folgenden Jahren durch großzügige Genehmigung von Versammlungen und Hetzplakaten.

1923 nahm er ebenfalls am Hitler-Ludendorff-Putsch teil und wurde dafür zu einer Strafe von fünfzehn Monaten Festungshaft verurteilt. Die Strafe wurde nach fünf Monaten zur Bewährung ausgesetzt.

Nachdem Hitler am 30. Januar 1933 zum Reichskanzler ernannt worden war, berief er Frick zum Innenminister. Dieses Amt bekleidete er, bis er 1943 von Heinrich Himmler abgelöst wurde. 1945 zählte Frick zu den Hauptangeklagten im Nürnberger Prozess und wurde 1946 zum Tod durch den Strang verurteilt und hingerichtet.

In seinem Buch *Mein Kampf* lobt Hitler Pöhner und Frick als »die einzigen höheren Beamten, die damals schon den Mut besaßen, zuerst Deutsche und dann erst Beamte« zu sein.

Der damalige Ministerpräsident Gustav von Kahr trat im September 1921 aus Protest von seinem Amt zurück, da er die Auflösung der Einwohnerwehr in Bayern durch die Reichsregierung nicht hatte verhindern können. Im September 1923 berief ihn das bayerische Staatsministerium zum Generalstaatskommissar und übertrug ihm die vollziehende Gewalt. Er sollte dafür sorgen, dass sich die politischen Flügelkämpfe zwischen linken und rechten Gruppierungen im Reich nicht auf Bayern ausdehnten.

Am 8. November 1923 wurde Kahr im Münchner Bürgerbräukeller von Hitler genötigt, sich der »nationalen Erhebung« anzuschließen. Kahr hielt sich jedoch nicht an sein Versprechen – vermutlich weil die Reichswehr nicht gewillt war, sich dem Staatsstreich anzuschließen – und schloss sich Generalleutnant von Lossow und Polizeioberst von Seißer an, die Gegenmaßnahmen einleiteten, um den geplanten Putsch niederzuschlagen. Beim Marsch auf die Feldherrnhalle am 9. November wurden dreizehn Putschisten von der Landespolizei erschossen.

Im Februar 1924 trat Kahr von seinem Posten als Generalstaatskommissar zurück und wurde Präsident des Bayerischen Verwaltungsgerichtshofes.

Für die Nationalsozialisten galt Kahr als Verräter und wurde im Juni 1934 im Rahmen des sogenannten Röhm-Putsches nach Dachau gebracht und erschossen.

»Neben der unheilvollen französischen Außenpolitik hat nichts so sehr zum Sturz der deutschen Republik beigetragen wie die bayerische Sonderpolitik«, schreibt der SPD-Politiker Wilhelm Hoegner in seinen Lebenserinnerungen. »Bayern wurde ›Ordnungsstaat‹, auf den die ganze deutsche Reaktion mit Neid blickte, die Ordnungszelle, in der jede Verunglimpfung des Weimarer Staates erlaubt war, das gelobte Land der Deutschnationalen und der Vorhimmel des Dritten Reiches.«

ANDREAS PFLÜGER
END
GÜL
TIG
Thriller Suhrkamp